KB057241

흉터의
의
터
꽃

흉터의 꽃

초판 1쇄 발행 | 2017년 5월 15일

지은이 김옥숙
발행인 이대식

주간 이지형 **편집** 김화영 나은심 손성원
마케팅 배성진 박중혁 **관리** 이영혜
디자인 모리스

주소 서울시 종로구 평창길 329(우편번호 03003)
문의전화 02-394-1037(편집) 02-394-1047(마케팅)
팩스 02-394-1029
전자우편 saeum98@hanmail.net
블로그 blog.naver.com/saeumpub
페이스북 facebook.com/saeumbooks

발행처 (주)새움출판사
출판등록 1998년 8월 28일(제10-1633호)

ⓒ 김옥숙, 2017
ISBN 979-11-87192-39-8 03810

흉터의 꽃

김옥숙 장편소설

새움

쓰라린 고통의 삶 속에서도 꿋꿋하게 살아온
원폭 피해자와 그 후손들.
그리고 사랑하는 나의 어머니 정점선님께
이 책을 바칩니다.

정현재―합천으로 가다

　인간이 느끼는 가장 무섭고 큰 고통은 불에 타는 고통이다.

　왜 이런 문장을 적어 놓았을까. 모니터를 한참 응시하고 있는데 문득 원폭 피해자 진료증이 떠올랐다. 대학 때 어머니가 공짜로 진료를 받을 수 있다며 준 진료증이었다. 나는 사건의 단서를 찾는 풋내기 형사처럼 책상 서랍을 샅샅이 뒤졌다. 진료증을 찾으면 뭔가 소설의 실마리가 풀릴 것 같은 얼토당토않은 예감 때문이었다. 그러나 근 25년 전에 아무렇게나 던져둔 진료증이 갑자기 튀어나올 리 만무했다.

　한 달 전 1인 출판사를 운영하는 친구 K를 만나 술을 마신 적이 있었다. 나와 마찬가지로 K 또한 무명 소설가였다. 3년 전 소설집 한 권을 출간한 이후 나는 소설 한 편 못 썼는데, K는 전업 작가로 살겠다며 입시교재 출판사 일을 그만두고 소득 없는 글쓰기에 매달렸다. 작품을 받아주는 출판사가 없어서 아예 출판사를 차려 자신의 소설을 전문적으로 출판하고 있었다. 적자투성이 출판사가 아직도 문을 닫지 않은 이유는 성형외과 의사인 그의 아내 덕이었다.

　아내의 눈치를 보며 글을 써야 하는 K는 요즘 부쩍 교사라는 내 직업이 부럽다고 했다. 교사의 품위를 손상하는 짓, 이를테면 학생을 때리거나 성추행을 저지르거나 촌지를 받지만 않는다면, 정년 보장이 되는 최고의 안정적인 직업 아니냐며 부러워했다. 물론 바닥까지 실추된 교권과 교직의 현실에 대해서 모르고 하는 소리였기에 나는 쓴웃음을 짓고 말았다. 아직은 학생들에게 폭행을 당하거나 욕설을 들은 적은 없으니 그나마 다행이랄 수도 있었다.

교사 월급으로 아이를 외국에 보내 뒷바라지하고 있으니 K의 말은 맞는 말일지도 몰랐다. 아내는 아이를 데리고 캐나다 밴쿠버로 떠난 지 3년째였다. 나는 K에게도 아내가 캐나다로 가게 된 내막에 대해 이야기한 적이 없었다. 사정을 모르는 사람들은 꽤나 팔자 좋은 놈이라고 생각할지도 몰랐다. 월급의 대부분을 아내에게 부쳐주고 남는 돈으로 책을 사 보거나 가끔씩 술을 마시거나 경조사비로 썼다. 저축을 할 수는 없어도 아껴 쓰면 그런대로 견딜 만했다.

술집 안은 한산했다. 구석 자리에 앉은 중년의 남녀가 꽤나 심각한 표정으로 술을 마시고 있었다. 카운터에 앉은 주인이 텔레비전을 보며 입이 찢어져라 하품을 했다. 텔레비전에서는 전두환 비자금 추징에 관한 뉴스가 방송되고 있었다.

"전두환 고향이 합천이지?"

텔레비전을 쳐다보던 K가 말했다. 합천이라는 단어가 신경을 날카롭게 건드렸다.

"맞지. 근데 합천은 왜?"

"대학 때 멋모르고 선배들 따라 합천 갔던 적이 있었어. 전두환 부모 묘에 화염병 던진다고. 화염병도 못 던지고 즉결에 넘겨진 적이 있다니깐."

K가 클클 웃었다.

"아참! 너, 고향이 합천 맞지?"

K가 물었다.

"갑자기 그건 왜?"

"합천이 '한국의 히로시마'라고 불린다면서?"

K가 합천에 대해 아는 척을 했다. 처음 듣는 말이었다.

"한국의 히로시마? 합천이?"

"합천에 원폭 피해자가 가장 많다던데? 그 때문에 한국의 히로시마라고 부를걸. 야! 무려 소설가라는 작자가 그것도 모르냐?"

"무려 소설가라니? 참나!"

"너 말이야. 이참에 원폭에 관한 소설 한번 써봐."

K는 다짜고짜 말했다. 난데없는 훅을 한 방 맞은 기분이었다.

"원폭? 뜬금없이 뭔 소리 하는 거야?"

"네 고향이 합천이라는 건, 네가 원폭 소설을 써야 할 운명이라는 뜻이라구."

K는 어처구니없는 농담까지 덧붙였다.

"올해가 광복 70주년이지? 그리고 원폭 투하 70주년 아니냐? 대박 소설 한 편 내보자. 정현재 작가님께서 가난한 우리 출판사 좀 먹여 살려줘."

나는 K의 농담에 씁쓸하게 웃으며 손사래를 쳤다. K의 말처럼 역사의식도 없고 전혀 소설가답지 못한 나는 그날 조금 충격을 받았다. 바로 합천이 한국의 히로시마라고 불린다는 사실 때문이었다.

합천은 나에게 있어 애증의 땅이었다. 합천 장바닥에서 술에 취한 채 술꾼들과 드잡이를 하던 아버지의 기억만을 떠올리게 하는 곳이었다. 아버지와 관련된 모든 기억은 나의 비망록에서 지워버리고 싶은 페이지였다. 하지만 한국의 히로시마 합천이라는 그 말이 뇌리에서 떠나지 않았다. 독재자 전두환의 고향, 합천 댐, 천년 고찰이자 삼보사찰 해인사로도 유명한 합천이, 한국의 히로시마라고 불린다고? 그런데 왜 그 사실을 나는 모르고 있었을까? 왜 합천이 한국의 히로시마로 불릴 정도로 원폭 피해자가 많은 것일까? 왜 합천 사람들은 말도 통하지 않는 낯설고 낯선 일본 히로시마로 갔을까? 히로시마와 합천 사이에는 대체 무슨 일이 벌어졌던 것일까?

어쩌면 내 고향이 다른 곳도 아니고 합천이라는 것은 이 소설을 써야만 한다는 필연적인 운명이 아닐까? 어쩌면 이 나라의 역사가 나에게 맡긴 임무가 아닐까? 더군다나 돌아가신 내 아버지의 고향도 히로시마가 아닌가. 케케묵은 국민교육헌장의 한 구절까지 떠올리며 나는 다시 소설을 써야만 할 필연적인 이유를 찾아내기에 골몰했다. 어쨌거나 소설을 시작하기 위해서는 늘 도망치고 싶었던 땅, 합천을 정면으로 마주해야 했다.

합천이라면 눈 감고도 환하게 다닐 수 있다고 생각했는데 근 20년 사이에 몰라보게 변해 있었다. 선산의 벌초도 먼 친척에게

흉터의 꽃

맡긴 이후 합천에 올 일이 좀체 없었다. 합천시외버스터미널 근처에서 만난 늙수그레한 택시기사에게 원폭피해자복지회관이 어디에 있느냐고 물어보았다. 택시기사는 구길 쪽 다리를 건너 신소양 쪽으로 조금만 가면 왼쪽 산기슭에 있다고 일러주었다.

합천읍내로 이사하기 전 중학생 때, 버스를 타거나 걸어서 지나다니기도 했던 다리 쪽으로 차를 몰고 건너갔다. 주유소를 지나니 왼쪽 산기슭에 붉은 벽돌로 외벽을 감싼 건물이 보였다. 어미 닭이 병아리를 품고 있는 것처럼 주변의 산들이 원폭피해자복지회관을 포옥 감싸고 있어 제법 아늑해 보였다. 주차장에 차를 주차하고 계단 쪽으로 올라갔다. 3층짜리 붉은 벽돌 건물은 ㄱ자형으로 두 동이 연결되어 있었다. 원통처럼 둥글고 불룩하게 튀어나온 건물 1층 외벽 상단부에 합천원폭피해자복지회관이라는 동판 글씨가, 2층 외벽에는 교회 십자가를 닮은 적십자마크가 박혀 있었다.

사무장의 안내를 받아 안으로 들어갔다. 복지회관은 정돈이 잘된 병원의 내부처럼 정결했다. 긴 휠체어 보행로를 따라 올라간 2층에 생활관과 사무실이 있었다. 생활관 거실에는 할머니들이 주홍빛 의자에 나란히 앉아 이야기를 나누고 있었다. 거실로 들어서자 할머니들이 일제히 나를 쳐다보았다. 나는 할머니들에게 어색한 표정으로 목례를 했다. 멍하니 서서 창밖을 하염없이 바라보는 할머니도 있었고 거실을 왔다 갔다 하는 할머니도 있었다. 거실이 널찍하고 햇빛이 들어와 환했다. 전면 창이 통유리로 되어 있어서 바깥 풍경이 한눈에 보였다.

의자에 앉아 있는 할머니 한 분이 시선을 끌었다. 눈처럼 흰 백발이 마치 흰 모자처럼 보였다. 할머니의 얼굴을 본 순간 온몸이 얼어붙는 것 같았다. 흉한 화상 흉터가 얼굴의 반쪽을 뒤덮고 있었다. 찰흙 반죽을 아무렇게나 덕지덕지 발라 놓은 것처럼 피부가 울퉁불퉁 부풀어 올라 있었다. 목과 얼굴의 피부가 엉겨붙어 목을 자라처럼 움츠리고 있는 모습이었다. 붉은 피부는 기름칠을 한 것처럼 심하게 번들거렸다. 마치 윤기가 나는 붉은 빛깔의 가면을 쓰고 있는 것처럼 보였다. 저토록 끔찍한 흉터를 가진 사람은 난생처음이었다. 나와 시선이 마주친 할머니는 얼굴을 돌려버렸다. 저런 흉터를 가진 할머니라면 어떤 인생을 살아왔을까? 심한 갈증과도 같은 궁금증이 불길처럼 맹렬하게 일어났다.

그곳에서 생활하는 다른 할머니들을 만나 취재했다. 그간 살아온 이야기도 듣고 합천에서 히로시마에 건너가게 된 사연도 들었다. 가장 중요한 원폭 투하 당시의 상황도 들을 수 있었지만 뭔가 찜찜한 기분이 들었다. 그 할머니의 이야기를 듣지 않으면 안 될 것만 같았다. 할머니 얼굴에 남아 있는 끔찍한 화상 흉터가 원폭의 지울 수 없는 상처를 말해주는 것만 같았기 때문이었다. 복지회관을 나서면서 사무장에게 그 할머니에 대해 물어보았다.

"아, 강분희 할머니 말씀이시죠? 안 그래도 작가님 전화 받고 취재 이야기를 하니까 단칼에 싫다고 하셨어요. 제가 여기 근무한 지 얼마 안 되어서 눈치 없이 여쭈었던 거죠. 기자들이 취재

하려고 몇 번이나 시도했는데 한 번도 인터뷰를 하신 적이 없다
는 거예요."

"왜 그러시는 거죠?"

"잘은 모르겠지만, 가장 끔찍한 트라우마 아니겠습니까? 조용
하고 성격도 좋아 보살 할머니라고 불리시는 분인데, 원폭 당시
의 이야기만 꺼내면 화를 내시더군요. 그때 이야기 입에 담기도
싫다는 분들이 계세요."

"아, 네."

할머니들에게 무례했다는 생각이 들어 얼굴이 화끈거렸다.
갑자기 찾아가서 다짜고짜 원폭 당시의 이야기를 들려달라고 하
지 않았던가. 억지로 상처를 드러내게 만드는 것은 일종의 폭력
일지도 몰랐다.

사람마다 열어보고 싶지 않은 비밀의 방 하나씩은 있는 법이
다. 누군가 그 방의 문을 함부로 열고 들어오는 것은 두려운 일
이다. 어떤 사람에게는 생살이 뜯겨나가는 일일 수도 있는 것이
다. 그 끔찍한 기억을 떠올리도록 하는 것은 다시 한 번 원폭의
고통을 겪도록 만드는 일인지도 몰랐다. 원폭 피해를 입었을 때
할머니는 아마도 십대의 소녀였을 것이다. 얼굴에 끔찍한 화상
을 입고 살아왔던 70년의 세월을 시간의 무덤에 묻어버리고 싶
지 않았을까. 할머니는 침묵의 집 속에 스스로를 유폐시키고 있
는지도 몰랐다.

원폭 진료증은 대체 어디에 있을까. 집 안의 모든 서랍이나 보

관함 속을 샅샅이 뒤져보았지만 헛일이었다. 진료증 찾기를 포기하고 책상 앞에 앉는 순간 휴대폰이 울렸다. 낯선 지역번호가 찍혀 있었다.

"정현재 작가님이시죠?"

오랜만에 들어보는 작가라는 말에 얼굴이 확 달아올랐다.

"네, 제가 정현재입니다. 근데 누구십니까?"

"정 작가님, 기억하실지 모르겠습니다. 저는 원폭피해자복지회관에 근무하는 서동수 사무장이라고 합니다."

보름 전 취재를 갔던 일이 생각났다. 안경을 낀 그의 선한 눈매가 떠올랐다.

"아! 예. 서 사무장님, 잘 지내셨어요? 그날 정말 감사했습니다."

"별 말씀을요. 혹시 강분희 할머니 기억하시는지 모르겠습니다."

"강분희 할머니가 누구시죠?"

"거 왜, 흉터가 심한 할머니 있지 않습니까?"

화상 흉터로 뒤덮인 할머니의 얼굴이 떠올랐다.

"아, 네. 기억납니다."

"강분희 할머니께서 마음이 바뀌신 모양이에요. 그때 왔던 책 쓰는 양반 불러주소, 이러시더라구요. 모든 걸 털어놓고 싶으시다구요. 그래서 연락 드렸습니다. 평소 할머니답지 않아서 저도 조금 놀랐습니다."

나는 속으로 쾌재를 불렀다.

흉터의 꽃

"아, 예. 사무장님 정말 감사드립니다. 시간 정해서 며칠 내에 찾아뵙도록 하겠습니다."

"네, 정 작가님 일정 정해지면 연락 주세요."

강분희 할머니가 문을 열고 침묵의 집에서 나오려 하고 있었다. 다른 그 무엇보다 할머니가 왜 심경의 변화를 일으켰는지 궁금했지만 스스로 이유를 말하게 될 때까지 기다려야 할 것이다.

합천에 며칠간 머물러야 될지도 모른다는 생각이 들었다. 할머니의 이야기를 단 하루 만에 다 들을 수는 없을 것이다. 원폭이 투하되고 난 뒤 지금까지 70년이 흘렀다. 70년, 그 시간은 한 사람의 일평생이었다.

캐리어에 속옷 세 벌과 양말 다섯 켤레와 겉옷 몇 벌을 챙겨 넣었다. 마침 3월 개학 때까지 일주일의 시간이 남아 있었다. 아침에 하늘이 잔뜩 흐려 있더니 진눈깨비가 푸슬푸슬 날리기 시작했다. 한국의 히로시마 합천, 원폭이라는 단어가 진눈깨비가 되어 차창에 들러붙는 것 같았다.

관부연락선의 밤

　강순구는 소 풀을 한 짐 짊어지고 산에서 내려오다 지게를 땅에 내려놓았다. 누런 삼베 적삼은 풀물이 배어 얼룩덜룩하고 꾀죄죄했다. 산 중턱에서 뻐꾸기와 산비둘기 울음소리가 들렸다. 강 쪽에서 바람이 불어왔다. 바람결에는 수상한 시절의 풍문이 실려 있는 것만 같았다. 강순구는 손등으로 땀을 훔치며 황강을 내려다보았다.

　황강은 강순구가 사는 합천군 율곡면을 관통하며 흘렀다. 가야산과 황매산에서 발원하여 서쪽에서 동쪽으로 굽이치며 흘러가는 황강은 산 아래 엎드린 거대한 녹색 비단구렁이처럼 보였다. 경상북도를 가로지르며 내려온 낙동강은 합천 덕곡면 율진리로 흘러들어 청덕면 적포리에서 황강과 만났다. 황강은 여러 개의 얼굴을 지닌 강이었다. 은어떼가 물살을 튕기며 솟구쳐 오르고 청둥오리떼가 헤엄치는 황강은 생명을 품고 있는 어머니처럼 자애로운 모습이었다. 부끄러움을 타는 시골 새색시같이 조용하고 수줍게 흐르던 황강은 홍수가 나면 광포한 얼굴로 변했다. 날카로운 발톱을 세운 맹수로 변해 황강은 사람과 집과 가축과 곡식과 채소와 애써 가꾼 모든 농작물을 휩쓸고 가버렸다. 황강은 합천 사람들의 눈물과 한을 싣고 낙동강을 만나 남해로 흘러갔다.

합천은 경상도의 강원도라 불릴 정도로 높은 산으로 둘러싸인 고장이었다. 동쪽으로는 낙동강이 흘러 창녕군과 경계를 이루고 서남쪽과 북쪽으로 천 미터가 넘는 산들이 즐비했다. 가야산, 매화산, 이상봉, 비봉산, 두무산, 오도산, 황매산이 건장한 장정처럼 우뚝우뚝 솟아 있었다.

합천은 초계면을 제외하고는 너른 경작지는 눈 씻고 봐도 찾기 힘들었다. 경작지도 좁은 데다 다른 지역보다 자연재해도 극심했다. 합천 사람들은 황강 주변에 펼쳐진 손바닥만 한 논밭을 일구며 근근이 살아갔다. 농사꾼 대부분이 소작농이어서 비싼 소작료와 지세를 떼고 나면 입에 풀칠하기도 힘들었다.

1912년, 조선을 강제로 병합한 일본은 조선의 경제권을 장악하기 위해 토지조사령을 발표했다. 당시에는 토지대장에 등록되지 않은 토지들이 상당했다. 일본은 토지의 소유권이 분명하지 않은 국유지를 합법적으로 빼앗기 위해 토지조사사업을 서둘렀다. 기간 내에 신고를 하지 않은 토지는 강제로 몰수해버렸다. 일본에 반감을 가진 농민들은 일부러 신고를 하지 않고 버티는 경우가 많았다. 졸지에 조상 대대로 농사를 짓던 땅을 빼앗긴 농민들은 날벼락을 맞았다. 울며 겨자 먹기로 소작농이 되거나 만주나 일본 땅으로 유랑의 길을 떠나는 사람이 부지기수였다.

토지조사사업의 검은 손길은 두메산골 합천에도 어김없이 뻗쳐왔다. 합천군 율곡면 하곡리에 사는 강형구는 일본이 토지조사사업을 한다고 하자 긴 곰방대로 담배나 피우며 코웃음을 쳤다. 일본 놈들이 하는 일이라면 다 못마땅했던 그는 토지조사사업의 광풍에도 눈도 꿈쩍하지 않았다. 농사를 지을 전답이 부족한 하곡리에서 밭 열 마지기에 논 열아홉 마지기나 가진 그는 제법 부자 소리를 들으며 목에 힘을 주고 살았다. 부지런한 농사꾼이었던 아버지가 물려준 땅 덕분이었다. 아직 장가를 가지 않은 이복동생 강순구가 말 잘 듣는 황소처럼 농사일을 도맡아주었기 때문에 머슴에게 줄 새경 걱정도 하지 않았다.

강형구의 어머니가 죽은 다음 해 아버지는 재취를 맞아들였다. 얼마 안 있어 순구가 태어나자 아버지의 사랑은 전부 순구에게 쏠렸다. 강형구는 이를 갈며 순구와 계모를 증오했다. 순구를 머슴처럼 부렸던 이유도 그 때문이었다. 순박하고 우직하기만 한 강순구는 장가를 가면 형이 제 몫의 땅을 줄 것이라고 믿으며 열심히 일했다.

강순구는 스물다섯 살 되던 해 드디어 장가를 들었다. 색시는 강순구보다 열 살이나 어린 처녀였다. 황강 건너편 내천에서 시집을 왔기 때문에 동네 사람들은 어린 새색시를 내천댁이라고 불렀다. 아직 아이 티를 못 벗은 어린 새댁은 내천댁이라고 불리면 부끄러워 얼굴을 붉히곤 했다. 장가가면 논을 떼어준다던 강형구는 말이 없었다. 강순구가 날마다 땅을 달라고 졸라대자 겨우 내년 봄에 보리타작을 하면 논 세 마지기를 주겠다고 내키지 않는 얼굴로 약조를 했다.

강형구는 한동네에 살던 이병태가 땅을 노리고 있다는 사실은 꿈에도 생각지 못했다. 세상 돌아가는 이치에 밝은 이병태는

흙터의 꽃

토지조사사업의 내막에 대해 잘 알고 있었다. 일본 관리와 짜고 토지대장에 올라 있지 않은 강형구의 땅 열 마지기를 자신의 땅으로 신고해버렸다. 하필이면 그 땅 열 마지기에는 강형구가 강순구에게 주려고 한 논 세 마지기도 들어 있었다. 사실을 뒤늦게 알게 된 강형구는 이병태를 찾아가 초죽음이 되도록 두드려 패고 집에 불을 싸지르겠다고 난리를 피웠다. 그런 일을 당하고 가만있을 이병태가 아니었다. 강형구는 주재소에 끌려가 태형 스무 대를 맞고 드러눕고 말았다. 강순구는 논 한 마지기라도 달라고 형에게 매달렸다. 강형구는 불난 데 부채질하느냐며 동생 내외를 빈손으로 내쫓아버렸다.

합천 지역은 관개설비가 정비되지 않아 해마다 가뭄과 홍수에 시달렸다. 강바닥이 얕은 황강 유역의 전답은 여름철이 되면 홍수 피해에 시달렸고 산간 지역은 가뭄의 피해를 입곤 했다. 사람들은 밭에 조나 메밀이나 콩을 심는 것으로 가뭄과 홍수를 이겨냈다. 이런 합천 땅의 사정을 고려하지 않고 조선총독부는 쌀과 면화와 누에고치 증산 정책을 강요했다. 심지어 일본에서 만든 면제품을 사도록 하기 위해 농가의 씨아를 강제로 몰수했다. 농민들은 자신들이 재배한 면화로 옷을 지어 입지도 못하고 일본에서 수입한 비싼 면제품을 억지로 사야만 했다.

일본인들만을 위한 농업 정책 때문에 합천의 농민들은 나물죽으로 연명하고 들풀을 뜯어 먹으며 겨우 목숨을 부지했다. 칡뿌리를 캐 떡을 만들거나 나물을 뜯어 밀, 보리, 쌀가루, 아니면 쌀겨에 섞어 먹거나 죽을 쑤어 끼니를 때우고 보리가 익을 때를 기다리며 지내야 했다. 누구의 집에서 개떡 찌는 냄새가 나면 아이들은 군침을 질질 흘리며 먹을 것을 달라고 보챘다. 보릿고개를 넘기기 힘들어 쓰디쓴 씀바귀와 민들레도 먹고 평소에는 거들떠보지 않던 질경이, 엉겅퀴, 망초나 쑥부쟁이도 뜯어 삶아 먹었다. 아무 것이나 눈에 띄는 대로 먹다 보니 배탈이나 설사에 시달리는 사람들도 많았다. 여름에는 무 잎도 뜯어 먹고 풀이나 나무뿌리도 캐 먹었다. 겨울에는 먹을 게 더 궁했다. 소나무 껍질을 벗겨 먹고 칡뿌리를 캐러 온 산을 뒤지고 다녔다. 제 살을 뜯어먹는 심정으로 보리 싹까지 잘라 먹기도 했다.

사람들이 굶주림으로 죽어가던 그해 겨울 내천댁은 첫 임신을 했다. 근 10년이 넘도록 아이를 못 가져 팔자에 자식은 없다고 생각하던 참이었다. 다 굶어 죽게 생긴 마당이라 아이가 마냥 반가울 수만은 없었다. 강순구에게 내천댁의 임신은 공포였다. 뱃속의 아이도 아이였지만 먹을 것이 없어 까칠하게 시들어가는 아내를 보면 가슴이 미어졌다. 강순구는 먹을 것을 구하러 산으로 들로 미친 듯이 헤집고 다녔다. 마을 인심도 흉흉해지고 있었다. 닭이나 돼지나 개를 키우는 사람들은 한동네 사람들을 의심어린 눈빛으로 쳐다보았다. 혹시라도 밤사이 가축들을 도둑맞을까 봐 전전긍긍하거나 도둑맞기 전에 내다팔아 양식으로 바꾸어버렸다. 심지어 쥐까지 잡아먹는 사람들도 있었다. 할 수만 있다면 사람들도 잡아먹을 기세였다.

눈이 퀭한 아내가 숨을 헐떡이며 누워 있는 것을 보다 못해 강순구는 집밖으로 나왔다. 담벼락 밑으로 기어가는 쥐새끼 한

흉터의 꽃

마리가 눈에 띄었다. 저 쥐라도 잡아 참새고기라며 구워 먹일까 하는 생각이 들었다. 임신한 아내에게 쥐를 잡아다 먹이겠다니 굶어 죽으면 굶어 죽었지 인간이 할 짓이 아니었다. 뱃속의 아이에게도 못할 짓이었다.

강순구는 마당을 한참 왔다 갔다 하다 형의 집을 내려다보았다. 형의 집 굴뚝에는 밥을 하는지 연기가 피어올랐다. 굶고 있는 동생에게 보리 쌀 한 톨 줄 생각을 하지 않는 형을 생각하면 이가 갈렸다. 연기에도 손이 달려 있는지 사람을 마구 잡아끌었다. 저도 모르게 발길이 형의 집 쪽으로 향하던 강순구는 정신을 퍼뜩 차렸다. 꿈에서도 마주치기 싫은 인간이 형이었다. 이틀 전에 있었던 일 때문이었다.

보리쌀 한 되라도 달라고 형을 찾아가 읍소했다. 강형구는 자기 식구 먹을 것도 없다며 화를 벌컥 내며 나가라고 소리를 질렀다. 마치 더러운 거지를 내쫓는 것 같았다. 피가 거꾸로 솟았다. 강순구는 분을 못 이겨 형을 그대로 마당에 메다꽂았다. 죽는다고 강형구가 소리를 질러대자 동네 사람들이 몰려왔다. 강형구는 동네 사람들 앞에서 입에 담지도 못할 욕을 퍼부었다. 강순구는 닥치는 대로 지게를 집어던지고 멍석을 집어던지고 짚단을 내팽개쳤다. 지게 작대기에 맞은 장독이 퍽 소리를 내며 깨졌다. 시커먼 간장이 왈칵 엎질러졌다.

그 소동을 피우고 나니 동네 사람들 마주치기 부끄러웠다. 합천 이씨들 집성촌인 하곡리에서 타성바지 강씨 형제가 피운 소동은 그야말로 제 얼굴에 침 뱉기였다.

강순구는 천장만 바라보고 기운 없이 누워 있었다. 누가 부르는 소리가 들려 방문을 열었다. 누군가 했더니 내천에 사는 장인 영감이었다. 강순구는 겨우 엉기적거리며 일어났다. 내천댁은 친정아버지 목소리를 듣고도 일어나 앉지도 못했다.

"장인어른, 여기까지 웬일이십니꺼?"

"어허이! 이게 무슨 짝이고? 우리 딸 다 죽게 생깄네."

"아부지, 오싰습니꺼?"

내천댁은 겨우 일어나 앉아 고개를 떨구었다. 장인 영감은 피골이 상접한 딸을 보고 기가 막히는지 혀를 끌끌 찼다. 강순구는 죄지은 듯 장인 앞에 무릎을 꿇었다.

"얼라 들어섰다는 소문 듣고 우예 사는가 싶어 한번 와 봤더니…… 쯧쯧!"

"장인어른, 면목이 없심더."

"이 사람아, 무릎은 와 꿇노? 편히 앉아라. 자네 형도 숭악하다. 천하에 그런 형이 어딨노? 동생이 다 죽게 생깄는데 양석도 좀 안 보태주나? 그나저나, 이 동네 살다가는 우리 딸 죽이게 생깄다. ……자네, 내 말 한번 들어보게. 일본 갈 생각 없나?"

강순구는 장인 영감이 무슨 헛소리를 하는가 싶어서 뜨악한 얼굴로 쳐다보았다. 일본이라는 곳이 마치 저승처럼 먼 곳같이 느껴졌다.

"일본이라 캤심니꺼?"

강순구의 말에 장인 영감이 고개를 끄덕였다. 내천댁도 친정아버지를 멍한 얼굴로 쳐다보았다.

"들어보이 일본에는 일자리가 많다 안 카나. 지만 부지런히 일하면 안 굶어 죽는다 카더라. 우리 동네에도 일본 히로시마에 간 사람이 있다. 그 사람은 말 구루마 끄는 일을 하는데 벌이가 괜찮아서 집에 돈을 제법 부쳐 오는 갑더라. 그 덕에 논도 다섯 마지기나 샀다."

논 다섯 마지기라는 말에 강순구는 귀가 번쩍 띄었다. 캄캄한 우물 속에 빠진 채 죽기만을 기다리고 있는데 굵은 동아줄 하나가 내려온 것만 같았다. 아내와 뱃속의 아이를 살릴 수만 있다면 일본 히로시마가 아니라 지옥에라도 갈 수 있을 것 같았다. 그런데 일본까지 가는 여비를 어떻게 구한단 말인가.

"장인어른 말씀은 고맙심더. 그란데, 뱃삯이 한두 푼도 아일 끼고 돈이 없는데 우예 가겠십니꺼?"

"내 딸을 살리는 일인데, 내가 그걸 못 구해주겠나? 부산 가는 차비하고 일본 가는 뱃삯하고는 내가 논을 팔아서라도 구해주겠네. 차비에다 뱃삯하고 일본 돈 10엔이 있어야 갈 수 있다 카던데, 구해줌세. 일본 가서 돈 벌어 내한테 그 돈 갚으마 안 되겠나? 그카고 돈 벌어서 꼬박꼬박 부치주마 내가 착실히 모아서 자네 몫으로 전답도 사놓고 그카마 안 되겠나?"

돈을 모아서 전답을 사놓는다는 장인 영감의 말에 강순구는 입이 쩍 벌어졌다. 꿈에라도 땅 한 뙈기만 가지게 된다면 원이 없을 것 같다고 생각했다. 몇 년만 고생하면 내 땅을 가지게 된다는 말이 꿈만 같았다. 그동안 땅 한 뙈기가 없어서 형에게 받았던 설움과 고생이 주마등처럼 스쳐갔다.

"장인어른! 고맙심더. 이 은혜 죽어도 안 잊을 낍니더."

"무신 소리 하노? 은혜는 무슨. 다 내 딸 살리자꼬 카는 일인데."

장인 영감은 쌈지를 뒤적거리더니 강순구에게 2원이나 건네주었다. 강순구는 죽다가 살아난 것만 같았다. 어디에서 기운이 솟아났는지 벌떡 일어나 장인 영감에게 넙죽 절을 올렸다. 사람이 죽으란 법은 없는 모양이었다.

1905년 부관항로가 처음 개설되고 부산에서 일본 시모노세키로 가는 관부연락선이 운행되기 시작했다. 부관항로가 열리자마자 조선에서 일본으로 건너가는 사람들이 나타났다. 유학생들이나 일자리를 찾아 일본으로 떠나는 사람들이었다. 히로시마에도 일자리를 찾아 건너가는 조선인들이 띄엄띄엄 나타나다 1917년 이후 급속히 늘어났다.

메이지 유신 이후 대륙 진출을 위해 군사력을 키우던 일본은 히로시마를 군사기지로 삼았다. 특히나 조선에서 벌어진 청일 전쟁은 히로시마를 군사도시로 급성장시킨 계기가 되었다. 철도가 개통되고 우지나항까지 완성되자 히로시마는 대륙 침략의 전초기지로 변모했다. 육군의 군사도시 히로시마와 해군의 군사도시 구레가 철도로 연결되자 히로시마는 군사기지로서의 중요성이 더 커졌고 눈부신 발전을 거듭했다. 제1차 세계대전 후에는 군수물품을 생산하는 공장들이 우후죽순으로 생겨났다. 동양최대의 무기 제작소인 일본제강소도 히로시마에 둥지를 틀고 있

흉터의 꽃

었다.

히로시마는 원래 면화 경작을 주로 하던 시골 지방이었다. 미국의 강제 개항 이후 값싸고 품질 좋은 미국의 면제품이 밀려오기 시작했다. 히로시마의 농민들은 더 이상 면화 재배로 먹고살기 힘들어지자 해외로 일자리를 찾아 이주했고, 군수산업기지가 된 히로시마는 노동력이 부족했다. 조선의 농민들은 일본 히로시마로 눈을 돌렸다. 히로시마 농민들이 떠난 자리를 합천의 농민들이 메우게 된 셈이었다. 더 이상 굶지도 않고 돈도 벌 수 있다는 희망을 안고 합천 사람들은 관부연락선에 올랐다.

두 달 뒤 강순구는 내천댁과 함께 일본으로 가는 기나긴 여정에 올랐다. 산달이 석 달 뒤인 내천댁의 배는 제법 불룩했다. 임신한 몸으로 험한 뱃길을 갈 수 있을지 걱정스러웠다. 이불과 입을 옷 몇 벌과 수저, 그릇 두 개가 짐의 전부였다. 고갯마루에 올라서서 집과 들판과 산과 굽이치며 흘러가는 황강을 내려보았다. 철모르던 어린 시절 아무 걱정도 없이 강에서 친구들과 황강에서 자맥질하며 놀던 때가 떠올랐다. 나무를 짊어지고 내려오던 길, 처음 소를 몰고 쟁기를 끌던 순간, 다리를 둥둥 걷고 모를 심다 다리에 붙은 거머리를 떼어내던 일, 매미 소리를 들으며 느티나무 아래 낮잠을 자다 형에게 혼이 나던 일, 내천댁과 초례를 치를 때의 일 들이 두서없이 떠올랐다. 모깃불을 피워놓고 정자나무 밑에 누워서 하늘을 올려다보면 나뭇잎 사이로 별들은 금가루를 들이부은 것처럼 반짝였다. 정자나무가 휘청거릴 정도로 울어대던 참매미들의 울음소리가 들리는 것만 같았다. 강순구는 돌아가신 부모처럼 자신을 품어주던 느티나무를 오래 바라보았다.

하곡리의 산모롱이, 오솔길, 바위, 계곡마다 강순구의 발길이 닿지 않은 곳이 없었다. 머리에서 발끝까지 몸이 기억하는 땅이었다. 아니, 합천은 강순구와 한 몸이었고 강순구 자신일지도 몰랐다. 몸을 두 쪽으로 갈라내 반쪽은 두고 떠나는 길이라는 생각이 들었다. 굶주림의 기억만 안겨주었던 고향이었지만 막상 떠나려니 가슴이 먹먹했다. 땅이 녹아서 질척거렸다. 길가에는 쑥이 머리를 내밀고 양지바른 쪽에는 진달래도 봉오리를 내밀고 있었다. 잔디 사이에는 할미꽃이 피어 있었다. 합천에도 어김없이 봄은 찾아오고 있었다. 태어나서 한 번도 떠난 적이 없던 합천 땅을 떠난다고 생각하니 목이 콱 메었다.

합천 버스 정류장에서 목탄버스를 강순구는 처음 보았다. 목탄버스는 뒤꽁무니에 목탄 숯불가스통을 매달고 있었다. 조수가 정류소마다 내려 목탄 화력을 점검하고 목탄을 보충하는 버스였다. 목탄버스는 한참 불을 피워 목탄가스의 열 발생이 충분해지면 그제야 운행했다. 달리던 버스가 힘이 부쳐 언덕이나 고갯길을 못 오를 때에는 환자와 노약자만 남고 모두 내렸다. 다 죽어가는 병자처럼 힘이 없는 목탄버스는 도중에 몇 번이나 서곤 했다. 버스를 밀다 지친 장정들은 부산까지 걸어가는 게 차라리 낫겠다며 투덜거렸다. 강순구는 버스가 서건 말건 일본으로 가고 있다는 사실 하나만으로 가슴이 벅찼다. 강순구에게 일본은 하얀 쌀밥과 고깃국의 다른 이름이었다. 금싸라기보다 귀한 쌀밥을 먹을 수 있는 꿈의 땅이었다.

대구에 도착해 부산까지 가는 경부선 기차를 탔다. 커다란 보퉁이를 이고 지고 부산항으로 가는 사람들의 행렬은 피난민들의 대열을 방불케 했다. 비좁은 사람들의 틈바구니를 누비며 주먹밥을 파는 장사치들의 목소리, 아이들의 울음소리, 오랜만에 만난 식구들의 이름을 부르는 소리로 귀가 멀 지경이었다. 놓칠세라 강순구는 내천댁의 손을 꼭 움켜쥐었다.

항구에 정박하고 있는 관부연락선을 처음 본 강순구는 눈이 휘둥그레졌다. 배라고는 작은 나룻배밖에 본 적이 없었던 그의 눈에 관부연락선은 산처럼 크고 거대해 보였다. 드디어 뱃고동이 울리고 배가 서서히 움직이기 시작했다. 항구에 배웅을 나온 사람들이 가족의 이름을 목 놓아 부르며 손을 흔들었다. 배에 탄 이들도 남은 가족을 향해 미친 듯이 손을 흔들었다. 기약 없는 이별이었다. 강순구는 멀어져가는 조선의 하늘과 땅과 집과 길과 사람들을 바라보았다. 흰옷을 입은 사람들이 손을 흔들었다. 고향을 등지고 낯선 땅으로 건너가는 이들을 배웅하듯 갈매기가 끼룩거리며 관부연락선을 따라왔다.

배 안은 발 디딜 틈이 없었다. 화물칸까지 짐과 사람들로 꽉 차 있었다. 갓난아이를 업은 아낙네, 서너 살로 보이는 어린아이에서 열 살 정도까지의 남자아이나 여자아이들을 거느린 젊은 부부, 중늙은이, 혼자 몸으로 배를 탄 남자 들로 배 안은 북새통이었다. 짐들이 쌓여 있는 화물칸 바닥에 앉은 이들의 얼굴에는 불안과 설렘이 깃들어 있었다. 여기저기 사람들이 토해낸 토사

물로 시큼하고 구린 악취가 풍겼다. 짐 보따리에 등을 기대고 곰방대를 피워 무는 남자, 잠이 든 아이를 걱정스럽게 안고 있는 여자, 다들 행색이 초라하기 그지없었다. 내천댁보다 배가 더 불룩한 만삭의 임산부도 보였다.

태어나서 합천을 단 한 번도 벗어난 적 없었던 강순구는 모든 것이 처음 겪는 일이라 낯설고 두려웠다. 옷 보퉁이를 꼭 끌어안고 있는 내천댁도 강순구의 곁에 바싹 붙어 앉아 이곳저곳을 둘러보았다. 강순구는 연신 구토를 해대는 내천댁이 걱정되어 등을 쓸어주었다. 주변에 앉은 사람들에게 물어보니 합천에서 왔다는 사람들이 제일 많았다. 코는 뭉툭하고 눈썹이 짙은 사내가 강순구에게 말을 걸었다. 합천 율곡 정골에서 왔다며 미쓰비씨 군수 공장에 일하러 가는데 일할 데 없으면 같이 일하자고 했다. 우지나 조선소에서 일할 거라는 합천 대병면 출신 남자는 조선소에서 일하도록 소개해주겠다고 했다.

남자들의 말을 조용히 듣고 있던 내천댁이 강순구의 옆구리를 가만히 찔렀다. 연신 구토를 해댄 통에 내천댁의 얼굴은 해쓱했다.

"와 그라노?"

"가만히 보니 여 합천 사람들이 참말로 많네예."

"합천이 묵고살기 질로 힘들어서 안 그렇겠나? 그러이 합천 사람들이 이래 안 많겠나? 그래도 합천 사람이 많아서 의지가 많이 된다."

"합천 사람들도 많고 남자 혼자 온 사람도 많네예. 지도 할 일이 생각났으예. 잔칫집 일 댕기민서 어지간한 음식은 다 해봤어예. 국밥 같은 거나 국시 끼리서 팔마 안 되겠십니꺼? 지도 밥벌이에 힘을 보태야지예."

"뭔 소리고? 산달이 울매 안 남았는데 그런 생각 치아라 마. 몸이나 건사 잘해라."

"뭔 소리합니꺼? 얼라 낳고 사흘도 안 돼서 바로 일하러 가는 기 우리 촌 동네 여자들 아입니꺼? 묵고살라면 뭘 못 하겠십니꺼? 시상에 질로 무서운 기 배 곯는 거 아입니꺼?"

강순구는 뜨거운 것이 울컥 치밀어 올랐다. 끔찍한 굶주림을 겪어낸 아내였다. 그것도 뱃속에 아이를 가진 여자가 겪은 굶주림이 아니었던가. 강순구는 내천댁의 손을 꼭 쥐었다. 가진 거라곤 달랑 불알 두 쪽밖에 없는 놈한테 시집와서 말도 못할 고생을 한 아내였다. 말도 통하지 않는 일본 땅까지 남편을 믿고 따라 나서준 것만도 고마운데 장사까지 할 생각을 하다니. 눈두덩이 뜨끈해져 강순구는 고개를 돌렸다.

관부연락선에도 밤이 찾아왔다. 칭얼대던 아이들도 잠이 들고, 어른들도 하나둘 코를 골았다. 다들 나라 없는 탓으로 낯설고 물설은 이국땅으로 내몰린 사람들이었다. 돌멩이처럼 이리 채이고 저리 채인 사람들이었다. 나라는 힘없고 능력도 없는 부모였다. 모든 것을 도둑맞고도 넋을 놓고 있는 바보 천치 같은 부모였다. 하나도 남김없이 빼앗겨도 싸워볼 생각조차 하지 않는 부모였다. 조선의 백성들은 부모가 길거리에 내팽개쳐두고 가버린 고아 신세보다 더 나을 게 없었다.

세상 그 어디에서 살아도 합천 땅보다는 힘들지 않을 것 같았다. 죽음보다 더 무서운 것이 굶주림이라는 것을 가르쳐준 곳이 바로 고향 합천이었다. 강순구는 내천댁의 손을 꼭 쥐고는 깊은 물에 잠기듯 잠에 빠져들었다.

흉터의 꽃

무간지옥의 날

아침부터 매미 소리가 요란했다. 히로시마 시민들은 잠시 뒤 어떤 일이 벌어질지 상상도 못한 채 평소와 다름없이 하루 일과를 시작했다. 자신들의 생과 사를 거머쥐고 날아오는 악마의 날갯짓을 그 누구도 눈치채지 못했다. 봉인되어 있던 지옥의 검은 문이 열릴 시간이 서서히 다가오고 있었다.

히로시마의 아침 하늘은 그날따라 유난히 찬란하고 눈부셨다. 아침 햇살을 받은 강물은 눈부시게 반짝이고 물고기들이 물살을 튕기며 솟구쳐 올랐다. 부지런한 주부들은 일찌감치 일어나 집 안을 쓸고 닦고 아껴둔 양식으로 아침식사를 준비했다. 배급된 양식이 언제 떨어질지 몰라 주부들은 늘 불안했다. 굴뚝에서 연기가 피어오르고 아침밥을 짓는 구수한 냄새가 낮은 목조 건물 사이로 퍼져나갔다. 막 산통을 시작하는 산모도 있었고 갓 태어난 신생아가 터뜨리는 울음소리에 온 가족이 안도의 숨을 내쉬는 집도 있었다.

히로시마 시내는 출근하는 사람들과 방학인데도 근로봉사를 나가는 학생들의 행렬로 부산했다. 공사장으로 나가는 인부와 짐마차를 끌고 물건을 나르는 마부, 말을 타고 가는 장교, 군복을 입은 군인 들이 바쁘게 거리를 오갔다. 잠이 없는 아이들은 이른 아침부터 매미를 잡겠다고 나무를 타고 올랐다. 소나기처럼 매미 소리가 쏟아졌다. 전쟁이란 괴물을 눈앞에서 본 적이 없는 아이들의 웃음소리는 마냥 투명하고 해맑기만 했다.

히로시마는 미군의 폭격으로 큰 피해를 입진 않은 편이었다. 주변의 다른 도시들은 연일 계속되는 B-29의 폭격으로 막대한 피해를 입고 있었다. 미국은 원자폭탄의 가공할 위력을 전세계에 보여주려 했다. 그래서 목표 도시를 선정할 때 재래식 폭탄의 피해를 입지 않은 도시를 우선으로 했다. 인구 밀집 지역이며 중요한 군사시설이 있고, 많은 노동자들이 일하는 큰 공장이 있는 곳이 목표 대상이었다. 군수도시이며 폭격 피해도 별로 입지 않았던 히로시마는 전세계에 원자폭탄의 위력을 보여줄 수 있는 가장 적당한 곳이었다.

거기, 히로시마에 조선인들이 있었다. 먹고살기 위해 일본으로 건너온 조선인 일가족, 학도병이라는 이름으로 군대에 끌려온 학생, 징용으로 공장에 끌려온 스무 살의 새파란 청년, 나물을 캐거나 우물에서 물을 긷다 끌려온 앳된 얼굴의 근로 정신대 소녀 들이 있었다. 나라를 빼앗긴 죄로 영문도 모른 채 일본으로 끌려온 순박한 조선인들, 일본의 수탈로 살길을 찾아 일본으로 건너온 조선인 수만 명이 히로시마에 살고 있었다.

히로시마에 살고 있는 조선인들 중에는 강순구의 식구도 있었다. 강순구가 합천에서 히로시마로 건너온 지도 어언 15년이 지났다. 그 세월은 어미의 뱃속에 있던 아이가 어린 처녀로 자라

흉터의 꽃

나기에 충분한 시간이었다. 강순구의 딸 분희는 아침 일찍 일어나 공장으로 나갈 채비를 서둘렀다. 밤에 이어진 두 차례의 공습경보 때문에 방공호에 피신해야 했다. 다른 도시들을 폭격하기 위해 미군 전투기들이 히로시마 연안을 따라 움직였고 그때마다 공습경보가 발령되곤 했다. 잠을 설친 분희의 얼굴은 푸석푸석했다.

방학이었지만 학교에서는 학생들을 모아놓고 체조를 시켰다. 분희가 태수를 깨웠지만 짜증을 내며 일어나지 않았다. 학교 가라고 깨우면 자다가도 벌떡 일어나던 태수였는데, 일본인 아이와 싸우다 선생에게 심하게 맞은 뒤로는 지각을 밥 먹듯이 했다. 태수는 공부를 잘했다. 하지만 아무리 1등을 자주 해도 일본인 선생들은 태수의 1등을 인정하지 않았다. 단지 조선인이라는 이유 때문이었다. 일본 아이들은 어른 못지않게 잔인했다. 조선 아이에게 게다짝을 물리고 개처럼 기게 하기도 했다. 일본 아이들은 조선 아이들을 보면 마늘 냄새가 난다고, 조선으로 돌아가라고 손가락질을 했다. 조센징, 닌니쿠 쿠사이! 조센 카에레! 그 말을 듣기만 하면 태수는 눈에 불을 켜고 일본 아이들과 죽자고 싸웠다.

다른 날보다 좀 늦었다는 생각이 들어 분희는 걸음을 빨리했다. 아침부터 도시 곳곳에서 건물 소개 작업을 하고 있었다. 히로시마도 언제든 폭격의 위험 아래 놓여 있었다. 히로시마 시 당국은 미군의 폭격으로부터 군수시설을 보호하기 위해 의용대와 중학생들을 동원해 건물 강제 철거 작업을 진행했다. 백여 명의 남학생들이 기둥 아랫부분에 묶은 굵은 동아줄을 잡아당기자 기둥이 흔들리더니 지붕이 풀썩 내려앉았다. 누런 흙먼지가 자욱하게 피어올랐다. 머리에 흰 끈을 동여맨 분희 또래의 여학생들은 돌을 나르고 있었다.

자전거를 타고 지나가는 젊은 남자를 보자 분희의 귓불과 볼이 발그레 물들었다. 동철이 씩 웃으며 분희야, 하고 부르며 나타날 것만 같았다. 출근길에 동철을 마주치면 가슴이 콩닥거렸다. 동철은 분희만 보면 자전거 뒤에 태우고 싶어 안달했다. 동철의 자전거 뒤에 타보고 싶었지만 열여섯 살이나 된 처녀애가 남자의 자전거 뒤에 탈 수는 없는 일이었다. 동철은 분희를 보기 위해 자전거를 타고 일부러 분희의 집 주변을 맴돌기도 했다. 그는 장난기 가득한 표정으로 말하곤 했다. 분희야, 내한테 시집온나. 누가 뭐라 캐도 니는 내 색시데이. 동철의 목소리가 바로 지척에서 들리는 것만 같았다. 한두 해 뒤 전쟁이 끝나면 어쩌면 동철과 혼례를 올릴지도 몰랐다.

동철의 아버지와 분희의 아버지 강순구는 친했다. 둘 다 합천 출신이었다. 동철의 아버지는 삼가면 출신이었고 강순구는 율곡면 출신이었다. 삼가면과 율곡면은 같은 합천이었지만 멀어서 거의 왕래가 없는 동네였다. 삼가 사람들은 삼가장터에 모여 소식을 주고받거나 자식들의 혼사를 의논하기도 했고 율곡 사람들은 주로 합천장이나 고령장을 보며 소식을 주고받았다. 합천에 계속 살았다면 강순구와 동철의 아버지는 늙어 죽을 때까지 볼 일이 없을 사람들이었다. 히로시마에 건너와 같이 마부로 일하

흉터의 꽃

면서 친해지게 된 사이였다. 동철은 아버지와 함께 분희 어머니인 내천댁의 밥집에 국밥을 먹으러 자주 들렀다. 분희의 아버지와 동철의 아버지는 농담 삼아 분희와 동철을 짝지어주자는 말을 자주 했다. 그 말을 들을 때마다 분희는 질겁하는 표정을 지었지만 속으로는 신랑이 된 동철의 모습을 그려보곤 했다.

갑자기 미 전투기의 침입을 알리는 공습경보가 울렸다. 부산하게 움직이던 사람들이 일시에 하던 일을 멈췄다. 전차도 멈춰섰다. 전차에서 뛰어내린 사람들과 거리를 오가던 사람들이 정신없이 뛰기 시작했다. 분희도 손에 들고 있던 보구 모자를 쓰고 방공호를 향해 달렸다. 공습경보가 있을 때마다 사람들은 솜으로 누빈 보구 모자를 둘러쓰곤 했다. 이마와 목덜미에서 땀이 비오듯 흘러내렸다.

분희는 노란 손수건을 꺼내 입을 막았다. 동철에게 받은 손수건이었다. 분희는 모란꽃 그림이 수놓인 노란색 비단 손수건을 부적처럼 몸에 지니고 다녔다. 잡화점에서 배달 일을 하는 동철은 분희에게 손거울이나 머리빗을 선물하곤 했다. 보름 전 동철이 내민 하얀 종이를 풀자 마치 달빛이 쏟아지는 것처럼 눈앞이 환해졌다. 병아리의 보송보송한 솜털, 개나리와 달맞이꽃과 민들레와 국화의 노란 꽃잎, 새끼 오리의 노란 부리, 노랗게 물든 은행잎. 세상에 있는 노란 빛깔을 다 떠올리게 만드는 손수건이었다. 분희는 노란 비단에 수놓인 진분홍빛 모란꽃을 홀린 듯이 쳐다보았다. 분희야, 모란꽃은 말이다. 그 말을 하고 동철은 침을 꿀꺽 삼켰다. 평소의 동철답지 않게 얼굴이 벌겠다. 오라버니,

모란꽃이 와? 분희가 빤히 쳐다보며 묻자 동철은 손을 휘저으며
아이다! 하며 자전거를 타고는 내빼버렸다. 분희는 그런 동철을
보고는 미소를 지었다. 아마 지금쯤 자전거를 타고 출근길을 서
두르고 있을지도 몰랐다.

의례적인 공습경보라고 생각해 대피소로 달려갈 생각도 하지
않고 천천히 걷는 사람들도 있었다. 분희는 사람들을 따라 방공
호로 뛰어들었다. 찜통 같은 방공호 속에는 겁에 질린 아이들이
웅크리고 있었다. 어른들은 심상한 표정으로 농담도 하고 미군
들 욕을 하기도 했다. 미영귀축 어쩌고 하는 소리가 들렸다. 아이
들은 발을 밟혔다고 아우성을 쳤다. 시큼한 땀냄새와 몸에서 풍
기는 갖가지 악취가 어둡고 좁은 방공호 속에 가득했다. 잠시 뒤
해제경보가 울리자 사람들은 방공호에서 빠져나와 다시 가던
길을 가기 시작했다. 멈춰 섰던 전차도 덜커덩거리며 움직였다.
가게 주인들은 닫았던 가게 문을 다시 열었다. 아침밥을 먹으러
집으로 돌아가는 사람도 있었다. 분희는 이마의 땀을 닦은 손수
건을 접어 몸뻬 주머니에 넣었다.

그때였다. 히로시마 1만 미터 상공에는 미군 기상관측 1호기
가 떠 있었다. 관측기는 원폭을 탑재한 B-29 에놀라게이 호에 기
상조건이 양호하다고 보고했다. 에놀라게이는 조종사인 폴 티비
츠가 자신의 어머니 이름을 따서 붙인 이름이었다. 에놀라게이
가 히로시마 동북 방향에서 시내 방향으로 접근했다. 미군기가
접근하고 있다는 긴급경보가 다시 1분간 쉬지 않고 반복적으로
울렸다.

히로시마 9,600미터 상공에서 에놀라게이는 T자형 다리인 아이오이바시를 투하 지점으로 선택했다. 8시 15분 15초. 봉인되어 있던 지옥의 문이 마침내 열렸다. 4,360킬로그램의 무거운 '리틀보이'가 에놀라게이에서 투하되자 그 반동으로 폭격기는 갑자기 솟구쳐 올랐다. 어제와 다름없이 평온한 일상을 시작하던 민간인들의 머리 위로 죽음의 폭탄이 떨어지기 시작했다. 윙 하는 비행기의 엔진 소리를 들은 땅 위의 사람들은 하늘을 올려다보았다. 에놀라게이의 은빛 몸체가 햇빛을 받아 희미하게 반짝이고 하얀 선이 비행기 뒤로 길게 그어져 있었다. 45초 뒤 원자폭탄은 히로시마 시마병원 580미터 상공에서 태양 수십 개가 부딪쳐 산산조각 난 것처럼 강렬한 섬광을 내뿜으며 폭발했다. 분홍빛, 흰빛, 푸른빛, 은빛, 금빛, 초록빛, 주황빛, 붉은빛…… 그것은 빛의 홍수였다. 세상의 모든 빛들이 일시에 폭발한 것 같았다. 용암처럼 들끓는 빛의 바다였다.

폭발 지점의 온도는 태양 표면 온도의 1만 배에 달하는 섭씨 6천만 도까지 올라갔다. 가공할 정도의 끔찍한 열기에 사람 몸속의 장기가 순식간에 증발해버렸다. 1초도 안 되는 시간에 사람들의 살과 내장과 뼈가 녹아 없어졌다. 전신주와 나무와 옷과 철근과 콘크리트와 벽돌과 바위가 녹아버렸다. 나무 위에서 날아오르던 새들마저 공중에서 그대로 사라졌다. 녹아서 멈춘 시곗바늘은 8시 15분이라는 폭발 순간을 완벽하게 증언했다.

섬광이 지나가고 난 뒤 강력한 열폭풍과 열선이 히로시마를 집어삼켰다. 걸어가던 사람, 건물 앞에 쭈그리고 앉은 사람, 숟가락을 들고 밥을 먹던 사람, 전차에 오르려던 사람, 말고삐를 휘두르던 마부, 말 위에 타고 있던 사람 들은 그 자세 그대로 순식간에 검은 석탄가루로 변해 열폭풍에 날아가버렸다. 아이도 어른도 노인도 청년도 소녀도 아기도 순식간에 검은 재와 먼지로 변했다. 마치 물 한 방울이 사라지듯, 먼지가 사라지듯 사람들이 사라져버렸다. 일시에 밥상이 날아갔고 빨랫줄에 널어둔 옷과 이불이 날아갔고 항아리가 날아갔고 몰래 감추어둔 식구들의 양식이 날아갔고 개들과 고양이들도 날아갔다. 거대한 나무들마저 뿌리째 뽑혀 날아가고 유리창이 산산조각으로 깨져 사람들의 눈과 얼굴과 팔과 다리와 배에 박혔다. 건물의 벽과 지붕이 종이처럼 순식간에 날아올랐다. 사람들의 찢긴 옷가지들이 나뭇가지와 전봇줄에 걸려 펄럭거렸다. 지구 종말의 순간 같았다.

거대한 버섯 모양의 구름이 분당 16킬로미터의 속력으로 하늘을 꿰뚫으며 솟아올랐다. 그것은 모습을 드러낸 죽음의 얼굴, 악마의 맨얼굴이었다. 분홍빛, 피처럼 붉은빛, 엷은 보랏빛, 회색빛이 뒤섞인 무시무시한 버섯구름이 성층권을 뚫고 1만 7,000미터 상공까지 치솟아 올랐다. 눈에 보이지 않는 죽음의 방사능이 악마의 숨결처럼 히로시마 곳곳으로 무섭게 퍼져나갔다. 무너진 건물 사이에서는 사람들의 끔찍한 비명이 터져나왔다. 강력한 열선으로 인해 옷과 살갗이 들러붙은 채 타버리며 죽어간 사람들의 몸에서는 검은 연기가 피어올랐다. 깨진 유리파편이 온몸에 박힌 채 울부짖는 사람들, 끔찍한 화상을 입어 피부가 누더기처럼 녹아내린 사람들, 내장과 눈알이 튀어나온 사람들이 내

흉터의 꽃

지르는 비명에 히로시마는 한순간에 지옥으로 변해버렸다.

태양을 수십 개나 합친 듯한 강렬한 섬광이 번쩍했다. 뜨거운 바람이 등을 후려치며 분희의 몸을 공중으로 휘감아 올렸다. 윗옷이 찢겨나갔다. 2층 지붕 높이까지 치솟아 올랐던 분희의 몸은 불타는 건물 쪽으로 내동댕이쳐졌다. 마치 뜨거운 기름 솥 안으로 떨어지는 것만 같았다. 불붙은 기둥이 쓰러지는 것이 어슴푸레하게 보였다. 쓰러진 나무에 머리를 부딪친 분희는 의식을 잃었다.

시간이 얼마나 흘렀을까. 얼굴이 불타는 것같이 뜨거웠다. 살갗이 갈가리 찢겨나가는 듯한 통증에 정신을 차린 분희는 검게 그을린 제 몸을 내려다보고는 비명을 질렀다. 윗도리가 찢겨나가 젖가슴까지 드러나 있었다. 젖가슴에도 피가 흘렀다. 분희는 피투성이가 된 손으로 가슴을 가렸다. 얼굴과 목에서는 피가 줄줄 흘러내렸다. 얼굴이 뜯겨나가는 것처럼 아프고 쓰라렸다.

온몸에 불이 붙은 채로 비명을 지르며 달려가던 사람이 눈앞에서 픽 쓰러졌다. 달구어진 석쇠 위에 놓인 살아 있는 물고기처럼 격렬하게 몸부림을 쳤다. 이윽고 경련이 멈추었다. 시체에 붙은 불길은 맹렬하게 타올랐다. 시체 타는 냄새가 검은 연기와 함께 사방으로 퍼져나갔다. 분희는 너무 놀라 비명도 나오지 않았다. 유리파편이 온몸에 박혀 붉은 고깃덩이처럼 변한 사람 하나가 건물 밖으로 비틀대며 걸어나왔다. 벌겋게 부풀어 오른 얼굴은 남자인지 여자인지도 구별이 되지 않았다. 살갗이 벗겨져 부풀어 오른 몸에서 피가 줄줄 흘러내렸다. 여기저기서 사람들의 끔찍한 비명이 들렸다.

"물……! 제발 물 좀 줘!"

"으악! 뜨거워! 살려주세요!"

"어, 엄마! 아악! 제발 날 죽여줘!"

"무…… 물 좀 주세요."

"살려줘!"

아우성치는 사람들에게 구원의 손길을 내미는 사람은 아무도 없었다.

분희는 비명을 삼키며 일어났다. 몸을 가릴 만한 것이 있는지 찾아보았다. 불에 탄 가재도구들 사이에 깔린 시커먼 헝겊 조각이 눈에 들어왔다. 우선 아무것이나 몸에 둘러야 했다. 걸레조각 같은 천을 뒤집어쓰자 불에 타는 것처럼 살갗이 쓰라리고 따가웠다. 겨우 몸을 일으켜 도로로 비틀거리며 걸어나왔다.

실낱같은 숨이 붙은 사람들은 숨을 헐떡이며 물을 달라고, 살려달라고 애원했다. 끔찍한 형상을 한 귀신들이 우글거리고 있는 지옥이었다. 그 사람들이 한때 걸어다니고, 아이에게 젖을 물리고, 밥을 먹고, 물건을 팔고, 노래도 부르고, 공장에서 일을 하고, 농사를 짓고, 아이의 손을 잡고 다니던 멀쩡한 사람들이었다는 사실이 전혀 믿기지 않았다. 누군가의 엄마였고 아버지였고 아들이었고 딸이었고 친구였을 사람들이었다. 분희는 제 눈앞에 펼쳐진 광경이 너무나 끔찍해 눈을 질끈 감고 고개를 마구 흔들었다.

흉터의 꽃

말이 도로 위에 선 채로 새카맣게 타 죽어 있었다. 팔이 한쪽 떨어져 나간 어깨에서 피가 줄줄 흐르는데도 정신을 놓은 채 멍하니 서 있는 남자도 보였다. 방화용 수조 속에는 아이를 안은 여자의 시체가 들어 있었다. 숨이 끊어지는 마지막 순간까지 아이를 꼭 끌어안았을 여자의 고통이 고스란히 느껴져 진저리를 쳤다. 새카맣게 타버린 전차 안에는 손잡이를 쥔 채 그대로 타 죽은 사람들의 시체도 보였다. 아이의 시체를 안고 있는 여자의 넋이 나간 얼굴과 마주친 분희는 뒷걸음질을 쳤다. 발밑에 뭔가가 물컹 밟혔다. 숯덩이가 된 시체였다. 분희는 사시나무 떨듯 온몸을 와들와들 떨었다.

그날 분희의 시간은 멈추어버렸다. 악몽의 거센 손아귀가 발목을 꼭 틀어쥐었다. 아무리 달아나도 달아날 수 없는 지독한 악몽, 출구가 보이지 않는 끔찍한 미로 속이었다. 영원히 이 악몽 속에서 빠져나갈 수 없을 것만 같았다. 검은 손 하나가 심장 속으로 불쑥 들어와 뭔가를 송두리째 꺼내가는 것 같았다. 영혼이 산산조각 나는 느낌이었다. 하늘과 땅이 뒤섞여 빙빙 돌았다. 분희는 허수아비처럼 쓰러지고 말았다.

동철은 자전거를 타고 출근하는 길이었다. 휘파람을 부는 동철의 얼굴 위로 폭포수 같은 매미 소리가 쏟아졌다. 모란을 닮은 분희가 눈앞에서 미소 짓고 있는 것만 같았다. 모란꽃이 수놓인 손수건을 분희에게 준 이유는 단 하나였다. 꽃 중의 왕인 모란꽃은 행복한 결혼을 뜻한다고 잡화점 주인이 말했을 때 분희를 생각했다. 장난처럼 하는 말이 아니라 진지하게 말하고 싶었다. 분희야, 니는 내 색시데이. 내랑 꼭 혼인하제이. 그 말 한마디를 꼭 하고 싶었다. 오늘 저녁에는 무슨 일이 있어도 부모님께 분희와의 혼인 이야기를 꺼내야겠다고 마음먹었다. 동철은 자전거의 페달을 힘차게 밟았다. 자전거 바퀴살에 감기는 햇빛이 눈부셨다.

번쩍하는 섬광이 천지에 가득 차는 것을 본 그 순간, 동철은 공중으로 치솟았다가 도로변에 그대로 처박혔다. 한참 정신을 잃고 쓰러져 있던 동철은 답답한 느낌에 눈을 떴다. 주변이 컴컴했다. 악몽을 꾸고 있다고 생각했다. 목구멍이 답답했다. 입안에 가득 들어 있는 흙과 돌조각이 악몽이 아니라 생생한 현실임을 일깨워주었다. 동철은 흙과 돌조각을 힘껏 뱉어냈다. 천지 사방에 흙먼지와 연기와 불길이 자욱했다. 뿌리째 뽑혀 쓰러진 나무가 여기저기 뒹굴고 부서진 건물 사이에서 불길이 치솟았다. 잠시 멍하니 누워 있던 동철은 몸을 일으켰다. 발뒤꿈치를 예리한 칼로 도려내는 것 같았다. 유리파편이 발뒤꿈치에 깊이 박혀 있었다. 눈을 질끈 감고 있는 힘을 다해 유리파편을 빼내려고 용을 썼다. 불에 달군 쇠꼬챙이로 발뒤꿈치를 쑤시는 것 같았다. 비명이 저절로 터져나왔다. 깊이 박힌 유리파편은 쉽게 빠지지 않았다. 이를 악물고 유리파편을 잡아당겼다. 유리파편이 빠지자 발뒤꿈치에서는 피가 펑펑 솟아났다. 바지를 찢어 발을 동여맸다.

정신을 차리고 절뚝거리며 집이 있는 방향을 어림해 걷기 시작했다. 어디가 어디인지 분간이 되지 않았다. 어떻게 해서든 살

흉터의 꽃

아야 한다는 생각밖에 들지 않았다. 난데없는 이 재앙이 어떻게 터졌는지, 왜 터졌는지 생각할 겨를이고 뭐고 없었다. 식구들이 무사한지 그것만이 걱정이었다. 뜨거운 열기로 인해 숨을 쉬기가 힘들었다.

열폭풍이 잦아들고 나자 히로시마 전역에는 불길이 치솟아 올라 용케 살아남은 사람들과 부서진 집들을 태웠다. 거대한 불길은 붉은 혓바닥을 날름거리며 모든 것을 일시에 집어삼켰다. 사람들은 불길을 피해 강으로 미친 듯이 뛰어들었다. 악마의 불길은 강물 속으로 뛰어든 사람들의 머리 위로 번져나갔다. 강물마저 태워버릴 기세로 불길은 맹렬하게 타올랐다. 강물은 용광로처럼 들끓었다. 물속에 뛰어든 사람들과 물속에서 헤엄치던 물고기들이 익은 채로 떠올랐다. 기름이 둥둥 뜨는 검은 강 위로도 불길이 타올랐다. 사람들은 불길을 피해 달아났지만 어느 곳도 안전한 곳은 없었다. 도망치는 사람들의 무리는 마치 불덩이 같았다.

버섯구름과 방사능 가스가 도시를 덮었다. 얼마 지나지 않아 불붙은 폐허의 도시 위로 검은 석유처럼 진득한 비가 내렸다. 방사능 비였다. 마치 검은 돌을 갈아 기름과 섞은 듯한 검은 비였다. 빗속에는 한순간에 재가 되어버린 동식물들과 사람들, 사라져버린 건물과 나무와 돌멩이의 가루가 뒤섞여 있었다. 영문도 모른 채 재가 되어 사라진 사람들의 피 맺힌 원한이 검은 비가 되어 내렸다. 검은 비는 죽은 원혼들이 흘리는 검은 눈물이었다. 히로시마 시내를 관통하며 흐르던 일곱 개의 푸른 강은 한순간에 검은 강으로 변해 바다로 흘러갔다. 히로시마의 땅 속으로 강물 속으로 공기 속으로 눈에 보이지 않는 방사능의 검은 숨결이 순식간에 퍼져나갔다. 타는 갈증을 식히기 위해 사람들은 검은 빗물을 받아 마셨다. 눈에 보이지 않는 악마의 검은 숨결은 사람들의 호흡기를 타고 허파와 폐 속으로 심장 속으로 뇌 속으로 스며들어갔다. 검은 죽음이 히로시마 구석구석으로 퍼져나갔다.

동철은 불길을 피해 정신없이 걸어갔다. 거리에는 매캐한 연기와 시체 타는 냄새가 가득했다. 무너진 건물 사이에 쓰러져 있는 한 여자가 눈에 들어왔다. 여자의 주변에는 남자인지 여자인지 구분이 안 되는 불에 탄 시체가 세 구나 보였다. 아직 숨이 붙어 있는지 여자의 몸이 꿈틀했다. 고통스러운 신음소리가 들렸다. 그냥 지나치려던 동철은 뭔가가 뒷덜미를 잡아당기는 것만 같아 걸음을 멈추었다. 쓰러진 여자의 옆에 떨어져 있는 노란빛을 띤 천이 눈에 띄었다. 동철은 여자 쪽으로 황급히 다가가 손수건을 집어 들었다. 그을음이 잔뜩 묻었지만 낯이 익었다. 노란색 바탕에 분홍색 모란 꽃무늬가 있는 손수건. 눈이 뒤집혔다. 동철은 엎어져 있는 여자를 일으켰다. 얼굴에 피가 줄줄 흘러내리는 여자는 바로 분희였다. 가슴이 쩍 갈라져 심장이 튀어나오는 것만 같았다. 분희는 심한 화상을 입어 얼굴은 피범벅이 되어 있고 팔과 다리에서도 피가 흘러 내렸다. 온몸이 피투성이였다. 동철은 짐승처럼 울부짖으며 분희를 마구 흔들었다.

"으으아아아! 부, 분희야! 분희야! 이기 무슨 일이고? 정신 좀 차리라! 분희야!"

흉터의 꽃

제 이름을 부르는 소리에 분희는 정신이 어렴풋이 돌아왔다. 겨우 눈을 떠보니 동철이 몸을 흔들며 고함을 치고 있었다. 그을음이 시커멓게 묻은 동철의 얼굴에서는 피와 눈물과 땀이 범벅이 되어 뚝뚝 흘러내렸다. 동철을 만나다니 꿈인지 현실인지 헷갈렸다.

"도…… 동철이 ……오라버니!"

"어, 분희야! 정신이 드나?"

동철이 놀라서 소리를 질렀다. 분희는 손을 뻗었다. 동철의 찢어진 옷소매를 간신히 움켜잡았다.

"오라버니! 도, 동철이 오라버니! 제발…… 살려주……!"

"분희야! 분희야!"

동철은 분희를 와락 끌어안았다. 통증을 못 이겨 분희는 비명을 질렀다.

"분희야! 절대로 죽으마 안 된다! 내, 무슨 일이 있어도 니를 살리고 말 끼다."

동철이 분희를 업고 일어섰다.

"소, 손수건!"

그 와중에 손수건을 본 모양인지 분희가 간신히 소리쳤다. 동철은 심장이 터질 것 같았다. 죽게 생긴 마당에 그따위 손수건이 무슨 대수란 말인가.

"이 바보 등신아! 손수건이 뭐라꼬?"

동철은 소리를 버럭 질렀다. 손수건을 집어서 분희에게 건넸다. 이 노란 손수건이 아니었더라면 그대로 지나쳤을지도 몰랐다. 동철의 눈에서 눈물이 뚝뚝 떨어졌다. 등 뒤에 업힌 분희가 눈물을 보지 않아 얼마나 다행인지 몰랐다. 동철은 절뚝거리며 자욱한 연기 속을 빠져나갔다. 불에 달군 쇠꼬챙이가 발뒤꿈치로 파고드는 것 같았다. 이를 악물었다.

오후가 되자 검은 연기와 먼지와 안개 속에서 태양이 모습을 드러냈다. 폐허로 변한 도시는 불가마 속처럼 뜨거웠다. 살이 찢긴 동철의 등은 피와 땀이 범벅이 되어 미끄럽고 축축했다. 피비린내와 땀냄새가 코를 찔렀다. 분희의 얼굴과 몸에서 흘러내린 피와 동철의 몸에서 흘러나온 피가 같이 엉겨 붙었다. 동철은 분희를 업고 가면서 분희야 죽지 마라! 분희야 죽지 마라! 염불처럼 되뇌었다.

동철은 히로시마 시내를 헤매고 다닌 지 한나절이 지난 뒤에야 임시 진료소를 찾아냈다. 폐허로 변해버린 히로시마에도 저녁 어스름이 내리고 있었다. 진료소는 사람들의 비명과 악취가 가득한 또 하나의 지옥이었다. 조선인들은 진료조차 받지 못하고 입구에서 쫓겨났다. 쫓겨난 조선인들은 거리에 주저앉아 통곡을 하거나 넋을 놓고 있었다.

"저 일본놈의 새끼들 천벌을 받을 끼라."

팔다리에 화상을 입고 얼굴에 유리파편이 박힌 남자는 가래침을 땅에다 칵 하고 뱉었다. 가래침이 검은 진흙 같았다.

"다 죽어가는 사람들이 아이고! 아야! 어무이! 소리마 치마 조선인이라꼬 길거리에 내동댕이친다. 개돼지보다도 못한 기 조선사람들이다."

흉터의 꽃

머리가 깨져 피를 흘리는 아이를 안고 있던 남자도 핏발 서린 눈빛으로 진료소를 노려보며 소리를 질렀다.

동철은 분희도 진료를 못 받게 될까 봐 안절부절못했다. 진료소 입구에서 분희에게 단단히 일렀다.

"분희야! 잘 들어야 된다. 아파도 절대로 아야, 하고 조선말을 하마 안 된다. 알겠제?"

"동철이 오라버니, ……제발 가지 마라."

"내는 식구들 찾으러 가봐야 된다. 우리 엄마 아부지하고 동생들 생사부터 일단 알아보고 올 끼다. 내 말 잘 들어야 된데이. 일본 사람인 척하고 있어야 치료를 받을 수 있으니까, 아파도 아야, 소리 내면 안 된다. 이따이라고 해야 하는 거 알제? 분희야! 무슨 일이 있어도 꼭 살아야 된데이. 꼭!"

동철은 분희를 들쳐 업은 채 진료소로 들어갔다. 운동장이 진료소로 변해 있었다. 운 좋게 교실 안으로 들어간 사람도 있었지만 운동장 바닥에 환자들이 그대로 방치되어 있었다. 피비린내와 역한 악취가 코를 찔렀다. 환자들의 신음과 비명으로 고막이 터질 것 같았다. 의사와 간호사를 불렀지만 수백 명에 육박하는 환자들을 돌보느라 단 세 명밖에 안 되는 의사와 간호사들도 쓰러지기 직전이었다. 동철은 교실로 억지로 비집고 들어가 거적에 분희를 조심스레 눕혔다. 통증을 억지로 참고 있는 분희의 모습을 보니 가슴이 뜯겨나가는 것만 같았다. 분희는 간신히 손을 내밀었다. 동철은 분희의 손을 잡았다. 분희의 얼굴에 동철의 눈물이 후드득 떨어졌다. 동철은 분희의 귀에 대고 나지막이 말했다.

"분희야, 내 꼭 온다. 우리 식구들 살아 있는지만 확인해보고 꼭 돌아올 기다. 무슨 일이 있어도 돌아온다. 분희야! 그러니까 니 꼭 살아 있어야 된다."

동철은 분희의 손을 꼭 잡았다가 놓고는 진료소를 나갔다. 분희는 피투성이 손을 뻗쳤다. 동철이 오라버니! 제발 가지 마라! 제발! 분희는 때가 꼬질꼬질한 손수건을 꼭 움켜쥐었다. 노란 손수건은 동철의 피와 분희의 피가 묻어 검붉게 변해 있었다.

동철은 자꾸만 뒤돌아보며 떨어지지 않는 발걸음을 내딛었다. 분희 옆에 있고 싶었지만 일단 가족의 생사를 알아내는 것이 급선무였다. 가족의 생사만 확인하고 분희를 찾으러 진료소로 돌아가겠다고 결심했다. 노란 손수건을 보지 못했더라면 분희는 불에 타 죽었을지도 몰랐다. 동철은 정신이 없는 와중에도 손수건을 찾던 분희의 목소리를 떠올렸다. 단 한 순간도 동철을 생각하지 않은 적이 없다는 분희의 고백이라는 생각이 들었다. 분희야, 꼭 살아만 있어라. 살아만 있어라. 꼭 니를 데리러 갈 기다. 분희 니는 내 색시다. 누가 뭐라 캐도 내 색시다.

원폭이 떨어지는 순간 마구간의 함석지붕은 구겨진 종이처럼 날아가고 마구간 옆에 서 있던 은행나무가 뿌리째 뽑혀 나뒹굴었다. 말이 앞발을 높이 쳐들고 날뛰며 미친 듯이 히힝 울었다. 말은 마구간 밖으로 뛰쳐나가려 마구 날뛰었다. 강순구는 미쳐 날뛰는 말을 팽개쳐두고 집으로 정신없이 뛰어갔다. 집은 폭삭 무너지고 먼지가 자욱하게 피어오르고 있었다. 주변의 다른 집들도 벽이 허물어지고 부서졌다. 다리가 후들거리고 온몸이 덜덜 떨렸다.

다행히 식구들은 다들 마당에 나와 있었다. 내천댁은 넋이 나간 채 얼어붙어 있었다. 산달이 두 달 남은 내천댁의 배가 불룩했다. 얼굴이 허옇게 질린 태수는 동생 태복의 손을 잡고 멍하니 서 있었다. 모든 것이 일순간에 사라져버렸다. 문짝과 다다미가 날아가고 기둥과 벽이 폭삭 무너져 내린 집은 마치 내장과 뼈가 드러난 짐승의 사체 같았다. 식구들이 몸을 맞대고 잠을 잤던 방이 사라지고 부엌이 사라지고 세간살이는 무너진 건물더미에 파묻혀 흔적도 보이지 않았다.

"아이고! 아이고! 대명천지에 이기 무슨 날벼락이고?"

내천댁은 땅바닥에 털썩 주저앉아서 오열을 했다. 태복은 내천댁의 등 뒤에 붙어 서서 울음을 터뜨렸다.

"아이고! 분희 아부지요! 우리 식구, 인자 우예 살겠능교?"

"괜찮다! 괜찮다! ……이래 아무도 안 다치고 살았으이 된 기다. ……살아 있으마 된 기다. 살아 있으마……."

강순구는 태수와 태복을 끌어안고 눈물을 글썽였다.

"아부지, 누야가! 누야가……!"

태수가 말을 잇지 못했다. 분희가 보이지 않았다. 강순구는 하늘이 노래졌다.

"분희? 우리 분희가 오데 갔노?"

"우야노? 큰일 났다! 분희는 공장에 간다꼬 아침 일찍 나갔는데……."

태수는 내천댁의 말이 끝나기도 전에 밖으로 뛰어나갔다.

"태수야!"

찢어지는 듯한 내천댁의 목소리가 뒤따라왔지만 태수는 정신없이 뛰었다. 강순구도 태수를 따라 뛰어갔다.

곳곳에서 불길이 치솟았다. 무너진 건물더미에 깔린 사람들이 여기저기서 살려달라고 비명을 질러댔다. 사방에서 물을 달라는 사람들의 절규가 들려왔다. 겨우 불구덩이에서 살아남은 사람들은 몸속의 화기를 주체 못해 강가로 미친 듯이 기어갔다. 시체들이 둥둥 떠다니는 강물을 정신없이 퍼마시고 피를 토하며 죽어갔다.

시체들이 떠다니는 검은 강 위에는 시체에서 빠져나온 혼들이 떠나지 못하고 떠돌고 있는 것 같았다. 사람들은 시체더미를 나무 꼬챙이로 뒤적거리며 가족의 이름을 부르며 통곡했다. 태수와 강순구는 분희의 이름을 부르며 정신없이 헤매고 다녔다.

얼굴은 괴물처럼 부풀어 오르고 온몸이 숯덩이처럼 검게 그을린 사람들이 하나같이 팔을 앞으로 내밀고는 유령처럼 걸어가고 있었다. 흐물흐물해진 살이 녹아 찢긴 누더기처럼 흘러내리는 바람에 팔을 앞으로 내밀고 걸어야 했다. 팔을 밑으로 내리면 녹아내린 피부가 흙먼지에 질질 끌릴 정도였다. 그것은 피부가 아니라 마치 찢긴 천을 길게 늘어뜨린 것처럼 보였다. 옆구리로 내장이 빠져나온 줄도 모른 채 걸어가는 사람도 있었다. 한여름인데도 이를 딱딱 부딪치며 추워서 덜덜 떨고 있었다. 팔을 앞

흉터의 꽃

으로 내밀고 앞 사람을 따라 허청허청 걸어가는 귀신처럼 보이는 행렬은 끝도 없이 이어졌다. 그것은 기괴한 유령의 행렬이자 죽음의 행렬이었다.

군인들이 트럭을 몰고 와 산 사람과 죽은 사람을 가리지 않고 갈고리로 찍어 짐짝처럼 마구 실었다. 아직 숨이 붙어 있는 사람들마저 갈고리에 찍혀 거적때기처럼 질질 끌려갔다. 까마귀들이 시체에 들러붙어 살점을 뜯어먹었다. 까악, 까악 울어대는 까마귀들의 불길한 울음소리가 사방에서 들려왔다. 시체의 붉은 살점을 뜯어 삼키는 까마귀떼 주위로 또 다른 까마귀들이 날아왔다. 시체를 트럭에 싣던 군인들이 까마귀에게 돌멩이를 집어던졌다. 검은 날개를 퍼덕거리며 날아올랐던 까마귀들은 다시 시체에 달려들었다. 까마귀가 얼굴을 뜯어먹어 붉은 고깃덩어리처럼 변한 시체를 보고 태수는 구토를 했다. 죽은 사람들을 임시 화장장에서 불에 태운 뒤에 파묻었다. 군인들은 장작더미 위에 시체들을 쌓아놓고 그 위에다 석유를 끼얹고 불을 질렀다. 강순구는 시체를 태우는 모습을 빤히 쳐다보는 태수의 눈을 가렸다. 시체를 태우는 역한 냄새는 너무나 지독해 온몸을 칼끝처럼 찌르는 것만 같았다.

시체를 태우는 연기가 히로시마의 하늘로 올라갔다. 까마귀 우는 소리가 허공으로 퍼져나갔다. 태수는 텅 빈 눈으로 허공을 올려다보았다. 허공에는 원한에 찬 귀신들의 울부짖음이 가득 차 있는 것만 같았다. 불타는 시신을 떠난 혼들이 몸에 들러붙는 것 같아 태수는 머리를 마구 흔들었다. 귀를 두 손으로 틀어막았다. 시체를 태우는 끔찍한 냄새와 까마귀의 울음소리는 어린 영혼을 산산이 부수었다. 순하고 여리고 깨끗한 것들이 한순간에 산산조각 나버렸다. 지독한 냄새는 죽을 때까지 뒤따라 다닐 것만 같았다. 죽는 순간까지 이 냄새를 결코 잊어버릴 수 없을 것 같다고 태수는 생각했다.

이튿날에야 불길은 거의 사그라졌다. 태수와 강순구는 이틀 동안 히로시마 전역을 샅샅이 훑고 다녔다. 군인들이 아직 치우지 못한 시체들은 8월의 뜨거운 열기 아래 빠른 속도로 부패했다. 부패한 시체에서 풍기는 시취는 코와 눈을 후벼 팔 것같이 지독했다. 급속하게 부패한 시체 위에 구더기와 파리들이 들끓었다. 강순구는 엎어져 있는 시체들을 하나하나 뒤집어 보았다. 시체에서 흘러내린 질척한 진물과 피고름이 온몸에 묻어 악취가 코를 찔렀지만 아랑곳하지 않았다. 키 큰 남자로 보이는 시체는 빼고 몸집이 작은 시체를 일일이 들춰보았다. 남자인지 여자인지 구별도 안 되는 시신들의 끔찍한 얼굴을 본 태수는 온몸을 게워낼 듯이 연신 구토를 했다. 무엇보다 견딜 수 없는 것은 역한 시취였다. 태수는 트럭에 실리는 시체들과 불태워지는 시체들을 보면서 누나도 혹시 저렇게 된 것이 아닌가 싶어 몸을 떨었다.

히로시마 전역을 헤매고 다닌 끝에 임시진료소에서 분희를 찾아냈다. 운동장과 무너진 학교 건물 복도와 교실 안에는 환자들이 빼곡하게 누워 있었다. 그곳은 틈을 비집고 들어가기도 힘든 비명과 신음이 빽빽한 밀림이었다.

푸른 반점이 생긴 몸에서 흘러나온 진물과 환자들이 토해낸

흉터의 꽃

피가 바닥에 흥건했다. 코를 마비시킬 정도로 악취가 심했다. 썩은 환부에 구더기까지 들끓었다. 누워 있는 환자들의 머리 주변에는 빠진 머리카락이 수북하고 입과 눈과 코에서는 쉴 새 없이 피가 흘렀다. 화상 환자들에게 발라줄 약이 없어 식용으로 쓰는 콩기름을 발라주었다. 병원에서는 조선인이라는 이유로 쫓겨나는 환자들이 한둘이 아니었다.

온몸을 붕대로 감은 분희의 모습은 참혹했다. 전신 화상을 입은 탓에 온몸에서 핏물과 진물이 배어 나왔다. 강순구는 분희를 끌어안고 통곡을 했다. 누나의 모습을 보고 놀란 태수는 울음을 터뜨릴 수조차 없었다. 진물이 줄줄 흐르는 분희를 업고 집으로 돌아오는 강순구의 표정은 마치 지옥의 입구를 막 빠져나온 것처럼 보였다.

거대한 운석이 떨어진 것처럼 히로시마는 한순간에 사라져버렸다. 폭탄 하나로 인류가 이토록이나 큰 피해를 당한 경우는 지금껏 없었다. 히로시마에 투하된 리틀보이는 TNT 2만 톤의 가공할 파괴력으로 도시 중심부 12제곱킬로미터를 초토화시켰다. 10만 명이 넘는 사람들이 원폭이 투하된 그날 바로 죽거나 직후에 죽었다. 폭탄 안의 우라늄이 깨지는 순간 죽음의 방사능이 퍼져 수만 명이 넘는 사람들을 병들게 만들었다.

히로시마에 폭탄이 투하되고 난 사흘 뒤 8월 9일 11시 11분 항구도시 나가사키에 두 번째 원폭이 투하되어 도시를 잿더미로 만들었다. 히로시마 인구 33만 명 중 14만 명이 사망하고 나가사키에서는 7만 명이 사망했다. 히로시마에 살고 있던 7만 명의 조선인들 중 3만 명이 비참한 죽음을 맞았고 2만 명이 피폭을 당했다. 나가사키에서는 1만 명의 한국인이 죽임을 당했다. 일본 천황은 무조건 항복을 선언했다. 해방된 조국에서는 동포들이 해방의 감격에 취해서 거리로 뛰쳐나와 기쁨의 함성을 지르고 있을 때 히로시마와 나가사키에 살고 있던 조선인들은 지옥의 한가운데를 헤매고 있었다. 생지옥이었다.

정현재-증언 1

한 할머니가 유모차처럼 생긴 노인용 보조보행기를 붙잡고 원폭피해자복지회관 마당에 서 있었다. 분홍색 마스크를 끼고 있는 할머니에게 다가가 머리를 숙이며 인사를 했다.

"할머니, 안녕하세요?"

할머니는 낯선 방문객인 나를 물끄러미 쳐다보았다.

"할머니, 이 복지회관에서 생활하십니까?"

할머니는 몸이 많이 안 좋은 듯했다. 눈가가 붉게 짓물러 있고 숨을 쉬는 것이 힘들어 보였다.

"야, 여서 삽니더. 우짠 일로 오싰능교?"

뭐라고 말을 꺼내야 할지 조금 난감했다.

"저희 아버지도 일본 히로시마에서 태어나셨는데……."

머리를 긁적이며 얼버무리자 할머니가 알겠다는 듯 고개를 끄덕였다.

"여기 들어올라꼬 카는갑네. 자리가 꽉 차서 못 들어올 기라요. 백 명이 넘게 기다리고 있다 카던데. ……여 들어오는 거 하늘에 별 따기라."

"우와! 할머니께선 하늘의 별을 따셨네요."

나는 일부러 너스레를 떨었다.

"젊은 사람이 싱겁다 아이라."

할머니가 풀썩 웃었다.

"저희 아버지는 오래전에 돌아가셨습니다. 할머니, 혹시 고향이 합천이십니까?"

"여, 합천 사람이 젤로 많제. 내는 합천 초계에 살았지."

"저희 아버지도 합천 율곡면에서 사셨습니다. 히로시마에서 원폭 피해 당하셨을 때 이야기를 좀 듣고 싶은데, 혹시 기억나는 거 있으십니까?"

누가 듣기에도 뜬금없고 궁색한 말이라는 생각이 들었다.

"그 끔찍한 이야기 들어서 뭐하구로?"

할머니는 가만히 서 있는 것도 힘들어 보였다. 아마도 마스크를 쓰고 있어서 더 힘든 모양이었다. 이야기가 길어질 것 같았다. 어디 앉아서 이야기를 하는 게 좋을 것 같아 주변을 둘러보았다. 마당 귀퉁이에 평상이 놓여 있었다.

"할머니, 저기 잠깐 앉으시는 게 좋겠습니다."

나는 평상을 가리켰다. 할머니가 평상에 앉자 나도 옆에 앉았다.

"내 이름은 이순덕이라. 젊은 양반, 말 놓아도 되제?"

할머니가 마스크를 벗으며 물었다.

"네, 물론입니다."

나는 할머니가 말을 놓는 게 훨씬 편하고 좋았다.

"일본 히로시마에서 3학년까지 다녔고 내 나이는 팔십한 살이라. 다섯 남매의 막내딸로 히로시마에서 태어났제."

"어릴 때 귀여움 많이 받으셨겠습니다."

"그걸 말이라꼬? 귀염 많이 받았지. 고명딸이라꼬. 오빠들은 나이 차이가 많이 나제. 일곱 살 때 엄마가 돌아가싯다. 다행히 큰오빠가 장가를 가서 올케가 집안 살림을 했다카이. 학교 다닐 때는 일본 학생들한테 조센징이라고 차별을 많이 받았다. 조센 징 닌니쿠 쿠사이! 조선놈들 마늘냄새 난다꼬 울매나 지랄을 하는지. 지금도 생각난다. 조센 카에레! 조센 카에레! 조선으로 돌아가라꼬 손가락질 참말로 많이 받았다. 그때는 똑 죽고 싶더라."

조센 카에레! 조센 카에레! 아이들의 고함 소리가 들리는 것 같았다. 겁에 질린 조선 아이를 둘러싼 짓궂은 일본 아이들의 무리. 조센 카에레! 먼지가 풀풀 날리는 길 한가운데서 일본 아이들이 던진 돌멩이에 맞은 조선 아이가 피를 흘리며 서럽게 우는 모습이 떠올랐다. 새도 고양이도 개도 뱀도 개구리도 물고기도 텃세를 부리는데 낯선 나라에서 살아야 했던 조선 아이들은 일본 아이들에게 얼마나 시달림을 받았을까. 문득 아버지도 그런 놀림을 받으며 일본에서 살았을지도 모른다는 생각이 들었다. 당황스러웠다. 아버지가 일본에서 어떻게 살았는지 상상조차 해 본 적이 없었기 때문이었다.

"히로시마에 원폭이 터질 무렵이었다카이. 그때 우리 집에는 라디오가 있었제. 라디오를 듣던 오빠가 이 부근에 폭격이 있을 지도 모르겠다며 피난을 가자고 했다 아이라. 그래서 다들 산속 방공호로 가서 숨어 있었제. 공습경보가 자주 있어서 그날도 그 렇겠거니 했다 아이라. 그날은 급한 경보가 발령되기도 하고 덜

급한 경보가 발령되기도 했다. 삐이십구가 떠서 폭탄을 떨어뜨리고 날아가는 것을 봤는데 조그마한 파리가 날아가는 것처럼 보였제. 엄청나게 밝은 빛이 비치고 천둥보다 더 큰 소리가 들리는 바람에 온 세상이 무너지는 줄 알고 시껍했다 아이라. 전깃불 수만 개를 켠 것보다 더 밝았다. 하늘로 버섯 같은 구름이 피어오르고 무서워 똑 죽겠더라카이. 너무 뜨거워서 바다에 물고기들도 익어서 떠올랐제."

거짓말 같았다. 물고기도 익어서 떠오를 정도였다니. 나는 입을 다물지 못하고 할머니를 멍하니 쳐다보았다.

이순덕 할머니의 이야기를 듣고 있는데 한 할아버지가 복지관 입구에 모습을 나타냈다. 구겨진 갈색 잠바에 낡은 갈색 벙거지 모자를 쓰고 있었다. 근처 산책을 하고 온 듯한 할아버지는 이순덕 할머니에게 알은체를 했다.

"순덕이 할머니, 바람 쐬러 나오셨네."

"야, 운동하고 오능교?"

"예, 저 밑에까지 한 바퀴 돌았습니다."

할아버지는 말이 조금 어눌하고 행색도 초라해 보였다. 울상을 짓고 있는 표정 때문인지도 몰랐다. 나는 할아버지에게 인사를 하고 고향이 합천이냐고 물었다. 할아버지는 시선을 피하며 서울서 왔다고 했다.

"혹시, 죄송하지만 원폭이 터지던 순간이 기억나십니까? 할머니께 그때 이야기 듣고 있는 중이었습니다."

"그때 내 나이가 너무 어려서 생각이 잘 안 나요. 원폭이 터질

흉터의 꽃

무렵 다섯 살이었어요. 아침 일찍 친구와 매미를 잡으러 밖으로 나갔다가 원폭 피해를 당했지요."

"시상에 그 아침에 매미를 잡으러 갔다꼬? 참말로 부지런도 했구마."

이순덕 할머니가 어이가 없는 듯 한마디했다.

"원래 잠이 없는 애들이 있지 않습니까? 매미를 잡으려고 나무에 올라갔는데 친구는 가버리고 보이지 않았어요. 나무에 올라가 있을 때 원폭이 터졌는데 엄청나게 뜨거운 폭풍에 몸이 날아가서 정신을 잃었어요. 어딘가에 처박혀 한참 있다가 깨어났어요. 돌에 머리를 부딪쳐 정신이 없었지요. 아직도 그때 찍힌 흉터도 있고, 이쪽에는 화상을 크게 입어서 머리카락이 안 나요."

할아버지는 머리 오른쪽을 가리켰다. 화상 흉터 때문에 모자를 쓴 모양이었다.

"아이고! 그때 참말로 시껍했겠다."

이순덕 할머니가 얼굴을 찡그렸다.

"겨우 일어나 집으로 가보니 집이 흔적도 없이 사라져버렸어요. 꼭 도깨비에 홀린 것 같기도 하고…… 엉망진창이 된 길거리를 헤매고 다녔어요. 그러다가 천만다행으로 아는 어른을 만나서 부모님을 겨우 만났어요. 그때 그분을 못 만났으면 고아가 되었겠지요."

"참말로 하늘이 도왔네. 다 조상님 음덕인갑다."

이순덕 할머니가 감탄을 하자 할아버지는 빙긋이 웃었다.

"한국에는 어떻게 들어오셨습니까?"

내 질문에 할아버지는 하늘을 한번 올려다보더니 씁쓸한 표정을 지었다.

"암선을 타고 나왔는데 파도가 거세서 죽을 고생을 했어요. 한 보름을 파도에 휩쓸려 길을 잃을 뻔했어요. 귀국해서도 고생은 마찬가지였지요. 밥도 구걸하고 거지처럼 살았어요. 형들은 못 배웠어요. 바로 위에 형님은 원래 몸이 건강했는데 어디가 어떻게 아픈지도 모르겠는데 조금만 움직이면 진땀이 나고 몸이 휘청거려서 일을 못하고 정신도 없었어요. ……그러다 귀국한 지 3년 만에 피를 토하고 죽어버렸어요. 우리 식구들은 다들 안 아픈 사람이 없었어요. 큰형은 피부암으로 고생하다 죽고 누님도 유방암에 걸려 죽었어요. 조카들도 병치레하다 일찍 죽고 그랬어요. 백혈병 걸려 죽은 조카도 있고. ……그래도 형제들 중에는 내가 제일 오래 살아남았어요. 나는 학교에 다니긴 다녔는데 머리를 다쳐서인지 아무리 산수를 해도 산수가 안 되고 공부를 못했어요. 노동일을 전전했는데 몸이 아파 사는 것이 힘들었지요. 옷을 입어서 괜찮지 피부가 엉망이라…… 해족증이라고 들어봤어요?"

　할아버지가 나에게 물었다.

"아! 예."

　원폭의 후유증을 조사하다 만난 단어가 해족증이라는 아주 낯선 단어였다. 일명 켈로이드라고 하는 해족증은 화상이 나을 때 상처 둘레의 살갗 조직이 비정상적으로 자라면서 생기는 증세였다. 살갗이 들뜨면서 마치 게딱지가 앉은 것처럼 보인다고 했다. 부풀어 오른 부분은 화끈거리고 윤기가 나고 검붉은 빛을 띤다. 가려움과 통증을 함께 일으키고 위치에 따라 뼈마디를 움직이는 것에 불편을 주기도 한다는 병이 해족증이었다.

"정말 힘드셨겠습니다. 자녀분들은 몇 분이세요?"

할아버지는 대답을 얼버무리더니 입을 다물어버렸다. 나는 순간 당황했다. 함부로 말의 칼을 휘둘러 묵은 상처를 헤집어 놓은 게 아닐까. 공연한 것을 물어 할아버지의 마음을 상하게 한 건 아니었나 싶어 죄송스러웠다. 아마도 저런 몸 상태로는 결혼이 힘들었을 것이다. 할아버지는 내가 또 뭔가를 물어볼까 봐 꺼리는 것 같았다. 입을 꾹 다물고 먼 산을 쳐다보는 할아버지에게 더 이상 뭔가를 물어볼 수는 없는 일이었다.

낯선 고국

집이 폭삭 무너진 바람에 강순구는 가족을 이끌고 산으로 피난을 갔다. 산속에 임시로 움막을 짓고 당분간 그곳에서 생활하기로 했다. 움막이랄 것도 없었다. 타다 남은 나무를 주워 와서 바위 사이에 걸치고 그 위에다 나뭇가지를 얹어 햇빛이나 대충 피할 수 있도록 만들었다. 무너진 집터를 뒤져 숟가락과 그릇과 불에 탄 옷가지들을 주워 날랐다.

산에는 피난을 온 사람들로 득시글거렸다. 사람들이 산비탈 여기저기에 대소변을 내갈기는 바람에 파리들이 들끓었다. 모기도 모기였지만 코를 찌르는 악취와 환자들이 내지르는 비명과 앓는 소리 때문에 잠을 잘 수가 없었다. 악몽을 꾸는지 살려달라고 한밤중에 울부짖는 사람들도 있었다.

산으로 피난한 지 사흘 뒤부터 강순구의 머리카락이 한 움큼씩 빠지기 시작하더니 태수의 머리카락마저 쑥쑥 빠졌다. 머리카락이 빠지고 코피가 나고 구토하고 설사를 하면 죽는다는 소문이 파다했다. 다행히 태수는 코피를 흘리지 않았고 설사도 하지 않았다. 혹시라도 태수가 잘못되기라도 할까 봐 강순구는 한시도 마음을 놓지 못했다.

뜨거운 햇볕 아래 노출된 화상 환자들의 몸에서는 진물이 줄

흉터의 꽃

줄 흘러나오고 악취가 풍겼다. 환자에게 새까맣게 들러붙은 파리를 내쫓아도 소용이 없었다. 진물이 흐르는 화상 환자들의 상처에 파리가 들러붙어 알을 슬었다. 금세 구더기들이 생겼다. 분희의 상처에서도 구더기가 툭툭 떨어졌다. 엄마보다 누나를 더 따르던 태복은 분희 근처에도 가려고 하지 않았다.

강순구는 분희의 화상을 치료하기 위해 감자와 오이를 갈아서 진물이 흐르는 상처에 붙였다. 화장장에 가서 인골 가루를 구해 화상 상처에 바르는 사람도 있었다. 강순구는 감잎을 찧어 바르면 좋다는 소리를 듣고 감나무 잎을 구해왔다. 감나무 잎을 불에 태워 가루를 만들어 콩기름을 섞어 분희의 상처에 발라주었다. 콩기름을 섞지 않으면 말라붙은 가루를 벗겨낼 때 살갗에 들러붙어 떨어지지 않았다. 다른 사람들은 다들 생살을 벗겨내는 것처럼 죽는다고 비명을 질러댔다. 분희는 아무리 아파도 신음소리도 내지 않았다. 박꽃처럼 환하게 피어나던 딸아이가 어쩌다 이 지경이 되었나 싶어 억장이 무너졌다.

강순구는 분희를 볼 때마다 가슴이 저미듯 아팠지만 이렇게 목숨을 부지하게 된 것만이라도 어딘가 싶었다. 조선인들이라고 시체마저 차별을 받는 지경인데 어떤 사람이 분희를 진료소에 데려다 놓았는지 고맙기 짝이 없었다. 그 사람이 일본인인지, 아니면 조선인인지 궁금했다. 그 고마운 사람을 알게 되면 엎드려 절이라도 하고 싶었다. 뜻밖에도 분희는 그 사람이 동철이라고 했다. 분희와 동철. 원폭이 터지고 이런 난리가 벌어지지 않았다면 어쩌면 한두 해 뒤에 서로 짝을 맺어주었을지도 모르는 일이었다. 분희와 동철이 서로 좋아 지내는 사이라는 것도 눈치채고 있었다. 그런데 이제는 모든 것이 물거품이 되고 말았다.

분희는 동철을 생각하며 속으로 울었다. 다친 몸으로 절뚝거리며 임시진료소에 자신을 업고 간 동철이었다. 불구덩이 같은 히로시마를 온종일 헤매고 다녔으니 지옥을 헤매는 것 같았을 것이다. 꼭 살아만 있으라던 동철의 목소리가 생생히 떠올랐다. 칼에 깊이 찔린 것처럼 명치께에 통증이 왔다. 이렇게 전신에 화상을 입은 끔찍한 몸으로도 살고 싶었다. 문둥병 환자보다 얼굴이 더 흉측하게 변했어도 살고 싶었다. 살아 있어야만 동철을 볼수가 있을 테니까. 분희는 얼룩진 노란 손수건을 꺼내 쓰다듬고 또 쓰다듬으며 속으로 피울음을 삼켰다.

히로시마에 원폭이 투하된 지 보름 뒤 내천댁은 달을 채우지 못한 아이를 낳았다. 여덟 달 만에 세상으로 나온 아이는 금방이라도 숨이 끊어질 것만 같았다. 더러운 산속 움막에서 태어난 아이의 얼굴에는 붉은 반점이 가득했고 몸이 불덩이처럼 뜨거웠다. 진물이 흐르는 아이의 얼굴에 파리들이 들러붙었다. 내천댁은 힘없이 파리를 쫓았다. 내천댁은 한숨을 쉬며 갓난아이에게 젖을 물렸다. 만지기만 해도 부서질 것 같은 핏덩이는 젖도 빨지 못한 채 사흘 만에 죽고 말았다.

"에미 젖도 제대로 못 먹고 으흐흐흑…… 이 불쌍한 것아! 우예 이리 짧은 명줄을 타고 났노? 억울해서…… 불쌍해서…… 니를 우예 보내노? 으흐흐흐흐흑!"

죽은 아이를 안고 한참 울던 내천댁은 눈물도 말라버렸는지

　　　　　　　　　　　　　　　　흉터의 꽃

멍하니 앉아 초점을 잃은 눈으로 허공만 올려다보았다. 강순구
는 도끼날에 가슴이 찍히는 듯했다.

"얼라 이리 내라."

강순구는 애써 덤덤하게 말했다.

"……."

강순구가 손을 내밀자 내천댁은 눈물이 얼룩진 얼굴로 쳐다
보더니 아이를 와락 껴안고 돌아앉았다. 절대 아이를 내놓을 수
없다는 듯 아이를 으스러져라 껴안았다.

"안 됩니더. 아직 몸이 이래 따뜻한데……."

"내…… 니 맴 다 안다."

강순구의 말이 떨어지기 무섭게 내천댁은 또다시 눈물을 쏟
았다. 창자가 끊어지는 듯이 통곡하는 내천댁 옆에서 태복이 울
음을 터뜨렸다. 얼굴을 붕대로 감싸고 바닥에 누워 있던 분희는
겨우 몸을 일으켜 태복을 불렀다. 태복은 더러운 붕대로 얼굴을
친친 감은 누나가 무서웠는지 발악을 하며 더 크게 울었다. 강
순구는 내천댁이 오열하도록 내버려두었다. 그래, 이 사람아, 더
울어라. 울고 싶을 때 못 우는 거만큼 괴로운 기 어디 있겠노. 죽
은 새끼를 위해서 울 만큼 울어야, 그래야 살아 있는 새끼들, 남
은 새끼들, 앞으로 살아가야 할 새끼들이 눈에 안 비겠나. 울어
라. 실컷 울어라. 강순구는 내천댁의 등을 가만히 어루만졌다.
강순구는 차라리 잘된 일이라고 생각했다. 이 지옥에서 갓난아
이를 낳아서 키우는 일은 꿈도 못 꿀 일이었다. 진물이 줄줄 흐
르는 죽은 아이의 얼굴에 파리가 새까맣게 들러붙었다. 내천댁

의 울음소리가 골짜기 사이로 멀리멀리 퍼져나갔다. 불타버린 나무에 붙은 매미들이 그악스럽게 울어댔다. 그 어느 해보다 무더운 여름이었다.

강순구는 식구들이 잠든 움막을 빠져나와 바위에 걸터앉았다. 가슴이 터질 듯이 답답하고 숨이 막혔다. 숨을 길게 내쉬었다. 통증 때문에 잠을 못 이루는 사람들의 신음이 귀에 거머리처럼 들러붙었다.

"폭격! 으아아악!"

원폭이 터지는 꿈을 꾸는 모양인지 누군가 고함을 질렀다. 비통한 여자의 울음소리도 들려왔다. 칠흑 같은 어둠 속에서 울려퍼지는 울음소리는 기괴하고 음산했다.

영문도 모른 채 졸지에 당한 일이었다. 개미나 벌레보다 못한 목숨. 폭우에 휩쓸려 내려가는 풀포기보다 하찮은 것이 사람의 목숨이었다. 강순구는 살아오면서 남들에게 무슨 해코지라도 한 일이 있었는지 되짚어보았다. 아무리 생각해보아도 떠오르지 않았다. 단지 목숨 하나 부지하기 위해 일본으로 건너온 죄밖에 없었다. 모든 것을 도둑맞고도 넋을 놓고 있는 바보 천치 같은 나라, 저만 살겠다고 자식을 내팽개친 부모 같은 나라, 조선의 백성으로 태어난 게 죄라면 죄였다.

히로시마로 건너와 짐마차를 끌며 살아온 세월이 근 15년째였다. 내천댁이 밥집을 한 덕분에 집도 장만하고 아이들 공부도 시키며 남부럽지 않게 살지 않았던가. 내천댁의 밥집에는 합천

흉터의 꽃

사람들이 하도 많이 들락거리는 통에 아이들은 합천 말을 일본 말보다 더 잘할 정도였다.

아침이면 일어나 식구들과 둘러앉아 밥을 먹던 순간이 떠올랐다. 숟가락 달그락대던 소리, 된장국을 떠먹고 배추김치를 썹던 소리, 아이들 키득대던 소리, 된장찌개 냄새, 구수한 밥냄새. 울컥 목이 멨다. 태수는 학교에 가고 분희는 공장에 나가고 내천댁은 손님들에게 밥을 팔고 자신은 말을 돌보거나 짐마차를 끌었다. 그 모든 일들이 꿈속에서 일어났던 일 같았다. 다시는 못 돌아올 일상이었다. 일상은 박살나버렸다. 강순구는 그 작고 단순한 반복이 얼마나 크고도 귀한 것이었나 뼈저리게 느꼈다.

전쟁이란 괴물이 도대체 무엇이기에 온 세상을 한순간에 지옥으로 만들어버렸는지, 갓 태어난 핏덩이까지 죽게 만들고 환하게 피어나던 고운 딸 분희까지 저 지경으로 만들어버렸는지, 아무리 머리를 쥐어뜯어도 알 수 없는 일이었다. 하지만 하나 분명한 것은 있었다. 기필코 살아남아야 한다는 것. 목숨이 붙어 있는 한 살아내야 했다. 가장으로서 식구들을 건사하고 살려내야만 했다.

언제까지 이 산속 움막에서 살 수는 없는 일이었다. 원폭지옥에서 살아남은 조선인들은 공포에 떨었다. 일본인들이 조선인들을 칼로 찔러 죽인다는 소문이 나돌았다. 또다시 죽음의 구렁텅이로 굴러떨어질지 모른다는 두려움 때문에 다들 귀국을 서둘렀다. 일본인들은 조선인들만 보면 죽이겠다며 몽둥이를 들고 쫓아왔다. 관동대지진 때도 억울한 누명을 뒤집어씌워 조선인들을 무참히 살육했던 일본인들이었다. 우물에 독을 탔다는 누명을 씌워 조선인들만 눈에 띄면 죽창으로 닥치는 대로 찔러 죽이고 몽둥이로 때려 죽였다. 미국이 투하한 원자폭탄에 처참하게 당한 분풀이를 애꿎은 조선인들에게 하고 있었다. 일본에 남아 있다가 언제 개죽음을 당할지 몰랐다. 히로시마에서 집도 잃고 가족도 잃고 살아갈 모든 희망까지 잃은 조선인들은 상처 입은 몸뚱이로 고국으로 돌아가야 했다.

아무리 생각해도 방법이 없었다. 집도 잿더미로 변했고 말까지 도둑맞았다. 말은 식구들의 목숨줄이었다. 목숨줄이 끊어져버린 것과 매한가지였다. 불타버린 집에서 찾아낸 돈이 400엔 정도 있었지만 이 돈으로는 한 달도 버티기 힘들었다. 온몸에 화상을 입은 분희를 데리고 배를 탈 수 있을지, 분희가 험한 뱃길을 이겨낼 수 있을지 그것이 가장 큰 걱정이었다. 이제는 자식이 셋이나 딸린 몸이었다. 여기에서 굶어 죽을 수 없었다. 합천으로 가자, 그 길밖에 없다. 장인 영감에게 그동안 히로시마에서 번 돈을 부쳤으니 논 몇 마지기는 사두었을 것이다.

강순구의 눈앞에 합천의 산과 들과 굽이치며 흘러가는 황강이 떠올랐다. 죽음보다 무서운 굶주림의 기억만 안겨준 합천 땅. 철천지원수같이 원망스러운 고향이었지만 한 번도 잊어본 적이 없는 그리운 땅이었다. 고향 합천은 두고 온 몸의 반쪽이었으며 강순구 자신이기도 했다.

"폭격이다! 피해라!"

얼마나 원폭이 끔찍했으면 저런 꿈을 꾸는 것일까? 움막 쪽에

흉터의 꽃

서 비명이 또 들려왔다. 오랜 상념에 잠겨 있던 강순구는 정신을 퍼뜩 차렸다. 그래, 내 식구들, 내 새끼들을 안 굶기고 살기 위해서는 뭔들 못 하겠노? 어쨌든 살아야 하는 기다. 그곳이 지옥이든, 어디든 살아내야 하는 기다. 온갖 괄시를 다 당하미 일본 땅에서도 살아냈는데 합천 땅에서 와 못 살겠노? 설마, 고향 땅인데 나를 안 받아주겠나? 혼잣말을 하던 강순구는 자리에서 벌떡 일어섰다. 그새 날이 훤하게 밝아 있었다.

"뭐하능교?"

갑자기 내천댁의 목소리가 등 뒤에서 들렸다. 강순구는 놀라서 뒤를 돌아보았다.

"오줌 누러 나왔다."

강순구는 딴청을 피웠다.

"거짓말 마소. 한숨도 안 잔 거 다 아는구마."

"……"

"할 말 있으마 해보소. 혼자서 밤을 새민서 걱정하지 말고."

"합천 가자."

강순구는 다짜고짜 말했다.

"……"

"와 대답이 없노?"

내천댁은 한숨을 내쉬고는 막막한 얼굴로 강순구를 쳐다보았다.

"빈손으로 합천 가서 뭐 묵고 살지, 그카고 분희가 저 꼴로 합천 가마 시집이나 갈 수 있을지……. 손가락질 당하미 살 분희를

생각하마 속에 천불이 난다 아인교. 사람들한테 손가락질 당하
미 사는 거 지는 싫습니더. 그기 젤로 걱정이라요."

"손가락질 그기 뭔 대수고? 묵고사는 기 젤 큰일이지."

"그래도……."

"장인어른한테 돈 부친 거 있으이, 땅이 있을 기다."

강순구가 땅에 대해 말을 꺼냈지만 내천댁의 얼굴은 펴지지
않았다. 흔쾌히 합천으로 가입시더 하는 말을 기대했는데 이상
했다. 합천으로 가자는 말에 반색을 한 것은 태수밖에 없었다.
조센 카에레! 그 말을 더 이상 안 듣고 살아도 된다고 뛸 듯이 좋
아했다.

부산항으로 가는 뱃길이 막힌 줄도 모르고 강순구는 식구들
을 이끌고 시모노세키항으로 향했다. 가는 동안 배에서 먹을 주
먹밥을 챙기고 쌀을 마련했다. 시모노세키에서 부산으로 가는
항로와 하카다에서 부산으로 가는 항로는 현해탄의 기뢰 제거
작업 때문에 뱃길이 막혀 있었다. 7천 명이나 되는 조선인들을
태우고 부산으로 향하던 제1호 귀국선 우키시마호가 침몰했지
만 일본은 그 사실을 함구했다. 일본 측에서는 미군 기뢰의 공격
을 받고 침몰했다고 발표했지만 실은 일본이 의도적으로 침몰시
켜버렸다는 소문이 무성했다.

시모노세키항은 항구가 아니라 폭격을 당한 전쟁터처럼 변해
있었다. 미군의 기뢰 공격으로 처참하게 부서지거나 침몰한 배
들이 떠밀려와 항구는 배들의 무덤처럼 변해 있었다. 사람들은

적게는 100엔, 많게는 500엔을 주고 암선을 구해 귀국하는 배에 올랐다. 운이 좋게 무사히 부산에 닿은 사람들도 있었지만 태풍 때문에 암선이 침몰해 일가친척이 몰살당한 경우도 부지기수였다. 미쓰비시 중공업에 강제 동원되었던 사람들 246명이 탄 배가 태풍에 조난되어 실종되기도 했다. 암선을 모는 선장이 길을 잘못 드는 바람에 바다에서 한 달 동안 표류하다 구사일생으로 살아나기도 했다.

하는 수 없이 강순구는 또다시 식구들을 이끌고 북쪽에 있는 센자키항으로 향했다. 겨우 센자키항에 도착해보니 좁은 항구는 인산인해였다. 센자키항은 고깃배들이 드나드는 작은 어항에 불과했지만, 시모노세키항이 막히는 바람에 일본 각지에서 몰려든 조선인들로 발 디딜 틈이 없었다. 난리 북새통 속에서도 짐을 바리바리 챙겨온 사람들이 많았다. 솥단지와 그릇과 옷 보퉁이와 이불 보퉁이를 짊어진 사람들이 가족의 이름을 목 놓아 불렀다. 온몸에 붕대를 친친 감은 화상 환자를 들쳐 업은 남정네, 아이를 업은 아낙네, 아이의 손을 쥔 사람…… 저마다 눈에 불을 켠 채 배에 먼저 오르려고 아우성을 쳤다. 고국으로 돌아가려는 사람들의 행렬은 끝도 없이 이어졌다. 부산항으로 가는 암선에 오르려는 사람들과 뱃삯으로 실랑이하는 사람들로 난리굿이었다. 아이의 손을 놓친 여자들이 아이의 이름을 부르며 미친 사람처럼 뛰어다녔다. 몇 날 며칠이 지나도 고국으로 돌아갈 배편을 마련하지 못한 사람들이 길거리에서 노숙을 하는 바람에 센자키 일대는 조선인들 천지가 되었다.

조선에서 철수하는 일본인들을 가득 태우고 부관연락선 산요마루호가 센자키항에 입항했다. 축 처진 무시래기처럼 초라한 몰골로 일본인들이 배에서 내렸다. 그들은 한때 식민지 조선을 지배하며 떵떵거리며 살았으나 지금은 목숨을 겨우 부지해 돌아온 패전국의 초라한 백성들일 뿐이었다. 조선 백성들의 피를 빨아 재산을 모았던 그들이 땅과 집과 패물을 남겨두고 이를 갈며 겨우 목숨만 건져 일본으로 돌아온 것이었다. 패전국의 국민으로 돌아온 일본인들과 마침내 독립된 나라의 국민으로 고국으로 돌아가려는 조선인들이 센자키항에서 마주치게 된 것이었다. 두려움에 질린 얼굴로 입항하는 일본인들의 모습은 낯설기 짝이 없었다.

　강순구는 200엔의 돈을 지불하고 식구들을 암선에 태웠다. 붕대로 얼굴을 감은 분희는 배 한쪽 귀퉁이에 기대앉았고 태수는 그런 누이를 걱정 가득한 눈빛으로 보았다. 배에는 화상을 입은 사람들과 눈에 안대를 한 사람들과 온몸을 붕대로 감은 중환자도 있었다. 다섯 살배기 태복은 어리둥절한 표정으로 배에 탄 사람들을 쳐다보다 내천댁의 품속을 파고들었다. 일본에 온 지 15년 만의 귀국길. 일본으로 들어올 때보다 더 초라하고 끔찍한 몰골로 돌아가는 길이었다. 강순구는 빈손을 내려다보았다. 일본 땅에 핏덩이를 묻고 돌아가는 못난 아비의 손이었다. 센자키항이 멀어지고 있었다.

　부산항에 내려 합천까지 가는 데 자그마치 보름이 걸렸다. 차를 얻어 탈 수 없어 걸어서 합천까지 가야 했다. 강순구는 분희를 부축하고 태수는 칭얼대는 태복을 업고 내천댁은 보퉁이를 머리에 이고 걸어가느라 식구들의 걸음은 더디기만 했다. 먼지를 뒤집어쓴 식구들의 몰골은 상거지 꼴이었다. 사람들은 화상을 입은 분희를 보면 무슨 문둥병 환자를 만난 것처럼 질겁했다. 밤이 되면 빈집이나 헛간에 들어가 잠을 자기도 했지만 그나마도 동네 사람들 눈에 띄면 쫓겨나야 했다. 분희는 식구들이 저 때문에 몇 번이나 쫓겨나는 것을 본 다음부터 죄지은 사람처럼 고개를 푹 수그리고만 있었다. 일본에서 갖고 나온 쌀은 떨어진 지 오래였다. 식탐이 많은 태복은 밥을 달라고 악을 쓰며 울었다. 내천댁은 태복이 보챌 때마다 사정없이 등짝을 때리고 욕을 퍼부었다. 보다 못한 강순구는 식구들을 마을 어귀에 세워놓고 밥을 구걸하러 다녔다. 분희는 밥을 구걸하는 아버지의 뒷모습을 차마 볼 수가 없어 고개를 돌렸다.

하곡리에 도착하니 저녁 무렵이었다. 고갯마루에 올라서니 황강이 눈에 들어왔다. 붉은 노을빛에 물든 황강은 가슴이 저릴 정도로 고왔다. 황금빛 주홍빛 붉은빛 꽃잎이 강물 위로 가득 떠내려가는 것처럼 보였다. 마을 입구에는 커다란 느티나무가 있었다. 변함없이 버티고 서 있는 나무를 보자 강순구는 마음이 조금 놓였다.

저녁을 짓는지 집집마다 연기가 피어올랐다. 고향은 별로 달라진 것이 없었다. 강순구의 가족을 반겨주는 사람도 없었다. 우물에서 물을 긷던 여자들이 하던 일을 멈추고 무슨 구경이 난

듯 쳐다보았다. 골목에서 뛰어놀던 아이들은 강순구의 부축을 받으며 걷는 분희를 보고는 눈이 휘둥그레졌다.

뒷골로 가는 길은 우거진 대나무로 인해 굴속처럼 어두침침했다. 대나무숲 속에 마치 시커먼 짐승이 웅크리고 있는 것만 같았다. 강순구는 예전에 살던 집이 어찌 되었나 싶어 목을 빼고 올려다보았다. 언뜻 보아도 수풀 속에 가려진 집은 다 무너져 풀과 나무가 무성한 수풀더미로 변해 있었다. 예전보다 더 무성해진 대나무숲에서 음산한 바람이 일었다.

강순구는 가족을 이끌고 강형구를 찾아갔다. 마당에 나와 놀던 아이들이 비명을 질렀다. 붕대로 얼굴을 감싼 분희의 얼굴이 무서운 모양이었다. 계집아이들 틈에 사내아이는 하나도 보이지 않았다. 못 보던 젊은 여자도 있었는데 배가 불룩했다. 그동안 형은 대를 이을 아들을 낳기 위해 세 번째 여자까지 들인 모양이었다.

강형구는 거지꼴로 돌아온 동생 가족을 보고는 표 나게 성가시다는 내색을 했다. 웬 거지떼가 몰려왔는가 하는 눈빛으로 둘러보며 얼굴을 일그러뜨렸다. 강순구는 집을 다시 고칠 동안만이라도 형 집에 머물게 해달라고 부탁했다. 강형구는 벌레 씹은 표정으로 강순구를 쳐다보더니 사랑방 문을 매몰차게 닫아버렸다. 어떻게 15년 만에 고향에 돌아온 동생을 저렇게 모질게 대할 수 있는지 기가 막혀 강순구는 화를 낼 기운조차 없었다. 굶어 죽는 한이 있어도 더 이상 형에게 손을 내밀지 않겠다고 이를 악물었다.

강순구는 할 수 없이 못골댁을 찾아갔다. 일본으로 건너가기

흉터의 꽃

전에 서로 살갑게 지내던 이웃이었다. 못골댁은 강순구네 식구의 몰골을 보더니 혀를 차며 들어오라고 했다. 감자와 풋고추를 썰어 넣어 끓인 된장찌개와 식은 보리밥으로 밥상을 차려 내왔다. 하루 종일 아무것도 못 먹은 식구들은 정신없이 밥을 퍼먹었다. 태복은 그릇이라도 씹어 먹을 기세였다. 3년 전에 남편이 죽고 혼자 살고 있는 못골댁은 무던한 사람이었다. 아무리 배가 달라도 같은 아버지 밑에서 나온 형도 외면하는데 이웃이라고 밥을 차려 내온 못골댁이 눈물이 날 정도로 고마웠다.

강순구는 식구들에게 자라고 이르고 밖으로 나왔다. 대숲에서 바람이 불어왔다. 대나무 잎 스치는 소리가 짐승의 울음처럼 들렸다. 주머니를 뒤져보았다. 일본에서 갖고 온 돈이 조금 남아 있었지만 바꿀 데도 없었기 때문에 아무짝에도 쓸모없는 종이짝에 불과했다. 완전한 빈손이었다. 기가 막혔다. 식구들은 전부 단벌옷만 입고 왔을 뿐이었다. 덮고 잘 이불도 없었고 숟가락과 그릇 서너 개, 솥 하나밖에는 가진 게 없었다. 당장 내일 먹을 보리쌀 한 줌도 없는 신세였다. 하지만 장인어른을 찾아가면 무슨 수가 생길 것이라고 강순구는 마음을 다독였다. 빈손이 되어 몸이 성치 않은 딸과 아들 둘을 데리고 왔지만 그래도 살아서 왔지 않은가. 강순구는 다시 방으로 들어왔다. 희미한 호롱불 아래 잠들어 있는 식구들을 보니 눈시울이 뜨거워졌다.

강순구는 기와집 앞에서 걸음을 멈추었다. 태수의 손을 잡고는 대문 안으로 들어갔다. 대문 앞에 묶여 있던 똥개가 사납게 짖어댔다.

"장인어른 계십니꺼. 저 강서방입니더."

방문이 벌컥 열렸다. 망건을 쓰고 허연 수염을 기른 노인이 나왔다. 저 노인이 외할아버지인 모양이라고 태수는 생각했다.

"뭐라꼬? 강서방이라꼬?"

장인 영감은 죽었던 사람이 눈앞에 나타난 것처럼 놀란 얼굴이었다.

"자네가 어떻게?"

"예, 어제 식구들하고 하곡리로 들어왔심더. 절부터 받으시소."

"일단 올라오게나."

"장모님은 어디 계십니꺼?"

"자네 장모 지금 다 죽어가네."

"예?"

강순구는 마루로 급히 올라서며 방으로 들어갔다. 태수는 마당에 쭈빗거리며 서 있었다.

"태수야, 니도 올라온나."

강순구가 태수를 불렀다. 어두컴컴한 방 안으로 들어가자 고구마 썩는 듯한 퀴퀴한 냄새가 났다. 한 노파가 이불을 덮고 죽은 듯이 누워 있었다. 저 사람이 외할머니인가. 태수는 엉거주춤 강순구 옆에 붙어 앉았다. 눈이 퀭하고 삐쩍 마른 외할머니는 기력이 없는지 태수를 한번 쳐다보고는 눈을 감아버렸다. 외할아버지가 태수를 쳐다보았다.

"니 이름이 태수라꼬?"

"예."

태수가 대답했다. 외할아버지가 고개를 끄덕였다.

"자네 장모가 저리 누워 있으니 오랜만에 왔는데도 입 다실 것도 못 주고…… 참 사는 기 말이 아이다."

"괜찮심더. 장모님은 어디가 어떻게 편찮으십니꺼?"

"하이고 말도 마라. 자네 큰처남하고 작은처남이 일본 탄광에 징용으로 끌려갔는데 둘 다 탄광이 무너져갖고 죽었다 아이가? 둘 다 졸지에 총각귀신이 된 기라."

"예?"

숨이 턱 막혔다. 처갓집도 쑥대밭이 되어 있었다. 자식 둘을 잃은 장인 영감의 심정이 오죽하겠는가. 그런데 이 판국에 돈을 달라고 왔으니 장인 영감에게 면목이 서지 않았다.

"다섯 달 전에 그 소식을 듣더니 저리 식음을 전폐하고 자리보전을 하고 있다. 우리 집에는 인자 열다섯 살짜리 막내밖에 안 남았다. 그놈 장개를 보내야 대가 안 끊길 긴데, 휴! 우리 집도 인자 망쪼가 들었다. 히로시마에 원폭이 터지가 사람이 마이 죽었다 카던데 자네도 고생 말도 못하게 했제? 그래 식구들은 다 무사하나? 우리 딸아는 괜찮나?"

"태수 어매는 괜찮심더. 태수 누나가 열여섯 살인데…… 그 아가 화상을 크게 입어갖고 온 전신에 엉망진창입니더."

강순구는 죽은 팔삭둥이 이야기는 굳이 하지 않았다.

"아이고! 일본 갈 때 뱃속에 있던 아 말이가? 시집을 보낼 딸아가, 쯧쯧! ……그래가 우야노? 자네나 내나 와 이리 됐노? 일본에 가서 살면 살길이 열릴 줄 알았더니, 그기 죽을 자리인 줄도 몰랐다. 다 나라가 힘이 없어갖고 이래 된 거 아이겠나."

"……."

강순구는 아무 말도 못 하고 고개만 폭 수그리고 있었다. 땅 이야기를 꺼내야 하는데 입이 떨어지지 않았다.

"자네는 집도 고치고 그래야 될 낀데 여 올 쨤이 되더나?"

강순구는 장인 영감의 그 말이 떨어지기를 기다렸다는 듯이 머리를 넙죽 조아리며 말을 꺼냈다.

"아버님요, 아버님도 정신이 없으실 낀데…… 지송해서 입이 안 떨어지지만 부탁이 있심더. 일본서 빈털터리로 들어왔심더. 묵고살 걱정이 태산입니더. 지가 히로시마에서 부친 돈으로 논을 샀다 안 켔십니꺼? 그 땅을 지한테 절반만 주시마 안 되겠십니꺼? 땅이 안 되마 돈이라도 주이소."

강순구의 말이 떨어지기가 무섭게 장인 영감의 얼굴은 떫은 감이라도 씹은 듯 일그러졌다.

"지금 뭐라 켔노? 내한테 돈을 내놓으라꼬? 그 돈 하나도 없다."

강순구는 심장이 뜯겨나가는 것만 같았다.

"예? 그 돈이 없다꼬예?"

"그 돈 내가 다 묵었다. 한 푼도 없다."

"뭐라꼬예? 지가 돈을 한두 푼 부치는 줄 아십니꺼? 일본 갈 때 도와주신 거 고마워서 돈 벌어갖고 반 넘게 장인어른께 부쳤다 아입니꺼? 저한테 와 이러십니꺼? 그 돈 없으면 우리 식구 다

흉터의 꽃

죽습니더. 지발 돈 좀 주이소."

강순구의 애절한 말에 장인 영감은 한참 눈을 질끈 감고 있다가 입을 열었다.

"자네 히로시마 보내니라꼬 내도 금쪽같은 땅을 두 마지기나 팔았다. 자네가 히로시마에 건너가서 먹고산 게 누구 덕이고? 그때 내가 안 나섰으면 자네는 진작 굶어 죽었을 기라. 물에 빠진 인간 건지놨더니 보따리 내놓으라 칸다더니, 자네가 그 짝일세."

"뭐라꼬예? 보따리 내놓으라 칸다꼬예? 그 보따리가 누구 보따립니꺼?"

강순구는 울분을 못 이기고 손바닥으로 방바닥을 탕탕 쳤다. 태수는 겁을 잔뜩 집어먹고 아버지와 외할아버지를 번갈아 쳐다보았다.

"내도 지금 아들 둘 다 졸지에 잃고 할마시는 저 모양이고 우야란 말이고? 생때같은 자석 잃은 부모 심정을 알기는 아나? 불난 집에 부채질하는 것도 아이고 대뜸 찾아와서 돈을 내놓으라고 카마 내더러 우야라꼬? 아들 둘이 징용 보냈는데 돈도 안 부치주더라. 자네 부치준 돈 갖고 겨우 묵고살았다. 그러니 돈을 주고 싶어도 돈이 없는 걸 우짜노?"

강순구는 피가 거꾸로 솟구치고 머리가 핑 돌았다. 하늘이 무너지는 것만 같았다. 식구들을 데리고 그 험한 뱃길을 건너온 이유는 단 하나였다. 장인 영감이 돈을 착실히 모아두고 기다리고 있을 거라는 그 희망 하나만 의지해서 빈손으로 돌아왔던 터였다. 이럴 줄 알았다면 합천으로 돌아오지 않는 편이 백번 나았을

지도 몰랐다. 부산 바닥에 주저앉아 막노동 일자리라도 알아보든지 했다면 이렇게 막막하진 않았을 터였다.

"자네는 아직 젊지 않은가? 남의 집 머슴을 살든지 품팔이를 하든지 하마 묵고살 수 있지 않은가?"

강순구는 주먹을 부들부들 떨었다.

"당장에 묵을 떼거리도 없고 다 굶어 죽을 판인데 지더러 우짜라는 말입니꺼?"

눈을 감고 한참 앉아 있던 장인은 자리에서 일어서더니 뒤주 쪽으로 걸어갔다. 뒤주 문을 열더니 자루에 보리쌀을 한 말쯤 퍼 담았다.

"이거라도 가져가서 우선에 끼니를 해결하든지 하게. 자네가 일해 갖고 식구들 먹여 살리게. 그카고, 자네 형이 한동네 사는데 동생 굶어 죽는 거 가만히 보고 있겠나?"

기분 같아서는 그 보리 자루를 마당에 활활 뿌리고 싶었다. 하지만 당장 저 보리쌀이라도 짊어지고 가지 않으면 식구들은 굶어 죽는 수밖에 없었다.

태수는 입을 꽉 다물고 앞만 보며 걷는 아버지가 무서웠다. 보리 자루를 짊어지고 걷고 있는 아버지의 뒷모습은 초라했다. 등에 매달려 있는 자루가 마치 아버지의 등 뒤에 매달려 있는 식구들처럼 보였다. 죽을 때까지 결코 내팽개치지도 못하고 기어코 짊어지고 가야만 하는 짐. 푸르디푸른 황강 물이 아버지의 가슴속에 가득 고여 있는 눈물 같았다.

　　　　　　　　　　　　　　　흉터의 꽃

정현재-증언 2

　원폭피해자복지회관 주차장에 차를 세우고 건물을 처다보았다. 건물 꼭대기에 앉아 있던 까치가 벚나무 우듬지로 날아갔다. 까치의 울음소리에 맞춰 나뭇가지가 흔들렸다. 원폭피해자복지회관은 원자폭탄이 투하되지 않았다면 전혀 존재할 이유가 없는 건물이었다. 원폭 피해 1세를 위한 국내 유일의 전문 요양시설. 1990년 '재한 원폭 피해자 지원을 위한 협약'이 한국과 일본 간에 체결된 후 양국에서 기금을 지원해 1996년에 건립되었다. 저 복지회관에는 아직도 원폭 투하의 기억 속에 갇혀 있는 사람들이 살고 있었다. 그 기억은 어제 일처럼 생생하게 살아 있는 기억, 죽지 않는 기억이었다. 마치 방부 처리된 것처럼 절대로 썩지 않을 기억이었다.

　사전은 원자폭탄을 핵분열폭탄이라고 설명한다. 모든 물질은 원자라는 작은 입자들로 이루어져 있다. 원자는 원자핵과 전자로 이루어져 있고 원자핵은 양성자와 중성자로 결합되어 있다. 그 어떤 힘으로도 뗄 수 없을 만큼 강하게 결합된 원자핵을 분열시키기 위해서 질량이 무거운 우라늄 원자핵에 중성자를 충돌시킨다. 중성자가 우라늄 원자핵 속에 들어가 양성자와 중성자가 떨어지면서 핵분열이 일어난다. 원자핵은 다른 물질로 바꾸면서 엄청난 에너지를 내뿜는다. 원자핵이 분열하는 순간 엄청난 열이 발생하고 중성자가 튀어나오면서 더 많은 분열이 잇달아 일어난다. 이 과정에서 새로운 중성자가 다시 만들어지는 반응을 연쇄반응이라고 한다. 새로 생겨나는 중성자의 수가 없어지는 것보다 엄청나게 많이 발생하는 임계질량에 이르게 되면 핵폭발이 일어난다. 1킬로그램의 우라늄235가 전부 핵분열하면 TNT 화약 2만 톤과 같은 양의 에너지를 방출한다.

히로시마에 떨어진 최초의 원자폭탄은 1조 4천억 칼로리의 무시무시한 에너지를 내뿜었다. 폭발 당시의 온도는 섭씨 몇백만 도에 이르렀고 지름 30미터의 불덩어리가 생겨났으며 순식간에 500미터로 커졌다. 불덩이가 내뿜은 열선 때문에 폭심 근방의 온도는 4천 도까지 치솟았다. 공중폭발의 충격파로 폭풍이 생겨나 모든 것을 휩쓸고 방사능이 퍼져나갔다. 핵폭탄의 피해는 열선과 폭풍, 방사능이 복합적으로 작용한 결과이다. 핵폭탄이 터졌을 때 폭심지에서 반지름 500미터 안에 있던 모든 사람들은 열선과 폭풍으로 즉사했다. 살아남은 이들도 크게 다치거나 얼마 지나지 않아 죽어갔다. 운 좋게 살아남은 사람들도 눈에 보이지 않는 죽음, 방사능에 오염되어 서서히 죽어가야 했다.

문이 열려 있는 입구 쪽 방을 들여다보니 침대가 다섯 개였다. 침대 옆의 작은 사물함 위에는 작은 화분과 사진과 화장품이 놓여 있었다. 해바라기 모양의 앙증맞은 벽시계가 눈길을 끌었다. 예쁘게 치장하고 싶은 할머니들의 소녀 같은 마음이 엿보였다.

흉터의 꽃

몸은 비록 늙었어도 내면의 소녀는 늙지 않은 모양이었다.

요양보호사 박현숙 씨가 안내하는 대로 오른쪽 복도 끝에 있는 방으로 갔다. 방 안에는 할머니 두 분이 앉아 있었다. 나는 할머니들에게 인사를 했다. 한 할머니는 얼굴이 동글동글하고 귀여운 인상이었고 한 할머니는 약간 입이 삐뚤어지고 목소리가 갈라진 분이었다. 그 할머니는 연신 체머리를 흔들었다. 오른쪽 뺨에 달걀 크기만 한 화상 흉터가 있었다. 얼굴이 동그란 할머니는 합천 율곡 낙민리 출신이라고 했다. 할머니는 원폭 투하 당시의 이야기를 한 경험이 자주 있었는지 어렵지 않게 서두를 곧바로 꺼냈다.

"내는 일곱 살 때 원폭 피해를 당했기 때문에 자세히는 모릅니다. 원폭이 터진 날 온몸에 벌겋게 화상을 입어 피가 줄줄 흐르는 이모부가 집에 엉금엉금 기어들어왔는 기라. 그대로 마당에 털썩 쓰러졌다 아인교. 피 칠갑을 한 통나무가 쓰러지는 줄 알았다. 그러다 부들부들 떨다가 얼마 안 있어 숨이 끊어졌는데 너무 끔찍하고 무서웠다카이. 지금도 이모부가 꿈에 나온다카마 말 다 했제? 요즘도 한 번씩은 이모부가 꿈에 비는데 자다가 고함을 지르는 바람에 같이 지내는 할마시들이 시껍 안 하나. 일본에 있으마 다 죽는다꼬 카데요. 그래서 한 보름 지나 암선을 탔는데 그 배 선장이 길을 잃어버리는 바람에 한 달 반 동안 배에서 생활한 적이 있었심니더."

"예? 한 달 반 동안이나요?"

내가 놀라서 되물었다.

"참말이라카이. 배에서 주먹밥도 해묵고 낸중에는 밥을 몬 해 묵게 되서 생쌀을 씹어 묵었다 아인교. 배가 길을 못 찾고 헤매 고 있으이 한날 작은 배가 다가와서 그쪽으로 가면 암초가 있다 고 알려줘서 겨우 살아났제. 까딱 잘못했으마 물고기 밥이 될 뻔 했는 기라."

체머리를 흔들던 할머니도 그때가 생각나는 모양이었다. 조금 떨어져 앉아 있던 할머니는 무릎걸음으로 다가앉으며 입을 열었 다.

"나도 조선으로 돌아올 때는 암선을 탔다. 우리는 원래 합천 에서 살 적에는 율곡 임북리에서 살았다. 우리 아버지는 공사장 의 인부로 일했제. 그날 원폭이 터지던 날에 가족들은 산 쪽으 로 피난을 가 있었다카이. 내는 방학이었지만 학교에 갔다. 학교 에서 아침마다 학생들을 운동장에 모아놓고 체조를 시켰제. 원 폭이 터질 때 교실 안에 있었는데 운동장에 뛰어놀던 아이들은 다 죽었다. 교실 안에 있던 아이들은 방공호로 가서 무사했다카 이. 내 얼굴에 흉터도 그때 생긴 기라. 내 친구도 그때 둘이나 죽 었다. 겨우 산에 피난해 있는 집으로 돌아오면서 보니 강에는 사 람들 시체가 둥둥 떠 있는데 보도 못했다. 죽은 시체가 여기저기 둥둥 떠 있더라. 그 사람들은 속에 화기가 뻗쳐서 그걸 감당 몬 하고 강으로 뛰어들었다 아이라. 강에 뛰어들어 물을 퍼마신 사 람들은 다들 금방 죽었다. 사람들은 전부 다 벌거숭이가 되었다 카이. 옷이 불에 홀라당 타버렸거나 옷이 다 찢어져서 날아가버 렸제. 훈도시만 입은 남자가 피범벅이 되어갖고 기둥에 깔리가 살리달라고 몸부림을 치는데 아무도 못 도와줬다. 요새도 그 남자가 꿈에 나타나서 살리달라꼬 카는데 무서버 죽겠는 기라. 아이고! 엉성시럽데이."

할머니는 진저리를 치며 다시 말을 이었다.

"암선을 타고 죽을 고비를 넘기고 합천으로 돌아왔는데 고향에는 먹고살 게 없어서 구걸을 하면서 살았다카이. 그리고 열아홉 살 때 시집을 갔는데 육이오로 남편이 바로 죽어버렸고 아들 하나가 있었는데…… 그 아들도 병치레를 자꾸 하다가 나이 오십에 죽어버렸제. 그래도 손주가 태어나 그 손주가 장가를 갔다. 그래도 대를 이었으이 원은 없다. 혼자 죽지 못해 살다가 여기로 들어오게 된 기라. 복지관이 생긴 것이 울매나 다행인지 모린다. 히로시마에 갔다가 전시관에 원폭 피해자 인형을 만들어 놓은 걸 본 적이 있다. 그란데 나는 그런 사람을 본 적이 없다. 전시관에 있는 인형은 어느 정도는 옷을 입고 있는데…… 난 그런 것을 보니까 별로 피해를 안 입었다는 생각이 들더라. 피투성이가 되어서 시뻘건 사람들, 약을 칠해서 새하얀 사람들, 불에 타서 시커멓게 숯검댕이가 된 사람들, 벌거벗은 사람들…… 그렇게 숭악하게 변한 사람들이 리어카에 실리가는 거만 떠오른다. 아직도 꿈에도 빈다. 내는…… 그런 사람들만 떠올라. 다 귀신 같았다."

할머니는 힘겹게 그 시절 이야기를 했다. 시뻘건 사람들, 새하얀 사람들, 시꺼먼 사람들이 여기저기에서 뒹구는 모습을 보았던 소녀가, 70년이 지나 할머니가 되어 그때의 일을 증언하고 있었다. 할머니는 간단하게 그 시절 이야기를 했지만 그 삶의 구비 구비에 어떤 일들이 있었을까. 나는 참았던 숨을 길게 내쉬었다.

"지랄한다. 그때 생각하마 지금도 속에 천불이 난다. 만다꼬 그때 이야기를 들을라카노?"

한 할머니가 방으로 들어서며 말했다. 허리가 기역자로 구부러지고 꼭 남자처럼 생기고 말투도 퉁명스러운 할머니였다. 무안하기도 하고 송구스럽기도 해서 나는 고개만 꾸벅 숙였다.

"그때 이야기 묻지도 마라. 엉성시럽다. 생각만 해도 끔찍하다. 와 씰데없는 거를 여 와서 묻고 댕기노?"

나는 딱히 대답할 수가 없었다. 왜 이 할머니 말처럼 쓸데없이 할머니들의 아픈 과거를 묻고 다니는가? 아무리 소설을 위해서라지만 타인의 아픈 상처를 헤집는 것은 폭력이 아니고 뭐란 말인가. 나는 시선을 어디로 둬야 할지 몰라 쩔쩔맸다. 할머니는 한숨을 푹 쉬더니 뭔가를 결심한 듯 입을 열었다.

"······아무리 잊아뿔라 해도 안 잊어진다. ······똑 어제 일어난 일 같다 아이라. 학교 같이 갈라꼬 친구 집에 찾아갔는데 집이 폭삭 무너지는기라. 죽는 줄 알았다. 건물 벽에 깔린 채로 사람 살리라고 죽어라 소리를 질렀제. 아무리 소리를 질러도 도와주러 오는 사람도 없고 발버둥을 치고 용을 써갖고 우예 용케 빠져나왔다. 밖에 나와 보이 전신에 화상을 입은 사람이 뜨겁다고 비명을 지르고 있더라. 살려달라고 소리 지르고 난리도 그런 난리가 없었다. ······저거 아버지가 깔리가 다 죽게 되었다꼬 어떤 아가 발을 동동 구르미 우는데도 아무도 안 도와줬다카이. 똑

흉터의 꽃

미친갱이처럼 소리 지르는데도 아무도 안 도와줬제. 조금 있다가 비가 왔는데 그기 비가 아이고 하늘에서 검은 기름이 막 떨어지는 거더라. 피난을 가는데 땅바닥이 너무 뜨거워 발이 익는 것 같았다. 몸이 타는 거맨치로 하도 뜨거워 시체들이 둥둥 떠내려가는 강물에 뛰어들기도 했다. 피난 가민서 사람들이 숯검댕이처럼 타죽은 걸 울매나 많이 봤는 줄 모린다. 저녁이 되니까 방공호로 피신을 하라는 경고 방송이 나왔다. 한 아지매가 안 움직이는데 건드리보니 픽 쓰러지더라. 사람이 그렇게 숩게 죽을 수 있다 카는 거 처음 알았다. 방공호에서 하룻밤을 보내고 그다음 날 집으로 돌아가서 식구들을 만났제. 집에 가는 동안에 별 끔찍한 사람들을 다 봤다. 피 칠갑이 된 사람들이나 숯검댕이가 된 시커먼 사람들이…… 리어카에 실리가는 것도 보고 앞은 멀쩡한데…… 등 뒤에는 썩어 들어가서 누런 고름이 줄줄 흐르는 사람들도 봤고 손가락만 한 구더기가 사람들 등에 붙어서 툭툭 떨어지고…… 사람들이 구더기를 털어서 신문지로 덮고 밟아 죽이는데 밟히 죽는 소리가 참말로 끔찍했다 아이라. 아이고 몸서리야!"

할머니는 지금도 몸서리가 쳐지는 듯 온몸을 부르르 떨었다. 이야기를 듣고 있던 할머니들도 얼굴을 찌푸렸다.

"시체들을 쓰레기처럼 수레에 실어서 버렸다. 사람이 더러운 쓰레기만도 못했다. 아직 숨이 붙어 있는 사람들까지 트럭에 싣는 것도 봤다. 생지옥도 그런 생지옥이 있었겠나? 큰길가에는 시체를 얼른 치웠는데 내가 살던 곳은 길도 좁고 해서 시체들이 무더기로 쌓여 있고 시체들이 누렇게 보일 정도로 벌레가 끓더라. ……그날 이후로 한동안 헛것이 보이고 악몽도 많이 꾸고 가위도 자주 눌렸다. 요새도 그때 일이 꿈에 빈다. ……배가 아무리 고파도 입에 음식만 넣으면 토했다. 도랑에는 시체들이 떠다니고…… 사람들이 시체를 건져 올려서 들쳐 업고 옮기면 시체 발이 흔들흔들 하더라. 그걸 보이 귀신이 내게 달려드는 것처럼 헛것이 보이더라."

힘들게 이야기를 끝낸 할머니는 한숨을 푹 내쉬었다. 주름살 가득한 얼굴을 몇 번이나 쓰다듬으며 마른세수를 했다. 검버섯 핀 손등에 푸른 실핏줄이 솟아 있었다.

"하이고! 숭악해라. 그걸 우예 다 안 잊아묵고 있었노?"

할머니들은 다들 고개를 절레절레 흔들었다. 웬만한 공포 영화를 봐도 눈도 깜짝하지 않았지만 머릿속이 하얗게 비는 것 같았다. 할머니가 한숨을 길게 내쉬었다.

"그걸 우예 잊아묵겠노? 죽어도 못 잊아뿐다. 귀신이 돼도 그때 일은 절대로 못 잊는다."

귀신이 되어서도 잊지 못한다는 그 말이 송곳처럼 가슴을 찔렀다. 목구멍에 뜨거운 것이 울컥 치밀었다.

"할머니 죄송합니다. 제가 공연히 찾아와 힘들게 해드린 게 아닌지…… 정말 죄송합니다."

"그때 생각하마 힘들지, 와 힘 안 들겠노? 두 번 다시 생각하기도 싫다."

나는 할머니의 손을 덥석 잡고는 고개를 숙였다.

흉터의 꽃

"정말 뭐라고 말씀드려야 할지…… 그 힘든 이야기를 이렇게 들려주셔서 감사합니다."

"하이고! 젊은 남자한테 손을 다 잡히보고 참 좋네."

할머니가 우스개 소리를 하자 방 안에는 와르르 웃음이 터졌다. 웃음소리가 밖에 들렸는지 다른 할머니들이 방 안을 들여다보기도 했다. 처음에 나를 안내해준 박현숙 씨가 할머니들 간식을 챙겨왔다. 요플레와 컵 케이크였다.

"아이고, 우리 이쁜 박 선생님 간식 갖고 오셨네. 우리 박 선생님 참 사람 좋다 아이가. 인물도 곱고 맘씨도 비단 같고. 아들 하나만 더 있었어도 며느리 삼았을 긴데."

얼굴이 동그란 할머니는 박현숙 씨의 팔을 툭툭 두드리면서 칭찬을 했다. 박현숙 씨는 쑥스러운 듯 미소를 지었다.

"할머니, 우리 딸이 중학생이에요."

"참말이가? 운제 시집을 갔더노?"

언제 끔찍한 이야기를 했냐는 듯 방 안에는 웃음꽃이 피어났다. 작은 플라스틱 스푼을 들고 요플레를 퍼먹는 할머니들의 얼굴은 아기처럼 천진했다. 할머니들에게 인사를 하고 밖으로 나왔다.

복지회관 현관 앞마당으로 나오니 입구에 검정색 아반떼가 서 있었다. 박현숙 씨가 한 할머니를 뒷좌석에 태우고 있었다. 할머니는 심한 뇌성마비 환자였다. 사지가 뒤틀리고 얼굴도 돌아가 있고 팔과 목이 끊임없이 제멋대로 움직였다. 마치 누가 할머니의 몸에 줄을 매달아서 이쪽저쪽으로 당기는 것만 같았다.

"할머니 모시고 어디 가시는 길입니까?"

"아, 병원 가는 길이에요. 여긴 요양시설이라 병원에 주기적으로 모시고 가서 진료를 받아야 해요."

복지회관에 따로 의사가 상주하고 있거나 진료시설이 있는 줄 알고 있었는데 그건 아닌 모양이었다. 아마도 예산 문제일 듯 싶었다. 진료시설을 마련하고 의료진을 상주시키려면 한 해 예산만 해도 몇 억대가 소요될 터였다.

"병원 모시고 가려면 힘드시겠습니다."

"저희들이 해야 하는 일인데요 뭐. 뇌성마비에다 정신지체 1급 장애를 앓고 있는 분이에요. 의사표현이 불가능하세요. 원폭 투하 당시 어머니 태내에 있다 피폭을 당하셨어요."

할머니는 겉으로 보기에는 여든 살도 더 되어 보였다. 가장 안전해야 할 어머니의 뱃속에서부터 원폭 피해를 당했다. 고치 속에 갇힌 누에처럼 70년의 세월을 정신과 육체가 결박당한 채 침묵의 방에 갇혀야 했던 할머니. 저 할머니의 지난 한평생을 과연 누가 보상해줄 수 있단 말인가. 억울하고 억울해서 억울하다는 말로는 표현이 불가능한 저 기가 막히는 세월을.

"원폭 피해자들 중에 뇌성마비 환자들이 많은가요?"

"네, 꽤 있죠. 그리고 2세 중에는 다운증후군 환자들도 있구요. 여기 입소하신 분도 있지만 가족이 보살피거나 요양원에 입원해 있는 경우도 있죠. 전 이만 가볼게요."

다운증후군이라는 말을 듣자마자 몸이 저절로 긴장되었다. 오래된 습관이었다. 원폭과 다운증후군이 무슨 관련이 있다는

흉터의 꽃

말인가? 늘 입을 헤 벌리고 혀를 내밀고 있는 딸 채현이의 어눌한 목소리가 들리는 것만 같았다.

"오늘 여러모로 감사했습니다."

나는 박현숙 씨에게 고개를 숙였다. 박현숙 씨도 인사를 하고는 운전석에 올라 시동을 걸었다. 차 뒷좌석에 앉아 있는 할머니는 전혀 반응을 보이지 않고 사지만 끊임없이 뒤틀고 있었다. 나는 그 자리에 서서 멀어져가는 차를 한참 바라보았다. 다운증후군이라는 단어가 귀에 껌처럼 들러붙어 있는 것만 같았다. 그 단어를 털어버리기라도 하듯이 나는 머리를 세차게 흔들었다.

대숲에 부는 찬바람

한겨울 대숲에서 찬바람이 불어왔다. 뼈마디를 시리게 만드는 바람이었다. 얼어붙은 댓잎들이 서로의 몸을 부비며 내는 소리가 스산했다. 대나무는 언 몸을 서로 비벼주며 모진 겨울을 견뎌내고 있었다. 쏴아 하며 바람 한 줄기가 지나가자 대숲이 파도처럼 일렁였다.

겨울이라 머슴일 자리도 없었다. 땅 한 뙈기 없는 강순구가 궁리 끝에 찾아낸 일이 소쿠리를 팔러 다니는 일이었다. 소쿠리 만드는 솜씨가 좋은 정골 양반을 찾아가 한 달간 소쿠리 만드는 법을 익혔다. 틈만 나면 대나무로 소쿠리를 만들었다. 다른 것은 몰라도 하곡리는 대나무가 지천이었다. 어른 키만 한 시누대나 산죽도 가는 곳마다 무성했다. 시누대나 산죽으로는 조리를 만들었다. 강순구의 집 옆에는 무성한 대나무밭이 있었기 때문에 대소쿠리 재료는 얼마든지 구할 수 있었다. 그 대밭은 불길하다고 소문이 나 있었다. 혼례를 앞둔 마을의 처녀가 칼에 찔린 시체로 발견된 이후 그곳 근처에 아무도 얼씬거리지 않았다. 강순구는 하늘 높은 줄 모르고 자란 대나무를 잔뜩 베어내 쉬지 않고 소쿠리를 만들었다. 겨울 내내 만든 소쿠리가 집 안 가득 쌓였다.

흉터의 꽃

날씨가 쌀쌀해지고 나서부터 분희의 화상 상처도 아물기 시작했다. 검붉은 화상 흉터는 마치 진흙반죽을 이겨 붙인 것처럼 보기 흉했다. 화상 흉터는 흉하게 부풀어 오르고 기름칠을 한 것처럼 번들거렸다. 목과 얼굴의 피부가 엉겨붙어 목을 돌리기도 힘들었다. 가늘고 길었던 목은 자라목처럼 움츠러들었다. 분희는 집밖으로 전혀 나가지 않았다. 동네 사람들은 분희가 문둥병에 걸렸다고 수군거렸다.

강순구는 소쿠리를 짊어지고 장사를 나가고 분희는 방 안에 틀어박혀 나오지 않았다. 내천댁은 뒷골 빨래터로 빨래를 하러 나갔다. 태수는 낫을 챙겨들고 산을 오르다 마을을 내려다보았다. 바람이 부는 들판 한가운데 서 있는 정자나무는 골똘히 생각에 잠겨 있는 것처럼 보였다. 태수는 나무 짐을 묶기 위해 칡넝쿨을 잘라 들고 소나무가 많은 골짜기로 올라갔다.

별안간 아이들의 시끄러운 소리가 들렸다. 하교하는 아이들이 고갯길을 넘어오고 있었다. 태수는 바위 뒤로 숨다가 피식 쓴웃음을 지었다. 태수 하나쯤 학교에 가든 못 가든 세상은 눈도 깜짝하지 않았다. 도둑질을 해서라도 월사금을 내고 학교에 다니고 싶었다. 히로시마에 살 때만 해도 학교에 못 다니게 될 줄 전혀 몰랐다. 밥장사를 하는 어머니와 부지런한 아버지 덕에 일본에서는 그런대로 살았는데 이제는 당장의 끼니 걱정을 해야 하는 처지였다. 학교라는 곳은 오르지 못할 나무가 된 지 오래였다. 학교라는 말을 입밖에 꺼내면 부모 가슴에 못을 박는다는 것을 태수도 알고 있었다.

"앗!"

태수는 얼른 낫을 집어던졌다. 낫에 베인 손가락에서 피가 솟아났다. 딴생각을 하며 낫을 휘두른 탓이었다. 손가락을 움켜쥐었다. 갑자기 울컥 목이 메고 까닭 모르게 눈물이 맺혔다. 제 안의 서러움이 넘쳐 눈물로 쏟아지기 시작했다. 일본인 선생에게 뺨을 맞았을 때도 울지 않았던 태수였다. 울다 보니 온갖 일들이 떠올랐다. 일본 아이들에게 조센징이라고 놀림을 받던 일, 원폭이 떨어졌을 때 누나를 찾아 폐허가 된 히로시마 거리를 떠돌던 일, 화상으로 온몸에 붕대를 감은 누나를 병원에서 만났던 일, 태어나자마자 죽은 동생, 배를 타고 풍랑에 시달리며 부산항으로 오던 일, 구걸을 하던 아버지의 뒷모습, 큰집에서 문전박대를 당했던 일, 외할아버지 집에서 보리쌀 한 말을 지고 오던 아버지의 무서운 얼굴, 먹을 게 없어 하루 종일 쫄쫄 굶어야 했던 일······. 해가 설핏하게 지는 겨울 산골짜기에 태수의 울음소리가 퍼져나갔다.

"태수를 큰집에 주자꼬예?"

"조용히 해라. 태수가 들으면 우짤라꼬 카노?"

잠결에 들리는 아버지와 어머니의 말소리에 태수는 잠이 깼다.

"그 숭악한 집에 우리 태수를 주자꼬예. 원수한테도 그래 모질게는 안 할낍니더. 형제가 넘보다 더 못하데예. 우째 그런 생각을 합니꺼. 굶어 죽어도 같이 굶어 죽고, 살아도 같이 살아야 하는

　　　　　　　　　　　　　흉터의 꽃

기 아입니꺼?"

"성만 넬 기 아이다. 큰집에는 지금 대를 이을 아들이 없다 아이가? 셋째 형수도 또 딸을 낳았으이 안 카나? 이제 형님도 나이도 있고 아들을 낳을 가망도 없고 보이 우리 태수를 양자로 달라 카는 기 아이가? 태수 공부도 시켜준다 카더라. 태수가 말을 안 해서 그렇지, 울매나 학교에 가고 싶어 하는 중 아나?"

태수는 귀가 번쩍 띄었다. 학교에 보내준다니, 양자 아니라 그 집의 종이라도 될 수 있을 것만 같았다.

"그래 무시당하고 괄시를 당했는데도 아들 보내겠다는 말이 나옵니꺼!"

내천댁은 소리를 버럭 질렀다. 방문을 세게 닫고는 밖으로 나가버렸다.

태수는 다시 잠을 청했으나 정신이 더 말똥말똥해졌다. 이제는 더 이상 오르지 못할 나무라고 생각했던 학교라는 나무가 바로 눈앞에 있었다. 언제라도 태수가 마음만 먹으면 오를 수 있는 나무로 변한 것이었다. 큰집에 양자로 간다면 다시 학교에도 가고 출세도 할 수 있지 않을까. 만약 그렇게 된다면 땅 한 뙈기 없는 아버지 어머니에게 땅부터 사드리고 기와집도 한 채 지어드릴 수 있을 것이다. 큰집에 양자로 간다고 해서 낳아주고 길러준 부모가 바뀌는 건 아니지 않는가. 단지 학교를 가기 위해서 잠시 그 집의 아들인 척만 해주면 될 것이 아닌가.

잠시 뒤 울화를 좀 삭혔는지, 내천댁이 방문을 열고 들어왔다. 태수는 자리에서 벌떡 일어나 앉았다.

"옴마야! 태수 니 안즉도 안 잤나?"

내천댁의 눈이 휘둥그레졌다.

"태수야, 니, 니, 우, 우리 말 들은 거 아니제?"

강순구가 더듬거리며 말했다.

"아부지, 내, 큰집으로 양자 가겠심더."

내천댁이 태수의 등짝을 세게 때렸다.

"이놈이 미쳤나? 뭐 양자를 가?"

"아를 와 그래 때리노? 태수 말도 들어보자."

"지는 학교 가고 싶습니더."

"뭐 학교? 그래 이놈아, 니는 부모형제보다, 학교가 더 중하나? 이 자슥이 말하는 거 한번 봐라."

내천댁은 다시 태수의 머리를 쿡 쥐어박았다.

"학교 댕기 갖고 내중에 출세해서 어무이 아부지, 땅 사드리마 안 되겠습니꺼? 언제까지 땅도 없이 남의 집 농사 지어주미 살 낍니꺼?"

태수의 말에 강순구는 땅이 꺼져라 한숨만 내쉬었다. 자는 줄 알았던 분희까지 일어났다.

"태수야, 니, 큰집에 양자 안 가마 안 되나?"

분희는 태수를 쳐다보면서 안타까운 표정으로 말했다. 태수는 가슴이 미어지는 듯했다. 어머니 아버지의 말 열 마디보다 태수에게는 분희의 말 한 마디가 더 무서웠다. 하지만 이대로 물러설 수는 없었다. 이 기회를 놓치면 영영 학교 근처에는 가보지도 못하고 무지렁이 농사꾼으로 살아야 할지도 몰랐다. 남의 머슴

흉터의 꽃

살이나 하며 입에 풀칠도 못하며 근근이 살아가고 싶지는 않았다. 사람대우를 받으며 살기 위해서는 무엇보다 학교를 다니고 출세하는 길밖에 없었다.

"태수야, 억지로 가라 카는 기 아이다. 우리 형편에 학교를 우째 보내주겠노? 그래도 학교는 보내준다카이……."

"하이고! 그놈의 학교 못 댕기마 어때서 그러요? 우리 태수 양자로 보내주마 뭐 땅이라도 준다 카능교? 학교도 보내준다 카는 거 내 못 믿겠구마. 쓸데엄시 아한테 바람 넣지 말고 그냥 자입시더."

내천댁이 호롱불을 탁 꺼버렸다. 강순구는 마음이 가라앉지 않는지 밖으로 나가버렸다. 태수도 오줌 누러 가는 척하고 밖으로 나왔다. 아버지가 마당을 어슬렁거리며 뒷짐을 지고 하늘을 올려다보고 있었다. 날이 흐린지, 별 하나 보이지 않는 깜깜한 밤. 태수는 아버지, 하고 불러보려다 입을 다물었다. 아버지의 마음이 저 캄캄한 하늘 같지 않을까 싶었다.

태수는 강형구의 양자가 되었다. 봄이 되면 학교에 다니게 해준다던 강형구는 약속을 지키지 않았다. 한시라도 급하게 학교에 가고 싶어 하는 태수의 마음 따위는 안중에도 없었다. 비싼 월사금을 줘가며 태수를 꼭 공부시켜야 하는지 고민을 하던 차에 셋째부인이 또 아이를 가진 것이었다. 아들이 태어나면 양자도 필요 없는데 태수를 공부시킬 까닭이 없었다.

태수는 하루하루가 백 년처럼 지겹기만 했다. 공부시켜준다고 양자로 오다니 괜한 짓이었나 싶었다. 늘 담뱃대나 물고 사랑채에 들어앉아 어른 노릇만 하는 큰아버지는 낯설고 어렵기만 했다. 큰아버지를 빼고는 온통 여자들만 득시글거리는 집에서 생활하자니 숨이 막혔다. 이제 겨우 열네 살인 태수는 소 풀을 뜯고 밭에 거름을 내고 심지어 똥장군까지 져 날라야 했다. 큰집으로서는 품삯 걱정할 필요 없는 어린 머슴을 데리고 온 셈이었다.

흰 도라지꽃이 바람에 하늘거리자 흰 나비떼가 흔들리는 듯했다. 태수는 도라지밭가에 거름지게를 내려놓고 한숨을 돌렸다. 도라지 꽃망울을 눌러 툭툭 터뜨렸다. 흰 도라지꽃들 사이에 보랏빛 도라지꽃 몇 송이가 피어 있었다. 꽃을 좋아하는 누나에게 도라지꽃을 꺾어다 주고 싶었다. 웃으면 눈이 초승달같이 변하던 누나. 한 번이라도 그 웃음을 다시 보고 싶었다. 원폭이 터지고 난 뒤 누나는 웃음을 잃어버렸다. 태수는 아쉬운 듯 도라지꽃을 쳐다보다 다시 지게를 짊어졌다. 썩은 거름 냄새가 코를 찔렀다. 낑낑대며 거름 지게를 짊어지고 가던 태수는 아버지와 딱 마주쳤다. 아버지는 기가 막히는지 입을 쩍 벌리고 태수를 쳐다보았다. 태수는 고개를 푹 숙였다.

"지게 이리 내라."

강순구는 거름 지게를 받아서 대신 어깨에 졌다.

"니한테, 이런 일 하라꼬 시키더나?"

"……."

"태수야, 큰집에서 너무 힘들면 집에 다시 와도 된다."

흉터의 꽃

"……."

태수는 아무런 말도 할 수가 없었다. 제가 고집을 피워 스스로 선택한 길이었다.

"괜찮습니더. 큰아버지도 잘해주시고, 식구들도 다 잘해줍니더."

"잘해주는데 니 얼굴이 와 그렇노? 얼굴이 영 못쓰게 됐다 아이가? 송충이는 솔잎을 묵어야 된다. 너무 욕심 부리마 안 된다."

태수는 지는 송충이가 아입니더 하고 소리를 치고 싶었다. 그 어떤 수모를 겪더라도 학교에 꼭 다니고 싶었다.

가을걷이가 끝나고 강형구의 셋째 부인이 몸을 풀었다. 강형구가 오매불망 기다리던 아들이었다. 구두쇠라고 소문이 난 강형구답지 않게 잔치까지 벌여 동네 사람들에게 술과 고기를 대접했다. 아들이 태어나자 큰집 식구들의 태도는 변했다. 태수에게 살갑게 대하는 사람은 아무도 없었다. 머슴처럼 집안의 궂은 일을 시키긴 했지만 늘 밥을 먹을 때만은 겸상을 해주던 강형구는 이제 태수와 겸상도 하지 않았다. 태수는 큰집 식구들의 눈치를 보며 하루하루를 겨우 견뎌내고 있었다.

"태수야, 일로 들어오너라."

나무를 한 짐 짊어지고 들어오는 태수를 강형구가 불렀다. 가슴이 덜컥 내려앉았다. 드디어 올 것이 왔구나 싶었다. 방으로 들어가니 셋째부인이 갓난쟁이를 안고 있었다. 백일이 지난 아이는 토실토실 살이 올라 있었다. 태수는 삐쩍 말라빠진 동생 태복이를 떠올렸다.

"내가 니한테 할 말이 있다."

"……!"

"오늘부터 너그 집에 가서 살아야 할 기다."

"예?"

가슴에서 뜨거운 불길이 확 치밀었다.

"학교 보내준다꼬 안 했십니꺼?"

"학교? 내가 와 니를 학교에 보내주노? 내 아들도 아닌데."

"그카마 와 지를 양자 삼는다 켔십니꺼?"

태수는 자리를 박차고 일어나 큰아버지를 노려보았다.

"어허, 이놈의 새끼가 오데 눈을 치뜨고 지랄이고? 그래도 내 덕분에 그동안 여기서 밥 안 굶고 지냈는 거 아니가? 인자 우리 는 양자 필요 엄따. 이래 튼튼한 옥동자를 낳았는데 무신 양자 가 필요하겠노?"

"으아아아!"

태수는 소리를 지르며 주먹으로 벽을 내리쳤다.

"이 새끼가 미쳤나?"

태수의 서슬에 놀란 강형구가 소리를 질렀다. 태수는 문을 벌 컥 열어젖히고 정신없이 마을 밖으로 달려나갔다. 심장이 찢어 지는 것 같았다. 모래밭에 쓰러진 태수의 코와 입과 눈으로 모래 가 파고들었다. 모래는 얼음조각처럼 차가웠다. 태수는 모래를 뱉을 생각도 하지 않고 한참을 그렇게 누워 있다가 벌떡 일어났 다. 다짜고짜 강물 속으로 첨벙 뛰어들었다. 살얼음이 와지끈 깨 지고 허벅지까지 물에 잠겼다. 강물은 살을 벨 듯 시리고 차가웠

흉터의 꽃

다. 점점 깊은 곳으로 걸음을 옮겼다. 턱이 덜덜 떨리고 심장이 얼어붙는 것 같았다.

"태수야! 태수야! 안 된다!"

울음 섞인 누나의 목소리였다. 놀라서 돌아보니 분희가 소리를 지르며 달려오고 있었다. 집 안에만 죽은 듯 틀어박혀 있던 분희가 어떻게 여기까지 쫓아왔는지 모를 일이었다. 태수는 정신을 퍼뜩 차렸다. 몸이 약한 분희가 얼음물에 뛰어 들어오면 큰일이었다. 태수는 물에서 나와 분희에게 뛰어갔다. 옷에서 물이 줄줄 흘러내렸다.

"누야! 와 여까지 나왔노?"

물에 푹 젖은 태수는 이를 딱딱 부딪치며 말했다. 온몸이 부들부들 떨렸다. 분희는 혼이 나간 얼굴로 태수의 가슴을 때렸다.

"이 문디야! 이 나쁜 자슥아!"

분희의 얼굴은 눈물범벅이었다.

"누야!"

"명자한테 이야기 들었다. 차라리 잘됐다. 그까짓 양자 노릇 미쳤다꼬 하나? 더럽고 치사하다 캐라. 다 괘안타. 내겉이 이래 살아도 사는 사람도 있다. 나도 천 번 만 번 죽고 싶지만 어무이 아부지 가슴에 못 박는 짓은 못하겠더라. 태수야, 니는 내가 죽으마 좋겠나?"

태수는 고개를 마구 흔들었다. 분희 누나가 죽다니, 말도 안 되는 소리였다.

"나도 니가 무슨 일 당하면 못 산다. 나도 콱 죽어버릴 끼다.

우리 둘 다 죽으마 어무이 아부지는 우째 살겠노?"

"누야! 으흐흐흑!"

태수가 참고 있던 울음을 터뜨렸다. 끅끅 내장을 토해낼 듯 서럽게 울었다. 분희도 태수의 등을 치며 같이 울었다. 얼음이 둥둥 떠내려가는 황강물 위에는 청둥오리 몇 마리가 헤엄치고 있었다. 울고 있는 남매의 머리 위로 흰 고니가 무심하게 날아갔다.

흉터의 꽃

불의 집

히로시마에서 돌아온 지 2년 반 뒤에 내천댁은 막내아들을 낳았다. 백일 때까지 피부에 울긋불긋한 반점이 사라지지 않아 강순구와 내천댁은 가슴을 졸였다. 히로시마에서 태어난 지 사흘 만에 죽은 아이처럼 제 명대로 못 살까 봐 내천댁은 밤낮으로 아이를 보살폈다. 다행히 백일을 넘기자 아이는 제법 살이 올라 식구들의 가슴을 쓸어내리게 만들었다. 강순구는 그제야 아이의 이름을 태용이라고 지어주었다.

히로시마에서 건너온 뒤부터 강순구는 천식과 피부병에 시달렸다. 연신 숨이 넘어가듯 쿨룩거리면서도 틈만 나면 품을 팔러 다니고, 농한기가 되면 소쿠리를 만들어 팔러 다녔다. 하지만 강순구가 아무리 아등바등 일해도 식구들 입에 풀칠하기도 힘들었다.

히로시마에서 돌아온 사람들은 이런저런 병을 한 가지씩 달고 살았다. 하곡리에는 히로시마에서 돌아온 집이 다섯 집이나 되었다. 율진 양반도 몸이 아파 운신을 못하고 드러누워 있었고 기리 양반의 둘째아들 영호는 정신줄을 놓아버리고 늘 중얼중얼 혼잣말을 하며 돌아다녔다. 영호는 원폭이 터질 때 쓰러지는 기둥에 머리를 맞아 정신이 이상해졌다고 했다. 두사 양반은 일본에서 돌아온 지 3년 만에 피를 토하며 죽어버렸다. 두사 양반이 죽던 날에 두사댁은 유복자를 낳았다. 태어날 때부터 뼈가 흐물흐물한 데다 언청이였던 아이는 한 달도 못 되어 죽고 말았다. 두사댁은 남은 두 아이를 데리고 동네를 떠났다.

분희가 열아홉 살이 되자 내천댁은 걱정으로 잠을 이루지 못했다. 분희가 화상을 입어 몸이 엉망이라는 소문은 인근에 파다했다. 문둥병 환자처럼 집밖 출입도 하지 않는다고 수군댔다. 그 말이 내천댁의 귀에라도 들어가면 그냥 지나가지 않았다. 내천댁은 말을 낸 사람을 기필코 찾아내 욕을 퍼붓고 머리끄덩이까지 잡아채고 싸우기가 예사였다. 히로시마에서 밥장사를 할 때는 밥값을 미루는 노무자들의 머리통을 게다짝으로 내리쳐 돈을 받아낼 정도로 그악스러웠던 내천댁이었다.

"보이소! 분희 아부지요. 분희 우째야 되겠능교?"

"갑자기 뭔 소리고?"

"인자 열아홉 살이나 되었는데, 혼처를 정해줘야 안 되겠능교?"

"씰데없는 소리. 억지로 안 되는 기 있다. 저래 몸이 안 성한 아를 시집보내갖고 우짤 낀데?"

"그카마, 평생 끼고 살란교?"

"다 우리 팔자고 업보 아이겠나?"

"복장 편한 소리 하십니더."

"이런 말을 들으마 분희 마음이 우떻겠노? 아 눈치꾸러기 맨

흉터의 꽃

들지 마라. 행여라도 시집보낸단 소리 하지 말거래이."

분희가 빨래 함지를 머리에 이고 집으로 들어왔다. 물기를 탈탈 털어 빨래를 너는 분희를 쳐다보며 강순구는 한숨을 쉬었다. 집밖으로 한 발자국도 안 나가던 분희는 이제 제법 집안일을 돕기 시작했다. 강물에 뛰어들려던 태수를 말리려고 나온 뒤부터였다. 빨래를 하거나 물을 길어오기도 하면서 동생들을 챙겼다. 강순구는 분희가 성치 못한 몸으로 시집을 가서 구박을 받으며 사느니 차라리 시집을 안 가는 게 백번 낫다고 생각하고 있었다.

분희에게 한날 혼처 자리가 들어왔다. 재취 자리였다. 분희보다 나이가 열 살은 많은 홀아비였는데 처가 병으로 죽은 바람에 홀어머니를 모시고 동생들과 사는 남자라고 했다. 강순구는 어처구니가 없었다. 나이가 많은 것은 별문제가 아니었지만 분희가 재취 자리라니 기가 막힐 노릇이었다. 원폭이 터지지 않았으면 분희는 동철이와 짝을 지어주었을 것이다. 동철이네 식구들은 죽었는지 살았는지 소식도 알 수가 없었다. 화상으로 엉망이 된 분희가 멀쩡한 총각에게 시집을 가는 것은 언감생심 꿈도 못 꾼다는 사실을 잘 알고 있었다. 그렇다 해도 홀아비에게 시집을 보내다니 안 될 말이었다. 그러나 내천댁의 생각은 달랐다. 과년한 딸을 시집도 못 보내고 데리고 사는 것만큼 우세스러운 일은 없다고 생각했다.

분희는 혼처 자리가 들어온 것을 알고 있었다. 어머니로부터 그 말을 듣자마자 동철의 얼굴을 떠올렸다. 아니 동철을 생각하지 않은 날은 한순간도 없었다. 히로시마에서 자신을 구해주고 거짓말처럼 사라져버린 동철이었다. 죽었는지 살았는지 알 수가 없었다. 무슨 변을 당한 게 분명했다. 살아서 합천으로 돌아왔다면 무슨 일이 있어도 한 번쯤은 분희를 찾아올 사람이었다. 분희야, 내한테 시집온나. 니는 내 색시데이. 동철의 목소리가 들리는 것만 같았다. 심장에 박혀 있는 말이었다. 눈동자가, 눈썹이, 입술이, 이마가, 귓바퀴가, 머리카락이, 손끝이 기억하고 있는 말이었다. 울보 평강공주가 바보 온달이 신랑이라고 믿었듯이 어렸을 때부터 그렇게 믿었다. 동철이가 아닌 다른 남자에게 시집을 간다는 것은 꿈조차 꾼 일이 없었다.

이 흉측한 몰골로 동철의 얼굴을 떠올리다니 죄를 짓는 것만 같았다. 예전과 같은 얼굴로, 보통의 사람으로 돌아가고 싶었다. 이제는 영원히 불가능한 일이었다. 집밖으로 한 발 나가기만 하면 사람들은 마치 괴물을 맞닥뜨린 듯한 얼굴로 쳐다보았다. 사람들의 시선은 비수처럼 분희를 찔러댔다. 그럴 때면 죄를 지은 듯 고개를 푹 수그리고 있거나 뒤로 돌아서 있곤 했다. 사람들이 무서웠다. 사람으로 태어났으나 더 이상 사람이 아니었다. 살거나 죽거나 아무 상관이 없는 삶이었다.

동철을 만날 수 없을 바엔 누구와 결혼을 하든지 마찬가지였다. 늘 자신 때문에 노심초사하는 아버지와 어머니를 볼 면목도 없었다. 시집도 안 가고 집에 얹혀사는 것은 부모에게 죄를 짓는 일이었다. 셋이나 되는 남동생들의 앞날을 생각해서라도 집을 떠나야만 했다.

"아부지!"

흉터의 꽃

설거지를 하던 분희는 일하러 나가는 강순구를 불렀다. 강순구가 돌아보았다.

"와 그라노?"

"아부지, 저 시집갈랍니더."

"뭐?"

"저 시집보내 주이소."

"와 갑자기 그런 생각을 했노?"

분희를 쳐다보는 강순구의 얼굴에 시름이 가득했다.

"지가 언제까지나 어무이 아부지한테 얹혀살면 되겠습니꺼?"

"무슨 소리를 하노? 얹혀살다니? 그런 말 하는 거 아이다."

"지가 시집을 가야 동생들이 나중에 장개를 가도 마음 놓고 안 가겠십니꺼?"

강순구는 말문이 턱 막혔다. 부모와 동생들을 생각해서 억지로 시집가려는 딸의 마음에 가슴이 미어졌다.

"급할 거 없다. 니 장래가 달린 일인데, 천천히 생각하제이."

자리를 피하듯 강순구는 지게를 짊어지고 밖으로 나왔다. 배나무골로 향하는 좁은 오솔길을 천천히 올라갔다. 어김없이 봄은 와 있었다. 진달래꽃잎 위에 노랑나비가 날아와서 앉았다. 늘 죄지은 듯 그늘 속으로만 숨어들던 분희였다. 시집을 가겠다고 마음먹기까지 얼마나 힘들었으랴. 성치 못한 딸을 지켜주지도 못하는 아비가 아비의 자격이 있는가 싶었다. 그놈의 원수 같은 원폭이 아니었더라면 꽃 같은 분희는 누구나 데려가려고 욕심내는 며느릿감이었을 것이다. 분희와 동철이는 얼마나 어울리는 젊은이들이었나. 원폭만 터지지 않았다면 부부의 연을 맺고 재미지게 살고 있을 아이들이었다.

첫딸 분희가 태어났던 날 강순구는 가슴 뻐근한 감격에 몸을 떨었다. 늘 이복형에게 구박받던 강순구란 놈이 한 아이의 아비가 되다니 드디어 사람 노릇을 하게 되었구나 싶었다. 제 새끼가 예쁘지 않은 부모가 있겠는가마는 분희는 눈에 넣어도 아프지 않을 만큼 예쁜 딸이었다. 크게 쌍꺼풀진 초롱초롱한 눈망울을 한 분희를 보면 다들 예쁘다고 한마디씩 했다. 아장아장 걸어와 폭 안기던 첫딸 분희. 아이의 볼에 볼을 비빌 때 가슴 가득 차오르던 그 느낌은 뭐라 표현할 수가 없었다. 마른 논에 맑은 물이 가득 고이는 느낌이었다. 새끼를 가진 아비의 마음이란 게 이런 건가 싶었다. 그런 딸이 원수 같은 원폭 때문에 손가락질을 당하고 있었다. 죄인처럼 숨어 지내야 했다. 제 눈을 스스로 찌르는 일인 줄 알면서도 열 살이나 많은 홀아비의 재취로 들어가겠다고 했다. 원자폭탄을 만든 인간을 눈앞에서 만난다면 갈아 마셔도 분이 풀리지 않을 것 같았다.

분희가 시집가는 날이었다. 아침부터 바람이 불고 날이 흐렸다. 바람이 불자 대숲이 다른 날보다 심하게 일렁였다. 마치 초록색 파도가 사납게 일렁이는 것 같았다. 태수는 밖으로 나와 하루 종일 집으로 들어가지 않았다. 바위 위에 벌렁 드러누워 흘러가는 황강 물을 바라보았다. 강물은 무심한 표정으로 말없이 흘러갔다. 비록 흉터투성이 누나였지만 태수에게 분희만큼 의지가

흉터의 꽃

되어주는 사람은 없었다. 분희마저 집을 떠나버린다면 어디에다 마음을 붙이고 살아야 할지 막막하기만 했다. 큰집의 양자 자리에서 쫓겨나 죽을 만큼 괴로워할 때 쓰라린 상처를 쓰다듬어준 것은 분희였다. 자신보다 몇 배나 더 아프고 고통스러웠을 텐데도 내색하지 않고 견디고 있는 누나를 보면서 태수는 마음을 조금씩 추슬렀다.

일본에서 학교에 다닐 때는 교장의 딸 하루코가 제일 예쁘다고 모든 아이들이 입을 모았지만 태수는 누나 발뒤꿈치도 못 따라간다고 생각했다. 분희가 지나가면 다들 한 번씩 걸음을 멈추고 돌아보곤 했다. 그렇게 곱던 누나였으니 화상만 입지 않았다면 형편 괜찮은 건실한 총각한테 시집가서 대우받으면서 살 수도 있었을 것이다. 태수는 몸을 벌떡 일으켜 목이 터져라 소리를 질렀다. 태수의 목소리가 돌멩이처럼 강심으로 날아갔다.

초례를 치르고 사흘간 친정에서 머물던 분희가 신랑을 따라 시댁으로 가는 날이었다. 태수는 아침부터 마당을 왔다 갔다 했다. 꽃가마도 없이 걸어가야 하는 누나가 애처로웠다. 새색시답지 않게 분희는 흰 수건을 머리에 썼다. 보기 흉한 화상 흉터를 가리기 위해서였다. 신랑은 뭐가 못마땅했는지 대문 앞에서 불퉁한 표정을 하고 서 있었다. 할 수만 있다면 혼자 가버리고 싶다는 표정을 노골적으로 드러냈다. 내천댁은 시댁에 줄 이바지 음식을 몇 가지 싸서 분희에게 건넸다. 옷 보퉁이를 들고 이바지 음식까지 든 누나가 안쓰러워 태수는 음식 보퉁이를 빼앗았다.

"태수야, 이리 내라. 내 혼자 들어도 된다."

태수는 누나에게 보퉁이를 건네주지 않았다. 성치 않은 몸으로 먼 길을 걸어가는 것도 힘이 부칠 텐데 보퉁이까지 들고 가는 것은 무리였다. 태수는 매형이라는 남자를 노려보았다. 뒷짐을 진 신랑은 짐을 들어줄 마음이 전혀 없어 보였다. 내천댁은 눈물을 찍어내며 딸의 등을 두드렸다.

"전서방, 우리 분희 잘 부탁하네."

신랑은 내키지 않은 표정으로 고개만 까닥 숙였다. 강순구는 딸이 가는 모습을 보는 것이 언짢아 등을 돌린 채였다. 분희는 태복의 볼을 어루만지고 내천댁의 등에 업힌 태용의 머리를 쓰다듬었다. 아무것도 모르는 태용이는 자지러지게 웃었다. 분희는 마루와 부엌과 감나무와 마당과 기둥과 빨랫줄에 널린 빨래를 하나하나 쳐다보았다.

"어무이 아부지, 건강하이소."

분희의 눈에 눈물이 그렁그렁했다. 신랑이 먼저 밖으로 나가버리자 분희도 따라서 집을 나섰다. 한 걸음 한 걸음 내딛는 걸음이 무겁기 짝이 없었다. 태수도 보퉁이를 들고 따라나섰다. 고갯마루에 올라선 분희는 뒤돌아서서 마을을 한참 바라보았다. 느티나무와 굽이쳐 흘러가는 강과 들판과 산을 바라보는 눈길 속에 서러움이 가득 담겨 있었다. 하나하나 가슴속에 새겨두려는 것처럼 마을을 오래 내려다보았다.

분희의 시댁은 하곡리보다 더 깊은 산골짜기 마을이었다. 노태산 밑에 자리 잡은 마을은 집이 열대여섯 채밖에 되지 않는 작은 동네였다. 산비탈에 계단처럼 만들어진 좁은 다랑논밖에

흉터의 꽃

보이지 않았고 그나마 밭이 대부분이었다. 태수는 분희가 살 집이 어떤 집인지 궁금해 집 앞까지 따라가 보고 싶었다.

"처남, 그 보따리 내한테 주고 고마 집에 가거라. 자꾸 따라오마 누부도 더 가슴이 아플 끼고."

꽤나 생각해주는 듯한 말투였다. 매형은 태수가 들고 있는 보퉁이를 빼앗다시피 하며 등을 떠밀었다. 여기까지 왔는데 집에 한번 들어가자는 말이 없는 매형에게 정나미가 떨어졌다. 마치 뭔가를 숨기는 것 같아 마음이 놓이지 않았다.

"여기까지 따라와주고 고맙데이. 태수야, 속상한 일이 많아도 잘 참고 견디고…… 엄마 아버지, 태복이, 태용이 잘 부탁한데이."

분희는 태수의 손을 부여잡았다. 눈물을 억지로 참고 있는 누나를 보니 가슴이 콱 막혔다. 누야, 안 가면 안 되나? 하는 말이 입밖으로 새어나올 것만 같았다. 누나와 다시 집으로 돌아가고 싶었다. 떨어지지 않는 걸음을 억지로 떼놓았다. 몇 걸음 떼놓다가 뒤돌아보니 누나는 그 자리에 서서 빨리 가라고 손짓을 했다. 매형은 누나의 팔을 잡아당기며 등을 떠밀었다.

시집은 낯설고 두려웠다. 시어머니와 노망든 시할머니와 덩치가 건장한 스물한 살, 열여덟 살 먹은 시동생이 있는 집이었다. 시어머니는 찬바람이 쌩쌩 일 정도로 무서웠다. 흉터로 뒤덮인 분희의 얼굴을 보자마자 혀를 차고는 고개를 절레절레 흔들었다. 문둥병자보다 더 끔찍하게 생긴 년이 집안에 들어와서 재수가 없다고 욕을 해댔다. 아들이 아까워서 못 살겠다고 했다. 망할 년이라고, 병신 같은 년이라고 윽박질렀다. 분희는 시어머니와 얼굴을 마주칠 때마다 심장이 오그라들었다.

가마솥 한 개는 큰방 쪽 아궁이에 걸려 있고 양은솥은 작은 방 쪽 아궁이에 걸려 있었다. 가마솥에는 주로 밥을 했고 양은솥은 고구마를 찌거나 국을 끓이거나 물을 데우는 데 썼다. 부엌에는 문도 달려 있지 않아 찬바람이 들이쳐 불을 때기가 여의치 않았다. 벽에는 시렁이 달려 있고 그 위에 그릇과 바가지 따위를 얹어 놓았다. 부엌 벽은 그을음으로 온통 검은 물감을 칠해 놓은 것처럼 보였다.

분희는 불을 가장 두려워했다. 아궁이에 불을 지피는 일은 늘 불안하고 무서웠다. 검불을 때면 불티와 재가 사방으로 날아올랐다. 불씨가 휙 날아와 몸에 옮겨 붙을 것만 같아 떨면서 불을 피웠다. 누군가 머리채를 쥐고 아궁이 속으로 밀어넣을 것 같은 두려움이 엄습하곤 했다. 남편은 분희에게 불 같은 존재였다. 조금이라도 심기가 거슬리면 밥상을 집어던지고 뺨을 올려붙였다. 쌍욕을 하고 발길질을 했다. 분희의 존재 자체가 화의 불길을 돋우는 모양이었다. 귀신 같은 상판때기가 보기 싫다고, 화투에서 졌다고, 얼굴을 찌푸리고 있다고, 밥을 늦게 차렸다고 때리고 또 때렸다.

분희는 가마솥이 걸려 있는 아궁이 앞에 쭈그리고 앉아 마른 삭정이를 밀어넣었다. 아궁이 속에서 마른 삭정이는 탁탁 불꽃을 튕기며 맹렬하게 타들어갔다. 친정집에서는 화상 입은 피부.

흉터의 꽃

때문에 불을 때지 않도록 해주었다. 뜨거운 것만 가까이하면 살이 시뻘겋게 부풀어 오르고 온몸을 긁어댔기 때문이었다. 무엇보다 분희가 불을 무서워한다는 것을 다들 알고 있었다. 하지만 시댁 식구들은 분희가 불을 얼마나 끔찍해하는지 알지도 못했고 괘념치도 않았다.

가마솥 밥물이 끓어 넘치고 김이 피어올랐다. 밥솥을 조금 열었다. 뜨거운 김이 부엌 안에 가득 차고 구수한 밥냄새가 풍겼다.

"이년아, 밥 내놔라!"

부엌 앞에 쭈그리고 앉은 시할머니가 소리를 질렀다. 처음 시집온 날 분희는 기절할 듯 놀랐다. 홀시어머니만 있는 줄 알았는데 머리가 허옇게 세고 허리가 낫처럼 꼬부랑한 노파가 대문간에 쭈그리고 앉아 있었기 때문이었다. 노망이 난 시할머니는 걸핏하면 분희에게 먹을 것을 달라고 소리를 지르고 머리를 쥐어뜯었다.

분희는 물을 이고 나르는 일이 익숙지 않았다. 친정집에서는 태수나 태복이가 물지게로 물을 날라다주었으므로 물동이를 일 필요가 없었다. 분희는 무거운 옹기를 이고 우물에 물을 이러 갔다. 물이 가득 든 옹기 항아리를 이고 조심조심 걸음을 내딛었다. 옹기에서 넘친 물이 이마와 얼굴을 타고 흘러내렸다. 돌부리에 발이 걸려 몸이 휘청했다. 분희는 비틀거리다 길바닥에 넘어지고 말았다. 옹기가 와장창 소리를 내며 깨지고 물이 엎질러졌다. 심장이 철렁했다. 깨진 옹기 조각에 손이 베여 피가 났다. 아폰 것보다 시어머니에게 혼날 것이 더 두려웠다. 깨진 옹기를 주워들고 죄인처럼 집으로 들어오자 시어머니가 소리를 질렀다.

"하이고, 이 등신아, 뭔 낯짝으로 들어오고 지랄이고? 옹기가 아까바 죽겠다. 썩 나가라! 귀신 낯짝보다 더 숭악하게 생긴 낯짝을 쳐들고 오데 기들어 오노? 어이구, 저 망할 년!"

서러워서 눈물이 왈칵 쏟아졌다. 시어머니에게는 옹기가 사람보다 더 중한 모양이었다.

아궁이에 지푸라기를 넣고 불을 지폈다. 다행히 어젯밤 묻어놓은 불씨가 살아 있었다. 불은 쉽게 붙었다. 불씨를 꺼뜨리기라도 하면 잔소리를 들어야 했다. 시어머니는 성냥을 켜는 것까지도 잔소리를 했다. 뚜껑을 열어놓은 가마솥에서는 물이 끓기 시작했다. 분희는 마른 솔가지를 툭툭 분질러 아궁이 깊숙이 넣었다. 아궁이에서 타오르는 불꽃은 분희의 흉터투성이 얼굴을 비추었다. 불빛에 드러난 분희의 얼굴에는 피곤한 기색이 역력했다. 밥을 차리고 설거지를 하고 나면 돼지와 닭에게 먹이를 주어야 했다. 낮에는 밭에 나가 잡초를 뽑고 점심 준비를 하고 빨래를 하고 물을 이다 나르고 저녁을 지어야 했다. 저녁상을 물리고 나면 캄캄한 부엌에서 설거지를 했다. 분희는 물독에서 물을 퍼서 그릇을 씻고 살강 위에 차곡차곡 엎어놓았다. 설거지를 한 물로 돼지 먹이를 주고 마당에 널어놓은 빨래를 개고 식구들의 옷을 기웠다. 시할머니와 시어머니의 방에 자리끼를 떠다 놓고 요강까지 들여다 놓아야 했다.

"이상하다. 와 콩 자루가 안 보이노?"

흉터의 꽃

귀신이 곡할 노릇이라며 시어머니가 혀를 찼다. 남편 짓이었다. 이틀 전 남편이 시어머니의 방에서 콩 자루를 내가는 걸 본 적이 있었다. 남편은 종종 집안의 곡식을 내다팔아 그 돈으로 읍내에서 친구들과 술을 퍼마시고 들어오곤 했다. 시어머니는 소매를 둥둥 걷으며 입을 앙다물었다. 도끼눈을 뜨고 분희를 노려보았다.

"니제? 바른대로 대라."

난데없는 시어머니의 호통에 분희는 오금이 저려 목을 움츠렸다.

"예?"

"니가 콩 훔쳐다가 내다팔았제?"

시어머니는 종주먹을 들이대며 쏘아붙였다.

"와 말을 몬 하노? 어이? 이 집에서 그런 짓 할 인간이 누가 있단 말이고?"

분희는 아니라고 말하고 싶었으나 입이 떨어지지 않았다. 저도 모르게 뒷걸음질을 쳤다. 때마침 집으로 첫째 시동생이 들어섰다. 시동생은 눈을 휘둥그레 뜨고 두 사람을 번갈아 쳐다보았다.

"아이구, 요거 바라. 귀신보다 더 숭칙하게 생긴 년이 입을 매 구겉이 다물고 있네. 니가 훔쳐 팔았으이 아무 말도 몬 하는 기라. 이 도둑년아! 콩 내다팔아서 오데 썼노? 말을 해라, 말을."

시어머니는 삿대질을 하며 소리를 질렀다. 분희는 남편이 콩을 내다팔았다고 말을 할 수도 없고 안 할 수도 없고 죽을 맛이었다. 차라리 도둑 누명을 뒤집어쓰는 것이 마음 편하겠다 싶었다. 시동생이 시어머니를 쳐다보고는 한 소리 했다.

"와 생사람을 잡고 그라요. 형수가 그런 짓을 할 사람으로 보이능교? 우리 어무이 같은 시오마시를 모시고 사는 며느리는 죽어도 그런 짓 꿈도 못 꾸지."

시동생이 놀리듯이 말했다. 시어머니는 얼굴이 붉으락푸르락해지더니 시동생의 등짝을 세게 후려쳤다.

"이 새끼가 뭐라 카노? 내가 생사람을 잡는다꼬? 지금 니가 누구 편을 드는 기고?"

"누구 편을 드는 기 아이라······."

시동생이 머리를 긁적였다. 시어머니는 분희를 흘겨보며 쏘아붙였다.

"지랄한다. 니는 뭐하노? 와 그리 등신맨치로 서 있노? 가서 저녁밥이나 차리라."

분희는 가슴을 쓸어내렸다. 시어머니도 뭔가 눈치를 챈 모양이었지만 며느리 앞에서 위신이 안 서서 억지를 부린 것이었다. 분희는 가끔씩 표 안 나게 편들어주는 시동생이 고마웠다. 시동생이 챙겨주는 것이 느껴질 때면 동생 태수가 생각나곤 했다. 합천장에 고추와 들깨를 팔러 나갔을 때 하곡리에 사는 박실댁을 만난 적이 있었다. 박실댁이 태수가 친구 영득이와 집을 나간 지석 달이 넘었는데 감감무소식이라며 아재와 아지매 걱정이 태산이라고 전했다. 가슴이 철렁했다. 당장 친정으로 달려가고 싶었다. 늘 집에 마음을 못 붙이던 태수가 결국은 집을 나가버린 것

　　　　　　　　　　　　　　　　홍터의 꽃

이었다. 부디 별 탈 없이 돌아오기만을 바랄 뿐이었다.

시집온 지 다섯 달 뒤 태기가 있었다. 아이를 가지고 보니 작고 여린 것들이 눈에 더 들어왔다. 살기 위해 태어난 모든 것들에 마음이 갔다. 아이를 가진 여자, 아이를 업은 여자, 젖을 먹는 강아지, 송아지, 어미돼지 옆에 그악스럽게 들러붙어 젖을 빨아대는 돼지새끼들조차 달리 보였다. 새 둥지 안에 소복하게 들어있는 새알들을 보면 가슴이 저릿저릿했다. 어미닭 곁에서 조를 쪼아 먹는 병아리들에게서도 눈을 떼지 못했다.

빨래터 웅덩이에는 얼음이 꽝꽝 얼어 있었다. 빨랫방망이로 힘껏 두드려도 얼음은 깨지지 않았다. 하는 수 없이 뾰족한 돌을 내리쳐 얼음을 깼다. 얼음물에다 손을 넣고 빨래를 하니 손이 떨어져나가는 것 같았다. 손등이 갈라 터져 피가 나왔다. 독한 양잿물로 빨래를 비비고 빨랫방망이로 두드렸다. 집안 식구들은 분희에게 늘 일거리만 가져다주는 존재들이었다. 이불에 오줌을 싸고 옷에다 똥을 싸는 시할머니의 빨래는 해도 해도 끝이 없었다. 정미소에서 일하는 둘째 시동생의 옷은 기름투성이였다. 기름과 흙이 잔뜩 묻은 남자들의 옷은 검은 빨래비누로 아무리 비벼 빨아도 얼룩이 쉽게 지워지지 않았다.

"이것도 빨래라고 했나?"

시어머니는 땅바닥에 냅다 빨래를 집어던졌다. 기가 막혔다. 흙투성이로 나뒹구는 빨래가 꼭 자신의 처지 같다고 분희는 생각했다.

"어무이, 지송합니더."

"새로 빨아 온나."

분희는 흙투성이가 된 빨래를 들고 다시 빨래터로 향했다. 입
덧이 심해 음식을 제대로 먹지 못한 분희의 몸은 살이 빠질 대
로 빠져 뼈에다 가죽을 입혀놓은 것 같았다.

한참 쭈그려 앉아 빨래를 하고 있자니 밑이 빠질 것만 같았다.
빨래를 헹궈 고무 대야에 담고 겨우 머리에 이고 일어섰다. 물을
머금은 빨래는 천근만근 무거웠다. 빨래 대야를 머리에 이고 좁
은 논둑길을 힘들게 한 발 한 발 내딛었다. 좁은 논두렁길은 미
끄러웠다. 논두렁길 아래는 도랑이었다. 발이 삐끗했다. 분희는
비명을 지르며 도랑으로 굴러떨어졌다. 분희의 비명소리를 들은
재실댁이 소리를 지르며 도랑으로 쫓아 내려왔다. 분희의 아랫도
리에서 뭔가 뜨거운 것이 물커덩 쏟아졌다. 아랫도리에 피가 흥
건했다. 하늘이 노래지고 정신이 가물가물했다. 재실댁의 부축
을 받고 일어서려다 분희는 그대로 푹 고꾸라지고 말았다.

"아이고 이 일을 우야노? 새댁아, 정신 차리라! 새댁아!"

재실댁이 마구 흔들며 소리를 질렀지만 분희는 정신을 차리
지 못했다. 혼자 힘으로 안 되겠다 싶어 재실댁은 사람을 부르러
달려갔다.

"형수요!"

시동생이 혼비백산한 얼굴로 도랑으로 뛰어내렸다.

"아이고, 큰일 났다. 아가 떨어지는갑다. 느거 형수 빨리 업어
라."

시동생이 분희를 들쳐 업고 집으로 뛰어갔다.

"어무이!"

시동생은 축 늘어진 분희를 마루에 눕혔다. 변소에서 나오던 시어머니의 눈이 휘둥그레졌다.

"와 이카노?"

"형수가 도랑으로 떨어짔심더."

"지랄 염병 안 하나. 빨래를 하기 싫으마 싫다 카지. 으이구! 저 망할 년!"

"엄마는 지금 무슨 소리 하는교? 빨래가 중한교, 사람이 중한교? 형수 지금 얼라 떨어졌심더."

"뭐라꼬? 얼라가 떨어짔다꼬?"

시어머니는 분희의 치마가 붉게 물들어 있는 것을 그제야 본 모양이었다.

"이기 뭐꼬? 시상에! 아이고!"

마루에 누워 있던 분희가 겨우 정신을 차리고 몸을 일으켰다. 입술이 시퍼렜다. 온몸이 욱신거리고 한기가 들어 분희는 몸을 덜덜 떨었다.

"형수요, 괜찮은교?"

"아이고! 이 일을 우야마 좋노? 아이고!"

시어머니는 마당에 퍼질러 앉아 땅바닥을 치고 악을 쓰며 소리를 질렀다. 아이가 떨어지다니, 억장이 무너졌다. 분희는 모든 것이 제 잘못인 것만 같았다. 시동생이 이불을 들고 나와서 떨고 있는 분희에게 덮어주려 했다. 시어머니가 달려들어 이불을 홱 내팽개쳤다.

"무슨 장한 일 했나? 이불은 와 덮어주고 지랄이고?"

"좀 고마하소. 형수 심정이 우떻겠능교?"

"뭐라꼬? 이 자슥이 불난 데 부채질하나? 이 재수 없는 년아! 나가 뒈져라!"

시어머니는 분희에게 달려들어 머리채를 쥐고 마구 흔들었다. 시동생이 달려들어 시어머니를 떼놓았다. 분희는 엉금엉금 기다시피 방으로 들어가 피 묻은 옷을 갈아입었다. 아이는 분희의 몸에 살다간 흔적을 핏자국으로 남겨놓고 떠나버렸다. 분희는 울음소리가 새어나가지 않게 이불을 뒤집어쓰고 울었다.

정현재-단봉낙타 내 아버지

합천원폭지부는 합천보건소 건물 3층에 있었다. 누가 등을 떠밀어서 온 것도 아니었다. 내 의지로 이곳까지 와 놓고도 원폭지부 사무실 앞에서 문을 열까 말까 망설이고 있었다. 갑자기 지금 여기에서 무슨 허튼짓을 하고 있는 건가 하는 생각이 들었다. 원폭에 관한 소설을 쓰겠다고 작심한 일이 엉뚱한 방향으로 흘러가고 있었다. 소설을 쓰는 일이 아버지를 다시 마주하는 일이 될 거라고 전혀 예상하지 못했다.

며칠 전 어머니에게 전화를 걸었다. 아버지가 원폭 피해자가 맞느냐고 물어보았다. 어머니는 맞는 거 같기도 하고 아닌 것 같기도 하다고 어정쩡하게 대답했다.

"꽉중에 그런 거는 와 묻노? 느거 아버지가 히로시마에서 태어난 거는 맞다. 그란데 원폭이 터지기 전에 히로시마에서 딴 데로 이사를 갔다 카는 이야기를 들었다. 그러이 식구들 중에 원폭 피해로 죽은 사람도 없고 아픈 사람도 없는 기라. 느거 고모도 그때 세 살배기라서 아무것도 모르더라. 이사를 갔는지, 우쨌는지 하나도 모르더라카이. 그래도 느거 아부지 돌아가실 때는 원폭지부에서 장례비도 안 나왔나?"

"장례비가 나왔다고? 그럼 아버지가 원폭 피해자가 맞다는 거네."

"무신 소리 하노? 느거 아부지는 원폭 피해 안 당했다카이."

"원폭 피해자도 아닌 사람이 어떻게 장례비를 받아?"

"그때는 너도 나도 다 등록 안 했나. 피해자로 등록되면 보상이라도 받을까 싶어서. 일본 가서 피폭자 수첩인가 뭔가를 받으마 치료도 받고 돈도 받는다 카던데 와 등록을 안 하겠노? 히로시마에서 살았던 합천 사람들은 전신 만신 다 원폭 피해자로 등록을 다 했다. 그러이 느거 아버지도 본적이 히로시마였으니 당연히 등록을 안 했겠나?"

"이사를 갔는데도 원폭 피해자로 등록되었다고?"

"내가 그걸 우예 알끼고? 이사를 갔던동 말았던동 호적에는 히로시마로 되어 있는데 와 등록을 안 하겠노? 내라도 한다. 등록하마 돈이 나올지도 모린다 카는데 와 바보맨키로 등록을 안 하겠노? 느거 아버지 살아생전에 일본에서 살았던 이야기 한 마디도 안 꺼냈다. 일본에서 우예 살았는지 물어보마 성을 울매나 내던지. 문디 겉은 영감쟁이, 참말로 성질도 지랄맞은 기라. 일본에서 무슨 일이 있었는지는 모리겠는데…… 자다가 죽을 것맨치로 고함을 지르민서 일어나는 일도 있었다. 등에 땀이 흥건했다. 일본말로 소리를 지르기도 하고 우짤 때는 울기도 하더라. 내가 등을 한참 두드리주마 겨우 잠이 들더라. 엉성시러븐 일이 와 없었겠노?"

아버지가 자다가 죽을 것처럼 소리를 지르면서 일어난 적이 있었다니, 처음 듣는 이야기였다. 내가 아버지에 대해 알고 있는

흉터의 꽃

것은 대체 뭐란 말인가.

"백골이 되어서 무덤에 드러누운 영감쟁이 뚜디리 깨워가 한 번 물어보까? 원폭 터질 때 오데 있었능교? 이래 한번 물어보까?"

나는 어머니의 농담에 맥이 빠져 허탈하게 웃고 말았다.

막막한 벽 앞에 선 기분이었다. 나는 합천원폭지부 사무실 문을 노려보았다. 히로시마가 고향인 아버지를 통해서 원폭 피해에 대해 접근할 길은 막혀 있었다. 할 수만 있다면 어머니의 말처럼 무덤 속에 누워 있는 아버지라도 두드려 깨워서 물어보고 싶다는 생각까지 들었다. 원폭이 터질 때 아버지는 대체 어디에 있었던 거냐고, 아버지는 진짜 원폭 피해자가 맞느냐고, 원폭 투하 당시 이사를 갔다면서 왜 원폭 피해자로 등록이 되어 있느냐고, 대체 아버지가 일본 히로시마에서 살았던 그동안 무슨 일이 있었던 거냐고 묻고 싶었다. 유령의 존재 앞에 서 있는 기분이 들었다. 헛것을 끌어안고 싸움을 하고 있는 것만 같았다. 거대한 침묵의 벽을 두드려보았지만 아버지는 아무런 대답이 없었다.

나는 문 앞에서 심호흡을 했다. 나는 지금까지 원폭 피해자라는 단어를 한 번도 내 자신과 연관시켜본 적이 없었다. 원폭 피해는 나와는 상관없는 먼 타인들의 이야기일 뿐이었다. 비록 원폭 피해자 건강진단 진료증이 있긴 했지만 그건 단지 아버지가 태어난 곳이 일본 히로시마이기 때문에 발급된 것일 뿐이라고만 생각했다. 그런데 왜 이 문 앞에 서 있단 말인가. 왜 이곳을 내 발로 찾아왔단 말인가? 별거 아닌 일에 심각하게 온갖 의미를 따지고 있는 꼬락서니가 우스웠다. 에라, 모르겠다. 소설 취재 차 왔다고 생각하면 되는 것이다. 어쨌든 부딪쳐보는 거지 뭐. 나는 다시 한 번 심호흡을 하고는 사무실 문을 열었다.

두 사람이 컴퓨터 앞에 앉아 작업을 하고 있다 나를 쳐다보았다. 얼굴이 가무잡잡한 칠십대 초반의 남자와 오십대 초반쯤으로 보이는 여자였다. 여자가 일어서며 용건을 물었다.

"무슨 일로 오셨어요?"

수수하고 순박하게 보이는 인상이었다. 무슨 말을 꺼내야 할까? 나도 모르게 머리를 긁적였다.

"저희 아버지께서도, 히로시마에서 태어나셨는데……. 뭐 좀 알아볼 게 있어서 들렀습니다."

독수리 타법으로 자판을 두드리던 늙은 남자가 나를 쳐다보았다. 논에서 김이라도 매다 온 것 같은 모습의 남자는 컴퓨터와 도무지 어울리지 않았다.

"그 좀 앉아 있으소. 내가 지금 하던 일 좀 마저 하고 이야기 하입시데이."

나는 남자가 가리키는 소파에 앉아 사무실을 둘러보았다. 사무실은 일반적인 사무실과 달리 어수선한 느낌이었다. 건너편의 길쭉한 테이블 위에는 여러 가지 자료들이 잔뜩 흩어져 있고 벽에는 원폭 피해자들의 끔찍한 사진과 원폭 피해 현장 사진들이 걸려 있었다. 자석에 이끌리듯 사진들 앞으로 다가갔다. 기형적으로 변형된 발의 사진, 불타버린 원폭 돔, 폐허로 변한 원폭 피해 현장 사진들이었다. 두 팔과 얼굴에 심한 화상 흉터가 있는

흉터의 꽃

남자의 사진과 전신에 화상을 입은 남자의 사진이 보였다. 숯처럼 검게 탄 시체 사진도 있었다. 마치 폼페이 최후의 날을 그대로 옮겨놓은 것 같았다. 숯덩이로 변해버린 저 사진 속의 남자는 자신에게 닥칠 일을 꿈에라도 생각했을까. 원폭이 투하된 시간은 아침 8시 15분이었다. 막 하루 일과를 시작하려던 찰나였을 것이다.

맞은편 책장에는 원폭과 관련된 자료들과 책자들이 어지럽게 꽂혀 있었다. 소파에 앉아 어수선한 사무실을 둘러보고 있으려니 독수리타법으로 자판을 서툴게 두드리던 늙은 남자가 말을 걸었다.

"무슨 일 하는교?"

"예?"

무슨 말인가 싶어 남자를 의아한 얼굴로 쳐다보았다. 저 사람이 아마도 지부장인 모양이었다.

"직장 오데 다니는가 이 말이라요."

뜬금없이 처음 보는 사람에게 이런 질문을 하다니 약간 어이가 없었다.

"중학교에서 국어 가르치고 있습니다."

"참말인교? 국어 선생님이라꼬요? 아이고 잘됐네. 우짠지 선생님 같아 보이더라카이. 내가 가방끈이 짧은 사람이 돼놔서 글을 우예 써야 되는지 잘 모른다 아인교? 혹시나 글 좀 봐줄 수 있능교?"

나는 난감해서 도움을 청하듯 컴퓨터 앞에 앉은 여자를 쳐다보았다.

"우리 지부장님은 맨날 가방끈 짧다고 말씀하세요."

여자가 웃으며 말했다. 지부장은 프린트한 종이를 내 앞에 불쑥 내밀었다.

"좀 고치주소. 인사가 좀 늦었네. 지는 합천원폭지부장 심재호라고 합니더."

"예, 저는 정현재라고 합니다."

"내가 국민학교밖에 안 나왔다 아인교? 무식해서 맞춤법도 모리겠고, 학교 선생님이라카이께네 이런 거 후딱 고칠 수 있겠네. 잠깐 밑에 내리갔다가 올 텐께 쫌 고치주소. 한 10분 걸릴 끼라요."

심지부장은 나에게 프린트한 종이를 건네고는 밖으로 휙 나가버렸다. 뭐에 홀린 기분이었다. 프린트한 종이를 들여다보니 원폭 피해 관련 성명서였다. 심지부장이 말한 대로 고칠 부분이 한두 군데가 아니었다. 붉은 볼펜으로 여러 군데 체크를 하고 맞춤법을 고쳤다. 차라리 컴퓨터상에서 고치는 것이 더 빠르겠다는 생각이 들었다. 맞춤법만 대충 고치고 한번 읽어보았다.

한국인 원폭 피해자에 대한 인정, 조사, 사죄, 배상을 요구한다!

나는 대한민국에서 온 원폭 피해자 심재호다. 1943년 히로시마에서 태어나 그곳에서 피폭을 당했다.

1945년 8월 6일과 9일 미국이 히로시마와 나가사키에 원폭을 투하했다. 당시 피폭된 한국인들은 전체 피폭자 74만 명 중 약 10만 명으로 추정된다. 피폭 한국인들은 상당수가 일제에 의해 강제 동원된 한국인들이었다. 나의 아버지도 히로시마 군사기지에서 강제노역을 하고 있었다. 살아남은 한국인 원폭 피해자 4만 3천 명은 해방 이후 고향으로 돌아왔다. 하지만 원폭 후유증으로 가난과 사회적 냉대 속에서 치료조차 받지 못하고 죽어갔다. 현재 한국원폭피해자협회에 등록된 피해자들은 2,650여 명에 불과하다.

일본 정부는 한국인 원폭 피해자들을 외면했고 원호법 적용을 배제했고 차별했다. 우리들은 일본 정부를 상대로 수십 년 동안 일일이 개별 소송을 해야 했다. 지금도 일본은 일본인 피폭자들에겐 치료비 전액을 지원하는 반면 한국인 피폭자들에게는 의료비 상한제를 두어 차별하고 있다. 일본은 과거 침략 전쟁과 식민지 지배의 역사를 왜곡하는 것을 중단하고 피해자들에게 사죄와 배상을 해야 한다.

미국은 엄청난 피해 결과를 예상하고서도 세계 최초로 원자폭탄을 개발하고 투하했다. 따라서 미국은 한국인들을 비롯한 33개국의 수십만 원폭 피해자들에 대한 원죄적 책임을 져야 한다. 그런데도 미국은 70년이 지난 지금까지 사죄조차 하지 않았다.

한국인 원폭 피해자들의 평균연령이 81세다. 우리가 다 죽기만을 기다리는가? 더욱 큰 문제는 원폭 피해가 유전된다는 점이다. 2013년 경상남도가 원폭 1세, 2세, 3세 1,125명을 조사했다.

20.2퍼센트가 자녀의 선천성 기형 또는 유전적 질환이 있다고 대답했다. 한국의 원폭 2세 환자 1,300여 명은 핵무기의 비인도적 피해가 영구적이며 대물림된다는 것을 증명하고 있다. 미일 정부는 원폭 2세, 3세 등 후세대의 원폭 유전을 인정해야 한다. 우리들은 미국이 더 늦기 전에 피해자들에게 사죄할 것을 요구한다. 한국 정부는 한국인 원폭 피해자들에 대한 보호를 외면해왔다. 그래서 우리 원폭 피해자들은 피해자들의 후손과 함께 특별법 제정 운동을 펼치고 있다. 원폭 피해자 추모공원을 만들고 싶다. 한국 정부는 한일협정에서 제외된 원폭 피해자에 대한 배상을 일본 정부로부터 받아내야 한다.

인류는 한국을 비롯한 전세계에 흩어져 있는 원폭 피해자들의 참상을 알아야 한다. 인류의 평화와 인권을 보호하는 임무를 가진 유엔은 반인도적 핵무기를 불법화하고 폐기하는 것에 앞장서야 한다.

나는 성명서를 읽다 고개를 갸웃했다. 이해가 가지 않는 부분이 있었다. 원폭 피해에 대해 일본뿐만 아니라 미국에도 그 책임을 묻는 부분이 납득이 가지 않았다.

"내가 배운 기 없어놔서 글이 엉망이지요?"

언제 들어왔는지 심지부장이 뒤통수를 긁적이며 말했다. 늙은 촌부의 얼굴 속에서 천진한 소년의 얼굴이 장난스럽게 고개를 쏙 내미는 것 같았다.

"가방끈이 짧다고 하시더니, 정말 잘 쓰셨는데요. 대학교수도

흉터의 꽃

이만큼 못 쓸 겁니다. 이 성명서를 어디에서 발표하는 겁니까?"

"유엔에서 읽을 끼라요."

"네?"

"유엔 핵확산금지조약이라고 들어봤지요?"

"예? NPT 말씀인가요?"

순박한 촌로처럼 보이는 지부장의 입에서 쌀이나 보리나 옥수수나 상추 같은 단어처럼 유엔이란 말이 예사롭게 튀어나왔다. 심지어 핵확산금지조약, NPT라니. 나는 심지부장을 다시 쳐다보았다. 머리를 긁적이며 순박하게 웃던 사람이 맞는가 싶었다.

"처음으로 전세계 사람들에게 한국 원폭 피해자들의 고통을 유엔에서 알리게 되는 기라요. 일본이 저그 나라만 세계에서 유일한 피폭국이라고 떠들어쌓는 바람에 다른 나라 사람들은 아직도 한국에 원폭 피해자가 있다 카는 것도 몰라요. 이기 말이 되는교?"

그럼 방금 내가 맞춤법을 고친 이 글을 유엔에서 읽는다는 말인가. 평생을 농투성이로 살아왔을 듯한 심지부장의 얼굴과 유엔이라는 말이 잘 연결되지 않았다.

"그런데 말입니다. 이 글을 보니 궁금한 게 있습니다. 일본에 책임을 묻는다는 것은 이해가 가는데, 미국에 책임을 물을 수 있는 건가요? 만약 미국이 원폭을 투하하지 않았다면 일본이 절대 항복하지 않았을 거 아닙니까? 그 덕분에 우리도 해방이 되지 않았습니까?"

심지부장이 답답하다는 표정을 지으며 입을 열었다.

"중학교 선생님 한다 카는 사람도 이래 말하는데, 배우는 학생들은 우째 생각하고 원폭에 대해 아무것도 모르는 사람들은 우째 생각할지, 참말로 걱정이네. 그 많은 교과서에 한국인 원폭 피해 사실을 적어놓은 교과서는 딱 하나밖에 없다 카더니, 참말로 답답데이. 그카마 하나 물어보입시더. 원자폭탄을 누가 떨어뜨렸능교?"

"그야 미국이죠. 일본이 진주만을 먼저 기습 공격했고 항복을 하지 않으니까 미국이 떨어뜨렸죠."

"일본이 전범 국가라 카는 거는 다 알지요? 그란데 일본에 있었다는 것 때문에 아무 죄도 없는 우리 한국 사람들 4만 명이 원폭으로 죽었다 이 말인 기라요. 단지 그 자리에 있었다는 죄로 말입니더. 자, 예를 한번 들어보입시더. 어떤 놈이 덩치 크고 힘 센 놈한테 덤볐다고 칩시더. 덩치 큰 놈이 열받아갖고 까부는 놈도 찔러 직이고 그 옆에서 지나가던 사람까지 찔러 죽었다 칩시더. 그카마 지나가다가 억울하게 죽은 사람들은 뭔 죄가 있는교? 우리 조선 사람은 그놈들이 싸우고 있었던 그 자리에 있었다 카는 죄밖에 없다 아인교? 조선 사람들이 미국한테 무슨 해코지를 한 기라도 있능교?"

"……."

심지부장의 말에 말문이 막혔다.

"미국이 원폭을 안 던졌으마 죄 없는 우리 조선 사람들이 죽었겠능교? 그라이께네, 원폭을 개발하고 던진 미국이 책임을 지

흉터의 꽃

야 되는 기라. 한국을 식민지로 만들어 한국 사람들을 끌고 간 일본의 책임이 더 커지만서도 미국도 세계 최초로 원자폭탄을 개발하고 죄 없는 사람들 머리 위에 던진 원죄에 대해서 사죄하고 배상을 꼭 해야 되는 기라요."

심지부장은 마치 유엔에서 연설을 하듯 목소리에 힘을 주었다.

"저는 원폭 피해 문제가 오로지 일본하고만 관련이 있는 줄 알았습니다. 일본이 우리나라를 식민 통치했기 때문에 피해를 당했다고만 생각하고 있었습니다."

"다들 그래 생각하는 기라요. 높은 자리에 앉아 있는 사람들은 전부 미국 심기 건드릴까 봐서 아무 말도 못 하고 있다 아인교? 그래 눈치 보는 사람들이 미국한테 책임을 지라고 하겠능교? 아이고 내 정신 봐라. 그나저나, 아까 뭘 좀 알아본다 카더니…… 뭘 알아볼라꼬요?"

심지부장의 말에 나는 오히려 스스로에게 되물었다. 내가 지금 여기에 뭘 하러 온 것일까. 뭘 알고 싶은 것일까. 단순히 소설을 쓸 욕심에 소설 취재만을 위해서 왔는가. 아니면 내가 정말 원폭 피해자의 자식이라는 것을 확인하고 싶은 것일까. 그걸 확인해서 뭘 어쩌자는 것인가. 아니면 내가 원폭 피해자의 자식이 아니라는 사실을 확인하고 싶은 것일까. 내가 대답을 망설이자 심지부장은 뒤쪽 책장으로 걸음을 옮겨 자료를 뒤적거렸다.

"아버지가 히로시마에서 태어나싰다꼬요? 아버지 성함이 우예 되능교?"

"정, 성 자, 태 자 되십니다. 25년 전에 돌아가셨고 율곡면 출신입니다. 히로시마에서 출생하신 건 확실한데…… 저희 아버지께서 원폭지부에 등록되어 있는지 확인도 하고 자료도 좀 얻어갈까 합니다."

"자료요? 글 쓸라꼬 카는 모양이네."

심지부장의 말에 나는 어색하게 웃음을 지었다. 글을 쓴다는 것을 어떻게 알았을까?

"여, 신문 기자들이나 잡지사 기자들 자주 와서 인터뷰도 하고 자료도 가지고 간 적 많심더. 촌놈이 팔자에도 없는 국회도 가보고 뉴스에도 마이 나왔다 아인교. 쪼매 기다리소. 찾아보마 있을 끼라요. 원폭 문제에 관심을 가져준다니 참 반갑지."

심지부장은 뒤쪽에 있는 책장으로 가서 이것저것 자료들을 한참 뒤지더니 오래된 자료를 한 묶음 들고 내 맞은편에 앉았다. 누렇게 변하고 귀퉁이가 나달나달한 서류 뭉치는 금방이라도 찢겨질 것처럼 오래된 것이었다. 지부장은 테이블 위에 서류를 펼쳐놓고 종이를 한참 뒤적였다.

"여 있네. 한번 보소. 정성태 씨라고 했지요?"

지부장이 가리킨 부분을 보니 아버지 이름과 할아버지 이름, 할머니와 고모, 내 이름과 누나와 여동생의 이름까지 적혀 있었다. 아버지는 폭심지에서 3킬로미터 떨어진 곳에서 피폭되었다고 기록되어 있었다. 아버지도 분명 원폭 피해자가 맞단 말인가. 두 눈으로 분명히 확인을 하고도 믿기지 않았다. 원폭 피해자 명부 속 가족의 이름이 나와는 아무 상관도 없는 낯선 사람들의

흉터의 꽃

이름처럼 느껴졌다. 기록상으로 보면 아버지는 원폭 피해자가 분명했다. 또한 나도 원폭 피해자의 아들이 분명했다. 판사가 최종선고를 내리는 망치 소리가 탕탕탕 들리는 것만 같았다.

"혹시 가족들 중에서 몸이 많이 안 좋은 사람이 있능교?"

나는 채현이 이야기를 할까 말까 잠시 망설였다. 채현이 말을 꺼낼 상황이 되면 입이 굳어버리는 것이 나의 오래된 버릇이었다. 흉허물 없는 친구 K에게도 채현이 이야기를 꺼낸 적이 없었다. 이를테면 나는 다운증후군인 딸의 존재를 숨길 수 있다면 완전히 숨기고 싶은 것이었다. 채현이 다운증후군인 걸 빼면 딱히 몸이 불편하거나 아픈 사람은 없었다. 나와 누나와 여동생은 지금껏 큰 병으로 병원에 입원한 적도 없었다.

"아뇨, 딱히 아픈 사람들은 없습니다. 그런데 뭐 하나 여쭤볼 게 있습니다. 저희 아버지께서는 원폭 투하 당시 히로시마에서 다른 지역으로 이사를 갔다는데 왜 원폭 피해자로 등록이 되어 있을까요?"

"허 참내, 돌아가신 양반한테 물어볼 수도 없는 기고…… 원폭 투하되고 곧바로 다 피난 갔다 아인교? 나도 두 살 때 히로시마서 피폭되었는데 곧바로 우리 식구들 전부 다 피난을 갔다 카던데…… 혹시 피난을 이사로 잘못 말한 기 아이라요?"

"피난을 이사로 잘못 말했을 수도 있다 이 말이네요."

"그냥 내 추측입니더. 그때는 아마도 호적이 히로시마로 된 사람은 전부 다 원폭 피해자로 등록했을 가능성도 안 있겠능교? 진짜 피해자들이 등록한 경우가 많겠지만 그냥 해야 되는갑다 싶어서 아무것도 모른 채 한 사람도 있겠고, 호적지가 히로시마라서 등록이 된 사람도 있을 끼고."

심지부장은 나를 물끄러미 쳐다보았다. 그의 시선이 부담스러워 창문 쪽으로 시선을 돌렸다. 창문 아래에 스킨답서스 화분 세 개가 놓여 있었다. 선명한 진초록빛 줄기와 잎이 여러 갈래로 뻗어나가 있었다.

"부친이 진짜로 원폭 피해자인지 아닌지 그기 꼭 알고 싶다 이 말인교? 솔직한 마음으로 원폭 피해자가 아니길 바라는 맴도 있을 끼고…… 그 심정 이해할 수 있을 거 같구마."

나는 지부장의 말에 딱히 대답을 할 수가 없었다. 공연히 휴대폰만 만지작거렸다.

"여기에 있는 원폭 관련 자료를 좀 얻어갈 수 있겠습니까?"

어색한 분위기에서 벗어나고 싶어 말을 돌렸다.

"필요한 거 있으면 찾아보소. 같은 자료가 여러 개 있는 거는 가져가도 되고 복사해갖고 가도 됩니더. 배웠다 카는 젊은 양반이 이래 원폭 문제에 관심을 가져주이 내겉이 늙고 가방끈도 짧은 사람은 참말로 고맙다 아인교. 건강한 원폭 피해자 2세들이 나서주면 좋을 텐데…… 다들 원폭 피해하고는 아무 상관 없이 살고 나 몰라라 하는 형편이라요. 원폭 피해자 자식이라는 것을 숨기고 싶은 마음도 있을 기고……. 골치 아파서 피하고 싶은 마음도 이해는 갑니더. 아픈 원폭 피해자 2세들만 나서는 거 보면 안쓰럽다 아인교? 건강한 원폭 2세인데도 정선생처럼 이래 찾아와주마 참말로 고맙지. 원폭 피해 행사 있는 날에 연락할 텐게 얼굴도 보고 그라입시더. 선생님 같은 분이 우리 협회 일도 도와주고 하마 좋을 낀데…… 사무장님, 정선생님 연락처 받아놓고 자료도 좀 챙겨드리소."

지부장의 말에 사무장이 자리에서 일어났다. 나는 지갑에서 명함을 꺼내 사무장에게 건넸다. 사무장과 나는 책장에 꽂혀 있는 자료와 책자들을 뒤졌다. 그중에서 책자와 팸플릿, 자료 몇 가지를 골라냈다. 지부장과 사무장에게 고맙다는 인사를 하고 원폭지부를 나왔다. 심지부장이 문 앞까지 나와 배웅을 해주었다.

심지부장이 가족 중에 아픈 사람은 없냐고 물었을 때 왜 채현이의 다운증후군에 대해 말하지 못했던가? 왜 나는 딸의 존재를 숨기기에만 급급한가? 무엇 때문에? 내가 감추고 싶어 하는 것은 어쩌면 내 자신일지도 몰랐다. 아버지가 원폭 피해자라는 사실을 두려워하는 내 자신, 장애를 가진 딸이 있다는 사실을 감추려는 부끄러운 내 자신인지도 몰랐다.

심지부장은 건강한 원폭 피해자 2세들은 원폭 피해와는 아무 상관 없이 살고 있다고 했다. 실제로 나도 지금껏 그러했다. 소설이 아니었다면 원폭 문제에 대해 전혀 신경을 쓰지 않았을 것이다. 나와는 전혀 상관없는 일이라고만 생각하고 살아왔고 앞으로도 그렇게 살아갈 것이었다.

교차로에서 신호를 기다리고 있는데 폐지와 고물을 리어카에 싣고 가는 허리가 구부정한 노인이 보였다. 검고 야윈 얼굴이 안쓰러웠다. 아버지가 살아 계셨다면 아마도 저 노인과 비슷한 나이였을 것이다. 리어카를 밀고 가는 노인의 굽은 등이 단봉낙타의 혹처럼 불룩하고 무거워 보였다. 열사의 사막을 혼자서 터벅터벅 건너가는 늙은 단봉낙타 한 마리의 모습이 떠올랐다. 모래바람이 불어오고 픽 쓰러지는 단봉낙타, 쓰러진 단봉낙타 위에 쌓이는 모래들, 흔적 없이 사라지는 모래무덤. 아버지의 술에 찌든 모습이 떠올라 나는 눈을 질끈 감았다. 뒤차가 경적을 울리는 소리에 정신을 퍼뜩 차렸다. 어느새 신호가 바뀌어 있었다.

흉터의 꽃

사라진 너의 뒷모습

"그것 참 장관이다!"

동철은 작은아버지가 가리키는 곳을 보고 놀라서 입을 쩍 벌렸다. 노란 바다가 펼쳐져 있었다. 노란색 안개가 자욱하게 피어오르는 것도 같았다. 한두 그루도 아니고 노란 꽃이 피어 있는 나무들이 족히 수백 그루는 될 것 같았다.

"작은아버지, 저 나무 이름이 뭡니꺼?"

"곱제? 노란 좁쌀가루나 옥수수가루를 뿌리놓은 것맨치 곱제? 산수유 아이가? 가을이 되면 새빨간 열매가 참 곱다. 귀한 약으로도 쓴데이. 와? 저 나무가 마음에 드나?"

"예! 나무가 참말로 곱심더."

동철은 홀린 듯이 산수유의 바다를 보았다.

"그나저나 빨리 가자. 니 다리는 안 아푸나? 이번에는 절집 공사하는데 한 대여섯 달 정도 있어야 될 끼다. 공사가 좀 크다. 발이 빨리 나아야 될 낀데 와 그래 안 낫노? 식구들 믹이 살린다꼬 그 아푼 다리로 니가 고생이 이만저만이 아이다."

"참을 만합니더."

작은아버지는 절뚝이며 걷는 동철을 안쓰럽게 쳐다보았다. 삼촌은 이름난 대목수였다. 천신만고 끝에 합천으로 돌아온 동철네 가족이 고향에 정착할 수 있게 된 것도 삼촌 덕분이었다.

　동철은 산수유가 피어 있는 마을을 자꾸만 뒤돌아보았다. 분희의 노란 손수건이 떠올랐다. 목이 울컥 메었다. 분희를 한 번만이라도 볼 수만 있다면 곧 죽어도 좋을 것 같았다. 동철은 노란 빛깔과 마주치면 버릇처럼 분희를 생각했다. 삼촌과 공사를 다니며 이곳 저곳을 떠돌다 보면 분희에게 준 노란 손수건과 같은 빛깔의 노란색을 마주칠 때가 많았다. 봄이 되면 세상은 갑자기 약속이나 한 듯 노란색으로 변하는 것만 같았다. 개나리와 민들레와 황매화와 애기똥풀꽃이 바람에 흔들리는 광경을 넋을 놓고 쳐다보고 있었던 적이 한두 번이 아니었다.

　동철의 가족이 합천으로 돌아온 것은 원폭이 떨어지고 3년 뒤였다. 척추를 다쳐 몸을 못 움직이게 된 아버지 때문이었다. 분희를 진료소로 데려다놓고 가족의 생사를 확인하러 달려갔을 때 집은 아수라장으로 변해 있었다. 아버지는 쓰러진 기둥에 끼어 비명을 지르고 있었다. 어머니와 동생이 아버지를 꺼내려고 안간힘을 썼지만 역부족이었다. 동철까지 달려들어 죽을힘을 다해 기둥을 들어 올려 아버지를 겨우 구해냈다. 학교에 간다고 나갔던 동생은 행방이 묘연했다. 동생을 찾아 히로시마 곳곳을 헤매고 다녔다. 정신없는 와중에도 동철은 분희에게 달려가고 싶어 미칠 지경이었다. 며칠 동안 동생을 찾으러 다녔지만 흔적도 찾지 못했다.

　허리를 다친 아버지를 수레에 싣고 가족을 이끌고 피난을 가야 했다. 일본인들이 조선인들을 때려죽인다는 소문이 파다했지만 전혀 움직이지 못하는 아버지를 데리고 귀국선에 오를 엄두가 나지 않았다. 결국 동철은 분희에게 달려가겠다고 했던 약속을 지키지 못했다. 분희네가 합천으로 떠났다는 소식을 풍문으로 들었을 뿐이었다. 합천과 히로시마는 이승과 저승처럼 멀게만 느껴졌다.

일본에서 살아가는 일도 여의치 않았다. 조선인 원폭 피해자들은 제대로 된 치료 한번 받을 수가 없었다. 반신불수가 된 아버지를 수레에 싣고 이 병원 저 병원 전전했지만 조선인이라고 문전박대를 당했다. 유리파편이 깊이 박혔던 동철의 발뒤꿈치도 치료를 제대로 받지 못한 탓에 상처가 자꾸만 덧났다. 동철은 다리를 절뚝거리며 일을 찾아다녔다. 다행히 폭격으로 쑥대밭이 된 도시의 재건 공사가 한창이어서 일자리를 구했지만, 다리 때문에 며칠 일하다 말다 하는 바람에 식구들 입에 풀칠하기도 힘들었다.

조선인에 대한 일본인의 차별은 날로 심해졌다. 동철은 일본 생활이 지긋지긋했다. 늘 합천만을 생각했다. 다섯 살 때 아버지의 손을 잡고 떠나온 곳. 기억에도 가물가물했지만 이제 합천은 분희가 사는 그리운 곳으로 변해 있었다.

아버지는 죽기 전 마지막 소원이 합천에 가는 것이라고 했다. 낯선 이국땅에서 죽기 싫다고, 일본 땅에서 죽는다면 귀신이 되어 구천을 떠돌 것이라며 합천으로 가자고 성화였다. 배에서 장사치를 일이 있느냐고 덕곡댁은 펄쩍 뛰었다. 부모가 객사하면 자식 앞날을 망친다며 죽어도 못 간다고 반대를 했다. 그러나 아버지는 식음까지 전폐하며 합천에 가자고 고집을 피웠다. 동철 역시 합천에 돌아가고 싶었다. 무슨 일이 있어도 분희를 다시 만나고 싶었다. 동철은 아버지의 마지막 소원을 들어드려야 한다고 어머니를 설득했다.

남들보다 3년이나 늦은 귀국길. 고향 합천으로 돌아왔지만 땅한 뙈기도 없는 고향이었다. 치료를 제대로 못 받은 동철의 발은 몇 년이 지나도 상처가 아물지 않았다. 발뒤꿈치에서 진물과 고름이 흘러나왔지만 일을 해야 했다. 목수 일을 하러 다니는 삼촌을 따라 다니며 일을 배웠다. 저녁이 되어 신발을 벗어보면 신발 안에는 진물이 흥건했다. 어머니는 동철의 젖은 신발을 말리며 아궁이 앞에서 눈물을 흘렸다. 다행히 오늘내일하던 아버지는 고향으로 돌아온 후 조금씩 기운을 차렸다.

동철은 분희를 한시도 잊어본 적이 없었다. 언젠가는 분희를 꼭 만날 거라고 생각했다. 분희를 처음 만났던 때를 떠올리면 입가에 절로 미소가 떠올랐다. 일본에 있을 때 아버지와 함께 내천댁이 하는 식당에 처음 갔을 때였다. 아홉 살 무렵이었다. 그때 아버지도 마부로 일하고 있어서 분희 아버지와 친했다. 여섯 살먹은 계집아이가 엄마를 돕는다고 상 위에 놓인 그릇을 치우고 행주로 상을 닦고 있었다. 그 아이가 크고 검은 눈으로 동철을 빤히 바라보았다. 그 순간 심장 안으로 작은 새 한 마리가 날아들어와 날개를 파닥이는 것 같았다. 가슴이 두근댔다. 어린 동철의 가슴에 그 아이의 검은 눈빛이 또렷이 새겨졌다. 그 무엇으로도 지우지 못할 눈빛, 그렇게 동철은 분희를 마음속에 담았다.

흉터의 꽃

분희는 열다섯 살 때부터 육군 피복지창에 다녔다. 하루 종일 군복 다리는 일을 한다고 했다. 공장에 다녀오면 내천댁의 식당 일을 도왔다. 제법 처녀 태가 나는 분희를 보고 식당에 오는 남자들은 누구나 홀린 듯이 쳐다보았다. 동철의 아버지도 분희를 일찍이 며느릿감으로 점찍어 두고 있었다. 야무지고 착하고 곱다고 입에 침이 마를 정도로 칭찬을 했다. 동철은 여자들이 쓰는 분첩과 머리빗과 손거울과 손수건을 볼 때마다 분희를 생각했다. 분희는 노란 손수건을 받고는 귀밑까지 붉어진 채 수줍게 웃었다. 그 노란 손수건이 이별의 선물이 될 줄은 꿈에도 생각하지 못한 채.

고갯마루에 올라서자 마을과 들판과 강이 보였다. 분희가 사는 동네가 바로 눈앞에 있었다. 마을 어귀에 서 있는 거대한 느티나무가 눈에 들어왔다. 여느 동네와 다름없는 풍경이었으나 동철에게는 공기마저 다르게 느껴졌다. 찔레꽃향기가 바람결에 날아왔다. 동철은 꽃향기를 가슴 가득 들이마셨다. 분희가 눈앞에 서 있는 것만 같았다.

분희는 끔찍한 화상을 입었으니 흉터가 크게 남았을 것이다. 그러나 그것은 동철에게는 아무 문제도 되지 않았다. 동철에게 분희는 그냥 그대로 분희일 뿐이었다.

동철은 틈만 나면 분희를 수소문했다. 분희가 사는 율곡면까지 찾아간 적도 있었다. 삼가에서 율곡면까지 가는 길은 같은 합천이었지만 꽤나 멀었다. 분희 아버지 강순구가 율곡 출신이라는 것만 알고 있었지 정확히 어느 동네인지는 몰랐지만, 무작정 찾아갔다. 동네마다 찾아다니며 강순구라는 사람이 사는지 물어보았지만 그것은 모래사장에서 바늘 찾기였다. 동네 몇 군데를 헤집고 다니던 동철은 이럴 게 아니라 면사무소를 찾아가는 것이 수라는 생각을 했다. 동철은 율곡면사무소를 찾아갔다. 호적 담당 면서기에게 강순구가 어느 동네에 사는지 알려달라고 했다가 미친놈이라고 욕을 얻어먹었다. 안 되겠다 싶어 동철은 군청에까지 찾아갔으나 문전박대를 당했다. 그래도 동철은 포기하지 않고 분희가 사는 동네를 수소문했다. 합천장에 갈 일이 생기면 만나는 사람마다 붙들고 율곡에 사느냐고, 강순구를 아느냐고 무작정 물었다. 그러다 하곡리 옆 동네 목실에 사는 사람을 만나게 되었다. 드디어 강순구가 율곡면 하곡리에 산다는 것을 알아내고는 한달음에 하곡리로 달려온 것이었다.

이제 드디어 분희를 만날 수 있겠구나 싶어 가슴이 터질 것만 같았다. 동철은 절뚝거리며 고갯길을 급하게 내려갔다. 고갯길을 내려가다 동철은 지게를 지고 올라오는 늙수그레한 남자와 마주쳤다.

"말씀 좀 묻겠심더. 혹시 이 동네에 강순구 아재 살고 있습니꺼? 일본 히로시마서 살다가 돌아오싰는데……."

"순구? 저 뒷골에 살제. 그란데 순구는 와?"

"일본 살 때 알던 분입니더. 얼마 전에 일본에서 돌아왔는데 인사나 한번 드릴라꼬예."

"참말로 총각이 용타. 일부러 인사를 하러 왔다꼬? 총각은 오

흙터의 꽃

데 사는데?"

"삼가에 삽니더."

"삼가에 사는 총각이 이 골짜기까지 인사하러 왔다꼬? 참말이가?"

"예."

"참말로 총각이 사람이 됐네. 그 먼 데서 일부러 왔다 카마 순구가 참말로 반갑다 안 카겠나? 안 그래도 순구가 요새 얼굴이 마이 상했더라카이. 몸도 안 성한 딸내미 한 달 전에 노양이라 카든가 그 동네로 시집보내놓고, 마음이 안 놓이갖고 걱정이 많던데……."

분희가 시집을 갔다니 청천벽력이었다. 머릿속이 하얘지고 하늘과 땅이 빙빙 도는 것 같았다. 동철의 몸이 휘청했다.

"총각 와 그라노?"

"아입니더. 어르신 고맙습니더."

동철은 인사를 꾸뻑하고 돌아서 걸었다. 다리에 힘이 풀려 길섶에 털퍼덕 주저앉아 버렸다. 조금만 더 일찍 왔더라면, 분희가 다른 곳으로 시집가는 일은 없었을 것이다. 아니 이럴 줄 알았더라면 차라리 그냥 일본에 눌러앉아 있는 것이 나았을지도 몰랐다. 분희가 시집갔다는 사실을 확인하기 위해서 그 먼 일본에서 여기까지 왔던가 싶었다. 한참 멍하니 앉아 있던 동철은 몸을 일으켰다. 마을 쪽으로 몇 걸음 옮기던 동철은 다시 고갯길 쪽으로 몸을 휙 돌렸다. 절뚝거리며 고갯길을 올라가는 동철의 어깨가 축 처져 있었다. 그의 등 뒤로 5월의 햇살이 폭포수처럼 무심하게 쏟아져 내렸다.

분희가 시집갔다는 소식을 들은 후 동철은 마음을 잡을 수
없었다. 하늘도 나무도 풀도 꽃도 다 빛깔을 잃어버린 것만 같았
다. 아무 의욕도 생기지 않았다. 삼촌이 일을 하러 가자고 해도
따라나서지 않았다. 언제까지나 분희가 기다릴 것이라고 생각했
다. 분희를 다시 만나 혼인할 희망 하나로 견디며 살아왔는데 모
든 것이 다 부질없다는 생각만 들었다. 덕곡댁은 혹시 장가라도
가면 마음을 잡을까 봐 이곳저곳 매파를 넣어보았지만 동철은
바윗돌처럼 꿈쩍도 하지 않았다. 방에 틀어박혀 잠만 잤다.
동철이 마음을 못 잡고 있는 와중에 한국전쟁이 터졌다. 동철
은 차라리 군에라도 끌려가고 싶었으나 다리를 저는 바람에 그
소원도 이루어지지 않았다. 지긋지긋한 합천 땅을 떠나고 싶다
는 생각뿐이었다. 분희 생각만 나게 하는 합천만 아니라면 어디
라도 좋았다. 난리통에도 견딜 수 있었던 것은 아버지와 우애가
각별한 삼촌 덕분이었다. 그나마 목수인 작은아버지가 양식을
보태주어 식구들은 굶주림을 면했다. 종전이 되자 동철은 덕곡
댁에게 서울로 가서 돈을 벌어 부쳐주겠다고 말하고 훌쩍 합천
을 떠났다.
전쟁이 휩쓸고 간 흔적은 서울의 곳곳에 남아 있었다. 서울역
에 도착하니 일자리를 찾아 서울로 몰려온 사람들이 한둘이 아
니었다. 젊은 남자들은 목에다 구직이라고 한문으로 쓴 팻말을
걸고 이리저리 돌아다녔다. 도시의 건물들은 폭격으로 파괴되

흉터의 꽃

어 쓸 만한 건물이 보이지 않았다. 통조림과 낡은 옷가지와 더러운 담요와 그릇과 냄비, 군복과 군화와 구두를 펼쳐놓고 손님을 부르는 행상들을 거리 곳곳에서 볼 수 있었다. 동철은 막노동 일자리를 구하러 근 보름 동안 돌아다녔지만 헛일이었다. 이렇게 하다간 영락없이 다시 합천으로 내려가야 할 판이었다.

동철은 한숨을 내쉬며 거리를 터덜터덜 걸었다. 자루를 짊어지고 낑낑대며 가파른 골목길을 올라가는 노인이 보였다. 노인도 동철처럼 다리를 절었다. 다리를 저는 노인이 짐을 나르는 모습이 안돼 보였다. 노인의 뒷모습에 동철은 아버지가 떠올랐다. 자리보전을 하고 누워 있는 아버지와 식구들을 내팽개쳐두고 온 자신이 천하의 불효막심한 놈이라는 생각이 그제야 들었다. 쌀자루를 짊어진 노인이 비틀하다 길바닥에 넘어졌다. 동철은 급히 노인에게 뛰어갔다.

"괜찮으십니꺼?"

동철이 넘어진 노인을 부축해 일으켰다.

"어르신, 제가 좀 들어드리겠심더."

노인은 동철이 자루를 빼앗아 달아나는 게 아닌지 의심하는 눈초리로 쳐다보았다. 노인은 잠시 고민을 하더니 자루를 건넸다. 동철은 쌀자루를 어깨에 둘러메었다. 제법 자루가 묵직했다.

"쌀입니꺼? 한 두 말은 되겠는데예."

"맞네. 쌀 배달 가는 길일세. 그런데, 자네도 다리를 저는군. 전쟁 나가서 다쳤구만."

"……."

동철은 대꾸하지 않고 묵묵히 쌀자루를 메고 걸었다. 굳이 원폭 때문에 다쳤다고 말하고 싶지 않았다. 산 아래 기와집 앞에 걸음을 멈춘 노인은 쌀을 내려놓으라고 했다. 뒤돌아서 가려는데 노인이 불렀다.

　"잠시 여기서 기다리게."

　동철은 의아한 표정으로 노인을 기다렸다. 잠시 뒤에 나온 노인은 기분이 좋아 보였다.

　"자네, 보아하니, 시골에서 올라온 것 같구만. 일자리 찾고 있나?"

　"……예."

　"몸이 성한 사람도 일자리를 찾기 힘든데…… 그 다리로…… 쯧쯧!"

　노인은 다친 자식을 보는 눈길로 동철을 쳐다보았다.

　"여기저기 찾아보았는데 일자리가 없심더. 전부 일자리 찾아서 눈이 벌건데 일할 데는 없고…… 서울에 달리 아는 사람도 없고 해서……."

　동철은 머리를 긁적였다.

　"자네, 혹시, 자전거 탈 줄 아나?"

　"자전거라면 자신 있심더. 옛날에 일본에서 배달 일도 했심더."

　"일본에서? 됐네. 그럼 쌀 배달 좀 해보게."

　동철은 잘못 들었는가 싶었다.

　"예? 정말입니꺼? 참말로 고맙심더, 어르신."

　　　　　　　　　　　　　　흉터의 꽃

동철은 길바닥에 엎드려 큰절이라도 올릴 기세로 노인에게 머리를 연신 꾸벅였다. 이게 웬 횡재인가 싶었다.

"내가 피난 가다 다리를 좀 다쳤네. 믿을 만한 일꾼도 없고 해서…… 자네는 처음 봤는데도 이상하게 믿음이 가서 말일세."

동철이 일하게 된 쌀가게의 이름은 서울쌀상회였다. 시장통 입구라 제법 주문이 많았다. 장을 보러 왔다가 가게에 들러 쌀이나 보리를 한 되씩 사가는 아낙네들이 많았다. 밀, 보리, 조, 콩, 팥, 검정콩, 수수, 옥수수, 참깨 따위를 팔았다. 동철은 깐깐한 노인의 성미에 찰 정도로 일을 성실하게 했다. 삼촌에게 목수 일을 배웠던 경험을 살려 진열대를 짜서 곡식을 가지런하게 진열했다. 곡식 통 위에 곡식 이름과 가격을 크게 적은 팻말을 꽂아놓았더니 손님들의 반응이 좋았다. 장부를 꼼꼼히 정리하고 배달도 착실히 했다. 3개월 정도 지나자 동철을 지켜보던 주인 영감은 친아들처럼 미더워하며 쌀가게 인근에 셋방까지 얻어주었다. 전쟁 터에 나간 외동아들이 전사를 한 탓에 동철을 친아들 대신으로 생각하는 듯했다. 동철은 돈을 벌면 허투루 쓰지 않고 반은 시골집에 부치고 나머지는 꼬박꼬박 모았다. 술도 입에 대지 않고 허튼짓도 하지 않았다. 쌀집 주인은 젊은 사람이 속이 꽉 찼다고 입에 침이 마를 정도로 칭찬했다.

쌀집에 일한 지 2년이 되자 돈이 제법 모였다. 동철은 차곡차곡 모은 돈을 세어 보았다. 조금만 더 모으면 합천에서 논 열 마지기는 충분히 살 수 있을 것 같았다. 며칠 있으면 아버지 생신이었다. 소고기 서너 근이라도 끊어서 고향집에 다녀와야겠다고 생각하며 불을 끄고 자리에 누웠다. 잠이 오지 않아 한참을 뒤척였다. 눈만 감으면 분희의 모습이 눈앞에 어른거렸다. 도리질을 하며 분희 생각을 지우려 했다. 아무리 지우려 해도, 밀어내려 해도 소용이 없었다. 명치께에 묵지근한 통증이 느껴져 가슴을 주먹으로 쾅쾅 두드렸다. 지독한 불치병이었다.

흉터의 꽃

벼랑 끝에 서다

분희는 아궁이 앞에서 연신 눈물을 훔쳤다. 또다시 임신을 한 분희의 배는 제법 불룩했다. 남편이 전쟁터에 나가 있을 때가 더 좋았다는 생각이 들었다. 그때는 적어도 맞을 걱정은 없었다. 전쟁이 끝나고 집으로 돌아온 남편은 예전보다 성질이 더 포악해져 그 누구도 말릴 수가 없었다. 마음 써주던 시동생도 얼마 전에 장가를 가버렸다. 분희의 얼굴에는 시퍼런 멍 자국이 가득했다. 생솔가지를 아궁이에 밀어넣자 연기가 부엌 안에 가득 찼다.

"와 이리 꾸무룩대노? 빨리 밥 차리라."

시어머니가 소리를 질렀다.

"예."

"쯧쯧, 천하에 아무짝에도 쓸데없는 년! 쯧쯧!"

시어머니는 부엌을 들여다보며 혀를 끌끌 찼다. 분희는 신 김치를 썰어 접시에 담고 시래깃국을 대접에 퍼 담았다. 가마솥을 열자 뜨거운 김이 확 솟구쳤다. 밥냄새가 퍼져나갔다.

"야야, 이제 들어오나?"

"아이고, 우리 어무이, 지 기다리싰능교."

남편의 목소리는 혀가 잔뜩 꼬부라져 있었다. 분희는 남편의 목소리에 저도 모르게 몸이 잔뜩 긴장되었다. 아랫배가 단단히

뭉치는 것 같았다.

"야, 이 개쌍년아, 니는 서방이 서방 같지 않나? 와 나와서 서방님 댕기오싰습니꺼, 이래 인사를 안 하노? 이 귀신 같은 년아!"

남편이 소리를 빽 질렀다. 남편은 입만 열었다 하면 욕이었다. 한두 번 듣는 이년, 저년 소리가 아니었지만 눈물이 핑 돌았다. 귀신 같은 년이라는 말이 굵은 가시처럼 가슴을 찔러댔다. 친정에서는 욕지거리 한번 듣지 않았던 분희였다. 성질이 괄괄한 내 천댁도 딸에게 욕을 한 적은 없었다. 남편은 분희를 잡아먹을 듯이 노려보았다.

"이 쌍년아! 니년 때문에 집구석에 들어오기도 싫다. 이 문딩이 빙신년아! 원폭 맞은 빙신인 줄도 모리고 저걸 처녀라꼬. 내가 내 눈을 찔렀지. 으이구! 복장 터진다."

남편은 제 가슴을 소리가 날 정도로 탕탕 쳤다.

"얼라까지 밴 걸 직이겠나, 살리겠나? 그래도 떡두꺼비 겉은 손자 하나만 쑥 빼주마 원이 없을 낀데."

대놓고 아들타령을 하는 시어머니의 말에 귀를 틀어막고 싶었다. 아들딸을 어떻게 마음대로 정한단 말인가. 만약 아들을 낳지 않으면 쫓아내겠다는 협박으로 들렸다.

짙은 초록빛 고추 잎들 사이로 새빨간 고추가 햇빛을 되쏘았다. 티끌 한 점 없이 푸른 가을하늘 아래 붉은 고추잠자리가 날고 소나무 사이로 울긋불긋 물든 단풍이 고왔다. 흰 수건을 머리에 쓴 분희는 고개를 푹 수그리고 붉은 고추를 똑똑 땄다. 수

흉터의 꽃

건을 푹 덮어쓰고 있어 얼굴이 보이지 않았다. 잘 때 빼고는 집에서도 절대 수건을 벗지 않았다. 조금이라도 얼굴을 드러내지 않기 위해서였다. 대나무 소쿠리에 붉은 고추가 가득 담겨져 있었다.

고추에 붙어 있던 사마귀와 딱 마주친 분희는 심장이 철렁했다. 사마귀는 언제 보아도 징그럽고 무서웠다. 갑자기 아랫도리 사이로 뭔가 물컹 쏟아졌다.

"어무이!"

분희는 저쪽 고랑에서 고추를 따고 있던 시어머니를 불렀다.

"고추나 따지, 와 부르고 지랄이고?"

시어머니의 쨍한 목소리가 날아왔다.

"얼라가 나올라 카는 모양이라예."

"뭐라꼬? 안즉 산달이 한 달 더 안 남았나? 이상하데이."

시어머니가 헐레벌떡 뛰어왔다. 분희는 몇 번이나 길에 주저앉으며 집으로 갔다. 모든 뼈마디가 다 뒤틀리는 느낌이었다. 이를 악물고 터져나오는 비명을 참았다. 시할머니가 대문간에 쪼그리고 앉아 있다가 분희에게 밥을 달라고 소리를 질렀다. 시어머니는 시할머니를 거들떠보지도 않고 분희를 방에 들여보냈다. 아랫배에 길고 묵직한 통증이 왔다. 통증은 몸 전체로 퍼졌다가 잠시 뒤 찌르는 듯이 날카롭게 변했다. 진통의 간격이 점점 빨라졌다. 원폭이 작렬하고 뜨거운 열폭풍이 덮쳐오던 순간이 떠올랐다. 건물이 무너지고 거리가 불타고 시체가 여기저기 나뒹굴었다. 분희는 몸부림을 치며 도리질을 했다. 비명을 지르며 울부짖던 분희는 혼절해버렸다.

"이 등신 같은 년이 와 이카노? 정신 차리봐라."

시어머니가 소리를 지르며 분희의 몸을 마구 흔들었다. 분희는 사지가 찢기는 듯한 통증에 눈을 떴다. 시어머니가 분희의 뺨을 때리고 팔다리를 주무르고 야단이었다.

"정신이 드나? 얼라 낳다가 까무러치마 얼라가 못 나오고 죽는다. 배에다 힘을 주거라, 힘을! 아이고! 등신이 얼라도 못 낳고 지랄이네. 빨리 힘을 주란 말이다."

분희는 시어머니의 말대로 있는 힘껏 아랫배에 힘을 주었다. 밑에 걸려 있던 뭔가가 쑥 빠져오는 듯한 느낌이 들었다.

"아이고!"

시어머니의 날카로운 비명이 들렸다. 시어머니는 뒤로 엉덩이를 빼고 공포에 질린 얼굴로 부들부들 떨었다. 저승사자라도 맞닥뜨린 듯한 표정이었다.

"이제 우리 집안은 대가 끊긴다. 이 일을 우야마 좋노?"

분희는 몸을 겨우 일으켜 아이를 쳐다보았다. 느낌이 이상했다. 울음을 터뜨려야 할 아이가 조용했다. 분희는 황급히 아이에게 기어갔다. 납빛으로 몸이 시퍼렇게 변한 갓난아이는 이미 숨이 끊어져 있었다. 아이는 사내아이였다. 시어머니는 분희에게 달려들어 머리를 쥐어뜯었다. 몸이 쇠약할 대로 쇠약해진 분희의 머리칼이 수북하게 빠져나왔다. 분희는 넋이 나간 채 시어머니가 머리를 쥐어흔드는 대로 몸을 내맡기고 있었다.

"오데 빙신년이 들어와서 집안을 말아묵을라 카노? 이년아,

　　　　　　　　　　　　　흉터의 꽃

죽어라! 아이고! 이 일을 우짜노? 아이고!"

그때 남편이 방문을 벌컥 열고 들어왔다. 남편은 방 안의 광경에 눈이 뒤집힌 모양이었다. 미친 듯이 소리를 질러대더니 분희를 걷어차고 마구 때렸다. 정신이 가물가물해 분희는 아픔도 느끼지 못했다. 남편은 피투성이가 된 채 누워 있는 분희를 밖으로 질질 끌어냈다. 동네 사람들이 혀를 차며 들여다보았다.

"니 겉은 년은 일찌감치 디지는 기 수다. 죽은 아를 낳아놓고 니년은 와 안 디지노? 혀 깨물고 당장 디지라! 살 가치도 없는 년, 이 개만도 못한 년아!"

남편은 분희를 뒷산으로 질질 끌고 올라갔다. 아랫도리에서는 피가 줄줄 흐르고 머리는 산발이 되어 끌려가는 분희를 보고 동네 아낙들이 비명을 질렀다.

"아이고! 저러다 사람 직이겠다. 우야노?"

"참말로 불쌍타. 누가 가서 말리야 안 되겠나?"

"누가 저 인간을 말리노? 죽은 마누라도 저 미친갱이가 날이마 날마다 패는 바람에 죽었다는 소문이 파다하던데."

"죽은 얼라를 낳았다꼬 카는 기제? 저 인간이 눈이 뒤집힌 모양이네. 참말로 끔찍시럽다. 저 새댁이도 원폭 맞았다 카데. 저런 여자들 숱하다 카더라. 원폭 맞아갖고 죽은 아를 낳는 여자들이 많다 카데."

"참말로 팔자 억시다. 원폭 때문에 얼굴까지 저래 됐는데, 참말로 불쌍해서 우짜노?"

남편은 깊은 산골짝에 더러운 쓰레기를 버리듯 분희를 내팽개쳤다. 뒤도 돌아보지 않고 산을 내려가 버렸다. 분희는 여기가 지옥인지 어디인지 분간할 수가 없었다. 동철의 얼굴과 어머니 아버지의 얼굴, 태수의 얼굴이 차례로 떠올랐다. 아이를 낳는다고 피를 많이 쏟은 분희는 그대로 혼절했다.

귓가에 물소리가 들려왔다. 눈을 떠보니 온 사위가 캄캄했다. 산짐승들의 울음소리와 부엉이의 울음소리가 들렸다. 분희는 간신히 몸을 일으켰다. 남편이 산속으로 질질 끌고 와서 자신을 내팽개치고 가버린 일이 떠올랐다. 집으로 가면 남편에게 맞아 죽기 십상이었다. 맞아 죽는 것은 겁나지 않았다. 아홉 달 동안 제 뱃속에서 자라던 아이를 생각하자 심장이 돌에 짓이겨지는 것 같았다. 세상 빛도 못 보고 어미젖 한 방울도 못 먹어보고 죽은 아이였다. 한번 안아주지도 못하고 얼굴도 제대로 보지 못했다. 아이를 가졌을 때 남편에게 늘 두드려 맞았기 때문에 아이가 죽어서 나온 것일까. 아니면, 어미가 이렇게 끔찍한 흉터투성이기 때문일까. 아이도 제 엄마 얼굴 보기가 끔찍해서 세상에 나오기 싫었던 것일까.

차라리 원폭이 터질 때 죽어버렸다면 이런 일도 일어나지 않았을지도 몰랐다. 살아 있는 것이 죽는 것보다 더한 지옥이었다. 동철의 얼굴이 떠올랐다. 울컥 목이 메었다. 동철이 오라버니! 그때 다시 꼭 돌아온다더니 와 안 돌아왔노? 돌아오지도 않을 거면서 와 내를 살렸노? 그냥 죽도록 내비리두지. 와 살렸노? 내 보고 꼭 살아 있으라 카더니, 이제는 내는 살 필요가 없다. 내는 살 가치가 하나도 없는 인간이다. 개돼지만도 못하고 짐승만

흉터의 꽃

도 못하고 벌레만도 못한 인간이 살아서 뭣 하겠노? 나는 그때 원폭이 터졌을 때 이미 죽은 인간이었다. 죽은 인간이 우째 성한 얼라를 낳겠노? 죽은 인간이 얼라를 낳았으이 죽은 얼라가 태어나지. 이미 죽은 인간이 죽는 기 뭐가 무섭겠노? 분희는 입술을 질끈 깨물었다.

죽기를 결심한 분희의 얼굴은 칠흑 같은 어둠에 가려 보이지 않았다. 분희는 나무를 잡고 한 발 한 발 벼랑을 기어 올라갔다. 몇 번이나 미끄러지며 벼랑에 오른 분희는 눈을 질끈 감았다. 원 폭이 작렬하던 히로시마의 광경이 떠올랐다. 지옥 끝까지라도 따라올 끔찍한 장면이었다. 그날, 원폭이 터지지 않았다면 모든 것이 달라졌을 것이다. 끔찍한 화상도 입지 않았을 것이고, 합천 으로 오지도 않았을 것이다. 어쩌면 동철의 색시가 되어 그를 위 해 밥상을 차리고 집 안을 윤나게 쓸고 닦고 밤톨같이 예쁜 아 이들을 키우며 살고 있을지도 몰랐다. 열 살이나 많은 홀아비에 게 시집와서 매일같이 맞으며 살지는 않았을 것이다. 어쩌면 아 이도 저렇게 보내지 않았을지도 몰랐다.

여기저기서 산짐승의 울음소리와 풀벌레의 울음소리가 들렸 다. 어둠 속에서 들리는 올빼미 울음소리는 음산했다. 눈에서 눈 물이 줄줄 흘러내렸다. 숨을 깊이 한번 들이마시고 눈을 질끈 감 았다. 마지막 힘을 다 그러모아 벼랑 끝에서 몸을 훌쩍 날렸다. 달도 없는 깜깜한 산골의 밤이었다.

죽는 것도 마음대로 되지 않았다. 벼랑에서 몸을 날렸을 때 모든 악몽을 지워버릴 수 있을 줄로만 알았다. 끝이 아니었다. 분희는 벼랑 아래 서 있던 굵은 상수리나무 가지에 옷이 걸려 계곡 아래로 떨어졌다. 두껍게 깔려 있는 낙엽 위에 떨어져서 크게 다친 곳이 없었다. 기절을 한 채 쓰러져 있던 분희는 다음 날 나무를 하러 산에 올라온 옆집 남자에게 발견되었다. 피투성이가 되어 업혀온 분희를 남편과 시어머니는 본체만체했다.

이틀 동안 기절한 채 누워 있던 분희가 눈을 떴을 때 노망든 시할머니가 빤히 들여다보고 있었다. 살아 돌아온 분희를 반기는 사람은 없었다. 남편의 매질은 점점 더 심해졌고, 시어머니는 표독스러운 얼굴로 나가 죽으라고 악담을 퍼부어댔다.

남편은 옆동네에 사는 과부와 눈이 맞았다. 그 여자 집에 아예 살다시피 했다. 남편과 눈이 맞은 여자는 전쟁 때 군대에 간 남편을 잃고 과부가 된 여자였다. 사내아이만 셋이나 있는 여자였다. 분희는 남편이 그 여자의 집에서 사는 게 더 낫다고 생각했다. 남편에게 시도 때도 없이 매질을 당하는 것보다 노망든 시할머니 대소변 수발을 하는 것이 오히려 마음이 편했다.

분희가 자살하려 했다는 소식을 강순구는 합천장에서 들었다. 죽은 아이를 낳았는데 그날 밤 분희가 벼랑에서 떨어져 죽으려 했다가 살아났다는 것이었다. 짚이는 게 있었다. 혼례를 치르고 난 뒤 사위의 안색이 안 좋은 것을 보고 분희의 앞날이 편치 않을 것을 진작 눈치챘다. 아마도 죽은 아이를 낳았다고 심한 구박을 받았던 게 틀림없었다. 강순구는 평소에는 돈이 아까워 입에도 대지 않던 술을 진탕 퍼마시고 술에 취해서 집으로 왔다.

"으으허! 분희야, 분희야, 이 불쌍한 것아, 니를 우야마 좋노?"

강순구가 술주정을 하며 대문간에 들어서자 내천댁이 도끼눈을 뜨고 쏘아붙였다.

"이놈의 영감쟁이가 와 이라노? 집에 양석 떨어진 지가 언젠데 술을 다 퍼마시노? 그 돈 있거든 다 내놓으소."

"니 눈에는 시방 돈밖에 안 보이나?"

"지금 뭐라 캤능교? 그라요, 내 눈에는 돈백에 안 보이요. 그카마 당신 눈에는 뭐만 보이능교?"

"우리 분희가, 우리 분희가…… 으허허허."

강순구는 억장이 무너져 가슴을 탕탕 쳤다.

"이 양반이 지금 뭐라케쌓노? 분희가 우쨌단 말인교?"

강순구는 술김에도 자신이 쓸데없는 말을 하고 있다는 것을 깨닫고 퍼뜩 정신을 차렸다.

"말을 했시모 끝을 내야 할 기 아이요? 복장 터져 죽겠다."

"아이다, 아이다, 분희 보고 싶어서 술 한잔 했다. 내 잘못했다. 담에는 술 안 마실 끼다."

강순구는 거름더미를 향해 오줌을 내갈기고 사랑방으로 들어가서 털썩 누웠다. 그 마음 여린 아이가 제 손으로 목숨을 끊으려고 했을 때는 오죽했을까. 히로시마에서 부산으로 오는 그 험한 뱃길에서도 아프다 소리 한마디 안 하고 용케 견뎌낸 아이였는데. 강순구는 속으로 피울음을 울었다. 어둠 속에서 대숲의 물결이 음산하게 일렁였다. 거대한 입을 벌리고 달려드는 검은 짐승처럼 보였다.

꽃무늬 손수건

3월이었지만 아직 바람이 쌀쌀했다. 자전거 뒤에는 쌀 한 말과 보리 한 말이 얹혀 있었다. 내리막길이어서 조금 불안했다. 이틀 전부터 자전거 브레이크가 말썽이었는데 자전거방에 가서 고친다는 것을 깜빡하고 있었다. 내리막길에서 가속도가 붙은 자전거는 멈추지 않았다. 연두색 스웨터에 주홍색 치마를 입은 여자가 엉덩이를 흔들며 앞서 걸어가고 있었다. 동철은 자전거 벨을 찌릉찌릉 울렸다. 여자를 막 치려던 순간 자전거 핸들을 옆으로 급히 꺾었다. 동철은 자전거와 함께 도로변에 처박혔다.

"엄마야!"

여자의 호들갑스러운 비명이 들렸다. 날카로운 나무 모서리에 걸려 옷이 찢기고 팔뚝에서는 피가 솟았다. 긁힌 손등에서도 피가 배어나왔다.

"어머! 어떡해? 괜찮으세요?"

동철은 얼굴을 찡그리며 고개를 들었다. 눈을 동그랗게 뜬 여자가 곁에 쪼그리고 앉아 어쩔 줄 모르는 표정을 하고 있었다. 얼굴이 하얗고 파마머리를 한 여자는 제법 귀염성 있는 얼굴이었다. 동철은 지금껏 여자의 얼굴을 이렇듯 가까이에서 본 적이 없어 고개를 돌리며 대꾸했다.

흉터의 꽃

"괜찮심더."

동철의 말에 여자가 쿡 웃었다.

"괜찮긴 뭐가 괜찮아요. 팔뚝에 피 흐르는 것 좀 보세요."

여자는 핸드백에서 손수건을 꺼내 팔에 묻은 피를 닦아주었다. 여자의 몸에서 풍기는 진한 분냄새에 동철은 머리가 어찔했다.

"자전거 브레이크가 말을 안 듣는 바람에 넘어진 깁니다."

"어머, 절 피하느라고 그런 거 아니에요? 미안해서 어째요?"

"괜찮심더."

여자는 또 입을 가리고 웃었다. 웃음이 헤픈 여자라는 생각이 들었다. 동철은 여자에게 손수건을 내밀었다.

"어머! 또 피가 흐르네. 어디 좀 봐요."

여자는 서슴없이 동철의 팔을 손수건으로 동여매 주었다. 여자의 손길이 스치자 동철은 저도 모르게 불에 덴 듯 움찔거렸다.

"손수건 찾으러 갈 테니까, 어디에서 일하는지 말해줘요."

"예?"

"이 손수건 제가 제일 아끼는 거예요."

동철은 곤혹스러운 이 상황을 빨리 벗어나고 싶었다.

"저기 시장통에 있는 서울쌀상회라 캅니더."

"아, 서울쌀상회? 저 네거리에 있는 가게 저도 알아요. 내일 손수건 찾으러 갈 거니까, 깨끗이 빨아둬요."

여자는 그 말을 마치고 해사하게 웃고는 뒤돌아서 가버렸다. 뭐에 홀린 기분이었다. 동철은 어리둥절한 얼굴로 잠시 서 있다

꽃무늬 손수건   161

가 자전거를 일으켰다. 자전거는 바큇살이 부서지고 핸들도 부서져 있었다. 다행히 쌀자루와 보리쌀 자루는 터지지 않아 한시름을 놓았다. 쌀가게 주인에게 이번 달 월급에서 자전거 수리비용을 제하라고 해야겠다고 동철은 생각했다.

피 묻은 손수건을 들여다보았다. 피와 그을음이 묻어 있던 분희의 노란 손수건이 떠올랐다. 원폭의 지옥 한가운데 쓰러져 있던 분희를 발견할 수 있었던 것은 노란 손수건 때문이었다. 정신이 혼미한 와중에도 손수건을 챙기던 분희였다. 분희는 그 손수건을 아직도 갖고 있을까. 동철은 장미 꽃무늬 손수건을 한참 들여다보다가 주머니에 넣었다.

화사한 능소화를 닮은 여자의 이름은 홍연이었다. 어쩌면 홍연을 밀어내지 않았던 이유는 분희 때문일지 몰랐다. 지독한 불치병에서 그만 놓여나고 싶어 뻔질나게 드나드는 홍연을 그냥 둔 건지도 몰랐다. 홍연은 제 옷가방을 들고 들어와 동철의 셋방에 눌러앉았다. 다들 홍연이 전화교환원이라고 하면 봉을 잡았다고 했다. 홍연은 아무 남자에게나 눈웃음을 잘 치는 편이었다. 여염집 여자로서 살기에는 씀씀이가 헤펐다. 홍연은 제 월급은 고향집 남동생 학비로 다 부친다고 했다. 동철이 월급을 받아오면 그 돈으로 옷을 사들이고 구두를 사고 화장품을 사고 머리치장을 했다. 홍연이 돈을 무섭게 써대는 것이 불안했지만 동철은 그 정도는 감수해야 한다고 생각했다. 합천 시골뜨기에게 홍연은 분에 넘치는 여자였다.

임신을 한 홍연은 날마다 짜증이 늘었다. 임신을 한 바람에 남부러워하는 직장도 못 나가게 되었다며 신경질을 부렸다. 진물이 흐르는 동철의 발을 보고 징그럽다고 냄새난다고 근처도 못오게 했다. 동철은 퇴근을 하면 홍연이 몰래 발을 씻고 반창고를 붙였다. 동철은 아이를 가졌으니 시골 부모님께 인사를 드리고 혼례를 올리자고 홍연에게 말했다. 홍연은 혼례는 무슨 혼례냐며 아이를 뗄 거라고 난리를 쳤다. 그 말에 격분한 동철은 홍연의 뺨을 후려쳤다. 홍연은 울고불며 밥까지 안 먹겠다고 머리를 싸매고 드러누워 버렸다. 뱃속의 아이가 걱정되어 동철은 홍연에게 싹싹 빌었다. 모아둔 돈을 헐어 홍연에게 금반지와 목걸이를 해주고야 겨우 달랠 수 있었다.

오랜 산통 끝에 홍연은 사내아이를 낳았다. 동철은 자신이 아비가 되었다는 것이 실감나지 않았다. 홍연은 더 심했다. 아이의 어미라는 사실을 아예 받아들이려고도 하지 않았다. 아이가 배고파 울건 말건 아이에게 젖을 물리지 않았고 기저귀도 제때 갈아주지 않았다. 축축한 기저귀를 온종일 갈아주지 않은 탓에 아이의 사타구니는 벌겋게 짓물렀다. 동철은 홍연이 늘 불안했다. 혹시나 저 젖먹이를 놔두고 훌쩍 떠나버리는 게 아닌가 해서 자다 일어나 자리를 더듬어보곤 했다.

배달이 밀려 다른 날보다 두 시간이나 늦게 퇴근하는 길이었다. 아이 우는 소리가 골목길까지 들려왔다. 방문을 벌컥 열어젖혔다. 홍연은 보이지 않고 아이가 용을 쓰며 울고 있었다. 변소라도 갔겠지, 생각하며 동철은 아이를 안고 달랬다. 삐쩍 마른 아이는 배가 고픈지 쉬지 않고 울었다. 하도 울어대기에 설탕을 물에 녹여서 숟가락으로 떠먹였다. 아이는 작은 입을 벌려 새끼 새처럼 조금씩 받아먹었다. 아이를 안고 달랜 지 두 시간이 지나서야 홍연이 들어왔다. 술을 마셨는지 술냄새가 진동하고 몸도 가누지 못했다. 홍연의 얼굴이 벌겠다.

"니가 술집 작부가? 아 키우는 여편네가 잘하는 짓거리다."

"내가 남자랑 마셨을까 봐 꼴에 의심해?"

"의심하게 안 됐나? 얼라 키우는 여편네가 이 한밤중에 술을 마시고 왔는데?"

"제발! 제발! 잔소리 좀 그만해! 이 절뚝발이! 이 병신아!"

홍연은 소리를 빽 질렀다. 뜨거운 물을 한 바가지 뒤집어쓴 것만 같았다.

"뭐 절뚝발이? 병신? 이기 뭘 잘했다고 지랄이고?"

"내가 뭘 그렇게 잘못했는데? 병신을 병신이라고 하는 게 뭐가 잘못됐는데?"

동철은 아락바락 달려드는 홍연에게 손찌검을 하려다 멈칫했다. 동철은 방문을 쾅 처닫고 밖으로 나와 밤거리를 쏘다녔다. 혼례는 안 올렸지만 같이 사는 남자를, 제가 낳은 아이의 아비를 병신이라고 부르는 여자가 홍연이었다. 그런 여자랑 살고 있는 제 자신이 정말 병신이라는 생각이 들었다.

아이의 돌을 앞둔 날이었다. 낮부터 몸이 하도 안 좋아서 주인 영감에게 말하고 병원에 들렀다. 병원에서 주사를 맞고 약을 타서 일찍 집에 들어오는 길. 방문 밖에 낯선 남자의 구두가 보였다. 눈이 뒤집힌 동철은 방문을 벌컥 열어젖혔다. 벌거벗은 두

　　　　　　　　　　　　　흉터의 꽃

남녀가 뒤엉켜 있었다. 그것도 아이를 눕혀 놓고 옆에서 그 짓을 하다니, 피가 거꾸로 솟았다. 정수리에 불이 활활 일어났다.

"이이이, 이기 뭐하는 짓이고?"

동철은 두 연놈을 향해 미친 듯 주먹을 휘두르고 발길질을 해 댔다. 홍연이 집이 떠나가도록 새된 비명을 질렀다. 남자는 그 와 중에 옷을 찾아서 방바닥을 이리저리 헤맸다. 잠에서 깬 아이가 자지러지게 울었다. 벌거벗은 채 홍연이 맞고 있는 사이에 남자 는 옷을 움켜쥐고 밖으로 내뺐다. 동철은 남자를 뒤쫓았다. 겨우 속옷만 걸친 남자는 정신없이 달아났다. 웃통을 벗고 속옷만 입 은 채 도망치는 남자를 보고 길을 가던 행인들이 걸음을 멈추고 손가락질하며 웃었다. 남자를 뒤쫓던 동철은 숨이 가빠서 길바 닥에 털썩 주저앉았다. 터덜터덜 걸어서 집으로 들어서니 방 안 에 있어야 할 홍연도 어디론가 내빼고 보이지 않았다. 아이만 숨 이 넘어갈 듯 울고 있었다. 아이도 눈에 들어오지 않았다. 동철 은 골목길로 다시 쫓아나갔다.

"이 쥐새끼 같은 년아, 오데 숨었노? 죽여버리기 전에 기어나 온나."

동철은 골목길을 쏘다니며 미치광이처럼 홍연을 찾아다녔다. 하지만 홍연은 하늘로 솟았는지 땅으로 꺼졌는지 흔적도 보이 지 않았다. 홍연을 찾아 헤매다가 셋방으로 힘없이 돌아왔다. 셋 방 주인 여자가 아이를 안고 마당을 서성이고 있었다. 동철은 아 이를 받아 안고 난장판이 된 방으로 들어갔다. 그제야 활짝 열 려 있는 벽장이 보였다. 벽장 앞으로 황급히 다가간 동철은 방바닥에 털썩 주저앉았다. 3년 동안 모은 돈을 신문지에 싸서 넣어 두었는데 그 돈이 감쪽같이 사라진 것이었다. 고향집에 땅을 사주려고 모았던 피 같은 돈이었다. 동철은 벽에다 머리를 쾅쾅 찧으며 짐승처럼 울부짖었다.

이튿날 동철이 출근하지 않자 쌀집 주인 영감이 찾아왔다. 방문을 열어본 영감은 난장판이 된 방의 꼬락서니를 보고 고개를 절레절레 흔들었다. 울고 있는 아이를 안고 쩔쩔매고 있는 동철을 보고 혀를 끌끌 찼다.

"세상에! 이게 무슨 꼴인가? 홍연이는 어디 가고?"

동철은 말하고 싶지도 않았고 말할 기운도 없었다.

"내 그럴 줄 알았지. 얼굴도 반반하고 씀씀이도 헤프더니, 인물값 할 줄 알았어."

동철은 화낼 기운도 없어서 그저 고개를 푹 숙였다.

"면목 없심더."

"빨리 기운 차려서 나오게. 그나저나 아이 때문에 일할 수 있겠나? 아이를 맡길 데를 좀 알아보든지. 안 그러면 할 소리는 아니지만 다른 사람 구할 수밖에 없네."

"예, 알겠심더."

동철은 멀어지는 주인 영감의 발소리를 들으며 눈을 질끈 감았다.

쌀가게 주인이 다음 날도 찾아왔지만 동철은 일하러 나가지 않았다. 미음을 쑤어 아이에게 먹이고 아이가 잠들면 술을 사와 벌컥벌컥 들이켰다. 평소에는 입에 대지도 않았던 술이었다. 술

흉터의 꽃

에 취하면 병든 아버지도, 돈을 들고 튄 홍연도, 시집을 가버린 분희도, 쌀가게 주인도 잊을 수 있었다. 될 대로 되라는 기분이었다. 술에서 깨면 지옥이었다. 망치로 두드리는 것처럼 머리는 깨질 것같이 욱신거리고 송곳으로 마구 찔러대는 것 같았다. 속은 쓰리고 구토가 연신 나왔다. 몸이 괴로운 것보다 분노로 온몸이 활활 타 버릴 것처럼 괴로웠다. 홍연에 대한 분노보다도 자신에 대한 분노 때문에 죽을 것처럼 괴로웠다.

한 며칠 술에 빠져 있던 동철은 아이를 안고 쌀가게로 나가보았다. 처음 보는 남자가 쌀자루를 싣고 배달 준비를 하고 있었다. 남자는 아이를 안고 있는 동철을 힐끗 쳐다보았다. 가슴이 쓰라렸다. 버림을 받은 기분이었다. 길거리에 뒹구는 담배꽁초나 쓰레기가 된 기분이 들었다. 남자가 자전거를 끌고 나가자 주인은 동철에게 말을 꺼냈다.

"이제 정신이 좀 드나? 며칠 더 자네를 기다려줄 생각이었네만 쌀 주문은 밀리고 자넨 술에 빠져 있고 사람을 안 쓸 수가 없었네. 그리고 아이를 데리고 어떻게 일한단 말인가? 가게 문을 닫을 수는 없잖은가? 너무 야박하다고 생각할지 모르지만, 이것이 세상인심일세."

"……"

"난 자네가 그렇게 약한 사람인 줄 몰랐네. 자네를 아들처럼 믿었는데…… 마음 다잡고 한 5년만 부지런히 일하면 이 가게도 물려줄 생각이었네. 이제 와서 그런 말 하면 뭐하겠나? 이번 달 열흘 치 일한 것일세. 한 달 치 더 넣었어. 자네와의 인연도 여기서 매듭을 지어야 하는가보이."

동철은 주인이 건네는 돈을 받아 들고 잠시 그대로 얼어붙은 듯 서 있었다. 서울 와서 아버지처럼 의지하던 주인 영감이었다. 동철은 주인 영감의 뒤통수에 대고 머리를 숙였다.

"어르신, 그동안 고마웠심더."

"잘 가게."

주인 영감은 돌아보지 않고 말했다. 쓸쓸하게 밖으로 나온 동철은 휘적휘적 거리를 걷기 시작했다. 서울 어디를 가도 자신을 반겨줄 곳은 없었다. 배가 고픈지 아이가 발버둥 치며 울었다. 우는 아이를 안고 힘없이 걸어가는 동철을 다들 이상한 시선으로 쳐다보았다. 한참 걷다 보니 한강이 보였다. 강가에는 아낙네들이 빨래 방망이를 두드리며 빨래를 하고 있었다. 강물은 무심한 표정으로 느리게 흘러가고 있었다. 황강이 바로 눈앞에서 흘러가고 있는 것만 같았다. 동철은 고개를 마구 저었다. 이 꼴로 합천으로 가는 것은 죽기보다 더 싫었다. 단지 분희를 잊기 위해 도망치듯 떠나왔던 곳이었다. 죽기보다 더 싫었지만 아이를 살리기 위해서는 합천으로 다시 내려가는 수밖에 없었다. 동철은 피가 나도록 입술을 깨물었다.

정현재-토끼를 죽이다

아버지는 지독한 알코올중독자였다. 술은 아버지의 애인이었고, 마누라였고, 자식이었고, 친구였고, 세상 전부였다. 아버지는 스스로를 오물 구덩이에 던져버리듯 함부로 살았다. 아버지는 불안해서 술을 마시고 하루하루가 끔찍해서 마시고 우울하고 슬퍼서 마시고 또 마셨다. 삶의 맨 얼굴을 바라볼 자신이 없어서 술을 마셨다. 고주망태가 되어 비틀거리다 도랑이나 거름더미에 처박히기 일쑤였다. 동네의 웃음거리가 되어도 아랑곳하지 않았다. 아버지는 술을 마실 변명거리를 끊임없이 만들어냈다.

어머니는 합천장터에서 술과 밥을 팔아 우리 삼남매를 키웠다. 순박한 시골 아낙네였던 어머니가 합천장터에서 국밥집을 하게 된 것은 전적으로 아버지 때문이었다. 늘 고주망태가 되어 있던 아버지는 술김에 친구에게 땅을 팔아넘기고 말았다. 아버지가 팔아넘긴 그 땅콩밭 열다섯 마지기는 온 식구들의 목숨줄이나 마찬가지였다.

합천댐이 완공되자 경지 정리가 시작되었다. 아버지의 동네친구 박씨는 약삭빠른 인간이었다. 그는 경지 정리를 하면 모래땅인 땅콩밭이 돈이 세 배나 되는 논으로 변한다는 정보를 진작부터 알고 있었다. 만만한 호구를 물색하던 그는 아버지에게 술을 진탕 퍼먹였다. 술에 곤죽이 된 아버지는 그가 내민 매매계약서에 도장을 찍어버렸다.

시세보다 금을 더 쳐줬다는 박씨의 말이 고마워 아버지는 내가 애지중지 아끼며 키우던 새끼 토끼 다섯 마리까지 그에게 줘버렸다. 아홉 살의 내게 있어 새끼 토끼 다섯 마리는 내 심장이라고 할 만큼 귀한 보물이었다. 학교에서 돌아온 나는 텅 빈 토끼장을 보고 기절할 듯 놀랐다. 심장이 잘게잘게 찢기는 것만 같았다. 분이 솟구쳐 엉엉 울다가 아버지에게 대빗자루로 사정없이 두드려 맞아야 했다.

사기를 당한 줄도 모르고 있던 아버지는 며칠 뒤 내막을 알게 되었다. 경지 정리를 하기 위해 불도저가 들판을 오가기 시작했던 것이다. 술이 엉망으로 취한 아버지는 동네가 떠나가도록 난리를 쳤지만 박씨는 눈도 꿈쩍하지 않았다.

나는 복수를 결심했다. 이를 부득부득 갈며 식구들이 모두 잠들기만을 기다렸다. 제초제의 역한 냄새가 코를 찔렀다. 검은 비닐봉지에 든 아카시아 잎에 제초제를 들이부었다. 지독한 농약냄새가 코를 찔렀다. 죽음의 냄새였다. 어디선가 개 짖는 소리가 들렸다. 심장이 쿵쾅거렸다. 나는 비닐봉지를 들고 박 씨의 집 마당으로 들어갔다. 집 안에는 불이 꺼져 있었다. 토끼장 앞에 쭈그리고 앉았다. 야행성인 토끼들은 인기척에 놀랐는지 토끼장 속에서 이리저리 왔다 갔다 했다. 눈물이 핑 돌았다. 내 손으로 풀을 뜯어 먹여 키운 토끼가 새끼를 낳았을 때 얼마나 감격스러웠던가. 보송보송 털이 난 새끼 토끼를 처음 만져보았을 때의 느

흉터의 꽃

낌이 생생하게 되살아났다. 내 손 안에서 팔딱팔딱 뛰던 토끼의 심장, 그 아슬아슬하고 뭉클한 감촉, 그 두근거림을 어떻게 잊을 수 있을까.

밤이어서 다행이었다. 토끼의 까만 눈망울을 보았더라면 절대로 비닐봉지에 든 그것들을 토끼장에 넣지 못했을 것이다. 비닐봉지를 벌리자 독한 농약냄새가 코를 찔렀다. 비닐봉지에 든 아카시아 잎들을 토끼장에 탈탈 털어넣었다. 토끼장 문을 닫고 그집 마당을 후닥닥 빠져나왔다. 내 손으로 키웠던 새끼 토끼 다섯 마리의 생명을 내 손으로 없앤 날이었다.

그 일이 있고 나는 악몽에 자주 시달렸다. 아버지는 가장 소중한 보물을 빼앗아간 사람이었다. 내 목표는 오로지 아버지처럼 살지 않는 것뿐이었다. 술을 마시는 아버지만 보면 내가 죽인 새끼 토끼 다섯 마리의 동그란 눈망울이 떠올랐다.

우리 논을 빼앗아간 박씨보다 아버지가 더 미웠다. 그때부터 나는 아버지라고 부르지도 않았다. 내 나름의 아버지에 대한 소심한 복수였다. 아버지라고 부르지도 않는 아들을 아버지도 당연히 좋아할 리 없었다. 아버지와 나는 서로를 적군처럼 미워했다. 술 취한 아버지가 나를 발가벗겨 감나무에 매달아 놓고 매질을 한 적도 있었다. 내 몸을 칭칭 감았던 새끼줄의 감촉, 살갗을 파고들던 새끼줄의 차갑고 거친 감촉은 내가 아버지에게 느끼던 감정의 실체였는지도 몰랐다.

아버지는 내가 공부를 잘하는 것도 달가워하지 않았다. 우등상을 받아와도 집어던졌다. 아무짝에도 쓰잘데기 없는 공부 따위는 때려치우라며 교과서를 아궁이에 넣은 적도 있었다. 아침부터 고주망태가 되어 학교 가는 나에게 마구간을 치우라고 하거나 거름 리어카를 밀라고 하기도 했다. 학교 가는 친구들이 거름 리어카를 밀고 가는 나를 동정하듯 쳐다보기도 했다.

아버지는 자식에게 정을 떼기 위해서 일부러 그러는 것처럼 보였다. 나는 아들이 아니라 아버지의 내부에 들끓고 있는 용암 같은 분노를 풀기 위한 도구인지도 몰랐다. 그런 아버지를 아버지로 받아들일 수가 없었다.

나는 술에게 영혼을 팔아버린 아버지처럼 되지 않기 위해 공부 이외에는 눈을 돌리지 않았다. 술꾼 정성태의 아들이라는 것이 부끄럽고 끔찍했다. 아버지에게서 달아나는 길은 오로지 공부밖에 없었다. 독종이라는 소리를 들으며 죽어라 공부만 했다. 대학에 입학하자마자 합천 집에는 발걸음을 일절 끊어버렸다.

술에 취하지 않은 날이 단 하루도 없었던 아버지는 쉰아홉 살에 간암으로 죽었다. 아버지가 돌아가시고 나자 어머니도 맞벌이를 하는 누나의 아이를 봐준다고 대구로 갔다. 가끔씩 벌초를 하러 선산에 들르는 일을 빼고는 합천에 갈 일은 없었다. 아버지처럼 되지 않기 위해 죽어라 공부한 덕분에 나는 대학을 졸업하고 곧바로 임용고사에 수석으로 합격했다. 어머니는 떡을 해 합천장터 사람들에게 돌리고 잔치까지 했다. 곧바로 발령 받고 교사가 되었으니 알코올중독자 정성태의 아들로서는 나름 출세를 했다고 할 만했다. 나는 아버지로부터, 그리고 그 지긋지긋한 합천으로부터 완전히 벗어났다고 믿었다. 운명은 반복되지

흉터의 꽃

않는다고 믿었다. 나는 분명히 아버지와 다르다고 생각했다.

아내는 같은 학교에서 만난 영어교사였다. 나와 동갑인 아내는 일등 신붓감의 모든 조건을 갖추고 있었지만 가진 것 없는 시골 출신인 나를 선택했다. 글을 쓰는 남자에 대한 호기심과 선망 때문이었다. 아내는 문학에 조예가 깊어 문예지를 정기 구독할 정도였다. 교직은 단지 하나의 보호막과도 같은 안전장치이자 꿀리지 않는 직업일 뿐이라고 생각하는 나와는 달리 아내는 교직에 나름의 소명의식을 갖고 있었다. 학생들도 아내를 잘 따르는 편이었고 학교에서는 유능한 교사로 인정을 받았다.

결혼한 지 6년 만에 아내는 임신을 했다. 아내는 출산일이 가까워질 때까지 수업했다. 의사는 태아가 이상 없이 건강하게 잘 자라고 있다고 했다. 그런데 제왕절개로 태어난 아이가 다운증후군이었다. 미간이 넓고 코가 눌린 것같이 납작하고 목 뒤의 피부가 잔뜩 늘어져 있고 귀모양도 일그러져 있었다.

아내는 간호사가 데려온 아이를 처음 보고는 눈이 튀어나올 듯한 표정을 짓더니 입을 틀어막았다. 나는 그 순간 엉뚱하게도 〈오체불만족〉을 쓴 오토다케를 생각했다. 아니 오토다케의 어머니를 생각했다. 나의 아내는 오토다케의 어머니가 아니었다. 오토다케의 어머니는 사지가 없이 태어난 오토다케를 한 달 뒤에 만났다고 했다. 아이를 보고 충격을 받아 엄마가 혹시 자살이라도 할까 봐 염려한 병원 측의 친절한 배려 덕분이었다. 그런데 아이를 처음 본 오토다케 어머니의 말이 걸작이었다. 오! 우리 이쁜 아기. 아무래도 지어낸 말 같았다. 만약 그게 사실이라면 어쩌면 오토다케의 어머니는 관세음보살이 지상에 강림해 모습을 바꾼 사람이 아니었을까. 아니면 성모 마리아였거나. 나의 아내는 오토다케의 엄마도 관세음보살도 아니었으므로 터져나오는 비명을 목구멍으로 억지로 밀어넣으며 오래도록 흐느꼈다.

아내는 심한 산후 우울증에 시달렸다. 어떤 일이든 똑 부러지게 해내야 직성이 풀리는 완벽주의자였던 아내는 모든 일에 관심이 없고 무기력해졌다. 아이에게 젖을 줄 생각도 하지 않았다. 젖이 퉁퉁 불어 젖몸살에 시달리면서도 드러누워 끙끙 앓기만 했다. 아무것도 하지 않고 멍하니 누워 있기 일쑤였다. 누구하고도 이야기하지 않으려 했다. 살면서 단 한 번의 실패도 겪어보지 않았던 아내, 늘 칭찬받는 모범생으로 자랐던 그녀는 타인들의 선망 어린 시선에 길들어 있었다. 그런 아내에게 다운증후군 아이의 출산은 천재지변과 맞먹는 일일지도 몰랐다.

나는 다운증후군에 관한 책은 있는 대로 사와서 책을 샅샅이 훑어보았다. 다운증후군 아이는 고령 임산부에게서 많이 태어난다고 했다. 서른여섯 살이면 고령이라고도 할 수 있었지만 서른여섯 살에 아이를 낳는 임산부들도 많았다. 그런데 하필이면 내 아이만 다운증후군인지 알 수 없는 노릇이었다. 800명당 한 명꼴로 태어난다는 다운증후군 아이가 왜 하필이면 내 아이인지 인정할 수가 없었다. 마치 말기암 환자가 자신의 병을 부인하는 그런 심리일지도 몰랐다. 왜 하필이면 나여야만 하는가. 왜 하필이면 내 아이여야 하는가. 왜 하필이면…… 나는 끊임없이 반문했다.

다운증후군은 염색체 이상 중에서 가장 흔한 질병이라고 했다. 정상적으로 2개가 있어야 하는 21번 염색체가 3개나 있어서 나타나는 병. 지능저하, 전형적인 얼굴 모양, 저혈압, 단두증, 선천성심장병, 백내장, 근시, 원시 등의 단어가 전신을 옭아매는 것 같았다. 다운증후군 아기는 면역체계가 약해 폐렴 등의 면역성 질환에 잘 걸리고 수명도 짧다고 했다. 나는 책을 읽다가 덮어버렸다. 앞이 캄캄했다. 캄캄한 동굴 속에서 오도 가도 못하고 갇혀 있는 것만 같았다. 내 인생의 가장 끔찍한 흉터인 아버지를 지워버렸다고, 아버지로부터 완전히 해방되었다고 믿었는데. 이제는 장애를 가진 아이라는 감옥에 꼼짝달싹 못하고 갇혀버린 것이었다. 살갗을 파고들던 새끼줄의 거친 감촉이 다시 생생하게 되살아나는 것만 같았다.

어머니가 아이를 봐주겠다고 해도 아내는 학교에 복직하지 않았다. 교직에 남다른 애정을 가진 아내가 그런 결정을 하기 쉽지 않았다는 것을 알고 있었지만 나는 별다른 말을 하지 않았다. 학교를 그만둔 아내는 아이를 돌보는 일에만 매달렸다. 아내는 어머니의 칠순잔치에도 참석하지 않아 사람들을 경악하게 만들었다. 채현이를 구경거리로 만들 수 없다는 것이 아내의 평계였다. 졸지에 어머니는 하나밖에 없는 며느리도 나타나지 않은 칠순 잔칫상을 받아야 했다.

아내가 가장 못 견뎌한 것은 바로 사람들의 시선이었다. 아이를 낳기 전의 아내는 어디서나 당당하고 거리낌이 없었다. 주변의 관심 어린 시선을 즐기던 아내는 아이를 키우는 동안 타인의 시선을 가장 끔찍해하는 사람으로 변해갔다. 마치 다른 사람이 된 것 같았다. 다운증후군 아이를 데리고 나서면 다들 신기한 듯 쳐다보았다. 뚫어지게 아이와 아내를 쳐다보았다. 폭력적인 시선이었다. 사람들은 그 시선이 칼이나 독화살이 될 수도 있다는 것을 전혀 생각하지 않았다. 사람들이 생각 없이 쏘는 화살에 찔린 아내는 심하게 비틀거렸다. 아내는 사람들이 마치 동물원 원숭이 보듯 한다고, 끔찍해서 미칠 지경이라고 히스테리를 부렸다. 무심하게 쳐다보는 시선도 오해하며 모멸감을 느끼곤했다. 아이의 손을 잡고 가는 여자가 쳐다보면 더 심하게 트집을잡았다. 자기 아이는 장애가 아니어서 다행스러워하는 것처럼보인다고, 뻐기는 것처럼 보인다고 했다. 타인의 불행을 피처럼빨아먹고 살쪄가는 흡혈귀들이라고 했다. 동정 어린 시선을 받고 있으면 마치 더러운 오물을 뒤집어쓴 느낌이라고 했다. 벌레나 송충이가 기어오르는 것 같다고 신경질적으로 팔을 벅벅 긁었다.

아이가 초등학교에 입학한 뒤부터 아내는 다행히 힘들다는내색을 하지 않았다. 겉으로 보기에 아내는 아이의 장애를 그대로 받아들이기로 한 것처럼 보였다. 현실을 받아들이고 적응해가는 듯하던 아내는 아이가 초등학교를 졸업할 무렵 갑자기 캐나다로 가겠다고 했다. 캐나다에는 아내가 가장 의지하던 친구가 이민 가서 살고 있었다. 언제나 그렇듯 나는 아내의 결정에쉽게 동의를 했다. 아이를 돌보는 사람은 아내였고 나는 방관자일 뿐이었다. 할 수만 있다면 다운증후군 아이의 아빠라는 사실

흉터의 꽃

을 완벽하게 숨기고 싶었다. 아내가 아이와 함께 떠나는 것을 오히려 다행스러워하는 내 자신을 견딜 수 없었다.

캐나다로 떠난 아내는 그곳에서의 생활에 만족스러워했다. 장애인에 대한 배려가 잘되어 있는 편이라며 폭력적인 시선이 없다고 했다. 다운증후군이든 뇌성마비 장애인이든 이상한 시선으로 바라보는 사람이 없어서 살 만하다고 했다.

아내의 말은 사실이었다. 방학 때 아내와 채현이를 만나러 밴쿠버에 간 적이 있었다. 일반학교에 다니는 장애 학생을 위해 일대일로 교사가 배치되어 있고 장애 학생들도 일반 학생들과 통합수업을 받았다. 지체 장애인들이 거리낌 없이 전동 휠체어를 타고 쇼핑을 하거나 공원이나 거리를 자유롭게 오갔다. 다운증후군을 가진 장애인들이 수영장이나 마트에서 직원으로 일하고 있는 모습도 자주 보았다. 심지어 식당을 경영하는 다운증후군 청년도 있었고 보육교사인 다운증후군 아가씨도 있었다. 한국에서는 상상하기 힘든 일이었다.

채현이가 이제 막 잠들었다며 아내는 와인을 꺼내왔다. 나는 와인의 붉은빛을 볼 때마다 이상하게 붉은 피가 떠올랐다. 아내는 한 모금 마시고는 입술을 혀로 핥았다. 아내의 붉은 입술에 내 입술을 포개었던 적이 언제였던가. 오래된 전설처럼 아득하기만 했다.

"사람은 물속에서 얼마동안 숨을 참을 수 있을까?"

아내가 담담한 표정으로 나를 보며 입을 열었다. 아내의 느닷없는 질문에 웃음이 나왔다.

"글쎄? 2분 정도? 그건 왜?"

"그냥, 문득 궁금해져서. 이곳에 오기 전엔 숨 쉬기가 힘들었어. 물속에 강제로 처박힌 것처럼 말이지. ……내가 낳은 아이를 미워하는 내 자신이 괴물 같았어. 내가 너무 두렵고 끔찍했어. 이 아이만 없었다면 내 인생은 완벽했을 텐데…… 늘 그런 생각을 했어. 그런 생각에 사로잡히면 숨이 막혀 죽을 것 같았어."

아내가 그 말을 하는 순간 나는 입에 가득 고인 쓴침을 꿀꺽 삼켰다.

"아이를 증오하고 원망하면서 아이에게 내 인생을 전부 걸었겠지. 아이를 원망하며 당신을 원망하며, 그리고 나 자신을 증오하며 살았을 거야. 미워하는 데 모든 에너지를 쏟다 보니 숨쉬기가 힘들었어."

전에 없이 속내를 털어놓는 아내가 조금 낯설었다. 손을 뻗어 아내의 손등을 쓰다듬었다. 손과 손이 서로를 조금 낯설어하는 것 같았다. 아내는 손을 빼지 않고 가만히 있었다.

"요즘은 호흡이 가지런해졌어. 여기에선 내 에너지를 누군가를 원망하는 데 안 써도 되니까 좋아. 숨이 쉬어져."

팔을 뻗어 아내를 가만히 안았다. 아내가 내 품을 파고들었다. 가슴속 메마른 연못에 빗물이 조금씩 고이는 것 같았다. 나는 아내가 편안해지기까지 지나온 시간들에 대해 생각했다. 간단치 않은 시간이었을 것이다. 아내가 물속에 강제로 처박힌 것처럼 고통스러워할 때 늘 도망치려고만 했던 내 비겁함이 부끄러웠다. 아내가 아이를 존재 자체로 꽉 끌어안는 동안 나는 타인처

흉터의 꽃

럼 겉돌기만 했다. 나는 내 아이의 아비라는 사실을 완벽하게 부
정하고 있었는지도 몰랐다. 내 아이가 단지 장애를 가졌다는 그
이유만으로 나는 달아나려고만 했던 것이다. 술주정뱅이 아버지
에게서 달아나려던 그때처럼.

　특수 아동심리학 공부를 시작한 아내는 요즘 전화가 뜸한 편
이었다. 나는 휴대폰에 저장된 아내와 아이의 사진을 들여다보
았다. 아내는 아이와 파스타를 먹으며 손가락으로 브이 자를 하
며 웃고 있었다. 채현이는 한국에서나 캐나다에서나 여전히 천
진하고 밝은 표정이었다. 다운증후군 아이들은 일반인 아이들보
다 오히려 행복감을 더 느낀다고 했다. 엄마와 아빠의 얼굴이 우
울하든 말든 채현이는 잘 웃는 편이었다. 어떤 상황에서도 나는
행복할 권리가 있다고 말하는 것만 같았다.

돌아온 친정집

채소 보퉁이를 이고 합천장에 가는 길은 멀었다. 먼지가 풀풀 이는 자갈길 옆에는 보리가 누렇게 익어가고 있었다. 지열이 이 글이글 피어올랐다. 땀에 젖은 옷이 온몸에 척척 달라붙었다. 사 람들은 뙤약볕 아래서 벌써 보리를 베고 있었다. 하얀 찔레꽃 덤 불 앞을 지나치니 톡 쏘는 듯한 진한 향기가 풍겼다. 분희는 목 이 아픈 줄도 모르고 찔레꽃을 홀린 듯이 쳐다보았다.

분희의 삐쩍 마른 몸은 금방이라도 부러질 것처럼 보였다. 화 상으로 자라목처럼 오그라든 목 위에 얹힌 열무 보퉁이는 몸피 의 배나 되었다. 무거운 보퉁이를 이고 걷고 있으니 뜨거운 가마 솥 안에 들어온 것처럼 후덥지근하고 숨이 막혔다. 식구들 아침 밥을 차려주고 나니 밥이 모자랐다. 숭늉 한 그릇을 마신 게 전 부였다. 분희는 이를 악물고 먼지가 풀풀 일어나는 길을 부지런 히 걸어 읍내 장으로 갔다.

두 시간쯤 걸어 도착한 합천장은 사람들로 북새통이었다. 소 나 염소나 강아지나 토끼나 닭을 팔러 나온 사람들이 많았다. 짐승들의 울음소리로 귀가 따가웠다. 분희는 채소를 잔뜩 짊어 진 짐꾼과 부딪칠 뻔했다. 남자가 분희를 보더니 뒷걸음질을 쳤 다. 늘 있는 일이었지만 큰 죄라도 지은 기분이 들었다. 고등어와

갈치를 파는 생선 좌판을 지나 사과를 팔고 있는 여자 옆에 보퉁이를 내려놓았다. 물건을 사려는 사람들보다 파는 사람이 더 많았다. 옥수수와 참깨와 고추와 팥과 콩을 파는 사람들이 빼곡히 앉아 있었다.

분희는 고개를 푹 숙이고 수건으로 얼굴을 가렸다. 우툴두툴한 얼굴이 손끝에 닿았다. 나무 껍데기 같은 살갗은 아직도 생판 모르는 남의 살처럼 느껴졌다. 사과를 팔고 있던 여자가 어깨를 툭 쳤다.

"보소, 새댁이 얼굴이 와 그렇노? 쯧쯧! 불에 크게 데인 모양이네. 집에 큰불이 났던가베."

"……."

"아니마 원폭 맞아갖고 그래 됐나? 젊은 사람이 참 안됐다."

여자가 분희를 보고 혀를 찼다. 수건을 푹 덮어쓰고 있었지만 얼굴의 반 이상을 덮고 있는 화상 흉터를 가릴 수는 없었다. 분희는 할 수 없다는 듯 여자를 보며 말했다.

"지가, 부탁이 쫌 있는데예. 이 열무 좀 지키주실랍니꺼?"

"와?"

"연호사에 잠깐 가볼라꼬예."

"그라지 뭐. 절에 가는 날도 아인데…… 퍼뜩 갔다 오소. 오래는 못 봐주는구마."

분희는 여자에게 몇 번이나 머리를 숙이고 시장을 빠져나와 연호사로 향했다.

합천 연호사는 황강변의 매봉산 벼랑 중턱에 세워진 절이었다. 해인사보다 오래된 절이라고 했다. 대야성 전투 때 죽은 이들의 극락왕생을 축원하기 위해 신라 선덕여왕 때 지은 절이었다. 벼랑 아래 서 있는 함벽루는 양태가 넓은 갓을 쓰고 도포자락을 흩날리며 강물을 굽어다보고 있는 고고한 선비처럼 보였다. 함벽루는 비가 오면 처마에서 흘러내린 빗물이 곧바로 황강의 수면 위로 떨어지는 모습을 볼 수 있는 신비로운 누각이었다. 함벽루를 지나자 연호사가 보였다. 벼랑의 중턱에 지어진 연호사는 절도 작고 마당이 좁았지만 합천 사람들이 해인사 못지않게 즐겨 찾곤 했다. 절 마당이 너무 좁아 발을 헛딛기라도 하면 강으로 떨어질 것처럼 위태했다. 극락전, 삼성각, 범종각, 요사채가 지붕을 서로 맞대고 있는 연호사로 천천히 올라갔다. 계단이 벼랑처럼 가팔랐다.

분희는 댓돌에 고무신을 벗어놓고 법당 안으로 들어갔다. 안에는 아무도 없었다. 고요한 정적만이 가득 차 있을 뿐이었다. 불상 앞에 켜둔 촛불이 바람에 일렁였다. 분희는 인자한 미소를 짓고 있는 불상을 올려다보았다. 모든 중생의 가슴속에 들어 있는 온갖 번뇌를 짊어지고도 여전히 온화한 미소를 짓고 있었다. 슬픔이 울컥 치밀어 올랐다. 바닥을 알 수 없는 깊은 우물에 고여 있던 슬픔이 치밀자 목 놓아 울고 싶었다. 분희는 햇빛도 한 번 보지 못하고 죽어간 어린 영혼의 극락왕생을 빌며 온 마음을 다해 절을 했다. 새끼 하나도 지키지 못한 못난 어미를 용서해달라며 머리를 조아리며 연신 절을 했다. 108배를 올리는 분희의 얼굴에서는 땀인지 눈물인지 모를 물방울이 뚝뚝 떨어졌다.

　　　　　　　　　　　　　　　　　　　흉터의 꽃

"이 개 같은 년아! 뭐 얻어먹을 게 있다고 이 집에 붙어 있노! 꼴도 보기 싫다. 원폭 맞아 병신이 된 년을 그래도 처녀라꼬 집 구석에 들인 내가 미친놈이다. 아도 못 낫는 병신년아! 나가 디지라!"

닷새 만에 집에 들어온 남편이 또 분희에게 손찌검을 했다. 분희는 남편이 때리건 말건 피할 생각도 하지 않고 몸을 맡기고 있었다. 남편은 대들지도 않고 피하지도 않은 채 맞고만 있는 꼬락서니가 더 보기 싫었는지 얼굴에 주먹질을 하고 발로 배를 걷어찼다. 분희의 볼은 붉게 부풀어 오르고 입가에서는 피가 흘렀다. 남편은 부엌으로 들어가는 분희를 마당에 내동댕이쳤다. 머리끄덩이를 잡아채고는 일으켜 세워 뺨을 연거푸 때렸다. 입술이 터져 피가 흘렀다.

"야! 개쌍년아! 원폭 때문에 니년 신세만 망쳤으마 됐지. 와 내 신세도 망칠라 카노? 나가 죽어라, 쌍년아!"

남편이 다시 발로 찼다. 분희는 힘없이 마당에 나동그라졌다. 난데없이 한 남자가 소리를 지르며 뛰어들었다.

"이 개새끼!"

남자는 남편을 바닥으로 확 떠다밀어 넘어뜨렸다. 다짜고짜 가슴 위에 올라타 미친 듯이 주먹질을 해댔다. 분희는 비명도 못 지르고 남편을 패는 남자를 멍하니 쳐다보기만 했다.

"개새끼야! 니가 인간이가?"

"이 새끼! 니, 니 도대체 뭐꼬? 아이고! 나 죽네!"

남편이 죽는다고 비명을 지르자 방 안에 있던 시어머니가 뛰어나오고 산발을 한 시할머니까지 밖으로 고개를 내밀었다. 코피가 터진 남편의 얼굴은 피범벅이 되었다.

"아이고, 이기 뭔 짝이고? 웬 미친 새끼가 우리 아들을 개 패듯이 패노? 이거 안 놓나?"

시어머니가 지게 작대기를 들고 남자의 등짝이고 머리고 사정없이 후려쳤다. 남자는 지게작대기를 확 뺏어서 마당에 내팽개치며 분희를 쳐다보았다. 분희는 어딘가 낯이 익다는 생각이 들었다.

"누야!"

설마 했는데 남자는 바로 동생 태수였다. 어안이 벙벙했다.

"태…… 태수? 니 태수제?"

태수가 고개를 끄덕였다.

"이 씨쌍놈이 오데 와서 지랄이고?"

그제야 몸을 일으킨 남편이 태수에게 덤벼들었다. 태수도 지지 않고 달려들었다. 둘은 엉겨붙어 치고 박고 정신없이 싸웠다.

"태수야! 제발 그만해라!"

분희는 간절한 눈빛으로 고개를 마구 저었다.

"태수야! 제발, 안 된다."

분희는 태수의 팔을 붙잡고 매달렸다. 시어머니가 달려들어 태수의 팔뚝을 물고 머리를 쥐어뜯었다. 밑에 깔려 있던 남편이 빠져나와 태수에게 발길질을 했다. 태수는 발길질에 채여 나동그라졌다.

"이 깡패 놈의 새끼! 니 오늘 내랑 당장 경찰서 가자. 내, 이 호로새끼 콩밥 안 먹이면 성을 간다."

"당장에 순사한테 끄실고 가자."

분희는 시어머니와 남편의 서슬에 놀라서 무릎을 꿇고는 빌기 시작했다.

"지발, 한번만 봐주이소. 잘못했어예."

"누야가 뭘 잘못했다꼬 카노? 당장 나가자. 짐승만도 못한 이놈의 집구석에서 나가자."

태수는 바닥에 꿇어앉아 빌고 있는 분희를 일으켰다.

"그래, 저 아무짝에도 쓸모없는 빙신년 끌고 가라. 적선하는 셈치고 지발 좀 끄실고 가라. 저년 쌍판대기 꿈에 빌까 무섭다."

남편이 더럽다는 듯 가래침을 바닥에 탁 뱉으며 씹어뱉듯 말했다.

"뭐, 빙신년?"

분을 이기지 못한 태수는 분희의 남편을 향해 다시 주먹을 날렸다. 또다시 시작된 싸움에 장독이 와장창 부서지고 빨랫줄에 널어놓은 빨래가 떨어져 마당에 나뒹굴었다. 마당에서 모이를 쪼고 있던 닭들이 홰를 치며 푸드덕거리고 옆집의 개가 사납게 짖었다. 급기야 동네 사람들까지 몰려들었다.

길가에는 복사꽃이 환하게 피어 있었다. 복사꽃 향기가 바람에 실려왔다. 복사꽃이 나비처럼 하르르 떨어졌다. 분희와 태수는 햇빛이 눈부시게 내리쬐는 길을 고개를 푹 숙이고 걸었다. 태수는 머리를 벅벅 긁었다. 자신 때문에 누나는 시집에서 쫓겨나고 말았다. 이렇게 하려고 누나를 찾아간 것은 아니었다. 다른 사람은 몰라도 누나가 맞는 꼴은 죽어도 볼 수가 없었던 것이다. 한편으로는 잘되었다는 생각이 들었다. 누나를 그런 지옥 같은 집에 남겨두고 왔다면 단 한순간도 살 수 없을 것 같았다. 태수의 꼬락서니도 분희의 꼬락서니도 말이 아니었다. 태수의 눈두덩은 퉁퉁 붓고 옷도 찢어지고 입가의 찢긴 상처에서는 아직도 피가 흘렀다. 태수는 손등으로 입가의 피를 닦아 나뭇잎에 쓱 문질렀다. 태수를 말리느라 분희의 옷에도 흙이 잔뜩 묻어 있었다. 이마와 뺨에 푸른 멍이 들어 있고 입술은 잔뜩 부어 있었다. 분희는 풀어 헤쳐진 머리카락을 매만져 비녀를 틀었다.

아버지가 소쿠리를 팔아 모아둔 돈을 훔쳐 가출했던 태수는 대구 서문시장에서 구두닦이 노릇을 하다 전쟁이 터지자 군대로 끌려갔다. 영문도 모른 채 끌려간 태수는 훈련도 받지 못한 채 전쟁터로 이리저리 다니다 종전이 되자 합천으로 돌아왔다. 같이 가출했던 영득이는 낙동강 전투에서 총을 맞고 전사를 하고 말았다. 장남이 전쟁통에 죽은 줄로만 알고 있었던 강순구와 내천댁은 태수가 무사히 돌아온 것만으로도 감지덕지했다.

인근 마을에 머슴을 살러 다니던 태수는 얼마 전 갑산리에 사는 열아홉 살 먹은 을선이라는 처녀와 혼인을 했다. 성질이 깐깐한 내천댁은 을선에게 엄한 시집살이를 시켰다. 힘든 시집살이를 하는 을선을 볼 때마다 태수는 분희가 눈에 늘 밟혔다. 시댁에서 구박은 받고 있지 않은지 잠이 오지 않았다. 누나가 모진 시집살이를 한다는 소문은 익히 듣고 있었다. 발길이 저도 모르

흉터의 꽃

게 누나가 사는 마을로 향했다. 누나의 얼굴이라도 한번 보고 싶어 대문 밖에서 집 안을 기웃거렸다. 그러다 매형에게 맞고 있는 누나를 보고 눈이 뒤집혀 다짜고짜 달려들었던 것이다.

태수는 발길로 돌멩이를 툭 찼다. 길가 풀숲에 쪼그리고 있던 개구리가 풀쩍 뛰어 달아났다. 태수는 피식 웃음이 나왔다.

"와 웃노? 이 마당에 웃음이 나오나?"

분희가 태수에게 눈을 흘겼다.

"그라마 울까?"

어이가 없다는 듯 헛웃음을 짓던 분희의 표정이 금세 어두워졌다.

"태수야, 인자 우짜마 좋노?"

"우짜기는?"

"이래 갖고 집에 가서 아부지하고 어무이 얼굴을 우째 보노?"

"괘안타. 누야 잘못이 아이다."

"……고마 칵 죽었시마 됐을 낀데……."

"그런 소리 하지 마라. 내가 강물에 뛰어들었을 때 누야가 말린 거 생각 안 나나?"

"그기 와 생각 안 나겠노? 그때 울매나 놀랐는 줄 아나? 태수야, 니가 집 나갔다 카는 소식 듣고 걱정 마이 했다. 집 나가서 억수로 고생 마이 했제?"

태수가 머리를 벅벅 긁었다.

"집 나갔다가 시껍했다. 이 합천 골짜기만 벗어나면 뭔 수가 생길 줄 알았다 아이가? 재수 없는 놈은 뒤로 넘어져도 코가 깨진다더니, 곧바로 전쟁 터지는 바람에 군대 끌리갔다 죽는 줄 알 았다."

"안 다치고 이래 살아 돌아온 기 장하다. 고맙다, 태수야."

"누야!"

"와?"

"내, 얼마 전에 장가들었다."

분희는 가슴이 철렁했다. 만약 올케가 이런 시누이 꼴을 본다면 뭐라 할 것인지 기가 막혔다. 동생들 혼삿길 막을까 봐 울며 겨자 먹기로 시집을 갔는데 이런 꼴로 친정으로 돌아가다니 억장이 막혔다.

"와 아무 말 안 하노?"

"내 동생 태수, 장개도 가고, 용타. 올케 좋은 사람이제?"

"모르겠다."

"태수야, 니는 올케한테 잘 해주마 좋겠다."

"……."

"니는 절대로 올케 때리지 마라. ……속에 부애가 나도 올케한테 손대지 말고…… 지보다 약한 사람을 때리는 인간이…… 제일 몹쓸 인간이다. ……세상에 맞아도 되는 사람은 아무도 없데이."

세상에 맞아도 되는 사람은 아무도 없데이. 그 말을 하는 누나의 마음이 어떨지 태수는 짐작만으로도 마음이 아팠다. 얼마나 맞고 살았으면, 얼마나 맞고 사는 것이 끔찍하면 그런 말을 하는가 싶었다. 원폭으로 화상만 입지 않았다면 누나는 맞고 살

흉터의 꽃

지 않았을 것이다. 애초에 그런 놈에게 시집을 가지도 않았을 것이다. 세상에 맞아도 되는 사람은 아무도 없데이, 그 말이 왜 세상에 원폭을 맞아도 되는 사람은 아무도 없데이, 그 소리로 들리는지 모를 일이었다. 누나의 가슴에 원폭만큼이나 크고 무서운 한이 쌓여 있을 것만 같았다. 어스름이 내리는 산길을 걷고 있는 남매의 등 뒤로 바람이 스산하게 불었다.

태수와 분희가 함께 집으로 들어서자 내천댁이 기함을 했다. 마당에 털퍼덕 주저앉아 버렸다.

"이, 이기 무슨 짝이고?"

강순구도 분희를 보고는 눈이 휘둥그레졌다. 태복이, 태용이까지 뛰어나와서 분희와 태수를 보고는 입을 다물지 못했다. 아궁이에 불을 지피던 을선이 부지깽이를 들고 어리둥절한 표정으로 내다보았다. 내천댁이 벌떡 일어나더니 분희의 등짝을 마구때렸다.

"이놈의 가시나야, 시집을 갔시모, 죽이든 살리든 그 집 귀신이 되어야 하는 기 아이가? 와 왔노? 와 왔노 말이다."

"엄마! 고마해라!"

태수가 버럭 소리를 지르며 분희를 때리는 내천댁을 떼놓았다.

"분희야, 잘 왔데이. 인자, 아무 눈치 보지 말고, 여서 살자. 니아무 데도 안 보낼 끼다."

강순구가 분희의 손을 잡고 등을 두드렸다.

"내사 넘사시러버서 몬 살겠다. 딸년이 소박맞고 집에 쫓기 오다니. 동네 챙피시러버서 우예 살 끼고. 아이고, 내 팔자야."

"누야가 그 집구석에서 맞아 죽었을 낀데 우야란 말이고? 누야가 맞아 죽는 꼴을 두 눈 번히 뜨고 보고 있으란 말이요? 누야, 맞아 죽을까 봐서, 데리고 온 기라요. 동네 챙피스러운 기 누야 목숨보다 중한교?"

"이놈이 뭐라 카노?"

"태수 말이 맞다. 사람들 손가락질이 뭐가 무섭노? 그기 사람 목숨보다 중하나? 뭐하노? 분희야, 이리 좀 들어온나."

강순구는 분희에게 사랑방으로 들어오라고 일렀다. 아버지를 따라 방으로 들어간 분희는 큰절을 올렸다.

"몸이 많이 상했다. 그동안 고생 마이 했제?"

분희는 아버지의 말에 온갖 설움이 북받쳐 올랐다. 울음이 터져나올 것 같아 분희는 입술을 이빨로 꽉 깨물었다. 혼례를 올리고 친정을 떠날 때는 소박맞고 집으로 쫓겨 올 줄은 꿈에도 몰랐다.

"내가 닐로 시집을 안 보내는 긴데. 내 잘못이 크다. 니가 죽을 작정까지 했다는 소문 들었다. ……다 이 애비가 죄인이다."

"아입니더, 아부지."

"분희야!"

"예?"

"길에 리어카나, 자전거나, 차가 지나가마, 그 길에 있는 잡초나 개구리나 벌레가 우찌 되겠노?"

　　　　　　　　　　　　　　　　홍터의 꽃

분희는 아버지가 왜 저런 말을 하시는가 싶어 가만히 듣기만 했다.

"다행히 벌레나 개구리들 중에서 용케 살아나는 놈도 있을 끼고, 바퀴에 치여 죽는 것들도 있다. 우리 신세가 그것과 진배없는 기라. 그란데 풀들은 말이다. 바퀴에 잎이 뜯기나가고, 꽃이 떨어져 뭉개져도 살아남는다. 와 그란 줄 아나?"

"뿌리가 살아 있어서 그런 거 아입니꺼?"

"맞다. 그래, 바로 그기다. 뿌리만 살아 있으마, 살아갈 수 있는 기라. 내 말 무신 말인 줄 알제?"

"예."

"아무리 모진 일을 당해도, 뿌리라도 살아 있으마 된다, 분희야."

강순구는 분희를 따스한 눈빛으로 쳐다보았다. 원폭이라는 거대한 수레바퀴에 치여 죽어나간 사람들은 어쩌면 개미나 벌레나 지렁이에 불과했는지도 몰랐다. 운이 좋아 용케 살아남은 사람들도 언제 어느 때 또 다른 수레바퀴에 치여 죽을지도 몰랐다. 원폭의 잿더미 아래서도 풀들은 다시 푸르게 되살아났다. 불에 타 깨진 기왓장 아래에서도, 무너진 벽 아래에서도, 시커먼 잿더미 아래에서도 잡초들이 솟아났다. 시커멓게 탄 나뭇가지에도 다시 잎이 돋아났다. 살기 위해서 태어난 것이 생명이었다. 살아 있는 것들은 어쨌든 살아야 하고 목숨이 붙은 한 살아야 했다. 살아야만 하는 것이 목숨 붙어 있는 것들의 숙명이었다. 강순구는 분희가 수레바퀴에 짓이겨진 풀꽃이라 해도 질기게 살아남아 제 몫의 꽃을 피워낼 것이라고 믿고 싶었다. 바람이 불었다. 건너편 대숲이 푸른 물결처럼 일렁였다.

설날이 되기 한 달 전부터 강순구는 싸리나무를 잔뜩 베어와 복조리를 만들었다. 정월 대보름까지 복조리를 만들어서 마을마다 팔러 다니면 목돈을 만들 수가 있었다. 복조리를 사면 복이 들어온다 해서 아낙네들은 묵은 조리가 있어도 복조리를 한두 개씩 사들이곤 했다. 강순구가 한 달 동안 쉬지 않고 만들어 낸 복조리는 근 500개가 넘었다. 강순구는 태수에게 복조리를 팔러 가자고 권했고 태수는 군말 없이 따라나섰다. 보름 동안 합천 구석구석을 돌아다니며 판 복조리 값이 자그마치 십만 환이었다. 강순구는 지금껏 이렇게 큰돈을 만져본 적이 없었다. 친정으로 들어오고 난 뒤 방 안에 틀어 박혀 지내는 분희와 늘 고생을 하는 며느리 옷이라도 짓게 옷감이라도 끊어줘야겠다고 마음을 먹었다.

태복은 기회만 엿보았다. 보름날 온 마을 사람들은 농악놀이를 하며 흥겨운 분위기를 만끽하고 있었다. 형과 아버지는 동네 사람들과 모처럼 어울려 술을 마시느라 집에 들어오지 않았다. 보름날 저녁이어서 밥상은 풍성했다. 아홉 가지 보름나물과 오곡밥으로 차려진 밥상 앞에 둘러앉은 식구들은 여유롭게 저녁을 먹었다. 태복은 저녁을 먹고 어디를 갈 것처럼 쪼그리고 앉아서 밥을 급하게 떠먹었다.

"행님아, 똥 마렵나?"

192

흉터의 꽃

태용이 쪼그려 앉아 밥을 먹는 태복에게 한마디 했다.

"이 새끼가!"

태복이 뭔가 찔리는 구석이 있는 듯 태용에게 괜히 화를 벌컥 냈다.

"이 자슥아! 뭐가 그래 급하노? 천천히 묵어라. 체하겠다."

내천댁도 태복에게 타박을 했다.

"오늘 와 이리 배가 부르노? 아이구, 배야. 오늘 너무 마이 묵었는지 배가 놀랬는갑다."

태복이 숟가락을 놓고는 숭늉을 급하게 들이켰다. 다들 밥을 먹는 데 정신을 팔고 있는 틈을 타서 태복은 방을 빠져나왔다. 태복은 소리 안 나게 사랑방 문을 열고 들어갔다. 고구마 가마니와 고추 포대기 틈에 아버지가 돈을 넣어둔 것을 알고 있었다. 고추 포대기를 옆으로 밀어보니 뭔가가 방바닥으로 툭 떨어졌다. 한지에 싼 것을 펴보니 과연 돈다발이 들어 있었다. 머리에서 발끝까지 찌릿한 전율이 느껴졌다. 태복은 바지 주머니에 돈을 쑤셔넣고는 방문을 열고 나왔다.

"되련님, 배는 괜찮습니꺼?"

부엌에서 나오던 을선이 태복에게 말을 걸었다. 태복은 대꾸도 하지 않고 집밖으로 도망치듯 나와버렸다. 태복은 그길로 고갯길 쪽으로 향했다. 짙은 어둠이 내린 고갯길을 올라가며 태복은 마을을 돌아보았다. 이놈의 합천 골짜기에 내 다시 돌아오면 성을 갈고 만다. 태복은 침을 퉤퉤 뱉었다. 학교 문턱도 밟아보지 못했다고 늘 무시당하며 살아온 세월이었다. 돈을 훔쳐 도둑

놈처럼 달아나는 제 꼴이 우스웠다. 아니 이미 도둑놈이 되어버린 것이었다. 아버지의 슬픔에 가득 찬 얼굴과 충격을 받은 가족들의 얼굴이 하나둘 뇌리를 스쳐갔지만 태복은 머리를 흔들었다. 이제 다시는 돌이킬 수 없는 일이었다.

태복이 돈을 훔쳐서 사라지고 집 안은 발칵 뒤집혔다. 내천댁은 자리보전을 하고 드러누웠고 강순구는 연신 곰방대에 담배만 피워 물었다. 강순구는 곰방대에 담배를 채우며 생각했다. 어떻게 하나같이 아들 녀석들은 이 합천을 떠날 생각만 하는 것인가. 아비가 고향을 버리고 일본으로 떠났듯이 자식들도 이 합천 땅에 마음을 붙이지 못했다. 굶어 죽는 한이 있더라도 일본에 가지 않고 고향에 뿌리를 내렸더라면 자식들이 저렇게 부평초처럼 떠돌지 않았을지도 모를 일이었다. 다 아비를 잘못 둔 죄였다. 농사지을 땅이라도 풍족했다면 자식들이 도망치듯 합천 땅을 등지려 하지는 않았을 것이었다.

태수는 태복이 돈을 훔쳐 사라지자 자신의 지난날을 떠올렸다. 다 제 잘못인 것 같았다. 형으로서 동생에게 본을 잘못 보였기 때문이었다. 아버지에게 얼굴을 들 수 없었다. 태복은 다섯 살 때 일본에서 돌아온 후 합천을 떠난 적이 없었다. 태복이 살아갈 수 있는 길은 뻔했다. 더군다나 태복은 글자도 모르는 일자무식이었다. 운 좋게 막노동이라도 하거나 도둑질을 하거나 빌어먹거나 아니면 남의 것을 빼앗는 건달이 될 게 뻔했다. 제 발로 집으로 기어들어오지 않으면 찾을 방법은 요원했다.

대구에 다녀온 율진 양반이 대구 자갈마당 쪽에서 태복을 보았다는 말을 전했다. 태수는 그 소식을 듣자마자 태복을 잡아오 겠다고 대구로 떠났다. 근 열흘 동안이나 태복을 찾아다녔지만 그림자도 찾을 수 없었다. 어릴 때부터 먹을 것을 밝히던 태복 이, 요강이나 숟가락이나 그릇조차 엿으로 바꿔 먹던 태복이었 다. 어디를 가든지나 곯지 않기만을 바랄 뿐이었다.

아버지의 땅

들판 여기저기서 개구리가 요란하게 울어댔다. 마을 사람들은 모내기를 하기 위해 소를 몰고 써레질을 하고 있었다. 써레를 끄는 어미 소 곁에 송아지가 따라다니며 젖을 빨아 먹었다. 긴 곰방대를 물고 바지를 둥둥 걷고 이랴, 이랴 소리를 지르며 써레질을 하는 이들을 강순구는 부러운 듯 쳐다보았다. 언제 저렇게 내 논에서 모내기를 해보나, 강순구는 한숨을 쉬었다.

강순구는 밭을 일굴 데만 있으면 어디든지 밭을 일굴 궁리를 했다. 하곡리는 원래가 논이 부족한 동네라 산비탈 어디든 밭을 개간했다. 강순구는 배나무골에다 다랑논을 만들 결심을 했다. 배나무골 산 주인은 일본에서 죽었는지 살았는지 10년 넘도록 감감무소식이었다. 허락을 구하고 자시고 할 것도 없었다. 볕이 들지 않아 사람들이 농사를 지을 엄두를 못 내는 땅이었지만 산이 깊은 탓에 사철 물이 마르지 않는 계곡이 있었다. 그 물을 이용하면 충분히 논도 만들 수 있겠다는 생각이 들었다. 햇볕이 드는 남쪽을 산 그림자가 가리고 있는 게 가장 큰 흠이었다. 논이나 밭을 만들어도 소출이 별로 없을 게 뻔했지만 감자라도 심으면 되겠다 싶었다.

솔냄새가 은은하게 바람결에 실려왔다. 산비둘기가 울고 콩새

흉터의 꽃

가 지저귀는 소리가 간간이 들려왔다. 곡괭이로 땅을 깊이 파 나무뿌리를 파내고 바윗돌을 캐냈다. 강순구가 파낸 바윗돌과 돌멩이를 태수가 논두렁을 만든다고 차곡차곡 쌓았다. 강순구는 땀을 비 오듯 흘리며 일을 하다 무거운 돌을 나르는 태수를 쳐다보았다. 부모를 잘 만났으면 하다못해 면서기라도 할 녀석이었다. 흙투성이가 되어 산비탈에서 돌과 씨름하고 있는 걸 보니 가슴이 아렸다. 태수 덕분에 논두렁이 완성되자 강순구는 산에서 흙을 져다 날라 논두렁을 돋우었다.

다행히 배나무골 흙은 진흙이 많아서 충분히 논 구실을 할 수 있었다. 강순구는 물길을 만들어 논에 물을 댔다. 논에 물이 들어가자 땅이 조금씩 젖더니 물이 채워졌다. 세상에 제일 듣기 좋은 소리가 새끼들 입에 밥 들어가는 소리와 논에 물 들어가는 소리라고 했던가. 물이 고인 논을 쳐다보고 있으려니 가슴이 먹먹하고 뻐근했다. 처음으로 논을 가지게 된 것이었다.

한 해 동안 배나무골을 개간한 덕분에 다랑논 두 마지기와 밭 다섯 마지기를 마련할 수 있었다. 동네 사람들은 강순구의 부지런함에 혀를 내둘렀다. 개간을 한다고 무리를 해서인지 천식이 심해져 잠을 제대로 잘 수 없었다. 분희를 찾아 온 히로시마를 헤매고 다닌 뒤부터 생긴 병이었다. 천식도 천식이지만 피부병이 더 고질이었다. 가렵지 않은 데가 없어 밤새 긁어대다 뜬눈으로 밤을 새운 적도 많았다. 하지만 강순구는 식구들에게 아픈 내색을 전혀 하지 않았다.

배나무골을 개간한 지 2년이 지나자 강순구는 다시 밭을 개간하려고 마음을 먹었다. 자식들이 농사일에 마음을 붙이게 하기 위해서는 무엇보다 땅뙈기가 있어야 했다. 강순구는 태복이 언제든 돌아올 것이라고 믿었다. 무엇보다 땅이 있어야 태복이 마음을 잡을 것 같았다. 장가라도 보내주려면 땅이 있어야 했다.

손바닥만 한 배나무골 다랑논 몇 뙈기에서 나오는 나락 소출은 벼 세 가마니도 되지 않았다. 워낙 볕이 들지 않는 곳이어서 밭에서 나오는 소출도 볼품없었다. 그나마 배나무골은 응달이 지긴 했어도 감자 농사는 잘되는 편이었다. 거름을 많이 부어 토질이 좋아진 결과였다. 봄 감자를 한 솥 쪄 온 식구들이 둘러앉아 밥 대신 먹었다. 식구들과 둘러앉아 포실포실한 봄 감자를 먹고 있노라면 마음이 모처럼 넉넉해지곤 했다.

하곡리는 척박한 합천 그 어느 곳보다도 부쳐 먹을 땅이 부족했다. 동네의 산이란 산은 다 합천 이씨들의 선산이었다. 선산을 개간하라고 내줄 사람은 아무도 없었다. 강순구는 마을 오른쪽에 있는 산 위로 올라가보았다. 산의 주인인 정골 사람들이 해마다 음력 10월이 되면 수십 명이 몰려와서 묘사를 지내는 산이었다. 산등성이에는 숲이 잔뜩 우거져 있었지만 터가 꽤 널찍했다. 강순구는 이쪽저쪽을 둘러보며 어림짐작을 해보았다. 잘만 하면 밭 열 마지기는 거뜬하게 만들 수 있는 넓이였다.

정골 사람들은 돼지고기와 막걸리를 짊어지고 온 강순구를 의아하다는 듯 쳐다보았다. 강순구는 사람들이 몰려들자 하곡리에서 왔다며 용건을 꺼냈다. 산을 개간하고 싶다는 강순구의 말을 들은 정골 사람들은 의견이 분분했다. 함부로 선산을 내줄

흉터의 꽃

수 없다고 했다. 강순구는 먹고살 게 없어서 일본으로 건너갔다
가 원자폭탄 피해를 당해 빈손으로 돌아왔다는 이야기, 돌아와
서도 땅 한 뙈기도 없어서 죽을 고생을 하며 살아온 이야기를
했다. 오죽하면 그 높은 산마루에다 개간을 하려고 정골까지 찾
아왔겠느냐며 읍소를 했다. 개간하는 대신 해마다 묘사 떡과 고
기는 강순구가 장만하겠다고 하니 사람들은 누이 좋고 매부 좋
은 일이라며 허락을 해주었다.

강순구는 톱과 낫과 삽, 곡괭이를 지게에다 지고 천천히 산으
로 올라갔다. 이제는 조금만 높은 곳을 올라가다 보면 숨이 턱에
까지 찼다. 천식은 날이 갈수록 심해졌다. 기침이 한번 시작되면
멈추지 않았다. 내장을 온통 다 게워낼 듯한 기침이 한참 이어졌
다. 허덕대며 산을 올라가면서 길을 만들었다. 나무하러 다닐 때
나 사람들이 오르내리는 산이어서 따로 길이라고 할 만한 곳이
없었다. 지게를 지고 다니기 편하도록 나뭇가지를 낫으로 베고
굵은 나무는 톱으로 잘라내며 길을 만들었다. 거름지게나 똥장
군을 지고 오르내리는 일이 만만치 않겠다 싶었다.

소나무와 굴참나무, 오리나무, 아까시나무, 칡덩굴이 우거져
있는 숲을 바라보고 있자니 엄두가 나지 않았다. 우거진 숲이 맞
서 싸워야 할 거대한 괴물 같았다. 팔자타령을 하고 앉아 있다
해서 쌀이 나오거나 밥이 나오는 것도 아니었다. 강순구는 두 손
바닥에 침을 탁탁 뱉어 비비고 곡괭이를 힘껏 움켜쥐었다. 잡풀
과 작은 나무들을 우선 낫으로 베어내고 큰 나무는 톱으로 잘
랐다. 한 몇 년 동안 땔감 걱정은 안 해도 될 끼라. 잘라낸 나무

들을 한쪽으로 끌어다 놓으며 강순구는 중얼거렸다.

4월의 햇볕은 생각보다 뜨거웠다. 등은 땀으로 축축하게 젖어 얼룩덜룩했다. 곡괭이를 힘껏 내리쳐 나무뿌리를 캤다. 제법 굵은 소나무는 뿌리를 깊이 박고 있어서 캐내기가 어려웠다. 한 아름이나 되는 바위 돌을 캐내어 밖으로 밀어내는 일이 가장 힘들었다. 아무리 굴려도 꿈쩍도 하지 않는 바위를 쳐다보면서 한숨을 길게 내쉬었다. 자신이 평생 짊어지고 온 괴로운 인생길 같다는 생각이 들었다. 이제는 힘에 부쳐서 도저히 혼자서는 못 굴릴 바위였다. 아들을 불러올려 해야겠다고 마음먹었다. 정신없이 일을 하다 보면 땀이 비 오듯이 흘렀고 흰 저고리와 바지는 애초에 흰색이었는지 붉은 황토색이었는지 구분이 되지 않았다.

분희는 새참으로 막걸리 반 되가 든 주전자와 김치전을 가지고 만당 밭으로 올라갔다. 동네 사람들은 분희가 소박맞고 집으로 돌아오자 원폭 병 때문이라고 수군거렸다. 분희뿐만 아니라 일본에서 피폭을 당한 처녀들은 시집을 가면 아이를 유산하거나 사산하거나 아니면 몸이 성치 못한 아이들을 낳는 경우가 많았다. 동네 사람들의 입방아에 오르내리기 싫어 분희는 집밖 출입을 되도록 피하고 있었다. 하지만 임신을 한 올케가 무거운 몸으로 만당 밭으로 올라가도록 할 수 없었다.

산마루에 올라서자 시원한 바람이 불어왔다. 분희의 눈에는 흙투성이가 되어 일하고 있는 아버지가 사람이 아니라 마치 누런 황소처럼 보였다. 흙더미 속에서 곡괭이를 휘두르는 아버지는 마치 무엇인가와 사투를 벌이고 있는 것처럼 보였다. 무슨 의식을 치르는 듯 엄숙하고 거룩해 보이기까지 했다. 저토록 힘들게 일하고 계셨구나. 안쓰러워 눈물이 핑 돌았다. 삶이라는 거대한 괴물과 한판 싸움을 벌이고 있는 것처럼 보였다. 한동안 넋이 빠진 채 아버지의 일하는 모습을 지켜보던 분희는 퍼뜩 정신을 차렸다.

"아부지, 새참 잡수이소."

분희가 불렀지만 강순구는 못 들었는지 여전히 곡괭이를 휘두르고 있었다.

"아부지요!"

그제야 곡괭이질을 멈추고 분희를 돌아보았다. 땀범벅이 된 채 고통스럽게 일그러져 있던 강순구의 얼굴이 쥘부채가 펴지듯 펴졌다.

"운제 왔더노?"

"새참 잡수이소."

강순구는 목에 두른 누른 수건으로 얼굴의 땀을 닦았다. 나무 그늘 밑에 앉은 강순구는 막걸리를 사발에 따라 쭉 들이켰다.

"크아, 씨언하다. 안 그래도 목이 말랐는데, 우째 알고 마침맞게 왔노?"

분희는 말 한마디라도 따뜻하게 해주는 아버지가 늘 고마웠다. 산 건너편을 바라보니 희디흰 산 벚꽃이 안개처럼 아련하게 피어 있었다. 뻐꾸기 울음소리가 들리는 쪽으로 눈을 돌려보니 분홍색 철쭉꽃들이 무리지어 피어 있었다. 뻐꾸기가 울 때마다 분홍빛 꽃들이 하나씩 피어나는 것만 같았다. 그리운 얼굴 하나가 불쑥 떠올랐다. 분희야, 니는 내 색시데이. 잊었던 그 목소리가 다시 되살아났다. 땅을 뚫고 솟아나는 죽순 같은 그 목소리를 한 번만이라도 다시 듣고 싶었다. 흉터로 덮인 분희의 얼굴이 철쭉꽃처럼 분홍빛으로 물들었다.

자운영이 논가에 흐드러지게 피는 계절에 태수의 처 을선은 사내아이를 낳았다. 금줄에 달린 붉은 고추의 빛깔이 선명했다. 아이의 흰 기저귀가 빨랫줄에서 펄럭거렸다. 사내아이가 태어나자 식구들의 얼굴에는 오랜만에 화색이 돌았다. 태수는 아이의 이름을 선우라고 지었다. 선우는 잘 먹고 잘 자고 무럭무럭 자랐다. 시골 아낙네답지 않은 을선의 흰 피부에 태수의 뚜렷한 이목구비를 빼다 박은 듯이 닮은 아이였다. 내천댁은 아이를 업고 온 동네를 돌아다녔다. 동네 사람들은 아이가 한 인물 하겠다고 입맛을 다시며 들여다보았다. 아이가 잘생겼다고 누구나 탐을 내자 내천댁은 더욱 신이 나서 자랑을 했다. 늘 우울한 표정을 짓고 다니던 태수의 얼굴에도 미소가 감돌고 일도 더 열심히 했다. 선우는 캄캄한 우물 밑바닥 같은 집안을 환하게 비추는 빛 같은 아이였다.

을선은 아이를 안고 젖을 먹일 때 가슴 벅차오르는 행복감을 느꼈다. 을선은 비쩍 말랐지만 젖이 잘 나왔다. 젖이 불어 줄줄 흘러내릴 때도 있었다. 아이에게 젖을 물리면 모든 것이 다 단순해졌다. 새끼를 돌보는 어미의 단순한 본능만이 오롯이 존재하

흉터의 꽃

는 순간이었다. 뱃속에서 꿈틀거리던 작은 생명이 세상 밖으로 나와 젖을 빨고 있었다. 힘차게 젖꼭지를 빠는 아이를 보면 안 먹어도 배가 불렀다. 젖이 아이의 작은 입속으로 꿀럭꿀럭 넘어가는 소리가 어떤 소리보다 듣기 좋았다. 아이는 왼쪽 젖꼭지를 빨면서 한 손으로는 오른쪽 젖꼭지를 조물락거렸다. 새끼 새처럼 입술을 오물거리며 젖을 빠는 아이를 내려다보며 을선은 문득 목이 메었다. 행복하기도 하고 불안하기도 했다. 한껏 배가 부른 아이는 포만감에 금방 잠이 들었다. 방싯방싯 배냇짓을 하는 아이의 얼굴을 내려다보면 가슴이 저릿했다.

강순구의 만당 밭 개간 작업은 이듬해 봄이 되어서야 끝이 났다. 동네 사람들은 다들 입을 쩍 벌렸다. 천자문 깨나 했다는 사람은 우공이산이라고도 했고 상전벽해라고도 했다. 숲이 우거진 높은 산마루에다 열두 마지기 남짓한 밭을 일굴 수 있다고 그 누구도 믿지 않았다. 이 만당 밭은 도깨비나 귀신의 힘을 빌리지 않고는 도무지 만들 수 없다고 너스레를 떨기도 했다. 그것은 강순구의 목숨을 건 필생의 대업이었다. 피와 살과 뼈와 눈물로 일군 밭이었다. 도깨비나 귀신의 힘을 빌린 것이 아니라 오로지 식구들을 먹여 살리겠다는 각오 하나로 이룬 결과였다.

봄비가 촉촉하게 땅을 적신 다음 날 강순구는 개간해둔 만당 밭에 씨앗을 뿌렸다. 콩과 옥수수와 깨와 고추 씨앗을 뿌리고 고구마순을 파종했다. 축축하고 따스한 흙 속에서 씨앗들은 움이 트고 고구마순은 실핏줄 같은 뿌리를 살금살금 내릴 것이다. 하늘에서 비가 적당히 내려주면 따스한 대지가 알을 품는 어미닭처럼 씨앗을 품어서 키워낼 것이다. 새끼들이 배불리 먹을 양식을 수확할 밭이었다. 강순구는 흙냄새를 맡으며 밭 주변을 세 바퀴나 돌았다. 숨을 깊이 들이쉬었다. 흙냄새가 향기로웠다. 봐도 봐도 질리지 않았다. 강순구는 밭 주변에는 밤도 심었다. 자신은 못 따 먹을지 몰라도 자식이나 손주들은 달콤한 밤을 먹길 바라는 마음으로 밤을 심고 또 심었다.

흉터의 꽃

정현재―한 사람이 있었네

내가 그를 처음 알게 된 것은 〈한국의 히로시마〉라는 책의 서문에서였다. 합천 사람들이 왜 원폭 피해자가 많은지, 왜 합천 사람들은 히로시마로 건너가게 되었는지 알고 싶었다. 그 의문을 풀기 위해 원폭 관련 서적과 자료를 찾아보다 〈한국의 히로시마〉를 읽게 되었다.

뜻밖에도 저자는 이치바 준코라는 일본인이었다. 한국의 원폭 피해자들을 위해 전 생애를 바쳐 활동해온 일본인이 바로 이치바 준코 여사였다. 자신이 저지른 잘못도 아닌 부모 세대가 저지른 잘못 때문에 희생당한 이들에게 참회하기 위해 자신의 삶을 바칠 수 있다니, 그녀의 삶이 경이롭기까지 했다. 일본에 대한 평균적인 반일 정서를 가진 나로서는 이치바 준코 여사처럼 양심적이고 실천적인 일본인이 있다는 것이 놀랍기만 했다.

이치바 준코 여사는 자신의 책이 한국에서 발간된 이유는 한 청년의 간절한 염원 때문이라고 했다. 대체 그 청년은 어떤 사람일까? 그에 관한 자료를 있는 대로 찾아보았다. 인터넷 기사, 그가 만들었다는 원폭 2세 환우회 카페, 부산교대 전진성 교수가 쓴 그의 평전, 갖가지 자료를 다 살펴보았다. 그에 대해 조금씩 알게 될수록 그 높이와 뿌리의 깊이를 짐작할 수 없는 거대한 나무 앞에 선 기분이었다. 작은 씨앗이라고 생각했던 그는 죽어서도 끊임없이 뿌리와 가지를 펼치는 거대한 나무로 변해 있었다.

한국의 원폭 피해자들은 국가로부터 철저하게 버려진 존재들이었다. 일본은 자국의 원폭 피해자들을 위해 각종 지원을 아끼지 않는 반면 한국인 원폭 피해자들에 대한 지원은 거부했다. 일본 정부와 마찬가지로 한국 정부 또한 원폭 피해자들의 고통에 대해 철저히 외면했다.

원폭 1세들이 외롭게 투쟁하는 동안 원폭 피해자 2세의 존재는 근 60년 동안 침묵의 강 속에 잠겨 있었다. 침묵의 검은 강 속에서 입을 틀어막힌 채 물 밖으로 나오지 못하고 있었다. 아파도 아프다고 말 한마디 못한 채 살기를 강요당하고 있을 때 그것을 당당히 거부한 청년이 바로 그였다. 그는 원자폭탄에 피폭된 어머니를 둔 피폭 2세였다. 선천성면역글로불린결핍증으로 인해 폐 기능의 30퍼센트만 남은 그는 병마와 끊임없는 사투를 벌여야 했다. 공교롭게도 그가 태어난 해는 전태일이 분신자살한 해였다. 그의 삶의 궤적은 전태일의 불꽃같은 삶과도 흡사했다.

그의 꿈은 보통 사람처럼 살아보는 것이었다. 보통의 사람들처럼 연애를 하거나 직장을 갖거나 가정을 가질 수 없는지 끊임없이 자신에게 되물어야 했던 삶. 그가 꿈꾼 것은 결코 큰 것이 아니었다. 지하철 계단을 힘차게 오르내리고, 아침이면 출근을 하고 퇴근시간에는 동료들과 어울려 술 한잔 하고, 사랑하는 사람을 만나 연애도 하는 삶. 자식 노릇을 하고, 동생 노릇, 친구 노롯, 애인 노릇을 하는 것. 인간이라면 당연히 할 수 있는 최소한의 것들, 작고 소소한 것을 꿈꾸는 일조차 그에게는 쉽게 허락되지 않았다.

스물다섯 살이 되던 해 그는 폐렴으로 세 번이나 병원에 입원했다. 부산침례병원에서 특별 혈액검사를 했는데 이름도 생소한 희귀병, '면역글로불린M의 증가에 따른 면역글로불린결핍증'으로 판명되었다. 의사에게 병의 원인을 캐물었으나 원인을 알 수 없다고만 했다. 면역력이 신생아와 별반 다르지 않을 정도로 약한 상태였다. 그는 우연한 기회에 의사가 자신을 대상으로 연구 논문을 썼다는 것을 알게 되었다. 방사능 때문에 유전적으로 면역체계가 교란되었을 확률이 높다는 주장을 발견한 그는 머릿속이 하얗게 비는 것 같았다. 자신이 지금까지 겪었던 모든 고통에는 최초의 원인인 원폭이 있다는 사실을 알게 된 것이다.

그는 〈한국의 히로시마〉란 책을 통해 어머니의 고향 합천에서 많은 사람들이 일본 히로시마로 건너가게 된 이유와 피폭의 과정의 알게 되었다. 히로시마에서 태어난 어머니의 피폭이 병의 원인이라는 것을 알아냈다. 태어나서 지금까지 왜 하루도 빠짐없이 아플 수밖에 없었는지 그 원인을 알아낸 것이다. 그는 원폭 피해자 문제의 핵심이 바로 유전이라고 생각했다. 피폭을 당한 일이 전혀 없는데도 한평생 원폭 후유증으로 고통을 받게 된 이유는 단 한 가지, 유전밖에 없었다.

그는 침묵을 거부하기로 결심했다. 아프면 아프다고 당당하게 외칠 수 있어야 한다고 생각했다. 그는 2002년 3월 22일 유전으로 말미암은 원자폭탄 피해 2세임을 세상에 당당히 드러내는 기자회견을 했다. 그는 침묵의 강 속에 잠겨 있길 거부하고 세상에 모습을 당당히 드러냈다. 그 이후로 원폭 2세의 존재는 비로소 세상에 알려졌다. 그의 커밍아웃은 하나의 불씨가 되어 원폭 문제에 대해 눈감고 있던 한국 사회에 큰 반향을 일으켰다.

이후 몸 상태가 급격히 나빠져 여섯 차례나 입원을 하면서도 환우회 결성에 전력을 다했다. 그가 명명한 '원폭 2세 환우회'라는 명칭에는 원폭 피해자의 자녀들이 겪는 병이 단순히 개인적인 불행이 아니라 역사적 사건으로 생긴 질환임을 온 세상에 당당하게 알리겠다는 의미가 담겨 있었다. 원폭 2세 환우들은 일제의 침략과 대량살상무기 핵무기를 사용한 미국이 만들어낸 역사의 피해자였다. 자신의 의지와는 상관없이 부당한 국가권력과 국가의 폭력에 의해 생겨난 피해자였다.

원폭협회에 소속된 원폭 1세들은 원폭 2세 환우회를 불편하게 생각했다. 원폭 1세들은 원폭 2세 환우회로 인해 원폭 후유증이 유전된다는 인식이 퍼져나가는 것을 두려워했다. 건강한 원폭 2세 자녀들이 받게 될 사회적 불이익이나 차별 때문이었다. 피폭 2세 환자들은 원폭 2세 환우라는 사실을 공개하기를 꺼렸다. 공개될 경우 유전병자로 낙인이 찍혀 결혼과 취업 등의 사회생활에 지장을 받기 때문이었다. 특히나 미혼인 원폭 2세나 3세 피해자는 원폭 피해자의 자녀라고 밝히는 것을 두려워했다. 건강한 피폭 2세들도 이 문제가 이슈화되는 것을 싫어했다. 아프면 아프다고 외치는 것이 당연한데 왜 침묵해야만 하는지 그는 도

흉터의 꽃

무지 알 수가 없었다.

그는 원폭 피해자들이 감수해야 했던 사회적 차별이 그 원인이라고 생각했다. 한국의 원폭 피해자들은 일본 원폭 피해자들과 달리 삼중고의 고통을 겪어야 했다. 식민지 백성으로 받아야 했던 차별과 고통, 피폭으로 인해 병든 몸과 경제적 곤궁과 주변의 따가운 시선, 자식들이 받을 불이익에 대한 걱정으로 그들은 이중 삼중의 고통을 받으며 살아왔던 것이다. 그리고 국가와 사회로부터 아무런 보호도 받지 못한 채 방치되어왔기 때문에 원폭 피해자들의 피해의식이 남달리 컸다는 것을 깨달았다.

그는 고통을 겪어본 사람만이 고통의 진가를 알 수 있으며 고통의 당사자들이 뭉쳐야 문제를 해결할 수 있다고 생각했다. 당사자인 원폭 환우 2세들이 직접 나서야 한다고 생각했다. 그는 병약한 몸을 이끌고 합천으로 평택으로 쫓아다니며 환우회를 조직했다. 처음에는 단 두 명으로 시작했지만 그가 전국을 다닌 덕분에 환우회 회원은 60명 이상으로 늘어났다. 그는 환우회를 조직하는 동시에 원폭특별법을 제정하기 위해 동분서주했다. 원폭특별법 제정이야말로 원폭 환우들의 인권을 보장할 수 있는 최선의 방법이라고 생각했다. 원폭 문제의 원인은 애초에 개인의 문제가 아니라 역사의 문제, 국가 간의 문제에 있었기 때문이었다. 개인이 결코 해결할 수 있는 문제가 아니라 국가가 나서서 책임지고 해결해야 하는 문제였던 것이다.

인간은 단 한순간도 육체에서 놓여날 수 없는 물질적인 존재이다. 생명을 가진 것들이 그러하듯 유리그릇처럼 쉽게 깨지는 연약한 존재이다. 발에 박힌 작은 유리조각 하나에도 긁힌 상처 하나에도 손톱 밑에 박힌 가시 하나에도 못 견디는 것이 인간이다. 아무리 강한 정신력을 가진 사람도 고문을 가하면 필생의 신념과 의지를 휴지조각처럼 버릴 수밖에 없는 것이다. 정신은 육신의 고통이라는 그물에 포박당할 수밖에 없다. 육체라는 집을 가진 인간의 숙명인 것이다.

처음 태어났을 때부터 다 부서져가는 생존의 집을 갖고 태어난 것은 얼마나 가혹한 일인가. 그는 단 하루도 육신의 고통으로부터 자유롭지 못했다. 바람만 불어도, 비만 몰아쳐도 금방 부서질 집이 그에게 허락된 유일한 집이었다. 다 무너져가는 생존의 집으로는 감당하기 힘들었던 것일까. 병약한 몸으로 짊어지기엔 역사의 짐이 너무나 무거웠던 탓일까. 그는 붉은 동백꽃잎이 뚝 떨어지듯 35세라는 젊은 나이에 스러졌다.

고추냉이는 좁쌀보다 더 작고 초라한 꽃을 피우지만 어디에 뿌리를 내리건 혼신의 힘을 다해 꽃을 피운다고 한다. 그 작은 꽃 한 송이를 피우기 위해 그는 다 부서진 육체로 혼신의 힘을 다해 꽃을 피워냈다. 그 한 송이 꽃을 피워내기 위해 마지막 남은 생명의 불꽃까지 남김없이 태웠다. 그는 매 순간 순간 모든 것을, 하나밖에 없는 생명을 걸었다. 피와 눈물과 땀과 온몸의 즙액을 다 짜내었다.

온 우주와도 바꿀 수 없는 것이 한 명의 목숨이다. 단 하나밖에 없는 목숨을 평화의 제단에 남김없이 바치고 떠난 사람이 그

흉터의 꽃

였다. 비록 다 부서져가는 육체의 집을 가졌으나 그 안에 깃들었던 정신은 그 무엇으로도 무너뜨릴 수 없을 만큼 크고 강했다. 그가 생명을 바쳐 피워낸 작은 꽃이 온 세상으로 퍼져나가고 있었다.

그의 이름은 바로 김형률이었다.

이 사람이다

새벽부터 겨울비가 추적추적 내리고 있었다. 빗소리에 잠을 깬 을선은 옆에 누워 있는 아이를 폭 껴안았다. 아이가 이상했다. 섬뜩한 기운이 등골을 타고 흘렀다. 아이의 몸이 차갑고 뻣뻣했다.

"서, 선우야!"

을선의 비명이 집 안의 새벽공기를 찢어놓았다. 소리를 들은 식구들은 잠이 확 달아난 얼굴로 을선이 있는 방으로 뛰어들었다. 을선이 선우를 안고 미친 듯 울부짖고 있었다.

"선우야! 와 이라노? 선우야! 지발 눈 좀 떠봐라!"

"와 이카노?"

내천댁이 을선이 안고 있는 아이를 홱 빼앗아 안았다.

"이, 이, 이 아가 와 이카노? 우리 선우가 와 이카노? 이기 무슨 일이고?"

아이의 작은 몸은 축 늘어지고 얼굴은 시퍼렇게 변해 있었다. 강순구와 분희와 태용이까지 방 안으로 들어와 죽은 아이를 만져보고는 넋이 나갔다. 내천댁은 아이를 안고 까무러치고 말았다.

"어무이, 어무이, 와 이러십니꺼?"

흉터의 꽃

태용과 분희가 내천댁을 흔들었다. 강순구는 아이를 안고 한참 내려다보았다. 강순구의 얼굴이 무섭게 일그러졌다. 을선은 가슴을 쥐어뜯으며 울다가 아이를 꼭 끌어안았다. 아이의 얼굴에 을선의 눈물이 쉴 새 없이 떨어졌다. 아이는 한 며칠 열이 나고 콧물이 나고 감기를 앓긴 했어도 낮에는 잘 놀았다. 이제 한 발 한 발 발걸음을 내딛으며 까르르 웃음을 터뜨리던 아이를 보고 다들 박수를 쳤다. 어른들의 얼굴에 드리워 있던 그늘을 일시에 싹 걷어내주던 아이였다. 세상의 그 어느 빛보다 더 눈부셨던 아이가 하루아침에 죽어버릴 줄 누가 알았겠는가. 아이를 끌어안고 소리 내 울지도 못하고 눈물을 줄줄 흘리고 있는 을선을 보고 태용은 소매로 눈물을 훔치고 분희도 울었다.

  "태용아."

  강순구가 돌아서서 우는 태용을 불렀다.

  "예."

  "재 너머 신촌에 가서 느거 형 데리고 오이라."

  "예."

  태용이 눈물을 훔치며 신촌에 일을 하러 간 태수를 데리러 집을 나서고 분희는 기절한 내천댁의 팔다리를 주물렀다. 내천댁이 눈을 번쩍 떴다. 내천댁은 아이를 안고 있는 을선에게 달려들었다.

  "이년아! 천금 같은 내 손자가 죽었는데 니는 와 안 죽고 살아 있노? 이 재수 없는 년아, 죽어라!"

  을선은 내천댁이 머리를 쥐어뜯고 때리건 말건 몸을 내맡기고

만 있었다. 분희는 소름이 돋았다. 친정엄마의 말투가 시어머니의 말투와 너무나 흡사했기 때문이었다. 이 재수 없는 년아, 죽어라. 그 말이 마치 자신에게 퍼붓는 말인 것만 같았다. 그 말은 바늘처럼 심장 속으로 파고들었다. 바늘에 찔려 가슴속에 피가 철철 흐르는 것만 같았다.

"이기 뭐하는 짓이고! 그만두지 못하겠나!"

강순구는 내천댁을 을선에게서 떼어냈다. 내천댁은 발버둥을 치며 소리소리를 질렀다.

"우리 집에 망쪼가 들었다. 아이고! 아이고!"

강순구가 내천댁을 들다시피 해서 밖으로 끌고 나갔다. 내천댁은 마당을 굴러다니며 통곡했다. 을선은 죽은 아이를 안은 채 목석이 된 것처럼 꼼짝 않고 앉아 있었다.

태용의 기별을 받고 태수가 헐레벌떡 집으로 뛰어들었다. 태수의 얼굴은 지옥을 맛본 사람처럼 무섭게 일그러져 있었다. 강순구는 뒷짐을 지고 비를 그대로 맞으며 산만 올려다보았다. 태수는 방문을 벌컥 열었다. 을선은 머리가 수수범벅이 된 채 아이를 안고 눈물을 줄줄 흘렸다. 태수는 아이를 와락 낚아챘다. 아이의 몸이 뻣뻣했다. 믿을 수 없었다. 며칠 전 일을 하러 가기 전만 해도 방긋방긋 웃으며 그토록 생기 있던 아이가 하루아침에 죽어버리다니 무서운 악몽을 꾸는 것만 같았다.

"으으으!"

태수는 터져나오는 비명을 목구멍 속으로 밀어넣었다. 을선은 태수에게서 아이를 받아 와락 껴안았다. 태수는 아이를 다시 빼

흉터의 꽃

앗았다. 태수를 바라보는 을선의 눈빛에는 제발 아이를 데려가지 말라는 간절한 말이 담겨 있었다. 태수는 을선의 눈빛을 외면했다. 을선은 아이를 향해 손을 뻗쳤지만 태수는 뒤돌아 앉아서 아이를 포대기로 감쌌다. 죽은 아이를 거적때기에 말아서 안고 삽 한 자루를 들고 산으로 올라가는 태수의 등 뒤에 을선의 통곡이 한참 뒤따랐다. 제 아이를 묻으러 가는 젊은 아비의 어깨 위에 겨울비는 멈추지 않고 내렸다.

분희는 미음을 끓였다. 친정으로 온 뒤 처음으로 부엌에 들어온 것이었다. 아이를 잃고 사흘째 아무것도 입에 대지 않고 누워 있는 올케를 그냥 두고 볼 수가 없었다. 저러다 올케마저 잃을 것 같았다. 대접에 미음을 뜨고 종지에 조선간장을 담아 소반에 차렸다. 방문을 열자 을선이 퀭한 눈으로 분희를 쳐다보았다. 을선은 힘겹게 몸을 일으켰다.

"올케, 이것 좀 먹자."

"……"

"사흘 동안 아무 것도 입에 안 넣고 우짜노?"

"……"

분희는 을선의 손을 잡고 가만히 쓸어주었다.

"먹기 싫어도 한 입만 떠봐라."

분희는 을선에게 숟가락을 쥐어주었다.

"선우도 엄마가 이렇게 기력을 잃고 슬퍼하는 거 안 원할 기다."

분희는 을선이 숟가락을 들지 않자 미음을 떠서 을선의 입 가까이 갖다 댔다. 을선은 고개를 돌려버렸다. 미음이 주르르 흘러내려 을선의 옷에 묻었다. 눈에서는 눈물이 뚝뚝 떨어졌다.

"올케, 그 마음 안다. 내도 그런 일이 있었다. 첫 아를 낳았는데, 죽은 아가 태어났다. 그래서 죽을라꼬 벼랑 위에 올라가서 뛰어내린 일이 있다."

"……?"

을선은 놀란 얼굴로 분희를 보았다.

"그런데 사람 목숨이 그래 질긴지 안 죽고 살았다. 살아난 기더 지옥 같았다. 그냥 원폭이 떨어질 때 죽어버렸다면 좋았을 긴데…… 내 뱃속에서 살다간 그 아를 안 직있을 텐데 온갖 생각이 다 들더라. 올케는 내보다 더할 끼라. 그래 이쁘게 잘 크던 아가 죽었으이…… 울매나 눈에 밟히겠노? 내보다 백배 천배는 가심이 더 찢어질 기라. 내 그 맘 다 안다."

분희는 을선을 끌어안고 등을 토닥거렸다. 아이를 잃은 두 여자가 끌어안고 한참 동안 소리 죽여 울었다.

집 안은 뒤숭숭했다. 강순구는 말없이 대나무 소쿠리만 만들었다. 날만 새면 동네 마실을 나가던 내천댁도 머리를 싸매고 드러누웠다. 그러다 을선의 얼굴만 보면 잡아먹을 듯 윽박지르는 게 일이었다. 태수는 아이를 묻고 와서 신촌에 일을 하러 가지도 않고 술만 퍼마셨다.

젖이 불어 앞섶이 축축하게 젖어 있었지만 을선은 전혀 알아채지 못했다. 젖이 흘러내리는데도 을선은 아궁이 앞에서 불을 지폈다. 불똥이 을선의 치맛자락에 튀었다.

"올케!"

분희가 소리를 지르며 부엌으로 뛰어들었다. 을선의 치맛자락에 붙은 불똥을 급히 털어냈다.

"올케, 큰일 날 뻔했다 아이가? 제발 정신 차리라."

분희가 을선을 보고 안타까운 얼굴로 말했다.

"야! 이년아!"

술을 마시고 들어온 내천댁이 을선에게 달려들어 다짜고짜 머리카락을 집어 뜯기 시작했다.

"이년아! 눈에 넣어도 안 아푼 내 손주 선우 살리내라. 천금 같은 내 손주 직이놓고 오데 낯짝을 쳐들고 살아 있노! 죽어라, 이년아! 내 니 처음부터 재수 없는 년인 줄 알고 있었다. 눈 밑에 점이 있는 팔자 씬 년이 뭔 재수가 있을 끼고?"

내천댁은 을선의 눈밑에 있는 팥알만 한 점까지 트집을 잡았다. 분희는 내천댁이 을선에게 욕을 퍼부을 때면 심장이 옥죄어들었다. 을선은 내천댁에게 머리를 쥐어뜯기면서도 꼼짝도 않고 몸을 내맡기고 있었다. 태용이 뛰어들어 내천댁을 을선에게서 떼놓았다. 분희와 태용이 내천댁을 방으로 떠밀고 들어갔다.

봉두난발이 된 머리를 매만진 을선은 부엌으로 들어가 보리쌀을 씻어 솥에 안쳤다. 성냥을 탁 켜고는 마른 솔잎에 불을 붙였다. 부지깽이로 솔잎을 아궁이로 밀어넣었다. 불이 활활 타올랐다. 을선은 저도 모르게 등을 추슬렀다. 등이 허전했다. 울음이 터져나와 주먹으로 입을 틀어막았다.

칠흑같이 어두운 밤이었다. 바람이 거세게 불었다. 머리를 풀어 헤친 처녀귀신처럼 대숲이 이리저리 흔들렸다. 집을 빠져나온 을선은 몽유병에 걸린 사람처럼 휘적휘적 걸었다. 잠을 이루지 못하고 뒤척이던 분희는 올케의 방문이 열리는 소리를 들었다. 미친 여자처럼 강을 향해 휘적휘적 걷고 있는 올케를 차마 부르지도 못하고 그냥 뒤따르기만 했다. 강변 쪽으로 걸어가는 을선을 마을 어귀의 느티나무가 가만히 지켜보고 있었다.

을선의 눈앞에 검은 강이 흘러가고 있었다. 언제 여기 왔는지 아무것도 생각나지 않았다. 강물이 요동치며 흘러가는 강변에서 을선은 참았던 울음을 터뜨렸다. 모래를 흩뿌리며 몸부림을 치며 울었다. 선우야! 선우야! 피맺힌 울음소리가 검은 강 물 위로 떠내려갔다. 을선의 한스러운 울음이 강물이 되어 떠내려갔다.

분희는 집에서는 한 번도 마음 놓고 울어보지 못한 올케가 어두운 강변에서 통곡하는 것을 멀찍이 떨어져서 보고 있었다. 자식을 앞세운 어미의 마음이 어떤지를 잘 알고 있었기 때문에 을선을 지켜보고만 있을 뿐이었다. 머리에서 발끝까지 불에 타들어가는 고통을 매 순간 순간 겪어야만 하는 일이 바로 자식을 잃은 고통이었다. 올케가 저 강물에 모든 한과 설움을 떠내려 보내려면 밤새워 울어도 모자랄 것 같았다. 올케가 분희의 가슴속에서 빠져나오지 못하고 있는 울음의 물꼬를 열어주는 것 같았다. 올케가 자신의 슬픔을 대신 울어주는 것만 같았다. 분희는 강가에서 목 놓아 울고 있는 여자가 올케 을선이 아니라 바로

흉터의 꽃

자신이라는 생각이 들었다. 검은 강은 눈물의 강이었다.

아이가 죽고 태수는 자주 고주망태가 되었다. 태수는 을선에게도 함부로 손찌검을 했다. 술을 마시지 않으면 말이 없는 태수를 보고 다들 점잖다고 했다. 태수는 을선을 미워하는 것도 아니었다. 내천댁에게 구박을 받는 을선을 보면 안타깝고 안쓰러웠다. 하지만 술만 마시고 들어오면 무지막지하게 을선을 때렸다. 을선은 태수의 애꿎은 화풀이 대상이었다.

술은 태수에게 위로였고 삶을 살아가는 이유가 되었다. 술을 마시면 두려움이 가시고 누군가가 푸근하게 안아주는 것만 같았다. 화상을 입은 누이의 참혹한 모습, 원폭으로 폐허가 된 거리, 전쟁터에서 죽어가던 사람들의 모습, 집을 나간 동생 태복이도 잊을 수 있었다. 어린 아들 선우를 제 손으로 묻던 날의 참혹함을 지워버리려고 마시고 또 마셨다. 어떻게든 식구들을 챙기고 먹이고 건사하려는 아버지와 을선에 대한 죄책감을 지워버리려고 술을 마셨다. 두려움과 불안함의 강물에 익사하지 않기 위해 연신 토하고 나서도 마셨다. 맨 정신으로 살 수 없는 두려움 때문에 태수는 술에 온몸을 맡겼다.

대밭에서 불어오는 바람 소리가 분희의 가슴속으로 파고들었다. 댓잎 서걱대는 소리가 가슴 깊은 곳에서 들려오는 것 같았다. 가슴에 무거운 돌덩이를 올려놓은 것처럼 숨을 쉬기가 힘들었다. 원폭의 검은 그림자는 검은 휘장처럼 집에 드리워져 있었다. 원폭 때문에 억울하게 죽은 이들이 원한에 찬 귀신이 되어 식구들과 같이 살고 있는지도 몰랐다. 원폭의 검은 손아귀는 너무나 거대했다. 그 손바닥을 벗어나는 일은 꿈도 꿀 수 없었다.

식구들의 불운은 다 자신 때문이라고 분희는 생각했다. 가는 곳마다 불운을 몰고 다니는 재수 없는 년이 바로 자신이었다. 재수 없는 년! 도깨비 같은 년! 귀신 같은 년! 시어머니와 남편이 윽박지르던 소리가 귀에 쟁쟁했다. 친정엄마 내천댁이 며느리에게 재수 없는 년이라고 할 때마다 가슴이 덜컥 내려앉았다. 재수 옴 붙은 년인 내가 안 돌아왔으마 아깝고도 아까운 선우도 안 죽었을 끼데, 태수도 술주정뱅이가 안 됐을 끼데, 올케도 태수한테 안 맞고 살 낀데, 어쩌면 태복이도 안 나갔을 낀데. 이 일을 우야마 좋을 끼고? 모든 게 제 탓인 것 같았다. 분희는 한숨을 길게 내쉬었다. 태수에게 맞아 멍이 가시지 않는 올케를 볼 면목이 없었다. 그 다정다감하던 태수가 여자를 패는 무지막지한 남자로 변한 것을 볼 자신이 없었다.

친정 식구들을 살리기 위해서는 한 가지 방법밖에 없었다. 집 안에 불운을 끌어들이는 존재인 자신이 사라지는 길뿐이었다. 불운을 몰고 다니는 사람은 거대한 자석처럼 불운을 끌어들이게 마련이었다. 한 발만 내딛으면 눈앞이 바로 천 길 낭떠러지였다. 이 얼굴로 집밖을 나서면 곧바로 낭떠러지 아래로 추락해 산산조각 날 것임을 알고 있었다. 하지만 제가 살자고 식구들을 구렁텅이에 빠트려서는 안 될 일이었다. 분희는 방문을 열고 하늘을 올려다보았다. 별 하나 보이지 않는 캄캄한 하늘을 올려다보며 깊은 숨을 내쉬었다.

흉터의 꽃

분희가 집을 떠날 결심을 굳히고 있을 때였다. 분희를 만나기 위해 하곡리로 바삐 걸어오고 있는 남자가 있었다. 바로 동철이었다.

서울에서 합천으로 돌아오고 나서 동철은 다시 목수 일을 시작했다. 아버지는 동철이 합천으로 돌아온 그 이듬해 세상을 떠났다. 아버지마저 돌아가시고 나자 동철은 정신이 번쩍 들었다. 아버지의 병수발을 하다 늙고 지쳐버린 어머니의 모습이 비로소 눈에 들어왔다. 그런 어머니에게 어미도 없는 어린 손자까지 떠맡기다니 이런 불효가 없었다. 작은아버지는 마음잡고 일하겠다는 동철을 군말 없이 다시 받아주었다. 목수 일을 다니며 경상도 구석구석을 떠돌아 다녔다. 절집도 짓고 기와집도 짓고 사당도 짓고 축사도 짓고 각종 공사에 불려 다녔다.

분희가 시집간 동네 근처에도 집을 지으러 간 적이 있었다. 분희의 동네까지 찾아갔다가 하릴없이 마을만 빙빙 돌고 온 적도 몇 번 있었다. 동네 밖 출입도 일절 하지 않는지 분희의 그림자도 찾을 수 없었다. 홍연에게 호되게 데인 바람에 세상 모든 여자들에게 만정이 떨어졌으나 분희만은 달랐다. 눈처럼 순결한 첫 마음을 아낌없이 주었던 그리운 이름. 숨이 멎는 마지막 순간까지 못 잊을 이름이었다.

동철은 하곡리 옆 동네 기리에서 사당 공사를 하고 있었다. 일을 마치고 주막으로 막걸리를 마시러 갔다. 술을 마시던 남자들은 하곡리에 사는 여자 하나가 시집을 갔다가 소박을 맞고 돌아왔더라는 이야기를 하고 있었다. 대수롭지 않게 듣던 동철은 그 여자가 문둥병 환자처럼 집밖 출입도 전혀 안 하고 있는 여자라는 소리를 듣고 신경을 곤두세웠다. 그 여자는 홀아비에게 시집을 갔다가 소박을 맞고 쫓겨 왔다고 했다. 혹시 분희가 아닐까. 일본에서 원폭을 맞고 화상을 심하게 입은 여자라고 했다. 아, 분희가 분명했다. 그 말을 듣는 순간 대나무가 쩍 갈라지듯 온몸이 쪼개지는 것 같았다. 분희, 다시는 못 불러볼 이름인 줄로만 알고 있었는데 분희가 다시 친정으로 돌아왔다는 것이었다. 분희와 이어진 끈이 영원히 끊어진 줄 알고 서울로 떠나지 않았던가. 서울에서 홍연을 만나 배신을 당하고 아들 창호를 안고 내려왔던 일이 실제로 일어났던 일이 아니라 꿈속에서 벌어졌던 일만 같았다. 한바탕 이상한 꿈을 꾼 것이라고 믿고 싶었다.

꿈에도 생각지도 못한 일들이 일어나는 것이 바로 삶이었다. 원자폭탄이 터질 줄을 누가 상상이나 했던가. 내일 어떤 일이 생길지도 모르는 것이 사람 일이었다. 아니 지금 당장 어떻게 될지도 모르는 것이 사람 일이었다. 당장 분희를 만나야 했다. 어떤 일이 있어도 분희의 손을 다시 잡아야만 했다. 지금 당장은 하늘이 무너진다 해도 분희를 만나야 했다. 어쩌면 분희를 다시 만나기 위해서 그 많은 일들을 겪었던 것이 아니었을까. 홍연을 만나 배신을 당하고 합천으로 돌아오게 된 것도 분희를 다시 만나기 위해서가 아니었을까. 분희가 소박을 맞고 친정으로 돌아온 것도 인연의 끈이 이어지기 위해서가 아니었을까. 더 기다리고 말고 할 것도 없다는 생각이 들어 동철은 곧바로 분희를 찾아 하곡리로 향했다.

흉터의 꽃

"계십니까?"

난데없는 남자의 굵직한 목소리가 밤공기를 흔들었다. 다들 놀란 얼굴로 방문을 열고 마당을 내다보았다. 건장한 남자 하나가 달빛을 등지고 마당에 서 있었다.

"누군교?"

강순구가 사랑방에서 나오며 남자에게 물었다.

"아재요! 저 모르겠십니꺼? 동철입니더."

"뭐? 동철이라꼬?"

강순구의 눈이 화등잔 만해졌다. 밖에서 들려오는 소리에 귀를 기울이던 분희는 심장이 튀어나올 것 같았다. 비명이 나올 것 같아 입을 틀어막았다. 동철이라니. 말도 안 되는 일이었다. 오밤중에 난데없이 나타난 남자가 자신이 바로 동철이라고 말하고 있었다. 마치 죽은 사람이 살아온 것 같았다. 당장 뛰어나가 동철이 맞는지 확인하고 싶었다.

"저희 아부지 아시지예? 삼가에 살던 박, 영 자, 식 자 되는 분 말입니다. 히로시마에서 내천 아지매 식당에 자주 갔다 아입니꺼? 그동안 잘 지냈십니꺼?"

"자네가 참말로 박영식이 아들 동철이라꼬?"

강순구의 목소리가 커졌다.

"이 총각이 동철이 총각이라꼬예? 참말로 동철이 총각 맞나? 못 알아보겠데이."

내천댁의 놀란 목소리도 들렸다. 다 죽어가던 자신을 임시진료소에 업어다 놓고 사라진 동철이 이렇게 14년 만에 나타날 줄은 꿈에도 몰랐다. 분희는 당장 문을 열고 나가 동철에게 어떻게 된 일이냐고, 그동안 어떻게 지냈느냐고 묻고 싶었다. 분희는 방 안에서 안절부절못하고 앉았다 섰다 했다.

"시상에! 그래 그동안 우예 살았노? 그건 그렇고 우리 동네는 우짠 일이고? 이 밤에 무슨 일이고? 아이다. 이럴 기 아이라 방에 들어가서 이야기하제이."

"예!"

동철은 강순구를 따라 방으로 들어갔다. 잠시 뒤에 강순구가 분희를 불렀다.

"분희야, 여 좀 건너온나."

가슴이 철렁했다. 동철이 보고 싶어 심장이 터져버릴 것 같았지만 이 흉측한 얼굴로 그의 앞에 나서는 것이 두려웠다. 입안이 바짝바짝 마르고 등에 식은땀이 흘렀다.

"분희야, 뭐하노? 여 좀 와보라 케도."

"예."

분희는 아버지의 성화에 건너가보지 않을 수 없었다. 아버지의 방으로 건너가니 동철이 돌아보았다. 동철을 마주 쳐다볼 수가 없었다. 뜨거운 화로가 얼굴에 와닿는 듯했다. 심장이 쿵쾅거리고 얼굴이 홧홧해졌다. 분희는 고개를 푹 숙이고 자리에 앉았다.

"분희 니, 동철이 알제? 히로시마서 살 때 동철이 아버지하고 동철이도 자주 밥 묵으러 오고 안 그랬나? 니를 구해준 것도 동철이 아이가? 동철이가 니가 친정에 와 있다는 소식을 듣고 꼭

니를 한번 보고 싶어서 왔다 안 카나?"

"……"

분희는 몸을 한껏 웅크리며 동철을 외면했다. 입안에 침이 마르고 숨을 쉬기도 힘들었다.

"아재요, 지가 다짜고짜 이런 말해도 될란가 모리겠는데…….
지가 이 밤에 찾아온 거는 다른 기 아이고 분희 때문입니다. 분희하고 같이 살고 싶습니다."

"지금 뭐라 켔노?"

강순구의 눈이 휘둥그레졌다. 동철의 말에 분희는 놀라서 저도 모르게 고개를 번쩍 들었다. 두 눈길이 14년의 시간을 건너뛰어 멈칫거리다 아프게 부딪쳤다. 놀람과 슬픔과 반가움과 안타까움이 섞인 눈빛으로 동철이 분희를 쳐다보았다.

"자네, 정신이 있나 없나?"

"정신 멀쩡합니다. 이렇게 갑자기 나타나서 다짜고짜 분희하고 살겠다고 하면 미친놈이라고 하시겠지만 지는 분희한테 장개들겠다고 어릴 때부터 마음묵고 있었십니다."

"분희 얼굴 한번 봐라. 분희가 원폭 때문에 저래 된 거 보이제?
분희가 한번 시집갔다가 실패한 것도 알고 있다 했제?"

"시집을 갔거나 말았거나, 흉터투성이거나 말거나, 지한테는 분희는 그냥 분힙니다. 그카고 지도 다섯 살짜리 아가 하나 있습니더."

심장이 철렁 내려앉았으나 분희는 여전히 고개만 수그리고 있었다. 아이가 있다니? 동철이 거짓말을 하는 것 같았다.

"아가 있다꼬? 자네 홀애비란 말이가?"

강순구가 눈을 휘둥그레 뜨고 물었다.

"예."

강순구의 표정이 어두워졌다. 이러나저러나 분희는 홀애비하고 살 팔자인가 싶어 한숨이 나왔다.

"그란데, 자네 아까 다리를 절던데 그건 와 그카노?"

"예, 원폭 떨어질 때 발뒤꿈치에 유리파편이 박히갖고 발을 다쳤는데 잘 안 낫습니더."

"자네도 고생이 많았겠다. 자네 맘이야 알겠고, 자네 부친이나 모친이 분희를 마땅치 않게 여길 낀데 그거는 우얄 끼고?"

"아버지는 작년에 돌아가셨습니더. 원폭 때 허리를 심하게 다쳤는데 맨날 누워 계시다가 돌아가셨습니더. 어무이는 무슨 일이 있어도 지가 설득하겠심더."

"그기 오데 숩겠나? 내야 자네를 어릴 때부터 봐왔기 때문에 믿음이 가지만서도 정작 분희 마음이 더 안 중하겄나? 분희야, 니는 우예 생각하노?"

분희는 얼어붙은 듯 꼼짝도 않고 벽만 쳐다보았다. 꿈에서라도 꼭 한번 보고 싶어 하던 동철의 얼굴이 바로 눈앞에 있었다. 먼발치에서라도 한 번만 보면 죽어도 원이 없겠다고 생각했다. 원폭의 지옥에서 죽었다고 생각했던 순간에 기적처럼 나타나 구해준 사람이 바로 동철이었다. 친정집을 떠나려고 마음먹은 마당에 동철이 나타나리라고는 꿈에도 생각지 않았다. 그는 또다시 아득한 벼랑 아래로 떨어지고 있는 순간에 내밀어진 구원의

흉터의 꽃

밧줄이었다. 그 밧줄을 움켜쥐고 싶었다. 하지만 그 밧줄은 잡아서는 안 되는 밧줄이었다. 만약 그 밧줄을 잡는다면 동철마저도 함께 낭떠러지 아래로 떨어지게 만들지도 몰랐다. 동철을 살리기 위해서라도 그 밧줄을 잡아서는 안 되었다.

"아마도 곽중에 나타나서 지한테 시집오라는 말을 해갖고 분희가 놀란 모양입니더."

"아부지, 말도 안 됩니더. 지는 동철이 오라버니한테 못 갑니더. 그런 줄 아시이소."

분희가 못을 박듯 말하자 강순구와 동철은 놀란 얼굴로 분희를 쳐다보았다. 강순구의 얼굴에 실망의 빛이 역력했다.

"니 맴이 그렇다면 할 수 없는 일 아이겠나? 혼사 문제를 쉽게 정할 수는 없는 일이고…… 동철이 자네 마음은 알겠지만 분희 생각도 있고 하니 천천히 의논하도록 하마 안 되겠나."

"아재요, 잠시 분희랑 이야기 좀 하마 안 되겠습니꺼?"

강순구는 동철의 말에 고개를 끄덕이고 사랑방 문을 열고 밖으로 나갔다. 방 안의 공기가 어색하기 짝이 없었다. 분희는 목이 바짝바짝 타들어갔다. 심장이 두방망이질하는 소리가 귀에 들리는 것만 같았다.

"분희야! 니는 그동안 내 한 번도 안 보고 싶었더나?"

분희는 목이 메어 동철의 얼굴을 쳐다볼 수도 대답을 할 수도 없었다. 대답을 하는 즉시 동철의 목소리가 사라지고 눈빛이 사라지고 얼굴이 사라지고 몸이 연기처럼 사라져버릴 것만 같았다. 동철의 이름은 그리움과 원망의 다른 이름이기도 했다. 만약 동철이 그때 살려주지 않았더라면, 그냥 지나쳐갔더라면 화상 입은 끔찍한 얼굴로 구차하게 살아가지도 않았을 터였다.

"나는 옛날의 내가 아이다."

분희의 말투는 얼음처럼 냉랭했다.

"와? 몸이 이래 됐다고 분희 니가 딴사람이라도 되었단 말이가? 니가 흉터투성이라도 내한테는 분희 맞다."

"내는 오라버니가 참말로 원망스러웠다."

동철의 눈이 커졌다.

"그때 내를 살려주지만 않았더라도 내가 이 꼴로 안 살았을 낀데 싶어 원망 많이 했다. 내를 그때 와 살리냈노? 그냥 내버려 두지."

"분희야."

동철은 안타까운 얼굴로 분희를 쳐다보았다.

"안다. 다 안다. 니가 울매나 힘들게 살았시마 그런 소리를 하겠노."

분희는 애써 참고 있는 눈물이 나올 것 같아 더 모질게 말했다.

"내는 오라버니한테 시집 안 간다. 빨리 가라. 오라버니 꼴도 보기 싫다. 가란 말이다!"

동철이 분희의 손을 와락 잡았다. 분희는 손을 힘껏 뿌리쳤다.

"분희야, 니는 누가 뭐라 캐도 내 색시데이."

그 말 한마디에 위태위태하던 울음의 둑이 순식간에 무너져 버렸다. 니는 누가 뭐라 캐도 내 색시데이, 하는 동철의 말이 너

228   흉터의 꽃

무 따뜻해 그의 어깨에 기대어 펑펑 울고 싶었다. 이 말 한마디를 다시 듣기 위해서 그 모진 세월을 건너왔다는 생각이 들었다. 다 말라 죽어가던 가슴 속 꽃나무 한 그루가 순식간에 되살아났다. 동철이 분희를 으스러져라 끌어안았다. 동철의 눈에서도 뜨거운 눈물이 흘렀다. 다시는 분희의 손을 바보같이 놓치지는 않겠다고 생각했다. 분희는 처음으로 간절하게 살고 싶다는 생각을 했다.

"니 뭐라 켔노?"

덕곡댁이 동철을 사납게 노려보았다. 눈에서 불똥이라도 튀는 것 같았다.

"분희한테 장개가겠다 이 말이라요."

"니가 정신이 있나 없나? 한번 시집갔다가 소박맞고 온 여편네를, 그것도 원폭 맞은 여편네한테 장개가겠다꼬? 내 눈에 흙이 들어가기 전에는 그 꼴 못 본다."

"분희가 원폭을 맞고 싶어서 맞았능교? 원폭 맞은 인간은 인간도 아인교? 내도 원폭 맞아서 절뚝거리는 다리 빙신인데 와 그카요? 그카고 아도 딸렸는데. 엄마가 뭐라 캐도 내는 분희한테 장개갈 끼라. 그런 줄 아소."

동철은 두문불출하고 집에 드러누웠다. 일도 나가지 않고 음식도 입에 대지 않았다. 저러다 자식 죽이겠다 싶어 덕곡댁은 몸이 달았다. 늘 믿고 의지하던 시동생을 찾아가서 동철이 일을 의논했다. 시동생은 동철이 마음을 잡게 하려면 원대로 해주는 수밖에 없다며 결혼을 허락해주라고 했다. 동철이 혼자 홀애비로 사는 것보다는 낫지 않겠느냐는 말에 덕곡댁은 억지로 고개를 주억거렸다. 자식 이기는 부모 없다는 말은 틀리지 않았는지 덕곡댁은 결국 동철의 고집을 꺾지 못했다.

동철은 번듯하게 혼례를 올리고 싶어 했지만 분희는 극구 반대했다. 화상을 입은 얼굴을 동네 사람들에게 보여 입방아에 오르내리고 싶지 않았다. 작은 보퉁이 하나만 안고 밤이 되어서야 동철의 집에 들어갔다. 처음 보는 시어머니에게 큰절을 올릴 때 분희는 몸을 떨었다. 시어머니라는 사람들은 존재 자체만으로도 심장을 얼어붙게 만들었다.

동철과 홍연 사이에 태어난 아이, 창호는 다섯 살이었다. 분희의 얼굴을 처음 본 창호는 무서운 괴물이라도 마주친 것처럼 비명을 질렀다. 창호는 분희를 끔찍하게 싫어했다. 분희가 주는 것이라면 뭐든 더럽다고 침을 퉤 뱉거나 집어던지곤 했다. 더 살갑게 대해주려고 애를 썼지만 창호는 분희에게 전혀 곁을 주지 않았다.

공사를 맡으면 동철은 한 달이고 보름이고 집을 비우곤 했다. 동철이 집을 비우면 분희는 시어머니를 대하는 일이 불편하고 어려웠다. 예전 시어머니에게 호된 시집살이를 했던 터라 덕곡댁이 구박을 하지 않아도 잔뜩 주눅이 들어 있었다.

한날 덕곡댁은 분희에게 옥색 옥양목 저고릿감을 내놓더니 저고리 한 벌을 지어놓으라고 하고 마실을 나가버렸다. 아득했다. 이쪽 벼랑에서 벼랑 저편으로 건너뛰라고 하는 것만 같았다.

흉터의 꽃

만약 건너뛰지 못하면 벼랑 아래로 떨어져 살아남지 못할 것이라는 시어머니의 엄포처럼 느껴졌다. 분희는 옷감을 앞에 두고 어리둥절하게 앉아 있기만 했다. 아직 제 손으로 한복을 지어본 적이 없었다. 일본에서 육군 피복지창에서 근무할 때 다림질만 했고 쫓겨난 시집에서도 떨어진 옷은 기웠지만 옷을 짓지는 않았다. 예전 시어머니는 재수 옴 붙은 년이 만든 옷을 입으면 재수가 없다고 옷을 지으라고 맡긴 적이 없었다.

분희는 시어머니의 옷이 들어 있는 궤짝 문을 열었다. 흰색 무명 저고리 한 벌이 눈에 띄었다. 저고리를 꺼내 펼쳐들고 뒤집어 보았다. 시어머니가 바느질을 한 재봉선이 보였다. 이대로 하면 되겠구나 싶어 마음이 조금 놓였다. 친정어머니 내천댁이 한복을 만들던 광경을 찬찬히 떠올려보았다. 성격은 괄괄했지만 내천댁은 음식 솜씨 못지않게 옷 짓는 솜씨도 좋은 편이었다. 아버지 옷도 잘 만들었고 분희와 동생들의 옷도 맵시 있게 만들어주었다. 네모난 옷감 위에 시어머니의 저고리를 올려놓고 본을 뜨고 가위로 안감과 겉감을 잘랐다. 잘라둔 겉감과 안감을 겹치고 박음질을 하기 시작했다. 내천댁은 소매 쪽부터 박음질을 했다. 소매부터 바느질을 끝내고 도련에서 섶으로 박음질을 꼼꼼하게 했다. 옆선과 배래 순서로 바느질을 끝내고 나니 그제야 한숨 돌릴 수 있었다. 친정어머니는 뒤집기 전에 곡선 부분에 가위집을 냈다. 분희는 뒤집어서 가위집을 내고 다시 뒤집어서 동정과 깃을 달았다. 어느새 옷 한 벌이 완성되어 있었다. 처음으로 옷을 제 손으로 지었다는 사실이 믿기지 않았다. 시어머니가 원래 입던 저고리와 새로 지은 옷을 겹쳐보니 얼추 크기가 맞았다.

점심때가 되니 시어머니가 돌아왔다. 오자마자 분희가 지어놓은 옷을 이리 뒤집고 저리 뒤집고 했다. 분희는 불호령이 떨어질까 봐 마음이 조마조마했다. 저고리를 살펴보던 시어머니는 한마디 했다.

"굼벵이도 구르는 재주가 있다더니 이만하모 쓸 만하다."

분희의 얼굴에 저도 모르게 미소가 떠올랐다. 시집을 온 후 마음이 처음으로 놓인 순간이었다.

"바느질은 배울 만큼 배웠는가베."

배운 적이 없다고 하려다가 혹시 시어머니 심기를 거스를까 봐 입을 다물었다. 분희는 제 자신이 대견했다. 제 안에 있는 어떤 알지 못하는 힘을 발견한 기분이었다.

분희는 여전히 악몽을 꾸었다. 아직도 원폭의 지옥 속을 헤매는 꿈, 전남편에게 죽을 정도로 두드려 맞는 꿈이었다. 분희는 제가 지른 비명에 놀라서 깨어났다. 동철은 안타까운 얼굴로 분희를 안아주었다. 괜찮다고, 이제는 마음 놓으라고 다독였다.

동철의 집도 분희의 친정집과 마찬가지로 찢어지게 가난했다. 가난했지만 태생적으로 밝고 천진한 동철은 분희를 아껴주었다. 분희의 화상 흉터에 대해서도 전혀 개의치 않았다. 친정 식구들이 안쓰러워하고 걱정해주는 그런 사랑과는 다른 사랑이었다. 친정아버지나 동생 태수는 연민에 가득 찬 눈길로 분희를 바라보았다. 동철이 분희를 보는 눈길은 달랐다. 그저 분희의 존재 자체가 좋아서 못 견디는 그런 눈빛이었다.

"분희야!"

동철이 부르는 소리에 방문을 열고 내다보았다. 마당 한가운데 놓인 지게에 분홍빛 진달래가 한가득이었다. 동철이 진달래를 양손 가득 들고 있었다. 어안이 벙벙한 얼굴로 동철의 얼굴만 쳐다보았다.

"진달래가 참 곱더라. 니 생각이 나서. 줄 거는 없고, 꽃이라도 실컷 보라꼬. 니, 꽃 좋아한다 아이가? 맞제?"

분희는 눈물이 그렁그렁한 얼굴로 고개를 끄덕였다. 동철이 진달래 꽃가지를 분희에게 내밀었다. 꽃 한 송이를 따서 분희의 흉터에 살짝 갖다 댔다. 꽃잎이 흉터에 닿았다. 나비의 날개가 스치는 듯한 기분이 들었다. 분희는 눈을 가만히 감았다. 마치 동철이 흉터에 약을 발라주는 것만 같았다. 꽃으로 만든 약. 동철의 마음으로 만든 귀한 약이었다. 분희는 비로소 온전한 사람이 된 기분이 들었다. 지금 이 순간, 오늘 이 하루면 되었다는 생각이 들었다. 이 사람이면, 이 하루면 충분하다. 살아서 이런 순간을 누릴 수 있다는 것이 믿기지 않았다.

세상 모든 사람들이 외면하고 침을 뱉어도 단 한 사람만 곁에 있어주면 되었다. 튼튼한 울타리가 되어주는 이 사람만 곁에 있어주면 충분했다. 나 같은 여자가 이런 사랑을 받을 자격이 있나 싶었다. 꼭 죄를 받을 것만 같아 두려웠다. 당장 죽는다 해도 여한이 없었다. 벌레만도 못한 취급을 받았던 지난날들의 상처가 조금씩 아무는 것 같았다.

동철의 동네 사람들은 일가친척이 대부분이었다. 동철이 색시라며 데려온 분희를 보고 사람들은 얼굴을 찌푸렸다. 동철에게 대놓고 쓸개 빠진 놈이라고 손가락질을 하거나 미친놈이라고 욕을 하기도 했다. 헛바람이 들어 서울에 갔다가 에미도 없는 새끼를 달고 오더니 이제는 문둥병자보다 더 승악한 여편네를 데려와 산다고 손가락질을 했다. 그러나 동철은 누가 무슨 소리를 해도 눈도 꿈쩍하지 않았다.

　밥을 지으려면 우물에 물을 길러 가야 했다. 마을 한가운데 큰길 앞에 큰 우물 하나가 있었고 백 걸음쯤 떨어진 곳에도 작은 우물 하나가 있었다. 큰 우물을 주로 이용했는데 나물을 씻거나 할 때면 다들 작은 우물을 주로 이용했다. 동네 아낙네들은 분희가 물을 길러 나오면 자기들끼리 눈빛을 교환하며 피하곤 했다. 분희에게 아무도 말을 걸지 않았다. 동네 우물가와 빨래터는 여자들이 세상 근심을 마음 놓고 푸는 곳이었다. 누구는 시집가서 시집살이를 독하게 한다더라, 어느 총각은 어느 마을 처녀를 좋아한다더라, 누구네 집은 시어머니랑 며느리 사이가 안 좋다더라, 누구는 남편에게 맞는다더라, 온갖 이야기가 끊이지 않았다. 여자들의 웃음소리가 와그르르 터지자 우물가는 꽃들이 만발한 꽃밭처럼 보였다. 그 꽃밭에 들어가고 싶었지만 언감생심 꿈도 꿀 수 없는 일이었다. 분희는 동네 우물가나 빨래터에 갈 때는 사람들이 없는 이른 아침이나 늦은 저녁에만 갔다.

　동철은 분희가 동네 사람들 입에 오르내리는 것 때문에 마음이 쓰였다. 동철은 막냇동생이 장가를 가자마자 이사하기로 마

음을 먹었다. 쇠뿔도 단김에 빼랬다고 덕곡댁에게 이사를 하자
는 말을 꺼냈다.

"니가 지금 지 정신이가? 뭐 이사를 가자꼬?"

"어무이도 아부지 따라 일본까지 갔다 아인교? 이사 가는 기
뭐 대수라꼬 그카는교?"

"이 정신 나간 놈아, 내가 이제 죽을 마당에 와 남의 동네 가
서 죽는단 말이고?"

"고마, 이사 가입시더. 저 사람도 이 동네서 사는 기 만만찮을
기고, 딴 동네 가서 살면 사람들 입에도 덜 오르내리고…… 좀
기를 피고 안 살겠능교. 지발, 아들 소원 좀 들어주소 마."

"마누라가 그래 좋나, 이 등신 같은 놈아."

"내 등신 맞다카이. 지발 이사 갑시다."

"니가 저 아랑 살라꼬 마음을 묵었시마 사람들이 뭐라 카던동
눈도 꿈쩍 안 할 배짱이 있어야 되는 거 아이가? 그런 배짱도 없
으민서 와 살라꼬 마음을 묵었더노 이 말이다."

"내야, 그런 맘을 묵었지만 저 사람은 내 믿고 시집온 죄로 온
동네 사람들 입에 오르내리는 기 울매나 힘들 기라요? 이사 지
발 가입시더."

덕곡댁은 이사를 못 가겠다고 버티고 동철은 이사를 가자고
고집을 부렸다. 동철은 이사를 안 가면 앞으로 돈을 벌어도 한
푼도 안 주겠다고 엄포를 놓았다. 결국 동철의 성화에 못 이겨
삼가에서 용주로 이사를 하기로 했다.

이사를 한 집은 동철이 집을 지으러 다니며 봐둔 빈집이었다.

마을과 조금 떨어져 있는 외딴 집이었다. 집 안에 우물이 있어 우물가까지 물을 길러 가지 않아도 되었다. 분희는 우물 앞에 서면 가슴 뻐근하게 뭔가가 가득 차오르곤 했다. 우물에서 물을 길어 쌀을 씻거나 나물을 씻고 설거지를 할 때마다 동철의 마음을 느꼈다. 이 귀한 마음을 받을 자격이 있는가 싶어 목이 메었다. 동철은 마르지 않는 우물 같은 사람이었다. 불의 세월을 건너 비로소 동철이라는 물에 닿았다는 생각이 들었다.

동철은 집 마당에다 꽃을 잔뜩 심었다. 분희가 꽃을 좋아한다는 이유 하나 때문이었다. 덕곡댁은 먹지도 못할 꽃나무를 쓸데없이 심는다고 퉁을 놓았다. 마당에는 노란 황매화와 붉은 모란꽃이 흐드러지게 피어났다. 아침에 일어나 마당으로 나가보면 꽃잎에 이슬이 맺혀 있었다. 햇빛을 받아 눈부시게 반짝거리는 아침 이슬은 그 어떤 보석보다 영롱하고 아름다웠다. 햇빛에 반짝이는 이슬방울을 들여다보며 살아 있다는 것이 얼마나 고마운 일인지를 처음으로 깨달았다. 동철이 곁에 있다는 것이, 살아서 이 아름다운 광경을 볼 수 있다는 것이 눈물겹도록 고마웠다.

흉터의 꽃

다시 피어나는 꽃

겨울이 지나고 봄이 왔다. 산달을 한 달 앞둔 분희의 배는 둥글게 부풀어 올랐다. 아이를 가진 분희의 눈에는 살아 있는 모든 것들이 귀해 보였다. 살아서 고물거리는 생명들을 보면 힘이 났다. 그 어떤 계절보다 봄이 좋았다. 죽음의 검은색을 밀어내고 화사한 생명의 빛깔들이 앞다투어 태어나는 순간은 신비했다. 분희는 돌무더기 틈을 뚫고 나오는 쑥의 여린 잎을 대견한 듯 들여다보았다.

가장 먼저 이른 봄을 알려주는 나무는 생강나무였다. 노란 생강나무 꽃이 피고 산수유 꽃도 노란 천을 펼쳐놓은 것처럼 피어났다. 개나리도 병아리의 입술 같은 노란 봉오리를 내밀었다. 노란색을 보면 저도 모르게 가슴이 설레었다. 동철이 노란 손수건을 처음 건네줄 때의 느낌이 생생하게 되살아나곤 했다. 새색시의 노랑 저고리 같은 꽃들이 피어나고 나면 연분홍 치마 빛깔의 진달래도 양지바른 곳에서 고개를 내밀기 시작했다. 앵두꽃이 피고 복숭아꽃 살구꽃이 앞다투어 피어났다.

꽃들을 바라보면 아무런 상처도 없던 소녀시절로 되돌아간 것만 같았다. 가끔씩 하늘을 올려다보며 시시각각으로 변하는 구름들을 취한 듯 바라보았다. 강물과 나무와 하늘과 풀과 구름과 새들은 오래 눈을 맞추어도 얼굴을 돌리지 않았다. 분희가 고개를 숙이지 않아도 되었다. 밭두렁에 피어 있는 노란 민들레와 꽃다지 무더기를 눈길로 쓰다듬듯 바라보며 분희는 뱃속의 아이가 무사히 태어나기를 빌고 또 빌었다.

설거지를 하고 있는데 아랫배에 진통이 오기 시작했다. 덕곡댁은 아이를 받을 준비를 했다. 분희는 이를 악물고 진통을 참느라 애를 썼다. 혹시나 지난번처럼 아이가 잘못되지나 않는가 하는 두려움이 엄습했다. 입덧이 시작되고 나서부터 단 하루도 마음을 졸이지 않은 날이 없었다. 딸이고 아들이고 상관없었다. 오로지 건강한 아이만 태어나는 것이 소원이었다. 두려움 때문에 온몸이 뻣뻣하게 경직되었다. 덕곡댁이 힘을 주라고 소리를 질렀다. 한참 용을 쓰자 아기가 빠져나오는 듯한 느낌이 들었다. 마지막으로 있는 힘껏 아랫배에 힘을 주었다. 아이가 겨우 빠져나오자 온몸의 힘이 쭉 빠졌다. 아이의 울음소리를 듣자 아, 살았다 소리가 절로 나왔다.

"아이고, 기집아네."

시어머니의 실망한 목소리가 들렸다. 그래도 시어머니는 미역국을 끓여주고 며칠간 산후 조리도 해주었다. 눈물이 날 정도로 고마웠다. 아들이 데려온 귀신 같은 여자 때문에 졸지에 이사까지 하는 바람에 심통이 날 만도 한데 덕곡댁은 크게 내색하지 않았다. 며느리를 구박하면 분희를 제 목숨보다 아끼는 동철의 마음이 찢어진다는 것을 알고 있기 때문이었다.

동철은 아이의 이름을 인옥이라고 지었다. 분희는 작은 손발을 끊임없이 버둥거리며 고물거리는 아이를 들여다볼 때마다 가슴이 저릿했다. 새까맣고 동그란 눈으로 어미의 얼굴을 빤히 올려다보는 어린것이 눈앞에 있었다. 이 아이가 흉터투성이 자신의 몸에서 나왔다는 것이 믿기지 않았다. 아이를 볼 때마다 자신이 새로운 몸을 얻어 다시 태어난 기분이 들곤 했다. 손쓸 데 없이 부서지고 망가진 몸을 버리고 완벽하게 새 몸을 얻은 것만 같았다. 처음에는 만지기도 아까웠다. 발가락, 손가락, 보드라운 볼을 쓰다듬고 쓰다듬었다. 아이의 몸에서 나는 시큼한 젖냄새마저 향기로웠다. 세상 그 어떤 꽃보다 귀한 꽃. 불타버린 나무에서 기적처럼 피어난 꽃 한 송이였다.

돌을 앞두고 아이의 온몸에 울긋불긋 발진이 돋기 시작했다. 아이는 가려운지 밤새도록 긁어댔다. 그 조그만 손으로 손이 닿는 곳은 다 긁어대며 울었다. 수포가 점점 커졌다. 아이가 긁어댄 곳은 진물이 줄줄 흐르고 살이 짓물렀다. 아이가 긁지 못하도록 얼굴만 내놓고 온몸을 천으로 감싸서 묶어두었다. 마치 고치 속에 아이를 넣어둔 것 같았다. 아이는 긁고 싶어서 목을 이쪽저쪽으로 비틀며 괴로운 듯 발버둥을 치며 울었다. 그 꼴을 보고 있자니 심장을 칼로 저미는 듯했다. 아이의 여린 피부는 짓물러서 조금이라도 누르면 살갗이 툭툭 터질 것 같았다.

한날 마을의 노파가 덕곡댁이 집을 비운 줄 모르고 찾아왔다. 창호를 데리고 덕곡댁은 시동생 집에 간 지 닷새째였다. 노파는 아이를 보더니 혀를 끌끌 찼다. 노파는 분회에게 아이 엄마의 똥을 구워 바르면 낫는다는 말을 했다. 구역질이 나왔다. 어떻게 저 어린것의 몸에 더러운 똥을 구워 바른단 말인가. 하지만 지푸라기라도 붙잡아보고 싶은 심정이었다. 아이의 병을 고칠 수 있다면 더한 짓이라도 할 수 있을 것 같았다.

새까맣게 탄 똥은 생각보다 냄새가 역하지 않았다. 불에 구운 똥을 차돌로 콩콩 찧었다. 숯가루같이 변한 똥은 검은 고약처럼 보였다. 아이의 몸에 바르기 쉽게 그릇에 물을 몇 방울 떨어뜨려 나뭇가지로 곱게 저었다. 발가벗겨놓은 아이의 몸은 눈 뜨고 볼 수 없는 형국이었다. 아이의 몸을 감싼 흰 무명천에 검붉고 누런 진물이 흥건하게 배어 있었다. 깨끗하고 고운 천으로 진물을 닦아내고 검은 가루를 아이의 몸에 골고루 발랐다. 입으로는 나무 관세음을 읊조렸다. 부디 관세음보살님, 이 아이의 목숨을 지켜주이소. 빌고 또 빌었다. 아이의 온몸에 검은 고약 같은 가루를 바르고는 다시 깨끗한 천으로 아이를 감싸주었다. 첫 아이 때와 같은 아픔을 또다시 겪을 수는 없는 일이었다.

한밤중에 집에 온 동철은 아이를 보고는 기겁을 했다. 동철은 아이의 몸에 두른 천을 급하게 벗겨냈다. 진물과 살이 들러붙어 몸에서 천이 떨어지지 않았다. 아이가 자지러지게 울었다.

"아 몸에 붙어 있는 이 시커먼 거는 뭐꼬?"

"영전 할매가 똥을 구워 붙이면 된다 캐서……."

분희는 고개를 푹 숙였다.

"뭐라꼬? 똥을 발랐단 말이가? 니, 아를 직일 뻔했다."

"예?"

"이 어린 얼라한테 똥을 붙이마 우야노? 똥독이 몸에 퍼지마

흉터의 꽃

죽는다."

분희는 머리가 핑 도는 것만 같았다. 가슴을 쳤다. 자칫 잘못
했으면 어미 손으로 아이를 죽일 뻔했던 것이다.

"부스럼에는 뱀딸기 즙이 최고다. 우리 동네 사람들은 옛날부
터 부스럼에 뱀딸기 즙을 발랐다."

"예? 뱀딸기라꼬예?"

뱀딸기는 들에 나가면 지천으로 널려 있었다. 분희는 자리에
서 벌떡 일어섰다.

"오데 가노?"

"뱀딸기 구하러예."

"이 밤에?"

캄캄한 밤이건 아니건 아무 상관이 없었다. 분희는 논두렁으
로 뛰어내려 닥치는 대로 풀을 뜯었다. 논두렁에서 미끄러져 나
락을 심어놓은 무논으로 굴러떨어졌다. 진흙투성이가 되건 몸
이 젖건 아랑곳하지 않았다. 어둠 속에서는 뱀딸기인지 잡초인
지 뭔지 구분이 전혀 되지 않았다. 뭐든 많이 뜯다 보면 그 속에
뱀딸기는 있을 터였다. 잡풀을 한 무더기 뜯어 집으로 달려갔다.
맨손으로 뜯은 잡풀을 한 아름 안고 뛰어 들어오는 분희의 꼴
을 본 동철은 입을 쩍 벌리고만 있었다. 분희는 석유 남폿불 밑
에서 뱀딸기를 몇 줄기 가려내 돌확에 찧어 즙을 냈다. 동철은
물을 데워 아이의 짓무른 몸을 깨끗이 씻기고 물을 닦았다. 짓
무른 살이 터질까 봐 아이를 조심스레 만졌다. 아이를 깨끗한 흰
천 위에 눕힌 후 뱀딸기 즙을 온몸에 골고루 바르고 깨끗한 옷

을 입혔다. 배가 고픈지 입술을 달싹이는 아이의 입에 분희는 젖
을 물렸다.

다음 날 아이를 업고 합천읍내에 있는 병원에 갔다. 의사는
아이의 상태를 보더니 고개를 절레절레 흔들었다. 이 지경이 되
도록 아이를 놔두는 엄마가 세상에 어디 있느냐고 분희를 나무
랐다. 무식한 엄마 때문에 아이가 죽을 뻔했다고 야단을 쳤지만
분희는 아무렇지도 않았다. 아이를 살릴 수 있게 된 것만으로도
눈물이 날 정도로 좋았다. 주사를 맞히고 보름 치 약을 받았다.
약을 먹인 덕분인지 아니면 뱀딸기 즙을 발라서인지 아이의 부
스럼과 종기는 차츰 가라앉았다. 한 달 만에 부스럼은 전부 딱지
가 앉고 더 이상 진물도 흐르지 않았다. 손을 풀어놓아도 아이
는 더는 긁지 않았다.

인옥이 네 살 때 인규가 태어났다. 아이는 유난히 기침이 떨어
지지 않았다. 숨이 넘어갈 듯 기침을 해댔다. 기침을 하다 숨이
멎는 게 아닌지 분희는 가슴이 바짝바짝 타들어가고 심장이 녹
는 듯했다. 기침을 쉴 새 없이 하느라 아이는 비쩍 말라갔다. 다
행히 백일이 지나자 아이의 기침이 저절로 멎었다. 그런데 그게
끝이 아니었다. 밤만 되면 아이는 하루도 빠짐없이 자지러지게
울어댔다. 일에 지쳐 잠든 동철이 아이 울음소리에 깰까 봐 분희
는 아이를 업고 밖으로 나갔다. 새벽까지 아이를 업고 나가 마당
을 서성였다. 몸이 그대로 땅속으로 빨려들어갈 것 같았다. 아이
가 울다 지쳐 잠이 들면 아이를 업은 채로 벽에 기대어 잠이 들
곤 했다. 아이는 근 한 달 동안 울어대더니 거짓말처럼 울음을

흉터의 꽃

그쳤다. 분희는 그제야 가슴을 쓸어내렸다.

태어날 때부터 몸이 약했던 인규는 병치레를 자주 했지만 동철은 인규가 분희를 많이 닮았다며 유난히 좋아했다. 웃으면 분희처럼 초승달 눈이 되는 인규를 안고 간지럼을 태우며 웃음을 터뜨렸다. 아이들 때문인지 이제는 돌아다니는 일도 지겹다며 해마다 조금씩 땅을 샀다. 그동안 목수 일을 하며 모은 돈으로 논 다섯 마지기와 산비탈의 밭 여섯 마지기를 장만하고 그렇게 소원하던 소도 한 마리 샀다. 마구간에서 울리는 워낭소리가 듣기 좋았다.

소들은 오후 서너 시만 되면 이 집 저 집에서 울어댔다. 외딴 분희의 집까지 소 울음소리가 들려왔다. 그 소리에 화답하듯 마구간의 소가 워낭을 흔들며 길게 울어댔다. 소가 없는 집은 한두 집밖에 없었다. 서른 마리 정도의 소들과 열 마리 정도의 송아지가 같은 시간에 강으로 몰려나가는 광경은 제법 볼만했다. 아이들은 소를 먹이러 산으로 가는 것보다 강변으로 가는 것을 좋아라 했다. 마음껏 놀 수 있기 때문이었다. 해마다 홍수로 넘치는 황강변은 농사를 짓는 데는 큰 쓸모가 없었지만 초지가 넓어 소를 먹이기에는 더없이 좋은 곳이었다. 홍수로 범람하지 않을 때의 황강은 품이 너른 어머니였다. 여름날의 황강은 품을 벌려 소들도 아이들도 들풀도 송사리도 조개도 풀무치도 다정하게 품어주었다.

인옥은 학교에 들어가고 나서부터는 저도 소를 먹이러 가겠다고 고집을 피웠다. 쥐방울만 한 아이가 소를 먹이러 가겠다고 하는 것이 기가 찼다. 어릴 때 병치레를 자주 해 분희를 걱정시켰지만 인옥은 총기가 있었다. 학교에 가고 싶다고 하도 졸라대는 바람에 일곱 살에 학교에 넣어주었다. 아홉 살이나 열 살 때도 아이들을 학교에 보내던 때였다. 인옥은 일곱 살에 학교에 들어갔어도 저보다 머리 하나가 큰 아이들에 꿀리지 않았다. 그래도 혹시 콩만 한 아이가 소 뒷발에라도 차이면 어쩌나 싶어 마음이 놓이지 않았다. 인옥이 소를 먹이러 가겠다고 조르자 소 먹이는 일에 진력이 난 창호가 기다렸다는 듯 인옥에게 고삐를 맡겼다. 인옥은 소를 먹이러 가는 아이들 중에서 키도 제일 작고 나이도 가장 어렸다. 동네 사람들은 어린 인옥이 소고삐를 쥐고 쫄랑쫄랑 따라가면 다들 귀엽다고 볼을 꼬집거나 머리를 쓰다듬었다.

한날은 인옥이 소꼬리만 달랑 쥐고 울며불며 집으로 달려온 적이 있었다. 소를 잃어버렸다는 것이었다. 꼬리가 나무에 걸려 안 빠지자 소가 용을 쓰고 발버둥을 친 모양이었다. 그 바람에 꼬리가 쑥 빠져 아픔을 참지 못한 소는 미친 듯이 펄쩍펄쩍 뛰다가 산으로 달아나버렸다고 했다. 식구들은 혼비백산해서 소를 찾으러 뿔뿔이 흩어졌다. 캄캄한 밤중에 소를 찾는다는 것은 어림도 없는 일이었다. 식구들이 소 찾기를 포기하고 집으로 들어설 때였다. 마구간 쪽에서 소 울음소리가 들려왔다. 소가 집을 찾아서 제 발로 들어온 것이었다. 인옥은 소를 보고 마구간 앞에서 목 놓아 울었다. 그 일을 겪고도 인옥은 소 먹이는 일을 전혀 겁내지 않았다.

흉터의 꽃

막내 인우까지 태어나자 집 안은 아이들이 내는 소리로 왁자했다. 동철은 인규에게 사족을 못 썼다. 어쩌면 동철은 인규를 통해서 상처 하나 없던 시절의 분희를 다시 만나고 있는 건지도 몰랐다. 분희는 그런 동철을 볼 때마다 까닭 모를 두려움을 느끼곤 했다. 동철은 인규를 데리고 합천장에 가서 맛난 것을 사 먹이고 장난감까지 사주기도 했다. 동철이 표 나게 인규를 편애하는 것 때문인지 중학생이 된 창호의 심통이 더 심해졌다. 창호는 이유도 없이 인옥과 인규에게 자주 손찌검을 하고 울리곤 했다. 몸이 약한 인옥은 다리가 부실해 자주 넘어졌다. 그때마다 창호는 인옥을 일으켜주기보다는 발로 차거나 때릴 때가 많았다. 분희는 그 꼴을 보면 속에서 불이 났지만 일부러 창호가 보는 앞에서 조심성이 없다고 인옥의 등짝을 때렸다. 인옥을 감싸고 창호를 나무라면 인옥을 더 괴롭힐 것은 불을 보듯 뻔했기 때문이었다.

때리는 엄마의 속이 더 미어진다는 것을 인옥은 알지 못했다. 인옥은 엄마가 오빠를 나무라지 않고 오히려 저를 때리는 것이 억울하고 서러웠다. 엄마에게 화를 내고 소리를 질렀다. 분희는 그럴수록 인옥에게 더 엄하고 무뚝뚝하게 대했다. 일부러 인옥에게 더 쌀쌀맞게 대하다 보니 그것이 아예 습관이 되어버렸다. 학교만 갔다 오면 엄마에게 매달리던 인옥은 언제부터인가 매달리지도 않고 엉겨붙지도 않았다. 분희는 내심 섭섭했으나 창호에게 인옥이 미움을 받지 않게 하려면 할 수 없다고 생각했다. 언젠가는 인옥이 못난 어미의 마음을 알아줄 날이 있겠거니 그렇게 믿고 싶었다.

천식에 시달리던 강순구가 시름시름 앓기 시작했다. 바깥출입도 하지 못하고 자리보전을 하고 드러누웠다. 목에서 가래가 그렁그렁 끓고 숨을 쉬기도 힘들었다. 몸이 아프니 마음도 약해진 것인지 이상하게 분희가 못 견디게 보고 싶었다. 태복이 꿈에 자주 보이기도 했다. 꿈속에서 태복은 누더기 옷을 걸치고 얼굴은 상처투성이가 된 채 거리를 휘적휘적 걸었다. 꿈속의 태복은 배가 고프다고, 추워죽겠다고 했다. 집을 나간 태복이를 생각하면 날카롭게 벼린 낫날에 가슴이 마구 찍히는 것 같았다. 죽었는지 살았는지 10년 넘게 소식이 없었다.

태수에게 용주에 사는 분희를 불러달라고 했다. 태수는 아침도 먹지 않고 분희를 부르러 집을 나섰다. 고갯마루에 올라서는데 비가 부슬부슬 내리기 시작했다. 우산도 없이 비를 맞고 걸으려니 오한이 났다. 어제 밤늦게까지 술을 마셔 정신이 없는 와중에도 태수는 아버지가 이상하다고 생각했다. 전에 없던 일이었다. 평소의 아버지였다면 절대로 누구를 보고 싶다고 입밖에 내거나 할 사람이 아니었다. 태수는 다리에 힘이 풀렸다.

어쩌면 아버지는 마지막이라는 것을 알고 있는 것일까. 태수는 머리를 마구 흔들었다. 아버지의 한평생을 생각하니 한마디로 기가 막힌다는 생각밖에 들지 않았다. 평생 수레를 끄는 늙은 말이나 당나귀나 노새처럼 살았던 아버지였다. 한평생 주인을 위해 일하고 마지막에는 살과 뼈와 피와 가죽까지 남김없이 바치는 늙은 소가 바로 아버지였다. 단 한 번도 마음 편하게 발 뻗고 쉬어본 적이 없던 아버지였다.

아버지가 살아냈던 삶의 십분의 일도 살아갈 자신이 없었다. 과거라는 무거운 쇠사슬을 끊어낼 수가 없었고 현재라는 막막한 현실을 직시할 자신도 없어 날마다 술로 도망을 쳤다. 앞으로 남은 인생도 여전히 그러하리라는 것을 태수는 알고 있었다. 몸도 예전 같지 않았다. 밤에는 온몸이 아프고 가려워 견딜 수가 없었다. 등과 목과 다리 여기저기에 종기가 생겨났다. 온몸에 개미나 송충이들이 기어 다니는 것만 같았다. 심지어 핏줄 속으로도 벌레들이 돌아다니고 있는 것 같았다. 몸속의 벌레들은 술이 아니면 잠재울 수가 없었다. 술에 영혼을 팔아버린 인생이었다.

점심나절이 되자 추적추적 내리던 비는 더 거세졌다. 강순구는 바로 그날이라는 것을 예감하고 있었다. 숨 가쁘게 기침을 했다. 눈을 감은 채로 지나온 날들을 떠올렸다. 꽃같이 예뻤던 새 색시 내천댁과 혼례를 올리던 순간, 이복형 강형구에게 땅을 내놓으라고 대들던 순간, 목탄버스를 타고 합천에서 대구로 가던 순간, 부산항에서 배를 타고 시모노세키로 가던 순간, 히로시마에서 마부로 일하던 순간 들이 두서없이 떠올랐다. 분희가 태어나고 태수가 태어나던 때가 떠오르자 강순구의 고통으로 일그러진 얼굴에 잠시 미소가 번졌다. 히로시마에 묻고 왔던 핏덩이 자식도 떠올랐다. 원폭이 떨어지지 않았다면 자식들을 가난의 구렁텅이로 밀어넣는 무능력한 애비로 살지는 않았을 것이었다. 자식들에게 무엇보다 미안했다. 태복의 얼굴을 한 번이라도 보고 싶었다. 태복아! 이놈아! 오데서 무엇을 하길래 안즉도 소식이 없노? 강순구의 눈에서 마지막 유언 같은 눈물이 질척하게 흘러내렸다.

원폭이 떨어지던 그 순간이 떠오르자 강순구는 발작적으로 기침을 했다. 살아온 온 생애를 토해낼 듯한 격렬한 기침이었다. 불타는 히로시마 시내, 화상을 입어 피부가 녹아내린 사람들이 팔을 앞으로 내밀고 걸어가던 모습, 시체를 불태우던 광경이 떠오르자 무서운 고통이 엄습했다. 화상을 입고 진물이 줄줄 흐르던 분희의 모습을 떠올린 강순구는 딸의 이름을 목 놓아 불렀다.

"분희야! 분희야!"

을선은 미음 그릇을 들고 방문을 열었다. 강순구는 숨을 가쁘게 몰아쉬었다.

"아버님, 와 이카십니꺼?"

놀란 을선이 강순구를 흔들었다.

"에미야."

강순구는 겨우 입을 열었다.

"니…… 참말로 고, 고맙데이. ……니 애 많이 썼다. ……내가 다 안다."

그때 방문이 벌컥 열리더니 분희와 태수가 뛰어들었다.

"아버지! 지 왔어예."

"부, 분희야! 분희야!"

강순구는 기침을 쿨룩쿨룩하며 분희를 쳐다보았다.

"아부지!"

분희는 아버지의 손을 잡았다.

"분희야…… 내가 니한테…… 많이 미, 미안타. 다…… 내 탓이다. 묵고살기 힘들어도…… 일본으로 안 갔으마, 니가…… 그래 안 됐을 낀데. 그놈의 원폭 때문에…… 원폭이…… 원수다. 꽃같이…… 고운 니를 내가…… 이래 만들었다."

"아입니더, 아부지. 아부지 탓이 아입니더. 걱정 하나도 하지 마이소. 지는 잘 살고 있어예."

"고맙데이……. 분희야……!"

강순구는 겨우 그 말을 하고는 숨을 거두었다. 눈가에 맺혀 있던 눈물이 귓바퀴를 타고 진득하게 흘러내렸다. 이 세상에 남기고 가는 강순구의 마지막 유산 같은 눈물이었다.

"아부지!"

"아버님! 아, 아버님요! 정신 차려 보이소."

분희와 을선이 울음을 터뜨렸다. 태수는 주먹으로 눈물을 훔치며 아버지의 눈을 쓸어내렸다. 단 한 번도 자신의 평안을 위하여, 자신의 만족을 위하여, 자신의 욕망을 위하여 살아본 적이 없던 순박한 한 사내가 눈을 감던 순간에 빗줄기는 장대비로 바뀌어 있었다.

분희는 붉은 황토 흙을 뒤집어쓰고 소처럼 만당 밭을 개간하던 아버지의 모습을 떠올리며 울었다. 자식들과 손주들이 굶을까 봐 목숨을 걸고 산꼭대기에 밭 열두 마지기를 개간해놓은 아버지였다. 자신의 목숨을 식구들의 먹을 양식을 마련할 땅으로 맞바꾸고 떠난 아버지. 그 무섭고 지독하고 슬픈 사랑을 생각하니 자꾸만 눈물이 났다.

을선은 시아버지의 방에 쌓여 있는 고구마 가마니들을 쳐다보며 울었다. 만당 밭에서 붉은 고구마를 캘 때마다, 고구마를 한 솥 쪄서 식구들에게 내놓을 때마다, 고구마를 먹고 목이 멜 때마다 시아버지가 떠오를 것 같았다. 분희와 을선의 비통한 울음소리가 집 안에 퍼져나갔다.

정현재 – 구경꾼

부산민주공원 소극장 입구에는 한 무리의 사람들이 웅성거리고 있었다. 소극장 안으로 들어서니 짙은 향냄새가 코에 스며들었다.

김형률의 사진을 확대한 대형 걸개 사진이 무대 뒤에 보였다. 사진 속의 그는 야위고 왜소했지만 밝은 모습으로 정면을 응시하고 있었다. 바위 위에 걸터앉아 다리를 포개고 있는 청년의 미소가 눈부셨다. 사진에는 '삶은 계속되어야 한다'는 크고 검은 글자가 박혀 있었다.

커다란 수박 두 개와 사과와 배와 바나나, 참외, 대추와 밤과 유과가 차려진 제상이 마련되어 있었다. 제상 앞에 놓인 향로에 꽂힌 향대에서 연기가 가늘게 피어올랐다.

제단 위에 놓인 그의 영정 사진은 걸개 사진을 축소한 것이었다. 영원히 젊은 청년의 시간 속에 박제가 되어버린 그의 얼굴을 뚫어지게 쳐다보았다. 서른다섯의 나이에서 멈추어버린 한 청년의 시간에 대해 생각했다. 남들처럼 직장도 가지고, 연애도 하고, 결혼도 하고, 아이의 손을 잡고 입학식과 졸업식에도 가야 했을 그의 시간은 영원히 멈추어버렸다. 그는 보통의 삶, 아니 단지 편하게 숨을 쉴 수 있는 삶을 소망했다. 인간이 꿈꿀 수 있는 가장 최소한의 삶을 꿈꾸었던 그의 시간을 무엇이 강제로 멈추게 만들어버렸나. 살아 있었다면 그의 나이는 마흔다섯이었을 것이다.

나는 앞쪽 세 번째 줄 좌석에 앉아 주변을 둘러보았다. 무대 양편과 앞쪽에 놓인 좌석에 사람들이 앉아 있었다. 서로 낯이 익은 모양인지 악수하며 인사 나누는 사람들이 꽤 많았다. 심재호 합천원폭지부장이 사람들과 인사를 나누는 모습도 보였다. 일주일 전 합천원폭지부에서 문자를 받았다. 김형률 추모제가 있다고 참석하라는 내용의 문자였다. 빛이 바랜 낡은 양복을 입고 사람들과 반갑게 인사를 나누는 심지부장의 모습이 소탈하고 꾸밈없어 보였다. 나는 심지부장 외에는 아는 사람이 없었다. 이 자리에 구경꾼처럼 참석했다는 느낌이 들었다. 실제로도 구경꾼일지 몰랐다.

11시가 되자 추모제가 시작되었다. 사회자가 평화를 위한 묵념을 제안하자 소극장 안에는 고요한 정적이 찾아왔다. 어떤 인연이 나를 이곳으로 오게 했는가를 생각했다. 자신의 생명이 심지가 다 타들어간 촛불처럼 꺼져가는 것을 알면서도 원폭 2세 환우들의 인권 운동에 전생을 다 걸었던 김형률이었다. 하나밖에 없는 생명이 아깝지 않은 사람이 누가 있을까. 그는 도대체 어떤 사람이었기에 다 부서져가는 폐가 같은 몸으로 원폭 2세들의 고통을 짊어질 수 있었을까. 그리고 이 많은 사람들을 여기에 불러 모았을까. 이 모든 것의 시작은 무엇이었을까. 할아버지가 합천에서 일본으로 건너가지 않았다면, 아버지가 히로시마에서 태어나지 않았다면, 다시 합천으로 돌아오지 않았다면, 나는 태

위대한 개츠비

The Great Gatsby

F. 스콧 피츠제럴드

이정서 옮김

역자노트
수록

왜 '위대한' 개츠비인가?

지금까지 몰랐던 〈위대한 개츠비〉의 실체
숨소리까지 잡아낸 섬세한 번역으로
개츠비를 둘러싼 오해와 진실을 밝히다!

blog.naver.com/saeumpub
facebook.com/saeumbooks

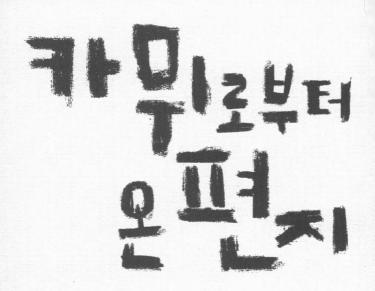

카뮈로부터 온 편지

번역과 카뮈를 소재로 한 독특한 메타소설
번역계의 '이방인' 이정서의 문제작

전 세계인으로부터 사랑받는 카뮈의 〈이방인〉은 왜 유독 우리나라에서 지루하고, 재미없는 소설이 되어버렸을까? 그것은 정말 오역 때문이었을까? 2014년을 뜨겁게 달군 번역 논쟁의 중심에는 〈이방인〉의 역자이자 이 책의 저자인 이정서가 있었다. 이 책은 '김화영의 〈이방인〉은 카뮈의 〈이방인〉이 아니다'라는 도발적인 제목으로 번역 연재를 했던 6개월의 시간을 소설적으로 재구성해 보여준다. 실제 번역 과정이 이렇게 소설로 재탄생된 건 유례가 없는 일이라는 점에서 우선 흥미롭다.

이 소설은 주인공 이윤이 죽은 카뮈로부터 한 통의 편지를 받게 되는 것으로 시작된다. 단지 이것이 번역비평서가 아니라 흥미로운 소설이라는 점을 도입부부터 보여주는 것이다. 소설은 중간중간 등장하는 카뮈의 원 문장에도 불구하고 처음부터 끝까지 미스터리적인 긴장감을 잃지 않고 거침없이 읽히며, 어느 순간 올바른 번역이 무엇인지에 대해 고민하게 만든다.

이 소설은 주인공 '이윤'의 이야기를 통해 그가 왜 오역 문제에 민감할 수밖에 없었는지, 어떻게 번역을 시작했고, 왜 연재를 끝까지 이어갈 수밖에 없었는지 등을 흥미진진하게 보여줄 뿐만 아니라 카뮈의 원 문장과 번역 문장을 비교해 짚어감으로써 쉼표 하나도 무의미하게 사용하지 않았던 천재 작가 카뮈의 숨결을 고스란히 되살려놓기도 한다.

범죄자와 법의학자의
대결을 보는 이상의 스릴!
_김진명 · 소설가

오역은 문학작품의 죽음,
명역은 문학작품의 부활.
_신현정 · 교수

작가의 입장에서 〈카뮈로부터 온 편지〉를 바라본 소설가 김진명은 이 책 뒤에 실린 긴 작품평을 통해, "비교된 두 개의 문장을 읽는 것만으로 범죄자와 법의학자의 대결을 보는 이상의 스릴이 있고, 권위주의와 기득권을 처부수는 통쾌함이 있고, 프랑스어와 영어와 국어의 같음과 다름을 경험하는 문화 여행이 있다. 이런 소재와 주제의 소설이 재미있을 수 있다는 건, 경이로움을 넘어 내 상상력의 한계를 초라하게 만들었다. 이 소설은 한마디로 언어적 재미의 극치

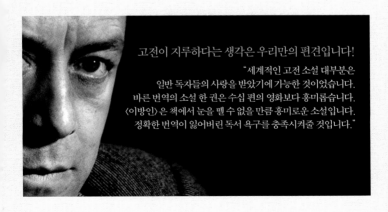

고전이 지루하다는 생각은 우리만의 편견입니다!
"세계적인 고전 소설 대부분은
일반 독자들의 사랑을 받았기에 가능한 것이었습니다.
바른 번역의 소설 한 권은 수십 편의 영화보다 흥미롭습니다.
〈이방인〉은 책에서 눈을 뗄 수 없을 만큼 흥미로운 소설입니다.
정확한 번역이 잃어버린 독서 욕구를 충족시켜줄 것입니다."

를 보여준다. 작가 지망생들이나 글의 섬세함을 맛보려는 고급 독자들에게는 텍스트가 됨과 동시에 최고의 도락 또한 줄 것 같다."고 평했다.

또 〈샐러드 기념일〉〈악마의 연애술〉 등 베스트셀러를 번역한 신현정 교수는, "걸작을 향한 불꽃같은 애정이 진실을 가린 오역을 벗겨내고, 마침내 문학번역의 새로운 지평을 열었다. 오역이 문학작품의 죽음이라면 명역은 문학작품의 부활인 것이다. 그의 위험한 도전이 수많은 명작 부활의 신호탄이 되길 진심으로 바란다."고 했다.

2013. 8. 19.
퇴근 무렵, 강고해 팀장이 편지 한 장을 들고 내 방을 찾아왔다.
"이런 게 와서 뜯어봤더니, 사장님께 보낸 편지였어요."
편지는 프랑스에서 보내온 것이었다. 봉투를 열어보자 노란색 편지지 한 장이 나왔다.
"뭐예요? 뭐라고 쓰여 있는 거예요? 강팀, 나 불어 잘 몰라요."
내가 묻자, 강팀(나는 강고해 팀장을 그렇게 부른다)이 좀 난감하다는 표정으로 나를 보며 말했다.
"그래도 사장님이 직접 읽어보셔야 할 것 같은데요."
"그건 또 무슨 소리예요? 내가 직접 읽어야 한다니. 왜. 입에 올리기 힘든 험담이라도 쓰여 있나?"
"……."
"아무튼 강팀 입으로 이게 내게 보낸 것이라고 했으니, 강팀은 이미 읽었다는 거 아녜요. 대충 내용이 뭔지만 말해요."
이쯤 되면 성격상 꼼꼼히 정리라도 해주었을 사람인데 오늘은 평소와 달리 고집을 꺾지 않았다.
"그게 저기…… 그래도 사장님이 직접 읽어보셔야 할 것 같아요. 보낸 이도 그걸 원하구요."
나는 발신인을 다시 살폈다.
'A. Camus.'
카뮈? 뭐야, 알베르 카뮈와 관계있는 사람인가?

_〈카뮈로부터 온 편지〉에서

'카뮈가 진정 말하려는 것은?'

비록 소설의 형식을 취하고는 있지만 이야기는 주인공 이윤이 진행하는 번역 비평을 중심으로 진행된다. 〈이방인〉을 처음부터 순서대로 소개하면서, 알 만한 사람은 다 아는 '김수영' 판본 번역과 자신의 번역을 비교해간다. 때문에 독자는 이방인을 처음부터 끝까지 두 가지 판본으로 읽는 색다른 경험을 할 수 있다. 주인공이 이처럼 공격적인 어조를 유지하며 번역을 진행한 배경에는 기존 번역서들이 오역을 남발한 끝에 전 세계인의 사랑을 받는 대작 〈이방인〉을 지루하고, 재미없는 소설로 전락시킨 데 따른 분노와, 이 위대한 작품의 진짜 메시지를 부활시켜야 한다는 사명감이 작용한 것으로 보인다. 거기에는 저자의 말처럼 '번역도 문학'임을 환기시키고자 한 의도도 들어 있다.

소설의 재미와는 별개로, 번역 비평과 미스터리를 오가는 이야기를 통해 '오역'이 미치는 폐해를 바로잡고야 말겠다는 주인공, 또는 작가의 모습은 우리의 번역 현실을 되짚어보는 계기가 될 수도 있겠다.

_머니 투데이

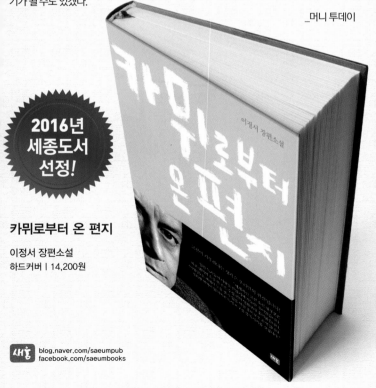

2016년 세종도서 선정!

카뮈로부터 온 편지

이정서 장편소설
하드커버 | 14,200원

새움 blog.naver.com/saeumpub
facebook.com/saeumbooks

새롭게 선보이는 〈위대한 개츠비〉, 이렇게 다르다!

다시 시작되는 고전 번역 논쟁

〈위대한 개츠비〉는 섬세한 표현과 문체로 인간 본성을 아주 솔직히 드러낸 작품으로 평가받고 있다. 이 소설이 영미권 최고의 소설로 100년의 시공을 뛰어넘어 지금까지 세계인에게 공통의 감정으로 읽히는 이유는 바로 거기에 있다 할 것이다. 〈타임〉 선정 현대 100대 영문 소설 · 〈뉴스위크〉 선정 100대 명저 · BBC 선정 반드시 읽어야 할 고전… 이 책에 쏟아진 찬사는 이루 말할 수가 없다. 그렇다면 이 멋진 책의 한국어 번역판은 어느 수준에 이르러 있는 걸까?

위대한
개츠비
THE
GREAT
GATSBY

F. 스콧 피츠제럴드
이정서 옮김

역자노트
수록

왜 '위대한' 개츠비일까?

타임지 선정 20세기 최고의 걸작이자 불멸의 고전 〈위대한 개츠비〉
명성에 걸맞은 번역으로 '위대한' 이 살아 숨 쉬는 개츠비를 만나다!

새움

위대한 개츠비

F. 스콧 피츠제럴드 장편소설
이정서 옮김 | 14,800원

어나지도 않았을 것이고 이 자리에 오지도 않았을 것이다. 모든 인연의 시작은 원폭 때문이었는지도 몰랐다.

민주공원 관장의 인사말이 끝나자 김형률 생전의 영상이 방영되었다. 화면 속의 그는 금방이라도 쓰러질 것처럼 보였다. 겨우 38킬로그램도 되지 않는 병약한 몸으로 전국을 쫓아다니며 환우회원을 모집하러 다녔다. 일본으로 서울로 뛰어다니며 원폭환우 2세의 고통을 알리기 위해 동분서주했다. 연신 숨이 끊어질 듯 기침을 하는 아들의 등을 두드리며 간호하는 아버지의 모습이 애잔했다. 아버지의 눈동자에는 석유처럼 검고 진한 슬픔이 배어 있었다. 나는 김형률의 평전에서 읽었던 구절을 떠올렸다. "아버지께서 아침마다 내 방에 오셔서 등을 두드리시며 함께 고통을 나눠 가지신다." 김형률이 투병 중에 쓴 메모였다. 몸의 고통은 오롯이 자신만의 고통인 법이다. 그 어느 누구도 나누어 가질 수가 없는 고통이다. 그런데 아버지는 아들이 겪는 몸의 고통을 나눠 가졌다는 것이다. 어떤 지극한 사랑이 몸의 고통까지 나눠 가지도록 할 수가 있는가.

나는 지금껏 한 번도 그 누군가의 고통을 나눠 가진 적이 없었다는 사실을 떠올렸다. 누군가의 고통을 만나면 그 고통이 지긋지긋하기만 했다. 처음에 맞닥뜨린 고통은 아버지의 고통이었다. 아버지는 고통의 전염병자였다. 주변의 모든 이들을 고통에 빠뜨리는 사람이었다. 물귀신처럼 고통의 늪 속으로 주변 사람들을 끌어들였다. 고통의 얼굴은 추악하고 끔찍하고 악취가 났다. 나는 아버지의 고통 근처에도 가기 싫어 아버지의 고통을 외면했고 끝내 도망치는 길을 선택했다. 두 번째로 내가 만난 고통은 딸아이 채현의 고통, 아니 정확하게 말하자면 아내의 고통이었다. 두세 살짜리 아이처럼 늘 천진난만하기만 한 채현이는 자신이 고통스럽다고 생각해본 적이 없을 터였다. 고통은 고스란히 아내의 몫이었다. 나는 아내의 고통을 전혀 나누어 가지지 못했다. 고통만 보면 도망칠 궁리만 했다. 내가 아내의 고통을 나누어 가질 생각이 없었고 나누어 가지지 않았기 때문에 아내는 캐나다로 아이를 데리고 떠나버렸던 것이다.

김형률의 장례식 장면이 화면을 채웠다. 아들의 관을 부여잡고 오열하는 김형률의 아버지와 어머니를 보고 있으려니 눈시울이 뜨거워졌다. 여기저기서 훌쩍거리는 소리가 들려왔다. 휴지나 손수건을 꺼내 눈물을 훔치는 사람들이 보였다.

영상 방영이 끝나고 나자 한 중년 남자가 마이크 앞으로 나왔다. 한 뼘 정도 되는 회색 턱수염이 인상적인 그는 평화박물관 관장이라고 했다.

"163센티미터, 37킬로그램의 몸으로 자신의 인간 된 권리를 찾기 위해 만나는 사람에게 도와달라고 편지를 보낸 그가 이 세상을 떠난 지 올해 10년이 됩니다. 피를 토하며 외치다 님이 떠났건만 아직도 특별법 제정이나 인권이 개선된 것 없이 광복 70년, 원폭 70년을 맞게 되었습니다. 한국에도 핵 피해자가 있음에도 과거가 청산 안 되었기 때문에 이제는 원전 주변 주민의 피해로 이어지고 있습니다. 본인의 의지와 상관없이 핵 피해를 입어선 안 됩니다. 한반도에 핵 발전과 핵무기로 인한 핵 피해가 양산되

흉터의 꽃

어선 안 될 것입니다. 약자는 보듬어 안고 기억해야 하고 그날이 올 때까지 우리는 그를 기억해야 할 것입니다."

그는 하나의 문장에 기억이라는 단어를 두 번이나 말했다. 기억한다는 것은 과연 무엇일까. 기억은 과연 힘이 될 수 있을까. 기억은 어쩌면 땅에 씨앗을 뿌리는 것이 아닐까. 한 사람의 기억은 미약할지라도 수백 명, 수천 명, 수만 명, 수억 명의 기억이라면 기억은 숲이 되고 산이 되고 거대한 산맥이 될 수도 있지 않을까. 어쩌면 진정 기억해야만 하는 것은 빛이 아니라 어둠이 아닐까. 어둠을 기억해야만 빛이 존재할 수 있으므로.

한 여자가 무대로 나가고 있었다. 나는 무대 앞으로 걸어 나오는 여자를 주시했다. 다리를 저는 오십대 중반의 키가 작달막한 여자였다. 그녀는 불편한 걸음걸이로 마이크 앞으로 나갔다. 어릴 때 아마도 소아마비를 앓았겠지. 나는 한쪽으로 몸을 기울이며 걷는 그녀를 보며 그렇게 생각했다. 여자는 김형률의 영정 앞에 잠시 묵념을 올리고 뒤로 돌아섰다. 입매가 야무진 그녀는 아주 다부져 보이고 강단 있어 보이는 인상이었다.

"김형률 회장님을 처음 만났을 때 저는 깜짝 놀랐습니다. 너무나 왜소한 몸이었습니다. 여름이지만 긴팔 점퍼에 목수건까지 감고 연신 기침을 하면서도 만들어온 자료를 나눠주면서 힘들게 얘기를 털어놓던 회장님의 모습이 아직도 생생합니다. 김형률 회장님이 제기한 원폭 피해자들을 위한 특별법 제정에 청원이 이어지고 있지만 아직도 정부와 국회는 외면하고 있습니다. 특별법 논의가 처음 시작된 것은 지난 16대 국회에서부터였습니다. 지금까지도 논의만 하고 있습니다. 그사이 고령의 원폭 피해자들이 한을 안은 채 한 분 한 분 돌아가시고 있습니다. 고령 원폭 피해자들의 평균연령은 80세가 넘었는데 돌아가실 날이 얼마 남지 않은 분들에게 더 이상 상처를 주는 일이 없기를 간절히 바랍니다."

나는 다리를 절며 자리로 돌아가는 그녀의 모습을 유심히 보았다. 원폭 2세 환우회 회장이라면 그녀의 부모도 피폭되었다는 말이었다. 혹시 저렇게 다리를 저는 것도 원폭 피해 후유증 때문이 아닐까.

인사말을 하러 나온 사람들 중에는 뜻밖에도 일본인도 있었다.

"고 김형률님의 어머님인 이곡지님과 만나 담소하면 친근감을 나타내시려고 일본어로 말씀하실 때가 있습니다. 그때 당시 다섯 살짜리 여자아이였던 그녀가 기억하는 일본어는 '아리가토 고자이마스!'와 '조센, 카에레!'입니다. 모국어인 조선어를 빼앗긴 소녀의 일상적인 기억에 남은 일본어입니다. 그 당시 소녀는 누구에게 고맙다고 말하는 것일까요? 누구에게 들은 욕일까요?"

아리가토 고자이마스! 조센 카에레! 그 말을 듣는 순간 원폭 복지회관에서 만났던 이순덕 할머니가 떠올랐다. 그 할머니도 70년이란 시간이 지났는데도 조센 카에레라는 말을 분명하게 말했었다. 뼈에 사무친 말이었던 것이다. 굵은 대못처럼 심장에 박힌 말이었던 것이다. 겨우 다섯 살이었던 아이가 기억하는 두 개의 문장, 김형률의 어머니가 소녀에서 할머니가 될 때까지 잊

흉터의 꽃

지 못한 이 문장들이 말해주는 것은 무엇일까. 아리가토 고자이마스! 조센 카에레! 오랜 세월도 죽이지 못하는 말을 되뇌며 나는 쓴침을 삼켰다.

그다음 마이크 앞으로 나온 사람도 일본인이었다. 마른 몸매에 머리카락이 희끗희끗했다. 얼마 전 〈나는 반핵인권에 목숨을 걸었다〉라는 김형률의 유고집을 발간한 아오야기 준이치 교수였다. 한국인도 아닌 일본인이 김형률의 유고집을 발간하다니. 아오야기 준이치 교수는 통역을 동원하지 않고 서툰 한국말로 인사말을 시작했다.

"제가 김형률을 처음 만난 것은 2002년 1월이었습니다. 그는 나를 만나자마자 일본 사람으로서 한국인 원폭 피해자를 어떻게 생각하느냐고 질문했습니다. 그 질문을 받고 저는 잠시 멍했습니다. 한 번도 그런 질문을 받은 적이 없었기 때문입니다. 10년 전 도쿄에서 형률 씨를 만나 많은 얘기를 했습니다. 49재 때 와서 형률 씨 부모님께 언젠가 형률 씨 책을 만들고 싶다고 했는데 작년에 일본에서 일본어로 된 책이 나왔고 올해는 한국어판으로 출판할 수 있어 약속을 지켰습니다. 저 자신 형률 씨의 사상, 삶의 방식에서 많은 것을 배울 수 있었습니다. 오랜 시간이 흘러 이 약속을 지키게 되었습니다. 원폭특별법이 제정되어 선지원 후규명이 이루어져야 합니다. 그리고 삶은 계속되어야 한다는 김형률 군의 말처럼 새로운 시작을 해야 합니다."

서툰 한국말이었지만 간절한 진심이 전해지는 말이었다. 당신들은 도대체 어떤 사람들입니까? 하고 단도직입적으로 묻고 싶었다. 나는 제자리로 돌아가는 아오야기 준이치 교수의 모습을 뚫어져라 쳐다보았다. 이치바 준코, 김형률, 아오야기 준이치. 그들은 마치 다른 세계에서 온 사람들 같았다. 한 번의 만남, 한 번의 질문으로도 자신의 온 생애를 갈아엎은 사람들. 김형률이 일본 사람으로서 한국인 원폭 피해자를 어떻게 생각하느냐고 물었을 때, 그냥 길을 가다 어깨를 부딪친 것처럼 대수롭지 않게 받아들여도 아무도 뭐라 하지 않았을 것이다. 그런데 아오야기 준이치 교수는 그 질문을 한국인 원폭 피해자 전체가 전범국가 일본에게 묻는 통한 어린 목소리로 받아들이고 김형률의 말에 귀를 기울였다. 진심으로 귀를 기울이고자 했던 그 마음이 그를 여기까지 오게 했던 것이다.

아오야기 준이치 교수에게 받은 충격이 가시기도 전에 마이크 앞으로 나온 사람이 있었다. 마치 항암 투병을 하는 사람처럼 머리카락이 하나도 없는 민머리였고 창백한 피부에 눈밑에는 검은 다크서클이 끼어 있었다. 그는 원폭특별법 추진 연대회의 강주성 공동대표라고 했다.

"저는 숨쉬기가 어려워요. 이해해주세요."

거칠고 가쁜 숨소리가 마이크를 통해 그대로 들려왔다. 누가 내 목구멍을 솜으로 틀어막은 것처럼 갑갑하고 답답했다.

"숨쉬기가 어려워지면서 저 친구, 형률이 생각이 많이 납니다. 정말 저 친구가 기침을 하면서 힘들었겠다 생각했습니다. 호흡기 장애 기준표에 따르면 형률이는 1급 장애, 저는 3급 장애입니다. 정말 형률이가 죽을힘을 다해 살았구나 하는 걸 알았습니다."

흉터의 꽃

그는 거기까지 말을 하면서도 몇 번이나 거친 숨을 내쉬었다. 호흡기 3급 장애를 가진 사람도 저렇게 말을 하는 것도 숨을 쉬는 것도 힘이 드는데 호흡기 1급 장애인이었던 김형률은 매 순간순간이 얼마나 고통스러웠을까. 마치 물속에 있던 물고기가 물 밖으로 나온 것처럼 숨을 쉬기가 힘이 들었을 것이다. 피를 토하듯 한 단어 한 단어를 내뱉는 그의 말에 사람들은 숨을 죽이고 귀를 기울였다.

"몸 상태가 작년부터 이렇게 안 좋아요. 2002년에 형률이는 아무 데도 찾아갈 데가 없다며 백혈병 환자 모임을 찾아왔어요. 형률이를 만났을 때 너와 같은 환자 한 사람이라도 찾아보라고 했는데 형률이는 수많은 환우들을 찾아내 환우회를 만들어냈습니다. 당사자가 없으면 운동이 지속되지 않아요. 반핵과 인권은 관념이에요. 반핵과 인권이 어디에 내재되어 있냐면 당사자들, 원폭 피해자들이에요. 반핵 인권 운동에 원폭 피해자를 주인으로 세우고 함께 탈핵과 인권 운동의 바통을 이어가도록 합시다."

강주성 대표의 구부정한 어깨 위에 바위 같은 어둠이 얹혀 있는 것처럼 보였다. 김형률은 병든 몸으로 전국을 누비고 다니며 단 두 명에 불과했던 회원을 60명까지 만들었다. 어떻게 그런 일이 가능했던 것일까. 아마도 빛을 보았기 때문이 아니었을까. 자신의 병이 어디에서 시작되었는지 몰랐을 때 김형률은 막막한 어둠의 동굴에 갇혀 있었다. 고통의 원인을 알게 되었을 때 처음으로 빛을 만났을 것이다. 처음 만난 희망의 빛을 놓치지 않기 위해 김형률은 죽음을 각오하고 생을 남김없이 불태웠는지도 몰랐다. 그 빛은 그가 만난 최초의 빛이자 마지막 빛이었다.

마지막으로 김형률의 아버지가 나와 유족 대표로 인사했다. 그는 머리칼이 허연 팔순 노인임에도 불구하고 허리가 꼿꼿하고 눈빛은 형형했다. 어쩌면 김형률도 건강했다면 아버지처럼 당당한 체구를 가진 청년이 되었을지도 몰랐다.

"형률이 10주기를 맞아 일본에서, 서울에서 찾아주신 여러분께 감사드립니다. 제가 무슨 말을 할 수 있겠습니까? 아버지로서 일을 다 못했습니다. 지나간 국회에서 특별법이 폐기처분됐습니다. 국회에서 다시 특별법 관련 움직임이 있습니다만 확정된 것은 없습니다. 앞으로 미국 정부, 일본 정부를 상대로 국제소송을 제기해 반드시 사과와 보상을 받아내도록 할 것입니다. 원자폭탄은 미국에서 투하했기 때문입니다. 이번에 합천원폭지부 심지부장하고 유엔에서 연설을 했습니다. 미국도 원폭 투하에 대한 책임을 져야 합니다. 다행히 최봉태 변호사님의 도움을 받아 미국 정부와 일본 정부를 상대로 8월에 국제재판을 하기로 했습니다. 저는 아들의 힘으로 살아가고 있습니다. 다시 한 번 와주신 여러분께 진심으로 감사드립니다."

매 순간 아들을 기억하면서, 아들이 못다 했던 일들을 이루기 위해서 살아왔던 세월이 얼마나 힘겨웠을까. 어쩌면 그것은 날마다 아들의 죽음을 새롭게 경험하는 일일 수도 있었다. 그런데도 오히려 아들의 힘으로 살아가고 있다고 말하는 아버지. 아버지를 통해 김형률은 살아 있었다. 그것은 죽음을 통과한 사랑,

흉터의 꽃

새로운 삶이었다.

사회자가 헌화를 하고 뒤풀이 공연과 기념식수 순서가 남았다고 안내했다. 사람들이 줄을 서서 헌화를 하고 분향을 했다. 흰 국화 향기와 향냄새가 극장 안을 떠돌았다. 영정 사진 속의 김형률이 구경꾼처럼 추모제에 참석한 나를 가만히 응시하고 있었다. 나는 김형률의 말없는 말을 들었다. 당신은 당신이 누구인지를 왜 모르느냐고, 언제까지 당신은 당사자가 아닌 구경꾼으로만 서 있을 거냐고 묻는 것만 같았다. 검은 침묵의 강에 잠겨 있는 사람들을 깨우는 한 청년의 피맺힌 목소리가 들리는 것만 같았다. 삶은 계속되어야 한다! 죽지 않는 씨앗을 뿌리고 간 청년, 김형률이 내 앞에서 외치고 있었다.

헌화를 마치고 앞마당으로 나오자 사람들이 몰려서서 살풀이 공연을 구경하고 있었다. 흰 소복을 입고 쪽진 머리를 한 여자가 살풀이춤을 추고 있었다. 피리와 대금과 장구와 북소리가 어우러진 살풀이 연주 음악은 구성지고 서글펐다. 소복을 입은 여자는 흰 수건을 들고 공중으로 느리고 빠르게 흔들었다. 그녀의 손끝에서 흰 새 한 마리가 날개를 퍼덕이는 것처럼 보였다. 흰 새는 허공에서 날갯짓을 하다 땅을 스치듯이 선회를 하고 공중으로 다시 날아오르는 동작을 되풀이했다. 공연을 지켜보는 사람들은 저마다의 방식으로 한 마리 새처럼 이 지상에 잠시 머물다 다시 날아가버린 한 청년을 추억하고 있는 듯이 보였다.

뒤를 돌아보니 김형률의 아버지와 키가 작달막한 한 여자가 이야기를 나누고 있었다. 추모제에서 인사말을 했던 원폭 2세 환우회 회장이었다. 합천원폭지부 심재호 지부장이 마이크를 든 방송사 기자와 인터뷰를 하고 있는 모습도 보였다. 심지부장과 잠깐 눈이 마주쳤다. 나는 심지부장에게 가볍게 목례를 하고는 공연장을 빠져나왔다. 느리고 구성진 피리와 대금 소리가 따라 왔다. 구경꾼으로 왔다가 돌아서는 나를 계속 따라오는 것만 같 았다.

흉터의 꽃

울음이 떠내려가는 강

검은 옷을 입은 남자 셋이 집 안으로 들어왔다. 폭이 넓은 두루마기 소맷자락이 바람에 펄럭였다. 음산한 표정을 짓고 있는 남자들은 마치 저승사자들처럼 보였다. 캄캄한 절벽 아래를 내려다보는 것처럼 머리끝이 쭈뼛 섰다. 분희는 남자들 앞으로 뛰어가 팔을 벌리고 막아섰다.

"안 됩니더! 절대로 안 됩니더! 절대로 못 들어갑니더!"

남자들은 분희를 밀치며 막무가내로 안으로 들어섰다. 분희는 남자들에게 매달렸다.

"들어올라마 내를 먼저 직이소! 절대 못 들어옵니더!"

남자들은 잔인한 웃음을 지으며 분희를 내려다보았다. 분희는 방 안으로 뛰어들어가 잠들어 있는 세 아이를 끌어안았다. 남자가 분희를 떠밀고 인규를 번쩍 안았다. 분희는 비명을 지르며 벌떡 일어났다. 꿈이었다. 온몸에 식은땀이 흘러 축축했다.

분희는 잠들어 있는 인규 곁으로 다가갔다. 컹컹 개 짖는 소리가 들렸다. 인규의 몸이 불덩어리였다. 아이의 머리카락은 물을 덮어쓴 것처럼 푹 젖어 있고 몸도 축축했다. 심장이 덜컥 내려앉았다. 인규는 며칠 전부터 기운이 없었다. 감기려니 하고 파뿌리를 달여서 먹였지만 별 차도가 없었다. 농사 짓는 틈틈이 목수 일도 하러 다녔던 동철은 고령에 절집 공사를 하러 간 지 닷새째였다.

어찌할 바를 모르던 분희는 야매 주사를 놓는 집이라도 찾아가야겠다고 생각했다. 이 밤에 읍내까지 가기는 무리였고 문을 연 병원도 없었기 때문이었다. 고개 너머 마을에는 야매 주사를 놓는 집이 있었다. 아이를 키우는 집에서는 아이가 열이 심하거나 배탈이 나거나 하면 대부분 그 집으로 달려갔다. 주사비도 싸고 주사를 맞으면 열도 금방 내리곤 했기 때문에 다들 용하다고 입을 모았다.

분희는 인규를 들쳐 업고 막내 인우의 포대기를 둘러 끈을 질끈 묶었다. 아이의 목이 축 늘어졌다. 두꺼운 스웨터로 아이를 푹 덮어씌우고 어두운 고갯길을 미친 듯이 뛰었다. 눈발이 흩날리고 초겨울의 찬바람이 몰아치는데도 분희는 땀이 났다. 분희는 야매 주사를 놓는 집 대문을 마구 두들겼다.

"지발 문 좀 열어주이소. 우리 아가 다 죽어갑니더. 지발 살려주이소!"

곧 마루에 불이 켜지고 사람이 나오는 기척이 들렸다.

"이 한밤중에 누고?"

남자는 잠에서 덜 깬 채 하품을 하며 문을 열어주었다. 분희의 얼굴을 본 그는 귀신이라도 본 듯한 얼굴로 뒷걸음을 쳤다.

"무시라! 참말로 시껍했다 아인교? 아지매 얼굴 보고 간 떨어질 뻔했구마. 와 그라는교?"

"우리 아가 다 죽어갑니더. 지발 살려주이소."

흉터의 꽃

남자는 사색이 된 분희에게 짜증스러운 기색을 노골적으로
드러냈다.

"하이고! 아지매, 아무리 그래도 그렇지, 이 꼭두새벽에 아를
업고 오마 우야는교."

"지발 우리 아 좀 살려주이소."

"아, 이리 눕히소."

남자는 신경질적으로 마루를 가리켰다. 분희는 축 늘어진 아
이를 마루에 눕혔다. 남자는 아이의 상태를 묻지 않고 맥도 짚어
보지 않았다.

"우리 아가 한 며칠 전부터 몸이 자꾸 까라지더니 이래 몸이
불덩어리라예. 뭐 잘못 묵은 것도 없는데 와 이럴까예?"

남자는 분희의 말에 대꾸 없이 주사기 하나를 집어 들어 아이
의 엉덩이에 놓았다. 그러고는 분희를 힐끗 쳐다보았다.

"열 내리는 주사 놓았으이 일단 업고 갔다가 날이 밝거든 큰
병원 데리고 가소. 내는 자러 가야 되겠구마."

남자는 귀찮다는 듯이 손을 내저었다.

"우리 아는 괜찮겠지예? 별일 없겠지예?"

"그걸 내가 우예 장담을 하겠능교? 일단 아 델고 집에나 가소.
가소, 가!"

남자의 성화에 분희는 아이를 들쳐 업었다. 분희는 다시 눈발
이 흩날리는 고갯길을 넘어갔다. 수없이 관세음보살을 부르고 천
지신명에게 간절히 빌었다. 제발 이 아이 목숨은 지켜주고 저를
데려가주이소. 빌고 또 빌었다.

분희는 눈을 부릅뜨고 아이의 머리맡에 죽음의 그림자가 다가오지 못하도록 지키고 있었다. 하지만 젖은 장작에 피어오르는 가느다란 불씨처럼 붙어 있던 아이의 실낱같은 목숨은 날이 밝자마자 스러지고 말았다. 집 안에는 덕곡댁의 통곡소리가 하루 종일 그치지 않았다. 분희는 죽은 아이를 안고 목석처럼 앉아 있기만 했다. 펄펄 끓는 기름 솥을 정수리에 들이부은 것처럼 고통스러웠지만 얼어붙은 것처럼 전혀 움직일 수가 없었다. 어스름이 내릴 무렵 마을 남자 두 명이 집으로 들어왔다. 한 남자가 넋을 놓고 있는 분희에게서 아이를 받아 안았다. 인옥이 울음을 터뜨리며 그의 다리에 매달렸다.

"아재! 우리 인규 살아 있어예! 아직 안 죽었어예! 제발 인규 데리고 가지 마이소!"

남자는 인옥의 손을 뿌리치고 죽은 인규의 시체를 거적때기로 말아 지게에 올렸다. 덕곡댁은 마당에 퍼질러 앉아 다리를 쭉 뻗고 땅을 치며 통곡했다. 분희는 방 안에 그대로 허깨비처럼 앉아 있고 인옥은 남자들의 옷자락을 잡아당기며 매달렸다. 그러나 두 남자는 울며불며 매달리는 인옥을 뿌리치고 인규의 시체를 지게에 짊어진 채 산으로 올라갔다.

사위는 칠흑같이 어두웠다. 분희는 자신이 어디로 가고 있는지도 모르고 허청허청 걸었다. 정신을 차려보니 강변이었다. 분희는 강변에 주저앉아 비로소 울기 시작했다. 모래를 마구 흩뿌리고 가슴을 쥐어뜯으며 울었다. 올케가 선우를 잃고 강변에서

　　　　　　　　　　　　　흉터의 꽃

통곡하던 순간처럼 가슴속을 꽉꽉 채우고 있던 울음을 쏟아냈다. 깊은 우물 속에 가득 고인 우물물처럼 울음은 마르지 않고 끝없이 솟아나왔다. 강변의 버드나무와 잡풀들이 분희의 울음소리에 귀를 기울여주었다. 분희의 비통한 울음을 싣고 어둠에 잠긴 검은 강은 말없이 흘러갔다.

일을 간 지 보름 만에 동철은 집으로 돌아왔다. 집에 들어오자마자 인규의 이름부터 불렀다. 동철의 손에는 아이들에게 줄 과자 종합선물세트가 들려 있었다. 분희는 손에 들고 있던 쌀바가지를 떨어뜨렸다. 하얀 쌀이 부엌 바닥에 흩어졌다. 다리에 힘이 풀려 분희는 털썩 주저앉아버렸다. 덕곡댁에게 인규의 소식을 들은 동철은 눈이 뒤집혔다. 인규의 이름을 부르며 몸부림치며 짐승처럼 울부짖었다. 동철은 인규에게 주사를 놨던 남자를 찾아가 초죽음이 되도록 주먹질을 했다. 남자가 고소를 하는 바람에 유치장에 사흘간 갇혔다가 나와서는 정신을 잃을 정도로 술을 퍼마셨다.

날마다 술에 취해 있던 동철은 난데없이 소를 몰고 밭으로 나갔다. 밭으로 나간 동철은 밭을 갈다 그대로 멈춰 선 채 황강을 한참 동안 내려다보았다. 반짝이며 흘러가는 강물이 눈부시게 햇빛을 되쏘았다. 새들이 지저귀고 나뭇잎이 바람에 나부꼈다. 나무 뒤에 숨었다가 인규가 얼굴을 쏙 내밀 것만 같았다. 아이의 웃음소리가 들리는 것만 같았다. 숨이 쉬어지지 않았다. 몸속의 피가 일시에 쏟아져 나올 것만 같았다. 동철은 소와 쟁기를 밭에 그대로 버려두고 집으로 들어왔다. 옷가지 몇 개를 가방 안에 쑤셔 넣더니 그대로 집을 나가버렸다. 분희는 동철에게 어디를 가느냐고 차마 물을 수도 없었다. 허청허청 걸어가는 동철의 뒷모습은 사람이 아니라 유령 같았다.

동철과 인규는 둘도 없는 부자지간이었다. 동철은 인규를 유난히 귀여워했고 인규도 아버지만 보면 좋아서 어쩔 줄을 몰라 했다. 동철은 인규가 어릴 때의 분희를 가장 많이 닮았다고 했다. 처음 보았을 때 빤히 쳐다보던 그 모습을, 웃으면 초승달 눈으로 변하던 그 눈매를 인규가 빼다 박았다고 했다. 늘 트집 잡을 궁리만 하는 창호에게 인규는 눈엣가시였다. 동철이 인규만 표 나게 귀여워했기 때문이었다. 일하러 갔다가 돌아올 때면 인규만 끌어안고 볼을 비비고 장난을 쳤다. 인규에게 팽이도 깎아주고 썰매도 만들어주었다. 분희는 서로 좋아서 못 견디는 부자지간을 볼 때마다 가슴이 저릿하면서도 불안했다. 무슨 전생의 인연으로 저리 좋아 못 사는 부자지간이 되었나 싶을 때가 많았다. 그렇게 유난한 부자지간이었기에 집을 나가버린 동철의 마음이 이해되었다. 동네 여기저기, 집 안 여기저기 묻어 있는 아이의 흔적을 마주하기 두려워서 떠나버렸다는 것을 알고 있었다.

동철은 집을 나간 지 2년이 지나도 돌아오지 않았다. 해인사 길상암에서 불목하니로 지낸다고 했다. 동철에게 찾아가 제발 집으로 돌아오라고 매달리고 싶었다. 몇 번이나 해인사로 찾아가볼까 마음을 먹었지만 차마 갈 수가 없었다. 마음을 추스르고 집으로 돌아오기만을 기다리는 수밖에 없었다.

· 흉터의 꽃

고등학생이 된 창호는 집안의 폭군이었다. 분희에게 늘 돈을 내놓으라고 난리를 쳤다. 돈이 없다고 하면 물건을 닥치는 대로 때려 부수곤 했다. 덕곡댁의 말도 듣지 않았다. 창호는 점점 망나니가 되어갔다. 다리가 부실한 인옥이 제 앞에 넘어지기라도 하면 거치적거린다고 사정없이 걷어찼다. 창호의 고등학교 학비를 대기 위해 분희는 쉬지 않고 품을 팔러 다녀야 했다. 얼굴 때문에 사람들 앞에 나서기가 죽기보다 싫었지만 일을 가릴 처지가 아니었다. 다들 분희의 끔찍한 얼굴을 보고는 같이 일을 하기 꺼려했지만 일손이 딸리는 집에서는 받아주었다. 사과 따는 일을 해주고 짓무르거나 반쯤 썩은 사과를 한 포대 얻어올 때도 있었다. 썩은 부분을 도려내고 사과를 깎아주면 인옥과 인우는 그 사과를 맛나게 먹었다. 성한 데 하나 없었지만 아이들은 가장 귀한 음식이라도 되는 것처럼 아껴 먹었다. 무르고 멍든 사과였지만 달고 맛있었다. 하지만 창호는 이것도 사람이 먹는 것이냐며 사과를 집어던졌다.

분희는 창호의 눈치가 보여 인옥과 인우에게 살갑게 대해주지 못했다. 아이들이 사달라고 졸라도 군것질거리도 하나 사주지 못했고 인옥에게는 학용품도 사주지 않았다. 인옥은 공책이 없어 다 쓴 공책을 지우고 새로 쓰곤 했다. 학교에서 우등상 상품으로 공책을 받으면 그제야 새 공책을 구경할 수 있었다. 인옥에게 엄마는 늘 계모 같았다.

인옥은 찬장 안에 들어 있는 시루떡 접시를 보고 침을 꿀꺽 삼켰다. 인옥이 시루떡을 집어 먹으려 하자 분희는 손을 찰싹 때렸다.

"이거는 느거 오빠 줄 끼다. 니는 있다가 저녁 묵으면 안 되나."

인옥이 눈이 아플 정도로 엄마를 노려보았다.

"엄마는 우리 엄마 아이제? 계모제?"

"계모라꼬?"

분희는 인옥의 맹랑한 말에 맥없이 웃었다.

"엄마는 맨날 오빠만 맛있는 거 해주고, 오빠 편만 들고……
엄마는 계모다."

"……니가 내 맘을 우예 알 기고?"

분희는 땅이 꺼져라 한숨을 내쉬었다. 저 어린것이 어떻게 엄
마의 마음을 알까 싶었다. 창호도 어쨌거나 동철의 자식이었다.
어미의 얼굴도 모르고 자란 아이여서 저토록 마음에 날이 서 있
다고 분희는 생각했다. 동철의 자식이라면 내가 낳지 않았어도
당연히 내 자식이라고 생각했다. 동철이 집에 없다 해도 창호에
게 더 신경을 써주고 싶었다. 창호가 학교에서 돌아오자 분희는
기다렸다는 듯 덮어두었던 시루떡을 들고 나갔다.

"이거 좀 묵을래?"

창호는 분희가 말을 걸자 벌레 씹은 표정으로 노려보았다. 창
호는 분희가 들고 있던 접시를 받아들더니 마당에 내동댕이쳐
버렸다. 접시가 마당에 박힌 돌에 부딪쳐 깨졌다. 시루떡은 흙투
성이가 되어버렸다. 창호는 땅에 떨어진 시루떡을 발로 짓이기고
침을 퉤 뱉기까지 했다. 분희는 가슴이 으깨어지는 것만 같았다.
사람의 마음을 저다지도 잔인하게 짓밟아버릴 수가 있다니, 분

흉터의 꽃

희는 온몸이 부들부들 떨렸다. 생각 같아서는 창호의 뺨이라도 후려치고 싶었다.

"오빠!"

부엌에서 나오던 인옥이 창호에게 소리를 지르며 달려들었다.

"오빠 니가 사람이가? 와 묵는 거를 땅에 던지고 밟노? 묵는 거를 그렇게 하마 천벌을 받는다."

"이 가시나가 오데서 독사맹키로 머리를 빳빳이 쳐들고 지랄이고? 확 직이뿔라."

"직이바라!"

창호는 고개를 쳐들고 대드는 인옥의 뺨을 세게 때리고 다리까지 걷어찼다.

"창호 이놈의 새끼!"

난데없는 동철의 목소리였다. 다들 놀라서 돌아보았다. 동철이 대문 입구에 우뚝 서 있었다. 창호는 갑자기 나타난 동철을 보고 놀란 기색이 역력했다. 분희와 인옥도 놀라서 동철과 창호를 번갈아 쳐다보았다.

"창호 니 지금 동생한테 뭐하는 짓이고? 와 동생을 때리고 난리고?"

동철이 창호에게 다가와 큰 소리로 꾸짖었다.

"니가 지금 잘못했나? 잘했나?"

"……."

"와 대답을 안 하노? 니 내 없는 동안 동생하고 엄마한테 만날 이렇게 했나?"

"엄마? 동생? 지한테 엄마하고 동생이 오데 있습니꺼? 지는 저렇게 끔찍한 괴물 같은 엄마 둔 적 없심더."

"뭐라꼬? 이놈의 새끼가!"

동철은 창호의 뺨을 있는 힘껏 후려쳤다. 창호는 씩씩거리며 동철을 노려보았다. 눈에서 불꽃이 튀었다.

"아버지가 뭔데 내를 때립니꺼? 내가 아부지한테 자식이 맞기나 합니꺼? 언제 지한테 눈길 한번 준 적이 있습니꺼? 저 빙신 같은 가시나하고 죽은 그 새끼하고 인우 새끼만 자식으로 생각해놓고…… 이 씨발!"

"이, 이놈의 새끼, 니 뭐라 켔노?"

동철은 창호를 때리려고 손을 번쩍 쳐들었다. 창호는 동철을 확 떠다밀었다. 그 바람에 동철은 엉덩방아를 찧으며 나동그라졌다.

"이 일을 우짜겠노? 괜찮은교?"

분희와 인옥이 달려가 동철을 붙들고 일으켰다.

"내 이놈의 집구석에 다시는 들어오나 봐라!"

창호는 칵 하고 침을 뱉고는 집을 뛰쳐나가 버렸다.

"창호야! 창호야!"

분희가 뒤쫓았으나 창호를 따라잡을 수가 없었다. 아버지가 돌아오자마자 아들이 집을 뛰쳐나가다니 기가 막혔다. 분희는 길에 털썩 주저앉아 창호가 사라진 길모퉁이를 하염없이 쳐다보았다.

3년 만에 돌아온 동철은 완전히 딴사람이 된 것 같았다. 분희를 위해 우물이 있는 집으로 이사를 하고 분희를 위해 꽃을 심던 동철은 온데간데없었다. 농사는 거들떠보지도 않고 술로 세월을 보냈다. 술에 취해 분희에게 함부로 손찌검까지 했다. 술이 깨면 멍들어 있는 분희의 얼굴을 보고는 어쩔 줄 몰라 했다. 분희는 동철의 영혼이 이미 인규와 함께 가버렸다는 것을 깨달았다. 분희를 때리는 동철은 동철이었지만 이미 동철이 아닌 사람이었다. 인규가 갖고 놀던 팽이를 만지작거리고 있는 동철을 보면 가슴이 미어졌다. 영혼은 떠나보내고 껍데기만 남은 동철을 보면 억장이 무너졌다. 바람이 불면 비닐봉지처럼 펄렁 날아가버릴 것 같은 사람. 분희는 이제는 자신이 동철을 꼭 붙들어야 할 때라는 것을 깨달았다. 진달래 꽃잎을 흉터에 가만히 갖다대주던 사람, 그 손을 놓을 수 없었다.

창호도 집을 나가고 허깨비처럼 정신을 놓아버린 동철을 못 보겠는지 덕곡댁이 마산에 있는 둘째아들네로 가겠다고 했다. 몸도 성치 않은 시어머니였다. 말릴 수도 없었고 말릴 형편도 되지 않았다. 분희는 시어머니에게 얼굴을 들 수가 없었다. 모든 것이 제 탓인 것만 같았다. 며느리에게 살갑지는 않았지만 무던하게 대해준 시어머니였다. 창호가 집을 뛰쳐나갔을 때도 분희 탓을 하지 않고 입을 꾹 다물고 있던 시어머니였다. 옷 보따리 하나를 들고 버스에 오르는 시어머니의 뒷모습이 서글펐다.

동철은 몸이 아파 농사일도 못하고 누워 있거나 병원에 들락거리는 게 일이었다. 동철의 병원비를 대느라 인옥의 중학교 학비가 밀리는 일이 다반사였다. 어쩔 때는 마음 좋은 인옥의 담임이 수업료를 대신 내줄 때도 있었다.

학교에 갈 때가 되었는데 인옥이 늑장을 부렸다. 인옥은 무슨 말을 할 듯 말 듯 눈치를 보며 분희를 쳐다보았다.

"인옥아, 지각한데이. 오늘 학교 늦게 가도 되나?"

"……."

"뭔 할 말 있나?"

"엄마, 나, 고등학교 보내주면 안 되나?"

분희는 숨이 턱 막혔다. 지금 집에는 돈이 씨가 마른 상황이었다. 동철도 병원에 입원해 있었고 병원비를 융통할 데도 없었다. 인옥은 눈에 눈물을 그렁그렁 매달고 분희를 쳐다보았다.

"안 된다. 느거 아버지도 입원해 있고."

"엄마! 제발, 내도 고등학교 가고 싶다. 오빠는 고등학교 보내 줬으면서 내는 와 안 보내주는데?"

"우리 형편에 우째 고등학교에 간단 말이고? 안 되는 건 절대 안 된다."

"……."

인옥은 고개를 푹 떨어뜨렸다. 지금 학교에 가면 지각할 게 뻔했다. 힘없이 집을 나가는 인옥의 뒷모습을 보자니 칼날에 심장이 베이는 것 같았다. 인옥은 지는 것을 싫어하는 성격이었다. 다리가 아파 자주 넘어지긴 했지만 우등상을 한 번도 놓치지 않을 만큼 악착스레 공부했다.

학교 때문에 아이와 실랑이를 벌인 때문인지 태수 생각이 났다. 가슴이 찢어지는 것처럼 시리고 아팠다. 학교에 가고 싶어 큰

흉터의 꽃

집에 양자로 갔다가 쫓겨난 동생 태수의 울분에 가득 찬 얼굴이 떠올랐다. 강변에서 목 놓아 울던 태수의 울음소리가 들리는 것만 같았다. 공부를 못한 것이 한이 되어, 선우를 앞세운 것이 한이 되어 늘 고주망태로 살던 동생 태수는 3년 전 스스로 목숨을 끊었다. 태수는 신부전증과 피부암에 걸려 병원을 들락거렸지만 치료 가망성이 없었다. 치료비가 없어 투석 치료를 제대로 받지 못해 몸은 퉁퉁 부어올랐다. 얼굴과 목에 생긴 검은 반점과 종양은 점점 더 커져갔다. 빚은 점점 늘고 더 이상 빌릴 데도 없자 태수는 미련 없이 제초제를 마셔버렸다. 거품을 부걱부걱 내놓으며 마당에서 뒹굴다 병원으로 실려갔지만 이미 혀가 말려들어간 뒤였다.

어린 자식 셋을 데리고 병든 시어머니까지 모시고 살고 있는 올케를 생각하면 가슴이 미어졌다. 조카들도 하나같이 병약해 늘 병원을 들락거린다고 했다. 평생 눈물바람을 해야 하는 올케의 세월이 무섭고 끔찍했다. 원폭 귀신이 우글거리는 집인 줄 모르고 시집온 탓이었다. 얼마나 많은 눈물의 강을 건너야만 올케의 눈물이 마를지 한숨이 나왔다. 어두운 강에서 통곡하던 올케의 울음소리가 아직도 귀에 쟁쟁했다. 길고 긴 강 같은 울음이었다. 끝나지 않을 울음이었다.

분희는 빨래를 하다가도 우두커니 앉아 있고, 밭을 매다가도 우두커니 앉아 있었다. 팔 수만 있다면 눈이라도 빼서 팔아 인옥을 고등학교에 보내주고 싶었다. 인옥은 밥도 먹지 않고 방 안에 드러누워 며칠 동안 울기만 했다. 다리가 아파도 결석 한 번

하지 않던 아이가 사흘 동안 결석하자 담임선생이 찾아오기까지 했다. 담임선생은 공부를 잘하는 인옥을 고등학교에 보내야 하지 않겠느냐고 했지만 분희는 죄인처럼 고개만 숙이고 있었다.

결국 인옥은 일반 고등학교에 가지 못하고 공장에 다녀야 했다. 어릴 때부터 다리가 부실해 잘 넘어지던 인옥이 힘든 공장 일을 버텨낼 수 있을지 걱정스러웠지만 말릴 형편도 되지 않았다. 인옥은 대구에 있는 방적 공장에 취직해 산업체 부설고등학교에 다니기 시작했다. 명절 때만 되면 그래도 공장에서 번 돈으로 인우의 옷을 사고 엄마와 아버지의 내복을 사오고 월급을 부쳐왔다. 소를 먹이러 가면 동생 준다고 새빨간 산딸기를 따서 칡잎에다 고이고이 싸오는 아이가 인옥이었다. 인옥은 공장에 다니면서도 무슨 일이 있어도 대학에 들어가겠다고 했다. 공장에서 하루 여덟 시간이나 일하는 아이가 무슨 수로 대학에 가겠다는 것인지 한숨이 나왔다. 그것은 낙타가 바늘을 통과하는 것보다 더 어렵다는 것을 무엇보다 인옥이 더 잘 알고 있을 터였다.

인옥은 결국 공장에 다닌 지 2년 만에 일을 그만두고 쉬어야 했다. 아픈 다리 때문이었다. 인옥은 공장에 못 다니게 된 것보다 학교에 못 다니게 된 것을 더 괴로워했다. 병원을 찾아다니며 검사를 해보았지만 전혀 병명도 알 수가 없었다.

막내 인우도 기를 쓰고 공부했다. 가난한 집 아이가 공부를 잘하는 것은 자랑이 아니라 오히려 걱정거리였다. 분희는 그렇게 공부를 하고 싶어 하던 인옥을 공장으로 보낸 것이 늘 가슴에 맺혀 있었다. 어떤 일이 있어도 아이 하나만이라도 대학까지 공

부를 시켜주겠다고 마음먹었다. 농사만 지어서는 돈을 구경하기
가 힘들어 분희는 틈만 나면 돈을 벌러 다녔다. 먼 동네까지 미
나리를 베러 다니고 고추를 따러 다녔다. 딸기와 사과를 따러 다
니고 파 작업도 하러 다녔다. 돈이 될 만한 일이라면 어떤 일도
마다하지 않았다. 뼈마디마다 안 아픈 곳이 없었지만 아픈 것도
사치였다. 목숨을 부지하고 살아가는 일은 또 하나의 원폭 지옥
속을 헤매는 일이었다.

당신의 상처투성이 발

분희는 망연자실한 표정으로 미나리밭을 내려다보았다. 무슨 간절한 마음을 품었기에 미나리는 저토록 푸른 것일까. 완벽한 초록의 바다였다. 낫을 들고 미나리 밭으로 들어가 미나리를 쓱쓱 베어냈다. 한숨이 새어나왔다. 잘라내도 잘라내도 다시 잎이 돋아나고 줄기가 쑥쑥 자라는 미나리처럼, 다시 순식간에 짙푸른 초록의 바다로 변하는 미나리처럼, 동철의 잘린 다리도 미나리처럼 다시 되살아나면 얼마나 좋을까. 동철의 다리만 생각하면 심장을 도려내는 듯 아팠다.

동철은 늘 병원을 들락거렸다. 합천원폭지부에 등록을 한 덕분에 합천 고려병원이나 대구 영남대 병원, 고령 영생병원을 이용하면 병원비가 반밖에 안 나왔지만 하도 병원에 자주 입원하는 터라 늘 돈을 구하러 다니는 게 일이었다. 몸도 약한 데다 하루도 거르지 않고 마셔댄 술로 인해 간경화가 심해지고 당뇨까지 겹쳤다. 원폭 투하 때 다친 왼쪽 발뒤꿈치의 상처도 덧나서 점점 썩어 들어갔다. 급기야 왼쪽 다리 절단 수술까지 받아야 했다. 무릎 아래쪽에서 잘린 다리는 나무토막처럼 보였다. 수술에서 깨어난 동철은 뭉툭하게 잘려나간 다리에 붕대가 감긴 것을 보고도 무표정했다. 분희는 동철의 잘려나간 다리를 볼 때마다

흉터의 꽃

윙 하는 톱날 소리가 들리는 것만 같아 몸서리를 쳤다. 동철의 몸이 모래처럼 조금씩 사라지는 것 같아 두렵고 무서웠다.

미나리밭에서 일을 하면 한두 달 집을 비울 때가 많았다. 인우에게 다리가 불편한 아버지를 맡겨놓고 집을 떠날 때면 마음이 놓이지 않았다. 처음에는 끔찍한 화상 흉터를 드러내놓고 일하러 나가는 것이 내키지 않았다. 하지만 돈을 벌기 위해서라면 못할 게 없었다. 미나리를 베러 다닌 세월만 해도 근 15년이 넘었다. 겨울 내내 미나리를 베면 한 해 농사 소출보다 더 많은 돈을 손에 쥘 수 있었다. 예전에는 돈내기 작업이라, 많이 베면 많이 베는 대로 돈을 벌 수 있었기 때문에 한 단이라도 더 베기 위해 악착을 떨었다. 미나리는 동철의 병원비가 되고 동철의 술이 되고 인우의 학비가 되고 참고서 값이 되었다. 미나리가 식구들을 먹여 살렸다고 해도 과언이 아니었다.

버스를 타고 분희는 진주로 향했다. 겨울 미나리 작업을 하러 가는 길이었다. 한동네에 같이 사는 노양댁, 율진댁, 물림댁도 같이 갔다. 동철이 아파서 병원에 입원하는 때만 빼고 해마다 미나리를 베러 다녔다. 하지만 이번에는 미나리를 베러 가면서 유독 발걸음이 떨어지지 않았다. 병원에서 퇴원한 지 며칠 안 되는 동철을 집에 두고 가는 걸음이 무거웠다. 동철은 전에 없이 일을 하러 가지 말라고 아이처럼 매달렸다. 다른 때 같으면 화를 벌컥 내며 가지 말라고 하던 사람이 힘없이 가지 말라고 하는 것을 보자 꺼림칙하고 불안했다. 차창 밖을 내다보았지만 바깥 경치가 하나도 눈에 들어오지 않았다. 분희는 자꾸만 무릎에 손을 문질렀다.

　버스에서 내려 대기하고 있던 봉고로 향했다. 미나리밭 주인이 차를 몰고 나와 있었다. 수염이 텁수룩하고 살이 찐 남자는 여자들을 보고 반색을 했다. 봉고가 좁은 논길을 달리자 나타난 미나리꽝은 수만 평은 될 듯 꽤나 넓었다. 초록빛 바다였다. 파도가 치듯 초록색 물결이 일렁였다. 미나리꽝에는 싱싱한 겨울 미나리를 채취하고 있는 여자들이 바쁘게 움직이고 있었다. 논두렁에는 호스로 물을 대놓고 금방 채취한 미나리를 씻고 있는 여자들이 보였다.

　미나리처럼 질긴 게 있을까. 미나리는 줄기를 잘라내고 또 잘라내도 푸르게 돋아났다. 미나리를 볼 때마다 아버지의 음성이 들리는 것만 같았다. 분희야, 뿌리만 살아 있으마 된다. 분희는 자신의 인생이 끝없이 잘려나가고 잘려나가는 미나리 같다는 생각이 들었다. 원폭의 지옥에서도 살아남았고 끔찍한 화상을 입고서도 미나리처럼 질기게 살아남았다. 미나리는 엄동설한에도 얼어 죽지 않고 살아남아 더욱 향기로워졌다. 가뭄에도 말라죽지 않았다. 더러운 물속에서도 스스로 정화작용을 해내는 것이 미나리였다. 미나리는 해독성분이 있다고도 했다. 미나리를 자주 먹고 미나리로 돈을 번 덕분에 아직 죽지 않고 살아 있나 하는 생각마저 들었다. 미나리꽝을 둘러보며 분희는 미소를 지었다. 얼음 속에 몸을 담그고 있으면서도 푸르고 싱싱한 미나리를 보며 힘을 냈다. 저 푸르디푸른 미나리처럼 질기게 살아남아 식구들을 건사하겠다고 마음을 다잡았다.

흉터의 꽃

미나리밭 주인은 들판 한가운데 있는 숙소로 여자들을 데리고 갔다. 비닐하우스로 만든 가건물 안에 들어가니 전기장판이 깔려 있고 벽을 막아 바람이 덜 들이치게 한 허연 스티로폼 벽이 보였다. 한쪽 귀퉁이에는 비키니 옷장, 전기밥솥, 텔레비전이 있었다. 이 방에서 미나리 작업이 끝날 때까지 두 달을 지내야 했다. 분희는 열흘만 있다 집에 다녀와야겠다고 생각했다.

들판에서 불어오는 겨울바람이 살을 도려내듯 차가웠다. 눈발이 날리기 시작했다. 일을 가지 말라고 하던 동철의 얼굴이 떠올랐다. 요 근래 동철은 황달이 심해져 얼굴빛은 검게 변하고 코피도 자주 나고 잇몸에서는 계속 피가 났다. 복수도 차고 가끔씩 정신이 희미해지기도 했다. 병원에서는 더 이상 손쓸 수 있는 방법이 없다고 했고 동철은 병원에서 나가겠다고 고집을 부렸다. 다 죽어가는 환자를 놔두고 이 먼 데까지 오다니 돈에 환장한 게 아니고 뭐란 말인가. 농협에 진 빚만 해도 한두 푼이 아니었다. 돈이 원수였다.

여자들은 두툼하게 껴입은 겨울옷에 가슴 위까지 올라오는 검은 고무 옷을 입고 일을 했다. 고무 옷 위에는 길고 두꺼운 노란색 고무장갑을 꼈다. 수건을 머리에 쓰고 그 위에 끈 달린 모자까지 쓰고 줄을 단단히 목에 맸다. 다들 뚱뚱한 눈사람처럼 둔해 보였다. 여자들은 엉덩이에 깔고 앉을 깔개를 담은 고무 대야와 미나리를 담을 대야 두 개를 들고 군대가 진군하듯 논둑길을 걸어갔다. 적군의 목을 베러 나가는 동학 군대처럼 여자들은 차가운 미나리꽝으로 들어갔다. 얼음물에 몸을 담그고 있으면 자신의 몸인지 아닌지 모를 정도로 감각이 사라지고 손은 끊어질 것만 같았다. 겨울 미나리꽝에 해마다 들어가 미나리를 캐야 하는 자신의 박복함 따위는 생각할 겨를이 없었다. 얼음을 깨고 찬물 속에서 장시간 작업하는 일은 생과의 한판 전쟁이었다.

겨울 미나리는 봄 미나리보다 작업하기가 훨씬 어려웠다. 겨울에 수확할 때는 뿌리까지 캐내야 했다. 미나리를 뿌리까지 물로 잘 씻은 다음 다발을 묶어 다시 깨끗하게 씻고 50다발씩 상자에 담았다.

분희는 손을 재게 놀리면서도 마음은 합천 집에 가 있었다. 하루 종일 안절부절못했다. 밤늦게 미나리 작업을 마치자마자 미나리밭 주인집에 가서 집에 전화를 했다. 한참 있다 전화를 받은 동철은 끙끙 앓는 소리를 했다.

"으으…… 내 죽겠다. 빨리 집에 온나."

"아이고! 이 일을 우짜겠노? 인우 옆에 있으마 전화 좀 바까주소."

"인우 안즉 안 들어왔다. 온몸이 다 끊어지는 것 같다. 누가 내를 칼로 토막토막 잘라내는 거맨치로 아푸다. 내 좀 살리도고."

"지금 당장 갈 수도 없고 이 일을 우야겠노?"

"내 죽겠다 안 카나? 지발 내 좀 살리도고."

"내 지금 당장 갈 낍니더. 우야던동 쪼매마 참으소."

분희는 전화를 끊고 미나리밭 주인을 찾으러 나갔다. 밭주인은 마당에 전등불을 켜놓고 미나리 포장 작업을 하고 있었다.

"보이소, 아재, 지금 합천에 가봐야겠심더."

"아지매, 미쳤능교? 이 밤에 합천에 간다꼬요? 합천까지 우예 갈라꼬? 차도 다 끊어짓을 낀데."

"지송합니더. 사람이 다 죽어간다 카는데 우짜능교? 지송하지만 버스 터미널까지 좀 태워다주이소."

"알았심더."

동철은 혼절했다 겨우 깨어났다. 비몽사몽간이었다. 여기가 저승인지 이승인지도 분간이 되지 않았다. 수십 개의 칼로 온몸을 마구 난도질하는 것 같았다. 히로시마의 귀신들이 집 안 여기저기를 떠도는 것만 같았다. 검은 연기 같은 이상한 형체들이 눈앞에 어른거리는 듯해 동철은 손을 허공으로 휘저었다. 죽은 인규의 얼굴이 떠올랐다. 인규가 해맑게 웃으며 손짓을 하고 있었다. 인규야! 목소리가 나오지 않았다. 인규의 웃음소리가 들리는 것 같았다. 분희야, 우리 인규가 저기 있데이, 니를 젤로 많이 닮은 우리 인규가 저기 있데이. 보이나? 분희야.

분희에게 노란 손수건을 건네던 일, 피 흘리는 분희를 업고 히로시마 거리를 헤매던 일이 떠올랐다. 술을 마시고 엉망으로 취해 밥상을 던지던 일, 분희의 머리채를 잡고 때리던 일이 두서없이 떠올랐다. 분희에게 미안하다고 잘못했다고 말하고 싶었다. 좋은 남편이 되려던 약속을 끝내 못 지키고 말았다. 산산이 부서진 인생이었다. 분희를 때린 것이 가장 후회스러웠다. 잘못된 인생이었다. 원폭 때문에 어그러지고 망가진 인생이었다. 원폭이 없는 그런 세상에 새로 태어난다면 좋은 남편이 되어줄 텐데. 동철은 다시 혼절했다.

분희는 합천읍에 도착해 택시를 탔다. 칠흑 같은 어둠속을 택시는 한참 달렸다. 마주 오는 차 한 대 보이지 않았다. 집 앞에 택시가 멎자 분희는 거스름돈도 안 받고 집으로 뛰어들었다. 집안은 무섭도록 적요했다.

"인우야!"

가슴이 죄어들어 분희는 일부러 큰 소리로 인우를 불렀다. 아무 대답이 없었다. 공부를 하다 친구 집에서 잠든 건지도 몰랐다. 사랑방 문을 확 열어젖혔다. 이불 위에 반듯하게 누워 있던 동철의 입에서 신음이 흘러나왔다. 시커멓던 얼굴이 유난히 허예져 있었다.

"인옥이 아부지요!"

분희가 몸을 흔들며 소리 지르자 죽은 듯 눈을 감고 있던 동철이 분희를 쳐다보았다. 분희의 눈가에 눈물이 주르르 흘러내렸다. 동철의 얼굴은 고통으로 잔뜩 일그러졌고 몸은 부들부들 떨리고 있었다.

"이게 우찌 된 일인교? 정신 차리소, 지발!"

동철이 겨우 손을 들었다. 분희는 그 손을 부여잡았다. 뭔가 말을 하기 위해 입을 달싹였지만 소리는 말이 되어 나오지 못했다. 동철은 마지막 힘을 짜냈다. 분희는 귀를 바싹 갖다 붙였다.

"으으, 미, 미……."

"뭐라꼬요? 말 좀 해보소. 지발!"

"부, 분희야, 으으…… 미안…… 하다……!"

동철은 팔을 툭 떨어뜨리고는 눈을 감았다. 분희는 동철의 몸을 미친 듯이 흔들었다. 얼굴 반쪽에 화상을 입어 흉측한 모습이 되었어도 다시 찾아와 아내로 맞아준 사람, 천지간에 자신을 사랑해준 단 한 사람이었다. 흉터에 꽃을 가만히 대주던 사람, 흉터를 꽃으로 만들어주었던 사람. 이렇게 아깝고도 아까운 사람을 보내야 하다니 가슴이 온통 뜯겨나가는 것만 같았다. 껍데기라도 끝까지 붙들고 있고 싶었다.

"지발 눈을 좀 떠보소. 이래 갈라꼬, 그래 힘들게 살았능교? 이래 갈라꼬!"

분희는 동철의 코와 눈두덩과 입술과 목덜미를 하염없이 쓰다듬으며 울었다. 동철의 손과 발을, 잘려나간 다리를 쓰다듬고 또 쓰다듬었다. 평생 상처가 낫지 않던 아픈 다리였다.

"울매나 아팠능교? 이 다리로 걸어댕긴다꼬? 울매나 아팠능교? 와, 내를 놔두고 혼자 가능교? 이 아픈 다리로 우째 혼자 갈라꼬 카능교? 지발 내랑 같이 가입시더!"

분희가 동철의 몸에 엎어져 울고 있을 때 하늘 위에는 창백한 겨울달이 질린 얼굴을 하고 마을을 내려다보고 있었다. 동철의 얼굴은 잠자는 듯 평화로워 보였다. 사랑하는 이의 울음소리를 꽃잎처럼 밟고 다시는 못 돌아올 길을 떠나고 있었다. 사랑하는 이의 목소리 하나만을 가지고, 그 기억만을 가지고 떠나는 이의 얼굴은 편안해 보였다. 이것 하나만으로 충분하다는 듯. 다 되었다는 듯.

정현재-그녀를 만나다

 냉장고 문을 열어보니 햇반과 봉지 김치와 캔맥주밖에 보이지 않았다. 야채 칸을 열어보니 말라비틀어진 당근 두 개와 썩은 참외가 보였다. 장을 본 지 일주일이 지났다. 마트에 다녀올까 하다 다시 방으로 들어와 습관처럼 컴퓨터를 켰다.

 강분희 할머니의 이야기는 더 이상 이어지지 않고 있었다. 목적지를 향해 정신없이 달리고 있는데 길이 뚝 끊겨버린 느낌이었다. 남편이 쉰아홉 살의 나이로 죽고 나서부터 강분희 할머니는 입을 다물어버렸다. 마치 거대한 철문이 닫혀버린 듯한 느낌이었다. 문제는 소설이었다. 출구를 찾아야 했다. 할머니가 침묵해버린 이후의 시간을 찾아내야만 소설의 길을 찾을 수 있을 것 같았다. 왜 강분희 할머니는 남편이 죽은 뒤부터의 이야기를 하지 않는 것일까. 할머니의 인생은 남편의 인생이 문을 닫자 끝이 났다는 의미인지 이해할 수가 없었다.

 나는 휴대폰에 저장된 녹음파일을 열어 다시 들어보았다. 느리고 조용한 강분희 할머니의 목소리에 귀를 기울였다. 할머니가 내 옆에 앉아 이야기를 하는 것만 같았.

 "그날부터…… 원폭이 터진 그날부터 내는 평생 얼굴을 들고 산 적이 없심니더. ……죽을죄를 지은 사람맨키로 얼굴을 못 들

흉터의 꽃

고 살았심더. 죽을죄를 지은 기 아인데, 와 고개를 못 들고 살았
겠능교? 이 원폭 흉터 때문인 기라요. 내보고 절대로 고개 숙이
지 말라꼬 말해준 사람입니더, 그 양반은. 우리 앞에 평생 고개
를 숙이야 될 놈들은 원폭을 떨어뜨린 놈들이라꼬 켔심더. 그 양
반 죽던 날, 내 인생도 죽은 기라요. ……죽은 사람이 뭔 이야기
를 하겠능교? 내를 원폭의 구렁텅이에서 살리주고, 단 한 번이라
도…… 사람 사는 거맨치로 살게 해준 사람이라요. ……내겉이
숭칙한 여자를 사람 대우해준 사람이라요, 그 사람은."

　인간을 인간답게 만드는 것은 바로 그 사람을 존재 자체로 인
정해주고 사랑해주는 것밖에 없다는 말이었다. 그 사람이 존재
했던 시간, 그 사람과 함께했던 시간만이 강분희 할머니에게는
살아 있던 유일한 순간이었다는 말임을 나는 겨우 이해할 수 있
었다. 아, 어쩌면 강분희 할머니는 이 길고 긴 이야기를 통해 박
동철이라는 한 남자에 대한 고백을 한 건지도 몰랐다. 나를 사람
대접 해줘서 고마웠노라고, 사랑해주어서 고마웠노라고, 나를
살 수 있도록 해줘서 고마웠노라고. 어쩌면 박동철과 강분희 이
두 사람은 그 원폭의 지옥 속에서도 죽지 않는 꽃 한 송이를 피
워낸 것인지도 몰랐다. 시들지 않는 노란 꽃송이 하나, 죽지 않는
꽃, 그것은 사랑이었다.

　"꼭 여쭤보고 싶은 게 하나 있습니다."

　"뭔교?"

　"지금까지 아무에게도 안 한 이야기…… 그렇게 묻어둔 이야
기를 이제야 털어놓겠다고 생각하신 이유가 뭔지 알고 싶습니

정현재-그녀를 만나다　　　　　　　　　　　　　　　287

다."

"처음에는 그 숭악한 이야기 한다꼬 뭐가 달라지겠노 그 생각을 했구마. 그 이야기를 꺼내놓는 기 겁이 나고 무서웠다카이. ……다시 원폭이 터진 지옥으로 걸어 들어가라 카는 것맹키로…… 내 몸이 다 불에 타고 찢기는 것맹키로…… 참말로 무섭더라카이. 내는 아직도 불이 젤로 무섭소. ……젊은 양반, 책 만든다 캤지요? 내가 이 가슴속에 들어앉은 쇳덩이 같은 거를 토해낼라꼬 마음묵은 거는 바로 우리 딸 때문이라요."

"따님이라면, 박인옥 씨 말씀인가요?"

"내는 팔자다 하고 살았지만 그 아는 내 새끼라서가 아이라 참말로 다릅디더. 에미 잘못 만난 죄로 그 고생을 하미 사는데도…… 살라꼬 살라꼬 그래 애를 쓰는 거 보민서…… 참말로 용타 싶어요. 내가 소설가 양반한테 그 숭악한 이야기를 한 거는…… 딴 기 아이라…… 우리 딸이 앞으로 사는 시상 돌덩이 하나 치워주고 가야 안 되겠나 싶었다 아인교? ……내 이야기가 세상에 나가서 우리 새끼 앞에 놓인 돌덩이 하나 치우는 데 쓰이게 되마 안 좋겠나 싶어서…… 원폭 터짔을 때 진작에 죽었어야 할 목숨인데 이래 모질게 살아온 거는…… 우야마 이 이야기를 할라꼬, 내가 지금까지 살아남은 기 아이겠나 이런 생각이 들더라꼬요. 모질고 모진 기 사람 목숨인지…… 원통해서 그런가 죽는 것도 마음대로 안 되는 기…… 원폭을 맞은 사람들이 울매나 원통하게 살아왔는지 쪼매라도 알리는 게 안 낫겠나 싶었다 아인교? 우리 겉은 사람들 살날이 인자 울매 남았겠능교? 인

흉터의 꽃

자는 살은 사람들 이야기, 살아갈 사람들 이야기를 해야지."

살은 사람들 이야기, 살아갈 사람들 이야기를 해야지. 나는 할머니가 소설의 길을 찾아주었다는 사실을 깨달았다. 할머니의 그 말은 다름 아닌, 원폭 피해자 후손들의 이야기, 딸의 이야기일지도 몰랐다.

어릴 때부터 병치레를 자주 했다던 그 딸은 어떻게 살고 있을까? 어쩌면 그녀, 박인옥을 만나면 사라져버린 길이 나타날지도 몰랐다. 어머니가 두꺼운 침묵의 문을 열고 나오도록 만든 딸이었다. 나는 강분희 할머니의 딸, 박인옥의 삶이 궁금했다. 그녀가 어떤 사람인지 그녀의 인생에 대해 듣고 싶었다.

그녀가 취재에 응해줄지 아닐지 조금 걱정이 되었지만 일단 부딪쳐보자는 마음으로 전화를 걸었다.

"여보세요?"

"안녕하세요? 혹시 박인옥 씨 맞으십니까?"

"네, 제가 박인옥 맞는데요. 무슨 일로 전화하셨어요?"

"저는 소설가 정현재라고 합니다. 원폭 관련 소설을 준비 중인데요. 강분희 할머니 만나서 그간 살아오신 이야기를 들은 적이 있습니다."

"네? 정말이에요? 저희 엄마를 취재했단 말씀이세요?"

"예, 맞습니다."

"저희 엄마는 원폭 이야기 진짜 끔찍이도 싫어하시는데……지금까지 히로시마에서 살았던 이야기, 제게도 꺼낸 적이 없었어요."

딸에게도 이야기하지 않았다니. 할머니가 얼마나 어렵게 용기를 낸 건지 새삼 놀라웠다.

"처음엔 말씀 않겠다고 하셨습니다. 그런데 따님 때문에 모든 이야기를 다 털어놓았다고 하시더라구요. 따님 앞날에 돌덩이 하나는 치우고 가야 안 되겠냐고 하시면서요."

그녀는 잠시 침묵했다. 그녀가 느끼고 있을 복잡한 감정이 수화기 너머 전해지는 것 같았다.

"저희 엄마가 그런 말씀을 하셨다구요?"

"네, 그렇게 말씀하셨습니다. 혹시 뭐 하나 부탁드려도 되겠습니까?"

"네? 무슨 부탁요?"

"원폭 2세로서 지금까지 어떻게 살아오셨는지 말씀해주실 수 있을까요?"

나는 잠깐 긴장했다. 너무 단도직입적인가? 갑작스럽게 말을 꺼냈기 때문에 부담스러울지도 몰랐다.

"아, 제 이야기도 소설에서 다루고 싶다 이 말씀이시죠?"

"네, 맞습니다."

"그게 뭐가 어렵겠어요? 우리 엄마도 그 오랜 침묵을 힘들게 깨고 나오셨는데, 얼마든지 말씀드릴 수 있어요. 엄마가 말씀하셨듯이 원폭 피해자들의 삶에서 무거운 돌덩이를 치워나가는 일이 될지도 모르잖아요?"

전화상으로도 그녀의 시원시원하고 강단 있는 성격이 느껴졌다.

"이렇게 흔쾌히 허락해주셔서 정말 감사드립니다."

나는 휴대폰을 든 채로 고개를 꾸벅 숙였다. 신산한 삶의 굽이굽이를 힘들게 헤쳐 나왔을 텐데도 그녀의 목소리는 힘이 있고 밝았다.

약속 장소는 대구 송현역 근처에 있는 카페였다. 차가 밀리지 않은 덕분에 약속시간보다 30분 먼저 카페에 도착했다. 그녀를 기다리며 무슨 이야기부터 꺼내면 좋을까 생각해보았다. 내 아버지도 히로시마 출신이며 원폭 피해자였다는 이야기를 먼저 꺼내는 것이 좋을까. 하지만 나는 어쩌면 아버지가 원폭 피해자가 아니기를, 내가 원폭 피해자의 자식이 아니기를, 그리고 우리 채현이의 다운증후군이 원폭과는 전혀 상관없기를 내심 바라고 있지 않은가. 합천원폭지부에서 아버지의 이름을 확인했으면서도 나는 아버지가 이사를 갔기 때문에 원폭의 현장에 없었다는 어머니의 말을 믿고 싶었다. 어쩌면 나는 단지 소설의 취재수단으로 아버지가 히로시마 출신이라는 것을 이용하려는 것이 아닌가. 이러고도 과연 원폭에 관한 소설을 쓸 자격이 있단 말인가.

카페 문이 열리고 오십대 중후반으로 보이는 여자가 들어와 두리번거렸다. 카페 안의 손님들은 다들 여자였고 남자는 나 혼자뿐이었다. 여자는 곧장 내 앞으로 걸어왔다. 걸음걸이가 약간 이상했다. 경미한 소아마비 환자처럼 몸 한쪽을 기울이며 걷는 걸음걸이였다. 특유의 걸음걸이 때문인지 이상하게 낯이 익다는 생각이 들었다. 어디서 저 걸음걸이를 봤더라. 아, 바로 그 여자였다. 김형률 추모제 때 앞으로 나가서 인사하던 키가 작달막하고 입매가 야무진 여자, 원폭 환우 2세회 명예회장의 모습이 겹쳐졌다. 나는 나도 모르게 자리에서 벌떡 일어섰다.

"어! 원폭 2세 환우회 회장님 맞으시죠?"

그녀는 의아한 표정을 지었다.

"네, 근데 절 만난 적 있으세요?"

"안녕하세요? 정현재라고 합니다. 예전에 김형률 추모제 행사 때 인사말씀하는 모습 뵌 적 있습니다. 그런데 강분희 할머님 따님일 줄은 전혀 예상치 못했습니다. 정말 신기한 일이군요. 일단 앉으시죠."

원폭 환우회 회장이 박인옥일 거라고는 전혀 상상도 못한 일이었다.

나는 커피를 주문하고는 다시 자리로 돌아와 앉았다. 무슨 이야기부터 꺼내야 하나 잠시 망설였다. 이럴 때는 고향 이야기로부터 공감대를 끌어내는 것이 좋겠지. 그러자면 아버지 이야기도 해야 하는데, 아버지가 원폭 피해자이고 나도 원폭 피해자 자녀라고 이야기해야 되나 말아야 하나. 온갖 생각들이 두서없이 떠올랐다.

"저도 고향이 합천입니다."

내가 그 말을 꺼내자 그녀는 반가워했다.

"아, 그래요? 저는 용주면에 살았는데, 합천 어디 사셨어요?"

"율곡입니다."

"작가선생님 고향도 합천이라니, 정말 신기하고 반갑네요."

그녀에게 작가선생님이라는 말을 듣는 것이 어색했다. 마침 테이블 위에 있던 진동벨이 부르르 떨리고 불이 들어왔다. 나는 자리에서 일어나 커피를 받아왔다. 그녀는 휴대폰을 들여다보고 있다 나를 쳐다보았다.

"이 사진 한번 보실래요?"

그녀는 대뜸 휴대폰을 내밀었다. 약간 의아했지만 그녀가 내민 휴대폰을 받아들고 화면 속의 사진을 들여다보았다. 화면 속에는 한눈에도 중증 뇌성마비 장애인으로 보이는 청년이 침대형 휠체어에 기대 누워 있었다. 목과 팔이 뒤틀려 있고 입도 한쪽으로 심하게 돌아가 있었다. 청년의 뒤틀린 얼굴과 목을 잠시 들여다보는데도 이상하게 내 목이 뻐근했다. 나는 의아해서 그녀를 쳐다보았다. 왜 처음 보는 사람에게 이 뇌성마비 청년의 사진을 내미는 것일까.

"아들이에요."

나는 당황스러운 감정을 숨길 수가 없어 괜히 고개를 돌리고 헛기침을 했다.

"서른세 살인데 태어나서 지금까지 제 힘으로 앉아본 적도 없어요. 당연히 일어서본 적도 없고 대소변도 못 가리고 엄마라는 말 한 마디도 못하는 아이예요. 갓난아이처럼 모든 것을 보살펴줘야만 하죠. 작가님께 에둘러 말하지 않고 현실을 보여드리고 싶었어요. 원폭 2세 환우의 삶을 있는 그대로요. 그래서 제 아이의 사진을 보여드린 거예요. 결코 끊어지지 않는 잔인한 대물림의 사슬, 원폭이라는 과거의 사슬에 묶여 있는 게 우리들의 현실이에요."

그녀는 원폭 환우 2세의 현재에 대해서, 아니 과거와 미래에 대해서 말하고 있었다. 나는 취재를 해야 할 입장이라는 것도 잊은 채 잠시 멍하니 앉아 있었다.

폭풍우 속으로

인옥은 창문을 열었다. 얼굴에 닿는 바람이 아직은 차가웠다. 건너편 옥상 화단에 피어 있는 노란 개나리가 눈에 들어왔다. 고향집 마당에는 꽃이 지천이었다. 아버지는 모란꽃과 작약과 개나리와 황매화와 복숭아나무와 앵두나무를 마당가에 심었다. 엄마가 꽃을 좋아했기 때문이었다. 꽃향기가 떠돌던 우물이 있던 집이 눈앞에 있는 듯했다. 진한 꽃향기가 코끝에 스치는 것 같았다. 하루에 한 끼는 고구마로 배를 채웠던 어린 시절이었지만 봄에는 나물이 지천이었다. 냉이와 달래와 쑥을 뜯으며 시간 가는 줄을 몰랐다. 엄마가 끓여주던 쌉싸름한 쑥국 향기가 입안 가득 고이는 것만 같았다. 군침이 돌았다. 엄마는 돈나물을 띄워 나박김치를 담가주곤 했다. 진달래 꽃잎을 한 잎 두 잎 뜯어 먹으며 학교로 가던 고갯길이 눈에 선했다. 진달래와 산벚꽃이 피어 있는 산자락에 안개가 서려 있었다. 산비둘기와 산꿩이 울어 대고 뻐꾸기가 이 산 저 산에서 울었다. 여름이면 개똥벌레가 날아다녔다. 모깃불을 피워놓고 평상에 누워 하늘을 바라보면 별이 보석처럼 쏟아지곤 했다. 늘 무뚝뚝하고 계모 같던 엄마도 딸이 모기에 물릴세라 부채로 모기를 쫓아주곤 했다. 산에 소를 먹이러 갔다가 운이 좋으면 머루와 다래와 으름을 딸 수도 있었다. 감나무에 대접감이 주렁주렁 매달려 있고 대추나무 가지는 힘에 겨워 가지가 찢어지고 밤나무에서는 알밤이 후두둑후두둑 떨어지던 광경을 떠올리며 인옥은 한숨을 내쉬었다. 두 번 다시 돌아갈 수 없는 시절이었다.

엄마는 인옥이 다리가 아파서 회사를 쉬고 있다는 것을 알면 땅이 꺼져라 한숨을 쉴 것이다. 중학교 때부터 인옥을 괴롭히던 고질병이었다. 다리의 통증 때문에 회사를 쉰 적도 많았다. 그때마다 엄마와 아버지는 다리에 좋다는 온갖 약초를 구해와서 달여 주었지만 전혀 효과가 없었다. 주야간 2교대로 서서 일을 하다 보니 다리의 통증은 점점 심해졌다. 병원에 가서 엑스레이를 찍어보았지만 원인을 알아낼 수가 없었다. 엄살이 아니었다. 실제로 죽을 만큼 아프고 일어서기도 힘든데 원인을 알 수 없다니 미칠 노릇이었다. 다리에 전혀 문제도 없고 정상이라는 진단이 나와 어떠한 치료도 할 수 없었다. 밖은 봄인데 이렇게 아픈 다리를 부여잡고 자취방에 뒹굴고 있자니 가슴이 터질 것같이 답답했다.

골목길 입구에 있는 동남슈퍼 앞에는 백종수가 담배를 물고 서 있었다. 골목길에서 나오는 인옥을 보고 손을 번쩍 쳐들었다. 머리에 포마드를 바르고 백구두를 신고 건들대는 모습이 눈꼴사나웠다. 그는 멋 부리고 노는 것을 좋아하는 충동적이고 단순한 남자였다. 백종수는 회사에 다닐 때부터 인옥에게 영화를 보러 가자거나 수성못이나 달성공원에 놀러 가자고 귀찮게 치근댔다. 인옥이 회사를 그만둔 뒤부터 사흘이 멀다 하고 전화를 해대 주인아줌마가 노골적으로 인옥에게 눈치를 줄 정도였다.

"너 나 안 보고 싶었냐?"

백종수가 윙크를 하며 싱긋 웃었다.

"용건이 뭐예요?"

중요한 용건이 있다는 백종수의 전화를 받고 인옥은 무슨 일인가 해서 나와본 것이었다.

"아주 중요한 용건이지. 중요한 용건을 길거리에서 말할 수 있냐? 다방에서 커피라도 마시면서 이야기해야지."

도대체 무슨 말을 하려고 저렇게 뜸을 들이나 싶었다. 백종수는 인옥을 데리고 다방으로 들어갔다. 다방에는 조용필의 〈단발머리〉가 흐르고 있었다. 커피를 시킨 백종수는 고개를 까딱거리며 단발머리를 흥얼거렸다.

"무슨 대단한 용건인지 말해봐요."

그는 인옥을 쳐다보며 빙글빙글 웃었다.

"나랑 결혼하자."

인옥은 놀라서 마시던 커피를 엎지르고 말았다.

"방금 뭐라고 했어요?"

이 남자가 정신이 있나 없나? 농담을 너무 심하게 한다는 생각이 들었다. 인옥은 쏟긴 커피를 휴지로 닦았다.

"결혼하자고! 나, 너 처음 봤을 때부터 좋아했다. 왜 그렇게 눈치가 없냐? 하긴 숙맥이란 게 박인옥의 매력이긴 하지."

기가 막혀 말이 나오지 않았다. 결혼이라니! 뭘 잘못 먹은 게 분명했다. 그는 생긴 것은 평범했지만 언변이 좋아 여자들에게 인기가 있었다. 여자들에게 인기 있는 남자치고 바람둥이가 아닌 남자가 없다는 생각이 들어 그를 일부러 멀리했다. 그는 인옥이 다녔던 방직 공장의 정방 기사였다. 쌀쌀맞게 굴어도 그는 인옥이 쓰는 기계가 고장이 나면 다른 일은 젖혀두고 재빨리 고쳐주곤 했다. 휘파람 불며 기계를 고치는 그를 물끄러미 보기도 했다. 그는 틈만 나면 영화를 보러 가자고 졸랐지만 인옥은 늘 도리질을 하곤 했다.

그가 딱히 싫은 건 아니었지만 그래도 이건 아니질 않는가. 사귀자는 말도 하기 전에 결혼이라니.

"미쳤어요? 만날 아파서 골골하는 나 같은 여자, 뭐가 좋다고 그래요?"

"사람 좋아하는데 이유가 뭐가 있겠냐? 너 공장 그만두고 난 뒤부터 이상하게 보고 싶어 환장하겠더라니까."

"농담도 심하시네."

"야! 농담 아냐. 나 지금 진지해. 상사병은 내 체질이 아닌데, 상사병이 난 것 같더라니까. 내가 여자 인물도 좀 따지는 편이거든. 그만하면 인물도 이 백종수 마누랏감으로 괜찮겠다 싶고. 일단 합격!"

어처구니가 없었다.

"기가 막혀 말이 안 나오네. 누구 맘대로 합격이란 거예요?"

"이 백종수님께서 여자 하나 못 먹여 살리겠냐? 몸 약하면 어때서? 아무 걱정 말고 나한테 시집와라. 손에 물 한 방울 안 묻히게 하진 못해도 먹고사는 걱정은 안 하도록 해줄게. 나, 백종수야! 백종수라구!"

백종수가 무슨 대통령이나 재벌총수라도 된다는 말인지 그는 가슴을 내밀며 한껏 거드름을 피웠다.

"사귀지도 않고 어떻게 결혼부터 해요?"

"이야! 그 말은 나랑 사귈 마음은 있다 이 말이네. 내가 좋다는 고백으로 받아들여주겠어."

어이가 없어 인옥이 할 말을 못 찾자 그는 씩 웃었다.

"그럼 지금부터 같이 살면서 사귀지 뭐. 이래 보여도 이 백종수님 좋다는 여자들이 줄을 섰다구."

그는 무슨 장사꾼이 흥정을 하는 것처럼 인옥에게 청혼을 했다. 살짝 기분이 나빠지긴 했지만 인옥은 은근히 목에 힘이 들어갔다. 나 좋다고 결혼하자고 하는 남자가 있다니. 스물네 살 인생에 처음 찾아온 설렘이었다.

그가 인옥의 자취방에 뻔질나게 찾아오게 된 것은 청혼하고 나서부터였다. 그에게 결혼을 허락한다는 언질을 한 적은 없었다. 그런데 그는 인옥이 싫다는 말을 하지 않자 허락한 것으로 받아들인 모양이었다. 딱히 그를 좋아한 것은 아니었지만 인옥은 그를 밀어내지 않았다. 일종의 보험 같은 것이었다. 누군가에게 기대고 싶다는 마음뿐이었다. 중학교 때부터 따라다닌 원인 모를 다리의 통증 때문에 혼자 힘으로 이 세상을 살아갈 자신이 없었다. 밤이면 잠도 제대로 이룰 수가 없었다. 칼끝으로 다리를 마구 찔러내는 것만 같았다. 일을 하지 않을 수 없었으므로 얼마간 쉬다 다시 공장에 나가야만 하는 일이 반복되었다. 모든 것이 귀찮았다. 그런데 이렇게 병을 달고 사는 여자를 좋다고 결혼하자고 하는 남자가 있다니. 아무에게라도 기대고 싶을 만큼 인옥은 지쳐 있었다. 될 대로 되라는 심정이었다. 아픈 여자를 좋아한다고 말하는 그의 고백이 진실이라고 믿고 싶었다. 충동적인 그의 성격을 순수하고 남자답다고 믿고 싶었다. 비록 거짓이라고 하여도 사랑이라고 믿고 싶었다.

백종수가 인옥의 자취방에서 살다시피 한 지 석 달 만에 인옥은 그의 아이를 가졌다. 그제야 더럭 겁이 났다. 자신이 무슨 짓을 저지른 것인지 실감이 되었다. 엄마가 될 준비도 하지 않은 채, 결혼도 하지 않은 채 아이를 덜컥 가져버린 것이었다. 몸도 성치 않은 내가 아이를 제대로 키울 수 있을까. 한 생명을 책임질 수 있을까. 인옥은 자신이 없었다. 백종수는 더 배불러지기 전에 결혼식을 올리자며 서둘렀다. 인옥의 고향집이 있는 합천으로 인사를 가자고 했다. 인옥은 내키지 않았지만 뱃속의 아이가 걱정되었다. 태어날 아이를 위해서는 일단 어찌 됐든 결혼식이라도 올려야 했다.

엄마는 인옥이 결혼할 남자라고 백종수를 데리고 가자 전에 없이 허둥댔다. 사윗감 앞에서 쩔쩔매며 고개만 푹 숙이고 있었다. 인옥은 속이 상했다. 장모가 될 사람을 처음 본 백종수는 충격을 심하게 받은 모양이었다. 화상으로 얼굴 반쪽이 붉은 켈로이드로 뒤덮여 있고 목과 얼굴의 피부가 찰흙을 마구 이겨놓은 것처럼 들러붙어 있는 것을 본 그는 마치 괴물이라도 맞닥뜨린 듯한 표정을 지었다. 그는 엄마가 차려온 밥상을 거들떠보지도

흉터의 꽃

않고 인옥의 손을 잡아끌고 돌아가자고 성화를 부렸다.

합천에 다녀온 후 결혼식을 올리자던 그의 말은 쑥 들어가 버렸다. 인옥에게 자신을 속였다며 마구 화를 냈다. 인옥은 엄마의 얼굴에 대해 말하지 않은 것이 왜 그를 속인 것인지 이해할 수 없었다. 결혼은 나와 하는데 왜 엄마의 얼굴을 트집 잡는지 알 수 없는 노릇이었다. 인옥은 그의 태도가 합천에 다녀온 뒤로 싹 달라진 것을 보고는 불안해졌다. 몸이 골골대도 아무 상관 없다던 남자가, 여자 하나 못 벌어 먹여 살리겠느냐며 큰 소리를 치던 남자가 장모의 흉측한 얼굴을 본 다음부터 태도가 변해버린 것이었다. 이해하려면 이해를 못 할 것도 없었다. 흉측한 얼굴을 한 장모가 결혼식장에 앉아 있는 것이 한마디로 쪽팔리기 때문에 결혼식을 올리고 싶지 않은 모양이었다. 그의 그릇이 기껏 이 정도인 줄도 모르고 결혼을 하려 했던 제 탓이었다고 인옥은 가슴을 쳤다. 아이도 태어날 마당에 혼인신고라도 해준 게 어디냐고 스스로를 위로했다.

시어머니는 첩이었다. 시아버지는 환갑이 지나자 조강지처에게 돌아가 버렸다. 시아버지가 본처에게 돌아간 다음부터 시어머니는 큰아들에게 이상할 정도로 집착했다. 본처와 한동네에 사는 것이 지긋지긋했던 시어머니는 둘째아들을 데리고 큰아들과 살림을 합쳤다. 방 두 개짜리 전셋집이었다. 시어머니는 남편도 본처에게 빼앗긴 마당에 맏아들까지도 본데없이 자란 젊은것한테 빼앗겼다는 자격지심 때문에 인옥을 눈엣가시로 생각했다. 인옥의 친정이 찢어지게 가난하다는 것도 못마땅한 모양이었다.

시어머니는 옻닭을 좋아했다. 위장병이 있는 시어머니는 기름이 동동 뜨는 노란 옻닭 국물을 한 대접 마시기만 하면 속이 편해진다고 옻닭을 고아달라고 성화를 부려댔다. 인옥은 옻나무 근처에만 가도 옻이 오르는 탓에 어릴 적 산에 소를 먹이러 가면 옻나무를 피해 다녔다. 시어머니에게 옻닭을 해주고 나면 인옥은 온몸에 옻이 올라 가려워서 미칠 것만 같았다. 아무리 가려워도 아이를 가졌기 때문에 약을 바르거나 먹을 수도 없었다. 인옥이 옻을 심하게 탄다는 것을 알면서도 시어머니는 옻닭을 해내라고 닦달했다. 시어머니는 남편과 누워 있는 방에 불쑥불쑥 들어오기도 했다. 그럴 때마다 인옥은 본처의 자리를 빼앗은 첩의 기분이 이럴까 하는 생각이 들 때가 많았다.

시어머니는 남편의 월급날이면 어김없이 월급봉투를 통째로 가로챘다. 도박을 좋아하는 아들이 돈을 날릴까 봐 받아놓는 것이라고 핑계를 댔다. 남편은 날마다 시어머니에게 돈을 달라고 아이처럼 졸라댔다. 돈을 타낸 남편은 도박하는 데 다 써버리거나 술을 퍼마시곤 했다. 시어머니는 인옥에게 겨우 쌀만 살 돈을 주었다. 그 돈으로는 연탄조차 들여놓을 수가 없어서 인옥은 처녀 때 모아놓았던 통장의 돈을 조금씩 쪼개 썼다. 아이가 태어나면 돈 들어갈 일이 태산인데, 그 말을 해도 남편은 돈을 주지 않았다.

인옥은 출산예정일보다 보름 일찍 아이를 낳았다. 사내아이를 낳았다는 기쁨도 잠시였다. 아이는 태어날 때 체중이 2.15킬로그램밖에 되지 않았다. 아이는 젖을 빠는 힘이 약했다. 젖을

　　　　　　　　　　　　　　　　　　흙터의 꽃

빨지도 못하고 입을 헤 벌리고 있기만 했다. 모유를 잘 먹지 못해 분유를 타서 우유병으로 한 방울씩 흘려 넣어주어야 했다. 목을 가눌 때가 되어도 목을 가누지 못했고 옹알이를 하며 방긋방긋 웃을 때가 되어도 웃지 않았다. 손에 딸랑이를 쥐어주어도 쥐지 못하고 툭 떨어뜨렸다. 처음에는 조금 늦되는 아이라고만 생각했다. 아이는 굼벵이나 달팽이보다 더 느린 것 같았다. 옆집 새댁의 아기는 인옥의 아이보다 한 달 늦게 태어났는데 3개월이 되자 목을 자유롭게 움직일 줄 알고 엎어놓으면 목을 번쩍 쳐들었다.

뭔가 이상했다. 인옥은 그제야 아이를 안고 병원에 가서 검사를 받았다. 각종 검사를 받고 의사의 선고를 기다리고 있자니 마치 재판정에서 사형선고를 기다리는 죄수의 심정이었다. 아이는 결국 뇌성마비로 판명되었다. 온 세상의 모든 빛이 일시에 다 사라지는 듯했다. 뇌성마비라니! 사지의 어느 한쪽만 못 쓰는 것도 아니고 팔도 다리도 손도 발도 제대로 못 쓴다는 말이었다. 아이는 제 힘으로 걸을 수도 없고 제 손으로 밥을 먹을 수도 없고 대소변도 가릴 수 없었다. 갓난아이처럼 누군가의 수발을 받으며 평생을 살아야 한다는 말이었다. 인옥은 다리의 힘이 풀려 아이를 안은 채 병원바닥에 털썩 주저앉았다. 뇌성마비로 태어나려면 부잣집에 태어나든가, 아니면 건강한 엄마 밑에서라도 태어났어야 하는 게 아닌가. 그런데 지지리도 가난한 부모 밑에서, 그것도 늘 다리가 아파서 기어 다니다시피 하는 엄마 밑에서 태어나다니. 원폭으로 화상을 입은 엄마와 다리를 다친 아버지 사이에서 태어나 늘 통증으로 고통받는 여자. 그 여자에게서 태어난 뇌성마비 아이. 아무리 생각해도 아이의 운명이 더 가혹했다.

인옥은 아이를 업고 대문 앞에 한참을 서 있었다. 문을 열고 들어가기가 두려웠다. 사색이 된 인옥이 비틀거리며 대문 안으로 들어서자 시어머니가 방문을 열고 내다보았다.

"의사가 뭐라 카더노?"

인옥은 뭐라 대답을 할 수가 없었다. 잠이 든 아이를 자리에 눕히고 고개를 푹 떨구었다.

"답답다. 니가 지금 시에미 말을 말 같지도 않게 생각하나? 와 대답을 안 하노?"

시어머니가 도끼눈을 뜨고 노려보았다.

"어머니, 우리, 진수가……."

"진수가, 우떻다는 말이고?"

"뇌성마비 판정을 받았어요."

"뇌성마비? 그기 뭐꼬?"

"평생 장애를 갖고 살아야 한다고……."

"뭐라꼬? 그카마 우리 진수가 빙신이라는 말이가? 아이고! 이 일을 우짜노? 아이고!"

시어머니는 방바닥을 치며 악을 썼다. 잠이 들었던 아이가 깨어나 팔을 버르적대며 울었다. 인옥은 아이를 끌어안고 눈물을 줄줄 흘렸다.

퇴근을 하고 집에 들어온 남편은 시어머니에게 자초지종을 듣고 길길이 날뛰었다. 남편은 애꿎은 장모까지 들먹이며 원폭

흉터의 꽃

맞은 병신 집안에 장가를 잘못 들어서 병신이 태어난 거라며 처 갓집 욕까지 했다. 에미가 병신이라서 자식도 병신이라고 시어머니는 옆에서 남편을 거들었다. 적어도 남편만은 마음을 이해할 줄 알았는데 기가 막혔다. 인옥은 억울했다. 왜 모든 것이 자신의 잘못인지 알 수가 없었다. 어디에서부터 첫 단추가 잘못 꿰어진 것일까. 신이 있다면 그의 멱살을 잡고 대답을 해보라고 소리소리 지르고 싶었다.

술이 엉망으로 취해 들어온 남편은 아이를 안고 자고 있는 인옥의 머리채를 휘어잡고 마구 때리기 시작했다.

"이 병신 같은 년아! 병신 새끼나 낳은 병신년 주제에 잠이 오냐, 잠이? 이 병신아! 이 개썅년아!"

자다가 깬 인옥은 무슨 일이 벌어졌는지 알지도 못한 채 남편에게 맞았다. 죽어라 비명을 질러도 시어머니는 한번 들여다볼 생각조차 하지 않았다. 입술이 터지고 눈두덩이 금세 부풀어 올랐다. 인옥은 생각했다. 뇌성마비 아이를 낳았다는 것이 이렇게 죽을 정도로 맞을 일인가. 남편은 무슨 자격으로 때리는가. 나는 왜 이렇게 바보같이 맞고만 있는가. 사람이 아니라 도살장에 끌려온 개가 된 기분이었다. 남편은 인옥을 죽을 정도로 때리고 그대로 엎어져 코를 드렁드렁 골면서 잠이 들었다.

장마철의 후덥지근한 기운이 온 집안에 감돌고 있었다. 초저녁잠이 많은 시어머니도 일찍 잠이 들었는지 기척도 없고 염색공장에서 일하는 시동생은 야근을 하고 있었다. 인옥을 만신창이로 두드려 팬 남편은 사과의 말 한마디 없이 술국을 끓이라고 소리를 질렀다. 콩나물해장국이 펄펄 끓어 넘쳤다. 인옥은 참을 수 없는 살의를 느꼈다. 펄펄 끓는 콩나물해장국을 남편에게 확 끼얹고 싶어 온몸이 부들부들 떨렸다. 뜨거운 국물을 뒤집어쓰고 이리저리 펄쩍펄쩍 뛰는 남편의 꼬락서니를 보고 싶었다.

폭풍우가 치는 밤이었다. 인옥은 가슴속에 치밀어 오르는 분노의 불길을 잠재울 수가 없었다. 남편은 술을 마시는지 도박을 하는지 늦도록 돌아오지 않고 있었다. 인옥은 구겨진 티셔츠에 반바지 차림으로 폭우가 쏟아지는 거리를 휘적휘적 걸었다. 얼굴은 군데군데 멍이 들고 퉁퉁 부어 있었다. 차들이 빗속을 질주하고 있었다. 달리는 차에 뛰어들고 싶었다. 차에 부딪쳐 공중으로 치솟았다가 바닥에 내동댕이쳐져 두개골이 깨지는 상상을 하며 몸을 부르르 떨었다. 이대로 사라져버리면 원이 없겠다는 생각이 들었다.

불이 켜진 슈퍼가 눈에 들어왔다. 자석에 끌리듯 문을 밀고 들어가서 냉장고에서 소주 두 병을 꺼냈다. 맞아서 얼굴이 퉁퉁 붓고 멍이 든 여자, 그것도 폭우가 쏟아지는 밤에 비를 쫄딱 맞은 채 소주를 사는 미친 여자가 바로 지금 자신의 모습이었다. 슈퍼 주인 여자가 인옥을 뜨악한 얼굴로 쳐다보았다. 누가 뭐라 생각하든 알 바 아니었다. 인옥은 밖으로 나와 병을 따고 병째 한 모금을 마셨다. 식도와 위장을 타고 내려가는 찌르르한 알코올의 느낌이 나쁘지 않았다. 캄캄하던 몸속에 환한 전등이 하나둘 켜지는 것만 같았다. 환하게 켜진 전등 불 아래 꽃이 만발한 정원이 펼쳐진 광경이 떠올랐다. 따스하고 기분 좋은 온기가 어

흉터의 꽃

루만져주는 것만 같았다. 그 누구도 주지 않았던 따스한 온기였다. 인규가 죽고 아버지는 이 때문에 날마다 술을 마셨었다. 눈물 한 방울이 툭 떨어졌다. 인옥은 소주 두 병을 다 마시고 길거리에 주저앉아 토했다. 집의 반대 방향으로 한참을 걸어가다 제자리에 다시 섰다. 마치 몸에 묶어놓은 줄을 누군가 뒤에서 세게 당기는 것만 같았다. 방 안에 나무토막처럼 누워 있는 아이, 오로지 인옥의 손길만을 기다리는 아이의 모습이 떠올랐다. 할 수만 있다면 그 끈을 싹둑 잘라버리고 어디로든 도망을 치고 싶었다. 흐느적거리며 셋방으로 들어왔다. 그때까지 남편은 들어오지 않고 있었다. 인옥은 아이를 끌어안고 밤새 울었다.

병원에서는 주기적인 재활치료를 받지 않으면 아이의 상태는 더 나빠진다고 했다. 하지만 치료를 받고 싶어도 치료를 받을 돈이 없었다. 아이가 뇌성마비로 판명된 이후 남편은 집에 코빼기도 비치지 않았다. 아이가 태어나고 한동안은 쌀값이라도 던져주던 남편은 이제 생활비 한 푼 주지 않았다. 통장의 돈은 어느 틈엔가 모래알처럼 다 새어 나가버렸다. 시어머니도 돈 한 푼 주지 않았다. 인옥은 아이를 들쳐 업고 남편의 직장까지 찾아가보았지만 퇴사한 지 두 달이 넘었다는 대답이 돌아왔다.

남편은 돈이 떨어졌는지 석 달 만에 집으로 들어왔다. 남편은 인옥에게 돈을 내놓으라고 난리를 쳤다. 도박에 빠져 눈이 뒤집힌 남편은 제정신이 아니었다.

"이년아, 병신새끼만 붙들고 있지 말고 돈 구해와!"

"뭐? 돈? 병신새끼?"

남편을 노려보는 인옥의 눈에서 새파란 불꽃이 일었다.

"이게 어디서 눈을 치뜨고 지랄이야? 너 죽을래?"

남편이 주먹을 쳐들었지만 인옥은 눈도 깜짝하지 않았다.

"뭐? 돈? 집에 돈 한 푼 안 갖다주면서, 돈 소리가 나와? 니가 인간이야? 식구들 굶고 있는 것 안 보여?"

"이년이 어디에서 말대꾸야? 이 씨팔년이 죽고 싶어 환장을 했나?"

남편이 인옥에게 대뜸 유리컵을 집어던졌다. 벽에 맞고 깨진 유리파편이 사방으로 튀었다.

"잔말 말고 돈 구해와, 돈! 이 병신년아!"

남편은 뺨을 때리고 발로 배를 차고 머리채를 잡고 흔들었다. 그대로 있다간 맞아 죽을 것만 같았다. 남편을 있는 힘껏 밀치고 맨발로 미친 듯이 달려나갔다. 어두운 골목길에 쭈그리고 앉아 인옥은 어둠을 노려보았다. 쓰레기봉지를 버리러 나왔던 젊은 여자가 어둠 속에 웅크리고 있는 인옥을 보고는 비명을 질렀다.

도박에 미친 남편은 돈을 구해오지 않으면 죽이겠다며 미쳐 날뛰었다. 남편의 협박과 폭력을 이기지 못한 인옥은 결국 친정을 찾아갔다. 만신창이가 된 인옥을 본 친정엄마는 아연 실색했다. 엄마는 이게 다 내 죄다 하며 가슴을 쳤다. 인옥은 기어들어가는 목소리로 엄마에게 돈을 구해달라고 했다. 친정엄마는 여기저기 쫓아다니며 어렵사리 50만 원의 돈을 구해왔다. 친정엄마가 구할 수 있는 돈의 전부였다. 이것밖에 못 줘서 미안하다며 엄마는 울었다. 자식이란 존재가 부모의 심장을 난도질하는 칼

흉터의 꽃

이 될 수도 있다는 것을 인옥은 뼈저리게 느꼈다. 자식은 부모의 살과 뼈와 피까지 강탈해가는 가장 잔인한 강도일지도 몰랐다. 인옥이 친정에서 구해온 돈을 남편은 빼앗아 또다시 집을 나가 버렸다. 그러고는 감감무소식이었다.

인옥은 버르적거리는 아이를 내려다보았다. 진수야, 한 마리의 벌레보다 못한 신세구나. 우리 그만 죽어버릴까? 아이까지 미웠다. 너만 태어나지 않았다면 이 엄마는 이렇게 맞으며 살지는 않았을 거야. 너만 없었다면. 인옥은 아이를 원망하고 있는 자신이 끔찍했다. 짐승도 자기 새끼를 품어주는데 짐승만도 못하다는 생각이 들었다. 앞으로 어떻게 살아야 하나, 살아야 하나 말아야 하나, 차라리 이 아이와 함께 세상을 등져야 하나, 온갖 생각이 머리에 맴돌았다.

그 와중에 인옥은 둘째 아이를 가졌다. 입덧이 시작되자 인옥은 걷잡을 수 없는 두려움을 느꼈다. 이 아이까지 장애아로 태어나면 어쩌나 하는 두려움 때문에 잠을 이룰 수 없었다. 설마 또 장애아가 태어나진 않겠지. 그래도 소중한 생명인데 어떻게 그런 짓을 해? 아니, 어차피 책임을 지지 못할 거면 아이의 얼굴을 보기 전에 지워버리자. 아니야. 첫째가 장애아라 해서 둘째까지 장애아로 태어나는 게 어디 있어? 희망을 절대로 버리지 말자. 미친 여자처럼 쉴 새 없이 중얼거렸다. 아무리 마음을 다잡아보아도 결심은 무너지기 일쑤였다.

몇 날 며칠 고민을 하던 인옥은 낙태를 결심했다. 죄 많은 엄마를 만난 탓에 빛도 못 본 채 스러져갈 아이를 생각하니 가슴이 미어졌다. 하지만 첫째아이 진수처럼 둘째아이도 장애아로 태어나는 현실은 감당할 수 없을 것 같았다.

인옥은 동네에서 한참 떨어진 산부인과를 찾았다. 3층에 있는 산부인과로 올라가는 계단은 컴컴하고 더러웠다. 퀴퀴한 곰팡이 냄새를 맡자 욕지기가 올라왔다. 인옥은 근 며칠째 산부인과 문 앞까지 갔다가 되돌아오곤 했다. 문 앞에서 인옥은 숨을 길게 내쉬었다. 이 문을 열고 들어가면 뱃속의 생명은 영영 빛을 볼 수 없게 되겠지. 산부인과의 현관문이 지옥문처럼 느껴졌다. 현관문 손잡이에 손을 댔다가 제풀에 놀라 화들짝 손을 뗐다. 인옥은 산부인과 문 앞에 쭈그리고 앉았다. 배가 단단하게 뭉치는 느낌이 들었다. 저 문만 열고 들어가면 앞으로 고통은 없을 것이다. 가자, 가야 한다. 병원으로 들어가야 한다. 눈물과 땀이 비 오듯이 흘렀다. 옷이 흠뻑 젖어 한여름인데도 한기가 들었다. 산부인과 문을 열고 나온 젊은 부부가 인옥을 힐끗 보고 지나갔다. 저 부부는 행복하게 미래를 꿈꾸며 살아갈 텐데 나는 지금 이곳에서 뭘 하고 있나. 아이를 포기해야 하나 아니면 그냥 낳아야 하나.

인옥은 벌떡 일어섰다. 심호흡을 하고는 산부인과 문을 열고 들어갔다. 대기실에는 배가 불룩한 삼십대 중반쯤의 산모와 앳된 얼굴의 아가씨와 그를 따라온 남자가 앉아 있었다. 간호사가 인옥에게 용건을 물었다. 인옥은 입이 떨어지지 않아 빤히 쳐다보는 간호사의 눈길을 피했다. 으레 겪는 일이란 듯 간호사가 무심한 말투로 다시 물었다.

흉터의 꽃

"수술하러 오셨죠?"

"예."

인옥은 죄인처럼 모기 소리만 하게 대답을 했다.

"여기 수술동의서 적고 잠깐 기다리고 계세요. 원장님 지금 수술 중이시니까, 한 시간쯤 기다리셔야 할 거예요."

인옥은 간호사가 내민 종이를 받아들고 잠시 망연자실 서 있었다. 머리가 어지러웠다. 마음을 가다듬고 인옥은 수술동의서를 작성해 간호사에게 내밀고 대기실 소파로 가서 앉았다. 몸속에 시한폭탄이라도 장착한 것만 같았다. 운명의 시간이 째깍째깍 다가오고 있었다. 뱃속의 작은 생명이 인옥에게 아우성을 치고 있었다. 엄마, 제발 살려주세요. 나를 살려주세요. 나는 살고 싶어요. 인옥은 눈을 질끈 감고 귀를 틀어막았다. 순간 구역질이 치밀었다. 인옥은 화장실로 달려가 온몸을 게워낼 듯 변기에 토했다. 아무것도 먹은 것이 없어서 노란 위액이 흘러나왔다. 온 세상이 빙글빙글 도는 것 같았다. 인옥은 화장실을 뛰쳐나와 산부인과 문을 밀치고 밖으로 나왔다. 간호사가 뒤쫓아 나와 인옥을 불렀지만 돌아보지 않았다.

산부인과 건물 밖으로 나오니 햇살이 눈을 찔렀다. 인옥은 눈을 가늘게 뜨고 하늘을 올려다보았다. 아이야, 운명이라면 어쩔 수 없구나. 네가 태어날 운명이라면. 내게로 올 운명이라면. 그래, 어쨌든 같이 살아보자. 인옥은 무거운 발걸음을 떼놓았다.

아이가 태어나는 날 분만실에서 인옥은 오로지 아이가 아무

이상 없이 태어나기만을 기도했다. 극심한 진통에도 고통스럽다는 생각이 들지 않았다. 손가락 발가락이 정상이고 눈, 코, 입, 귀, 사지가 멀쩡한 아이만 태어난다면 아무것도 바랄 게 없었다. 다행히 둘째아들은 아무런 장애도 없이 태어났다. 인옥은 아이가 돌이 될 때까지 전혀 마음을 놓지 못했다. 혹시라도 아이가 잘못되기라도 할까 봐 아이의 손짓 발짓 하나에도 마음을 졸였다. 건강한 둘째아들 진호가 태어났지만 남편은 여전히 마음을 잡지 못했다. 돈이 모였다 하면 도박을 하거나 다방에 죽치고 앉아 있다 다방 레지들과 이곳저곳으로 놀러 다니기 일쑤였다. 시동생이 조금씩 내놓는 생활비로 겨우 쌀을 사고 연탄을 샀다.

인옥은 아픈 몸으로 진수를 업고 이 병원 저 병원으로 재활 치료를 다녔다. 한쪽으로 심하게 뒤틀린 목, 꼬인 다리, 접혀 올라간 팔, 겨우 움직이는 손가락, 꼭두각시 인형처럼 아이의 몸은 제멋대로 움직였다. 흥분을 한다든지 하면 심한 경직을 일으켜 몸이 마구 흔들렸다. 들을 수는 있지만 말은 하지 못했다. 어어, 하는 단음만 겨우 내뱉을 뿐이었다. 다섯 살이 되었지만 여전히 밥을 떠먹여 줘야 했고 기저귀를 갈아주어야 했다. 시시때때로 똥오줌을 싸는 바람에 빨래가 손에서 떨어질 새가 없었다. 안 되겠다 싶어 인옥은 대소변 훈련을 시켰다. 소변이나 대변이 마려우면 종을 흔들라고 누누이 일러주었지만 그 말도 잘 알아듣지 못했다.

몸이 불편한 큰아이와 어린 둘째를 돌보느라 가뜩이나 다리가 부실한 인옥은 기어 다니다시피 하며 집안일을 했다. 다리에

흉터의 꽃

무거운 쇠뭉치가 매달려 있는 것 같았다. 두 다리의 통증은 점점 심해졌지만 치료는 엄두도 내지 못했다. 다리를 절면서도 큰아이를 들쳐 업고 재활훈련을 다녔지만 아이의 상태는 전혀 나아지지 않았다. 팔다리가 휘어지고 뒤틀리고 굳어가기만 했다. 남편과 시어머니의 냉대는 날이 갈수록 심해졌다. 시어머니는 남편에게 대놓고 갈라서라고 종용을 했다.

아이들이 왁자하게 노는 소리가 대문 앞에서 들렸다. 둘째아이 진호가 동네 아이들과 노는 모양이었다. 진호는 엄마가 형만 돌보고 있어도 보채거나 떼를 쓰지 않았다. 진호는 마치 애늙은이 같았다. 인옥이 수돗가에서 진수의 똥 묻은 옷을 빨고 있는데 진호가 형이 누워 있는 방으로 들어갔다. 서너 시간 간격으로 형에게 오줌을 누도록 해 소변통에 오줌을 받았다. 인옥도 못해낸 소변 가리기를 어린 진호가 해내고 있었다. 소변통을 들고 나온 진호는 소변을 화장실에 비우고 다시 밖으로 나가 아이들과 놀았다. 진호는 네 살 무렵부터 동네 아이들과 꼭 집 앞에서만 놀았다. 어린 마음에도 멀리 놀러 나가면 다리가 아픈 엄마가 찾아다니기 힘들다고 그러는 모양이었다. 다리 아픈 엄마 대신 슈퍼에 콩나물이나 두부를 사러 가거나 번개탄을 사오는 심부름도 곧잘 했다. 진호는 인옥과 진수의 작은 보호자였다. 몸이 아픈 엄마와 형 때문에 너무 일찍 철이 들고 눈치가 생겨버린 아이였다. 아이의 새까만 눈동자를 들여다볼 때마다 가슴이 철렁하곤 했다. 이 아이가 뱃속에 있을 때 나는 무슨 짓을 했던가. 과연 내가 이 아이의 어미 될 자격이 있는가 싶어 가슴이 불에 덴 듯 어렸다.

볼이 빨개진 진호가 저녁이 되자 집으로 들어왔다. 부엌에서 밥을 하던 인옥이 진호를 불렀다. 아이를 폭 안아주었다. 이 아이에게 줄 수 있는 것은 다정한 포옹밖에 없었다.

"엄마한테서 밥냄새 난다. 맛 좋은 밥냄새."

아이가 목을 끌어안고 흠흠 냄새를 맡았다. 목이 콱 메어왔다. 아이에게 밥이라도 배불리 먹이고 싶은데 쌀이 떨어져가고 있었다.

"진호야, 앞으로 친구들이랑 놀 때 놀이터에서 놀아. 그리고 다른 친구 집에 가서 놀아도 돼."

"엄마도 아프고 형아도 아픈데, 내가 멀리 가면 못 지켜주잖아."

"하하, 우리 진호가 형아도 지키고 엄마도 지켜준다고? 와! 우리 꼬마 장군님 덕분에 엄마 마음이 푹 놓이네."

"엄마, 집 앞에서 놀아도 하나도 안 심심해. 동네 형아들이랑 친구들이 우리 집 골목 앞이 제일 놀기 좋대."

겨우 다섯 살인 아이가 어떻게 이렇게 속 깊은 생각을 하고 속 깊은 말을 할 수 있는지 가슴이 뭉클했다. 아이가 새까만 눈을 빛내며 엄마의 얼굴을 빤히 쳐다보았다. 암흑의 바다에서 만난 등대 같은 아이, 빛 같은 아이였다. 눈물이 날 것 같아 아이를 폭 안고 아이의 볼에 얼굴을 비볐다. 캄캄한 가슴속으로 빛이 흘러들어 오는 것 같았다.

흉터의 꽃

마지막 식사

때 이른 봄장마가 계속되고 있었다. 방에 늘어놓은 진수의 빨래는 눅눅했다. 지린내와 곰팡이 냄새가 방 안에 진득하게 배어 있었다. 날이 화창하게 개어 이불 빨래를 해서 햇볕에 바짝 말리고 구석구석 청소를 했으면 원이 없겠다는 생각이 들었다. 시동생도 직장과 가까운 곳에 방을 얻어 나가버리고 집에는 시어머니와 인옥, 그리고 두 아이만 있었다. 쌀독의 쌀은 떨어지고 집에는 먹을 것도 없었다. 쌀을 살 돈을 달라고 해도 시어머니는 돈을 주지 않았다. 남편은 집을 나간 지 반년이 되었지만 소식도 없었다. 인옥은 다 굶어 죽을 수는 없다고 생각했다. 다리의 통증 때문에 일어서기도 힘들었지만 숨이 붙어 있는 한 돈을 구해 아이들을 먹일 쌀을 구해와야 했다. 시어머니의 방문을 열었다. 텔레비전에 눈을 박고 누워 있던 시어머니가 귀찮다는 듯이 힐끗 돌아보았다.

"어머니, 저 오늘부터 일자리 알아봐야겠어요."

그 말에 시어머니가 벌떡 몸을 일으켰다.

"뭐라꼬? 일하러 간다꼬? 저 병신 자슥을 내보고 보라 이 말이가, 지금?"

"병신, 병신이라고 하지 마세요. 어머니 손주예요."

"병신을 병신이라 카지 뭐라 카노? 그카고 벌거지처럼 방바닥에 빌빌 기어댕기는 니가 돈을 벌어온다꼬? 누가 니 겉은 걸 써주겠노? 니가 지 정신이가?"

"여태 생활비도 한 푼 안 주셨으면서 그럼 저더러 어쩌란 말이에요? 미우나, 고우나, 진수도 손자잖아요? 제발 진수 좀 봐주세요."

"우리 집안에 저런 병신 자슥은 없다. 우리 종수가 집에 들어오고 싶어도 저 병신자슥에다 맨날 골골거리는 니 꼬라지 보기 싫어 집에 안 들어오는 기다."

"어머니, 저는 새끼들 굶겨 죽일 수는 없어요. 아이들 봐주시든 말든 맘대로 하세요."

"저, 저년이 이제 눈에 비는 게 없나? 오데 눈을 똑바로 뜨고 지랄이고?"

시어머니는 담뱃재가 수북한 재떨이를 인옥에게 집어던졌다. 눈앞에 불이 번쩍했다. 담뱃재와 담배꽁초를 뒤집어쓴 채 눈도 깜짝하지 않고 그대로 앉아 있었다. 재떨이에 맞은 이마가 금세 붉게 부풀어 올랐다.

식당 몇 군데를 돌며 설거지를 하겠다고 했지만 주인들은 한결같이 고개를 저었다. 인옥이 다리를 절며 식당으로 들어서는 것을 보더니 몸도 성치 않은 사람에게 어떻게 일을 시키겠느냐며 단칼에 거절했다. 하루 종일 일자리를 구하러 돌아다닌 탓에 다리의 통증은 더 심해졌다. 남의 다리를 끌고 다니는 것만 같았다. 시어머니는 끙끙 앓고 누워 있는 인옥을 보고 혀를 찼다. 다

흉터의 꽃

음 날도 식당일 자리를 알아보러 다녔다. 오전에 돼지갈빗집과 감자탕집과 해물탕집에도 가보았지만 약속이나 한 듯 일을 시킬 수 없다고 했다.

그러다 겨우 구한 일자리가 건물 청소 일이었다. 아픈 다리를 끌며 계단을 닦고 복도를 닦고 화장실 청소를 했다. 일을 한 지 보름 만에 시어머니는 시동생 밥을 해줘야 한다며 시동생의 자취방으로 가버렸다. 보름간 시어머니가 아이를 돌보는 동안 아이의 엉덩이에는 욕창까지 생겼다. 일을 마치고 집에 오면 온 집안에 똥오줌 냄새가 진동했다. 시어머니는 아이가 똥을 뭉개고 누워 있어도 옷을 갈아입히지도 않았다. 어린 진호로서는 형이 똥을 싸고 누워 있는 것은 감당할 도리가 없는 일이었다. 그래도 시어머니는 밥때에 아이 점심 정도는 챙겨주었다. 시어머니가 나가버린 다음 날부터 인옥은 일을 나가지 못했다. 일을 못 나간다는 것은 당장 먹을 것을 구할 수 없다는 말이었다. 보름 동안 건물 청소를 해서 받은 돈으로 쌀과 연탄과 반찬거리와 생활용품을 샀다. 악랄한 빚쟁이처럼 끼니때는 무섭게 들이닥쳤다.

아무것도 모르는 천진한 둘째아이 진호는 친구들과 밖에서 뛰어놀고 있었다. 술래잡기를 하는 아이들의 웃음소리와 고함소리가 3월의 공기 속으로 퍼져나갔다.

인옥은 방에서 꼼짝하지 않고 웅크리고 앉아 있었다. 두 달도 못 가서 쌀도 떨어지고 집에는 먹을 것이 하나도 남지 않았다. 남편도 시어머니도 버려두고 떠난 세 식구, 사람이 아니라 버려진 쓰레기 같다는 생각이 들었다. 아무 쓸모도 없이 버려진 존재에게 더는 선택의 여지가 없었다. 순간 죽음이라는 비수 같은 단어가 떠올랐다. 굶어서 비참하게 죽는 것보다는 차라리 죽음을 스스로 선택하는 것이 덜 비참한 것이 아닐까. 연탄 한 장만 방에 피워 놓으면 세 식구 깨끗하게 죽는 것은 일도 아니었다. 사는 것이 죽는 것보다 더 무섭고 끔찍했다. 두 눈 질끈 감고 훌쩍 뛰어내리면 그뿐인 것이다. 뇌성마비를 앓는 큰아이, 그리고 아직 어린 둘째아이, 늘 아픈 다리 때문에 기어 다니다시피 하는 어미, 이 세 식구가 디딜 땅은 세상 어디에도 없는 것 같았다. 세상은 세 모자를 백척간두에 올려놓고 등을 떠밀고 있었다.

인옥은 가방을 뒤집어서 탈탈 털었다. 백 원짜리 동전 세 개와 십 원짜리 동전 다섯 개가 굴러 나왔다. 그 돈을 그러모아 자리에서 일어섰다. 진수는 초점이 모이지 않는 눈동자를 굴리며 쳐다보다 어어, 하고 소리 내며 얼굴을 일그러뜨렸다. 어디 가느냐고 묻는 것 같았다. 아이를 내려다보았다. 목은 뒤틀리고 얼굴은 한쪽으로 돌아가고 다리는 서로 꼬이고 오른팔은 안쪽, 왼팔은 바깥쪽으로 접혀 올라간 채 손가락만 겨우 움직이고 있는 아이를 멍하니 내려다보다 아무 말 하지 않고 밖으로 나왔다.

골목에 서서 뛰노는 아이들을 가만히 쳐다보았다. 몸속의 에너지를 한 톨도 남김없이 그러모아 노는 데 몰입하고 있는 아이들은 눈부셨다. 살아 있는 것들의 눈부심 앞에서 울컥 목이 메었다. 아이들의 콧등과 볼이 발갛게 물들어 있었다. 진호는 동네 아이들 틈에서 정신없이 놀고 있었다. 아이는 넘치는 생명력으로 생의 기쁨을 만끽하고 있었다. 진호야, 어쩌면 이 지상에서의

흉터의 꽃

마지막 놀이가 될 수도 있겠구나. 지금 이 짧은 순간만이라도 맘껏 놀아라. 아무 걱정 없이 놀아라.

슈퍼에 들러 라면 세 봉지를 샀다. 슈퍼 주인 여자가 생전 라면 사러 오는 일이 없더니 어쩐 일이냐고 한마디 했다. 맥없이 웃어주고 슈퍼를 나왔다. 이 라면이 이승에서의 마지막 음식이라고 한다면 그녀는 어떤 반응을 보일까. 살아서의 마지막 밥상을 차리기 위해 인옥은 집으로 터덜터덜 걸어왔다. 이 지상에서의 최후의 만찬으로 라면 세 봉지도 감지덕지였다.

"엄마!"

진호가 골목길에서 달려왔다.

"진호야, 저녁 먹으러 가자. 진호, 라면 좋아하지?"

"우와! 라면이다. 엄마, 난 세상에서 라면이 젤 좋아."

아이는 팔짝팔짝 뛰며 좋아했다. 어미가 무슨 생각으로 라면을 샀는지 이 아이는 알고 있을까. 뜨거운 뭔가가 목 안에서 울컥 치밀어 올랐다. 입술을 콱 깨물었다.

"영준아! 오늘 우리, 라면 먹는다."

라면 먹는 게 무슨 자랑이라고 진호는 골목에서 뛰어노는 친구에게 자랑을 했다. 억장이 무너졌다. 이 라면이 어떤 음식인지도 모르고 친구에게 자랑하는 진호를 보고 있자니 가슴이 뜯겨나가는 것 같았다.

냄비에 물을 받아 곤로에 얹었다. 성냥불을 탁 켜서 심지에 불을 붙였다. 물이 보글보글 끓자 라면 봉지를 뜯어 라면과 스프를 집어넣었다. 눈물이 라면 냄비에 후드득 떨어졌다. 라면이 끓자 집 안에 라면 냄새가 퍼져나갔다. 후루룩 후룩룩 소리를 내면서 아이들과 라면을 맛나게 먹고 싶었다. 꼬들꼬들 익은 면발과 보글보글 끓는 국물에서 피어오르는 라면의 환장할 냄새가 말하고 있었다. 살라고, 어쨌든 살아보라고. 산다는 것은 별것 아니라고, 후후 불며 라면 면발을 건져 먹는 것일 뿐이라고. 라면이 끓는 냄새는 삶 쪽으로 건너오라고 말하는 간절한 손짓이었다. 삶의 냄새가 두렵기는 처음이었다. 알맞게 익은 라면을 그릇에 담아 둥근 알루미늄 상에 차렸다. 상을 들고 방에 들어가자 진호가 손뼉을 치며 좋아했다.

"와! 라면이다. 음! 라면 냄새 최곤데!"

진호가 엄지손가락을 처들며 엄마를 보고 환하게 웃었다. 아무 죄도 없는 아이가 어미를 잘못 만난 바람에 이 라면을 먹고 영문도 모른 채 죽어가야 하다니, 기가 막혔다. 뱃속에 품고 있을 때도 이 아이를 죽이려 했던 못난 어미였다. 기적적으로 세상 빛을 본 아이이건만, 이제는 먹여 살릴 자신이 없어 어미가 되어 제 손으로 또 아이를 죽이려 하고 있었다. 두 번이나 아이를 죽이려고 마음을 먹다니. 이런 어미가 세상에 어디 있을까. 인옥의 표정이 평소 같지 않음을 눈치챘는지 진호는 젓가락을 들다 말고 빤히 쳐다보았다.

"엄마, 왜 그래?"

"아냐, 아무것도 아냐. 우리 진호 배 많이 고프지? 어서 먹어."

인옥의 눈가가 벌겋게 변한 것을 본 진호는 여전히 젓가락을 들지 않고 엄마 눈치를 보았다. 진수에게도 라면을 먹이려고 누

흉터의 꽃

위 있는 아이를 무릎에 눕혔다. 순간 눈에서 눈물이 후드득 흘러내려 아이의 얼굴 위로 떨어졌다. 목석처럼 뻣뻣하던 아이가 깨드득 웃으며 오른쪽 팔을 갑자기 뒤로 활짝 젖혔다. 인옥은 아이의 웃음소리에 놀라 젓가락을 떨어뜨렸다. 정신이 번쩍 들었다. 누군가가 채찍으로 등을 세게 내리치는 것만 같았다. 인옥아! 너 지금 뭐하는 짓이고? 엄마의 목소리가 들리는 것 같았다. 어리둥절한 표정으로 방 안을 휘둘러보았다. 인옥아, 이렇게 끔찍한 얼굴로 나도 살아냈다. 그런데 니가 왜 못 산단 말이고? 엄마의 목소리인지 아니면 마음속 깊은 곳에서 들리는 자신의 목소리인지 알 수가 없었다. 환하게 웃고 있는 진수를 내려다보았다. 진수도 동생만큼이나 라면을 좋아했다. 몸도 정신도 온전치 못한 아이가 라면을 먹을 기대로 깨드득 웃고 있었다. 몸은 성치 못하지만 생에 대한 기대와 기쁨을 표현하고 있었다. 맛있는 것을 먹을 기대로 아이의 얼굴은 꽃처럼 환하게 피어 있었다. 내가 지금 이 아이에게 무슨 짓을 하려고 했던가. 피를 울컥 토하듯 울음이 터져나왔다. 진수를 끌어안고 울음을 쏟아내자 진호도 놀랐는지 따라 울음을 터뜨렸다. 울음의 둑이 한번 터지자 그것은 걷잡을 수 없는 홍수처럼 범람했다.

불어터진 라면 냄비를 앞에 놓고 인옥은 한 생애 동안 울어야 할 모든 울음을 울었다. 내가 이 죄 없는 아이들에게 도대체 무슨 짓을 하려고 했단 말인가. 더 이상 잃을 게 없었다. 목숨까지 내버릴 생각까지 했는데 겁날 것도 없었다. 까짓거, 세상이 이기나 내가 이기나 한번 해보자. 죽기 살기로 덤비면 언젠가 이 모진 세상도 한 번쯤은 손을 내밀어주는 순간이 오지 않을까. 인옥은 두 아이를 힘껏 끌어안았다.

통통 불은 라면을 쓰레기통에 버릴까 잠시 망설였다. 그래, 이 라면을 먹자. 언제까지나 이 라면을 기억하기 위해서라도, 내 새끼를 지켜낼 힘을 얻기 위해서라도 이 마지막 음식을 먹어주자. 이 라면을 먹고 세상의 가장 밑바닥에서 시작해보는 것이다. 어쩌면 이 라면은 세상에서 가장 고마운 음식인지도 모른다. 죽음을 생각하고 마지막으로 먹으려 했던 음식이 아니라 다시 살아볼 각오를 하고 최초로 먹는 음식이 아닌가. 이렇게 감사한 음식이 어디 있겠는가. 인옥은 통통 불은 라면을 진수에게 숟가락으로 떠먹였다. 눈물이 라면 냄비에 후두둑 떨어졌다. 진호는 도저히 못 먹겠는지 젓가락을 놓아버렸다. 인옥은 생의 가장 밑바닥을 꾸역꾸역 퍼먹었다.

설거지를 한 다음 아이들을 재우고 자리를 펴고 누웠다. 방이 뜨끈했다. 마지막으로 한 장 남은 연탄을 피워 그 연탄을 방에 들여놓고 연탄가스를 마시고 죽으려 했다. 그런데 그 연탄 한 장이 방을 덥혀주고 있었다. 죄 없는 새끼들의 목숨까지 직접 제 손으로 끊으려 했다는 것이 믿기지 않았다. 방금 전의 일들이 거짓말 같았다. 아주 오래전 일처럼 아득했다. 자칫했으면 세 식구의 목숨을 앗아갔을 수도 있는 연탄 한 장이 제 몸을 태워 세 식구의 몸을 따스하게 데워주고 있었다. 내일이면 꺼질 온기였지만 지금은 아이들과 따스하게 잠이 들 수 있다는 것만으로도 행복하고 좋았다. 삶과 죽음은 샴쌍둥이처럼 한 몸에 붙어 있었다.

흉터의 꽃

절망과 희망은 한 몸이었다. 이런저런 상념에 잠겨 뒤척거리고 있을 때 전화벨이 울렸다.

"여보세요?"

"거기 백종수씨 집 맞죠?"

전화기에서는 경박한 여자의 목소리가 튀어나왔다. 이 한밤중에 왜 갑자기 남편을 찾는 전화가 걸려왔나 싶었다. 오징어나 껌이라도 씹고 있는지 뭔가를 질겅질겅 씹고 있는 소리까지 전화기 선을 타고 들려왔다.

"난 달빛다방 마담 미스 송이에요."

달빛다방이라면 남편이 늘 죽치고 있는 곳이었다. 그런데 달빛다방 미스 송이 이 밤에 무슨 일이란 말인가?

"근데 무슨 일로 전화를……?"

"혹시 일해볼 생각 없어요?"

"예?"

난데없이 다방에서 일을 하라니? 이 여자가 제정신인가 싶었다.

"우리 다방 아가씨들 빨래할 생각 없어요? 다방에는 세탁기 놓을 자리도 없고, 빨래할 일손도 없거든요."

"빨래요?"

"빨래거리를 집에 가져가서 빨면 돼요. 소문 들었는데 아이들 때문에, 매여서 하는 일은 못한다면서요? 집에서 하는 일을 찾고 있다던데…… 생각 있음 연락 줘요."

물불을 가릴 만한 처지가 아니었다. 더군다나 집에서 일할 수도 있다지 않은가.

"예, 해볼게요. 내일 당장 가볼게요."

인옥은 전화를 끊고 가슴을 쓸어내렸다. 굶어 죽으란 법은 없는 모양이었다. 아이들을 굶어 죽이지 않으려면 세상에 못할 일이 없었다. 이미 저승 문 앞에까지 갔다 온 몸이 아닌가. 몸을 팔거나 도둑질을 하거나 사람을 죽이는 일만 아니라면 그 어떤 일도 마다할 수가 없었다.

인옥은 다방 문 열기가 무섭게 달빛다방으로 갔다. 다리가 유난히 욱신거려 걷기가 힘들었다. 전날 술이라도 잔뜩 마셨는지 달빛다방 마담 미스 송은 푸석푸석한 얼굴로 하품을 하며 인옥을 맞았다. 눈썹문신을 짙게 한 마담은 삼십대 후반의 여자였다. 마담은 다방 주방 뒤쪽에 붙어 있는 방으로 인옥을 데리고 들어갔다. 방이 두 개 있었는데 한 방에는 다방 아가씨들이 네 명이 옷을 갈아입고 화장을 한다고 북새통이었고 다른 방은 침대가 있는 방이었다. 침대가 있는 방에 들어가니 싸구려 향수 냄새와 퀴퀴한 곰팡이 냄새와 정액 냄새가 뒤섞인 묘한 냄새가 났다. 한 구석에 구겨진 겉옷과 속옷들이 뒤죽박죽이 된 채 쌓여 있었다. 수북한 쓰레기통 주변에는 휴지조각과 콘돔까지 떨어져 있었다. 다방에서 여자들이 몸을 판다는 소문을 들었지만 콘돔이 떨어져 있는 것을 직접 볼 줄은 몰랐다. 인옥은 구석에 쌓여 있는 빨랫감을 커다란 비닐봉지에 담았다. 비닐봉지를 안고 나오는데 다방 마담이 부르더니 냄새나는 이불까지 안겼다.

"무슨 빨래가 그렇게 많아?"

흉터의 꽃

빨래가 담긴 비닐봉지와 이불을 안고 대문으로 들어서자 주인 여자가 물었다. 주인 여자는 인옥과 동갑이었다. 인옥이 잠시 집이라도 비우면 진수가 어떻게 하고 있는지 잠깐씩 들여다봐주곤 했다.

"응, 요 앞에 다방 빨래."

"뭐? 그 더러운 다방 빨래를 자기가 왜 해?"

"더럽긴 뭐가 더러워? 뭐든 해야지. 찬밥 더운밥 가릴 처지가 아니잖아. 이거라도 해야지 뭐."

"다리도 아픈데…… 쯧쯧! 그 많은 빨래를 어떻게 한다구? 너무 무리하지 마."

수돗물을 너무 많이 쓰지 말라고 할까 봐 눈치가 보였는데 그 말을 안 해서 다행이란 생각이 들었다. 고무대야에 물을 받았다. 미지근한 물에 세제를 풀어 빨래를 담가두면 빨래하기가 쉬웠지만 연탄이 떨어져 따뜻한 물을 쓸 수가 없었다.

겉옷은 겉옷끼리 속옷은 속옷끼리 분류를 했다. 남의 속옷을 빠는 것도 욕지기가 나올 판인데 생리혈이 그대로 말라붙어 갈색으로 변한 팬티도 몇 장이나 있었다. 더럽긴 뭐가 더러워. 돈이 없어 새끼 굶기는 게 제일 더럽지. 인옥은 혼잣말을 하며 더러운 속옷을 맨손으로 비벼 빨았다. 쭈그리고 빨래를 하려니 다리의 통증이 더 심해졌다. 골반과 허벅지 안쪽의 뼈를 세게 잡아 뜯는 것 같았다. 다리가 아파 쭈그리고 앉아서 빨래하는 것도 여의치 않았다. 할 수 없이 바닥에 비닐을 깔고 다리를 쭉 편 채 빨래를 했다. 다리를 펴고 빨래를 하니 쭈그리고 앉아서 빨래를 하는 것보다 다리는 덜 아팠지만 속도는 몇 배로 더뎠다. 열 벌이 넘는 겉옷과 양말, 스타킹, 속옷, 이불까지 손빨래를 하고 나니 허리를 펼 수가 없었다. 바지는 온통 물범벅이었다. 아랫도리가 물에 젖어 온몸에 한기가 스며들어 턱까지 덜덜 떨렸다.

물기를 잔뜩 머금은 빨래를 들고 옥상으로 올라가는 것은 쉽지 않았다. 무거운 빨래가 담긴 고무대야를 들고 한 계단을 오르고 쉬고 한 계단을 오르고 쉬었다. 다리를 질질 끌면서 옥상으로 올라가고 있으려니 마치 한 마리의 벌레가 된 것 같았다. 대야를 놓치지 않으려고 이빨을 꽉 깨물었다. 옥상으로 통하는 계단을 오르는 것이 마치 가파른 벼랑을 오르는 것처럼 느껴졌다. 다행히 고무대야를 내동댕이치지 않고 옥상까지 겨우 올라갈 수 있었다. 마치 히말라야라도 정복한 기분이 들었다.

옥상의 빨랫줄에 빨래를 넣었다. 알록달록한 다방 아가씨들의 옷들이 한가득 널리자 옥상은 마치 꽃밭처럼 보였다. 달빛다방 아가씨들이 입는 옷은 깨끗하게 세탁되어 햇빛과 바람 아래서 물기를 말렸다. 그녀들이 몸을 파는 여자건 아니건 햇볕과 바람은 그녀들의 옷에 공평하게 스며들어 물기를 말려주고 있었다. 빨랫줄이 모자라 이불은 옥상 난간에 널었다. 부드러운 바람이 불어왔다. 질끈 묶은 머리카락이 바람에 날렸다. 인옥은 눈을 감았다. 눈을 감고 상상했다. 나는 지금 꽃들이 잔뜩 피어 있는 깊은 산속에서 시원한 바람을 맞고 서 있는 것이다. 아무것도, 그 어떤 것도, 나를 훼손시킬 수는 없다. 인옥은 팔을 쫙 벌려 하늘과 바람을 안았다.

흉터의 꽃

일주일 뒤에 다방 마담으로부터 세탁비로 돈 3만 원을 받았다. 그 돈이 마치 하나님이나 부처님 같았다. 그 3만 원은 쌀이었고 연탄이었고 세 식구의 목숨줄이었다. 주인집 여자에게 빌린 쌀 한 되와 연탄 열 장을 갚고 나면 겨우 쌀 한 말과 연탄 스무 장을 사고 나면 사라질 돈이었다. 이 돈으로 한 보름 정도는 살수 있을 것이었다. 적어도 며칠 동안은 아이들을 굶기지 않을 수 있었다. 내 새끼를 내 힘으로 건사할 수 있다는 것만으로 가슴이 벅차올랐다.

연탄 스무 장을 부엌에 들여놓고 밥을 지었다. 반찬은 신 김치와 간장 한 종지밖에 없었지만 아이에게 금방 한 쌀밥을 먹일수 있다는 것만으로 콧노래가 절로 나왔다. 밥상을 방에 들여놓고 대문 밖에서 놀고 있는 진호를 불러들였다.

"진호야, 밥 먹자."

진호는 김이 오르는 쌀밥을 한 숟가락 떠서 입에 넣으며 배시시 웃었다. 반찬이 없어도 아이는 간장에 밥을 비벼 맛있게 먹었다. 진수를 안고 밥을 떠먹이려는 순간 방문이 벌컥 열렸다.

"이 개 같은 년아!"

남편이 뛰어 들어오더니 밥상을 냅다 걷어찼다. 밥과 간장과 김치 그릇이 바닥에 나뒹굴고 김치 국물이 벽에 튀었다. 벽을 타고 흘러내린 붉은 김치 국물 자국은 마치 피가 흘러내린 것처럼 보였다.

"이 씨팔년아! 몸 파는 년들 더러운 속옷 빨아주고 밥 빌어 처먹으니 좋냐? 목구멍으로 밥이 잘도 넘어가지? 남자 우세나 시키는 년! 너 같은 쌍년은 맞아 죽는 게 수다. 죽어라! 이 잡년아!"

남편은 인옥의 머리끄덩이를 잡고 방바닥에 내동댕이치고 발로 걷어차고 주먹으로 마구 때렸다. 졸지에 일어난 일에 비명도 나오지 않았다. 진호가 놀라서 울음을 터뜨리고 바닥에 누워 있는 진수는 눈을 번히 뜨고 입을 벌리고 있었다. 두 아이에게 엄마가 맞는 모습을 보이는 것이 끔찍해서 미칠 것 같았다.

"진호야, 저 방으로 가! 엄마 괜찮아."

인옥은 진호에게 소리를 질렀다.

"이 쌍년아! 입 닥쳐! 진호 너 거기 가만있어! 나가면 죽어!"

"아빠! 엄마 때리지 마!"

"이 새끼가! 아빠 말 안 들으면 어떻게 되는지 두 눈 똑똑히 뜨고 봐!"

남편은 인옥의 머리채를 낚아채고 고함을 질렀다.

"진호야! 저리 가, 제발 저리 가!"

"아빠! 때리지 마, 엄마 때리지 마. 엉엉."

남편은 진호가 다리를 잡고 매달리자 아이까지 사정없이 때렸다. 아이가 비명을 지르며 바닥에 나동그라졌다. 인옥의 눈에 불이 확 일어났다.

"이 새끼야! 왜 진호를 때려? 왜 때리냐구? 이 개만도 못한 새끼야!"

엄마를 때리지 말라고 매달리는 어린것에게까지 손을 대다니. 인간이 아닌 짐승이나 괴물에게 무슨 욕인들 못하겠는가.

"개쌍년아! 어디 남자 망신시킬 일이 없어서 다방 기집애들 속

흉터의 꽃

옷 빨래까지 하냐? 돈이라면 몸이라도 팔겠구나. 이 더러운 화냥년아! 이 개잡년아!"

"뭐? 남자 망신? 뭐가 남자 망신인데? 니가 남부끄러운 게 뭔지나 아는 새끼야? 식구들한테 돈 한 푼 안 벌어다 주고 굶게 만든 게 남자 새끼냐? 차라리 그놈의 좆 나부랭이 개한테나 떼줘. 이 개만도 못한 놈아! 니가 인간이야? 내가 오죽했으면 다방 여자들 속옷을 빨러 갔겠냐? 이 더러운 새끼야!"

악에 받친 인옥은 욕을 하며 대들었다. 아이까지 때리는 걸 보자 눈에 보이는 게 없었다.

그날 밤 초저녁에 시작된 남편의 매질은 새벽이 되도록 멈추지 않았다. 급기야 주인집 부부와 이웃들이 몰려오고 나서야 남편은 주먹질을 멈추었다. 앰뷸런스까지 출동했다. 피투성이가 된 채 기절한 인옥은 응급실로 실려갔다.

눈을 뜨니 낯선 병원이었다. 간호사는 의식이 돌아온 인옥을 보더니 보호자에게 연락을 하라고 했다. 사위에게 맞아 만신창이가 되어 병원에 실려온 딸의 모습을 친정엄마에게 보여줄 수 없었다. 아픈 몸으로 혼자서 겨우 버티고 살아가고 있는 엄마에게 이보다 더 큰 불효는 없었다. 누나로서 할 짓이 아니었지만 남동생 인우밖에는 연락할 데가 없었다.

겨우 연락이 된 인우는 다음 날 아침 병원으로 허둥지둥 달려왔다. 시퍼렇게 멍이 든 누나의 모습을 본 인우는 놀라서 입을 다물지 못했다.

"누나! 대체 왜 이래? 이거 왜 이런 거야? 말 좀 해봐!"

"……"

인옥은 동생의 얼굴을 마주 볼 낯이 없었다.

"그 인간이 그랬지? 백종수, 그 인간 지금 어딨어?"

인우는 주먹을 꽉 쥐고 화를 내며 소리를 질렀다. 인옥은 겨우 입을 열었다.

"인우야, 면목이 없다. 미안해. 엄마한테는 도저히 연락할 수가 없었어. 이 꼴 보여줘서 정말 미안해. 누나가 되어서……"

"뭐가 미안해? 괜찮아. 진짜, 열불 나 미치겠네. 어떻게 사람을 이 지경으로 만들어? 짐승만도 못한 인간! 당장 그 새끼랑 이혼해."

인우가 화를 삭이지 못하고 씩씩거렸다. 그때 인옥의 병상 곁으로 의사가 다가왔다.

"박인옥 씨 보호자 되십니까?"

의사가 인우에게 물었다.

"네."

"몸에 타박상이나 찰과상이 문제가 아니라 몇 가지 검사가 필요합니다."

"예? 무슨 검사 말입니까?"

눈이 휘둥그레진 인우가 물었다.

"환자분 다리에 심각한 문제가 있는 것 같군요."

"다리에 심각한 문제요?"

"박인옥 씨! 다리 한번 들어보시겠습니까?"

인옥은 의사의 말대로 다리를 들어 올리려 했다. 오른쪽 왼쪽

흉터의 꽃

번갈아 들어 올리려 다리에 힘을 줘봐도 통나무 같은 다리는 말을 듣지 않았다. 아무리 들어 올리려 해도 남의 다리 같았다. 다리와 골반 쪽에 통증이 너무 심해 인옥은 저도 모르게 비명을 질렀다.

"보시는 대로입니다. 다리를 들지도 못하죠? 통증도 아주 심한 모양인데 몇 가지 검사를 해봐야겠습니다."

의사의 말에 인우는 놀란 얼굴로 인옥을 쳐다보았다. 인옥은 눈을 질끈 감았다. 이 꼴로 부른 것도 미안한데 다리까지 신경 쓰게 만들다니 동생을 볼 낯이 없었다.

인옥은 엑스레이 검사와 몇 가지 정밀검사를 받았다. 검사 결과 인옥의 병명은 이름도 생소한 대퇴부무혈성괴사증으로 판명되었다.

"이 몸으로 어떻게 사셨습니까? 관절 자체가 다 녹아버렸는데, 아파서 어떻게 견뎠어요?"

의사가 심각한 얼굴로 차트와 엑스레이 사진을 들여다보며 말했다.

"그냥 참았어요. 중학교 때부터 심하게 아팠는데 병원에 가보면 원인을 모른다고만 하고……."

"아마 그랬을 겁니다. 특히 대퇴부무혈성괴사는 엑스레이상으로도 잘 나타나지 않는 경우가 많아요."

인옥은 의사의 말에 고개를 끄덕였다. 지금까지 병원에 다녀보아도 병을 밝혀내지 못한 까닭을 알 것 같았다.

"아직 삼십대인데, 평생 일을 심하게 해서 고관절이 닳은 분들보다 더 심각하군요. 이 질환은 빠르면 오십대, 아니면 육십대나 칠십대 노인이나 술을 많이 드시는 남자분한테 오는 병입니다. 이렇게 삼십대 초반의 여자분에게 나타나는 건 극히 드문 일이죠."

"선생님, 발병원인이 뭔가요?"

인우가 옆에서 심각한 표정으로 의사에게 물었다.

"글쎄요. 발병원인이 아직 정확하게 밝혀진 게 없어서…… 일종의 희귀병입니다."

"희귀병이라구요?"

인우의 눈이 크게 벌어졌다.

"희귀병이긴 하지만 수술하면 좋아지니까 너무 걱정하지 마세요."

"근데 발병원인도 모르는 그런 병이 있습니까?"

인우가 의아한 표정으로 물었다.

"네, 더러 있습니다. 대퇴부무혈성괴사증은 대표적인 고관절 질환이죠. 대퇴부 관절 부분에 혈액이 정상적으로 순환되지 않으면서 뼈가 괴사하는 질병입니다. 관절 면이 손상되는 바람에 점차 운동범위도 좁아지고 통증이 심하게 나타나는 병이죠. 골반의 밑 부분부터 뼈근해지는 느낌이 들고 걸었을 때 통증이 아주 심해요. 박인옥 씨, 걷기 많이 힘드시죠?"

"네, 일어서는 것도 힘들어서 바닥을 손으로 밀고 다닐 때가 많았어요. 기어 다니다시피 살았어요."

의사가 고개를 끄덕였다.

"선생님, 수술하면 좋아지는 거 맞습니까?"

인우가 매달리듯 의사에게 물었다.

"예, 수술이 답입니다. 이대로 놔두면 고관절을 중심으로 염증이 점차 퍼지게 됩니다. 다리를 앞, 바깥쪽으로 움직이기가 힘들어요. 양반다리도 못하게 되고 양쪽 다리의 길이가 달라져 절게 되죠. 심하면 다리를 완전히 못 쓰는 경우도 있어요. 휠체어 생활하는 경우가 많아요. 환자분은 괴사가 상당히 진행된 경우예요. 대퇴부 관절을 거의 사용하지 못하니까 인공관절 수술을 통해서 치료를 진행할 수 있어요. 괴사가 진행된 부분을 잘라낸 뒤환자분 신체 사이즈에 맞게 제작된 인공관절을 삽입하는 방법으로 수술하면 정상적인 활동이 가능합니다."

"수술만 잘 받으면 우리 누나 제대로 걸을 수 있다는 거죠? 확실하죠, 선생님?"

"네, 물론입니다."

의사가 인우를 보고 빙긋 웃었다.

"선생님, 당장 수술해주세요."

인우가 의사의 손을 덥석 잡았다. 인옥은 의사의 말을 믿고 싶었다. 두 발로 마음껏 걸어 다니는 일은 몸을 묶고 있던 쇠사슬을 풀어버리고 자유를 얻는 일이었다. 계단도 힘차게 오르내리고 자전거도 타고 산도 오르고 싶었다. 다리만 제대로 움직여준다면 무슨 일이든지 할 수 있을 것 같았다. 무거운 갑옷 같은 통증을 벗어던지고 자유롭게 걷고 싶었다.

문제는 수술비였다. 얼마 전 대학을 졸업하고 무역회사에 취직한 지 한 달도 안 되는 동생에게 면목이 없었다. 인우는 대학 다닐 때에도 엄마 도움을 받지 않고 혼자서 온갖 아르바이트를 하면서 학비를 벌었다. 과외를 하거나 식당에서 불판을 닦거나, 공사장에서 막노동을 하며 제 힘으로 학비를 벌었다. 심지어 영화나 드라마 엑스트라를 하기도 했다. 몸도 성치 않은 엄마를 힘들게 하지 않으려고 인우 나름대로 얼마나 발버둥을 쳤을지 안 봐도 알 수 있었다. 그런 동생에게 큰 부담을 지우는 것이 미안했다. 인우는 인옥에게 아무 걱정하지 말라고 다독여주었다. 인우는 이리저리 돈을 빌려서 적지 않은 수술비를 마련해왔다.

입원해 있는 동안 두 아이는 친정에 데려다 놓아야 했다. 남편은 코빼기도 보이지 않았다. 오히려 다행이라고 생각했다. 인옥은 인우가 구해준 돈으로 인공관절 수술을 받았다. 수술은 성공적이었다. 인우는 자기 일보다 더 기뻐했다. 저도 힘들 텐데 누나 병원비를 마련해준 동생에게 고마워서라도 이를 악물고 살아야 했다.

근 두 달에 걸친 재활훈련을 받고 난 후 통증을 거의 느끼지 않고 걷게 되었다. 조금씩 절뚝거리긴 했지만 통증이 거짓말같이 사라졌다. 걸어 다니는 것이 꿈만 같았다. 팔이나 다리나 눈이나 입이나 손이나 발가락처럼 몸의 일부가 되어버린 통증이었다. 죽을 때까지 안 떨어질 것 같던 통증이 한순간에 없어진 것이었다. 새 세상을 얻은 기분이었다. 나는 살았다! 나는 살았다! 그 소리가 절로 나왔다.

흉터의 꽃

정현재-도망자

나는 모니터를 노려보다 안경을 벗었다. 눈이 뻑뻑해 눈에 안약을 넣었다. 안약이 눈물처럼 볼을 타고 주르륵 흘러내렸다. 눈물을 흘리던 그녀의 모습이 떠올랐다. 당차고 씩씩해 보이던 그녀는 아이들 이야기를 하면서 자주 눈물을 보였다. 그녀에게 왜 그 사실을 말하지 못했을까. 내 아버지도 히로시마에서 태어나셨고 원폭 피해자입니다. 나도 원폭 피해자 진료증을 갖고 있는 원폭 피해자 자녀입니다. 내 아이도 다운증후군 환자입니다. 왜 그녀에게 밝히지 못했을까.

카페에서 만나자마자 뇌성마비 장애인 아들의 사진을 보여주었던 그녀였다. 백 마디의 말보다 사진 한 장으로, 지금 현재의 모습으로, 장애를 가진 아들의 몸 자체로 그녀는 말했다. 얼마나 당당한 모습이었던가. 그런 그녀에게 내게도 장애를 가진 아이가 있다고 왜 솔직하게 말하지 못했던가. 같은 종류의 아픔을 갖고 있다는 그 말만큼 위로가 되고 동질감을 느끼게 만드는 말이 있을까.

"부모님이 원망스러웠던 적이 없었습니까?"

나는 그녀가 눈물을 닦고 나자 조심스레 물었다.

"왜 없었겠어요? 곁을 주지 않는 엄마가 원망스러웠어요. 늘

죄인처럼 주눅 들어 있던 엄마가 끔찍하게 싫었죠. 이복 오빠 눈
치만 보면서 친딸이 눈앞에서 맞아도 오빠를 심하게 혼도 못 내
던 엄마, 그런 바보 같은 엄마가 싫었어요. 그리고 무엇보다도 엄
마의 화상 흉터가 부끄러웠어요. 친구들 앞에서 엄마를 외면하
거나 숨었던 적도 많았어요. 내가 왜 이런 부모 밑에서 태어났을
까, 그런 생각도 많이 했죠. 근데 지금은 그런 생각이 거짓말같
이 사라졌어요."

　나도 모르게 커피를 마시는 그녀를 뚫어져라 쳐다보았다. 아
버지에 대한 미움과 원망은 내 안에 깊이 뿌리를 내리고 있는 거
대한 나무였다. 어쩌면 원망과 분노가 내 자신인지도 몰랐다. 이
미 나와 한 몸이 된 뿌리 깊은 원망이 사라질 수 있다니, 말도 되
지 않았다. 적어도 내게는 불가능한 일이었다.

　"어떻게 그게 사라질 수 있는 거죠?"

　"가여운 분들이라는 생각이 드니까 눈 녹듯 원망이 사라졌어
요. 부모의 잘못이 아니라는 것을 알았으니까요. 억울하게 희생
당한 분들이잖아요? 나라를 빼앗기지 않았다면, 원폭이 터지지
않았다면, 자식에게 가난도 병도 물려주지 않았겠죠. 아무것도
모른 채 역사라는 파도에 휘말린 분들이잖아요? 억울하다고 하
소연도 못하고 살아온 부모님의 세월을 생각하면 기가 막혀요.
기막힌 세월을 살아낸 부모에게 자식마저 원망의 칼을 겨눈다
면 너무 가혹하지 않아요? 그런데 그건 왜 물으시는지 궁금한데
요?"

　그녀는 나에게 되물으며 빙긋 웃었다. 마치 내 의도를 꿰뚫어

　　　　　　　　　　　　　　　　　흉터의 꽃

보기라도 하는 것 같았다. 당신은 아버지가 그렇게도 원망스러운가요? 당신의 아이가 그렇게 부끄러운가요? 되묻는 것만 같았다.

나는 왜 아버지가 억울한 피해자였다는 사실을 받아들이지 못하는가. 아버지가 원폭의 현장에 있었다는 것보다 더 확실한 증거가 있어야 된단 말인가. 그 증거는 어디에서 찾을 수 있단 말인가. 아버지가 술에 영혼을 팔아버리고 산 세월을 원폭 때문이었다고 원폭의 상처 때문이었다고 말하고 싶지 않았다. 아버지는 억울하고 가여운 피해자가 아니라 술로 도망친 비겁한 도망자일 뿐이었다. 나는 고개를 힘껏 저었다.

냉장고에서 차가운 캔맥주 하나를 꺼냈다. 다시 컴퓨터 앞에 앉아 맥주를 한 모금 들이켰다. 자정이 넘은 시간이었다. 컴퓨터 화면을 노려보고 있는데 휴대폰이 울렸다. 아내의 전화였다. 아내가 있는 곳은 아마도 초저녁일 것이다.

"자다 일어난 거 아니야?"

아내의 목소리는 의외로 밝았다.

"아니, 글 쓰는 중이었어."

"당신 목소리가 안 좋으네. 왜, 무슨 고민 있는 거야?"

"고민은 무슨, 그런 거 없어."

"왜? 여자 생겼어?"

어이가 없어 웃음이 나왔다.

"당신, 외롭구나."

"어, 조금."

"외로우면 여자친구라도 만들든지. 내가 봐줄게."

아내의 웃음소리가 경쾌했다. 나도 따라 웃었다.

"눈물 날 정도로 고맙네. 채현이는?"

"채현이 남친 생겼어."

"뭐?"

"같은 다운증후군 아인데, 손잡고 다니는 거 보면 웃겨. 덩치 큰 애들이 초딩 애들처럼 귀여워. 이쁘기도 하고."

"······!"

갑자기 화가 불쑥 치밀었다. 다운증후군 아이를 사귀다니. 다운증후군 아이 둘이 손잡고 다니는 것을 보면 얼마나 웃음거리가 될까 싶었다. 아무리 다운증후군을 가지고 있는 아이지만 채현이는 하나밖에 없는 딸이었다. 장애가 있는 딸아이가 장애인 남자친구를 사귄다니 기분이 복잡했다.

"왜 말이 없어?"

"당신, 채현이 너무 내버려두는 거 아냐?"

"무슨 소리야? 채현이는 남자친구 사귈 자격도 없어?"

"누가 안 된다고 했어? 내 말은 그런 뜻이 아니라구."

나는 괜히 심통을 부렸다.

"좀 솔직해져봐."

"뭘 솔직해지라는 거야?"

"그럼 무슨 뜻인데? 채현이가 장애인 아이를 사귄다고 화난 거 아냐? 염색체가 하나 더 많든, 하나 더 적든 누구나 행복할 권리가 있어. 우리 딸이 장애인이라는 것, 그대로 인정하고 받아들이기가 그렇게 어려워? 제발 채현이를 있는 그대로 봐줘. 입장 바꿔 한번 생각해봐. 만약 그 애 엄마가 우리 딸이 장애인이라구 거부한다고 생각해봐. 기분이 어떨 거 같애? 그렇게 어려워? 아이의 현재를, 있는 그대로를 받아들이는 것이 그렇게 어렵냐구? 현재가 있어야 미래도 있어. 우리 딸이 살아갈 미래도 있는 거야. 그리고, 당신 이름도 현재, 정현재잖아?"

아내의 화를 가라앉히려면 웃어주어야만 하는 타이밍이었다. 하지만 나는 아내의 농담에 웃지 않았다. 아내는 가끔 내 이름 현재가 참 의미심장하다고 말하곤 했다.

"……난, 당신이 우리 채현이가 이곳에서 밝게 살아가는 것, 응원해주고 축하해줄 거라고 기대했어."

나는 아내의 말에 아무런 대꾸를 하지 않았다. 오랜만의 통화인데 대화가 이렇게 꼬일 줄은 생각지도 못했다.

"왜 아무 말도 안 해?"

"듣고 있어."

내 목소리는 착 가라앉아 있었다.

"난 도망치고 싶었어. 처음에 솔직히 도망치는 기분으로 여기 왔어. 근데 이곳 사람들은 힘들어도 도망치지 않았어. 장애를 있는 그대로 인정하고 껴안아주는 사람들, 같이 살아가려고 하는 사람들을 보면서 배운 게 많아. 도망치는 것으로는 아무것도 해결이 안 된다는 것을 배우게 됐어. 여보, 당신도 도망치지 마. 우리 채현이한테서, 그리고, 당신 자신한테서. ……듣고 있어?"

"응."

"혼자 지내도 밥 잘 챙겨 먹고, 건강 조심해. 아, 그리고 나, 내년쯤에는 한국 들어가고 싶어. 이젠 그곳이 어디든 살 수 있을 것 같아. 이젠 어디로도 도망 안 갈 거야. 일도 다시 시작하고 싶어. 당신 바람날까 봐서 감시 좀 해야겠어."

나는 전화를 끊고 창밖을 응시했다. 건너편 아파트 꼭대기 층에만 불이 들어와 있었다.

아내가 다시 돌아오고 싶다는 것은 어두운 터널을 벗어났다는 것을 의미했다. 여보, 당신도 도망치지 마. 우리 채현이한테서, 그리고, 당신 자신한테서. 아내는 눈치채고 있었던 것이다. 내가 늘 도망치려 했다는 것을. 아무 내색도 하지 않았지만 아내는 감지를 했던 모양이었다. 실은 채현이의 장애를 더 못 견뎌 한 것은 아내가 아니라 나였다는 것을.

아버지는 술로 도망을 쳤고 나는 아버지가 없는 곳으로 도망을 치려 했다. 아버지가 없는 곳, 이제는 아버지에게서 완벽하게 벗어났다고 생각했다. 하지만 아버지는 나의 등 뒤에 딱 들러붙어 있었다. 아버지를 떼어내 버리려 할수록 아버지는 나의 어깨를 꽉 잡고 놓아주지 않았다.

갑자기 어두운 골목길에서 죽도록 달리고 있는 한 남자의 모습이 떠올랐다. 끊임없이 쳇바퀴를 굴리고 있는 한 마리의 다람쥐처럼 남자는 끝없이 도망치고 있었다. 과거로부터 현재로부터 미래로부터 도망치고 있는 내 자신의 모습 같았다. 아무리 도망쳐도 제자리였다.

흉터의 꽃

타인을 위해 눈물 흘리는 사람

  친정엄마가 와서 방을 치운 모양인지 방은 깨끗했다. 벽지에 묻은 김치 국물 흔적을 보자 남편에게 무자비하게 맞던 날의 분노가 맹렬하게 솟아났다. 병원에 있던 두 달 동안 시어머니도 남편도 얼굴을 한 번도 비치지 않았다. 생각에 잠겨 있던 인옥은 전화벨 소리에 정신을 차렸다.

  전화를 걸어온 사람은 뜻밖에도 시아버지의 본처였다. 생전 전화도 안 하던 사람이 갑자기 웬 전화인가 싶어 인옥은 의아했다.

  "큰 수술이라 카더니 날래 퇴원을 했는갑네. 그래 몸은 괜찮나?"

  "예, 많이 좋아졌어요."

  "참말로 다행이다. 자네가 알아야 될 기 좀 있다. 종수 그놈을 당최 믿을 수가 있어야제. 마누라가 대수술을 받는다꼬, 다 죽어가게 생겼다꼬 종수가 일가친척 다 찾아다니며 돈을 빌리러 안 댕깄나. 몸 성치도 않은 자슥 델꼬 자네 고생하미 산다꼬 돈을 안 보탠 사람이 없다. 빌리준 사람도 있지마는 다 적선하는 셈치고 십시일반으로 조금씩 보태준 돈이 한 300만 원 될 끼라. 그래, 그 돈으로 수술은 잘 받았나?"

수술비를 빌리다니. 기가 막혀 입이 쩍 벌어졌다.

"돈을 빌리러 다녔다고요? 그 말이 사실이에요?"

"무슨 말을 하노? 마누라 다 죽게 생겼다꼬 하도 난리를 치는 바람에 우리도 없는 형편에 한 백만 원인가 해주고 그겠다."

"병원에 얼굴 한번 안 내비췄는데……."

"아이고! 그 망할 놈의 새끼가 그 돈 빌리 갖고 또 헛군데 씨러 댕기는갑다. 저그 어매나 새끼나 와 그래 남의 속을 후비고 다니노? 내가 저그 엄마 때문에 평생 발을 뻗고 산 적이 없는데…… 아이고! 엉성시럽다! 참말로 몸서리야!"

인옥은 전화를 끊고 그길로 단숨에 시어머니를 찾아갔다. 마침 대문을 나서던 시어머니는 인옥을 보고 놀랐는지 눈이 휘둥그레졌다.

"어머니, 그 사람 지금 어디 있어요?"

"종수 말이가? 나도 그 자슥 오데 있는지 모린다."

"집안사람들에게 돈 빌렸다면서요? 내 수술 핑계로 300만 원이나 빌렸다던데 그냥 보고 계셨어요?"

"뭐라꼬? 시방 와 내한테 지랄이고? 그 돈을 내가 썼나?"

"마누라 죽을 정도로 때려놓고 치료비로 쓴다고 친척들에게 돈이나 빌리러 다니고. 정말이지 이건 아니잖아요."

"지랄한다. 인자 수술 받고 살 만해졌나? 종수가 돈을 빌리거나 우쨌거나 니가 뭔 상관이고?"

"어머니!"

"사나는 다 기집 하기 딸린 기다. 니가 종수라카마 집구석에

342   흉터의 꽃

들어올 마음이 나겠나? 기집이라 카는 거는 다리 빙신이제, 자 슥 새끼도 빙신이제. 다 이거는 니 팔자다. 종수가 마음을 못 잡은 거는 다 니 탓이란 말이다. 뭘 알고 씨부리라.”

인옥은 말문이 턱 막혔다. 아들이나 엄마나 똑같았다. 태어날 때부터 낯에 철판을 깐 뻔뻔스러운 족속이 따로 있는 것만 같았다. 자신이 저지른 행위의 대가로 주변 사람들이 피눈물을 흘려도 눈 하나 깜짝하지 않을 수 있는 그런 종류의 사람들이 바로 남편과 시어머니였다. 인옥은 거대한 벽 뒤에서 그들을 향해 절규하고 있는 기분이었다.

남편은 인옥의 수술비를 핑계로 빌린 돈 300만 원으로 여자들과 전국을 싸돌아 다녔다고 했다. 전국의 이름난 맛집이란 맛집은 다 찾아다닌 모양이었다. 강원도나 전라도, 충청도, 심지어 제주도 여행까지 다녀왔다고 했다. 인옥은 생전 꿈도 꿔보지 못한 제주도였다. 그 말을 달빛다방의 미스 송에게 듣는 순간 인옥은 피가 거꾸로 솟는 것만 같았다.

인옥은 생각하고 또 생각했다. 가족들이 굶어 죽든 말든 신경도 안 쓰고 도박을 하고 술을 마시고 여자와 바람을 피우러 다니는 남자, 마누라를 개 패듯 패놓고 마누라가 다 죽어간다며 돈을 빌려 여자들과 맛난 것이나 먹으러 다니는 남자, 아이들 앞에서 엄마를 개 패듯 패는 남자. 인간이라면 인간에게 이럴 수는 없는 일이었다. 단 하루라도 더 이상 같이 살 수 없다는 결론을 내렸다. 이혼을 결심했지만 진수와 진호를 생각하면 아무리 굳게 마음을 먹어도 결심이 흔들렸다. 평생 누워만 있어야 하는 아들을 데리고 이혼을 한다면 아무 일도 할 수 없었다. 돈을 벌기 위해서는 시댁에 아이를 맡기고 나가는 수밖에 없었다. 돈을 벌어야만 아이들과 같이 살 수 있을 터였다. 아이들을 살리기 위해서라도 이혼을 해야 했다.

"당장 이혼해!"

남편이 집에 들어온 날 인옥은 선전포고를 했다.

"이년이 미쳤나? 뭐? 이혼?"

남편은 인옥의 입에서 튀어나온 이혼이라는 단어의 뜻이 뭔지 모르겠다는 듯 눈을 껌벅였다. 이 여자는 죽어도 이혼 따위는 생각도 못할 여자인데, 이혼이라는 말을 꺼낸 여자가 과연 내 마누라가 맞나 하는 표정으로 눈을 껌벅이며 쳐다보았다. 감히 네까짓 게 어디서 이혼을 입에 올리느냐는 듯한 표정이었다.

"이혼? 다시 한번 지껄여봐."

"귀가 막혔냐? 당장 이혼하자구, 이혼!"

"이게 죽고 싶어 환장을 했나? 누구 맘대로 이혼이야?"

남편은 인옥의 뺨을 있는 힘껏 올려붙였다. 눈에 불이 확 일어났다.

"이 개쌍년아! 이혼을 해도 내가 하자고 할 때 해야 돼. 감히 니년이 이혼을 하자구?"

"죽어도 너란 놈과는 안 살아!"

인옥도 지지 않고 달려들었다.

"이게 죽고 싶어 환장했나?"

남편이 인옥의 머리를 후려쳤다.

"아빠! 엄마 때리지 마!"

방 안으로 들어오던 진호가 소리를 지르며 매달렸다. 아이 앞에서 더 이상 맞는 꼴을 보일 수 없었다. 맨발로 길거리로 달려나왔다. 남편이 쫓아왔다. 얼마 못 가 다시 남편에게 붙잡혀 질질 끌려가며 주먹질과 발길질을 당했다. 어두운 골목길에는 인옥의 비명소리와 남편의 쌍욕소리가 요란했다. 개들이 시끄럽게 짖어댔다.

남편은 이혼해주려 하지 않았다. 병신이라고 무시하며 툭하면 이혼하자는 말을 달고 살던 그 남자가 맞나 싶었다. 여자에게 이혼을 당하면 남자의 얼굴에 똥칠을 한다고 생각하는 남자였다. 남편은 밤마다 아이들 앞에서 인옥을 때렸다. 생지옥이었다. 단 하루라도 빨리 이 지옥에서 벗어나고 싶다는 생각밖에 들지 않았다.

인옥은 극단적인 방법을 사용하기로 했다. 백종수에게 벗어나기 위해서는 못할 게 없었다. 바람피우는 마누라와 같이 살 남자는 없다는 생각이 들었다. 저는 바람을 피워도 마누라 바람피우는 꼴은 못 보는 게 못난 남자들의 습성이었다. 맞바람이라도 피우는 수밖에 없었다. 인옥은 남자에 대한 기대나 환상이 애초에 없었다. 실제로 바람피우고 싶은 마음 따위는 눈곱만큼도 없었다. 하지만 이혼을 하기 위해서는 바람을 피우는 척이라도 해야 했다.

직물 공장을 다닐 때 친하던 봉숙을 찾아가 사정을 이야기해보기로 했다. 봉숙은 인옥보다 세 살이 많았는데 인옥을 친동생

이상으로 아껴주었다. 월급날이면 인옥을 시내에 데리고 나가 경양식도 곧잘 사주고 같이 쇼핑도 하곤 했다. 인옥의 살아온 이야기를 들으며 눈물 콧물을 쥐어짜던 봉숙은 가짜 애인을 구해달라는 말에 어이가 없다는 표정을 지었다.

"참 나, 살다 살다 별 중매를 다 서보네. 신랑감도 아니고 가짜 애인 구해주는 중매라니. 박인옥 팔자 한번 끝내준다."

인옥은 뭐라 할 말이 없어 피식 웃고 말았다. 사람 사는 것이 왜 이렇게 얽히고설킨 실타래 같은지 알 수 없는 노릇이었다. 다들 별일 없이 사는 사람도 많은데 왜 단 하루라도 마음 편한 날이 없는지, 언제쯤이면 이 거센 폭풍의 한가운데를 빠져나갈 수 있을지 앞이 캄캄하기만 했다.

별 기대를 하지 않고 봉숙에게 부탁을 했는데 며칠 뒤에 연락이 왔다. 봉숙의 남편과 같은 공장에 다니는 건실한 노총각이라고 했다. 다방으로 나가보니 봉숙과 남자가 앉아 있었다. 인옥은 남자에게 쭈뼛거리며 어색하게 인사를 했다.

"이쪽은 한성우 씨. 이 도깨비 같은 아줌마 이름이 박인옥이고."

"반갑습니다. 한성우라고 합니다."

남자가 빙긋이 웃으며 고개를 숙였다. 인옥도 인사를 했다. 남자는 눈빛이 맑고 눈매가 선해 보였다. 나도 제정신이 아니지만 저 남자도 제정신이 아니구나 싶어 피식 웃음이 나왔다. 생면부지 여자의 가짜 애인이 되겠다고 나온 남자라니. 봉숙도 웃음을 못 참겠다는 듯 피식피식 웃었다.

흉터의 꽃

"참 나, 아무리 생각해도 웃기네."

봉숙이 웃음을 터뜨리자 남자도 인옥도 같이 따라서 웃었다.

봉숙이 오히려 인옥의 일에 더 적극적이었다. 구체적인 동선까지 정해주었다. 주로 동네 대로변 식당에서 만나고 사람들 눈에 잘 띄는 곳에서 만나라고 했다. 심지어 모텔이나 여관에서 나오는 척도 하라고 하자 한성우가 손을 내저었다. 잘못하다 간통죄로 엮일 수도 있다는 것이었다.

봉숙의 전면적 지원을 받아 인옥은 한성우라는 남자와 틈만 나면 붙어 다녔다. 외출을 할 때면 주인집 여자에게 아이 둘을 부탁했다. 인옥의 처지를 안쓰럽게 여긴 주인집 여자는 얼굴을 찡그리는 법이 없었다. 일부러 대로변에 있는 고깃집에서 만나거나 심지어 남편이 잘 가는 달빛다방에서 커피를 마시기도 했다. 백종수의 귀에 들어갈 것은 불 보듯 뻔했다. 인옥이 한성우와 다방에 들어서자 달빛다방 마담 미스 송의 눈이 화등잔만 해졌다. 생전 동네 다방 출입도 안 하고 심지어 다방 빨래까지 마다 않던 여자가 외간 남자와 벌건 대낮에 커피를 마시러 오다니 눈이 튀어나올 만한 일이었다. 더군다나 한성우는 백종수보다 허우대도 멀쩡한 편이었다.

아이들에게 저녁을 지어 먹이고 나서 인옥은 외출을 서둘렀다. 대로변에 있는 막창집에서 한성우를 만나기로 했기 때문이었다. 그 식당은 달빛다방 근처에 있어서 언제든 남편 눈에 띌 가능성이 있었다. 일부러 남편에게 들키기 위해 남자를 만나야 하다니, 인옥은 쓴웃음을 지었다. 근 보름째 하루 걸러 한성우를 만나다 보니 이젠 단둘이 만나도 덜 어색했다. 이러다 정드는 게 아닌지 걱정까지 될 정도였다.

한성우는 인옥을 보자 빙긋 웃었다. 그의 미소를 보자 가슴 한 귀퉁이가 저릿하게 시려왔다. 저 남자가 진짜 내 애인이라면, 아직 결혼도 안 했더라면, 내게 두 아이도 없다면 저 남자와 한 번 사귈 수도 있지 않을까. 인옥은 자신이 무슨 생각을 하고 있는 건가 싶어 화들짝 놀랐다.

"지금, 무슨 생각 했어요?"

한성우가 짓궂은 표정을 지으며 말했다.

"예?"

"나랑 진짜 애인 한번 해보고 싶다, 뭐 그런 생각 한 것 아닙니까?"

"미쳤어요?"

인옥이 정색을 했다.

"맞네, 얼굴 붉어지는 것 보니. 언제든지, 말씀하세요. 가짜 애인 노릇 그만두고 진짜 애인 하고 싶음 말해요. 언제든 승진시켜 드리겠습니다."

한성우가 인옥의 잔에 술을 따르며 빙긋 웃었다.

"절대 그럴 일 없으니, 안심하세요. 성우 씨 같은 멋진 분을 제가 언감생심 욕심내면 천벌을 받아요. 참한 분 만나서 빨리 결혼하세요."

"저 같은 놈을 멋지다고 해주시다니 영광입니다."

"근데, 왜 성우 씨는 아직 결혼 안 하세요?"

흉터의 꽃

한성우가 손을 내저었다.

"결혼요? 전 생각 전혀 없습니다. 우리 부모님이 평생 싸우는 모습을 하도 지긋지긋하게 봐서 결혼 생각 따위 애초에 해본 적이 없어요. 봉숙이 형수님한테 인옥 씨 이야기 들으니 우리 엄마 생각이 나서 마음이 짠하더라구요. 평생을 아버지한테 맞고 살면서도 이혼 이야기도 못 꺼내다 골병들어 돌아가신 바보 같은 우리 엄마 생각…… 이렇게까지 해서 이혼을 하려는…… 그 용기가 놀라웠어요. 어쩌면 한 여자의 인생에 작은 도움이 될지 모르겠다는 생각이 들더군요. 부부싸움에 끼어드는 남자만큼 바보 같은 남자는 없겠지만 말입니다."

한성우는 처음으로 속내를 털어놓았다. 인옥은 한성우를 빤히 쳐다보았다. 부부의 인연은 삼생의 인연이 이어져야 한다는데 가짜 애인은 어떤 인연 때문에 만나게 되었을까.

"이 씨팔년이!"

남편의 목소리였다. 인옥은 소스라치게 놀라 자리에서 벌떡 일어섰다.

"너 이 새끼 죽었어!"

남편은 다짜고짜 달려들어 소주병으로 한성우의 머리를 가격했다. 유리파편이 사방으로 튀었다. 한성우의 이마가 찢겨 피가 흐르고 테이블이 넘어졌다. 남편은 쌍욕을 하며 한성우에게 미친 듯이 주먹을 휘둘렀다. 식당은 한순간에 아수라장이 되어버렸다. 여자들의 비명소리가 난무하고 식당 주인이 달려왔다.

"진수 아빠!"

인옥은 한성우에게 주먹질을 하는 남편을 가로막아 섰다.

"때리려면 날 때려!"

"이 씨팔년이 바람난 주제에 뭐 잘했다고? 어디서 낯짝을 쳐들고 지랄이야? 병신 주제에 바람도 피우고 참말로 가지가지 한다."

남편은 인옥의 머리채를 휘어잡더니 식당 밖으로 질질 끌고 갔다. 바닥에 쓰러져 있던 한성우가 벌떡 일어서더니 남편에게 달려들어 주먹을 날렸다. 둘은 또다시 엎치락뒤치락하며 싸웠다.

"성우 씨, 제발! 제발! 그냥 가요, 제발!"

인옥이 소리 지르며 둘을 뜯어말렸지만 소용이 없었다. 식당 주인이 부른 경찰관이 식당에 도착하고 나서야 소동은 멎었다.

남편은 파출소에서도 으르렁거리며 주먹을 휘둘렀다. 바람피운 연놈들 간통으로 안 처넣고 뭐하냐고 고래고래 고함을 쳤다. 경찰은 소주병으로 한성우를 때린 남편에게 폭행으로 고소당할 수 있다고 엄포를 놓았다. 겨우 합의를 보고 파출소에서 빠져나올 수 있었다. 인옥은 이런 짓까지 하면서 이혼을 해야 되는가 싶어 한숨이 나왔다. 한성우에게 낯을 들 수 없었다. 날벼락도 이런 날벼락이 없었다. 가짜 애인 노릇을 제의한 게 애초에 잘못이었다는 생각이 들었다. 인옥은 그에게 말하고 싶었다. 이런 모욕을 당하게 해서 정말 미안하다고, 내가 내 욕심에 눈이 어두워 당신에게 더러운 구정물을 뒤집어쓰게 해서 정말 미안하다고 진심으로 사과하고 싶었다. 그러나 남편의 서슬에 짧은 인사도

흙터의 꽃

제대로 나누지 못하고 헤어져야 했다.

"이 씨팔놈아! 좆대가리를 칼로 확 잘라버리기 전에 빨리 안 꺼져? 내 눈에 띄면 칼로 배를 확 쑤셔버릴 거니까, 밤길 조심해! 이 씹새끼야!"

남편은 그의 뒤통수에 대고 욕을 퍼부었다. 인옥은 무참해서 꼭 죽을 것 같은 기분이었다. 그날 밤 인옥은 남편에게 만신창이가 될 정도로 맞았다.

이혼 작전은 물거품으로 돌아가고 말았다. 허구한 날 밖으로만 돌던 남편은 이젠 집밖으로 나가지도 않고 인옥을 때리는 것을 직업으로 삼은 듯했다. 그는 꼭 아이들이 보는 앞에서만 인옥을 때렸다. 아이들에게 그것은 가장 끔찍하고도 잔인한 폭력이었다. 무슨 일이 있다 해도 이 무서운 악몽 속에서 빠져나가야만 했다. 아이들을 죽음의 집에서 키울 수 없는 일이었다.

한날 봉숙에게서 연락이 왔다. 한성우가 꼭 한 번만 보자고 한다고 시간과 장소까지 알려주었다. 인옥은 나갈지 말지 망설였다. 늘 집에만 틀어박혀 인옥을 감시하던 남편은 오늘은 다방에라도 갔는지 보이지 않았다. 남편에게 또다시 들켜 소동이 벌어진다 하더라도 그를 마지막으로 만나봐야 했다. 무엇으로도 갚을 수 없는 빚을 졌기 때문이었다.

"괜찮아요?"

그는 인옥을 보자마자 물었다. 그의 말 한마디에 눈시울이 뜨끈해졌다. 괜찮냐고 묻는 한성우의 말 한 마디에도 울컥하다니. 바보 같은 년. 제 머리를 쥐어박고 싶었다. 인옥은 이빨로 입술을 힘껏 깨물었다.

"정말 미안해요. 그런 일 당하게 만들어서…… 정말 면목이
없어요."

"전 아무렇지 않습니다. 꼭 그 사람에게 벗어나게 도와드리고
싶었는데…… 도움이 못 되어드려서 제가 미안하죠."

"아니에요."

"인옥 씨, 여기 한번 찾아가봐요."

그가 명함 두 장을 내밀었다. 명함 한 장에는 변호사 사무실
이름이 적혀 있고 다른 한 장에는 여성문제상담소라는 단체 이
름이 적혀 있었다.

"제가 여기저기 알아봤는데 이곳에서 재판 준비도 해줄 거예
요. 그리고 이 한선미 변호사님은 돈 많이 안 받아요. 먼 친척 누
님이에요."

"고마워요."

"인옥 씨."

"……."

"알고 계시라구요. 당신은 참 귀하고 귀한 사람입니다. 사람다
운 사람입니다."

"네?"

"연꽃 같은 분입니다, 당신은. ……주저앉지 않고 용기를 냈다
는 것 하나만으로, 당신은 세상 그 누구보다 귀한 사람입니다."

"……!"

"이만 가보겠습니다."

그는 인옥에게 손을 내밀었다. 인옥은 그와 악수를 했다. 잘 지내라는 그의 말이 손바닥을 통해 건너오는 듯한 느낌이었다. 다방 문을 열고 나가는 그의 뒷모습을 일부러 외면했다. 태어나서 처음으로 들은 말이었다. 당신은 참 귀하고 귀한 사람이라고 말해준 사람은 처음이었다. 사람다운 사람이라는 말은 무슨 뜻일까? 단 한 번도 사람답게 살고 있다고 생각해본 적이 없었는데, 그는 인옥에게 사람다운 사람이라고 말했다. 상투적인 말일지라도 가슴이 뭉클했다. 더러운 진창 속에서도 연꽃 한 송이를 피워내고 싶었다. 가짜 애인이었던 그가 해준 말 한 마디를 인옥은 가슴에 심어두었다. 그가 마지막으로 인옥에게 남겨준 크나큰 선물이었다. 그 말의 씨앗에 물을 주고 키워서 꽃을 피우고 싶었다. 진정으로 사람다운 사람이 되고 싶었다.

　　인옥은 한성우가 소개해준 이혼 전문 변호사 사무실을 찾아갔다. 그녀는 한성우의 육촌 누나라고 했다. 사십대 중반의 한선미 변호사는 인옥의 사연을 듣더니 다른 그 무엇보다는 증거가 필요하다고 했다. 남편이 인옥을 때렸을 때 끊어놓은 진단서와 남편이 여자와 바람을 피웠다는 증거가 있어야만 재판을 유리하게 진행할 수 있다는 것이었다. 증거 수집이 어려우면 지금까지 남편에게 구타를 당한 사실과 남편이 바람을 피웠던 일, 남편이 가족들의 생활비를 주지 않았던 사실을 세세히 기록해오라고 했다. 인옥은 한변호사의 말을 듣고 결혼 이후 남편이 저질렀던 무수한 악행들을 낱낱이 적었다. 적다 보니 두꺼운 대학노트로 두 권이었다. 그 노트를 받아든 변호사는 입을 딱 벌렸다. 인옥은 쓴웃음만 지었다.

다음 날 연락을 받고 변호사 사무실에 가보니 한선미 변호사의 눈이 퉁퉁 부어 있었다. 한변호사는 인옥의 손을 덥석 잡았다.

"정말…… 얼마나 힘들었어요?"

그 말 한마디를 듣자 인옥은 눈시울이 뜨끈했다. 그녀에게 안겨 펑펑 울음을 쏟아내고 싶다는 생각이 들었다.

"지금까지 어떻게 견뎠어요? 가슴이 아파서 밤새 한숨도 못 잤어요."

"……제가 참 바보같이 살았죠?"

한변호사는 고개를 흔들었다.

"아니에요. 지금이라도 용기를 내서서 얼마나 다행이에요? 폭력에 길들여져서 운명이라고 체념하는 사람들이 얼마나 많은데요. 오직 단 한 번뿐인 소중한 삶을 시궁창에 던져버리는 사람이 많아요. 잘하셨어요. 각양각색의 사건들을 맡아보았지만 박인옥 씨 같은 사례는 처음이에요. 근 10년 동안 이혼 사건들을 다루면서 웬만한 사건을 접해도 눈도 꿈쩍 안 하게 되었죠. 가슴이 메말라버렸다고 생각했는데 어제 이 노트 읽으면서 얼마나 울었는지 몰라요. 저한테 다시 눈물을 되찾아주셨어요."

"눈물을요?"

"제겐 눈물이 필요했답니다. 기계적이고 사무적으로 변해버린 제가 두려울 때가 많았어요. 인옥 씨 사연을 읽으면서 정말 오랜만에 눈물 펑펑 쏟으며 울었어요. 다시 따스한 가슴으로 재판에 임할 수 있다는 자신감이 생기네요. 타인의 고통에 공감할 수 있다는 것이 얼마나 귀하고 소중한 감정인지를 처음 알게 되었어요. 아무리 슬픈 드라마를 보아도, 영화를 보아도, 의뢰인들의 힘든 사연을 들어도 눈물 한 방울 안 흘렸어요. 찔러도 피 한 방울 안 나오는 목석으로 변해버렸구나 싶을 때가 많았어요. 그렇게 변해버렸는데…… 타인의 아픔에 다시 눈물을 흘릴 수 있게 되다니…… 눈물에서 진짜 힘이 나오거든요. 정말 감사드려요."

인옥은 한변호사의 말에 어리둥절했다. 눈물이 필요했다니? 눈물에서 진짜 힘이 나오다니? 인옥은 눈물만큼 약한 것이 없다고 생각했다. 눈물만큼 쓸데없는 것이 없다고 생각했다. 눈물은 지긋지긋했다. 인옥은 남들보다 눈물이 많아 걸핏하면 눈물바람을 하곤 했다. 어릴 때부터 아픈 다리 때문에 울어야 했고 이복오빠에게 맞는 것이 억울해서, 엄마마저 내 편을 안 들어줘 억울해서 울었다. 고등학교를 못 가게 되자 연달아 일주일이나 내리 울었던 적도 있었다. 결혼한 다음부터는 날마다 눈물바람을 하는 시간의 연속이었다. 하지만 그 모든 눈물은 인옥 자신의 슬픔과 고통 때문에 흘린 눈물이었다. 눈물이 힘이 되기 위해선 타인을 위해서 눈물을 흘릴 줄 알아야 한다는 뜻일까. 타인을 위해 눈물을 흘릴 줄 알게 된다면 눈물이 힘이 된다는 말일까. 인옥은 한변호사의 말을 오래도록 되뇌었다.

한변호사가 수임료도 받지 않고 뛰어준 덕분에 이혼을 했지만 위자료는 한 푼도 없었다. 겨우 옷가지 몇 개를 챙긴 것이 다였다. 집을 나올 때 두 아이가 눈에 밟혀 걸음이 떨어지지 않았다. 온몸이 조각조각 갈라져 나가는 것만 같았다.

진수야, 미안하다. 진호야, 미안해. 너무 미안해서 미안하다는 말도 못하는 이 못난 엄마를 이해해줘. 용서까지는 바라지도 않지만 어쩔 수 없구나. 세월이 흘러 이 엄마를 이해할 수 있을 만큼 자랐을 때 용서를 구하마. 훌륭하게 키워주지도 못하고 원망만 너희들 마음에 꽉 채워놓고 떠나는 엄마 마음 조금만이라도 이해해줘. 아프지 말고 잘 자라주기만 빈다. 우리가 이렇게 헤어지지만 훗날 웃으면서 만날 수 있었으면 좋겠구나.

인옥은 떨어지지 않는 걸음을 억지로 떼놓으며 아이들의 이름을 마음속으로 수없이 불렀다.

흉터의 꽃

송아지를 핥는 어미소처럼

아이들을 데려오기 위해서는 방 한 칸이라도 마련하는 것이 급선무였다. 이제 겨우 환갑을 넘긴 시어머니는 충분히 손자들 밥은 챙겨 먹일 수 있을 터였다. 적어도 친손자들을 굶기진 않을 것이다. 인옥은 독하게 마음을 먹기로 했다. 봉숙은 갈 데가 없어진 인옥에게 와 있으라고 했지만 누구에게도 신세를 지고 싶지 않았다. 일부러 기숙사가 있는 직물 공장에 들어갔다.

그 공장 기숙사에는 아이와 헤어져서 먼 이국땅에 돈 벌러 온 여자들이 세 명이나 있었다. 아이의 사진을 보며 눈물짓는 필리핀 여자와 방글라데시 여자, 연변에서 온 새댁을 보며 인옥은 동병상련을 느꼈다.

길에서 마주치는 진호 또래의 남자아이는 다들 진호로 보였다. 뒷모습이 진호와 너무나 비슷한 남자아이를 보고 진호야, 하고 부르며 쫓아간 적도 있었다. 그 남자아이는 힐끗 뒤를 돌아보더니 별 이상한 아줌마를 다 본다는 듯 가던 길을 가버렸다. 진호를 폭 끌어안고 뺨이며 손이며 팔다리를 한 번만이라도 쓰다듬을 수 있다면 소원이 없겠다는 생각이 들었다. 왜 같이 있을 때는 한 번이라도 더 끌어안아 주지 못했던가 하는 후회가 가슴을 쳤다. 방에 누워 하염없이 엄마만을 기다리고 있을 진수의 얼

굴도 떠올랐다. 사는 것에 지쳐 진수를 살뜰히 못 보살펴준 것이
마냥 가슴에 걸렸다.

초등학생이 된 진호가 학교에 다녀오는 모습을 먼발치에서 지
켜보았다. 엄마가 곁에 있건 없건 진호는 밝은 표정이었다. 엄마
와 형이 아프다고 먼 데 가서 놀지도 못하던 아이, 씩씩한 그 모
습에 오히려 마음이 더 쓰라렸다.

빵집 안에는 갓 구운 빵냄새가 떠돌았다. 이혼한 지 3년 뒤부
터 서너 달에 한 번쯤 진호를 만났다. 진호는 팥빵을 좋아해서
함께 빵집에 자주 갔다. 진호는 팥빵을 한 입 베어 물며 세상을
다 가진 표정을 지었다. 눈물이 핑 돌아 인옥은 얼굴을 돌리고
코를 푸는 척했다.

"할머니는 밥 잘 챙겨주셔?"

"응."

"할머니가 형도 잘 챙겨줘?"

"응."

엄마가 걱정할까 봐서 무조건 괜찮다고 좋다고만 말하는 이
아이를 어떻게 하면 좋을까. 가슴이 미어졌다.

"아빠는?"

"……"

아이는 고개를 푹 숙이고 입을 다물었다. 대답을 잘도 하던
아이는 아빠에 대해서는 아무 말도 하지 않았다. 침묵의 의미를
알 수 있을 것 같았다. 사람은 절대 쉽게 변하지 않는다. 천지가

흉터의 꽃

개벽한다 해도 난봉꾼 백종수는 변하지 않을 것이다.

"엄마! 나 형한테 글자 가르쳐주고 있어."

"뭐? 형한테 글자를 가르쳐준다고?"

진호가 고개를 끄덕였다. 인옥은 진수가 글자를 배울 수 있을 거라고 상상도 해본 적이 없었다. 어떻게 글자를 가르쳐줄 생각을 했는지 진호가 마냥 신기하기만 했다.

"어떻게 그런 생각을 했어?"

"만약에 내가 형이라면 정말 답답했을 거야. 맨날 누워만 있으니까. 만화책이라도 읽으면 안 심심할 것 같았어. 그래서 글자 가르쳐주는 거야."

"진호야! 니가 부처님이다."

"부처님? 왜 내가 부처님이야?"

"네 마음이 그렇다고."

"형 이제 엄마라고 쓸 수도 있고 형 이름도 써. 어젠 내 이름도 썼어."

목이 콱 막혀 말이 나오지 않았다. 아이를 꼭 끌어안았다. 기적 같은 아이였다. 뇌성마비 장애인인 형을 부끄러워하지 않고 미워하지도 않고 보살펴주는 아이의 마음씀씀이가 눈물겨웠다. 한변호사가 말했던 타인을 위해 눈물을 흘리는 사람이 바로 진호일지도 몰랐다. 형의 아픔을 자신의 아픔으로 받아들였기 때문에 형에게 글자를 가르쳐주었을 것이다. 눈물은 힘이라는 말이 비로소 이해되었다. 만약 한변호사가 노트를 보고 눈물을 흘리지 않았다면 어땠을까? 어쩌면 아직도 백종수와 이혼도 못하고 끔찍한 지옥을 헤매고 있을지도 몰랐다.

인옥은 지갑에서 돈을 꺼내 진호에게 용돈을 주었다. 돈 2만 원을 받아들고 아이는 눈이 동그래졌다. 진호로서는 생전 처음 받아보는 큰돈일 터였다.

"진호야, 필요한 거 있으면 사고 그래. 군것질도 하고."

"정말 그래도 돼?"

아이는 조심스러운 손길로 돈을 만지작거리며 물었다. 인옥은 고개를 끄덕였다. 그러고는 가방에서 봉투를 꺼내서 내밀었다.

"이거는 할머니 갖다드려."

시어머니를 생각하면 몸서리가 쳐졌지만 어미 대신 두 아이를 보살펴주는 고마운 사람이었다. 얼마 안 되는 돈이었지만 고마움을 표하고 싶었다.

인옥은 식당 앞에서 진호를 기다렸다. 오랜만에 돼지갈비를 사주고 싶었다. 바람이 불자 은행잎들이 우수수 떨어졌다. 노란 종이 꽃가루가 공중에서 무수히 떨어지는 것 같았다. 은행나무 사이로 보이는 하늘이 유난히 파르스름했다. 더 추워지기 전에 아이들 겨울옷이라도 사줘야겠다고 생각했다. 진호가 자전거를 타고 나타난 것을 본 인옥의 눈이 크게 벌어졌다. 자전거는 반짝 반짝 윤이 나는 새 자전거였다. 한눈에 보기에도 자전거는 꽤나 비싸 보였다.

"이 자전거 웬 거야? 누가 사줬어? 설마 아빠가 자전거를 사 준 거니?"

흉터의 꽃

인옥이 묻자 진호는 눈길을 피했다. 아이의 귓불이 붉어지는 것을 인옥은 놓치지 않았다.

"어, 이 자전거, 친구 성철이한테 잠깐 빌렸어."

"뭐? 이 새 자전거를 빌려줬다구? 친구 성철이가?"

"진짜야!"

전에 없이 진호가 신경질까지 내며 목소리를 높였다. 생전 화 한번 안 내던 아이였다. 진호가 맞나 싶었다.

"진짜?"

"진짜라니까!"

진호는 인옥이 캐묻자 고개를 돌리고 입을 다물었다. 인옥은 아이의 팔을 꽉 움켜잡았다. 아이가 찡그리며 울상을 지었다.

"진호 너, 솔직히 말해. 이 자전거 친구 거 아니지?"

진호의 얼굴은 금방이라도 울음이 터질 것 같았다.

"아니야! 아니라구!"

아이가 소리를 빽 질렀다. 생전 처음 본 아이처럼 진호가 낯설었다. 엄마의 얼굴이 무섭게 일그러진 것을 본 진호는 눈물을 왈칵 쏟아냈다.

"엄마! 잘못했어. 미안해!"

"괜찮아. 사실대로 말해봐."

"엄마, 자전거가 너무 갖고 싶었어. 난 자전거 한 번도 가진 적이 없잖아? 친구들이 타는 거 보니까 너무 갖고 싶었단 말이야. 자전거 있는 애들이 세상에서 제일 부러웠어. 그래서 엄마가 할머니한테 주라고 한 돈 안 주고 그 돈으로 자전거 샀어."

기가 막혀 말이 나오지 않았다. 진호는 인옥에게 살아갈 희망이고 의미였다. 고사리 같은 손으로 형의 소변 통을 비워주던 아이, 아픈 엄마와 형을 위해 집 앞에서만 놀던 생각 깊은 아이, 형을 위해 글자까지 가르쳐주는 아이, 암흑의 바다에서 만난 구원의 불빛 같은 아이가 아니었던가. 그런 아이를 망쳐버린 건 어쩌면 엄마인 자신일지도 몰랐다. 아이의 잘못이 아니었다. 아이가 안쓰러워 만날 때마다 돈을 준 탓이었다. 용돈을 받아본 적도 없고 돈을 써본 적이 없던 아이였으니 돈을 보자 욕심이 생겼을 것이다. 급기야 할머니 돈까지 손을 댔을 것이다. 저 어린것이 얼마나 갖고 싶은 게 많았으면, 얼마나 참는 게 힘들었으면 그런 짓을 했나 하는 생각이 머리를 쳐들었다. 인옥은 머리를 세차게 흔들었다.

도둑질, 사기, 강도라는 단어가 불쑥 떠올랐다. 쇠처럼 단단한 손바닥이 뺨을 연거푸 후려치는 것만 같았다. 인옥은 눈을 질끈 감았다.

독하게 마음먹고 오히려 정을 떼버리는 것이 아이를 위해서 더 나을 것 같았다. 아이를 바르게 키우기 위해서는 사자가 새끼를 낭떠러지로 떨어뜨리듯 독하고 모질어야 했다. 언제든 용돈을 주는 엄마가 지척에 있다는 것은 아이에게 독이 든 사과를 먹이는 것과 같았다. 생전 거짓말을 하지 않던 아이가 엄마를 속이고 자전거를 샀다는 것은 이제 시작에 불과했다. 자전거 한 대에서 시작한 거짓말이 나중에는 인생 전체를 늪으로 빠지게 만들 수도 있었다. 아이가 망가지는 꼴을 그냥 지켜볼 수는 없는

　　　　　　　　　　　　　　　흉터의 꽃

일이 아닌가. 적어도 어미라면. 심장에 칼날이 박히는 것처럼 명치께가 쑤시고 아팠다. 이 아이를, 내 새끼를 떼어내야만 한다. 인옥은 입술을 피가 나도록 깨물었다.

"진호야, 잘 들어. 엄마가 할 말이 있어. 엄마 다른 나라에 돈 벌러 가. 언제 돌아올지 몰라. 그러니까, 진호 너 이젠 엄마 만나고 싶어도 못 만나니까, 잘 참고 견뎌야 해. 연락도 안 돼. 알았어? 어떤 힘든 일이 있어도 혼자서 잘 견뎌내야 해. 알았지?"

인옥의 말에 진호는 불에 데기라도 한 듯 울음을 터뜨렸다.

"엄마, 내가 잘못했어. 다시는 거짓말 안 할게. 가지 마! 엄마!"

진호는 길바닥에 주저앉아 인옥의 바짓가랑이를 잡고 울며 매달렸다. 지나가던 행인들이 흘낏흘낏 쳐다보았다.

"진호야, 아무리 힘들고 가난해도 정직하고 당당하게 살아야 돼. 그 누구도 속이지 마. 절대 자신을 속이면 안 돼. 엄만 널 믿는다."

"엄마! 가지 마."

인옥은 매달리는 진호의 손을 매몰차게 뿌리치고 뒤돌아보지도 않고 달렸다. 진호의 울음소리가 뒤따라왔다. 다른 나라에 간다는 것은 얼떨결에 한 거짓말이었다. 아이에게 엄마가 다른 나라에 가버렸다는 것은 백척간두에 혼자 서 있다는 두려움과 공포 그 자체일 것이다. 불에 달군 인두가 가슴에 닿는 것만 같았다.

인옥은 그 뒤로 진호를 만나지 않았다. 아이가 친구들과 노는 것을 멀리서 지켜본 적은 있었지만 아이 앞에는 절대 나타나지 않았다. 다른 나라에 간 엄마가 아이 앞에 나타난다는 것은 말이 되지 않기 때문이었다. 잠이 들면 진호와 진수의 꿈을 꾸었다. 진호와 진수가 제 아빠에게 맞거나 진호가 돈이 없어 쩔쩔매거나 학교에서 친구들에게 놀림을 당하는 꿈을 꾸곤 했다. 그런 꿈을 꾸고 난 날이면 인옥은 견딜 수 없어 진호의 학교 근처로 찾아갔다. 친구들 틈에 섞여 하교를 하는 진호를 보면 당장 달려가 아이를 안고 아무 일 없었느냐고 묻고 싶었다.

하루는 학교를 마치고 집에 돌아가는 아이를 한참 동안 뒤따라 가본 일도 있었다. 진호는 친구가 슈퍼에 들어가서 아이스크림을 사서 입에 물고 나오는 것을 보고 먹고 싶은지 입맛을 다셨다. 가만히 서 있어도 땀이 비 오듯 쏟아지는 날씨였다. 아이들은 저마다 손에 음료수를 들고 있거나 입에 얼음과자를 물고 있었다. 당장이라도 뛰어가서 아이에게 아이스크림을 사주고 싶었다. 하지만 진호 앞에 나타날 수는 없는 일이었다. 양산으로 얼굴을 가리고 벽 뒤에 숨어 진호를 몰래 쳐다보았다. 진호의 친구는 문구점 게임기 앞에 앉아 게임을 하기 시작했다. 진호는 그 옆에 서서 땀을 삐질삐질 흘리며 구경만 하고 서 있었다. 친구란 놈이 아이스크림도 혼자 사 먹고 게임도 혼자서 하고 그게 친구냐고 윽박지르고 싶은 충동을 억지로 누르고 진호를 지켜보고 서 있었다. 아이를 지켜보고 서 있으려니 목이 바짝바짝 타들어갔다. 저 어린것이 매일매일 저렇게 견디며 지내고 있었다는 생각에 가슴에 피가 가득 고이는 것만 같았다. 삶은 행복을 누리는 것이 아니라 그냥 버티고 견뎌야만 하는 것임을 엄마의 뱃속에서

흉터의 꽃

부터 터득한 아이였다. 어떤 끔찍한 고통도 이겨내고 버텨내야만 구차한 목숨을 지켜낼 수 있다는 사실을 진호는 태어나기 전부터 눈치챘을지도 몰랐다. 어린 녀석이 그 때문에 애늙은이가 되어버렸는지도 몰랐다. 엄마라는 사람마저 한때 자신을 거부했다는 것을 진호는 어쩌면 세상에 나오기 전에 알았을지도 몰랐다.

진호가 중학생이 되자 교복 입은 모습을 단 한 번이라도 보고 싶었다. 아이가 중학교 교복을 입고 학교에서 나오는 것을 멀찌감치 떨어져서 지켜보았다. 친구들과 교문을 나서는 아이는 그새 훌쩍 자라 있었다. 자세히 보지 않으면 진호인 줄도 몰라볼 정도로 키도 크고 얼굴도 변해 있었다. 엄마가 옆에서 돌봐주지 않아도 아이는 기적처럼 자라고 있었다. 당장이라도 달려가 진호의 손을 잡고 싶었다. 아이에게 용돈도 쥐어주고 싶었다. 진호야! 이 죄 많은 어미를 어떻게 하면 좋으니? 인옥은 눈물을 삼키며 아들의 뒷모습을 오랫동안 지켜보았다.

텔레비전이 켜져 있는 6인실은 장바닥처럼 비좁고 어수선했다. 여섯 명의 환자들과 보호자들과 방문객이 뒤엉킨 병실에는 온갖 냄새가 떠돌았다. 대소변 냄새와 약품 냄새와 갖가지 음식 냄새가 뒤섞여 있었다. 시끄럽고 정신없는 병실에 한 떼거리의 교회 사람들이 몰려와서 전도를 한다고 사람들의 혼을 빼놓고 갔다.

인공관절 수술을 한 지 10년 정도 지나자 다시 통증이 심해지고 제대로 서 있기조차 힘들었다. 인옥은 병원에 가서 다시 검사를 받았다. 의사는 인공관절의 수명이 10년밖에 되지 않기 때문에 재수술을 받아야 한다고 했다. 평생 10년 주기로 계속 수술을 받아야 한다는 거였다. 그래도 그동안 모아둔 돈이 있어 동생이나 주변 사람들의 도움을 받지 않고 수술을 하게 되어 다행이라면 다행이었다.

인옥이 수술을 받았을 때 간호를 해줄 사람이 없어 일흔이 넘은 엄마가 합천에서 올라왔다. 엄마는 심한 얼굴 화상 때문에 사람들을 만나는 것을 병적으로 싫어했다. 돈을 벌기 위해 어쩔 수 없이 미나리를 베러 먼 동네까지 가기도 했지만 엄마는 낯선 사람들 앞에 나서는 것을 평생 두려워했다. 늘 죄인처럼 고개를 푹 숙이고 다녔다. 그런 엄마를 사람들이 바글바글하는 종합병원에 불러들여 간호를 맡겨야 하는 것이 죄스럽고 서글펐다. 얼굴이 흉터투성이인 할머니가 딸 간호를 하겠다고 오가는 모습을 본 사람들은 표 나게 얼굴을 찡그렸다. 아버지가 돌아가시고 근근이 농사를 지어 연명하고 있는 엄마도 안 아픈 데가 없었다. 오히려 병상에 누워 간호를 받아야 하는 사람은 엄마였다. 몸도 아픈 엄마가 6인실 비좁은 간이침대에 누워 자는 것을 보니 거친 사포로 가슴을 문지르는 것처럼 쓰라렸다.

웅크리고 잠이 든 엄마의 작은 몸피를 내려다보았다. 문득 엄마가 인옥에게 해준 소 이야기가 떠올랐다.

처음 수술했을 때, 퇴원하고 친정집에 아이들을 데리러 갔을 때였다. 아이들과 함께 집을 나서려는데 엄마가 하룻밤만 자고 가라며 인옥을 붙들었다. 전에 없던 일이었다. 늘 딸에게 무뚝뚝

흉터의 꽃

하던 엄마가 웬일인가 싶었다. 아이들을 일찍 재우고 인옥은 엄마 곁에 누웠다. 아주 어렸을 때 빼고는 엄마 곁에 누워본 적이 처음이었다. 인옥은 엄마 쪽으로 돌아누웠다.

"엄마, 애들 보느라 많이 힘들었지?"

"힘든 거 하날도 없었다. 진호도 말을 올매나 잘 듣는지 다 큰 아 같더라. 진수는 텔레비전 틀어주마 얌전하이 보고 있고."

"진수 똥오줌 받아내는 거 많이 힘들었을 건데……."

"다른 사람은 몰라도 에미는 아무리 힘들어도 자식을 짐덩어리라고 여기마 안 된다. 에미도 인간인데 와 안 힘들겠노? 그렇지만서도 절대로 아한테는 그런 내색 하마 안 된다. 아무리 모자란 아도, 지가 사랑받는지, 아닌지는 안다. 귀하고 귀한 생명으로 태이났는데 다 사랑받을 자격이 있는 기다. 인옥아, 소가 새끼를 낳는 거 본 적 있제?"

인옥은 엄마가 갑자기 소 이야기를 왜 꺼내는가 싶어 의아했다. 딱 한 번 소가 새끼를 낳는 광경을 본 적이 있었다. 고통스럽게 헐떡이는 소의 커다란 눈에서 눈물이 줄줄 흐르고 소는 비를 맞은 것처럼 땀에 푹 젖어 있었다. 송아지의 앞다리 두 개가 두 뼘 정도 나와 있고 머리도 조금 보일 듯 말 듯했다. 아버지는 얼굴이 벌게진 채 소가 힘을 쓰는 것에 맞추어 송아지의 두 다리를 잡고 당겼다. 이를 악물고 송아지의 다리를 끌어당기는 아버지는 사력을 다하고 있었다. 이마의 핏줄이 터질 것처럼 솟아 있었다. 한참 동안 소와 아버지는 한 몸이 되어 힘을 쓰더니 거짓말처럼 송아지가 쑤욱 빠져나왔다. 아버지는 더러운 분비물이 묻어 있는 송아지를 끌어안고 거꾸로 세웠다. 송아지는 잠시 후 염소처럼 매애, 하는 울음소리를 냈다. 그새 기운을 차린 소가 긴 혓바닥으로 송아지를 핥아주던 장면이 어제 일처럼 선명하게 떠올랐다.

"소는 송아지를 낳으마 송아지가 눈 태변부터 얼른 먹어치운다 아이가."

"뭐? 새끼가 눈 똥을 먹는다고?"

"그 똥을 와 묵겠노? 새끼 똥을 그대로 놔두마 늑대나 산짐승들이 와서 지 새끼 잡아묵을까 봐서 그렇다 카더라. 옛날에는 산짐승들이 오죽 많았나? 똥만 묵는 줄 아나? 지 뱃속에서 나온 태반도 꾸역꾸역 씹어서 삼킨다."

"으! 말도 안 돼. 징그럽고 끔찍해. 어떻게 소가 태반을 먹어? 그것도 제 뱃속에서 나온 걸?"

"짐승이나 사람이나 다 그렇제. 새끼를 낳고 키우는 기 원래 징그럽고 끔찍한 일이다. 사람은 태반을 땅에 묻거나 태울 수 있지만서도 짐승들은 태를 묵는다 카더라. 산짐승들이 피냄새를 맡고 지 새끼를 잡아묵을까 싶어서 새끼를 지킬라꼬 카는 기 아이겠나. 짐승도 지 새끼를 지킬라꼬 태를 삼키는데 인간이 돼 갖고 지 새끼를 못 지키마 되겠나? 내는 새끼를 둘이나 못 지키냈다. ……아이다. 유산된 아까지 서이나 된다. 인규…… 인규를…… 그 귀한 아를 하루도 잊어뿐 적이 없다. 느거 아버지가 인규를 울매나 좋아했더노? 인규를 잃고 느거 아부지는 혼이 나간 사람이 되었다 아이가? 그래서 술 마시고 내를 때렸지만

흉터의 꽃

그전에는 절대로 안 그랬다. 느거 아부지 겉은 사람은 없다. 니는 모를 기다. 하늘 아래 그런 사람은 또 없을 기다. 자식 앞세우 마 살아도 산 기 아이다. 맨날 불구덩이 속에서 사는 거 같다. 인규를 잃은 느거 아부지는 살은 사람이라고 할 수가 없었다. 내가 인규를 못 지킨 바람에 느거 아부지를 그래 만든 기다. 다 내 죄다. 내가 죄가 많다. ……인옥아, 니는 니 새끼를 꼭 지키야 된데이."

엄마는 말을 마치고 깊은 한숨을 내쉬었다. 인옥은 엄마라는 이 여인을 바로 쳐다볼 자신이 없었다. 가슴속에 천 길 구덩이를 가지고 있는 엄마였다. 억장 같은 한의 구덩이였다. 하루라도 아이를 더 살게 해준다면, 단 하루라도 아이를 안아줄 수 있다면 당장 목숨을 내놓아도 여한이 없겠다는 엄마였다. 그런데 자신은 성치 않은 아이가 태어날까 봐 뱃속의 아이마저 없애버리려고 했던 것이다. 인옥은 엄마의 손을 가만히 잡았다.

보호자 간이침대에 누워 잠이 든 엄마가 몸을 괴롭게 뒤척였다. 엄마는 아이처럼 작아 보였다. 인옥은 자신이 저 작은 몸에서 태어났다는 것이 믿기지 않았다. 겉으로는 무심한 척하고 심지어 계모인지 의심스럽기도 한 엄마였다. 늘 무뚝뚝하고 엄하기만 했다. 하지만 인옥은 엄마가 자신을 위해 무슨 일까지 했는지 알고 있었다. 동네 할머니들이 하는 이야기를 들었던 것이다. 인옥이 어렸을 적 종기와 부스럼으로 목숨이 위태로웠을 때 엄마의 똥을 구워 바르면 낫는다는 말을 듣고 똥을 구워 바르기까지 했다는 것이었다. 자식의 목숨을 구하기 위해서라면 더한 짓도 할 수 있는 사람이 엄마라는 것을 인옥은 그때 알았다.

엄마가 장독대에 서서 고개를 숙이고 뭔가를 빌고 있던 광경
이 떠올랐다. 아주 오래된 기억이었다. 장독 위에는 정화수 그릇
이 놓여 있었다. 무엇인가를 간절히 빌고 있는 엄마는 높고 귀해
보였다. 끔찍한 흉터투성이 엄마로 보이지 않았다. 먼 데서 온 낯
선 사람 같기도 했다. 어린 인옥의 눈에 엄마는 초파일날 절에
갔을 때 보았던 천수관음보살처럼 보였다. 천수관음보살은 자
비롭기가 이를 데 없어서 아프고 힘든 사람들의 고통을 다 들으
시고 천 개의 손으로 다 어루만져준다고 했다. 엄마가 코를 골며
곤히 자고 있었다. 천수관음보살이 내 병상 곁에 누워 자고 있구
나. 인옥은 빙긋 웃었다.

한밤중에 소변이 마려워 인옥은 잠에서 깼다. 방광이 터질 것
같았지만 곤히 잠든 엄마를 깨울 수 없었다. 이틀 전에 수술을
받았기 때문에 부축을 받아야만 화장실에 갈 수 있었다. 오줌을
하도 오래 참은 탓에 아랫배가 찌르르 아프기까지 했다. 심한 통
증보다 참기 어려운 것이 극심한 요의였다. 소변 때문에 괴로워
몸을 뒤척이는 것을 보았는지 인옥의 병상 곁으로 간병인이 다
가왔다. 그녀는 그 병실에 있는 다른 노인 환자 세 명도 같이 돌
보는 오십대 중반의 간병인이었다.

"어디 많이 불편해요?"

"아, 아뇨."

"혹시 소변 마려워요?"

어떻게 얼굴만 보고도 사람 마음을 이렇게 잘 아나 싶었다. 인

흉터의 꽃

옥은 마치 그녀가 자신을 구원해주러 온 하느님 같다는 생각이 들었다.

"네! 억지로 참고 있는데…… 엄마를 깨울 수가 없어서요."

"아이구! 얼마나 힘들었어요? 진작 말하죠. 나랑 같이 화장실 가요. 세상에 소변 참는 것만큼 괴로운 게 어디 있다고?"

말만 들어도 살 것 같았다. 인옥은 그 간병인에게 고개를 몇 번이나 숙였다. 간병인은 엄마가 깨지 않게 반대편으로 와서 인옥을 부축해주었다. 인옥은 간병인의 도움으로 무사히 화장실에 가서 시원하게 볼일을 보았다. 비로소 살 것 같았다. 소변 한 번 시원하게 보는 것이 이토록 행복하다니, 행복이 별게 아니라는 생각마저 들었다. 행복은 큰 것이 아니라 괴롭지 않은 것이 바로 행복이었다.

인옥은 간병인이 병실에서 환자들을 간병하는 모습을 유심히 지켜보았다. 그 간병인은 남편이 암으로 죽고 아들 대학 뒷바라지를 위해 간병 일을 한다고 했다. 인옥은 돌보아줄 보호자도 없는 환자들에게 간병인이 얼마나 고마운 사람인지를 절감했다. 거동이 불편한 환자들에게 간병인은 생명줄이나 다름없었다. 거동이 불편한 환자들은 씻는 것, 먹는 것, 대소변 보는 것, 어느 것 하나 제 손으로 할 수 없었다. 마치 돌도 안 된 아기가 엄마의 보살핌을 필요로 하듯 그들은 보호자나 간병인의 간호를 필요로 했다. 환자들의 상태를 의사나 간호사들에게 세세하게 알려주는 것도 간병인이었다. 인옥은 간병인을 보면서 저이가 바로 테레사 수녀나 약사여래불이나 부처라는 생각이 들었다.

"아주머니, 간병사 일 안 힘드세요?"

인옥이 침대 시트를 가는 간병사에게 말을 걸었다.

"왜 안 힘들겠어? 힘들지."

"한 번도 얼굴 찌푸리는 걸 본 적이 없어서요."

"내가 그랬나? 예전에 이런 일이 있었어. 한날 점심 먹으려고 돼지국밥집에 간 적이 있었어. 내 생전 그렇게 맛있는 음식은 처음이라는 생각이 들 정도로 맛있었지. 물론 배도 고팠긴 하지만, 진짜 맛있더라구. 머리가 허연 할머니가 하는 식당이었지. 할머니에게 돼지국밥이 왜 이렇게 맛있어요? 비결이 뭐예요? 하고 물었어. 할머니가 뭐라고 한 줄 알아?"

"뭐라고 했는데요?"

"재미나게 하니까 맛있지."

"아!"

인옥은 그 말에 저도 모르게 탄성을 지르며 손뼉을 쳤다.

"나도 그래. 힘들지만 재미나게 해보자, 그런 맘으로 이 일을 하고 있어."

아, 재미나게 하니까, 저 힘든 일도 얼굴 한번 안 찡그리고 할 수 있구나. 재미나게 하니까, 음식도 맛있게 만들 수 있고, 아무리 힘든 삶이라도 맛있어질 수 있는 거구나. 인옥은 재미라는 말을 몇 번이나 되뇌었다. 아무리 고달픈 생이라도 재미라는 양념 하나를 찾으면 맛있어질 수가 있겠구나 하는 생각이 들었다. 생의 재미라는 것은 누가 찾아주는 것이 아니었다. 자신이 찾아내야만 하는 것이었다.

흠터의 꽃

인옥은 재활훈련을 받으며 생각했다. 만약 내 몸이 낫는다면, 통증이 없어지고 멀쩡히 걸을 수만 있게 된다면 저이처럼 간병 일을 해보고 싶다. 억지로 하는 일이 아니라 재미나게 할 수 있을 것만 같았다. 인옥은 그 생각을 하며 피식 웃었다. 자식새끼도 장애아로 낳아놓고 책임도 못 지는 여자가 다른 사람들을 도와주겠다니 오지랖도 이런 오지랖이 없다는 생각이 들었다. 재활훈련을 받고나서 한 달 뒤에 퇴원을 할 수 있었다. 그동안 모아둔 돈 대부분이 수술비와 치료비로 사라져버렸다.

퇴원한 뒤, 인옥은 간병사교육원으로 찾아가 교육을 받고 자격증도 땄다. 곧바로 간병사 일을 시작했다. 한시도 일을 쉴 수 없었다. 간병사 일은 상처를 감아주는 붕대였고 상처를 덧나지 않도록 만드는 약이었다. 병원에서 환자들을 돌보다 보면 모든 것이 감사했다. 손을 움직일 수 있다는 것이, 성한 두 눈으로 볼 수 있다는 것이, 두 다리로 걸을 수 있다는 것이 감사했다. 살아서 누군가를 도와줄 수 있다는 사실이 감사했다. 근 30년간 다리 통증에 시달리며 살아왔던 때문인지 환자들의 눈빛만 봐도 그들의 고통을 알 수 있었다. 아파본 사람만이 아픈 사람의 고통을 이해할 수 있는 법이었다. 인옥은 그 고통을 조금이라도 덜어주는 일이 전혀 힘들지 않았다. 처음으로 찾아낸 생의 의미였고 재미였다.

"박여사, 안 바쁘면 휠체어 좀 밀어줘요."

슈퍼 주인인 이사장이 시트를 갈고 있는 인옥을 불렀다. 그는 툭하면 인옥에게 밖으로 나가자고, 자판기 커피라도 마시러 가자고 졸랐다.

"이사장님, 20분만 기다리세요. 한씨 할아버지 머리 좀 감겨드려야 돼요."

"할 수 없지 뭐. 박 여사가 바쁘다는데 기다리지 뭐."

이사장은 입맛을 다셨다. 인옥이 맡은 6인실의 환자인 이사장은 제법 큰 규모의 슈퍼를 운영하는 남자였다. 오토바이를 타고 배달을 가다 차와 부딪쳐 교통사고를 당한 그는 종아리뼈가 부러져 치료를 받고 있었다. 종아리뼈에 철심을 박은 탓에 휠체어를 타고 다녀야만 했다. 아내와 사별하고 고등학생인 아들과 딸을 키우며 사는 남자였다. 다른 환자들과 마찬가지로 똑같이 보살폈지만 남자는 인옥이 자신에게 특별히 잘해준다고 받아들인 모양이었다. 좀 살만해지자 휠체어를 타고는 인옥에게 병실 밖으로 자주 나가자고 했다. 인옥은 이사장만 돌보는 게 아니기 때문에 그의 부탁을 들어주지 못할 때가 많았다. 그는 인옥이 다른 환자들을 돌보고 있으면 괜히 아픈 척을 하거나 심통을 부리거나 인옥에게 필요 없는 심부름을 시키곤 했다.

두 달 만에 퇴원을 한 그는 사흘 뒤에 인옥이 근무하는 병원으로 찾아왔다. 그간 간병해준 것이 고마워 점심을 사겠다는 것이었다. 완강하게 거절을 했지만 그 이튿날도 찾아왔다. 할 수 없이 그를 따라 병원 근처에 있는 소갈비집에 가게 되었다. 소갈비 3인분에 맥주까지 시킨 그는 인옥을 지그시 쳐다보았다. 인옥은 그 시선이 부담스러워 테이블 위에 놓인 반찬만 부지런히 집어먹

흉터의 꽃

었다.

　이사장은 인옥에게 각종 선물 공세를 했다. 백화점에서 화장품을 사오기도 했고 실크 스카프나 가죽 장갑을 사주기도 했다. 심지어 값나가는 명품가방까지 사주었다. 견물생심이라는 말이 맞는 모양이었다. 생전 누군가에게 선물다운 선물을 받아본 적이 없던 인옥은 그의 선물에 조금씩 마음이 흔들렸다. 그가 선물한 화장품을 바르고 스카프도 두르고 가방도 들었다. 간병사 동료들은 하나같이 인옥에게 팔자를 고치라고 부추겼다.

　그러다 인옥은 그의 집에 따라갔다. 40평이나 되는 아파트는 널찍했지만 집은 난장판이었다. 부엌 싱크대 위에는 설거지거리가 산더미처럼 쌓여 있고 악취가 진동했다. 이 방 저 방 빨래거리와 쓰레기가 떨어져 있고 아이들이 쓰던 물건들이 아무렇게나 나뒹굴고 있었다. 집이 아니라 쓰레기장 같았다. 이런 공간에서 제대로 된 밥 한번 얻어먹지 못하고 라면이나 배달 음식으로 때웠을 아이들을 생각하니 갑자기 목이 콱 메어왔다. 어쩌면 한시도 잊어본 적이 없는 진호와 진수 때문이었는지 몰랐다. 엄마가 죽고 근 5년 동안 따스한 밥 한 끼 못 얻어먹고 자랐을 두 남매가 눈에 밟혀 인옥은 그날 오후 출근까지 미루고 그 집을 깔끔하게 청소해주고 반찬까지 만들어 냉장고를 채워주었다.

　그 집에 들어가 살기 시작한 것은 남자의 따스한 품이 그리워서가 아니었다. 단지 엄마 없이 자랐을 두 아이에게 따스한 밥을 차려주고 싶은 격렬한 충동 때문이었다. 그것은 지독한 갈증 같은 것이었다. 인옥은 자신의 내부에 그렇게 격렬한 갈증이 숨어 있는 줄을 몰랐다. 라면 한 그릇을 앞에 놓고 죽을 결심을 했던 그 순간부터 인옥의 내부에 뿌리내린 욕망 하나가 있었다. 내 새끼에게 따스한 밥을 해서 배부르게 먹여보는 것, 용암이 분출하듯 그 욕망은 밖으로 터져나오려 하고 있었다. 늘 밥상을 때려부수는 백종수라는 인간의 옆에서는 결코 이룰 수 없는 꿈이었다. 그 때문에 인옥은 그 집을 박차고 나와야 했던 것이다. 하지만 그 꿈이 완전히 사라져버린 것은 아니었다. 오히려 인옥의 내부에 더 깊이 뿌리를 내리고 있었음이 분명했다. 진수와 진호에게 못해준 것을 두 아이에게라도 해주고 싶었다. 그것은 모순에 가득 찬 욕망이라는 것을 인옥 자신도 알고 있었다. 진수와 진호에게 차려주고 싶은 밥상을 딴 아이들에게 차려준다 해서 그 밥상은 온전한 밥상이 될 수는 없었다.

두 아이는 인옥이 차린 밥상이 자신들을 위하여 차린 순수한 밥상이 아니란 것을 눈치를 챈 모양이었다. 두 아이는 인옥의 내부에 가득 찬 욕망을 이미 간파해버린 간악한 악마들이었다. 고등학교 3학년인 큰아들 민규는 노골적으로 인옥을 무시하고 벌레 보듯 했다. 인옥이 아침을 차려놓고 밥을 먹으라고 부르자 민규는 인옥을 노려보며 씹어뱉듯 말했다.

"아줌마나 많이 처먹어! 어디서 엿 같은 게 들어와 갖고."

기가 막혔다. 괴한이 갑자기 달려들어 심장에 비수를 푹 꽂는 것만 같았다.

"뭐? 너, 말버릇이 그게 뭐야? 방금 뭐라 그랬어."

"아 짜증나! 씨발! 어디서 훈계질이야? 저리 꺼져."

　　　　　　　　　　　　　　　　　흉터의 꽃

"이민규! 너 나랑 이야기 좀 하자."

"아! 씨발! 재수 없이 뭐라는 거야."

민규는 인옥을 밀치고 현관문을 쾅 처닫고 나가버렸다. 인옥과 제 오빠가 실랑이하던 것을 쳐다보던 민지는 고소하다는 표정을 짓고는 화장실로 들어가 버렸다. 첫째인 민규는 인옥에게 버릇없이 대들고 쌍욕도 예사로 했고 민지는 인옥을 투명인간 취급했다.

두 아이는 인옥의 밥상을 완강하게 거부했다. 새벽부터 일어나 집 안을 쓸고 닦고 아이들을 위해 국을 끓이고 밥을 하고 나물을 무치고 생선을 구워 놓아도 두 아이는 인옥이 차려놓은 밥상을 거들떠보지도 않았다. 학원을 마치고 밤늦게 집에 돌아올 때 민규와 민지는 피자나 햄버거나 치킨을 사들고 왔다. 아이들에게 따스한 밥을 차려주고 어미닭처럼 품어주려던 인옥은 점점 지쳐가기 시작했다. 남의 새끼를 내 새끼처럼 품는다는 것이 얼마나 주제넘은 짓인지를 절감했다.

딸은 엄마의 팔자를 그대로 닮는다던가. 소름이 끼칠 정도로 판박이였다. 이복 오빠에게 인간 취급도 못 받았던 엄마처럼은 살기 싫었다. 인옥은 민규와 민지를 보면서 집을 나간 배다른 오빠 창호를 떠올렸다. 엄마가 아무리 친엄마처럼 품어주려고 해도 오빠는 엄마를 밀어냈다. 밀어내는 정도가 아니라 엄마를 끔찍한 괴물처럼 대했다. 그뿐이 아니었다. 다리가 부실한 인옥이 제 앞에서 넘어지기라도 하면 엄마가 보건 말건 걷어차기도 하던 잔인하기 짝이 없던 오빠였다. 지독한 되풀이였다. 엄마의 인생이나 딸의 인생이나 어떻게 이토록 끔찍하게 되풀이되는지, 이 것도 팔자인가 하는 생각이 들 때면 가슴이 무너졌다.

"백진호, 우리 집에서 스타 한판 하자. 오늘 우리 집 비었어. 우리 엄마하고 아버지, 동남아 여행 갔거든. 죽이지 않냐?"

준영이 진호의 목에 팔을 감으며 말했다.

"스타? 좋지."

"짜샤, 꿀 발라 놓은 것처럼 맨날 집에 가기 바쁘더니 오늘은 웬일이래?"

"이런 날도 있고 저런 날도 있어야 안 되겠냐?"

진호도 스타크래프트를 좋아했다. 자기 집에서 게임을 하자는 준영의 말이 반가웠다. 고등학교 2학년이 되도록 집에 컴퓨터 한 대 없는 집은 없었다. 진호는 초등학교 4학년 때부터 포기를 배워버렸다. 딱 한 번 자전거를 욕심내었을 뿐인데 그 욕심을 부린 대가는 너무나 컸다. 엄마와 자전거를 바꾼 멍청한 인간은 세상에 자신밖에 없을 것이라고 진호는 가슴을 치곤 했다. 엄마는 그 후로 진호가 고등학생이 될 때까지 얼굴 한 번 보여준 적이 없었다. 처음에는 엄마를 원망하고 또 원망했다. 딱 한 번 거짓말을 했을 뿐인데 매몰차게 아들을 버리고 가버린 엄마였다.

처음에는 다른 나라로 간다는 말을 믿었다. 하지만 곰곰이 생각할수록 이상하기만 했다. 할머니에게 드릴 용돈으로 자전거를 몰래 샀다는 그 말을 듣고 난데없이 엄마가 그런 이야기를 꺼낸 것이 이상하다는 생각이 들 때가 많았다. 엄마의 진심이 무엇이

흉터의 꽃

었을까. 엄마가 형과 자신을 버린 것이라고 생각하면 답이 나오지 않았다. 살아갈 의욕도 생기지 않았다. 다른 나라에 간 게 아닐지도 모른다는 생각이 들 때면 두렵고 무서웠다. 진호는 그래도 아닐 것이라고 믿고 싶었다. 처음에는 엄마가 원망스러웠지만 아들을 뿌리치고 간 엄마의 마음이 더 아팠을 것이라는 생각이 들었다. 오랫동안 엄마의 마음에 대해 생각하고 또 생각해보았다. 바늘 도둑이 소 도둑 된다고 하지 않았던가. 자식을 망칠까 봐 일부러 외면했을지도 모른다는 생각이 들었다. 진호는 엄마라면 어디서건 제대로 살고 있을 것이라고 믿었다. 엄마가 제대로 살고 있는 것처럼 자신도 제대로 살아야만 했다. 진호는 엄마가 멀리 떨어진 곳에 있어도 늘 자신과 형을 위해 기도를 해줄 것이라고 믿고 있었다.

"진호야, 우리 먹을 것 좀 사들고 가자."

"그래."

진호는 준영이를 따라 아무 생각 없이 슈퍼로 들어갔다.

"어서 오세요."

진호는 슈퍼 아줌마의 목소리를 듣는 순간 심장이 멎는 것만 같았다. 단 한 번도 잊어본 적이 없는 엄마의 목소리였다. 발이 땅에 붙어버린 것만 같아 움직일 수 없었다. 슈퍼 카운터에 앉아 있는 아줌마의 얼굴을 도저히 쳐다볼 자신이 없었다. 얼굴을 확인하면 이 모든 것이 물거품처럼 사라질 것만 같았다. 준영이는 라면과 과자와 아이스크림을 골라 카운터에 놓고 계산을 했다.

"야, 뭐하냐? 멍청하게 왜 그렇게 서 있어? 넌 살 거 없어?"

준영이 진호의 어깨를 툭 쳤다. 슈퍼 아줌마가 진호를 힐끗 쳐다보았다. 진호는 그제야 정신을 차렸다. 카운터 옆 진열대의 껌을 하나 집어 들고 계산대에 놓았다.

"500원입니다."

그 목소리는 분명 엄마의 목소리였다. 어떻게 엄마의 목소리를 잊을 수 있을까. 본능적으로 알아챌 수 있는 목소리. 그 목소리는 진호의 세포 하나하나가 기억하고 있는 목소리였다. 뭔가가 심장을 꽉 움켜쥐는 것처럼 묵직한 통증이 왔다. 진호는 얼굴을 들지 못한 채 주머니에서 동전을 꺼내 계산대에 놓았다. 슈퍼를 나온 진호는 다시 뒤돌아보았다. 계산대에서 일어선 엄마가 슈퍼 안쪽으로 걸음을 옮기고 있는 뒷모습이 보였다. 걸음을 옮길 때마다 몸 한쪽이 기울어졌다. 다리를 약간 저는 듯한 엄마 특유의 걸음걸이였다. 심장이 멎는 것 같았다. 숨쉬기가 힘들었다. 진호는 엄마! 나, 엄마 아들 진호야! 소리치고 싶은 충동을 억지로 눌렀다.

"야! 너, 오늘 되게 이상한 거 아냐?"

준영이 진호의 등을 툭 쳤다.

"내가 뭘?"

"얼굴이 벌게. 나사 하나 빠진 놈 같아."

준영이 검지를 뱅글뱅글 돌리며 말했다.

"어! 모처럼 스타 한다니까 나사가 풀렸나 봐. 봐, 저기 내 나사 흘러 있잖아."

진호가 길바닥에 떨어진 단추를 가리키며 너스레를 떨었다.

흉터의 꽃

"어이구! 이 미친놈!"

"준영아, 저 슈퍼 아줌마, 혼자 사냐?"

"미친 새끼! 남편도 있고 아들딸도 있는데? 근데, 갑자기 그건 왜?"

숨이 턱 막혔다. 진호는 억지로 아무렇지 않은 표정을 지어냈다.

"아니, 옛날에 우리 옆집 살던 아줌마랑 되게 닮은 것 같아서."

진호는 그렇게 얼버무리고는 준영의 어깨에 팔을 걸치고 골목 길을 걸어갔다. 누군가 잡아당기는 느낌이 들어 자꾸만 뒤를 돌아보았다.

진호는 그 일이 있고 나서 틈만 나면 슈퍼 주변을 맴돌았다. 엄마가 왜, 다른 나라에 간다던 엄마가 왜 슈퍼 아줌마가 되어 살고 있을까? 그 말은 새빨간 거짓말이었을까. 저 슈퍼 아저씨와 결혼하기 위해서 거짓말을 한 것이었을까. 다른 나라에 갔다가 돌아왔으면 왜 나를 찾아오지 않았을까. 다른 사람은 몰라도 엄마는 그런 거짓말을 할 사람이 아니었다. 엄마에게 달려가 묻고 싶었다. 우리를 버리고 저 슈퍼 아저씨를 선택한 거냐고? 엄마에게 형과 나는 아무것도 아니었냐고? 거짓말을 하고서라도 떼어 내고 싶은 귀찮은 짐덩어리에 불과했냐고 진호는 엄마에게 따지고 싶었다.

근 열흘 동안 슈퍼 주변을 맴돌던 진호는 슈퍼 남자가 자리를 비운 순간을 포착했다. 배달을 가는지 사과상자를 실은 오토바이를 몰고 나가는 남자를 확인한 진호는 심호흡을 하고는 슈퍼로 들어갔다. 카운터에는 아무도 보이지 않았다. 엄마는 슈퍼 안쪽에서 고개를 숙이고 물건을 진열하고 있었다. 가게에 손님이 들어서는 기척을 느꼈는지 엄마가 진호를 힐끗 쳐다보았다.

"찾는 물건 있어요?"

물건을 찾는 게 아니라 사람을 찾았다는 것을 엄마는 알까? 진호는 심장이 터지는 것만 같아 길게 숨을 내쉬었다.

"예, 찾았어요. 제가 찾는 거, 바로 여기에 있어요. 찾았어요."

진호의 목소리는 심하게 떨렸다.

"손님, 잠깐 기다리세요."

엄마는 종이박스를 들고 카운터로 다가왔다.

"학생, 뭘 찾아요?"

"……엄마, 엄마. 우리 엄마를 찾았어요."

"뭐?"

놀란 엄마는 숨이 멎을 듯한 표정으로 진호를 쳐다보았다. 손에 들고 있던 종이박스가 바닥으로 툭 떨어졌다.

"엄마, 나야, 나, 진호라구. 엄마 아들 백진호!"

"……!"

"엄마!"

"니가 정말 진호라구? 진짜 진호야?"

엄마는 어쩔 줄 모르는 표정으로 진호의 얼굴을 양손으로 쓰다듬었다. 엄마의 손바닥이 꺼끌꺼끌했다. 아, 엄마가 내 얼굴을 만지고 있구나. 비로소 엄마를 만난 것이 실감이 되었다. 엄마의 눈에서 눈물이 주르륵 흘렀다. 진호의 눈에서도 눈물이 흘렀다.

흉터의 꽃

엄마가 진호의 손을 꽉 잡더니 와락 끌어안았다.

"엄마가 미안해, 우리 아들도 몰라보고. 정말 미안해."

엄마는 진호를 얼싸안고 미안하다는 말만 되풀이했다.

"엄마, 엄마가 왜 이 슈퍼에 있어? 왜? 왜?"

진호는 소리를 버럭 질렀다.

"미안해, 미안해."

"딴 나라 갔다면서 왜 여기 있어?"

"엄마가 너무 미안해. 엄마 없이도 이렇게 잘 커주다니 고맙다. 어디 보자, 내 새끼!"

엄마는 훌쩍 커버린 진호의 등을 쓰다듬고 얼굴을 쓰다듬었다.

"엄마 말이야. 실은…… 작년에 재혼했어. 좀 있으면 슈퍼 아저씨 올 시간이야. 자세한 이야기는 담에 만나서 하자. 엄마가 전부 다 이야기 해줄게."

이야기도 몇 마디 못 나눴는데 또 엄마와 헤어져야 했다. 엄마는 쫓기는 사람처럼 허둥댔다. 진호는 손등으로 눈물을 쓱 닦았다. 엄마는 커다란 봉지에 과자를 이것저것 쓸어 담았다.

"이거라도 형 갖다주고, 다음에 만나서 자세한 이야기 해줄게. 진호야, 오늘은 어서 가. 엄마가 너무 미안하다."

엄마는 진호에게 커다란 비닐봉지를 들려주었다. 생각 같아서는 그 비닐봉지를 내팽개치고 싶었다. 내가 무슨 어린아이인 줄 아느냐고, 이딴 거 필요 없다고, 엄마 앞에서 생떼를 부리며 그 동안의 모든 설움을 다 쏟아 놓고 펑펑 울고 싶었다. 하지만 엄마의 처지도 생각해야 했다. 눈물을 훔치며 슈퍼를 나왔다. 진호는 계속 뒤를 돌아보았다.

인옥은 슈퍼 안쪽에서 진호가 보이지 않을 때까지 쳐다보았다. 자꾸만 뒤를 돌아보는 진호에게 가라고 손짓을 했다. 누군가 가슴을 쥐어뜯는 것처럼 아파서 가슴을 문지르고 또 문질렀다. 가슴에서 피가 철철 흐르는 것만 같았다. 어떻게 제가 낳은 제 새끼를 몰라볼 수가 있단 말인가.

진호가 이 슈퍼에 들락거린 일이 한두 번이 아니었다는 사실을 그제야 깨달았다. 거의 매일 슈퍼에 들르곤 했다. 늘 모자를 푹 눌러쓰고 있어서 얼굴을 자세히 볼 수가 없었다. 아무 말도 없이 껌 한 통만 사곤 했기 때문에 목소리도 들은 기억이 없었다. 골목 안쪽에 사는 준영이라는 아이의 친구라고만 생각했다. 준영이와 같이 들를 때도 있었지만 대부분 혼자서 들를 때가 많았다. 진호는 올 때마다 껌 한 통을 사곤 했다. 키는 멀대같이 큰 녀석이 늘 껌 한 통이라니. 별 싱거운 아이 다 본다는 생각이 들었다. 고등학생이 기껏 껌 한 통 사러 슈퍼에 이렇게 자주 들른다는 것이 조금 이상하다고 여겼지만 대수롭지 않게 생각했다. 이 근처에 이사를 왔나 하고 생각했다. 그런데 진호는 껌을 사러 온 게 아니라 단지 엄마를 보기 위해서 그렇게 자주 슈퍼에 들른 것이었다. 어떻게 어미가 아들을 그렇게 자주 보면서도 모를 수가 있단 말인가. 아무리 멀찌감치 떨어져서 보긴 했어도 중학교 1학년 때 보고 고등학교 2학년이 되어서 본 건데, 세월이 얼마

흉터의 꽃

나 흘렀다고 아들을 몰라본 건지 억장이 무너졌다.

인옥은 진호를 다시 만나 그때 자전거 사건 이후에 있었던 모든 일들을 다 털어놓았다. 왜 일부러 거짓말을 할 수밖에 없었는지 내막을 털어놓자 처음에는 서운한 표정을 짓던 진호는 고개를 끄덕였다. 잘 지내고 있는지 멀리에서 지켜보곤 했었다는 인옥의 말에 진호는 눈물을 흘렸다. 그동안 못 본 사이에 진호는 키만 자란 게 아니라 속이 꽉 찬 아이가 되어 있었다. 잘 자라준 진호가 너무나 고마웠다.

집에 전화를 하면 남편이나 시어머니가 받을 것이 분명했다. 큰맘 먹고 진호에게 휴대폰을 사주었다. 재혼한 남편이 진호와 연락을 주고받는 것을 알면 사달이 날 게 뻔했다. 남편 몰래 공중전화에서 진호에게 연락을 하곤 했다. 꼭 바람난 여자가 남편에게 들킬까 봐 남자를 몰래 만나러 다니고 있는 것과 흡사했다. 진호가 엄마, 하고 부를 때면 콧등이 시큰했다. 엄마라는 그 흔한 말 한 마디가 얼마나 크고도 귀한 말인지 인옥은 처음으로 깨달았다. 온 우주와도 바꿀 수 없는 아이라는 존재가 곁에 있어야만 허락될 수 있는 단어가 바로 엄마라는 말이었다.

너를 만나러 가는 길

"이 씨발년 어디 있어! 당장 나와!"

술에 엉망으로 취한 민규가 집이 떠나가도록 소리를 질렀다.

"이게 뭔 소리야?"

옆에서 코를 골며 자던 남편이 벌떡 일어나 방문을 열었다. 민규가 식칼을 들고 방문 앞에 비틀대며 서 있었다. 식칼이 불빛을 받아 짐승의 눈빛처럼 번쩍거렸다. 인옥은 온몸에 소름이 쫙 끼쳤다. 남편은 자리에 털썩 주저앉았다.

"이이, 이놈이…… 지금 뭐하는 짓이야?"

"비켜! 나, 오늘 저년 칼로 찔러 죽이고 말 거니까 비키라구!"

인옥은 어떻게 해서든 진정시켜야 된다고 생각했다. 술에 취해 칼까지 들고 설치는 놈을 잘못 자극했다가는 칼부림이 날 수도 있는 일이었다.

"미, 민규야, 너 지금 왜 그러냐?"

남편은 사색이 되어 말을 더듬었다.

"당장 저년 내쫓아. 안 내쫓으면 바로 이 자리에서 살인나는 수가 있어."

"아, 알았다. 당장 내보낼 테니까. 칼은 치우고 이야기하자. 너 용돈 필요하지? 당장 용돈 줄 테니까, 칼은 내려놔. 응?"

"흐흐 돈? 돈 좋지. 돈! 참나, 우리 부친은 눈치 하나는 빠르단 말야."

"뭐해? 민규한테 당장 돈 갖다줘."

남편은 인옥에게 소리를 질렀다. 인옥은 화장대 위에 둔 돈 가방을 남편에게 내밀었다. 남편은 돈 가방에서 만 원짜리를 잡히는 대로 꺼내 민규에게 건넸다. 칼을 든 강도에게 돈을 건네는 꼴이 따로 없었다. 칼 든 강도가 아들이고 돈을 건네는 사람이 아버지란 것만이 여느 강도 현장의 모습과는 다르다면 달랐다. 돈을 받은 민규는 입이 헤벌쭉 벌어졌다. 식칼을 집어던지고 제 방으로 들어가더니 침대에 쓰러져 코를 골며 잠이 들어버렸다.

인옥은 이런 식으로는 단 하루도 살 수 없다는 생각이 들었다. 대학에 들어가면 사람이 되려나 했는데 민규의 행패는 갈수록 더 심해졌다. 날마다 돈을 뜯어가 유흥비로 흥청망청 써댔다. 술을 마시고 들어와 인옥에게 쌍욕을 퍼부으며 달려들었다. 술을 먹고 침대에 토해놓기도 했다. 일부러 인옥을 괴롭히는 방법을 연구하는 것만 같았다. 차를 사달라고 하도 졸라대는 통에 남편은 어디서 빚을 냈는지 차까지 사주었다. 걸핏하면 교통사고를 내는 바람에 교통사고 합의금으로 깨진 돈이 천만 원이 넘었다.

새엄마를 죽이겠다고 칼까지 겨눈 놈이었다. 새엄마를 저년이라고, 씨발년이라고 쌍욕을 하는 놈이었다. 그런 놈을 자식이라고 생각했다니 헛웃음이 나왔다. 제 새끼도 못 안으면서 남의 새끼를 안으려는 짓이 얼마나 바보 같은 짓이었나 싶었다. 안 되는 건 안 되는 것이었다. 오줌 웅덩이를 피하려다 똥 무더기를 밟은 격이었다. 재수 없는 년은 뒤로 넘어져도 코가 깨진다더니 완전히 그 꼴이었다.

"더 이상 이렇게는 못 살아. 우리 이혼해요."

인옥이 이혼 이야기를 꺼내자 남편은 어처구니없다는 얼굴로 쳐다보았다.

"지금 뭐라 했어?"

"이혼하자구요. 이렇게는 단 하루도 못 살아요."

"허허! 이혼을 하시겠다? 나야 고맙지. 이혼할 테면 해봐. 이혼하고 싶어도 못할걸."

남편은 비웃음을 담은 표정으로 인옥을 쳐다보았다.

"그게 무슨 소리예요?"

"얼마 있음 알게 될 거야. 나야 이혼하면 좋지 뭐. 꼭 이혼하고 싶다면 해줄 수도 있어. 까짓거 해주지 뭐."

곧 있으면 알게 된다고 한 말은 사실이었다. 남편이 내민 거액의 카드빚 청구서를 본 인옥은 눈을 의심했다. 남편은 인옥의 신분증을 지갑에서 빼내 카드를 다섯 장이나 발급받았다. 슈퍼 물건을 납품받고 카드로 결제한 것만도 2천만 원이었고 카드로 대출을 내 쓴 것도 3천만 원이었다. 게다가 여기저기 사채까지 빌려 쓴 것이 5천만 원이나 되었다. 1억이란 돈이 도대체 얼마나 되는지 인옥은 감을 잡을 수가 없었다. 한 번도 만져보지도 못했고 구경도 못해본 돈이었다. 남편이 카드를 부정 발급받고 대출한 것이라고 카드사에 따져보아도 아무 소용이 없었다. 부부 간에 발생한 일은 본인이 한 것으로 간주한다는 것이었다. 미치고 팔짝 뛸 노릇이었다. 1억의 빚, 그것은 인옥이 남은 인생 동안 쉬지 않고 벌어도 갚을 수 있을까 싶은 돈이었다. 이혼을 한다면 1억의 빚에 눌려 평생을 허덕이며 살아야 될지도 몰랐다. 이렇게 빚을 떠안고 이혼하는 것은 죽음의 사막 한가운데 내동댕이쳐지는 것과 마찬가지였다.

인옥은 두 개의 문 앞에 서 있었다. 두 번 다시 이혼이란 문을 열고 나갈 일은 없을 것이라고 생각했다. 인옥은 사막을 건너고 태산을 넘기로 결심했다. 평생이 걸린다 해도 넘어가야 할 산이었고 건너가야만 할 사막이었다. 마누라 신분증과 인감을 훔쳐 돈을 몰래 빌리는 그런 인간이 있는 집, 새엄마에게 칼을 휘두르는 개망나니 자식이 있는 집에서는 하루도 견딜 자신이 없었다. 인간의 집이 아니었다. 어떤 남자에게도, 그 누구에게도 기대지 않고 오롯이 혼자서 가겠다고 결심했다. 그렇게 결심하고 나니 두 번째 이혼은 첫 번째 이혼에 비해서 식은 죽 먹기였다. 남편은 인옥이 그 빚을 몽땅 떠안고 이혼을 하겠다고 하자 군말 없이 도장을 찍어주었다. 인옥은 결연한 얼굴로 비바람이 몰아치는 세상 밖으로 다시 걸어나왔다.

1억이란 빚은 인옥의 몸에 묶인 무거운 쇠뭉치였다. 그 쇠뭉치는 몸과 영혼에서 절대 떨어지지 않았다. 꿈에서도 무거운 쇠뭉치는 영혼을 짓눌렀다. 간병사 일을 다시 시작할까 했지만 빚만 안겨준 두 번째 남편 생각을 하자 그 일에도 정이 떨어졌다.

빚 독촉 전화는 밤낮으로 걸려왔고 대출이자는 눈덩이처럼 불어났다. 어떻게 알아냈는지 셋방 앞에까지 저승사자 같은 사채업자들이 찾아왔다. 일을 가릴 처지가 아니었다. 찜질방 청소와 모텔 청소, 건물 화장실 청소도 가리지 않고 했다. 남자들이 소변을 보고 있어도 화장실 청소를 했다. 구역질을 참으며 취객들이 토해놓은 토사물도 치웠다.

온갖 험한 일을 닥치는 대로 한 탓에 몸은 망가질 대로 망가져버렸다. 밤이면 가위에 눌려 잠을 잘 수가 없었다. 만나는 사람마다 해코지하고 사기를 치고 돈을 빼앗고 묻지마 폭행을 저지르려는 것처럼 보였다. 천지간에 사람보다 무서운 것은 없었다. 잠을 자려고 누우면 칼을 들고 죽이겠다고 협박을 하던 민규의 얼굴이 떠올라 벌떡벌떡 일어나곤 했다. 내가 저지르지도 않은 잘못 때문에, 내가 써보지도 못한 돈 때문에 이렇게 평생을 결박당해야 하다니 억울해서 미칠 것만 같았다. 인간의 말과 손과 눈빛이 가장 끔찍했다. 억울한 누명을 쓰고 종신형을 선고받고 절해고도의 섬에 갇혀버린 것처럼 막막했다.

첫 번째 결혼의 실패, 그리고 두 번째 결혼의 실패와 빚. 어디에서 첫 단추가 잘못 꿰어졌던 것일까. 밤새 잠들지 못하고 뒤척이며 원인을 생각하고 또 생각했다. 망가진 첫 번째 결혼을 보상받을 수 있다고 믿었던 두 번째 결혼생활마저 처참하게 박살이나버렸다.

어디부터 잘못된 것일까? 뇌성마비 아들을 낳았다는 것, 아니면 원폭으로 화상을 입어 얼굴이 괴물처럼 변한 친정엄마를 둔 것, 아니면 어릴 때부터 다리가 성치 못했던 탓일까. 엄마의

흉터의 꽃

화상, 아버지의 병, 자신과 아들의 병. 모든 불행의 중심에는 병이 있었다. 몸만 성했다면 운명을 그렇게 아무렇게나 결정하진 않았을 것이다. 부실한 몸으로 살아갈 자신이 없어 깊게 생각하지 못하고 결혼을 했던 업보라는 생각이 들었다. 진수가 뇌성마비를 안고 태어나지만 않았다면 모진 시집살이를 하진 않았을 것이다. 몸만 성했다면 아무리 이혼을 해도 아이들을 내 손으로 건사하며 살아갈 수 있었을 것이다. 병은 절대적인 힘을 가진 자석처럼 가난과 온갖 불행들을 끌어당겼다. 병으로부터 모든 고통이 시작된 것이었다.

인옥은 생각하고 또 생각했다. 부모의 병은, 그리고 나의 병은, 아들의 병은 어디에서 시작된 것일까. 이 병은 도대체 어디에서 비롯되어 아버지와 어머니, 나, 그리고 아들의 운명까지 움켜쥐고 있는 것일까. 질기디 질긴 병의 대물림은 왜 끊어지지 않은 것일까. 수없이 생각하고 고민을 해보아도 출구가 보이지 않는 깜깜한 터널 속이었다.

불면증과 우울증에 시달리던 인옥은 종합병원 신경정신과에 찾아갔다. 정신과에서 신경안정제와 수면제를 처방받았다. 원무과 앞에 앉아 수납 순서를 기다리고 있는데 한 환자와 보호자가 눈에 띄었다. 뇌수술을 받았는지 사십대의 남자 환자는 머리에 흰 보호 모자를 쓰고 있었다. 몸을 못 가누고 침을 흘리는 남자는 뇌성마비 환자처럼 보였다. 그 환자의 휠체어를 밀고 있는 여자가 시선을 붙들었다. 간병인 같기도 하고 남자의 엄마 같기도 한 여자는 남자의 입가에 흐른 침을 정성들여 닦아주었다. 여자의 표정에는 형언키 어려운 감정이 깃들어 있었다. 다정함과 연민과 슬픔과 기쁨이 뒤엉켜 있는 것처럼 보였다.

인옥의 뇌리에 번개처럼 뭔가 스치는 게 있었다. 간병 일을 하던 때의 벅찬 행복감이 떠올랐다. 씻지도 못하고 먹지도 못하고 움직이지도 못하던 수술 직후의 환자들을 돌볼 때 힘은 들었지만 세상에 태어난 값을 한다는 생각을 하곤 했다. 어쩌면 진수와 진호에게 속죄하는 기분으로 간병 일을 했는지도 몰랐다. 아이들에게 빚을 갚는다는 생각으로 시작한 일이었지만 간병 일을 할 때마다 한성우가 말했던 것처럼 사람다운 사람이 된 것만 같았다. 쓸모 있는 인간이 된 것만 같아 가슴이 벅차오르곤 했다.

간병 일은 사막 같은 생에서 찾은 유일한 삶의 의미이자 재미였다. 그런데 단지 두 번째 남편 때문에 간병 일을 놓으려 했던 것이다. 그것은 스스로를 과거에 묶어두는 어리석은 짓일 뿐이었다. 지나간 일은 지나간 일이었다. 그는 이제 인옥의 인생에서 지워진 사람이었다. 지워진 사람 때문에 발목을 잡힐 까닭이 없었다.

인옥은 간병 일을 다시 시작하고 난 뒤부터 깊은 잠을 잤다. 우울증도 거짓말처럼 가시고 목구멍을 꽉 틀어막고 있던 억울함과 원망도 조금씩 가시기 시작했다. 병원에서 환자들과 씨름하다 보면 1억 원의 빚도 잠깐이나마 잊을 수 있었다. 삶과 죽음이 한 몸처럼 붙어 있는 공간이 종합병원이었다. 종합병원에서 온갖 병을 가진 사람들, 죽음을 목전에 둔 사람들을 대하다 보

흉터의 꽃

면 빚이 문제가 아니었다. 내일 당장 어떻게 될지 모르는 것이 삶이었다. 어젯밤에 멀쩡하게 살아 있던 사람의 침상이 아침에 출근해보면 깨끗하게 치워져 있곤 했다. 영안실로 옮겨진 것이었다. 어제까지만 해도 얼굴을 닦아주고 죽을 떠먹이고 텔레비전을 같이 보았던 환자가 사라진 침상을 보면 가슴에 커다란 구멍이 파인 듯했다.

삶은 금방 깨지는 유리컵처럼 연약했다. 살아 있는 순간만이 유일한 진실일 뿐이라는 생각이 들었다. 살아 있다는 것, 살아서 밥을 먹고, 살아서 노래를 듣고, 살아서 내 옆에 있는 사람들과 한 시간이라도 더 마주 보고 이야기할 수 있다는 것이 얼마나 소중하고 감사한 일인지를 새삼 실감했다. 누군가를 보살펴줄 힘이라도 있다는 것이 얼마나 고마운 일인지 뼈저리게 느꼈다.

간병 일을 하고 퇴근하는 길이었다. 과일가게 앞에서 걸음을 멈추었다. 황도와 백도와 천도복숭아가 플라스틱 소쿠리에 나란히 담겨 있었다. 복숭아 옆에는 탱글탱글한 아기의 볼 같은 붉은 자두도 있고 주황빛과 황금빛을 반반씩 섞은 빛깔의 살구도 담겨 있었다. 입안에 침이 가득 고였다. 엄마는 꽃을 좋아했지만 인옥은 과일의 고운 빛깔을 사랑했다. 물이 뚝뚝 흐르는 복숭아를 한입 베어 물면 벅찬 사랑을 받는 느낌이 들었다. 과일 하나를 만들어내기 위한 햇빛의 사랑, 때를 맞추어 내리는 비의 사랑, 신선한 대기의 사랑, 과일나무를 키운 농부의 사랑, 그 뜨거운 사랑을 먹는다는 생각이 들어 가슴 가득 행복감이 차올랐다. 인옥은 자신에게 선물을 주듯 노란 황도 한 바구니를 샀다.

향긋한 복숭아 향기를 가슴 깊이 들이마셨다. 문득 생이 사무치도록 고맙다는 생각이 들었다.

간병사 일을 하는 동료들 중에는 인옥보다 더 힘든 일을 겪은 사람도 한둘이 아니었다. 얼굴이 곱상하게 생긴 미자는 남편이 부도를 내고 도망을 치는 바람에 단칸 월세 방에 다섯 식구가 생활하고 있었다. 남편이 자신의 명의로 대출을 낸 것만도 8천만 원이었다고 했다. 시아버지, 시어머니, 고등학생 아이 둘과 살고 있는 미자는 억척스러운 여자였다.

"사람은 어쨌든 살게 되어 있나 봐. 안 해본 일이 없어. 새벽엔 신문배달, 우유배달, 오전엔 김밥집, 오후엔 감자탕집. 하루에 서너 시간이나 잤나 몰라. 길거리에서 전단지 뿌리는 일도 하고. 하루에 다섯 가지 일도 한 적이 있어. 제일 돈이 많은 건 장례식장 도우미야. 밤샘하고 나면 하루 일당이 10만 원이 넘어. 근데 잠을 못 자니 죽겠더라구. 파출부도 해봤어. 근데 웃긴 건 하필이면 내가 간 집이 여고 동창생 집이었어. 동창도 나도 난처해서 어쩔 줄 몰라 했지."

인옥은 미자의 이야기를 들으며 혀를 내둘렀다.

"파산 면책 못 받았으면 아마도 나, 어디 아파트 옥상에 올라가서 콱 떨어져 죽었을 거야. 박살 난 수박처럼 깨져서 죽었겠지. 파산 면책 받고 나니 이제 숨을 쉴 만해졌어."

"파산 면책?"

"파산 면책 몰라? 가사도우미하러 갔다 만났던 여고 동창생 남편이 법무사였어. 내 사정을 듣고 자기 남편한테 말해준 덕분

흉터의 꽃

에 면책을 받았어. 너도 빚 있다며? 그것도 니 잘못이 아니고 전 남편이 진 빚이라면서? 그걸 왜 억울하게 니가 다 갚아야 돼? 너 같이 억울하게 빚진 사람 구해주는 법이 바로 파산 면책이야. 면 책 받으면 빚이 다 없어진다니까, 안 갚아도 돼."

미자의 말이 거짓말 같았다.

"진짜 안 갚아도 된다고?"

"정말이라니까. 우리 그 법무사한테 가보자."

미자는 반신반의하는 인옥을 데리고 곧장 동창생 남편이 한 다는 법무사 사무실로 갔다. 법무사는 인옥의 사정을 듣더니 충 분히 면책 가능하다고 했다. 최소 6개월 만에 모든 빚이 해결될 수 있다는 법무사의 말에 인옥은 캄캄한 바다 한가운데서 빛을 만난 기분이 들었다.

법무사는 수임료도 절반만 받고 인옥을 도와주었다. 파산과 면책을 동시에 신청했기 때문에 법무사의 말대로 서류를 접수 한 지 6개월 만에 파산 면책이 결정 났다. 몸에 무겁게 매달린 쇠뭉치를 떼어냈다는 게 믿기지 않았다. 빈털터리가 되었지만 아무것도 두렵지 않았다.

대학에 입학하고 나서 2년 만에 진호는 군에 간다고 했다. 입 대하기 전에 아이에게 맛있는 것이라도 사 먹이고 싶어 진호를 횟집으로 나오라고 했다.

"엄마, 너무 무리하는 거 아냐? 그냥 간단한 거 먹어도 되는 데."

주문한 음식이 나오자 진호가 미안한 표정을 지었다.

"괜찮아. 엄마, 부자야."

인옥이 진호의 잔에 맥주를 따라주며 말했다.

"이 집에서 제일 비싼 거 시켰어야 했는데, 아쉽네."

진호가 웃으며 말했다.

"그러지 그랬어. 진호야, 오늘 엄마 엄청 행복해."

"왜, 이 잘생긴 아들 만난다고?"

진호가 싱긋 웃으며 너스레를 떨었다.

"것도 있고. 오늘 바빠서 점심 먹을 시간이 없었거든. 배가 무지 고파 길을 가다 500원짜리 크림빵을 하나 사 먹었어. 천국이 있다면 바로 이 맛이 아닐까 싶더라. 500원짜리로 천국을 산 셈이지. 내가 대통령보다 더 행복하다는 생각이 들었어. 대통령은 아무리 배가 고파도 길가다 빵 하나 맘대로 못 사 먹을 테니까. 500원짜리 행복을 맛볼 수 없겠지. 나, 이래봬도 대통령보다 천배 만배 행복한 사람이라니까."

"하하, 정말 우리 박인옥 여사 못 말려."

진호가 한바탕 신나게 웃었다. 살다 보니 아들과 이렇게 웃는 순간도 오는구나 싶어 가슴이 뭉클했다.

"진호야, 우리 건배하자. 진호의 멋진 군 생활을 위하여!"

인옥은 진호와 잔을 부딪치며 건배를 했다. 엄마와 형을 지켜주겠다며 눈을 빛내던 그 꼬마가 자라서 군대에 간다니 믿기지 않았다. 총알보다 더 빠른 세월이었다.

"요즘 엄마 얼굴이 많이 편해 보여서 좋아."

흉터의 꽃

"그래 보여? 참, 할머니는?"

시어머니는 진호가 고등학교 2학년 무렵부터 치매와 중풍이 왔다고 했다. 평일에는 간병인이 집으로 와서 간병을 하지만 토요일과 일요일에는 진호가 할머니와 형을 돌봐준다고 했다. 전남편 백종수는 있으나 마나였다. 친엄마가 중풍으로 누워 있건 말건 아들이 뇌성마비로 누워 있건 말건 그는 눈도 깜짝하지 않았다. 공장의 경비 일을 하다 말다 하고 있다고 했다. 진호는 할머니와 형을 돌보면서도 불평 한 마디 없었다.

"엄마, 난 말이야. 사람들이 우리 엄마 뭐하냐고 물어볼 때가 제일 좋아."

진호가 눈을 빛내며 말했다.

"그게 무슨 소리야?"

"엄마가 간병사 일 한다고 말할 때가 최고로 자랑스럽거든."

"뭐? 야, 농담하지 마. 뭐가 자랑스러워? 다들 꺼리는 쓰리디 업종이야. 냄새나고 더럽고 힘든 게 사실이야. 너 솔직히 말해봐. 엄마 간병사 한다고 하면 안 부끄러워?"

"누가 아버지에 대해 물어보면 솔직히 부끄러워. 근데 엄마가 왜 부끄러워? 간병사 일이 뭐가 부끄러워서? 세상에서 가장 멋진 일을 하고 있잖아. 엄만 세상에서 제일 멋진 엄마야. 엄마 말처럼 대통령보다 더 멋진 사람이야."

인옥은 가슴이 콱 메어왔다. 저를 버려두고 가버렸던 엄마를 세상에서 제일 멋지다고 말해주는 그런 아들이 세상에 어디 있을까. 도대체 이 아이는 내가 낳은 아이가 맞기나 할까.

"엄마, 부탁이 하나 있어."

"무슨 부탁?"

"엄마, 할머니 좀 돌봐주세요."

갑자기 진호가 안 쓰던 존댓말을 했다. 인옥은 놀라서 입을 다물지 못했다. 아빠와 이혼한 엄마에게 치매와 중풍에 걸린 할머니를 돌봐달라니. 얘가 정신이 있나 싶었다.

"뭐? 할머니를 돌보라고?"

진호는 인옥을 빤히 쳐다보며 고개를 끄덕였다.

"너희 아빠, 숙모, 삼촌 다 있는데 왜 나한테 할머니를 부탁해? 말도 안 돼."

"말도 안 된다는 건 알죠."

"근데 왜?"

"다들 할머니 귀찮아해요. 몇 달에 한 번 들러 돈 몇 푼 주고는 일어서서 가기 바빠. 정작 할머니는 돈이 뭔지도 모르는데…… 할머니 얼굴 겨우 10분 정도 보고 부리나케 가버리는데 할머니 봐달라고 부탁하라구요?"

"진호야, 안 되는 건 안 되는 거야."

인옥은 괴로운 표정으로 말했다.

"할머니가 엄마 많이 미워하고 괴롭힌 거 알아. 그렇지만 할머니는 우리 할머니야. 형과 나를 엄마 대신 키워준 분이야. 난 그냥 밥 먹여주고 학교 보내준 것만 해도 감사해. 그 덕분에 내가 이렇게 클 수 있었잖아. 일요일에는 간병하는 아줌마가 집에 안 와요. 아버지는 형과 할머니 대소변 수발 절대 못할 거야. 할머니가 똥을 싸건 말건 들여다보지도 않아. 엄마가 할머니 좀 보살펴 줘. 그리고 형도 만나고. 형, 엄마 많이 보고 싶어 해."

순간 숨이 턱 막혔다. 진수! 진수라는 이름은 인옥의 심장에 박힌 굵고 아픈 대못이었다. 죽을 때까지 빼낼 수 없는 커다란 대못. 어쩌면 진수의 가슴에도 엄마라는 이름은 굵은 대못으로 박혀 있을지도 몰랐다. 다른 사람도 아닌 진호의 부탁이었다. 형과 자신을 엄마 대신 키워준 분이 할머니였다고 말하는 아들 앞에서 인옥은 남편과 시어머니에 대한 미움과 분노를 내세울 수가 없었다. 진호는 지금 엄마에게 기회를 주고 있었다. 16년 동안형의 얼굴을 한 번도 보지 못한 엄마에게 형의 얼굴을 보여주려 하는 것이었다. 죄 많은 어미에게 참회할 기회를 주려고 일부러할머니의 대소변 수발 부탁을 하는지도 몰랐다. 엄마와 형의 가슴에 박힌 대못을 뽑아주려 애쓰는 진호의 마음이 느껴졌다. 인옥은 아무 말도 하지 못하고 진호의 손을 꼭 잡았다.

일요일에 집으로 찾아가니 전남편 백종수는 집에 없었다. 진호가 말을 해둔 모양이었다. 아마 저도 인간이라면 이혼한 마누라를 보기 껄끄러운 모양이겠지 하고 인옥은 생각했다. 집은 그런대로 정리가 잘되어 있는 편이었다. 주방 싱크대를 열어보니조미료와 양념통과 그릇들이 가지런하게 정리되어 있었다. 진호는 실질적인 가장이자 주부 역할을 했다. 다정다감하고 섬세한 진호의 성격이 집 안 곳곳에 배어 있는 것 같았다.

인옥은 숨을 깊이 들이쉬고 방문을 열었다. 방 안에 누워 있는 낯선 청년이 인옥을 쳐다보았다. 화살 같은 눈빛이 날아와 가슴에 아프게 박혔다. 정수리에 뜨거운 숯불이 닿는 것만 같았다. 아, 진수구나. 우리 진수가 저렇게 컸구나. 16년간의 세월이 눈깜짝할 새 흘러간 것 같은데, 마치 하룻밤을 자고 난 것만 같은데 진수의 몸집은 어린아이에서 어른으로 변해 있었다. 진수가 뭔가를 알아본 듯한 눈빛으로 인옥을 바라보더니 팔을 내저으며 괴상한 소리를 내질렀다.

"어! 으으!"

"진수야!"

"어으으!"

"나, 알아보겠니? 엄마다. 엄마!"

"어어!"

"알아보겠어? 진수야, 엄마야. 정말 미안해, 진수야!"

누워 있는 진수를 와락 끌어안았다. 진수의 몸은 통나무처럼 뻣뻣했다. 예전에는 품에 쏙 안기던 아이가 이젠 청년이 되어 눈앞에 누워 있었다. 예전이나 지금이나 달라진 게 없다면 일어서지 못하고 나무토막처럼 여전히 누워 있다는 것이었다. 진수는 우는 것인지 웃는 것인지 슬픈지 기쁜지 원망스러운지 반가운지 모를 표정을 하고 인옥을 바라보았다. 진수가 잘 펴지지 않는 손가락으로 옆에 있는 미니 보드판을 가리켰다. 인옥은 그 보드판을 진수에게 건네주었다. 보드판에는 보드마카가 대롱대롱 매달려 있었다. 진수가 굳은 손가락 사이에 보드마카를 억지로 끼웠다. 어색한 손놀림으로 보드마카 뚜껑을 겨우 열고는 삐뚤삐

흉터의 꽃

뚤 글씨를 썼다.

엄마!

가슴이 울컥하고 목에 뜨거운 것이 왈칵 치밀어 올랐다. 이건 기적이었다. 아무런 의사 표시도 못하던 아이가 보드판에 '엄마!' 라고 쓰다니. 진호가 만들어낸 기적이었다. 초등학교에 들어간 지 얼마 안 된 진호가 형에게 글자를 가르쳤다더니 그게 사실인 모양이었다. 진수는 다시 삐뚤삐뚤 글씨를 썼다. 글씨를 쓰느라 진수의 얼굴은 더 심하게 일그러지고 씰룩거렸다. 팔이 심하게 뒤틀렸다. 인옥은 마른침을 삼키며 보드판 위에 나타나는 글씨를 바라보았다. 그 어떤 마술보다 경이로웠다. 글자에서 진호의 목소리가 들리는 것 같았다. 인옥은 침을 꼴깍 삼켰다.

고마워요!

천 가지 말보다도 진수가 보드판에 쓴 '엄마! 고마워요!' 이 말이 더 많은 말을 하고 있었다. 저를 버려두고 나간 엄마에게 고맙다고 하다니. 인옥은 진수의 손을 꼭 잡았다. 얼마나 엄마가 원망스러웠을까. 그런데도 진수는 엄마에게 고맙다고 말하고 있었다. 진수가 쓴 삐뚤삐뚤한 글씨들로 지금까지 살아오면서 겪은 모든 슬픔과 아픔들이 다 씻겨 내려가는 것만 같았다. 인옥은 진수의 얼굴을 쓰다듬고 또 쓰다듬었다.

"진수야, 고맙다. 너도 잘 견뎌줘서. 엄마가 정말 미안해. 너무 늦게 만나러 와서. 고맙다, 우리 아들"

진수는 보드판에 또다시 한 글자 한 글자를 힘들여 썼다.

엄마 보고 싶었어요. 아주 많이요.

"진수야, 미안해, 미안해, 나도 보고 싶었어. 엄마가 너무 많이 미안해."

미안하다는 말밖에 할 수 없어서 미안했다. 인옥은 진수의 얼굴과 팔과 손을 하염없이 쓰다듬었다. 그동안 혼자서 감당해왔을 진수의 외로움과 고통이 느껴져 목이 콱 메었다. 진수의 손등에 인옥의 눈물이 떨어졌다. 마지막 음식인 라면을 끓여놓고 진수의 얼굴에 눈물을 떨어뜨렸던 그날이 떠올랐다. 얼굴에 눈물이 후두둑 떨어지자 깨드득 웃으며 팔을 뒤로 활짝 젖히던 진수, 그 순간 인옥은 번개에 맞은 것처럼 정신을 차릴 수 있었다. 어쩌면 진수는 엄마를 살리고 동생 진호를 살려낸 것인지도 몰랐다. 진수를 짐덩이로 생각하지 말라는 친정엄마의 목소리가 떠올랐다. 그랬다. 진수는 짐덩이가 아니었다. 진수와 진호, 이 두 아이가 바로 자신을 살린 생명의 동아줄이었던 것이다.

눈물을 씻고 옆방으로 건너갔다. 시어머니가 이불 위에 누워 있었다. 똥오줌을 쌌는지 구린내와 지린내가 진동을 했다. 진호 손을 잡고 시장에 가거나 학교에 가거나 하는 시어머니의 모습을 골목길에 숨어서 몇 번 본 적이 있었다. 하지만 이렇게 눈앞에서 시어머니를 보는 일은 처음이었다. 못 본 사이 얼굴에는 주름이 가득하고 이빨이 몽땅 빠져 입술도 합죽했다. 시어머니는 인옥을 전혀 알아보지 못했다.

"어머니, 저 왔어요. 아이고! 냄새야. 어머니, 똥 싸셨네. 어디 한번 봐요."

"이년아, 내가 왜 똥을 쌌단 말이고? 이년이 지랄하네."

"아이고! 어머니 성질은 여전하네."

인옥은 몸부림을 치는 시어머니의 바지와 속옷을 벗겼다. 기저귀에 똥을 싼 시어머니의 아랫도리는 똥으로 범벅이 되어 있었다. 능숙한 손길로 시어머니의 아랫도리를 물수건으로 깨끗이 닦아주었다. 욕조에 따뜻한 물을 받았다. 시어머니를 부축해 화장실로 데리고 들어갔다. 다행히 시어머니는 기분이 좋은지 인옥에게 몸을 얌전히 맡기고 있었다. 주름진 몸 구석구석 비누를 칠하고 때를 밀어주고 머리를 감겨주었다. 시어머니가 원수처럼 미웠던 순간들도 많았다. 하지만 지금 이 순간은 아기처럼 온전히 몸을 내맡기고 있는 무기력한 환자일 뿐이었다. 마른 수건으로 몸에 묻은 물기를 닦고 새 기저귀를 채우고 새 옷을 꺼내 입혔다. 드라이기로 머리를 말리고 얼굴에 로션까지 토닥토닥 발라주었다. 방 안에는 화장품 냄새와 샴푸 냄새가 기분 좋게 떠돌았다.

부엌으로 들어가 밥솥을 열어보았다. 누렇게 말라붙은 밥이 한 공기 정도 들어 있었다. 쌀을 씻어 밥솥에 안치고 취사 버튼을 눌렀다. 냉장고에 들어 있는 두부와 양파와 풋고추를 꺼냈다. 멸치를 찾아내 다시 물을 우려내어 된장찌개를 끓였다. 16년 만에 진수에게 제 손으로 밥을 해먹일 수 있다는 것이 믿기지 않았다. 가슴이 뻐근했다. 진수가 좋아하던 달걀 프라이도 했다. 진호가 빙긋이 웃으며 옆에서 지켜보고 있는 것만 같았다. 김치를 꺼내고 김을 구워 밥상을 차렸다. 시어머니에게 먼저 밥을 떠먹이고 새로 밥상을 차려서 진수에게 들고 갔다. 진수의 몸을 일으켜 벽에 기대게 하고 밥을 떠먹이고 된장찌개를 떠먹였다. 진수는 기분이 좋은지 입을 벌리고 웃었다. 밥을 다 먹은 진수는 보드판에 글씨를 다시 썼다. 보드판에 나타나는 글자가 살아서 꿈틀대는 것 같았다.

엄마가 해준 밥, 참 맛있어요.

가슴이 미어졌다. 가만히 진수의 손을 꼭 잡았다. 엄마에게 원망 한마디 하지 않는 아들을 마주 볼 수가 없었다.

지난 세월 엄마를 얼마나 기다렸을까. 아무도 들여다보지 않는 방에 혼자 누워 있으면서 이 아이는 외로움을 어떻게 견뎌냈을까. 불안하고 막막하고 답답하고 우울하고 괴로웠던 그 숱한 낮과 밤들을 어떻게 견뎠을까. 진수가 방에 누워 있는 동안 방문 밖에서는 계절이 수없이 바뀌었을 것이다. 새싹이 돋고 꽃이 피어나고 바람에 꽃이 떨어지고 더운 여름이 오고 잎이 떨어지는 가을이 오고 눈이 내리고 했을 것이다. 화창한 날이 계속되거나 비가 오거나 안개가 끼거나 폭풍우가 몰아치거나 번개와 천둥이 치는 밤들도 있었을 것이다. 두렵고 무서운 순간이 얼마나 많았을까. 비명을 지르고 싶은 순간이 얼마나 많았을까. 그런데도 혼자서 고스란히 견뎌낸 아이였다.

천사 같은 아이, 이 세상에 태어나 죄를 지어본 적도 없는 순수한 백지 같은 아이. 저를 버려두고 나간 죄 많은 어미에게 고맙다는 말밖에 할 줄 모르는 아이였다. 인옥은 울컥 목이 메어 고개를 돌렸다.

정현재-아주 우아한 변명

식당 문을 열자 양념 꼼장어를 굽는 달콤하고 맵싸한 냄새가 달려들었다.

"소설은 잘 되어가는 거야?"

꼼장어를 집게로 뒤적이던 K는 내가 자리에 앉자마자 물었다. 나는 손을 내저었다.

"눈에 보이지 않는 거대한 괴물과 싸우고 있는 기분이 들어."

"너무 욕심내는 거 아냐?"

K는 내 잔에 소주를 따르고 잔을 부딪쳤다. K의 말처럼 원폭이란 소재를 다룰 능력도 없으면서 과한 욕심을 부린 건지도 몰랐다. 내가 마치 커다란 물소를 덜컥 삼키려 한 어리석은 악어 같다는 생각이 들었다. 원폭 문제를 파고들면 파고들수록 점점 더 미궁 속에 빠지고 있는 느낌이었다.

"땅에 박힌 작은 돌부리를 캐내려고 호미를 들고 덤벼들었는데 말이지. 그 돌이 실은 거대한 암석 덩어리였어. 너무 깊이 박혀 있어서 도저히 내 힘으로는 파낼 자신이 없어."

"호미로 덤비니까 그렇잖아. 안 되면 포클레인으로 파내면 되지."

"포클레인?"

그놈의 포클레인이 문제였다. 내게는 포클레인이 애초부터 없었던 건 아닐까.

"원폭 문제의 핵심이 뭔데?"

K는 다시 내 빈 잔에 소주를 따르며 물었다.

"유전이야."

"유전? 유전이 그렇게 중요한 문제야?"

"피폭자 지원책을 논하는 데 기준점이 되는 게 바로 유전이거든."

"그건 왜?"

"유전성이 입증되면 원폭 2세들도 지원을 받을 수 있게 되는 거지. 혹시 김형률이란 사람에 대해 들어본 적 있어?"

"예전에 뉴스에서 본 기억이 있어. 자신이 원폭 2세 환우라고 기자회견한 그 사람 맞지?"

"그래, 맞아. 김형률은 원폭 문제의 핵심이 유전이라고 봤어. 일반인들보다 원폭 피해자 자녀들이 갖가지 유전병에 시달리는 경우가 훨씬 많아. 김형률의 끈질긴 요구 덕분에 국가인권위원회에서 원폭 피해자 2세 건강실태조사를 실시한 적이 있었어. 원폭 피해자 자녀들은 일반인보다 심장계통 질환, 선천성 기형, 우울증, 빈혈 발병률이 수십 배나 높다는 거야. 체르노빌 사고를 당한 사람들의 자녀들도 갑상선암에 걸리는 경우가 수십 배나 되지. 건강하지 못한 상태로 태어나는 아이들도 80퍼센트나 되고. 이건 부모의 피폭으로 인한 유전이 아니고서는 설명이 불가능해."

"일리 있는 말이네. 얼마 전에 국회에서 원폭특별법이 통과되었다면서? 그럼 원폭 2세나 3세도 지원을 받겠네?"

"아니, 원폭 2세나 3세에 대한 지원은 전혀 없는 껍데기 법이야. 김형률이 그렇게 부르짖던 선지원 후규명은 물 건너간 셈이지."

"선지원 후규명?"

"김형률은 일단 지원을 먼저 하고 유전성에 대한 규명은 나중에 하면 되지 않느냐고 주장했어. 유전성 입증은 수십 년이 걸리는 문제거든. 병 때문에 시달리는 원폭 피해자 자녀들은 생활고에 시달리다 치료도 못 받고 죽어가는데 유전성 여부에 대한 규명부터 먼저 해야 한다는 것은 어불성설이잖아? 그런데도 정부에서는 유전성이 입증되지 않았기 때문에 원폭 피해자 자녀들에게 지원을 할 수 없다는 거야. 전범국 일본 측 연구기관인 방사선영향연구소가 발표한 자료를 근거로 유전성을 입증할 수 없다는 거지."

"원폭 2세를 지원하지 않으려고 일본에서도, 우리나라 정부에서도 유전성이 없다는 주장을 편다 이거네?"

"그렇지. 유전성을 인정하면 재정 부담이 늘어난다는 거지. 그리고 유전성이 인정될 경우 원자력 발전소 건립이나 운용은 더욱 어려워질 테고. 원자력 발전소에 대한 거부감이나 반발은 더욱 커질 거고. 일본 방영연은 유전성을 입증할 증거를 찾지 못했다면서 방사선 피폭의 유전적 영향에 대해 공식 부인하고 있어. 한국 정부도 이를 그대로 수용하고 있고."

"대체 이놈의 정부는 누구의 정부야? 왜 전범국 일본의 주장을 그대로 따르는 건데?"

K는 흥분했는지 손바닥으로 테이블을 쳤다. 소주잔이 넘어져 테이블에 소주가 엎질러졌다. 나는 물수건으로 소주를 닦고는 K의 잔에 소주를 따랐다.

"원폭 피해자 1세들만 아픈 게 아니라 원폭 피해자 2세 3세들도 갖가지 병에 시달리고 있는데 정부는 원폭 피해자들의 입을 막으려 하고 있어. 아파도 참으라고 침묵을 강요하는 셈이지. 방영연의 연구 결과도 과학적으로 증명된 건 아니야. 방영연의 주장을 정면으로 반박하는 노무라 타이세이 교수의 연구 결과도 있어. 그는 40년 동안 쥐 실험을 했는데 방사선 피폭이 유전적으로 영향을 미친다는 것을 입증했어. 방사선에 피폭되면 일반인들보다 훨씬 쉽게 암에 걸릴 수 있다는 거야."

"그런데도 유전성을 인정 안 한다고?"

"원폭 1세대의 경우도 곧바로 발병하지 않는 경우도 많아. 5년이나 10년, 20년, 30년이 지난 후에 발병되는 경우도 있는데 만약 30년이 지난 경우라면 그 사람이 죽은 후에 지원을 해봐야 무슨 소용이겠어? 근데 2세나 3세의 경우 50년이나 60년, 아니 100년이 걸릴지도 모르는 일인데 유전성을 증명한다는 것은 아주 시간이 많이 걸리는 일이야. 김형률이 주장한 선지원 후규명이 답이지."

"유전적 영향이 확실하게 증명되어야만 지원 시책을 마련할 수 있다? 그건 지원을 하지 않겠다는 말이지. 선지원 후규명, 그

흉터의 꽃

게 최선의 답이 맞네."

K의 말에 나는 고개를 끄덕였다.

"아참! 요즘 뉴스 보니까 오바마가 히로시마 간다던데? 미국 대통령 중에서 역사상 최초로 히로시마에 간다고 난리더만. 아베 신났겠어."

"아베 지지율이 더 올라가겠지. 중국을 견제하기 위해 미일 공조 차원에서 가는 거지. 일본의 피해자 코스프레를 도와주는 격이고. 일본은 세계 유일의 원자폭탄 피해국임을 전세계에 보여줄 절호의 기회라 생각할 거야. 당연히 미국 대통령이 사과했다는 의미 부여를 할 거고."

"하여간 일본 정부는 불가사의해. 전범국이 아니라 피해국임을 강조해서 과거사를 덮겠다 이거네."

"맞아. 오바마가 피폭자들을 추모하려고 고개 숙인 모습을 일본 측에 사과한 것으로 오도하겠지. 일본은 틈만 나면 자신들이 전범국이 아니고 침략국도 아니라고, 오히려 피해국이라고 과거를 완전히 부인하고 있잖아? 오바마의 히로시마 방문은 일본을 도와주는 셈이지. 한국인 원폭 피해자들에게 먼저 사죄하는 게 진정한 추모라고 할 수 있을 텐데."

"근데, 미국은 원폭이 이렇게 위험한 줄 알면서 왜 원자폭탄을 투하한 거지?"

K는 당근을 와삭 깨물며 나를 쳐다보았다.

"단 두 발의 원폭 투하로 전쟁이 빨리 끝났기 때문에 원자폭탄의 투하는 정당했다는 게 미국 측의 논리잖아?"

"그렇지."

"미국 역사학자 스탠리 골드버그 박사는 이렇게 분석했어. 미국이 국제조약을 위반하면서까지 원자폭탄을 3일 간격으로 잇따라 투하한 이유를 세 가지라고 보았어. 첫 번째는 미국이 만천하에 떠들어대는 대로 인도적 이유라고도 볼 수 있는데 미국 군대의 희생을 최소화하고 대일전쟁을 단시일에 종결시키겠다는 것이었고, 둘째는 소련을 견제할 외교적 이유였어."

"소련?"

K가 반문하며 내 잔에 소주를 따랐다. 취기가 조금씩 올라오는 것 같아 나는 소주 대신 물을 한 잔 따라서 마셨다.

"그 무렵 만주에서는 대일전쟁에 소련이 참전하려는 중이었어. 전쟁이 종결되고 동북아시아에서 소련의 입김이 커지는 것을 미국은 아주 두려워했지. 미국 군부와 정책 고문들은 소련이 대일전쟁에 참전하기 전에 원폭을 사용할 것을 트루먼 대통령에게 강력하게 요구했어. 소련의 영향력이 커지는 걸 막기 위해서 원폭을 투하한 거지. 소련은 8월 8일 만주에 진격했는데 미국은 8월 6일 히로시마에 원폭을 투하했어. 히로시마에 원폭이 투하되고 소련까지 전쟁에 전면적으로 개입했기 때문에 일본은 사실상 항복한 것이나 다름없었지. 그런데도 사흘 뒤에 나가사키에 제2의 원자폭탄을 터뜨린 이유는 뭐였을까? 일본에 대한 미국의 주도권을 확실하게 장악하기 위해서였지. 더군다나 일본은 소련을 통해서 항복 의사를 미리 밝혔거든."

"일본이 소련한테 항복 의사를 미리 밝혔다고? 정말?"

"그렇대. 소련의 대일 선전포고로 전쟁이 사실상 끝난 거나 마찬가지였지."

"소련을 견제하고 전쟁 후 미국이 주도권을 잡기 위한 목적이 더 컸다는 거네. 전쟁 조기 종결의 목적보다?"

K는 말의 요지를 파악한 모양이었다. 나는 고개를 끄덕이며 계속 말을 이어갔다.

"미국이 원폭을 투하한 세 번째 이유는 미국 국내의 정치역학 논리 때문이었지. 맨해튼 프로젝트에 관계된 모든 인물들은 원자폭탄의 위력을 입증하기도 전에 일본이 항복해버릴까 봐 오히려 두려워했어. 원자폭탄이 개발되는 데 예상액의 열다섯 배가 넘는 돈이 투입되었으니 미국 국민들의 반대와 비난 여론은 터지기 일보 직전이었지. 비난 여론을 잠재우기 위해서라도 원자폭탄의 가공할 위력을 입증해야 했어. 그래서 일본이 항복하기 전에 인구 밀집 지역인 히로시마와 나가사키에 원폭을 투하하게 된 것이지. 미국이 민간인들의 머리 위로 원폭을 투하한 건 전쟁 범죄고 집단 학살, 일종의 제노사이드라고 할 수 있어."

"그러니까 결론은 떨어뜨릴 필요가 전혀 없는 원폭을 미국은 자국의 이익을 위해, 그들의 국내 정치와 경제 논리 때문에 떨어뜨린 거네."

"그렇지. 그 때문에 히로시마와 나가사키에 있던 죄 없는 조선인들 7만 명이 죽거나 피폭을 당해야 했던 거야. 내 아버지도 거기에 있었고."

내 입에서 갑자기 아버지 이야기가 튀어나왔다. 아차, 싶었다.

쓸데없는 말을 했다는 생각이 들었지만 이미 엎질러진 물이었다. K의 눈이 휘둥그레졌다.

"야! 너 지금 술 취한 거야? 금방까지 멀쩡하더니, 뭔 헛소리야? 아버지가 히로시마 출신이라고? 사실이야?"

"사실이야. 아버지의 고향이 히로시마인데 말이지, 원폭 피해자라는데, 내 고향이 합천인데……. 난 말이야, 원자폭탄을 선물이라고 생각했어. 하늘에서 내려온 선물이라고. 우리 민족을 해방시켜준 선물이라고 생각했었지. 소설이 아니었다면 아직도 그렇게 생각하고 있었을 거야. 아버지가 히로시마 출신인데도…… 아버지가 원폭 피해자인데도 그렇게 생각했다는 거야. 웃기지 않냐?"

나는 허탈하게 웃었다. 입안이 마르는 느낌이 들었다. 나는 소주를 연거푸 따라 마셨다.

"천천히 마셔. 원폭 투하 덕분에 해방되었다고 생각하는 게 대한민국 사람들의 일반적인 정서지. 근데 왜 아버지가 히로시마 출신이라고 말 안 했어?"

"글쎄, 아닌 척 시치미를 떼고 싶었달까? 나랑 원폭과는 전혀 상관이 없다고……. 왜 나는 내가 원폭 피해자의 자식이라는 것이 이토록 이물스러운지 모르겠어. 난 솔직히 아버지에게서 달아나고 싶었어. 완벽하게 아버지를 떼어내 버리고 싶었다고나 할까? 소설을 쓰다 보니 아버지가 물귀신처럼 날 끌어당기는 것 같았어. 빌어먹을 가족사, 빌어먹을 원폭, 빌어먹을 한국의 히로시마 합천……."

흉터의 꽃

나는 소주잔을 홀쩍 비웠다. 천정에 매달린 형광등이 흔들리는 느낌이 들었다.

　"이런 정신 상태로 원폭 피해자에 관한 소설을 쓰겠다고 덤벼들었으니…… 이게 말이 된다고 생각해?"

　내 말에 K는 흐흐 웃었다.

　"정현재! 너 좀 취했구나. 너, 꼭 그 소설 마무리해야겠다. 난 그저 니가 합천 출신이라서 원폭에 관한 소설을 써보라 한 거지, 일단 주목성이 있으니까. 아버지가 히로시마 출신이라니, 당연히 그 소설 마무리해야지. 차분하게 써봐, 마음 조급하게 먹지 말고. 아버지가 보고 계시잖아. 아버지가 히로시마 출신이면 원폭 피해를 당하셨겠네?"

　"차라리 그랬으면 좋겠어."

　"그건 또 뭔 소리야?"

　"아버진 원폭 피해자로 등록이 되어 있긴 한데…… 원폭 피해 당시에는 다른 곳에 이사를 갔다는 거야. 우리 엄마 말처럼 무덤에 계신 아버지께 물어볼 수도 없고……."

　K는 답답하다는 듯 나를 쳐다보더니 입을 열었다.

　"그게 그렇게 중요한 거야? 아버지가 원폭 피해자인지, 아닌지?"

　"뭐?"

　"잘 생각해봐. 아버지와 너뿐만이 아니야. 모든 사람은 잠재적인 피해자야."

　뭔 엉뚱한 말을 하나 싶었는데 K는 담담하게 말을 이었다.

"전세계 핵무기가 만 오천 기가 넘는다면서? 그것뿐이겠어? 체르노빌이나 후쿠시마처럼 언제 터질지 모르는 원자력 발전소는 어떻고? 우리나라가 세계에서 원전 밀집도가 제일 높다면서? 북한 핵문제에다 사드 배치, 미국 전술핵 재배치 주장까지 나오는 판국이잖아. 언제 어떻게 터질지 몰라. 대한민국은 핵의 나라야. 우리 모두는 핵을 머리에 베고 살고 있어."

K가 언제부터 저렇게 핵문제에 관심이 많았던가. 나는 한 대 얻어맞은 사람처럼 K를 쳐다보았다.

"그만 일어나자."

K는 자리에서 먼저 일어서더니 술값을 계산했다. 원폭 피해자인지 아닌지 그게 중요하냐고 묻던 K의 말이 머리에 계속 맴돌았다. 대한민국은 핵의 나라야. 모든 사람은 잠재적인 피해자야. K의 말이 죽비처럼 나를 내리쳤다. 술이 확 깨는 것 같았다.

단 한 번의 만남으로도

"인옥아, 우예 지내노? 몸은 괜찮나?"

오랫동안 연락이 없던 친정엄마에게서 연락이 왔다. 사느라 바빠 인옥은 엄마에게 찾아가본 적이 없었다. 가뭄에 콩 나듯 전화를 하면 엄마는 늘 괜찮다고만 해서 그런 줄로만 알고 있었다. 엄마에게 가본 지 몇 년이 지났는지 기억도 가물가물했다. 마치 엄마를 없는 사람처럼 생각했다 싶어 모골이 송연했다. 세상에 이런 딸이 또 있을까 싶었다.

"난 잘 지내고 있지. 엄마는 별일 없어? 몸은?"

"내는 괜찮다."

"엄마, 내가 너무 무심했지? 연락도 한번 안 하고."

"무소식이 희소식이라 생각하미 지낸다. 내 걱정은 하지 마라. 인옥아, 내가 할 말이 있다."

"무슨 말?"

"니, 원폭복지회관이라꼬 합천에 생긴 거 아나?"

"원폭복지회관? 그게 뭔데?"

"내겉이 원폭 피해 당한 사람들 와서 살라 카던데 내 며칠 전에 원폭복지회관에 들어왔다."

"뭐?"

어떻게 딸한테 한마디 의논도 하지 않았는지 어이가 없었다. 하긴 생각해보니 엄마로서는 충분히 그럴 만도 했다는 생각이 들었다. 하도 사는 게 팍팍해 딸이 엄마를 나 몰라라 하고 살았으니 새삼스러운 일도 아니었다. 인우에게 당장 전화를 해봐야 겠다는 생각이 들었다. 원폭복지회관이 대체 뭐하는 곳인지, 왜 엄마가 그곳에 들어갔다는 것인지 알 수 없었다.

"엄마, 인우는? 인우하고 의논한 거야?"

"말라꼬 바쁜 아한테 신경을 쓰게 만들 끼고?"

무역회사에 근무하는 인우는 해외 출장이 잦은 편이었다.

"아무리 그래도 그렇지, 자식들에게 상의도 안 하고, 그런 델 들어가면 어떻게 해? 대체 뭘 믿고?"

"여 있는 할마시들 말 들어보인께 살기 핀타 카더라. 니도 인우도 살기 바쁠 기고 내 신경 쓰지 마라. 내는 인자 아무 걱정이 없다. 합천읍 원폭지부장이라 카는 양반이 서류 다 맨들어서 넣어주더라. 니는 아무 걱정도 하지 말고 신경 쓸 것도 없데이. 시간 나마 그냥 한번 내리와보라 카는 기다."

"정말 어이가 없네. 난데없이 웬 원폭복지회관이야?"

"안 바쁘마 한번 내리온나. 내리와보마 알 기다."

엄마는 그 말만 하고는 전화를 끊었다. 노인네가 무슨 생각으로 집을 놔두고 원폭복지회관으로 들어갔다는 것인지 납득이 되지 않았다. 요양원 같은 곳인가? 인옥은 고개를 갸웃했다. 한편으로는 안심이 되는 것도 사실이었다. 아무도 보살펴주는 이 없는 외딴 집에서 외로이 혼자 사는 것보다는 나을지도 모르겠

흉터의 꽃

다는 생각이 들었다. 죽은 뒤 한두 달이 지나서야 부패한 시체로 발견되는 노인들이 얼마나 많은가. 빈집에서 고독사한 노인네로 발견된다는 것은 생각만 해도 끔찍했다. 일단 합천에 가봐야지 내막을 알 수 있을 것 같았다. 자리를 펴고 누웠지만 이런저런 생각으로 잠이 오지 않았다. 내일 합천에 가보면 알겠지 뭐. 그런데 합천에 원폭복지회관이 다 생기다니, 왜 하필이면 다른 곳도 아닌 합천에 원폭복지회관이 생긴 것일까.

다음 날 인옥은 합천시외버스터미널에 내렸다. 원폭복지회관이 있다는 신소양까지 걸어갈까 생각했으나 마음이 급했다. 터미널 앞에 대기하고 있는 택시를 타니 채 5분도 안 걸리는 거리였다.

건물은 지은 지 얼마 안 되는지 외관이 깨끗했다. 인옥은 생활관 현관문을 밀고 들어가려다 멈칫했다. 원폭 2세 환우회 모임을 개최한다는 종이 안내문이 건물 입구에 붙어 있었다. 인옥은 자석에 끌린 듯 안내문 앞에 바짝 다가섰다. 원폭 2세 환우회? 인옥은 원폭 2세 환우라면 아마도 나 같은 사람을 말하는 것이 아닐까 하고 생각했다. 엄마와 아버지는 직접 원폭 피해를 당한 사람들이니 당연히 1세라는 말이고 2세라면 1세에게서 태어난 자식이었다. 내일 합천원폭지부 사무실 앞에서 모임이 열린다고 적혀 있었다. 자신과 같은 원폭 2세들이 있다니, 그들이 모임을 연다니 놀라웠다. 도대체 이 모임을 만들겠다고 처음 마음먹었던 사람은 누구일까? 그 사람은 어떤 사람일까? 원폭 2세들이 모여서 무슨 일을 하는지 알고 싶었다. 인옥은 합천에 내려온 김에 내일 저 모임에 꼭 참석해봐야겠다는 생각을 했다.

엄마가 입소해 있는 생활관으로 올라갔다. 생활관 입구에 있는 사무실에서 여직원이 나와 인옥에게 용건을 물었다. 엄마의 이름을 말하자 방 호수를 알려주었다. 거실에는 할머니들 몇 명이 밖을 내다보고 섰거나 의자에 앉아서 이야기를 하고 있었다. 엄마가 입소한 방은 2층 복도 끝 왼쪽 편에 있는 방이었다. 엄마와 한방을 쓰고 있는 할머니들은 밖에 운동이라도 나갔는지 보이지 않고 방 안에는 엄마 혼자 있었다.

"엄마!"

"왔나?"

엄마가 인옥을 보자 반색을 했다. 엄마의 입성이 전에 없이 깨끗하고 안색이 좋아 보였다.

"생활할 만해?"

"선상님들도 좋고, 밥도 잘 나오고, 청소도 해주고, 내 생전에 이런 날이 올 줄은 꿈에도 몰랐다. 삼시 세끼 따신 밥 묵고 방도 따시다. 호사도 이런 호사가 없다. 죽기 전에 이만하마 호강하는 기다. 느거 아부지도 여 들어왔으마 좋았을 낀데."

엄마는 나달나달해진 손수건으로 눈시울을 닦았다. 붉은 꽃무늬가 있는 노란 손수건이었다. 30년도 더 된 낡은 손수건을 엄마는 늘 몸에 지니고 다녔다. 아버지가 합천장에서 사온 손수건이라고 엄마는 그 손수건을 무슨 보물처럼 여겼다. 인옥은 노란 손수건을 볼 때마다 다 늙은 노인네가 웃기지도 않는다고 생각

흉터의 꽃

했다.

"아버지 이야기는 왜 해? 난 아버지가 술 마시고 엄마 때린 거 생각하면 아직도 미워 죽겠어. 엄마는 아직도 아버지 보고 싶구나."

"보고 싶지. 와 안 보고 싶겠노? 인규 죽고 혼이 나가는 바람에 사람이 이상해졌다만 느거 아부지 겉은 사람이 오데 있다고? 천지간에 그런 사람 없다."

"엄마는 정말 일편단심 민들레야. 아버지한테 원망도 안 남았어?"

"원망이 와 남노? 불쌍하지."

"술만 안 마시면 아버지가 엄마한테 진짜 잘하긴 잘했지. 그거 하난 인정해. 근데 엄마는 여기 들어올 생각을 어떻게 했어?"

"합천읍에 있는 원폭지부에서 지부장이 나와갖고 원폭복지회관이 생겼다고 카는 기라. 우리 동네 와서 자꾸 카더라. 촌에서 혼자 사는 기 힘들 긴데…… 복지관 들어가는 기 좋다고 케사서…… 고마 들어오기로 마음묵은 기다. 진작에 들어올 걸 그랬다. 여 사람들이 다 좋다."

"그동안 내 사느라 바빠서…… 엄마한테 신경도 한번 못 썼는데……."

"인옥아, 내는 죽을 때까지 여서 지내마 된다. 내 걱정 하지 말고…… 니 살 도리만 하면 된데이. 내는 니가 마음 편히 지내는 기, 몸 성히 지내는 기, 젤로 원이다."

"늘 엄마 걱정만 시키고……. 엄마, 내가 엄마한테 너무 미안해."

"야가 뭐라 카노? 니 죄가 아이다. 다 이 엄마 죄다. 몸도 성케
낳아주지도 못하고……."

"엄마 별소리를 다 하네. 그게 어떻게 엄마 마음대로 돼? 나도
마찬가지야. 진수를 저렇게 낳고 싶어서 낳았겠어?"

"그래, 그거는 인력으로 안 되는 일이제? 니가…… 다리가 아
파서 자꾸 넘어지는데도…… 니한테 모질게 등짝이나 때린 거
생각하마…… 아직도 눈물이 앞을 가린다. 와 창호 눈치를 그렇
게 봤을꼬? 천지간에 내 새끼만큼 중한 기 오데 있다꼬. 내가 다
시 니를 키울 수 있다 카마 울매나 좋을 끼고? 세상에 둘도 없는
거맨키로 위해줄 낀데? 에미 원망 많이 했제?"

인옥은 눈시울이 뜨끈해졌다. 또 쓸데없는 눈물이 터져나오려
했다.

"난 엄마가 얼마나 힘든 줄도 모르고 엄마가 시장에라도 다녀
오는 걸 보면 숨기 바빴어. 애들이 우리 엄마 괴물이라고 놀리
면 어쩌나 싶어서…… 엄마가 우리 엄마가 아닌 척하느라고……
늘 숨어버렸어. 엄마, 내가 더 미안해."

"야가 빌소리를 다 한다. 괘안타. 다 괘안타."

엄마가 인옥을 끌어안고 등을 툭툭 두드렸다. 목이 울컥 메었
다. 자식을 키워봐야 부모의 마음을 조금이라도 짐작하게 된다
고 했던가. 성질 고약한 이복 오빠의 등쌀 때문에 친자식도 감
싸주지 못한 엄마의 마음을 이제야 조금은 이해할 수 있을 것만
같았다.

흉터의 꽃

합천원폭지부 사무실 앞에 마련된 공간에 스무 명 정도 되는 사람들이 앉아 있거나 서 있었다. 다들 어딘가 몸이 불편해 보였다. 한 청년이 사람들 앞에 나왔다. 인옥은 놀라서 눈이 크게 벌어졌다. 마치 뼈에다 가죽을 입혀놓은 것처럼 삐쩍 마른 청년이었다. 분명히 얼굴은 어른이 맞긴 한데 중학교 1학년 정도로 보일 만큼 몸집이 작았다. 한눈에 보기에도 병색이 완연한 청년이 사람들에게 자료를 나눠주고 있었다. 땀이 줄줄 흘러내리는 한여름이었지만 그는 긴팔 점퍼에 목수건까지 감고 연신 숨이 멎을 듯 기침을 했다. 중환자실에서 호흡기를 쓰고 누워 있어야 할 만큼 병이 위중해 보였다. 병원에서 아픈 사람들을 보는 게 일상인데도 청년의 모습은 인옥을 충격에 빠뜨리기에 충분했다. 연약한 몸집은 누군가 힘을 줘서 누르면 감자칩처럼 파삭하고 부서질 것만 같았다. 인옥은 그에게서 잠시도 눈을 떼지 못했다. 사람들을 둘러보며 그가 입을 열었다.

"안녕하십니까? ……저는 부산에 사는 김형률입니다."

그는 가쁜 숨을 몰아쉬고 연신 기침을 하며 쉰 목소리로 입을 열었다. 김형률이란 이름 세 글자는 고통스러운 기침소리와 함께 인옥의 뇌리에 깊이 각인되었다.

"어머님이 원폭 피해자이시고…… 저는 폐가 정상인의 20 내지 30퍼센트 정도밖에 기능을 못합니다. ……시도 때도 없이 찾아오는 폐렴으로 집과 병원을 오가며…… 힘겹게 생활하고 있습니다. ……고통을 겪은 자만이 그 고통의 진가를 알 수 있습니다."

그 순간 인옥은 뭔가에 세게 얻어맞은 것만 같았다. 고통을 겪은 자만이 그 고통의 진가를 알 수 있다는 말은 인옥이 늘 가슴에 담고 있는 말이기도 했다. 아픔을 겪은 사람만이 아픔을 더 잘 알 수 있는 법이라고 생각하며 지금까지 환자들을 돌보지 않았던가. 어릴 때부터 지금껏 아프지 않은 날이 거의 없었다. 그랬기 때문에 환자들의 아픔이 바로 내 아픔처럼 느껴지곤 했다. 환자들의 눈빛만 봐도 알 수 있었다. 그런데 저 청년은 어떻게 내 마음을 저토록 잘 알고 있을까. 인옥은 그의 말을 한 마디도 놓치지 않기 위해 정신을 바짝 차렸다.

"고통은 고통을 겪은 당사자만이 해결할 수 있습니다. ……원폭 피해 당사자인 우리들이…… 스스로 문제를 올바르게 인식하고 싸워나갈 때…… 비로소 문제를 해결해 나갈 수 있습니다."

청년은 마치 수백 개나 되는 계단을 급히 올라온 사람처럼 숨을 가쁘게 몰아쉬었다.

"오늘 모임은 정말 뜻깊은 모임입니다. ……원폭 환우 2세 첫 모임을…… 한국의 히로시마 합천에서 가지게 되었습니다. ……오늘 이 원폭 2세 환우 모임은…… 환우회의 정체성을 만들어가는 첫 출발점입니다. 서로가 서로에게 힘이 되어 각자의 아픔을 극복할 수 있기를 바랍니다. ……우리 주위에는 원폭 후유증 때문에 고통을 겪고 있는…… 2세, 3세들이 많습니다. ……다시는 이 땅에 핵으로 인해 고통받는 사람은 없어야 합니다. ……어떠한 일이 있어도……우리 원폭 2세 환우들의 삶은 계속되어야 합니다."

다시는 이 땅에 핵으로 인해 고통받는 사람은 없어야 합니다. 어떠한 일이 있어도 우리 원폭 2세 환우들의 삶은 계속되어야 합니다. 팽팽하게 당겨진 천이 양쪽으로 쫘악 갈라지는 광경이 떠올랐다. 인옥은 자신의 내부에 있던 그 무엇인가가 땅이 쩍 갈라지듯 갈라지는 소리를 들은 기분이었다.

세상에 나 혼자만 이런 병을 앓고 있나 하는 생각이 들면 억울하고 외롭고 서러웠다. 그런데 몇 배나 더 힘들게 살아온 사람도 있었던 것이다. 당장 숨이 멎을 듯 기침을 하고 있는 저 청년이 겪고 있는 고통은 그 무엇과도 비교할 수 없는 고통이 아닌가?

유전이라고 했다. 청년은 원폭 2세들이 겪는 고통은 원폭으로 인한 유전 때문이라고 했다. 지금까지 자신의 인생을, 엄마의 인생을, 가족 전체의 인생을 다 망쳐놓은 모든 병이 원폭으로 인한 유전 때문이었다니. 믿을 수가 없었다. 지독히도 운이 나빠서, 친정엄마의 말처럼 전생의 업 때문인지도 모른다고 생각하며 체념하며 살아오지 않았던가. 만약 유전이라면, 어쩌면 자신의 병뿐만 아니라 진수의 병마저도 원폭 때문이 아닐까. 그것은 인옥 자신이 겪은 일이 아니라 부모가 겪은 일이었다. 엄마와 아버지가 겪은 일 때문에 내가, 내 자식마저 고통을 받아야 하다니 말도 안 되는 일이었다. 아니 부모의 잘못도 아니었다. 부모들도 단지 나라를 빼앗긴 바람에 먹고살기 위해 일본으로 건너갔다가 원폭 피해를 당했던 것이다. 저 가녀린 청년은 어떻게 이 모든 사실들을 알아낸 것일까? 저 청년은 갑자기 어디에서 나타난 사람이란 말인가. 그가 마치 다른 세상에서 온 사람 같았다.

"지난 7월 21일에…… 원폭피해자복지회관에서…… 일본의 사단 건강 상담 사업이 진행되었습니다. ……일본 나가사키현이 의사단을 합천에 보내…… 한국 피폭자에 대한 건강진단을 했으나…… 원폭 2세 환우 6명…… 그리고 가족 15명은 건강 상담을 받지 못했습니다. ……일본은 원폭의 유전성을 부인하고 있습니다. ……원폭 환우 2세의 존재를 인정하지 않는…… 나가사키현 담당 공무원들에게 한국 원폭 2세 환우들의 실상들을 인식시키고…… 환우회 요구사항을 전달했습니다. ……원폭 후유증을 앓고 있는…… 원폭 2세 환우들의 생존권 보장과 인권 회복을 위해서…… 한국 정부와 일본 정부는 노력해야 한다고 말했습니다."

김형률은 연신 기침을 하면서도 사람들 앞에서 그간 있었던 활동 상황들에 대해 보고했다. 그는 수건으로 땀을 닦으며 힘겹게 말을 이어갔다.

"그리고 현재 진행 중에 있는…… 국가인권위원회의 '원폭 피해 2세 건강실태조사'에 대해서도…… 간략하게 보고 드리도록 하겠습니다. ……먼저, 실태조사의 연구기관으로 '인도주의실천의사협의회'가 선정되어 조사를 진행하고 있습니다. ……앞으로 정부 차원의 광범위한…… 한국 원폭 피해자 1세와 2세들에 대한 실태조사가 이뤄져야 할 것이며…… 원폭 후유증을 앓고 있는 원폭 2세 환우들에 대한…… 최소한의 생존권 보장인 '의료원호'가 반드시 실시되어야 할 것입니다. ……정부 차원에서 '선

지원 후규명'의 방법으로…… 원폭 2세 환우 문제가 해결되어야
합니다."

인옥은 뭐가 뭔지 잘 알아들을 수 없었다. 일본 사람들이 왜
합천에 와서 건강 진단을 했다는 것인지, 정부에 무엇을 요구한
다는 것인지. '선지원 후규명'이라는 처음 듣는 말이 어렵기만 했
다.

"이번 환우회 모임은…… 원폭 후유증을 앓고 있는 원폭 2세
환우분들과 부모님들이 한자리에 모여…… 그동안 말하지 못했
던…… 묻어두고 살아가야 했었던…… 각자의 아픔들을 드러
내고 공유하는 모임입니다. ……원폭 후유증의 고통을 용기 있
게 드러내고…… 하고 싶은 말씀이 있으시면…… 기탄없이 들
려주시기 바랍니다."

그가 힘겹게 말을 마치고 자리에 모인 사람들을 둘러보자 사
십대 후반쯤으로 보이는 한 여자가 일어서서 자기소개를 했다.
대구에서 온 원폭 2세 환우인 그녀는 대퇴부무혈성괴사증을 앓
고 있다고 했다. 인옥은 귀가 번쩍 띄었다. 자신과 똑같은 병을
앓고 있다는 말에 귀를 곤두세웠다. 그녀의 남동생은 다운증후
군을 앓고 있다고 했다. 그녀는 30세 이전부터 대퇴부무혈괴사
증을 앓았는데 3년 동안은 움직일 수 없을 정도로 상태가 악화
되었다고 했다. 1년 전에 양쪽 다리를 수술했고 지금은 걸을 수
있지만 오래 걷지는 못한다고 했다. 그녀는 끝 모를 병원비 부담
으로 생계가 어렵기 때문에 정부에서 의료비 지원을 해주어야
한다고 이야기를 마쳤다. 그녀가 말을 마치자 허리가 구부정하

고 주름이 가득한 할머니가 입을 열었다.

"지는 합천 용주면에 살고 있습니더. 우리 아들 둘이는 날 때부터 정신이 온전치 못합니더."

할머니 옆에는 한눈에 보기에도 정신지체로 보이는 사십대의 두 남자가 앉아 있었다. 그들은 사람들을 멍하니 쳐다보기도 하고 히죽히죽 웃기도 하고 책상을 두드리기도 했다.

"하루도 눈물이 마를 날이 없십니더. 두 놈 다 장개도 몬 보내고 총각귀신으로 늙어 죽을 낀데…… 내가 죽으마 야들은 우예 살꼬 싶어서 걱정이 태산입니더. 밥을 지대로 챙기 묵겠습니꺼, 옷을 지대로 빨아입겠습니꺼? 그렁뱅이맨키로 사람들 손가락질 받으미 살 낀데 죽어서도 눈을 못 감을 깁니더. ……우리 언니도 내캉 원폭 피해를 당했는데 우리 언니 아들도 야들처럼 정신이 온전치 못해갖고 아들들 걱정에 하루도 편할 날이 없어예."

할머니가 눈물을 훔치며 말을 마치고 나자 오십대 후반쯤으로 보이는 남자가 일어서서 말했다.

"지는 합천 초계면에서 온 원폭 2세입니더. 저희 부친께서 히로시마로 강제 연행되어서 공장에서 일하다가 피폭을 당했습니더. 우리 아들이 지금 스물일곱인데 전신탈모 때문에 고생을 이만저만 한 기 아이라예. 19세부터 탈모가 시작되어 전국을 돌아다니며 큰 병원에서 치료를 받았지만 증세는 점점 더 심해지기만 하고 나을 기미가 안 보입니더. 지금까지 아들의 의료비로 쓴 돈이 2억 원이 넘십니더. 아들이 아프기 전에 집 근처에서 대형 축사를 해서 돈도 좀 벌었는데 아들 치료비로 다 쓰고 이제 우

흉터의 꽃

째 묵고살아야 될지 한숨만 나옵니더."

2억이란 어마어마한 돈이 들었는데도 몸이 더 나빠지기만 하다니 얼마나 기가 막힐지 짐작이 갔다.

인옥은 모인 사람들을 하나하나 둘러보았다. 원폭의 고통을 몸에 새긴 이 사람들이 세상에 자신을 드러내기까지 얼마나 큰 용기가 필요했을까. 사람들의 이야기를 듣다 보니 원폭의 고통이 1세뿐만 아니라 2세에도 대물림되는 게 절절히 느껴졌다. 눈앞에 앉아 있는 사람들, 그리고 무엇보다 인옥 자신의 몸이 그 증거였다. 2세뿐 아니라 3세까지 대물림되고 있다는 증거도 있지 않은가. 뇌성마비로 태어난 진수가 증거가 아니고 무엇이란 말인가. 자리에 모인 사람들이 자신들이 겪고 있는 병마의 고통에 대한 증언을 끝내자 김형률이 다시 말을 이었다.

"각자 간직하고 있었던…… 누구에게도 얘기할 수 없었던 아픔들을…… 이렇게 용기 있게 드러내주셔서 감사드립니다. …… 원폭 2세 환우와 원폭 피해자 가족들은…… 형언할 수 없는 고통 속에 놓여 있습니다. ……원폭 2세 환우와 원폭 피해자 가족들은…… 일본 제국주의의 불법적인 식민지 수탈 정책과…… 침략 전쟁에 의해서 존재할 수밖에 없었습니다. ……원폭 2세 환우 문제는 결코 개인의 문제가 아닌…… 국가와 사회의 문제임에도 불구하고…… 지난 수십 년 동안 개인의 문제로 인식하도록 강요당해왔습니다. ……또한 일본 정부의 차별적인 피폭자 원호 정책으로…… 인권이 유린된 삶을 살아가고 있습니다. ……이와 같이 인간으로 태어나 인간답게, 사람답게 살아가지 못하고…… 인간의 존엄성마저 스스로 포기하도록 만드는 고통스러운 삶을…… 이어가야만 하는 것이 과연 정당한 일인지…… 국가와 사회에 반문하지 않을 수 없습니다. ……국가와 사회로부터 소외와 차별을 받는 것은…… 또 다른 국가권력으로부터의 폭력을 당하는 것이며…… 인권유린을 당하는 것이 될 것입니다."

그는 말을 하다 멈추고 한참 기침을 했다. 저러다 숨이 멎는 게 아닌가 해서 보는 사람의 가슴이 타들어가는 지독한 기침이었다. 인옥은 청년이 말을 하는 것이 아니라 피를 토하고 있다는 생각이 들었다.

"아울러 한국 정부와 일본 정부는…… 전쟁범죄 피해자들인 원폭 2세 환우들에 대한 선지원 후규명으로…… 하루속히 국가의 책임과 의무를 다해야 할 것입니다…… 오늘 첫 환우 모임은…… 서로의 아픔을 공유할 수 있었던 것만으로도…… 큰 의미가 있었다고 생각합니다. ……앞으로 한국 원폭 2세 환우회는…… 환우회 모임을 합천에서 지속적으로 가지면서…… 원폭 후유증을 앓고 있는 원폭 2세 환우와 부모님들의 아픔을 서로 공유하고…… 함께 해결해 나갈 수 있도록 노력할 것입니다. 그리고 결코 원폭 2세 환우 문제는 개인이나 가족의 문제가 아니라…… 국가와 사회가 함께 책임져야 할 문제라는 점을…… 인식시켜 나가야 할 것입니다. 아프면 아프다고 말할 수 있어야 합니다. ……어떠한 일이 있어도 우리 원폭 환우 2세의 삶은 계속되어야 합니다!"

흉터의 꽃

그는 마지막 말을 힘겹게 마무리했다. 아프면 아프다고 말할 수 있어야 합니다. 우리 원폭 환우 2세의 삶은 계속되어야 합니다! 금방이라도 쓰러질 것 같은 사람, 금방이라도 숨이 멎을 것 같은 사람, 죽음을 등 뒤에 짊어지고 있는 듯한 병약한 한 청년이 온몸의 힘을 다 쓴 치약 짜듯 짜내어 한 말이 인옥의 가슴을 날카롭게 찔렀다.

김형률이라는 저 청년은 원폭의 후유증이 유전된다는 사실을 어떻게 알아냈을까. 색도 없고 냄새도 없고 눈에 보이지도 않고 귀에 들리지도 않는 방사능이라는 괴물이 부모들의 몸속에 남아 있다 자식들에게까지 대물림된다는 것을 어떻게 알아냈을까. 부모의 혈관 속으로 피부 속으로 뇌 속으로 파고든 불가사의한 죽음이 자식들에게 대물림되어 자식들의 생을 산산조각 내버린다는 것을 어떻게 알아냈을까.

인옥은 이상한 기분에 휩싸였다. 다른 세계로 발을 들여놓은 것만 같았다. 김형률을 만나기 전과 만난 이후의 삶으로 삶이 두 동강이 나버린 느낌이었다. 단 한 번의 만남으로도 생을 뒤흔드는 이상한 힘을 가진 사람이 있는데 김형률이 바로 그러했다. 야위고 왜소한 몸속에 간직한 불길로 자신의 몸을 태워 진실의 한 조각을 나누어준 것 같았다. 그 불은 어떤 바람에도 꺼지지 않고 타오르는 불씨였다.

진수의 몸은 마른 장작을 만지는 느낌이었다. 따뜻한 물을 받아와서 수건에 물을 적셔 진수의 얼굴과 손과 발을 구석구석 닦아주었다. 마른 수건으로 물기를 닦고 팔과 다리를 주물렀다. 죽은 고목에서도 기적처럼 잎이 돋아나듯 굳어버린 진수의 관절과 근육이 부드럽게 풀려 제 힘으로 움직일 수 있다면 얼마나 좋을까. 아직도 헛꿈을 꾸다니 인옥은 도리질을 했다. 누워 있는 진수의 얼굴 위로 연신 기침을 하던 한 청년의 모습이 겹쳐졌다.

김형률이라는 청년은 자신에게 얼마나 많은 질문을 했을까? 왜 나는 이런 몸을 가지고 태어났을까? 왜 나는 다른 사람처럼 건강하게 태어나지 못했을까? 그는 병으로 고통받는 원폭 2세들이 자신에게 수없이 퍼부었던 그 질문의 밑바닥까지 내려갔을 것이다. 다들 그 질문의 밑바닥에 무엇이 숨어 있는지 두려워서 가닿지 못했던 곳까지 내려가 보았을 것이다. 혼자서 그 밑바닥으로 내려가는 동안 두려워서 도망치고 싶지 않았을까. 외면하고 싶지 않았을까. 원폭의 진실과 대면하기 위해 어쩌면 그는 자신의 전 생애를 걸고 있는지도 몰랐다.

왜 나만 이런 고통을 당해야 하는가. 왜 내 자식만 저렇게 평생을 장애인으로 누워 지내야 하는가. 왜 우리 엄마는 저렇게 끔찍한 얼굴로 평생을 죄인처럼 살아야 하는가. 왜? 왜? 왜? 왜라는 질문은 낚싯바늘처럼 폐부를 찌르며 인옥의 생을 따라다녔다. 왜라는 질문을 자신에게 퍼부을 때마다 인옥은 칼날 위를 걸어가는 것만 같았다. 아무리 질문을 해보아도 답은 찾을 길이 없었다. 기껏 찾아낸 답은 병 때문이었다. 병과 가난은 삼쌍둥이처럼 붙어서 떨어지지 않았다. 그냥 남보다 운이 없어서였다고, 병약한 체질을 타고났기 때문이라고, 엄마 말처럼 전생에 지은

흉터의 꽃

죄가 컸기 때문이었다고 체념하며 살아온 세월이었다.

김형률은 고통의 당사자가 직접 나서야만 한다고 했다. 당사자가 나서지 않으면 아무도 원폭 2세 환우의 고통을 해결해줄 수 없다고. 김형률의 말처럼 정말 당사자들이 나서면 원폭 2세들이 겪어온 아픔이 해결될 수 있을까? 달걀로 바위를 치는 일일지도 몰랐다. 어쩌면 김형률은 대답 없는 풍차를 거인이라고 생각하고 돌진하고 있는 돈키호테처럼 무모한 청년일지도 몰랐다.

합천 환우회 모임에 다녀온 뒤부터 인옥의 머릿속에는 두 가지 생각이 끊임없이 교차하고 있었다. 김형률의 말대로 당사자로서 원폭 환우 2세 모임에 가입해 조금이라도 힘을 보태야 하는 게 아닐까 하는 생각도 있었지만 내 앞가림도 못하는 주제에 무슨 오지랖인가 싶기도 했다. 머리가 복잡했다.

인옥은 원폭 환우 2세회에 전화를 걸려다가 몇 번이나 수화기를 들었다 놓았다 했다. 내 코가 석 자였다. 먹고사는 것도 문제였고 아들 진수와 시어머니를 보살피는 것도 보통 일이 아니었다. 애초에 일주일에 한 번씩 들러서 보살펴주려고 작정했는데 이런저런 일로 일주일에 서너 번씩은 들러야 할 일이 생기곤 했다. 어쨌든 진호가 군에서 제대하고 나면 생각해보자고 인옥은 원폭 환우 2세 모임에 가입하는 것을 미루고 있었다.

인옥은 시어머니와 진수를 정성껏 간호했다. 밥을 해먹이고 목욕을 시키고 빨래를 하고 반찬을 만들었다. 틈이 나면 시어머니에게 말을 걸었다. 자신이 간호했던 환자들에 대한 이야기, 가족들의 이야기를 했다. 듣는지 안 듣는지 모르겠지만 전래동화를 읽어주기도 했다. 나무꾼과 선녀 이야기, 심청전, 박씨전을 읽어주었다. 박씨전을 읽으며 엄마를 생각했다. 박씨처럼 어느 날 갑자기 엄마도 허물을 벗고 화상을 입지 않았을 때의 깨끗하고 고운 얼굴로 돌아간다면, 나도 병을 앓지 않았던 때로 돌아간다면, 진수도 벌떡 일어나 걸을 수 있다면 하는 부질없는 생각을 하며 쓴웃음을 지었다. 지나간 과거는 되돌릴 수 없지만 현재와 미래는 바꿀 수 있다고 믿는 한 청년의 얼굴이 떠올랐다. 그 청년의 손을 선뜻 잡지 못하고 있는 자신의 손이 부끄러웠다.

시어머니는 인옥이 목욕을 시켜줄 때 가장 좋아했다. 욕조에 따스한 물을 받아놓고 시어머니의 몸에 비누칠을 했다. 인옥은 시어머니에게 말을 걸었다.

"아이고 우리 어머니, 참 이쁘네. 살결도 아직 비단이고 새색시 같네. 이러니, 아버님이 어머니한테 반했지."

시어머니는 인옥의 말을 알아들었는지 함박웃음을 지었다. 아이처럼 천진해 보였다.

"어머니, 근데 왜 옛날에는 저를 그렇게 미워하셨어요? 저는 어머니 안 미워했는데…… 제가 그렇게 미웠어요?"

"내가 운제 니를 미워했다고 그카노?"

깜짝 놀라서 손을 멈추고 시어머니를 쳐다보았다. 마치 다른 사람이 말한 것만 같았다.

"어머니…… 방금 뭐라고 하셨어요?"

시어머니는 인옥을 빤히 쳐다보았다. 정신이 잠깐 돌아온 모양이었다.

흉터의 꽃

"어, 어머니, 진짜 저를 안 미워하셨어요?"

"야야, 내는 니 미워한 적 없다. 니만큼 내한테 잘해준 사람이
오데 있다꼬? 참말로 고맙데이."

눈에서 눈물이 주르르 흘렀다. 아, 이 말 한마디면 되었다 싶
었다. 시어머니에게 모진 설움과 구박을 당했던 일들과 가슴에
박혀 있던 모진 말들이 눈이 녹듯 스르르 녹아버리는 것만 같
았다. 가슴에 단단히 응어리져 있던 설움들이 스르르 풀어져버
렸다. 이렇게 풀어버리면 그만인 것을, 이렇게 간단한 것을. 그토
록 서로가 서로에게 상처를 주며 살아낸 세월들이 덧없게 느껴
졌다.

아무리 치매 환자라 하더라도 진심으로 대하면 진심은 어떻
게든 통한다는 생각이 들었다. 시누이와 시동생과 올케는 시어
머니를 보러 오면 건성으로 얼굴만 들여다보고 후딱 일어서는
게 일이었다. 시어머니의 손을 잡는 것도 의무적으로 잡는 것이
눈에 보였다. 인옥은 가식적으로 아픈 사람들을 대하는 것이 싫
었다. 특히나 중중장애인들을 징그러운 벌레 보듯 하며 마치 더
러운 물건을 만지는 것처럼 겨우 손끝으로 손을 잡는 사람들이
싫었다. 정신이 온전하지 못한 장애인들도 자신들을 진심으로
대하는지 아니면 억지로 가식적으로 대하는지 너무나 잘 알고
있었다. 치매 환자인 시어머니에게 진심을 보여주었기 때문에 기
적과도 같은 순간이 찾아왔는지도 몰랐다. 인옥은 시어머니의
몸에 묻은 비누거품을 깨끗이 씻어내었다. 비누거품이 하수구
구멍 속으로 사라져갔다.

휴대폰에 문자가 도착했다는 신호음이 들려 확인해보았다. 전 남편에게 온 문자였다. 그런데 문자가 이상했다.

엄마 내일 꼭 오세요. 보고 싶어요.

엄마라니? 이 남자가 미쳤나 하는 생각이 들었다. 하다 하다 별짓을 다 한다는 생각이 다 들었다. 내일이 시어머니를 돌보러 가는 날이었다. 엄마 내일 꼭 오세요라니, 인옥은 화가 치밀어 남편에게 전화를 걸었다.

"허허, 이게 누구야? 도대체 몇 년 만이야? 박인옥 여사 잘 지내셨나? 나는 안 보고 싶으신가?"

느물거리는 남편의 말투는 하나도 변한 게 없었다. 욕지기가 치밀었다.

"이게 뭐하는 짓이야?"

"뭐?"

"당신이 문자 보냈잖아. 미쳤어? 엄마 내일 꼭 오세요. 이게 뭐야?"

"내가 미쳤냐? 그 문자 당신 아들이 보냈어."

"뭐라구? 진수가?"

인옥은 놀라서 소리를 질렀다. 진수가 문자를 보내다니 말도 안 되는 일이었다.

"보드판에 휴대폰 좀 달라고 써놓았길래 줬지. 한참 동안 휴대폰 들고 끙끙거리더니 문자를 그렇게 찍어서 보내더만. 굼벵이도 구르는 재주가 있다더니, 이놈이 문자를 보내는 거 보고 나도 놀랬어."

흉터의 꽃

"진수 귀에 전화 좀 대봐."

"말도 못하는 놈하고 통화나 할 수 있어?"

"그냥 바꿔!"

인옥이 소리를 빽 질렀다. 잠시 뒤 진수의 으으, 하는 소리가 들렸다.

"진수야! 엄마한테 문자 해줘서 고맙다. 내일 꼭 갈게. 걱정하지 마."

진수가 어어, 하고 대답을 했다. 비록 제 휴대폰은 아니지만 처음으로 문자를 한 진수였다. 보통 사람들에게는 식은 죽 먹기였겠지만 진수는 사력을 다해 한 자 한 자 눌렀을 것이다. 어떻게 문자를 할 생각을 다 했을까. 그 간절한 마음을 읽을 수 있을 것만 같았다. 나도 다른 이들처럼 자유롭게 세상에 나가고 싶다는 아들의 외침 같기도 했다. 나도 다른 사람들처럼 휴대폰으로 누군가와 소통하고 싶고, 밖으로 나가서 하늘도 보고 나무도 보고 거리를 오가는 사람들도 보고 싶다는 아들의 간절한 소망이 읽혀졌다. 인옥은 그날 당장 휴대폰 매장으로 가서 문자를 하기 편한 휴대폰을 샀다. 뇌성마비 1급 장애인 아들에게 휴대폰을 사주게 되는 날이 올 줄 꿈에도 생각해본 적이 없었다. 다시 태어난 아들이 세상으로 한 발자국씩 내딛으려고 하고 있었다.

벚꽃이 하롱하롱 떨어지고 있었다. 인옥은 아련한 기분이 들어 바람에 흩날리는 벚꽃을 바라보았다. 맞은편에서 젊은 남자가 휠체어를 밀면서 걸어오고 있는 모습이 보였다. 휠체어에는 곱게 화장을 한 젊은 여자가 타고 있었다. 화장한 얼굴과 화사한 옷차림 덕분에 여자는 언뜻 보기에는 장애인으로 보이지 않았다. 연분홍색 스웨터에 연두색 긴 치마 차림의 여자는 꽃처럼 화사했다. 교통사고를 당해 몸이 불편한 여자인가 했으나 뇌성마비 환자였다. 다른 사람들은 자세히 보아야 알 수 있겠지만 뇌성마비 환자 아들을 둔 인옥으로서는 쉽게 알아볼 수 있었다. 두 사람은 잠시 걸음을 멈추고 벚꽃이 떨어지는 모습을 바라보며 웃었다. 손바닥을 펼쳐 벚꽃을 잡으려는 여자에게 남자는 땅에 떨어진 꽃잎들을 주워서 눈처럼 흩뿌렸다. 곱다, 참 곱다. 그 말이 절로 튀어나왔다. 사랑하는 사람들이 곁에 있는 광경은 눈부시도록 아름다웠다. 서로에 대한 사랑을 표현하고 있는 모습을 인옥은 홀린 듯 한참 쳐다보았다.

25년 동안 방 안에 누워 있기만 했던 아들 진수의 얼굴이 떠올랐다. 진수도 또래 여자를 만나고 사랑을 하고 미래를 꿈꿀 수 있다면 얼마나 좋을까. 진수도 바깥나들이 정도는 할 수 있지 않을까. 꽃이 다 떨어지기 전에 진수에게도 벚꽃을 보여주고 싶다는 생각이 문득 들었다. 왜 이 생각을 못했을까. 당장 휠체어를 사러 가자. 휠체어만 있다면 진수에게도 나들이를 시켜줄 수 있다. 왜 늘 진수는 아무것도 못하고 방 안에 누워 있어야만 한다고 생각했을까.

인옥은 의료기구 판매상에 들렀다. 침대형 휠체어 가격은 만만치 않았다. 한 달 월급만큼 비싼 가격에 놀랐지만 진수에게 뭔가를 해줄 수 있다는 생각만으로도 뿌듯했다. 진수를 휠체어

흉터의 꽃

에 태우고 봄날의 풍경을 보여줄 생각에 마음이 한껏 부풀어 올랐다.

인옥은 휠체어를 방문 앞에 세워놓고 진수의 방으로 들어갔다.

"진수야! 우리 공원에 벚꽃 구경 가자."

"어, 어, 마!"

진수가 흥분을 했는지 소리를 질렀다. 벚꽃 구경이라니, 진수는 엄마가 농담한다고 생각했을지도 몰랐다.

"엄마가 휠체어 사왔어. 진수 벚꽃 구경시켜주고 싶어서."

"어, 어어!"

인옥은 진수의 옷을 갈아입히고 양말도 신겼다. 나무토막을 만지는 것처럼 진수의 몸은 뻣뻣했다. 몸이 불편한 환자들을 도와 휠체어에 앉혀본 일이 많았지만 완전히 몸이 굳은 진수를 휠체어에 태우기가 쉽지 않았다. 더군다나 엄마보다 훨씬 키도 크고 몸도 무거운 장정이었다. 바닥에 내동댕이칠까 봐 조마조마했다. 땀이 비 오듯 흘렀다. 이럴 때 남자들이 있다면 얼마나 좋을까 하는 생각이 잠깐 들었지만 인옥은 고개를 저었다. 남편이란 작자에게는 털끝만큼도 기대를 안 하는 것이 좋았다. 이를 악물고 용을 썼다. 진수를 겨우 휠체어에 태우고 한참 동안 가쁜 숨을 몰아쉬었다.

진수에게 신발을 신기려다 순간 멈칫했다. 신발이 없었다. 진수의 얼굴을 쳐다볼 수 없었다. 아들에게 신발이 필요하다는 생각을 한 번도 해보지 않은 엄마, 엄마가 아닌 엄마, 그 엄마가 바로 자신이었다. 신발장을 뒤져 진호가 신던 운동화를 진수의 발에 신겨주었다. 운동화가 헐렁해 끈을 풀어 세게 묶어주었다. 진수의 발에 꼭 맞는 신발, 발이 편한 신발을 오늘 당장 사주어야겠다고 마음먹었다.

난생처음 밖으로 나와보는 진수는 눈에 들어오는 모든 풍경이 신기한지 눈동자를 희번덕이며 소리를 질렀다. 휠체어를 대로변으로 밀고 나온 인옥은 택시를 불러 세웠다. 휠체어를 본 택시들은 두 대나 그냥 지나쳐갔다. 세 번째 택시가 멈춰 서자 인옥은 안도의 숨을 내쉬었다. 택시 운전석에서 내린 덩치 큰 택시기사가 진수가 택시에 타는 것을 도와주었다. 휠체어를 접어 뒤 트렁크에 넣어주었다. 인옥은 택시기사에게 몇 번이나 고맙다고 머리를 숙이며 인사를 했다. 택시기사는 빙긋 웃었다.

"두류공원으로 가주세요."

"공원에 나들이 가시는가 봅니다."

"네, 처음 나들이 가는 거예요."

"아, 네."

택시기사는 고개를 끄덕였다. 진수는 바깥 풍경이 신기한지 차창에 눈을 대고 밖을 내다보았다. 진수의 몸은 끊임없이 뒤틀렸다. 인옥은 진수의 몸을 꼭 붙들었다. 차는 10분 만에 두류공원에 도착했다. 이렇게 가까운 공원에 진수를 데리고 나올 생각을 한 번도 하지 못했다니 얼마나 여유 없이 살았나 싶었다. 택시 운전사의 도움을 받아 진수를 휠체어에 태웠다.

"즐거운 나들이 되십시오."

흉터의 꽃

운전기사는 큰 소리로 인사를 하고 택시를 몰고 멀어져갔다. 고마운 이였다. 휠체어를 밀고 공원 안으로 들어갔다. 어제 내린 비에 벚꽃이 떨어져 볼품없었다. 그래도 이 정도라도 남아 있는 게 얼마나 다행이냐는 생각이 들었다. 진수는 눈을 치켜뜨고는 이곳저곳을 연신 쳐다보았다. 보통 사람들에게는 그저 그런 시시한 풍경일 뿐인데 방 안에 매일 갇혀 있던 진수의 눈에는 모든 것이 놀랍고 신기한 모양이었다. 풀 한 포기, 꽃 한 송이, 오가는 사람들, 바람에 날리는 벚꽃, 날아가는 새들을 바라보는 진수의 얼굴에는 흥분이 가득했다. 노랑나비 한 마리가 날아와 진수의 머리 위에 맴돌다 날아갔다. 진수가 버둥거리며 벚꽃을 향해 손을 뻗쳤다.

인옥은 진수의 말없는 말에 귀를 기울였다. 진수는 절규하고 있었다. 나도 사람이다. 방구석에 놓인 의자나 책상이나 옷걸이나 옷장이 아닌 사람이다. 사람으로 태어나 사람답게 누군가와 소통하고 감정을 표현하고 싶어 하는 인간이라고 말하고 있었다. 김형률이 옳았다. 삶은 계속되어야 한다는 그 말의 의미가 무엇인지 아들 진수를 통해 깨달았다. 진수를 위해서라도 김형률이 내민 손을 잡아야겠다는 생각이 들었다. 더 망설일 필요가 없었다.

인옥은 심호흡을 크게 하고 원폭 2세 환우회에 전화를 걸었다. 김형률 회장을 바꿔달라고 했다. 전화를 받은 남자의 목소리가 침통하고 어두웠다. 그는 잠시 침묵하다 김형률이 한 달 전에 세상을 떠났다고 말했다. 청천벽력이었다. 손에 들고 있던 휴대폰이 툭 떨어져버렸다. 이렇게 덧없이 가버리다니, 흰 목련이 툭 떨어지듯 가버리다니. 좀더 일찍 그의 손을 잡았어야 했다는 후회가 아프게 밀려왔다.

김형률은 2005년 5월 29일, 짧지만 불꽃같은 삶을 마감하고 말았다. 그는 극도로 쇠약해진 몸으로 일본으로 건너가 일본의 과거 청산을 요구하는 국제연대협의회 심포지엄에 참석했다. 그로부터 5일 뒤 김형률은 피를 토하며 쓰러졌다. 새벽까지 지인들에게 원폭 문제에 관련된 이메일을 보내며 의지를 불태우던 그가 그리 허망하게 가버릴 줄 아무도 알지 못했다.

한국 최초로 자신이 원폭 후유증을 앓고 잃는 원폭 2세임을 알린 청년, 국가에서 최초로 원폭 피해자 실태조사를 하도록 만든 청년, 원폭 2세 환우회를 만들고 '한국 원자폭탄 피해자와 원자폭탄 2세 환우회 진상규명 및 인권과 명예회복을 위한 특별법' 제정 운동에 온몸을 바쳐 투쟁하던 청년. 그는 대물림되는 병의 고통이 원폭으로 인한 유전 때문임을 세상에 외쳤다. 침묵 속에 갇혀 있던 원폭 2세 환우들에게 절대 꺼지지 않을 희망의 불씨를 나누어주고 떠났다.

그가 피워놓은 불꽃은 인옥의 가슴에서 활활 불타기 시작했다. 그의 손을 너무나 늦게 잡았다는 회한 때문이기도 했다. 하지만 그것 때문만은 아니었다. 김형률이 자신의 병약한 몸으로 원폭 문제를 제기했듯 인옥은 자신의 몸이 원폭 피해의 증거이자 하나의 상징임을 깨달았다. 내 몸은 단순히 내 자신만의 몸이 아니다. 내 아들 진수의 몸도 그렇다. 원폭의 끔찍한 화상 흉터가 그대로 남아 있는 엄마의 몸, 대퇴부무혈성괴사증을 앓는 자신의 몸, 그리고 뇌성마비 환자인 진수의 몸은 원폭 피해로 인한 과거와 현재와 미래를 말해주는 몸이었다. 원폭의 상처 위에서 평화의 꽃 한 송이를 피워낼 몸이었다. 김형률의 말처럼 아프면 아프다고 당당하게 말하고 싶었다. 원폭 환우 2세의 삶도 존중받을 권리가 있다고, 원폭 환우 2세들의 삶도 계속되어야 한다고 세상에 나가 외치고 싶었다.

환우회에 가입한 뒤로 인옥은 열성적으로 뛰어다녔다. 환우들의 집을 방문해 그들의 비통한 사연을 들을 때면 눈물을 쏟아야 했다. 태어나면서부터 귀가 안 들리는 사람, 정신병을 앓는 사람, 잘 보이던 눈이 스무 살 때부터 갑자기 멀기 시작해 시각장애인이 된 사람, 각종 운동을 즐길 정도로 건강하던 청년이 근육이 사라지는 병에 걸려 물건을 쥐기도 힘들어하는 사연을 들으며 손을 맞잡았다. 아내와 남편 둘 다 다운증후군인 원폭 2세도 있었다. 거친 바람에 흔들리는 꽃잎처럼 애달픈 사랑이었지만 그들의 사랑은 벼랑 끝에 위태롭게 서 있는 나무가 피워낸 꽃 한 송이 같았다. 벼랑 끝의 연약한 나무들도 혼신의 힘을 다해 꽃을 피워내고 있었다.

자신들의 병이 원폭으로부터 비롯된 줄을 알지 못하는 원폭 2세들이 부지기수였다. 건강한 자식들에게 피해가 갈까 봐 부모들이 원폭 피해 사실을 말하지 않은 경우가 많았기 때문이었다. 마치 큰 죄라도 지은 것처럼 피폭 2세라는 사실을 자신의 배우자에게까지 숨기는 사람도 허다했다. 인옥은 어둠 속에 숨어 있는 그들의 간절한 목소리를 외면할 수 없었다. 김형률이 인옥의 눈을 뜨게 만들어준 것처럼 그들이 눈을 뜨도록 도와주고 싶었다. 환우회의 활동 덕분에 상처와 고통을 부끄러워하며 숨기던 사람들이 상처를 용기 있게 드러내기 시작했다. 원폭 환우 2세들은 같은 처지의 사람들에게 상처를 드러내면서부터 닫힌 마음의 문을 조금씩 열었다. 인옥은 감추고 있던 상처를 드러내는 일이 상처를 치유하는 첫 걸음이 되는 것임을 깨달았다.

인옥은 원폭피해협회 합천지부나 대구경북지부 월례회에 꾸준히 참석해 도움도 요청하고 원폭 1세들을 통해 환우들을 찾아냈다. 김형률이 회장으로 있을 때 67명이었던 원폭 2세 환우회 회원은 몇 년 사이에 500명으로 늘어났다. 2008년 4월 인옥은 원폭 2세 환우회 3대 회장으로 선출되었다.

승준이 인옥의 옷자락을 잡았다. 조금 더 있다 가란 뜻이었다. 승준이는 뇌성마비 장애인이었다. 진수가 생각나곤 해 마음이 더 쓰였다. 열한 살인 승준이에게 동화책을 읽어주고 휠체어에 태워 근처 공원도 산책했다. 근 3년 동안 돌보아주다 보니 승준이는 인옥에게 정이 들었는지 늘 안 떨어지려 했다. 승준이를 간신히 떼놓고 나오는데 휴대폰 벨소리가 들렸다. 진호였다.

"엄마, 요즘 아들 사랑이 식었나 봐."

"그래, 요즘 엄마 바람이 나서 좀 바쁘단다."

"하여간 우리 박인옥 여사는 어디 가나 인기 폭발이네. 환우회 일로 많이 바쁜가 봐?"

흉터의 꽃

"그래, 일이 많아. 원폭지원 특별법이 국회에 계류 중인 거 알지? 그 때문에 증언대회에 참석하고 여기저기 쫓아다닌다고 바빴다. 너희 엄마 출세했어. 국회위원 나으리들 앞에서 연설까지 했다니깐."

"우와! 우리 박인옥 여사, 유명인사 다 되셨네. 사인 미리 받아 놔야겠어. 아무리 바빠도 아들도 신경 좀 써주고 그러시지. 그건 그렇고 이번 주 토욜 시간 좀 내줘."

"토요일? 왜?"

"엄마, 며느릿감 선 좀 보여주려고 그러지."

"며느리?"

그동안 진호에게 신경을 전혀 못 쓰고 있었는데 여자친구를 보여줄 생각인 모양이었다.

"아이구, 우리 아들 여자친구를 볼 날이 오다니! 기대된다."

"여자친구가 아니고 엄마 며느릿감이라니까."

"혼자 김칫국 마시는 거 아니냐?"

"엄마는 아들을 뭘로 보고? 이 외모에, 이 인간성에 어디 빠지는 것 하나 있음 말해보라구?"

"그래, 맞다. 우리 진호가 빠지는 게 어디 있겠냐? 장하다, 백 진호!"

말은 그렇게 했지만 인옥은 내심 불안했다. 생각이 깊은 진호가 사귀는 여자라면 괜찮은 사람일 거라는 믿음이 가면서도 남자친구의 엄마가 원폭 피해자 2세 환우라는 것을 안다면 사정이 달라질 것 같았다. 더군다나 남자친구의 형은 평생을 뇌성마비 환자로 방 안에서 누워 지내고 있지 않은가.

"엄마, 걱정하는 게 뭔지 알고 있어. ……엄마가 원폭 2세 환우회 활동하는 것, 그리고 형이 뇌성마비 환자라는 것, 우리 가족이 원폭 피해자 후손이라는 것, 현서에게 다 말했어."

"현서? 그 아가씨 이름이 현서구나. 그래, 현서 양은 뭐라고 했는데?"

"내가 어떤 사람이든 상관없다고, 나라면 다 괜찮다고, 내 가족이 어떻든 괜찮다고 했어."

아, 인옥의 입에서 옅은 한숨이 나왔다. 진호가 원폭 피해자의 자손이든 어떻든 상관없다고 한 그런 아가씨가 있다니, 믿기지 않았다. 진호의 과거와 현재와 미래까지도 사랑한다는 말이었다. 진호와 결혼해 아이를 낳는다면 혹시나 아픈 아이가 태어날지도 모르는 일이었다. 있는 그대로의 진호를, 진호의 상처까지도 전부 사랑한다는 말이었다. 인간으로 태어나 조건 없는 사랑을 부모가 아닌 타인으로부터 받는 일만큼 더 귀한 일이 있을까. 현서라는 아가씨의 두려움 없는 사랑을 받는 사람이 바로 아들 진호라는 사실에 가슴이 먹먹했다.

진호와 약속한 시간은 12시였다. 진호가 미리 예약해둔 한정식집에서 진호와 진호의 여자친구를 기다렸다. 아들이 결혼할 여자친구를 소개해주는 자리여서 인옥은 평소에 하지 않던 화장까지 하고 연분홍색 재킷에다 흰색 정장바지까지 입었다. 직원이 안내해준 예약석에 앉자마자 진호가 여자친구를 데리고 식

흉터의 꽃

당으로 들어왔다. 진호와 함께 온 아가씨는 단아한 인상이었다. 하늘색 원피스에 흰 재킷을 입고 있었다. 이마가 반듯하고 눈매가 고왔다. 저토록 고운 아가씨가 내 아들 진호의 짝이라니, 인옥은 가슴이 저릿했다.

"안녕하세요, 어머니. 첨 뵙겠습니다. 송현서라고 합니다."

"반가워요. 앉아요."

두 사람이 자리에 앉자 종업원이 다가왔다. 진호가 한정식 세트 메뉴를 주문했다.

"와, 우리 모친, 오늘 미인이시네. 안 하던 화장도 하고."

"원 녀석도. 우리 며느릿감한테 잘 보이려고 화장 좀 했다."

"어머니, 참 고우세요. 분홍색이 잘 어울려요."

진호의 여자친구가 미소를 지으며 한마디 했다. 어쩜 말도 저리 예쁘게 할까 싶었다. 종업원이 음식을 상 위에 차렸다. 반찬이 정갈하고 맛깔스러워 보였다.

"들어요."

"네, 어머니, 먼저 드세요. 말씀 놓으셔도 돼요."

인옥은 둘을 흐뭇하게 바라보았다.

"우리 진호랑은 언제부터 만났어요?"

"아, 네. 대학 입학하고 나서부터예요. 아참, 진호랑은 동갑이에요. 1학년 때 봉사동아리 활동하면서 만났는데 사람들 대하는 것 보면서 놀랐어요. 정말 따뜻하고 배려심이 있더라구요. 그 때문이 아니라 전 진호가 그냥 좋아요."

마치 물이 내미는 손길 같았다. 전 진호가 그냥 좋아요. 그 말이 부드러운 잔물결처럼 가슴속으로 밀려들었다. 진호보다 서너 살 어린 줄 알았는데 동갑이라니, 그렇다면 진호를 만난 지 근 10년이 다 되어간다는 말이었다. 그 긴 세월 동안 어떻게 헤어지지 않고 만남을 유지했는지 놀라울 따름이었다. 송현서라는 아가씨가 다시 보였다.

"어머니, 이 더덕무침, 정말 맛있어요. 드셔보세요."

아, 이게 사람 사는 맛이란 생각이 들었다. 이런 아가씨가 내 며느릿감이라니 꿈만 같았다. 곱게만 자랐을 아가씨를 며느리로 욕심내도 되는지, 죄받을 짓이라는 생각까지 들었다. 인옥은 망설이다 입을 열었다.

"진호에게 이야기 들었겠지만 우리 집이 원폭 피해자 집안이라는 것 알고 있죠? 다들 건강이 안 좋아요."

"네, 어머니, 어머니께서 원폭 환우회 활동하신다는 이야기 듣고 정말 존경스럽다는 생각을 했어요. 오히려 영광이에요. 어머니께서 뭘 걱정하시는지 짐작이 돼요. 전 원폭 피해자 가족이든 아니든 아무 상관 안 해요. 그냥 진호 그대로가 좋아요. 이 매력적인 남자, 다른 여자한테 절대 안 줄 거예요. 제가 욕심이 좀 많아요."

현서가 눈웃음을 지으며 말했다. 한쪽 볼에만 볼우물이 패는 모습이 참 고왔다. 인옥은 아무 말도 못하고 현서를 쳐다보았다. 현서의 말을 들으며 진호는 빙긋 웃기만 했다.

"우리 부모님도 어머니께서 원폭 환우회 활동하는 거며 진호의 형님께서 뇌성마비 환자라는 것도 아세요. 처음에는 반대하

　　　　　　　　　　　　　흉터의 꽃

섰는데, 자식 이기는 부모 없다고, 제가 죽어도 시집 안 가고 평생 혼자 살 거라 하니까 결혼 허락해주시더라구요. 어머니, 저희들 이쁘게 잘 살게요."

"엄마, 며느릿감 최고지?"

진호는 엄지손가락을 세우며 눈을 찡긋했다. 어디서 이런 천사 같은 아이가 나타났을까. 진호가 늘 마음을 선하게 썼기 때문에 이런 여자친구를 만났다는 생각이 들었다. 인옥은 목이 메고 눈시울이 뜨끈해졌다. 저도 모르게 눈물이 주르르 흘렀다. 진호가 티슈를 뽑아서 내밀었다.

"또 우리 엄마, 눈물 보이시네. 우리 엄마는 참 눈물도 많아요."

"내가 또 주책이다. 현서 양 식사도 못하게 했네. 어서 들어요."

인옥은 현서에게 빨리 먹으라고 손짓을 했다.

인간이 하는 행동 중에 가장 어리석고 끔찍하고 추한 것이 바로 전쟁이라면 인간이 할 수 있는 행동 중에 가장 아름다운 것은 바로 사랑이 아닐까. 사랑만이 전쟁과 죽음을 이길 수 있다. 사랑은 원자폭탄보다 힘이 세다. 사랑만이 원자폭탄을 이길 수 있다. 오직 사랑만이.

인옥은 서로 사랑하고 있는 젊은이들을 쳐다보았다. 진짜 사랑은 그런 것이다. 네가 못나고 못난 인간이라 하여도, 너로 인하여 심장에 못이 박힌다 하여도, 세상 모든 이들이 너에게 돌을 던지고 외면한다 하여도, 징그럽고 끔찍한 흉터투성이라 하여도, 심지어 괴물로 변해간다 하여도 사랑한다는 것이다. 너이기 때문에, 단지 너이기 때문에 사랑한다는 것이다. 두려움 없이 손을 맞잡고 뚜벅뚜벅 길을 걸어갈 두 젊은이를 보고 있자니 눈이 부셨다. 두 사람이 걸어갈 앞날에 어떤 장애물이 놓여 있어도 겁내지 않고 걸어갈 것이라는 생각이 들었다. 절대 손을 놓지 않고.

정현재-붉은 목소리

무심코 리모컨을 눌렀다가 깜짝 놀라서 텔레비전 앞으로 바짝 다가가 앉았다. 텔레비전 뉴스 화면 속에 낯익은 얼굴이 보였다. 심재호 지부장과 박인옥, 바로 그녀였다. 두 사람은 플래카드를 들고 사람들과 함께 구호를 외치고 있었다. 그것도 일본 히로시마에서. 나는 화면을 뚫어져라 쳐다보았다.

히로시마 평화공원에 있는 기자를 연결하겠다는 앵커의 멘트가 끝난 후 기자가 마이크를 들고 화면에 등장했다. 기자는 한국인 원폭 피해자 위령탑 앞에 선 사람들을 뒤로하고 보도를 시작했다.

"원폭에 대해 책임지지 않으면 세계의 평화는 없습니다. 오바마 대통령은 우리에게 사과해야 합니다. 버락 오바마 미국 대통령의 일본 히로시마 방문일인 5월 27일 오전 한국인 원폭 피해자들이 히로시마 평화 공원 안에 있는 한국인 위령비 앞에서 이렇게 외쳤습니다. 이 자리에 참석한 박인옥 한국 원폭 2세 환우회 전 회장은 뇌성마비를 가진 아들과 찍은 사진을 보여주며 눈물로 호소했습니다. 박인옥 전 회장의 말을 들어보도록 하겠습니다."

기자가 그녀에게 마이크를 갖다댔다. 그녀는 플래카드를 든 채 카메라를 정면으로 응시하고 한 마디 한 마디 힘주어 말하기 시작했다.

"전쟁은 그때, 1945년 8월에 결코 끝나지 않았습니다. 저희는 태어나는 날로부터 전쟁을 시작했습니다. 대물림되는 이 잔인한 모습을 여러분은 기억해야 합니다. 오바마 대통령도 이 모습을 보고 사죄와 배상을 해야 합니다. 오바마 대통령에게 이렇게 우리가 전쟁을 치르면서 살아가고 있음을 알리고 싶습니다. 핵 피해자가 없는 평화로운 세계를 위해 저희는 죽을 때까지 활동할 작정입니다."

카메라가 그녀가 들고 있는 플래카드를 비추었다. 뇌성마비 아들의 굳어버린 손을 잡고 안쓰러운 시선으로 내려다보고 있는 그녀의 모습을 찍은 사진이 보였다. 한글과 영문 글귀를 카메라가 비추었다.

한국 원폭 피해자에게 사죄와 배상을!
Obama and Abe should apologize to korean A-bomb victim
2nd-generaton and 3rd-generation descendants suffer from
A-bomb-related genetic diseases.

with my son

'with my son'이라는 붉은 글씨에서 마치 피가 흐르는 것만 같았다. 원폭을 만든 자들에게, 원폭을 떨어뜨린 자들에게, 전쟁을 일으킨 자들에게 그녀는 똑똑히 보여주고 있었다. 태어나는 날로부터 전쟁을 시작했다는 그녀의 말, 대물림되는 이 잔인한 모습을 기억해야 한다는 말, 핵 피해자가 없는 평화로운 세계를 위해 죽을 때까지 활동할 것이라는 그녀의 말이 심장을 아프게 찔렀다.

무엇이 그녀로 하여금 히로시마로 달려가게 만들었을까. 세계의 대통령이라 자처하는 미국의 대통령에게 당당하게 사죄하라고 외치게 만들었을까. 저 두려움 없는 용기는 도대체 어디서 나오는 것일까.

강분희의 아버지 강순구는 자신이 일본 히로시마 땅을 밟은 15년 뒤에 무슨 일이 벌어질 것인지 알고 있었을까. 그리고 그로부터 71년 뒤에 자신의 외손녀 박인옥이 히로시마에서 원폭 피해자의 고통을 증언할 것임을 알고 있었을까. 침묵을 거부하고 뛰쳐나와 전세계 사람들 앞에서 원폭의 무서움을 소리쳐 외칠 것을, 원폭을 투하한 나라의 대통령 앞에서 사죄와 배상을 하라고 외치게 될 것임을 알고 있었을까. 아니, 박인옥 그녀 자신은 알고 있었을까. 라면을 끓여놓고 자식들과 죽기 위해 결심했던 그 순간에 이런 날이 오리라고 상상이나 했을까.

과연 저 사람이 박인옥이란 말인가. 지상에서의 마지막 식사로 라면을 끓여 먹고 두 아이와 함께 죽으려고 했던 그녀가 아니었던가. 만약 그때 그녀가 두 아이와 삶을 포기했다면 히로시마에서 핵의 피해를 증언하는 그녀는 저 자리에 없었을 것이다. 삶을 계속하고자 죽을 각오로 싸워왔기에 그녀는 지금 저 자리에서 증언자로 서 있는 것이다. 그녀는 온몸으로 증언하고 있었다.

자신을 활활 태우는 불꽃이 되어 있었다. 자신이 원폭 피해 환우 2세임을, 그리고 아들마저도 원폭 피해 환우 3세로서 잔인한 대물림을 하고 있다는 것을 전세계에 알린 그녀의 목소리가 오랫동안 귓가에 맴돌았다.

2016년 5월 27일 미국 대통령 버락 오바마는 G7 정상회의를 마치고 전용기 에어포스 원을 타고 히로시마로 이동했다. 미국 대통령으로서는 처음으로 히로시마를 방문한 것이었다. 히로시마에 원폭이 투하된 지 71년 만이었다. 오후 5시 25분쯤 히로시마 평화공원에 도착한 오바마는 15분간 원폭기념관을 둘러보았다. 원폭기념자료관을 오바마에게 꼭 보여주고 싶었던 일본은 주요 전시물들을 미리 입구에 모아두고 있었다.

오바마는 원폭자료관을 둘러보다 사사키 사다코의 사진을 유심히 쳐다보았다. 사사키 사다코는 두 살 때 히로시마에서 피폭당한 뒤 후유증으로 백혈병을 앓았다. 종이학 1,000마리를 접으면 병이 나을 것으로 믿고 종이학을 접으며 소원을 빌었다. 그러나 1,000마리를 다 채우지 못하고 964마리를 접고 숨지고 말았다. 이후 종이학은 원폭 피해를 알리는 상징이 됐다. 오바마는 종이학 네 마리를 접어 두 마리는 주변에 있던 초등학생과 중학생에게 주고 두 마리는 자신이 기록한 방명록에 놓았다.

원폭 위령비 앞에서 오바마는 헌화를 한 뒤 잠시 눈을 감고 묵념했다. 하지만 허리를 굽혀 머리를 숙이지는 않았다. 사죄로 해석될 여지를 철저히 차단하는 계산된 몸짓이었다.

오바마는 세계인들이 숨죽여 지켜보고 있는 가운데 연설을 시작했다. 역사적인 방문에 걸맞은 역사적인 연설이었다.

"71년 전 구름 한 점 없는 맑고 깨끗한 어느 날, 죽음이 하늘로부터 내려왔고 세계는 바뀌어버렸습니다."

사람의 마음을 두드리는 서정적인 서두였다. 심금을 울리는 아름다운 문장은 원폭을 하늘에서 내려온 죽음이라고 교묘하게 포장을 하고 있었다. 마치 하늘에서 눈이 내렸다거나, 하늘에서 우박이 쏟아졌다거나, 소나기가 내렸다거나 하는 것처럼 들리게 만드는 문장이었다. 어쩔 수 없는 자연현상의 일부처럼 원폭을 묘사한 놀라운 화술이었다. 원폭 투하가 성공했다는 보고를 받은 미국 대통령 트루먼은 "역사상 가장 위대한 업적일세."라고 자화자찬했다. 그런데 71년 뒤, 원자폭탄을 최초로 개발해서 최초로 투하했던 그 나라의 대통령 오바마는 아주 교묘한 말솜씨로 하늘에서 죽음이 내려왔다고 연설을 하고 있었다. 미국은 원폭 투하와는 상관이 없고 책임도 없다는 의미를 전달하기에 충분한 문장이었다.

"밝은 섬광과 불의 벽이 휩쓸고 지나간 자리에 한 도시가 완전히 파괴되었습니다. 이것은 인류가 그 자신을 파괴해버릴 수 있는 능력이 있음을 보여준 사건이었습니다. 우리는 왜 이곳 히로시마에 와 있습니까? 그것은 멀지 않은 과거에 우리가 행한 끔찍한 파괴력이 이 도시에 행해진 사실들을 반추해보기 위해서입니다. 십만여 명의 일본인 희생자들을 추모하기 위해서입니다. 그중 수천 명은 한국인이었고 수감되었었던 수십 명의 미국인들도 있었습니다. 그들의 영혼은 지금의 우리들에게 자신의 내면을 바라보며 현재 우리에 대해서 그리고 앞으로 우리가 맞이할 미래에 대해 생각해볼 것을 이야기하고 있습니다."

전세계인들 앞에서 16분간 진행된 오바마의 연설은 꽤나 감동적이었다. 연설을 마친 오바마는 일본인 피폭자의 손을 잡고 짧은 대화를 나누고 포옹까지 했다. 오바마는 아베와 함께 공원을 걸어서 오타강 건너편에 있는 원폭 돔이 보이는 곳까지 걸어갔다.

오바마는 불과 3분 거리에 있는 한국인 원폭 피해자 위령비는 찾지 않았다. 오바마가 평화공원에 머문 시간은 53분 정도였는데 한국인 원폭 피해자들을 위해 단 1분도 시간을 내지 않았던 것이다. 공원 한가운데 자리하고 있는 원폭 위령비에서 서쪽으로 150미터쯤 떨어진 곳에 한국인 원폭 위령비가 있었다. 3분도 안 걸리는 거리인데도 오바마는 한국인 원폭 피해자 위령비에 참배를 하지 않았다. 한국인 원폭 피해자 단체의 거듭된 요청에도 불구하고 한국인 원폭 위령비는 방문하지 않았던 것이다. 오바마가 이번 히로시마를 방문한 목적이 억울하게 희생된 피폭자에 대한 사죄가 아니라 오로지 미일동맹을 강화하는 것에 있다는 것이 증명된 셈이었다.

한국 정부는 오바마가 한국인 원폭 피해자 위령비를 찾지 않은 것에 대해 아무런 언급도 하지 않았다. 한국인 피폭자의 존재를 처음 공식적으로 거론했다는 점에서 미국 대통령 오바마의 연설에 대해 의의를 둘 수 있다고 한국 외교부 당국자가 한마디

한 게 다였다. 16분이나 되는 긴 연설을 하는 도중 겨우 딱 한 번 한국인 원폭 피해자를 언급했을 뿐이었는데도 한국인 희생자들에 대해 미국의 대통령이 역사상 처음으로 언급한 것만도 감지덕지하다는 것이었다. 수만 명의 한국인 희생자를 수천 명이라고 축소했는데도 말이다.

오바마가 한국인 원폭 피해자 위령비를 찾아서 참배를 하지 않았기 때문에 한국인 원폭 피해자들의 서한은 전달되지 못했다. 심재호 지부장이 들고 있던 문제의 서한이었다. 나는 한국인 원폭 피해자들이 오바마에게 전달하려고 했던 서한의 내용을 인터넷으로 찾아보았다. 분량이 제법 긴 서한은 심재호 지부장이 유엔에서 발표한 성명서 내용과 비슷했다. 한 문장이 내 시선을 오래 붙들었다.

"귀하의 히로시마 방문이 한국과 일본을 비롯한 전세계 피폭자들에 대한 진심 어린 반성과 사과로 이어져 반인륜적인 핵폭탄 투하가 다시는 재발되지 않도록 미국인과 인류에게 경종을 주는 계기가 되길 바랍니다."

전세계인이 들었어야만 하는 목소리는 원폭을 투하한 국가의 대통령 연설이 아니라 바로 한국인 원폭 피해자들의 간절하고도 통한 어린 외침이었다. 전범국 일본과 원폭을 투하한 나라 미국은 피폭자들에게 깊은 반성과 참회를 하라는 목소리, 아베와 오바마는 무고한 한국인 피폭자와 전세계 피폭자들에게 머리를 깊이 숙이고 진심을 다해 사죄를 해야 한다는 목소리. 바로 김형률의 목소리였다. 히로시마 평화공원에서 울려 퍼진 그녀 박인옥의 피맺힌 외침은 삶은 계속되어야 한다는 김형률의 붉은 목소리였다.

강은 고요히 흐르고

원폭복지회관 간호사는 요즘 엄마의 치매가 급속히 진행되고 있다고 전화로 알려주었다. 이름을 불러도 반응이 없고 식사를 했는데도 금세 또 밥을 달라고 조른다고 했다. 인옥은 그 말을 들었을 때 심장이 철렁 내려앉았다. 엄마에게 시간이 얼마 남지 않았다는 말이었다. 이젠 딸의 얼굴을 기억하지 못할 수도 있었다. 더 늦기 전에 엄마를 자주 찾아가봐야겠다고 생각했다. 간호사는 치매가 더 심해지면 치매 전문 요양원으로 옮겨야 한다고 했다.

"엄마, 엄마 외손자 진호가 딸을 낳았어."

인옥은 엄마에게 휴대폰에 저장된 사진을 보여주었다. 머루알처럼 까만 눈을 동그랗게 뜨고 있는 손녀 해인의 사진이었다.

"아이고, 또록또록하게도 생겼다. 아가 참 여물게 생겼네."

다행히 엄마의 상태는 나빠 보이지 않았다. 간호사는 요즘 들어 오늘이 가장 상태가 좋은 편이라고 했다.

"참말로 이뿌다. 이 이뿐 꽃이 오데서 왔노? 시상에 이런 꽃이 또 오데 있을 끼고? 하이고, 고놈 참 이뿌데이."

엄마는 휴대폰 속 아이의 얼굴을 연신 쓰다듬었다. 진호가 결혼하는 날 엄마는 결혼식에 참석하지 않았다. 진호와 현서가 외할머니가 결혼식에 안 오면 결혼식을 올리지 않겠다고 고집을 피웠지만 엄마는 도리질을 했다. 외손자가 장성해 결혼식을 올리는 것을 얼마나 보고 싶었을까. 그런데도 엄마는 진호가 난처해질까 봐 결혼식에 가지 않았던 것이었다. 인옥은 엄마의 마음을 알고 있었기 때문에 진호와 현서를 다독였다.

"엄마, 다음에는 진호가 해인이 보여드리러 온다고 하네."

엄마는 손을 휘휘 내저었다.

"내는 사진으로 본 것만 해도 됐다. 그래, 아는 잘 크나?"

"애가 얼마나 순둥이인지 몰라. 잘 먹고 잘 자고 이쁜 짓도 하고. 엄마 말대로 세상에 그런 꽃이 있나 싶어. 내리사랑이라고, 진수 진호 키울 때는 애들 이쁜 것도 모르고 키웠는데 해인이는 봐도 봐도 이뻐죽겠어."

해인이가 태어날 때까지 인옥은 마음을 많이 졸였다. 마음속에 검은 그림자가 드리워지곤 했다. 믿는 종교는 딱히 없었지만 어딘가에 간절한 마음으로 빌고 싶었다. 사람들이 왜 종교를 찾는지 이해할 것 같았다. 틈만 나면 가까운 절을 찾아가 절을 했다. 무릎이 약해 108배를 하기 어려웠지만 간절한 마음으로 빌고 또 빌었다. 인옥은 절을 하면서 늘 정화수를 떠놓고 절하던 엄마의 마음을 생각했다. 자식이 무탈하기만을 간절히 빌던 엄마처럼 오로지 건강한 아기가 태어나기만을 빌었다. 기도 덕분은 아니었겠지만 아이가 건강하게 태어났다는 말을 들었을 때 인옥은 세상을 다 가진 기분이었다.

지옥으로 변해버린 히로시마에 75년 동안 풀 한 포기 나지 않을 것이라고 예언한 사람도 있었다. 원폭이 터지고 얼마 안 있어 초록빛 새싹들이 돋아나고 불에 탄 나무도 되살아났다. 폐허가 된 히로시마에도 꽃은 피어났다. 완전히 불에 타서 죽었다고 생각한 숯덩이가 된 은행나무도 그 이듬해 싹이 움터 싱싱하고 푸르게 자라났다고 했다. 자연이 다시 생명력을 회복해 살아났듯이 원폭 환우들의 삶도 계속되어야만 했다. 그 어떤 생명이든 행복하게 살아갈 권리와 이유가 있었다.

건강하게 태어난 해인이는 하나의 희망이었다. 아이들은 생명의 꽃이자 희망의 꽃이었다. 원폭 환우 2세들의 삶도 계속될 수 있다는 희망이었다. 아무런 선입견도 편견도 없이 진호와 결혼해준 며느리 현서의 조건 없는 사랑이 만들어낸 기적이었다. 원폭 환우들의 삶을 계속되게 할 수 있는 것은 오로지 사람에 대한 사랑뿐임을 인옥은 며느리를 통해서 깨닫고 있었다.

"엄마, 다음에는 진호네 식구들하고 꼭 같이 올 테니까, 밥 잘 잡숫고 운동도 열심히 하고 지내요."

엄마, 나 절대 잊어버리지 마. 그 말을 인옥은 꿀꺽 삼켰다. 이 다음에 엄마를 만나러 오면 엄마는 나를 기억할까. 목이 콱 메어왔다. 엄마의 시간이 모래처럼 스르르 빠져나가고 있었다.

"오이야, 알았다. 니도 바쁠 낀데 내 걱정은 하지 말고 가보거래이."

인옥은 생활관 입구에서 엄마에게 인사를 하고 원폭복지회관 건물을 빠져나왔다. 입구에서 복지관 건물을 올려 보았다. 엄마가 통유리 창에 붙어 서서 손을 흔들고 있었다. 처음이었다.

엄마가 저리 다정다감한 사람이었나? 새삼 가슴이 뭉클했다. 엄마는 자식들을 따라나와 배웅하던 여느 엄마들과는 달랐다. 먼 데까지 나와 인사해주는 일이라곤 없는 무뚝뚝한 엄마였다. 화상 흉터 때문이라고 생각했지만 어쩔 때는 서운한 생각이 들기도 했다. 인옥은 엄마에게 한참 동안 손을 흔들었다. 엄마와 보이지 않는 끈으로 이어져 있다는 느낌이 처음으로 들었다. 따스한 온기가 그 끈을 따라 건너오는 것만 같았다. 엄마, 원폭의 끔찍한 기억은 잊어버리고 제발, 이 딸의 얼굴은 잊지 말아줘. 무슨 일이 있어도 내가 엄마의 딸이란 것만은 기억해줘.

해인이의 방긋 웃는 얼굴이 떠올랐다. 해인이를 생각하자 저도 모르게 인옥의 얼굴에 미소가 번졌다. 인옥은 해인이가 살아갈 세상은 풍랑이 잔잔해지고 핵의 고통이 사라진 평화로운 세상이 되기를 진심으로 바랐다. 그런 세상은 저절로 오는 것이 아니었다. 누군가는 거름이 되어야 했다. 기꺼이 손녀 해인이 살아갈 세상의 거름이 되고 싶었다.

아직 갈 길이 멀었지만 많은 진전이 있었다. 원폭 2세 환우회 쉼터인 합천 평화의 집도 생겼고 원폭 2세 환우들의 생활공간인 쉼터도 개소할 예정이었다. 얼마 전 일본의 최고 재판소에서 한국에 사는 피해자에게도 치료비를 차별 없이 전액 지급하라는 판결이 나왔다. 의료비 지원은 국가 보상적 성격을 가지는 만큼 국적에 관계없이 적용돼야 한다며 한국인 피폭자들의 손을 들어주었다. 이 모든 것이 원폭 피해자들의 지난한 투쟁의 결과로 얻어진 것들이었다.

흉터의 꽃

하지만 원폭 2세 환우의 현실은 김형률이 피맺힌 울분을 쏟아내던 당시와 별반 달라진 것이 없었다. 한국인 원폭 피해자 지원을 위한 특별법안 논의가 시작된 것은 지난 16대 국회에서부터였다. 17대 국회에서 조승수 의원이 원폭특별법을 발의한 이후, 18대 19대 국회에서 16년째 논의만 하다 19대 국회 회기 마감을 며칠 앞두고 통과되었다. 한국원폭피해자지원위원회가 설치되고 피해자 실태조사 실시, 피해자 건강검진과 의료 지원, 추모 묘역과 위령탑 조성과 피해자 추모에 대한 기념사업 실시 등이 법안의 주요 내용이었다.

원폭특별법은 원폭 2세들에 대한 지원은 전혀 이루어지지 않은 껍데기 법이자 누더기 법에 불과했다. 원폭 피해자 2세, 3세 환우들은 피해자의 범위에 포함시키지 않았다. 유전성이 인정되지 않았다는 것이 그 이유였다.

김형률이 생전에 꿈꾸었던 선지원 후규명은 물 건너갔고 합천에 원폭 피해자들을 위한 진정한 평화공원을 만들자던 꿈도 이루어지지 않았다. 원폭 피해자의 범위에 원폭 피해자 자녀들을 포함시키고, 원폭 피해자 2세와 3세에 대한 의료 지원에 대한 내용이 특별법에 포함될 때까지 법안 개정 운동을 다시 펼쳐나가야 했다.

인옥은 여기까지 걸어온 걸음이 헛된 걸음이 아니었다는 것을 알고 있었다. 38킬로그램의 병약한 몸을 활활 불태우며 매일매일을 전쟁처럼 살아냈던 김형률의 삶은 결코 헛된 삶이 아니었다. 과감하게 침묵을 거부한 김형률이 있었기에 원폭 2세 환우들의 목소리가 세상으로 퍼져나갈 수 있었다. 원폭 피해자 환우의 처지를 개선하기 위해 살았던 그 불꽃같은 삶은 또 하나의 길을 만들어내고 있었다. 김형률이 만든 길에는 검은 침묵의 강에서 표류하던 사람들이 하나둘 모여들었다. 침묵을 강요당하던 원폭 2세들과 3세들과 김형률의 뜻에 동참하는 이들이 한국에서 일본에서 모여들었다. 침묵을 거부한 사람들이 모여서 걸어가는 길은 생명의 강이었다. 언젠가는 아름다운 생명의 강이 침묵의 검은 강을 밀어낼 것임을 인옥은 알고 있었다. 김형률이 만들어낸 작은 물줄기 하나가 평화의 강이 되어 흘러가고 있었다.

인옥은 합천 연호사로 향했다. 노을빛이 스며든 강물은 가슴이 아릴 정도로 고왔다. 잔잔한 얼굴로 흐르던 황강은 홍수가 나면 성난 얼굴을 드러내었다. 황강 댐이 생기기 전에는 제방이 무너져 황강물이 무서운 적군처럼 동네 앞까지 쳐들어오곤 했다. 불어난 강물에 냄비와 솥과 돼지와 염소가 떠내려갔다. 때로는 소가 떠내려가고 사람까지 떠내려가기도 했다. 불어난 물에서는 뱀들이 기어 올라왔다. 황강은 어린 인옥에게 두려움의 강이기도 했지만 가슴 벅찬 기쁨을 안겨주던 강이기도 했다. 유년의 황강은 평화가 흐르는 생명의 강이었다. 정신없이 뛰어놀다 모래 웅덩이를 파서 고인 물을 버들잎으로 떠먹곤 했다. 깨끗하고 맑은 황강 물을 송아지들도 아이들도 소들도 달게 마셨다. 소를 먹이다 아이들과 강물에 뛰어들면 황강은 자애로운 어머니처럼 품을 벌려 아이들을 안아주었다. 모래무지나 피라미 하나도, 작은 풀벌레 하나도, 작고 여린 풀포기 하나도 차별하지 않고 품어

흉터의 꽃

주던 어머니 같은 강이었다. 꿈결처럼 아름답던 강이었다.

인옥은 강을 바라보며 강변의 대나무숲 길을 천천히 걸었다. 대나무숲에서 불어오는 바람이 청량했다. 인옥은 함벽루에서 황강을 한참 내려다보았다. 마치 물 위에 떠 있는 나룻배에 앉은 기분이 들었다.

어머니 황강의 품속에서 착한 목숨 이으며 살아가던 사람들이 졸지에 일본에 땅을 빼앗기고 먹고살 길을 찾아 일본으로 떠났다가 원폭 피해를 당해야 했다. 상처 가득한 몸으로 돌아온 합천 사람들을 저 황강은 지켜보았다. 한국의 히로시마 합천을 품고 황강은 고요히 흐르고 있었다. 합천 사람들의 눈물을 싣고 울음을 싣고 흐르는 강을 인옥은 오래오래 바라보았다.

하얀 백로떼들이 어둠이 내리는 검은 강 위를 날아가고 있었다. 흰옷을 입은 영혼들이 춤을 추며 날아가는 것처럼 보였다. 인옥은 날개를 펼치듯 팔을 활짝 벌렸다. 황강이 안겨오는 것 같았다.

정현재-히로시마에서

유례없이 무더운 날씨였다. 22년 만의 기록적인 폭염이라고 뉴스에서는 연일 떠들어댔다. 숨이 턱턱 막혀 자리에서 벌떡 일어섰다. 냉장고에서 캔맥주를 꺼내 한 모금 쭉 들이켰다. 그제야 조금 살 것 같았다. 거실을 왔다 갔다 하다 책이나 읽을까 하며 책꽂이에 꽂혀 있는 시집들 쪽으로 손을 뻗었다.

〈슬픔만 한 거름이 어디 있으랴〉란 제목의 시집이 눈에 들어왔다. 대학 때 즐겨 읽던 허수경의 시집이었다. 그 무렵 허수경 시인의 시를 꽤나 좋아했다. 독하고 아릿하고 진한 슬픔이 배어 있는 시들. 문득 '원폭 수첩'이라는 시가 있었다는 기억이 떠올랐다. 책꽂이에서 시집을 빼서 펼치는데 뭔가가 바닥으로 툭 떨어졌다. 소설을 쓰는 동안 내내 찾았던 원폭 건강진단 진료증이었다. 아, 이게 여기 있었구나. 그렇게 찾을 때는 안 나타나더니. 나는 허탈하고 어이가 없어 피식 웃었다.

원폭 피해 건강진단 진료증
등록번호 1508 - 2
성명 : 정현재
소속지부 합천

1. 이 진료증은 원폭 피해자 건강진단 진료증입니다.

2. 이 진료증으로 전국 적십자병원과 보훈복지공단 부산 보훈 병원에서 건강진단을 받으실 수 있습니다.

3. 건강진단을 받기 전에 신분을 확인할 수 있는 주민등록증을 창구에 제출하셔야 합니다.

4. 기재사항의 변동이 있을 때에는 이 증을 협회에 제출하여 기 재사항을 변경하시고 대한적십자사의 확인을 받아야 합니다.

대한적십자사에서 1989년도에 발행한 진료증이었다. 진료증 발급 업무를 보던 사람이 볼펜으로 갈겨쓴 '정성태의 자'라는 글 자가 눈에 띄었다. 너는 누가 뭐래도 원폭 피해자 정성태의 아들 이 분명하다는 표식 같았다. 단 한 번도 사용된 적이 없는 원폭 피해 건강진단 진료증. 어머니에게 진료증을 받았을 때 원폭이 라는 단어를 보면서 나와는 전혀 상관이 없는, 아무 의미 없는 단어라고 생각했을 뿐이었다.

진료증을 책상 위에 올려놓았다. 왜 얼토당토않게 이것을 찾 아야만 소설을 풀어나갈 수 있다고 생각했을까. 마치 소설을 쓰 게 만들어주는 부적이라도 되는 것처럼. 원폭 피해자인지 아닌 지 그게 그렇게 중요하냐고 묻던 K의 말이 떠올랐다. K는 달아날 핑계거리를 찾고 있던 나를 한눈에 간파했던 것이다.

허수경의 시집을 펼쳐 '원폭 수첩 2'와 '원폭수첩 3'을 다시 읽 어보았다. 원폭의 참상을 이토록 처절하게 그려낸 시가 또 있을 까. 다시 읽어봐도 온몸에 소름이 돋을 정도였다. 원폭진료증을 허수경의 시집 속에 끼워둔 이유는 무엇이었을까. 단지 우연이었을까. 이 시들을 읽고 너무 심한 충격을 받았던 탓이었을까. '외면했던 소녀는 히로시마에서 돌아오지 못했습니다.' 나는 그 구절에서 눈을 떼지 못했다. '살려주세요 난 아직 안 죽었어요' 시속 소녀의 처절한 절규가 들리는 것 같았다. 돌아오지 못한 소녀는 지금 어디에 있을까. 원혼이 되어 히로시마에 아직도 떠돌고 있을까. 원폭 피해자들은 죽었어도 죽지 못한 사람들, 살았어도 살 수 없었던 사람들일지도 몰랐다. 어쩌면 히로시마에서 돌아왔으나 돌아오지 못했던 사람들이 아닐까.

갑자기 누군가 정수리를 세게 후려치는 것 같았다. 마치 깜박하고 있던 중요한 임무가 생각난 것처럼 나는 자리에서 벌떡 일어섰다. 별안간 히로시마로 가야겠다는 생각이 들었다. 그래, 히로시마로 가자. 히로시마로 가야겠다. 꼭 가보아야 한다. 히로시마로 가면 외면했던 이를 만날지도 모른다. 태어났던 땅으로부터도, 마음 붙이고 살아보려 했던 땅으로부터도, 친구로부터도, 자식으로부터도, 자신으로부터도 외면당했던 그 사람, 돌아왔으나 돌아오지 못했던 그 사람, 내 아버지가 히로시마에서 나를 기다리고 있을지도 몰랐다. 어쩌면 외면했던 내 자신을 만날지도 모르겠다는 생각이 문득 들었다.

검은 강물이 요동치며 흘러가고 있었다. 시커먼 물살이 사납게 일렁였다. 한 남자가 검은 강물을 내려다보고 있었다. 금방이라도 물에 빠질 것처럼 위태하게 보였다. 흰 두루마기를 입은 남

흉터의 꽃

자였다. 소매 자락과 옷고름과 두루마기 자락이 펄럭였다. 남자의 뒷모습을 언젠가 본 것만 같았다. 힐끗 뒤돌아보는 남자의 낯이 익었다. 예리한 칼날이 가슴을 긋는 것 같았다. 오래전 흑백사진 속의 젊은 아버지였다. 아버지! 나는 아버지를 목 놓아 불렀다. 목소리가 나오지 않았다. 입속에 솜뭉치를 잔뜩 우겨넣은 것 같았다. 아버지는 검은 강물 속으로 발을 떼놓았다. 나는 비명을 질렀다. 아버지를 부르며 미친 듯이 달려도 발이 땅에서 떨어지지 않았다. 검은 강물 속으로 아버지의 몸이 점점 잠기기 시작했다. 아버지는 물에 휩쓸려 떠내려갔다. 검은 강물이 아버지의 흰 두루마기와 흰 버선을 삼켰다. 나는 소리치며 몸을 벌떡 일으켰다. 꿈이었다.

불을 켜고 방 안을 휘둘러보았다. 낯선 방이었다. 여기가 어딜까. 히로시마역 근처의 호텔에 투숙해 늦게까지 잠들지 못하고 뒤척였다는 기억이 떠올랐다. 머리가 깨질 듯 아팠다. 침대 아래에는 빈 맥주캔 세 개가 뒹굴고 있었다. 냉장고 문을 열고 생수병을 꺼내 벌컥벌컥 들이켰다.

침대 머리맡의 디지털시계를 보니 새벽 4시였다. 71년 전 이곳 히로시마에 살았던 사람들은 운명의 시간이 다가오는 줄도 모르고 깊은 잠에 빠져 있었을 것이다. 아버지도 할머니도 할아버지도 세 살배기 고모도 아무것도 모른 채 잠을 자고 있었을 것이다. 강순구도 내천댁도 분희도 태수도 아무것도 모른 채 잠에 빠져 있었을 것이다. 분희를 사랑했던 박동철도.

자리에 누웠지만 꿈이 잊히지 않아 다시 몸을 일으켰다. 왜 그런 꿈을 꾸었던 것일까. 검은 강물 속에 휩쓸려 떠내려가던 아버지의 흰 두루마기가 눈앞에 있는 것처럼 생생하게 떠올랐다. 문득 아버지가 자다가 소리를 지르며 벌떡 일어나곤 했다는 어머니의 말이 생각났다. 어쩌면 열 살 소년에 불과했던 아버지는 그 참혹한 절멸의 상황을, 시체를 태우는 그 참혹한 장면을, 꼬챙이로 시체더미를 뒤지는 장면을, 내장이 튀어나온 시체를, 눈알이 튀어나온 사람들을 눈앞에서 목격했던 게 아니었을까. 아들인 나에게 폭력을 휘두르고 분노를 표출하는 것으로, 술로 도망가는 것으로 두려움과 공포를 감추려 했던 게 아니었을까. 어쩌면 손을 잡아달라는 아버지의 간절한 몸부림이 아니었을까.

나는 일찍 숙소를 빠져나왔다. 아침부터 가마솥처럼 푹푹 찌는 날씨였다. 귀 따가운 매미 소리가 사나운 물결처럼 밀려들었다. 매미 소리가 귀를 후벼 파는 것만 같았다. 히로시마의 매미 소리는 한국의 매미 소리와 전혀 다른 느낌이었다. 매미 소리에 쏼쏼거리는 금속성의 기계소리가 시끄럽게 섞여 있었다.

금방 청소를 끝낸 것처럼 도시는 깨끗하고 질서정연했다. 완벽이란 단어를 떠올리게 만드는 도시였다. 완벽한 건물, 완벽한 거리, 완벽한 강변, 완벽하게 친절한 시민들. 완벽하게 원폭의 상흔을 지우고 새롭게 만들어진 도시가 바로 히로시마였다.

히로시마의 아침 풍경은 활기찼다. 거리 곳곳에서 자전거를 타고 출근하는 사람들을 볼 수 있었다. 남자들뿐 아니라 투피스를 곱게 차려입은 젊은 여자도 자전거를 타고 출근길을 서두르고 있었다. 정녕 이곳이 71년 전 원폭이 터졌던 곳이란 말인가.

흉터의 꽃

하늘을 올려다보았다. 구름 한 점 없이 맑게 개어 있었다.

히로시마는 녹음이 우거진 도시였다. 71년 전 흔적 없이 사라졌던 원폭의 땅 히로시마는 아름답게 변모해 있었다. 강변에는 거대한 버드나무들이 줄지어 서 있었다. 그 어디에서도 잿더미가 되었던 그날의 흔적은 티끌만큼도 찾을 수가 없었다. 비닐봉지나 빈 우유팩, 껌 종이 하나, 담배꽁초 하나 보이지 않는 거리는 이물스럽기만 했다. 나는 그 완벽한 아름다움이 오히려 무서웠다. 정돈된 아름다움이 고통스러운 신음을 덮고 있는 것만 같았다. 아스팔트와 보도블록 아래 밀봉되어 있는 사람들의 울부짖음이 들려오는 것만 같았다. 영문도 모른 채 죽어가야 했던 수많은 이들의 울음소리와 비명과 한탄이 귀를 막아도 들리는 것만 같았다.

오타강에서 갈라진 혼강의 아이오이 다리 근처에 이르자 원폭 돔이 보였다. 인터넷에서 보았던 원폭 돔의 모습 그대로여서 오히려 비현실적인 느낌이 들었다. 지붕은 날아가고 앙상한 골조와 부서진 벽체가 남아서 그날을 증언하고 있었다. 골조가 드러난 원폭 돔은 오래전에 사라진 백악기의 공룡 화석처럼 보였다. 그 옆으로 혼강이 흘러갔다. 관광객들은 마치 기괴한 설치미술 작품 같은 원폭 돔을 배경으로 기념사진을 찍고 있었다. 매미 울음소리가 폭포처럼 쏟아지고 까마귀 울음소리가 이곳저곳에서 들려왔다. 귀가 멀어버릴 듯 요란하게 울어대는 매미 소리는 구천을 떠돌고 있는 원혼들의 울음소리 같았다.

원폭 돔 건너편에 나무들이 우거진 평화공원이 보였다. 모토

야스 다리를 건너 평화공원으로 건너갔다. 오타강이 두 갈래로 나뉘면서 만들어진 삼각주 지역에 조성되어 있는 평화공원은 관람객들로 북적였다. 원폭사몰자 위령비 앞 잔디밭 광장은 흰 천막으로 뒤덮여 있었다. 이틀 뒤에 열리는 8월 6일 평화기념식 전 준비 때문인지 흰 안전모를 쓴 인부들이 평화공원을 바쁘게 오갔다. 천막 아래에는 흰 플라스틱 의자들이 가지런하게 놓여 있었다.

단체여행객들과 외국인 관광객들이 많이 보였다. 원폭 후유증으로 죽은 사다코를 기념하기 위해 만들어진 원폭어린이상 아래에는 일본 각지의 어린이들이 접어서 보내온다는 종이학이 전시되어 있었다. 알록달록한 색상의 종이학이 빼곡하게 들어 있는 전시함이 원색의 무당 옷을 연상케 했다. 평화의 불꽃, 평화의 시계탑, 평화의 종, 평화의 샘, 평화공원에는 발에 채일 정도로 많은 평화가 굴러다녔다. 수염을 텁수룩하게 기른 백인 남자가 신기한 표정으로 평화의 종을 올려다보았다. 그가 평화의 종을 울리자 종소리가 물결처럼 퍼져나갔다. 관광객들은 평화의 종과 원폭어린이상을 배경으로 사진을 찍고 있었다.

평화공원 기념 자료관에는 원폭의 참혹한 참상들이 재현되어 있었다. 숯이 된 밥알들이 불에 타버린 검은 도시락 안에 담겨 있었다. 불탄 책가방, 불에 녹아버린 철모와 금고, 녹아서 일그러진 불상, 녹아버린 쇠그릇들, 8시 15분에서 멈춘 시계, 불에 타 누더기가 된 옷가지, 불에 녹은 벽돌, 불탄 세발자전거. 죽음의 도시를 찍은 흑백사진도 전시되어 있었다. 거리 곳곳에 가득

흉터의 꽃

한 시체, 불태워지는 시체들. 붕대로 전신을 감은 미라 같은 화상 환자들, 넋이 나간 채 허공을 올려다보는 아이, 죽은 아이를 안고 있는 여자. 끔찍한 사진과 그림들을 둘러보다 나는 눈을 질끈 감았다.

그 지옥의 히로시마가 71년이 지나는 동안 평화를 상징하는 도시로 바뀌었다는 것은 지독한 아이러니였다. 평화라는 상품은 히로시마를 먹여 살리는 상품으로 변해 있었다. 가해의 역사는 지우고 자신들이 당한 피해의 상징으로 원자폭탄의 공포만을 기억하기 위해 만든 공원이 이른바 평화공원이었다. 일본이 과거에 저지른 침략 전쟁과 식민지 지배의 역사는 평화공원 그 어디에서도 찾아볼 수 없었다. 원자폭탄의 참상과 피해의 역사만이 백화점 쇼윈도의 상품처럼 전시되어 있었다. 히로시마의 상징물이 된 사다코의 종이학으로 전쟁의 실상을 완벽하게 가리고 있었다. 그 수많은 종이학 뒤에는 날카로운 칼날이 숨어 있는 것 같았다.

아치형 원폭 희생자 위령비 사이로 원폭 돔이 보였다. 아치형 조각상 아래에 비석이 세워져 있었다. 그 비석에는 "편히 잠드소서. 다시는 이런 잘못이 없으리니."라는 글귀가 새겨져 있었다. 누가 어떤 잘못을 저질렀다는 것인지 주어가 없는 비문이었다. 자신들이 당한 피해만을 강조하고 있었다. 자신들이 일으킨 전쟁에 대한 반성은 전혀 없고 원폭 투하에 대한 책임만 묻고 있었다. 가해의 역사를 외면하고 일본이 당한 피해만을 기억하겠다는 것이었다. 전쟁에 대한 일본의 그릇된 인식이 평화공원 곳곳에 노골적으로 드러나 있었다. 평화가 차고 넘쳐 오히려 노골적이고 도발적으로 느껴지는 평화, 가시가 숨어 있는 잔인한 평화였다. 가면의 평화였다.

한국인 원폭 희생자 위령비는 울창한 숲에 가려져 있어 쉽게 눈에 띄지 않았다. 검정색 투피스 차림의 중년 여자가 한국인 원폭 위령비 앞에서 묵념을 하고 있었다. 한국인일까, 아니면 일본인일까? 누구든 상관이 없는데 그것을 궁금해하는 내 자신에게 실소가 나왔다. 여자는 묵념을 마치고 위령비 앞에 서 있는 무궁화나무를 가만히 바라보았다. 손을 뻗어 분홍빛 무궁화꽃잎을 쓰다듬었다. 일본인들이 조성한 평화공원에 무궁화나무를 심을 생각을 한 사람은 누구였을까. 여자가 자리를 뜨고 나서 나는 위령비 앞에 섰다. 거북이상이 떠받치고 있는 비석의 상단에는 용머리가 새겨져 있었다. 위령비 앞에서 한참 동안 묵념을 했다. 누군가 내 어깨에 손을 가만히 얹는 것만 같아 돌아보았다. 나 혼자밖에 없었지만 주변에 많은 사람들이 둘러서 있다는 느낌이 들었다.

원폭 피해자 위령비 앞에서 플래카드를 들고 외치던 그녀 박인옥, 태어나는 순간부터가 전쟁이었다는 그녀의 말이 들리는 것만 같았다. 그녀는 나를 보자마자 뇌성마비 아들의 사진부터 다짜고짜 보여주었다. 그녀가 먼저 손을 내밀었지만 나는 지금껏 그 손을 못 본 척 외면했다.

그녀가 내 앞에서 손을 내밀고 미소 짓고 있는 것만 같았다. 운명을 탓하며 한숨지으며 살기를 거부하고 당당하게 일어선 사

흉터의 꽃

람, 더 이상 피해자로 살기를 거부한 사람, 평화의 증거자, 평화의 전령사가 된 사람, 그녀 박인옥이 나에게 손을 내밀고 있었다. 내 안에 살고 있는 또 하나의 나, 아버지를 더 이상 외면하지 말라고 하는 것만 같았다. 건강한 원폭 피해자 자녀들이 원폭 환우 2세와 3세들을 나 몰라라 하고 있다던 심재호 지부장의 말이 떠올랐다. 건강하든 건강하지 않든 원폭 피해자의 자녀라는 것은 분명한 사실이었다. K의 말처럼 핵에 관한 한 모두가 잠재적 피해자인 것이다.

나는 원폭 피해자 진료증을 주머니에서 꺼내 들여다보았다. 내 아이도 다운증후군 환자입니다, 라는 말을 그녀에게 솔직하게 하지 못한 이유는 무엇이었던가. 그 말을 꺼내는 순간 완벽하게 내가 원폭 피해자 2세임을 인정하는 것만 같았기 때문이었다. 그것은 외면하고 싶었던 아버지의 손을 잡는 일이기도 했다. 아버지에게서 비롯되었으면서 나는 내 안의 아버지를 밀어내려고 했다. 나는 과연 누구인가. 아버지이면서 아버지가 아닌 나는, 손바닥을 펼치고 한참 들여다보았다.

나는 휴대폰을 꺼내 문자를 보냈다.

회장님, 지금 여기는 히로시마입니다. 히로시마에서 태어난 저의 아버지는 원폭 피해자입니다. 저는 건강한 원폭 피해자 2세이지만 원폭 피해자 3세인 제 딸아이는 다운증후군 환자입니다. 다시 뵙겠습니다.

비로소 검은 동굴에 갇혀 있다 빠져나온 기분이 들었다. 동굴 속에 숨어 있으려고 했던 것은 아버지의 탓도 다운증후군을 가진 내 아이의 탓도 아니었다. 두려움 때문이었다. 아버지에게 손을 내미는 것이 두려웠다. 차라리 오래된 미움과 분노의 노예로 살아가고 싶었다. 두려움이란 감옥에서 나를 빠져나오도록 해준 이들, 히로시마를 떠돌고 있는 아버지를 만나러 올 수 있게 해준 이들이 내 곁에 서 있는 것 같았다. 해방된 조국으로 돌아왔으나 온전히 돌아오지 못한 채 히로시마에서 떠돌던 가여운 아버지, 외로운 아버지에게 손을 내밀게 만든 이들이 나에게 미소를 짓고 있었다.

나는 다리 위에 서서 흘러가는 강물을 오래 바라보았다. 멀리서 볼 때는 하늘빛이 비쳐 푸르고 아름답게 보이던 강물은 가까이서 보니 검고 혼탁했다. 깊이를 알 수 없는 검은 강물이었다. 어쩌면 이 아이오이바시는 강순구가 합천에서 히로시마로 건너와 짐마차를 끌고 건너다닌 다리였을지도 몰랐다. 어쩌면 박동철과 강분희가 나란히 걸어갔을 다리였을지도. 71년 전 나의 아버지가 이 다리 위에서 저 오타강을 바라보았을지도 몰랐다.

화려한 가면으로 얼굴을 가린 히로시마는 웅크리고 있는 거대한 짐승처럼 보였다. 두려움을 애써 감추고 있는 것 같았다. 도시는 거대한 침묵의 그물 속에 포획된 것처럼 엎드려 있었다. 히로시마를 가로지르는 검고 푸른 강은 원폭 피해자들의 원한을 깊숙이 가라앉히고 침묵한 채 흘러가고 있었다. 검은 강줄기가 칼에 베인 긴 흉터자국처럼 보였다. 나는 주머니에 손을 넣어 진

흉터의 꽃

료증을 움켜쥐었다. 검은 강물 속으로 떠내려가던 아버지의 손을 꼭 잡은 기분이 들었다.

고개를 들어 하늘을 올려다보았다. 히로시마의 하늘은 71년 전 그날처럼 구름 한 점 없었다. 무섭도록 완벽한 날이었다.

〈끝〉

도움 받은 자료

전진성, 〈삶은 계속되어야 한다〉, 후마니스트, 2008.
이치바 준코, 〈한국의 히로시마〉, 역사비평사, 2003.
아오야기 준이치, 〈나는 반핵인권에 목숨을 걸었다〉, 행복한 책읽기, 2015.
나카자와 케이지, 〈맨발의 겐〉, 아름드리미디어, 2000.
월프레드 버체트, 〈히로시마의 그늘〉, 창작과비평사, 1995.
스티븐 워커, 〈카운트다운 히로시마〉, 황금가지, 2005.
존 허시, 〈히로시마의 증인들〉, 분도출판사, 1986.
박수복, 〈소리도 없다 이름도 없다〉, 창원사, 1975.
허광무, 〈히로시마 이야기〉, 선인, 2013.
한수산, 〈까마귀〉, 해냄, 2003.
김기진·전갑생, 〈원자폭탄, 1945년 히로시마…2013년 합천〉, 선인출판사, 2012.
허수경, 〈슬픔만 한 거름이 어디 있으랴〉, 실천문학사, 1988.
김원일, 〈히로시마의 불꽃〉, 문학과지성사, 2000.
곽귀훈, 〈나는 한국인 피폭자다〉, 민족문제연구소, 2013.
김정양, 〈히로시마여 안녕〉, 아세아문화사, 1995.
가와타 후미코, 〈몇 번을 지더라도 나는 녹슬지 않아〉, 바다출판사, 2016.
한국교회여성연합회, 〈한국인 실태조사보고서〉, 한국교회여성연합회, 1984.
로렌스 옙, 〈히로시마 우리에게 남은 이야기〉, 아름주니어, 2015.
나스 마사모토, 〈히로시마 되풀이해선 안 될 비극〉, 사계절, 2004.
2012합천비핵평화대회조직위원회, 〈세계 핵 피해자 증언 자료집〉, 2012.
심문수, 〈평화의 심연-히로시마가 환기시켜주는 것〉, 녹색평론, 2015년 7, 8월호
카야노 조지·히라노 노부토·다카히라 유키, 〈재한 피폭자 김문성 투병과 구원의 기록
    - 생명의 끈 함께 이어〉, 나가사키신문사, 2011.
2016년 5월 27일 원폭 피해자 및 자녀를 위한 특별법 추진 연대회의, 〈95주년 한국인
    증언대회 자료집〉, 2014.
심진태, 〈유엔 비핵평화 성명서〉, 2015.
김형률, 〈한국 원폭 2세 환우회 카페〉, 김형률의 게시판 글 직접 인용.
버락 오바마 히로시마 방문 연설문 부분 인용.
인터넷 블로그, 자작나무 통신, 원폭 피해자 곽복순 할머니 증언, 부분 인용.
김해창 교수 홈페이지, 희망세상 만들기, 참고.
MBN, 2016년 5월 27일 자, 〈MBN뉴스〉, 참고.
제10주기 김형률 추모제 인사말 인용: 한홍구, 강주성, 아오야기 준이치, 한정순, 이시
    다 노부미, 김봉대.

작가의 말

원폭의 비극을 생생히 그려낸 나카자와 케이지의 만화 〈맨발의 겐〉에서 세이지는 원폭을 떨어뜨린 자들을 향해 이렇게 절규한다.

"유령같이 흐물흐물해진 채로 누더기처럼 버려진 저 사람들의 비통한 얼굴을 그림으로 남겨야 해. 전쟁을 일으킨 놈들에게…… 원폭을 떨어뜨린 놈들에게 보여주고 말 테야."

그림으로 남겨서 보여주겠다는 그 말은 결코 잊어버리지 않겠다는 말, 기필코 기억의 꽃을 피워내겠다는 말이다. 이 소설을 쓰는 내내 이 말이 나를 따라왔다.

내 고향 합천의 황강은 어린 시절 내가 상상할 수 있는 최대한의 유토피아, 꿈의 장소였다. 숨이 차도록 뛰어놀았던 희디흰 모래밭, 손가락 사이로 파드득거리며 빠져나가던 피라미나 송사리의 감촉, 은빛 지느러미를 파닥이던 은어떼들, 푸르고 긴 수양버들의 머리카락을 흔들던 향기로운 바람, 친구들의 벅찬 함성소리, 강물을 달게 마시던 어미 소와 송아지들…… 목이 멜 정도로 그립고 그리운 그곳. 아직도 내 유년의 황강이 꿈속에 자주 떠오르곤 한다.

내게는 꿈의 공간으로 남아 있는 황강이 앞서간 나의 선조들에게는 눈물의 강, 한의 강, 상처의 강, 흉터의 강이었다는 사실을 나는 이 소설을 쓰기 전까지 알지 못했다. 내 고향 합천이 '한국의 히로시마'라고 불린다는 사실도, 한국의 원폭 피해자가 합천에 가장 많다는 사실도, 합천에 원폭복지회관이 있다는 사실도 알지 못했다. 내 아버지의 고향이 일본 히로시마인데도. 내 아버지가 원폭 피해자인데도.

3년 전 시골 빈집에 내려갔을 때, 거름더미 위에 버려진 아버지의 호적초본을 발견하고 한 대 얻어맞은 듯 잠시 서 있었다. 아버지의 본적이 일본국 히로시마로 적혀 있는 낡은 호적초본이었다. 막연하고 추상적인 안개 속에 가려져 있던 풍문 같은 이야기가 구체적이고 분명한 실체를 드러낸 순간이었다. 아버지의 호적초본은 나에게 분명 말하고 있었다. 아버지는 일본 히로시마에서 태어나 열한 살까지 살았다고. 아버지의 고향은 일본 히로시마라고.

합천 사람들은, 그리고 우리 할아버지는 왜 말도 통하지 않는 낯설고 낯선 히로시마로 건너간 것일까. 왜 합천 사람들이 원폭 피해를 가장 많이 입었을까. 합천은 왜 '한국의 히로시마'가 되었

478 흉터의 꽃

을까. 원폭의 지옥에서 살아남은 이들은 그리고 그 후손들은 어떻게 살아왔을까. 이러한 의문을 풀어가는 과정이 이 소설의 여정이 되었다.

그 과정에서 수많은 연구서와 자료들의 도움을 받았고 많은 분들을 만났다. 합천원폭피해자복지회관에서 만나뵌 할머니들을 통해 당시의 아픈 이야기를 들었다. 합천원폭지부 심진태 지부장님께서 유엔 NPT에서 발표한 성명서 전문, 한국 원폭 피해자 2세 환우회 카페에 있는 김형률의 게시판 글을 소설에 담아냈다. 김형률 10주기 추모제에서 인사말을 하시던 한홍구, 강주성, 한정순, 아오야기 준이치, 고 김형률의 아버지 김봉대님의 인사 말씀도 소설에 실었음을 밝혀둔다.

2015년 합천 평화대회에서 소설가 한수산 선생님과 원폭 2세 환우들의 현실에 대해 인터뷰하시던 한정순 원폭 2세 환우회 명예회장님의 열정적인 모습에 깊은 인상을 받고 취재 요청을 드렸다. 흔쾌히 취재에 응해주신 한정순 회장님께 머리 숙여 감사드린다. 만약 한정순 회장님을 만나지 않았다면 이 소설의 모습은 완전히 달라졌을 것이다.

소설의 여정이 멈추지 않도록 끝까지 응원해준 김화영 편집 장님, 고맙다는 말로밖에 고마움을 표현할 수 없어 안타깝기만 합니다. 새움출판사에도 깊은 감사의 말씀 드립니다. 한 걸음, 한 걸음 멈추지 않고 나아가는 모습으로 보답하겠습니다.

원폭의 흉터 위에서 아름다운 평화의 꽃을 피워낸 분들께 깊은 경의를 표합니다.

신록이 무성한 5월에

김옥숙

흉터의 꽃